연세 근대 동아시아
번역총서

프롤레타리아
문학과
그 시대

지은이 **구리하라 유키오**(栗原幸夫, Kurihara Yukio)

1927년생. 게이오의숙대학(慶應義塾大學) 경제학부 졸업. 현재 문학사를 새로 읽는 연구회(文學史を読みかえる研究会) 회원. 저서로는 『전형기의 정치와 문학(轉形期の政治と文学)』(1964), 『프롤레타리아문학과 그 시대(プロレタリア文学とその時代)』(1971), 『죽은 자들의 나날들(死者たちの日々)』(1975), 『역사의 도표에서(歴史の道標から)』(1989), 『혁명 환담 바로 어제의 이야기(革命衣談 つい昨日の話)』(1990), 『역사 속의 '전후'(歴史のなかの'戰後')』(1996), 『세기를 넘어선다―이 시대의 경험(世紀を越えるこの時代の経験)』(2001), 『미래형의 과거로부터(未来形の過去から)』(2006), 『나의 선행자들(わが先行者たち)』(2010) 등이 있다.

옮긴이 **한일문학연구회**

가게모토 쓰요시(影本剛, Kagemoto Tsuyoshi) 연세대 국어국문학과 박사과정

강소영(姜素英, Kang So-Young) 문학박사(오사카대학). 한국외대 일본언어문화학부 강사

김재영(金宰瑩, Kim Jae-Yeong) 문학박사. 연세대 강사

김효진(金孝眞, Kim Hyo-Jin) 연세대 국어국문학과 박사과정

다지마 데쓰오(田島哲夫, Tajima Tetsuo) 문학박사. 연세대 국학연구원 비교사회문화연구소 전문연구원

배준(裵準, Bae Jun) 연세대 국어국문학과 박사과정

베르텔리에 브느와(Berthelier Benoit) 연세대 국어국문학과 박사과정

안수민(安秀敏, Ahn Su-Min) 연세대 국어국문학과 박사과정

와다 요시히로(和田圭弘, Wada Yoshihiro) 연세대 국어국문학과 박사과정

이혜진(李慧眞, Lee Hye-Jin) 세명대 교양대학 교수

이경훈(李京壎, Lee Kyoung-Hoon) 문학박사. 연세대 국어국문학과 교수

정한나(Chong Han-Na) 연세대 국어국문학과 박사과정

진영복(晉永福, Chin Young-Bok) 문학박사. 연세대 학부대학 교수

프롤레타리아문학과 그 시대

초판인쇄 2018년 2월 10일 **초판발행** 2018년 2월 10일
지은이 구리하라 유키오 **옮긴이** 한일문학연구회
펴낸이 박성모 **펴낸곳** 소명출판 **출판등록** 제13-522호
주소 서울시 서초구 서초중앙로6길 15, 1층
전화 02-585-7840 **팩스** 02-585-7848 **전자우편** somyungbooks@daum.net **홈페이지** www.somyong.co.kr

값 38,000원
ⓒ 소명출판, 2018
ISBN 979-11-5905-262-0 93830

연세 근대 동아시아 번역총서 8

프롤레타리아문학과 그 시대

Proletarian Literature and its era

구리하라 유키오 지음 | 한일문학연구회 옮김

증보판 서문

『프롤레타리아문학과 그 시대』는 1971년 11월에 처음 간행되었습니다. 그로부터 30여 년의 세월이 지나 이러한 형태로 복간하게 된 것은 저자로서 대단한 기쁨임과 동시에 다소의 부끄러움을 느끼지 않을 수 없습니다.

복간을 계기로 하여 오랜만에 전체를 통독했습니다만, 수정해야겠다고 생각되는 곳은 없었습니다. 따라서 이 책에서는 표기를 개선한 것 이외에 내용에는 전혀 손을 대지 않았습니다. 그러나 동시에 지금 이러한 제목의 책을 쓴다면 이것과는 완전히 다른 책이 되었을 것이라고도 생각합니다.

오늘날 어떤 작품이 노동자의 생활을 묘사하거나 사회주의적 이념을 표현했다 하더라도 그것을 프롤레타리아문학이라고 부르지는 않습니다. 전전戰前의 어떤 시기에 나카노 시게하루를 프롤레타리아 작가라고 불렀던 적은 있었지만, 전후戰後의 그를 프롤레타리아 작가라고 부르지는 않습니다. 또한 메이지明治 시대에 시라야나기 슈코白柳秀湖의 「역부 일기驛夫日記」가 아무리 노동자의 생활과 의식을 선구적으로 묘사했다 하더라도 그것을 프롤레타리아문학이라고 부르지는 않습니다. 즉 프롤레타리아문학은 어떤 한정된 시대에만 존재했던 것입니다. 그것은 대략 1920년대 후반부터 1930년대 중반경까지 겨우 10여 년 안팎에 지나지 않습니다. 그리고 프롤레타리아문학의 특징은 이론, 운동, 작품이 이른바 삼위일체를 이루고 있다는 점에 있습니다. 이론이란 일반적으로는 리얼리즘에 관한 이론이지만, 중심적으로는 주제의 적극성이라는 주장입니다. 운동이란 정치(혁명)운동과의 관계에서 문학운동의 위치 부여에 대한 문제이고, 중심적으로는 '정치의 우위성'이라는 주장입니다. 이러한 관계들 속에서 비로소 작품이 탄생하고 평가된다는 것이 바로 프롤레타리아문학의 특징입니다.

러시아 상징파 운동이든 프랑스 초현실파 운동이든 전위적 문학·예술운동(프롤레타리아문학운동도 그것의 일종으로 생각할 수 있다)에는 많든 적든 이러한 삼위일체가 보이지만, 프롤레타리아문학운동의 특징은 그것을 총괄하는 '최고점'에 '정치'가 놓여 있다는 데에 있습니다. 러시아 미래파와 같이 지극히 정치적 의식을 갖고 있는 예술운동에서조차 예술의 자율성에 대해서는 조금의 동요도 없었던 것과 비교해 보면 프롤레타리아문학운동은 그 점에서 특이하다고 할 수 있습니다.

이 책이 대상으로 삼고 있는 프롤레타리아문학의 시대는 일본에서 '정치'의 외연이 가장 넓었던 시대였습니다. 정치가 마치 인간 생활의 전 영역을 다 삼켜버리는 것인 양 사람들의 눈에 비쳐졌던 것은 마르크스주의가 일본 사회에 준 충격의 크기를 보여줍니다. 문학도 예외는 아니었습니다. 아니, 모랄리슈moralisch하게 수용된 정치의 영향을 가장 심각하게 받은 것은 문학이었습니다. 그러한 심각한 영향 속에서 프롤레타리아문학이 탄생했다고 말할 수 있겠지요. 이 책의 중심 모티프는 이와 같은 정치의 영향하에 문학적 지식인 사이에서 발생한 전환을 해명하는 것이었습니다.

　이러한 문학적 지식인 극劇이 상연된 무대는 일찍이 일본이 경험한 적 없었던 난숙한 대중사회였습니다. 그러나 이 책에서는 이 부분에 대한 해명이 매우 부족합니다. 만약 제가 지금 '그 시대'를 쓴다면, 이 책과는 반대로 대중사회의 시선으로 쓸 것이라고 생각합니다.

　저는 이 책을 간행한 직후부터 몇 명의 친구들과 협동하여 『자료·세계 프롤레타리아문학운동』 전6권이라는 방대한 자료집 편찬에 착수했습니다. 그 편집 과정에서 제 프롤레타리아문학에 대한 이해는 크게 바뀌었습니다. 그것은 '기원'이라는 문제와 관련되어 있습니다. 즉 프롤레타리아문학은 어디에서 태어났는가 하는 문제입니다.

　종래의 연구에서는, 일본 프롤레타리아문학이 일본문학의 '인민적 동향'(오다기리 히데오小田切秀雄)이나 '시라카바파白樺派'에서 이어진 것이었지만(혼다 슈고本多秋五), 구라하라 고레히토蔵原惟人로 대표되는 '근대주의'(다케우치 요시미竹内好)에 의해 그 계승관계가 단절되었다고 보고 있습니다. 그러나 러시아나 독일과 비교사적 연구를 하면서, 특히 이른바 다이쇼大正 아방가르드나 아나키즘 문학 연구를 진행하는 동안 저는 이것이 잘못되었다고 생각하게 되었습니다.

　프롤레타리아문학의 전사前史에는 두 가지의 단절이 있습니다. 하나는 근대 문화(부르주아 문화)로부터의 단절입니다. 그것을 수행했던 것은, 러시아에서는 형식주의자와 미래파의 전위 예술가들입니다. 독일에서 그것을 실행한 것은 표현파 사람들이었습니다. 일본에서는 '마보mavo' 그룹이나 『적과 흑赤と黒』의 아나키스트 시인들이었습니다. 그들은 다 같이 예술의 혁명, 더 나아가 문화혁명을 지향했습니다. 이것이

첫 번째 단절입니다. 그러나 그들의 운동은 모두 좌절하여 단명으로 끝났습니다. 그것은 스탈린주의의 혁명운동 제패와 무관하지 않습니다. 거기에서 두 번째 단절이 생겨났습니다. 그리고 프롤레타리아문학은 이 두 번째 단절의 산물, 즉 혁명 예술의 좌절을 표현했다는 것이 현재의 저의 생각입니다. 이 책에서는 이러한 추구 과정에서 썼던 몇 편의 논문을 보유補遺로 추가했습니다.

제가 통감했던 것은 전후戰後의 프롤레타리아문학 연구가 지나치게 일본 근대문학의 틀 속에서만 논의되었기 때문에 비교사적인 시점이 결여되었다는 점이었습니다. 하나의 예를 들자면, 프롤레타리아문학의 존재 자체를 부정한 트로츠키의 『문학과 혁명』은 전전戰前에 이미 번역본이 간행되었음에도 불구하고 전후 프롤레타리아문학의 '재검토' 속에서는 단 한 번도 참조된 적이 없었던 것입니다.

프롤레타리아문학에 관해 30년 동안 제가 생각했던 또 하나의 문제는 '그 후'라는 것입니다. 『프롤레타리아문학과 그 시대』는 분명히 1934년 프롤레타리아작가동맹의 해산으로 끝났다고 할 수 있습니다. 저의 책도 그렇게 되어 있었습니다. 그러나 프롤레타리아문학의 진정한 문제성이 노출된 것은 실은 그 뒤에 이어진 전쟁 중의 일이었습니다. 여기에서 주요하게 떠오르는 주제는 전향이었습니다.

저는 프롤레타리아문학에는 세 개의 기둥이 있었다고 말했습니다만, 그 중에서 문학이론과 운동이론에 대해서는 모두 잘못되었다고 생각하고 있습니다. 그럼에도 프롤레타리아문학 작품은 정당하게 존재했으며, 그것을 무시하고서는 1920년대에서 1930년대에 걸친 일본문학사를 말할 수 없다고 믿고 있습니다. 그리고 그 작품들은, 모순된 말투처럼 들릴지도 모르지만 이론과 운동의 유치한 정치주의로 선동된 예술의식에 의해 비로소 가능해진 것입니다. 볼셰비키화 이전의 프롤레타리아문학이 갖고 있었던 전위적 예술의식은 그러한 것으로서 시대를 압도했습니다.

프롤레타리아문학운동은 그 출발부터 '계급'이나 '혁명' 등과 같은, 이를테면 절대적인 가치를 갖고 있었습니다. 문학을 통해 그 가치에 공헌함을 자명한 것으로 간주했습니다. 그러나 이러한 요청이 작가들에게 반드시 비문학적인 강요로는 받아들여지지는 않았다고 생각합니다. 제1차 세계대전과 그 뒤를 이은 러시아 혁명에 의해 세계가 변화하기 시작하고 있다는 실감은 이때 많은 작가들을 사로잡았습니다. 초기의 프롤레타리아문학 중에, 가령 하야마 요시키葉山嘉樹의 『바다에 사는 사람들海に生くる人々』, 나카노 시게하루中野重治의 「초봄의 바람春さきの風」, 고바야시 다키지小林多喜二의 『게공선蟹工船』, 다케다 린타로武田麟太郎의 「폭력暴力」 등과 같이 오늘날에 읽어보아도 심금을 울리는 훌륭한 작품이 많은 것은 그 작품들이 작가와 시대의 일체감을 바탕으로 하고 있었기 때문입니다.

그러나 그렇게 공헌해야 할 대상이 점점 '당黨'으로 축소되어 감에 따라 그 요청에 응할 수 있는 작가는 극소수의 '순문학' 계열의 작가로 한정되어 버렸습니다. '대중문학' 계열의 작가(이들이 프롤레타리아문학 전성기의 주류를 점하고 있었지만)는 이데올로기를 희석시키는 사람들이라고 혹독하게 비판당하게 되었습니다. 후기의 고바야시 다키지는 거의 혼자서 '당의 작가'를 목표로 하여 각고면려刻苦勉勵했습니다. 그러나 그의 문학관은 좋은 작품을 창작하기 위해서는 좋은 생활을 해야 한다는 구도적求道的 사소설가의 문학관과 그다지 동떨어지지 않았다고 저는 생각합니다. 그러나 이것은 착각에 불과합니다. 오늘날 냉정하게 읽어보면 자신의 당적黨的인 실천 속에서 탄생한 사소설적인 「당 생활자黨生活者」가 입당 이전의 비非체험적인 『게공선』에 훨씬 미치지 못했다는 것은 너무나 명확합니다. 프롤레타리아문학은 그 운동에서도 작품에서도 볼셰비키화 이후 급속도로 하강선을 그리기 시작했습니다.

저는 볼셰비키화의 코스가 존재하는 한 프롤레타리아 작가의 전향은 불가피했다고 생각합니다. 이 단계에서의 전향은 하등의 윤리적 비난의 대상이 아닙니다. 그것은 변절이 아닙니다. 문제는 그 후입니다. 조직은 이미 없다, 운동은 동인잡지 단위에서 근근이 이어가고 있다, 그러한 상황에서 한 사람 한 사람의 작가가 어떻게 자신을 새로이 세워갈 것인가, 누구의 지시도 받지 않고 자기 한 사람의 문학적 행위를 통해 자신을 새롭게 세워갈 것인가, 그것이 문제입니다. "문학작품으로 내놓은 자기비판을 통하여 일본 혁명운동의 전통에 대한 혁명적 비판"으로 나아간 나카노 시게하루를 우리는 그 전형적인 작가로 갖고 있습니다. 그리고 그는 그 비판적 검토 속에서 "내 문학관에 대한 정정訂正·개변變改", 즉 프롤레타리아문학에서의 탈각을 모색하는 것입니다.

이러한 전쟁 중의 나카노 시게하루에게 저는 특히 주목했습니다. 그것을 논의한 논문 중, 이것들은 모두 저의 단행본에 수록되어 있는 것이지만 특별히 세 편의 논문을 골라 보유에 재수록했습니다. 또한 이와 함께 나카노 시게하루보다도 젊은 세대는 전시 중에 어떤 작업을 거듭했었는지, 그리고 그것이 어떻게 '전후적인 것'의 탄생으로 어떻게 이어져 갔는지를 논의한 논문 한 편을 더 추가했습니다. 그들 또한 프롤레타리아문학의 정치적 공식과의 격투를 통해 자신들의 문학적 입장을 구축해 갔던 것입니다.

이 책은 임팩트 출판회의 후카다深田 씨의 발언으로 다시 태어났습니다. 후카다 씨께 깊이 감사드립니다. 초판을 집필할 때도, 그 이후에도 저의 생각에 자극을 주고 새로운 탐구에 다양한 시사점을 준 선배들(그들은 이미 한 명도 남아있지 않습니다), 친구, 후배들 모두에게 감사드립니다.

50년이 넘는 세월을 동고동락해 온 아내 요시코淑子에게 감사와 더불어 그 지난 날들의 추억을 담아 이 책을 바치고 싶습니다.

2003년 12월 15일 구리하라 유키오

이혜진 역

역자 머리말

먼저 이 책에 대해 간단히 언급하고, 다음으로 번역자와 번역 과정을 소개함으로써 역자의 머리말을 대신하려 한다.

이 책은 구리하라 유키오栗原幸夫의 『プロレタリア文學とその時代』를 『프롤레타리아문학과 그 시대Proletarian literature and its era』라는 제목으로 번역한 것이다. 원래 이 책은 1971년에 헤본샤平凡社에서 나왔는데, 저자가 몇 편의 글을 추가해 2004년에 임팩트출판회インパクト出版会에서 다시 출판했다. 번역은 이 재출판된 책을 원 텍스트로 삼았다.

역자를 소개하면 가게모토 쓰요시影本剛, 강소영, 김재영, 김효진, 다지마 데쓰오田島哲夫, 배준, 베르텔리에 브느와Berthelier Benoit, 안수민, 와다 요시히로和田圭弘, 이경훈, 이혜진, 정한나, 진영복 등 모두 13명이다. 번역은 각 역자들이 챕터를 분담해 초역을 한 후, 2주에 한 번씩 모여 번역문을 원문과 대조해 읽고 토론하면서 초역 텍스트를 수정, 보충했다. 그리고 그 후 수정, 보충된 전체 번역문을 한 번 더 함께 검토하며 문장을 다듬었고 모르는 부분을 조사했으며 역주를 만들었다. 이때 한국인 번역자들과 일본인 번역자들은 서로서로 부족한 부분을 보충해 주며 협력할 수 있었다. 꼬박 3년이 걸린 작업이었지만, 그만큼 오래 이 책을 공부한 것이었으며, 또 그만큼 다 같이 여러 번 만날 수 있었던 것이기도 했다. 어쩌면 후자야말로 이 번역의 핵심이었을지도 모른다. 이 책을 테마로 연세대학교 원주 캠퍼스에서 작은 발표회를 가질 수 있었던 것 역시 큰 기쁨이었다.

한편 이 번역서는 한일문학연구회의 성과이기도 하다. 한일문학연구회는 1999년 여름부터 지금까지 계속되고 있는 공부 모임으로, 주로 한국과 일본에서 나온 근현대 일본어 텍스트를 읽어 왔다. 그리고 스즈키 도미鈴木登美의 『이야기된 자기語られた自己, Narrating the Self』(2004)와 고모리 요이치小森陽一의 『나는 소세키로소이다漱石を読み直す』(2006)를 한일문학연구회의 이름으로 번역 출판한 바 있다. 사실 '근대의 초극' 좌담회와 교토학파의 좌담회를 묶은 『태평양전쟁의 사상』(2007)의 번역 출판도 한일문학연구회의 공부 모임에서 비롯된 것이다. 이제 출간을 앞둔 『프롤레타리아문학과 그 시대』(2018) 역시 한일문학연구회 공부 모임을 통해 이루어진 것이며, 이는 이 책의 표지에 한일문학연구회가 번역자로 명시된 이유이다. 앞으로 한일문학연구회가 몇 권의 번역서를 더 낼 수 있을지, 아니 번역서를 계속 낼 수 있을지 궁금하기도 하다.

짧은 역자 머리말을 끝내면서, 이 책의 출판을 도와주신 연세대학교 근대한국학연구소와 소명출판에 깊은 감사를 표한다.

2018년 1월 31일 이경훈

서장_ 지식인 좌익의 궤적

어떤 스토익stoic한 시대가 일찍이 일본에, 보다 정확하게 말하면 일본의 지식인에게 존재하고 있었다. 예를 들면 이러한 방식으로.

"아무리 대단한 학자, 사상가, 운동가, 우두머리라 하더라도, 제4계급적 노동자이지 않은 채 제4계급에 무엇인가를 기여하겠다고 생각한다면, 그것은 틀림없이 위에서 내려다보는 태도이다. 제4계급은 그런 사람들의 헛된 노력 때문에 혼란한 상태가 될 수밖에 없다."

"도래하는 시대에는 프롤레타리아 안에서 새로운 문화가 발흥할 것이라 믿고 있는 나는 왜 프롤레타리아예술가로서 프롤레타리아에게 호소하는 작품을 생산하려 하지 않는가, 가능하다면 나는 그것을 하고 싶다. 그러나 내가 태어나고 자라난 환경과 나의 소양은 그것을 허하지 않는다는 것을 충분히 의식하기 때문에, 나는 넘을 수 없는 벽을 굳이 넘으려고 하지는 않는 것이다.

나는 씨에게 프롤레타리아트로 다시 태어나라고 말하는 것도 아니고, 씨에게 본질적으로 불가능한 프롤레타리아트의 예술을 만드는 데 힘쓰라는 것도 아니다. 씨가 스스로 부르주아임을 인정하면서 게다가 그것에 만족한 채 안주해 있다는 것이 이상하게 여겨지는 것이다. 씨의 예술은 적어도 저 「선언」과 함께 프롤레타리아트가 발흥할 것임을 인정하고, 자기가 부르주아인 것을 인정한 자의 불안과 적막과 고뇌의 표현으로 나아가야 할 것이다. '어쩔 수 없으니 나는 그저 이대로도 괜찮다'면서 '안주하거나' '만족하며' 있을 리는 없을 것이다. 씨가 쓴 것만 보아서는 앞으로 씨의 태도 역시 그저 부르주아를 상대로 하리라는 것밖에는 알 수 없지만, 그것이 만약 씨와 같은 부르주아의 적막과 고뇌를 호소함을 의미한다면 씨의 예술은 재래의 것보다는 한층 생명력을 얻게 된다. 한층 더 절실한 것이 될 것이다. 그것은 씨가 말하는 바와 같이 프롤레타리아트와 전혀 교섭하지 않는지 그렇지 않은지의 여부는 잠시 접어두더라도, 오늘날 씨의 예술의 존재가 씨 스스로 무관심할 수 없다고 언명하는 시대와의 관계 속에서 비로소 절실한 것이 될 것이다. 그러나 씨의 글에서는 이러한 예상과 추측을 긍정할 만한 기분도 어조도 보이지 않는 듯하다."

"분명히 그들은 프롤레타리아가 아니다. 또한 부르주아도 아니다. 단지 부르주아의 기생충이다. 부르주아의 사상을 호흡하고 부르주아에 의해서만 존재하는 것이다. (…중략…) 임금제도 사회의 특색은 변호사, 의사, 승려, 저술가 등 무수한 자유직업가가 존재한다는 데 있다. 그들은 대부분 지배계급을 위해 존재한다. 따라서 그들은 잘사는 두뇌 노동자와 이해利害를 같이한다. 지식계급이란 이러한 자들의 한 집단에 불과한 것이다. 그것은 독립한 계급이 아니라 지배계급이 보유하고 있는 장식물, 더부살이에 불과하다. 지배계급 없이는 존재할 수 없는 부속계급인 것이다. 그들의 존재는 계급 대립을 조금도 완화하지 못한다. 오히려 그들의 집단 그 자체는 대립하는 두 계급 중 어느 한 진영으로 들어가지 않을 수 없을 것이다. 오늘날 사회에 존재하는 모든 집단과 모든 직업에 종사하는 사람은 결국 어느 한 계급에 속하게 되는 것이다."

처음의 두 글은 아리시마 다케오有島武郎의 「선언 하나宣言一つ」와 그것의 후속편 「히로쓰 씨에게 답함広津氏に答う」에서 인용한 것이다. 세 번째의 글은 「선언 하나」를 비판했던 가타가미 노부루片上伸의 「계급예술의 문제階級芸術の問題」에서, 그리고 네 번째의 글은 히라바야시 하쓰노스케平林初之輔의 「제4계급의 문학第四階級の文学」에서 각각 인용한 구절이다. 이 글들은 모두 1921년(다이쇼 10년) 말에서 다음 해 2월에 걸쳐 발표되었다. 즉 불과 한두 달 사이에 어떤 뉘앙스를 지닌 지식인론이 봇물 터지듯 분출하고 있다. 그리고 더 나아가 그것은 무라마쓰 마사토시村松正俊의 「노동운동과 지식계급労働運動と知識階級」(1921.10), 사카이 도시히코堺利彦의 「아리시마 다케오 씨의 절망 선언有島武郎氏の絶望の宣言」(1922.2), 히라바야시 하쓰노스케의 「문예운동과 노동운동文芸運動と労働運動」(1922.6), 아오노 스에키치靑野季吉의 「계급투쟁과 예술운동階級闘争と芸術運動」(1923.2) 등으로 이어져 간다.

그렇다면 대체 무엇이 이 무렵에 이렇게 많은 지식인론을 분출하게 했던 것일까. 나는 지금 여기서 러시아혁명(1917)에서부터 관동대지진(1923)에 이르는 시기의 사회적 배경을 새삼스럽게 쓰고자 하는 것은 아니다. 확실히 시대는 어떤 '막연한 불안'을 품은 채 일본의 '현대'에 돌입하려던 참이었다. 새로운 지식인의 등장, 즉 프롤레타리아의 유기적 부분으로서, 나중에 안토니오 그람시가 '유기적 지식인'이라고 명명했던 새로운 지식인이 노동운동을 비롯해 모든 분야에 등장하기 시작하는 것은 역사 그 자체의 요구였다. 그럼에도 이 글들에서 어떤 종류의 망설임과 맹목적인 자기 부정의 정열만이 목도되는 것은 왜일까. 이 자기 부정의 정열은 러시아의 나로드니키와 비교해 보아도 훨씬 암울하다. 그것은 왜일까.

여기에는 일본에서의 지식인 문제를 생각해 보기 위한 하나의 중요한 실마리가 놓여 있는 것처럼 보인다.

일찍이 혼다 슈고本多秋五는 아리시마 다케오에 대해 이렇게 썼다.

아리시마가 자아 실현을 위한 노력 끝에 발견했던 것은 오늘날 우리에게 결코 한 편의 옛날이야기에 불과한 것이 아니다. 지금의 지식인들이 그것을 얼마만큼 의식하고 있는가는 별도의 문제로 하더라도, 여전히 그들은 혁명 대망과 혁명 공포 사이의 이율배반으로 고민하고 있는 것 같다. 그것은 혁명 없이 우리는 충실히 살아갈 수 없다는 심정과 만약 혁명이 발발한다면 우리는 전혀 살아갈 수 없는 것이 아닐까 하는 심정 사이의 이율배반이다.[1]

분명히 아리시마 다케오의 내면에 이러한 이율배반이 존재했음은 사실이었을 것이다. 당시에 이미 아리시마 씨의 「선언」은 온건한 인도주의자가 절망적 도피를 시도한 선언에 불과하다면서 그것을 냉정히

---

1 【역주】이 글의 출전은 다음과 같다. 「아리시마 다케오론有島武郎論」, 『문학』, 1953. 2.

뿌리친 것은 사카이 도시히코였다. 그러나 가타가미 노부루든 사카이 도시히코든 아리시마의 일견 이율배반으로 보이는 태도의 배후에 숨어 있는 어떤 어두운 공포를 보지는 못한 것처럼 생각된다. 그 공포는 아마도 일반적으로 '혁명 공포' 등으로 불리는 그런 공포가 아니라 보다 더 가깝고도 생생한 것이었음에 틀림없다. 그 공포란 나카하마 데쓰中浜鉄나 후루타 다이지로古田大次郎 등 일군의 테러리스트와의 관계에서 그에게 스멀스멀 다가오는 '대역사건'의 기억이다. 즉 사카이 도시히코나 가타가미 노부루 또는 히라바야시 하쓰노스케와 같은 계몽 사회주의자들이 부르주아지와 프롤레타리아트의 대립구도 속으로 모든 것을 욱여넣음으로써 결국은 슬쩍 회피해버린 일본 사회의 핵이라고도 할 만한 천황제의 공포 바로 그것이었다.

유럽에서 새로운 지식인의 성립은 부르주아 민주주의가 남긴 문화적 유산의 연장선상이나 프러시아 절대주의에서의 망명이라는 형태로 이루어졌고, 러시아에서는 뿌리 깊은 반反차리즘이라는 피맺힌 인민주의 속에서 이루어졌다. 그에 반해 일본에서는 '대역사건'의 기억을 가진 메이지 국가의 망령이 무겁게 억누르는 한편, 전쟁 졸부와 다이쇼 데모크라시가 탄생시킨 근대 시민사회가 사람들의 생활을 깊이 사로잡기 시작했다는 분열된 상황 속에서 새로운 지식인이 성립되었다. 그러한 상황 속에서 계급과 계급의 문제 또는 노동자 계급과 자기의 문제는 절대주의 천황제와 자기의 문제와 반드시 맞물린 형태로 해결되지는 않았다. 그러나 계몽 사회주의자들은 그 문제를 모두 노동자 계급과 자기의 문제로 단순화해버렸다. 그것은 의식적으로든 무의식적으로든 천황제 문제를 회피한다는 점에서 결국 가짜에 불과했다.

확실히 아리시마의 논의에는 사카이가 지적했던 '절망적 도피'라는 측면이 없지 않다. 그러나 거기에 숨어있는 '이율배반' 속에는, "이른바 주의主義의 지도자라는 사람과 주의의 예술가라는 사람의 태도가 불만인"(하라 구메타로原久米太郎에게 보내는 편지, 1921.12.11) 그가, "내게는 마음에 들지 않는 유행사상에 물든 논의"(가와카미 하지메河上肇에게 보내는 편지, 1921.12.19)에 찬물을 끼얹는 안티테제를 아무래도 제출할 수밖에 없었던 심오한 어떤 것이 있었다. 그것을 좀 더 쉽게 말하자면, 당신들은 간단히 프롤레타리아트의 측에 선다든가 프롤레타리아가 된다고 하지만, 그것은 당신들이 생각하는, 또는 이미 실현되었다고 착각하고 있는 그러한 것이 아니다. 일본의 노동자 계급은 고토쿠 슈스이幸德秋水 등을 구하려 하지 않았다. 또한 진정으로 싸우는 사람은 모두 죽임을 당한다. 당신의 적은 전쟁 졸부 따위가 아니다. 그보다 훨씬 더 무서운 것이다. 생각 없이 노동자를 부추기지 말라. 노동자가 혼자 자립해서 싸울 수 있도록 해야 한다. 서로 거기에 대해 방해는 하지 않도록 하자…… 이 정도가 될 것이다.

말할 것도 없이 아리시마의 논의에는 안티테제로서의 극단화가 있으며, 또 이론으로서도 오류가 있다고 해야 할 것이다. 그럼에도 아리시마의 논의는 한 가지 예로 다음에 제시하는 히라바야시 하쓰노스케의 논의, 그의 '마르크스주의'적 정론政論과 비교하면 하늘과 땅만큼의 차이가 있다. 히라바야시는 말한다. —"프롤레타리아문예운동은 문예운동이기보다는 먼저 프롤레타리아 운동이라는 점을 염두에 두어야 한다. 따라서 그 강령은 문예상의 강령이 아니라 프롤레타리아 그 자체의 강령이어야 한다." "계급투쟁의 결승전은 오직 본대本隊의 충돌에 의해서만 결정된다. 문예운동은 그 프롤레타리아 대중의 운동과 협조 연락을 갖지 않으면 전혀 무효하다." "요컨대 프롤레타리아문예운동은 그 자체로 절대 의의를 갖는 것은 아니다." "결승력을 갖지 않는 일종의 보조운동 또는 견제운동이라고 할 만하다."(「문예운동과 노동운동」)

아리시마 다케오의 입장을 "일종의 자기방어적인 신경질"(가타가미 노부루)로 간주하는 한편, 다른 한편에 이와 같이 노동자 계급에 참가하려는 모습을 놓은 후 그 가운데서 우왕좌왕 주저하는 햄릿과 같은 '지식인'을 등장시켜, 거기에서 이른바 지식인 문제를 찾고자 했던 것이 현대 일본 지식인론의 주류였다. 그러나 과연 거기에 지식인의 진정한 문제가 있었을까. 히라바야시 하쓰노스케가 확연하게 그 첫 초석을 놓았던 '정치의 우위성'론은 아오노 스에키치의 목적의식론, 구라하라 고레히토藏原惟人의 프롤레타리아예술운동의 볼셰비키화론, 고바야시 다키지小林多喜二의 "가장 혁명적인 '정치가'=당원, 가장 혁명적인 '작가'=당원"이라는 도식, 그리고 미야모토 겐지宮本顕治의 "당의 정치적 임무와 결합되어야만 그 프롤레타리아문학은 객관성과 혁명성의 변증법적 통일을 쟁취할 수 있다"라는 테제로까지 일직선으로 이어지면서 1933~1934년 대전향의 시대에 허망하게 붕괴한다. 감히 말하자면 이러한 '정치의 우위성'론의 생성과 발전 그리고 붕괴의 역사 속에서야말로, 아리시마 다케오의 「선언 하나」의 어두운 여운을 우리는 알아들을 수 있지 않을까.

1934년 대전향 시대의 한가운데에서 한 노동자 혁명가는 다음과 같은 글을 남겼다.

그들은 어디에서 어떻게 왔는가?

그것을 이해하기 위해서는 일본이 당면한 혁명이 부르주아 민주주의 혁명이라는 것을 잊어서는 안 된다. 여기에서부터 운동의 평화적 발전의 시대나 비약적 성장의 시기('데모크라시가 번성했던 시기', '노농당의 화려했던 시절', '피스톨과 단도가 번뜩이던 시기' 등)에 소부르주아지, 인텔리겐치아 속에서 미숙한 '혁명가'들이 파도처럼 밀려들어올 가능성이 생긴다. 그들은 그러한 시대에도 항상 운동의 약점이 되기는 했지만 객관적으로는 진보적인 역할을 할 수 있었다. 일본의 군사적 봉건적 제국주의의 전반적인 위기와 만주 강탈 전쟁이 진행되는 중에 일시적인 반동의 승리를 가능하게 했던 전쟁 정세하에 가공할 반동이 미쳐 날뛰게 되었다. — 그때 '공황'이 왔다. 미숙한 혁명가들은 또 다시 썰물 빠지듯 '고향'으로 돌아간다. 구실만 있으면 된다! 그리고 구실이라는 것은 언제 어디서나 존재하는 것이다.

— 가미야마 시게오神山茂夫, 「'전향파'의 시위운동'轉向派'の示威運動」

이것이 프롤레타리아트의 측에서 내린 프롤레타리아트 계급이행론에 대한 하나의 판결문이라는 것은 분명하다. 그러나 오늘날의 시점에서 보면 다름 아닌 이 패배 속에 이 나라에 새로운 지식인이 탄생할 토양이 있었다는 점도 틀림없는 사실이다. 나르프(일본프롤레타리아작가동맹)로 대표되는 프롤레타리아문학운동의 역사는 말하자면 음화負의 형태로 그 점을 밝혀줄 터이다.

이혜진 역

차례

보유

1장

전체적 주체

나카노 시게하루

1. "특별히 예술전선藝術戰線이라는 것은 있을 수 없다"

오늘날에는 나카노 시게하루中野重治를 프롤레타리아 작가라고 특칭特稱하지 않는다. 또 그의 작품을 새삼스럽게 프롤레타리아문학이라는 틀 안에 넣으려 하는 사람도 없다. 분명히 오늘날 프롤레타리아문학은 존재하지 않는다. 한 걸음 더 나아가 말하면 프롤레타리아문학이라는 것은 단지 현재 존재하지 않을 뿐 아니라 예전에도 존재하지 않았다고 해야 할 것이다. 존재했던 것은 프롤레타리아문학'운동'이었다. 그리고 자기 작품을 프롤레타리아트의 계급 이데올로기에 동화시킬 수 있다고 믿어 의심치 않았던 몇몇 지식인 작가가 있었으며, 요즘도 여전히 읽히고 있는 몇 편의 작품이 존재했던 것이다.

아쿠다가와 류노스케芥川龍之介는 그의 작품을 썼다. 코뮤니스트 나카노 시게하루도 그의 작품을 썼으며, 고바야시 다키지小林多喜二도 그의 작품을 썼다. 세 사람은 각자 자기 작품을 썼다. 따라서 나카노는 아쿠다가와가 아니며, 그와 마찬가지로 고바야시도 아니다. 문학적으로는 이 결정적인 차이가 존재할 뿐이며, 그 이외의 차이는 없다. 나카노와 고바야시는 같은 '프롤레타리아 작가'이지만 그렇기 때문에 이 둘의 차이보다 나카노와 아쿠다가와의 차이가 큰 것은 아니다. 그런 일은 문학적으로는 있을 수 없다.

그러나 프롤레타리아문학이론은 같은 마르크스주의자인 나카노 시게하루와 고바야시 다키지는 동질적이지만 아쿠다가와는 이질적이라는 전제에 입각한다. 또한 같은 프롤레타리아 작가라고 할지라도 나카노와 고바야시는 하야마 요시키葉山嘉樹와 이질적이다. 여기서 작가를 구별하는 것은 사상과 정치적 입장이다. 문학적으로 보았을 때 이러한 구별이나 구별의 기준은 하나의 환상이다.

하지만 사람들은 환상에 자기를 내맡기며, 또 거기에서부터 무언가를 산출해 낼 수 있다. 1920년대부터 1930년대 중반에 걸쳐 정치적 이상주의에 홀린 몇몇 청년들이 사상의 차이와 정치적 입장 차이를 전면에 내세우면서 자기를 일본문학의 지배적 조류로부터 구별함으로써 문학적 출발을 성취했다는 것은 시대적으로도 하나의 필연이었다고 할 수 있다. 전형기轉形期에는 불가피하게 관념이 선행하는 것이다.

1927년 7월 24일, "장래에 대한 그저 어렴풋한 불안"이라는 말을 써놓고 아쿠다가와 류노스케가 자살했다.

그 날 나카노 시게하루는 아침 일찍부터 거리를 걷고 있었다. 그는 몇 종류의 신문을 샀으며, 전차에서 그것을 읽었다. 그리고 자살한 아쿠다가와가 아주 불쌍하게 생각되어 눈시울이 뜨거워짐을 느꼈다. 후에 그는

「아쿠다가와 씨의 일 등芥川氏のことなど」(『문예공론文藝公論』, 1928. 1)이라는 수필에서 그 일을 썼다. 그 글에서 나카노는 기타무라 도코쿠北村透谷에 대해서도 언급하면서, "몇몇 사람들은 자살한 아쿠다가와를 자살한 기타무라 도코쿠와 비교했다. 이 비교의 옳고 그름은 문제가 아니다. 단, 패배한 아쿠다가와 류노스케의 어떤 부분이 계승된다면, 틀림없이 그것은 패배한 기타무라 도코쿠가 계승되는 것과 똑같은 의미에서 그렇게 될 것이다. 더 나아가 이 사실은 후타바테이 시메이二葉亭四迷, 구니키다 돗포國木田獨步 등에 대해서도 이야기되는 것이며, 일반적으로 철학과 예술의 정통성 orthodox과 그 진정한 계승자의 관계 문제로서 흥미 있는 문제가 된다"라고 쓰고 있다. 그가 여기서 기타무라 도코쿠가 계승되는 것과 똑같은 의미에서라고 말하는 것의 내용은 다음과 같다. "도코쿠의 머릿속에 꽃핀 관념론적 이상주의는 영국에 꽃핀 것의 영상映像이었다. 영국에서는 그것이 대지大地에서 피었다. 그러나 일본에서 그것은 대지에서 꽃필 수 없었다. 대지가 없었던 것이다. 그것은 결국 아름다운 꽃꽂이 꽃이었으며, 차라리 한 줄기의 조화造花였다. 그러므로 그것은 야마지 아이잔山路愛山 등의 꾀죄죄한 실증주의에 패배했다. 사실 도코쿠가 피우려 했던 진짜 꽃은 이 꾀죄죄한 실증주의를 산출해 냈던 진로 위에 피어나야 했던 것이다. 그러나 그 꽃이 필 때는 오지 않았다. 꾀죄죄한 실증주의를 낳은 일본의 자본주의가 특이하게 발전했음을 사람들은 알고 있다. 그러나 도코쿠는 일본의 자본주의에 패배했으며, 따라서 꾀죄죄한 실증주의를 떠받들고 다닌 일개 속학자 야마지 아이잔에 패배한 것은 아니었다. 이 박명의 수재가 가슴에 품었던 바는 그것과 완전히 다른 별개의 것에 의해 현재 계승되고 있다. 자본주의의 노복奴僕으로서의 실증주의가 전투적 유물

론에 의해 교살絞殺됨으로써 도코쿠는 비로소 되살아날 것이다."

아쿠다가와의 자살을 통해 미야모토 겐지宮本顯治는 뜻밖에 자기 근처에 서 있는 아쿠다가와를 발견했다. 2년 후 미야모토는 「'패배'의 문학敗北'の文学」(『개조改造』, 1929.8)을 써 문예비평가로 출발했다. 이 아쿠다가와론 속에서 그는 아쿠다가와를 부르주아 문예사에 희유한 내면적 고민의 붉은 피가 삼투된 비극적인 고봉高峰으로 불렀으며, 더 나아가 프롤레타리아트의 입장에 선 문학은 이 '패배의 문학'과 그 계급적 토양을 밟고 넘어가지 않으면 안 된다고 주장했다.

구라하라 고레히토藏原惟人는 「무산계급 예술운동의 신단계無産階級芸術運動の新段階」(『전위』, 1928.1)에서, "동요하는 소부르주아 예술가는 그 사회적 위치로 인해 때로는 혁명적 경향조차 지닌다. 우리는 이 경향을 조성하고 그것을 이용할 것이며, 점차 그들을 프롤레타리아 해방 운동의 '수반자隨伴者, poputchik'로 만들고자 노력해야 한다. 우리는 죽은 아쿠다가와 류노스케 같은 전형적 소부르주아 작가의 작품도 때로는 이용할 줄 알아야 한다"라고 썼다.

문학사적으로 보았을 때 아쿠다가와 류노스케의 죽음은 '쇼와昭和문학'의 첫 페이지를 연 사건이었으며, 위기와 격동의 시대를 예고하는 확실한 전조였다. 여기서 일본의 '현대'는 움직이기 어려운 하나의 지표를 각인했던 것이다. 지금 나는 나카노 시게하루, 미야모토 겐지, 구라하라 고레히토라는, 후에 일본 프롤레타리아문학운동의 최첨단에 서게 될 세 문학자가 보인 이 "사건"에 대한 반응을 소개했거니와, 똑같은 마르크스주의의 입장에 서 있는 이들의 반응에는 삼인삼색의 차이가 나타난다. 그러나 아쿠다가와의 죽음 배후에 가로놓여 있는 새로운 시대를 향해 자기 자신을 맞세우고 그것에 공격적으로 대항하려는 자부自負를 세 사람 모두가 말하고 있음은 공통된다. 여기에는 그들이 이해한 역사의 필연과 그러한 이해를 가능하게 했던 새로운 사상에 대한 전폭적인 신뢰, 그리고 그러한 입장에 선 자기 스스로에 대한 자신이 있다. 아무리 아쿠다가와를 '불쌍하게' 생각하거나 '자기 근처'에 있는 것처럼 느낀다 하더라도, 즉 그러한 동정이나 공감에까지 이르도록 아쿠다가와를 이해한다 하더라도 그와 자기를 동일한 지점에 세우는 일을 결코 용납할 수 없는 사상적 우위감이 그들의 태도에는 있었다. 눈앞에 펼쳐지기 시작한 거친 시대를 향해 그들은 아쿠다가와처럼 막연한 불안을 느낀 것이 아니라 희망과 투지를 불태우고 있었던 것이다.

이것이 내가 앞에서 말한 바 전형기에 보이는 관념적 선행성先行性의 한 양상이다. 요시모토 다카아키吉本隆明는 그의 저서에서 '패배의 문학'이니 뭐니 하면서 자기 쪽이 이긴 셈 치는 거군, 이라고 내뱉듯이 말한 친구의 말을 소개한다. 또 그는 아쿠다가와의 죽음이 「톱니바퀴齒車」나 「어느 바보의 일생或阿呆の一生」 이후 그 어떤 작품도 상상할 수 없었기 때문에 발생한 순전히 문학적이고 문학 작품적인 죽음이었지 인간적이고 현실적인 죽음은 아니었다고 논한다. 하지만 많은 사람들은 그의 신경적 불안을 사상적 불안으로 오해했다고 그는 지적했다.

분명히 「패배의 문학」으로 대표되는 좌익 측의 아쿠다가와론은, '만일 그가 마르크스주의자가 되었더라면 자살하지 않아도 되었을 텐데'라는 식으로 말하는 황당한 속론과 겨우 종이 한 장 차이의 논의라고 할 수 있다. 그러나 전형기 그것의 힘이야말로, 그리고 그 전형기에 계몽가로서가 아니라 한 명의 실행자로서 관여하고자 했던 그들의 현실의식이야말로 그 종이 한 장의 차이를 가능케 한 것이었다. 인텔리겐치아를 사로잡은 이 현실의식과 위기의식의 총체가 본래는 문학적인 죽음이었던 아쿠다가와의 죽음을 시대사상적인 죽음으로 만들었던 것이다.

*

나카노 시게하루는 아쿠다가와가 죽기 얼마 전에 아쿠다가와를 만났다. 나카노는 그때 나눈 이야기를 「작은 회상小さい回想」이라는 글에 썼으며, 소설 『애간장むらぎも』에서도 거의 사실 그대로 묘사하고 있다. 여기서는 전자에서 인용하자.

> 아마 26년 봄이 끝날 무렵, 동인(『로바驢馬, 당나귀』의 동인을 말함 — 저자 주) 누군가가 '아쿠다가와 씨가 너와 만나고 싶다고 한다'고 말했다. 구보카와 쓰루지로窪川鶴次郎의 방에서 『로바』의 회합이 있음을 알고 있으므로, 회합 후에 집으로 와줘도 좋고, 내가 지정한 장소로 가도 좋다는 것이었다. 나는 불러낼 생각 같은 것은 없었으므로 회합 날 찾아갔다. (…중략…)
>
> 그는 나에게 당신은 문학을 하지 않겠다는 말을 했다고 하는데 정말이냐고 물었다.
>
> 나는 그런 일은 없다고 대답했다. 그러나 나는 그때 사회주의 관련 서적을 막 읽기 시작했으므로 문학 같은 것은 하지 않겠다는 등의 말 — 그런 말을 한 기억은 없었지만 그런 식으로 받아들여도 어쩔 수 없는 말을 어쩌면 지껄였을지도 모르기 때문에 이 사람이 정색하고 질문하니 아주 곤란했다.
>
> 그는 '그렇다면 좋다, 물론 문학을 그만두어서는 안 된다고 말할 권리는 나에게 없다. 하지만 문학을 해 주었으면 좋겠다. 내가 이 말을 한 뒤에 당

〈그림 1〉 나카노 시게하루. 개조사 판 '현
대일본문학전집'의 『프롤레타리아문학
집』(1931.2)에서.

〈그림 2〉 『로바』 창간호

신이 문학을 그만두어도 괜찮지만, 나로서는 일단 말해 두고 싶었다'는 의
미의 말을 했다. 나는 얼굴이 붉어졌다.

나카노 시게하루 자신이 그런 말을 한 기억이 없다고 이야기하고 있
으므로 아쿠다가와는 그저 잘못 전해진 소문을 들었던 것일지도 모른
다. 그러나 나카노 시게하루는 1927년 초에도 "특별히 예술전선藝術戰線
이라는 것은 있을 수 없다"고 쓰고 있었던 것이다. 그리고 이 말은 당시
에도 현재에도 예술의 독자적 영역을 부정하는 말인 것처럼 계속 오해
되고 있다. 하지만 "특별히 예술전선이라는 것은 있을 수 없다"는 이 짧
은 말 속에 실은 나카노 시게하루의 예술관과 정치관 전부가 들어 있었
다. 그것은 거친 시대를 향해 출발하는 나카노 시게하루의 투쟁선언이
었다. 정확을 기하기 위해 이 문장의 앞뒤를 조금 길게 인용하면서 논
의를 시작해 보자.

문제는 간단하다. '긴요한 것은 세계를 변혁하는 일'이며, 현실에서 변혁해 가는 일이다. 우리 자신이 사회 변혁의 실천으로까지 나아가지 않는 한, 사회의 구성 과정에 대한 인식도 사회의 변혁 과정에 대한 인식도 모두 거짓이다. 그것은 결국 유산자적 '학문'일 수밖에 없는 것이다.

우리 앞에 가로놓인 전선은 단 한 줄기, 전무산계급적 정치전선뿐이다. 거기에서, 그 안에서, 특별히 예술전선 같은 것은 있을 수 없는 것이다.

물론 현실에는 의식 과정 내의 대립 투쟁이 존재한다. 그 싸움은 금후에도 점점 격렬해질 것이다. 단, 이 대립 투쟁은 그 자신에 의해서는 새롭게 전개될 수 없다. 아무리 '의식적으로 자본주의적인 이데올로기로부터 독립해 사회주의 이데올로기의 전개를 계획적으로 기도'하고자 해도 유산자적 문예운동과 무산자적 문예운동의 대립 투쟁 그 안에서 새로운 전개가 나타나는 것은 불가능한 일에 속한다. 이 문제를 이해하기 위해서는 왜 노동계급 운동이 전무산계급적 운동으로 전환되어야 하는지, 움켜쥐어야 할 고리로서 사회주의적 정치투쟁을 왜 움켜쥐어야 하는지를 이해해야 할 것이다.

— 「결정되고 있는 소시민성結晶しつつある小市民性」, 『문예전선』, 1927.3

이 글 안에 포함되어 있는 '사회의 구성 과정', '의식 과정', '변혁 과정' 등의 용어, 그리고 '노동계급 운동으로부터 전무산계급적 운동으로의 전환'이라는 표현 등은 말할 것도 없이 당시 좌익을 지배하고 있던 후쿠모토주의福本主義의 기본적 카테고리에 다름 아니다. 나카노 시게하루가 신인회新人會의 일원으로서 마르크스주의에서 자기의 사상을 발견했을 때 그 정치사상의 형성에 결정적인 영향을 끼쳤던 것이 후쿠모토주의였다는 점은 당시로서는 지극히 당연한 일이었다. "안키치安吉는 초록색 표지의 『마르크스주의연구』에서 이와자키岩崎가 쓴 것을 얼마 전부터 읽고 있었다. 그것은 꽤 재미있었다. '야마다 씨 방향전환론의 방향전환 바로 그것으로부터 시작하지 않으면 안 된다', '그 후의 결합은 그 이전의 분리 없이는 있을 수 없다' 등의 제목을 붙인 방법이 그에게는 첫 번째로 흥미로웠다. '존재하는 것이 금후 어떻게 되어야 하는가 하는 질문에 대한 답은 그것이 현재 어떻게 존재하는가에 대한 인식 속에 이미 나와 있다'는 식으로 말하는 사고방식의 스타일도 흥미로웠다. 안키치보다도 운동에 훨씬 더 관여하고 있는 사람들이 이와자키의 논문을 바이블 취급하며 열심히 읽는 기분은 아직 잘 납득되지 않았지만, 씌어 있는 것보다도 그 기술된 방법이 안키치에게는 선명한 매력이었다"라고 서술된 『애간장』의 한 구절에서 당시 나카노 시게하루가 후쿠모토의 저작을 대했던 모습을 추측한다 해도 큰 잘못은 아닐 것이다.

씌어 있는 것보다도 그 기술방법이 매력적이었다고 하는 가타구치 안키치片口安吉를 그대로 나카노 시게하루와 겹쳐서 생각한 후, 이 사람을 후쿠모토 가즈오福本和夫의 원고를 처음 읽었을 때 이것도 글일까 하며 어이없어 했던 당시의 당혹감을 회상하고 있는 하야시 후사오林房雄와 나란히 놓고 보면, 하나의 새로운 사상에 처음 부딪쳤을 때 나타나는 두 사람의 개성 차이가 선명하게 보여 아주 흥미롭다. 이어서 하야시는 다음과 같이 쓴다.

하지만 아주 박학한 논문이라는 점만은 의심할 수 없다. 인용되어 있는 문장이 전부 나 같은 사람은 한 번도 읽은 적 없는 중대한 구절들이다. 사카이 도시히코堺利彦도 야마카와 히토시山川均도 이노마타 쓰나오猪俣津南雄도

사노 마나부佐野學도 사노 후미오佐野文夫도 아오노 스에키치靑野季吉도 인용해 주지 않았다. 일본의 마르크스주의가 얼마나 무식했었는지를 뼈저리게 느끼게 하는 신선한 내용을 포함하고 있다. — 적어도 학생 이론가인 나에게는 그렇게 생각되었다. 나는 완전히 압도되어 니시 마사오西雅雄에게 무조건 발표되도록 하자고 권했다.

당시 하야시 후사오는 니시 마사오 밑에서 일본공산당 재건 뷰로의 합법적 기관지 『마르크스주의』의 편집을 돕고 있었으며, 이 잡지에 이미 「봉급생활자와 무산계급俸給生活者と無産階級」(1924.8), 「계급투쟁에서 지식의 역할階級闘争に於ける知識の役割」(1924.9), 「독립노동계급교육独立労働階級教育」 등의 논문을 발표한 신진 '학생이론가'였는데, 하야시의 「독립노동계급교육」이 게재된 12월호(1924)에 후쿠모토 가즈오의 첫 논문인 「경제학 비판 내의 마르크스 『자본론』의 범위를 논함経済學批判のうちに於けるマルクス『資本論』の範圍を論ず」도 발표되었던 것이다.

그런데 나카노 시게하루가 후쿠모토 가즈오의 논문을 읽고, 거기 씌어 있는 것보다 그 기술방법에서 매력을 느꼈다는 것은 아마도 후쿠모토의 문체에 끌렸다는 말은 아닐 것이다. 『마르크스주의』를 뒤져보면 즉각 알 수 있듯이, 당시에는 이른바 후쿠모토를 모방한 글이 지면에 범람하고 있었으며 호쿠모토 에피고넨이 속출하고 있었다. 그러나 나는 이러한 현상과 나카노 시게하루의 후쿠모토주의 수용은 약간 차이가 있었다고 생각한다.

이 시기의 나카노 시게하루를 가리켜 '낭만적 극좌주의'라고 부른 사람은 히라노 켄平野謙이지만, 나는 이노마타 쓰나오가 후쿠모토주의에 붙인 이 레테르를 나카노 시게하루 쪽에도 동일하게 적용하는 것에는 의문이 든다. 오히려 나는 히라노가 나카노 시게하루에서 나타나는 '낭만적 극좌주의'라고 부른 것 속에 어떠한 근원 추구, 전체성 지향이 있었는가 하는 점을 명확히 하는 것이야말로 중요하다고 생각한다. 다시 말해 그것은 "특별히 예술전선이라는 것은 있을 수 없다"고 하는 나카노 시게하루의 말을 히라노처럼 예술적 투쟁 그 자체를 부정하는 말 또는 대립자에 저항하기 위해 일탈도 두려워하지 않는다는 격한 반어의 표현으로 보는가, 아니면 설령 이 말이 후쿠모토주의의 "전무산계급적 정치투쟁 의식"이라는 말로 이해되고 있었다고 해도 결국 그것은 하청적下請的 분업의식을 끝까지 거부하며 자기 자신을 하나의 전체적인 혁명 주체로까지 형성시켜 바로 거기에서부터 문학 및 문학운동과 관계하고자 하는 나카노 시게하루의 결의를 표현한 말이었다고 보는가 하는 문제인 것이다. 후자의 입장에 서는 한, 정치인가 문학인가 라든지 정치와 문학이라든지 하는 식의 문제 제기는 있을 리가 없었다. 아리시마 다케오有島武郎의 「선언 하나宣言一つ」에 제기된 문제를 완전히 해결할 수 있는 가능성은 여기에 있었다. 사실은 그것이 다시금 '정치와 문학'이라는 형태의 틀 속에 빠지게 되는 데에는 주체 측의 어떤 좌절이 있었다. 그리고 그 좌절의 과정을 명확히 하는 일이야말로 이 책의 한 가지 테마다.

그러나 그에 앞서 우선 우리는 일본의 근대 사상사에서 후쿠모토주의가 무엇이었는가 하는 문제를 검토해야 할 것이다.

2. 후쿠모토주의

후쿠모토주의가 일본의 사상, 특히 마르크스주의에 무엇을 초래했는가 하는 문제는 오늘날에도 일면적으로만 밝혀져 있다. 뭐니 뭐니 해도 그 원인은 그의 이론이 코민테른에 의해 오류라고 판정되어 충분하고 치밀한 이론적 검토도 없이 과거의 유물로 보이기에 이르렀다는 점, 그리고 전전戰前의 이른바 후쿠모토주의 시대에 펼친 후쿠모토 자신의 이론 활동이 겨우 3년간에 불과했다는 점, 더 나아가 거기서 제기된 문제 중 단 한 가지조차 그 자신에 의해서는 전후에 계승되지 않았다는 점에 있을 것이다. 하지만 코민테른이 어떻게 판정했든 간에, 또 오늘날의 후쿠모토[2]가 어떻게 생각하고 있든 간에, 오늘날 보았을 때 그 이론이 옳은가 그렇지 않은가 하는 문제와는 얼마간 별도로 후쿠모토주의가 일본의 사상에 끼친 충격은 결정적으로 큰 것이었다.

그렇다면 후쿠모토주의는 어떤 것이었을까?

저널리즘을 통해 후쿠모토주의라는 이름으로 일반에 유포된 것은 유명한 '분리결합론'이다. 마르크스주의자가 스스로를 강력히 결정結晶시키기 위해서는 그 이전에 일체의 비마르크스주의적 요소와 결정적으로 분리하지 않으면 안 된다는 것이 '분리결합론'이었다. 세상의 후쿠모토이스트들이 휘둘렀던 것은 분명 이 '분리결합론'이었다. 그렇지만 그것은 후쿠모토 체계의 일부이며, 이 실천적 제언에 이르기까지는 몇 단계에 걸친 이론적 전제의 축적이 있었다. 후쿠모토주의를 후쿠모토주의

2　【역주】원서 초판 간행 당시(1971) 후쿠모토 가즈오는 생존해 있었다.

로 만든 것은 이러한 실천적 제언이 철학으로부터 경제학, 그리고 현상 분석에 이르는 전체 체계와 불가분하게 나타났다는 바로 그 점에 있었다. 후쿠모토주의가 일본 마르크스주의에 끼친 결정적인 공헌은 마르크스주의를 단순한 경제결정론이나 인도주의적 사회주의의 수준으로 파악하고 있던 사카이 도시히코, 야마카와 히토시, 가와카미 하지메河上肇 등의 마르크스주의 이론을 비

〈그림 3〉 『마르크스주의』 1925년 6월호

판·극복해 그것을 유물론적 변증법으로 관철된 하나의 전체성 사상으로서 묘출했다는 점에 있다.

프랑스와 독일에서 유학한 후쿠모토 가즈오는 1924년 9월에 귀국했다. 그리고 그는 당시 해산한 공산당의 뷰로 기관지로서 합법적으로 간행되고 있던 잡지 『마르크스주의』에 연달아 논문을 발표했다. 앞에서도 말했던 것처럼 그는 이 잡지 12월호(1924)에 「경제학 비판 내의 마르크스『자본론』의 범위를 논함」이라는 제목의 첫 논문을 발표했다. 그는 이 논문에서 마르크스주의를 부르주아 사회에 대한 총체적 인식과 변혁의 이론으로 파악했으며, 경제학비판을 그 기초로 삼았다. 그 이후

1927년 12월에 이르기까지 후쿠모토의 논문은 『마르크스주의』의 거의 매호에 게재되었는데, 그것은 본명과 호조 가즈오北條一雄라는 필명으로 발표된 것을 합해 20편에 이르렀다.

앞서 말한 논문에 이어 그는 『마르크스주의』4월호(1925)에 유학 중 집필했던 「당 조직론의 연구党組織論の研究」 초고에 가필한 「구주 무산자계급 정당 조직 문제의 역사적 발전欧洲に於ける無産者階級政党組織問題の歷史的発展」을 호조 가즈오 명의로 발표했는데, 이 글은 6월호까지 3호에 걸쳐 연재되었다.

후쿠모토의 이른바 사상적 원점이라고도 불릴 만한 이 논문은, 1. 무산계급의 역사적 사명, 2. '테오리'와 '프락시스'의 변증법적 통일, 3. 무산계급의 조직 과정, 4. 마르크스주의적 정당 발달의 사적 단계, 5. 마르크스주의적 정당의 조직적 특질 및 그 전술적 작용으로 구성되어 있는데, 여기서 후쿠모토주의의 특질은 거의 그 전모를 보이고 있다. 이 논문은 후쿠모토의 다른 모든 논문들과 마찬가지로 그 대부분이 마르크스나 레닌의 인용문으로 구성되어 있다. 이제 이 논문의 내용을 검토해 보자.

우선 그는 자본주의 사회에서의 부르주아지와 프롤레타리아트의 관계를 논한 마르크스의 문장을 발췌해 나열하면서 다음과 같이 논한다. 유산자 계급과 무산자 계급은 하나의 전체를 이루고 있으며, 그것들은 함께 **동일한 인간적 자기소외**를 표현한다. 자본은 무산자 집단을 무산자 집단으로 생산하며, 그 정신적 육체적 빈곤을 의식한 빈곤, 그 **인간소외**를 의식한, 따라서 자기 자신을 지양[3]한 인간소외를 생산함으로써 자신을 해체로 몰아간다. 그리고 이 "직접성에 있어서의 유산자 계급과 무산자 계급"의 관계는 무산자 계급이 자기의 계급적 이해 추구를 "전체 계급 이익의 지양', 즉 계급 그 자체의 폐지로까지 연결시켰을 때 비로소 "매개성에 있어서의 무산자 계급"으로 형성된다.

　도입 부분을 약간 소개하는 것만으로도 이미 그의 마르크스주의가 소외론을 기축으로 구성되어 있음이 우선 주목된다. 우리는 이 사실을 이후 펼쳐질 프롤레타리아문학운동과 관계해 특히 기억해 두고 싶다. 여기에는 사물화로부터의 전인간적 해방, 그 일을 떠맡을 역사적 사명을 가진 프롤레타리아트 계급의식의 형성, 그리고 당의 건설 — 여기에는 결성하자마자 곧 해산된 공산당의 재건 대신에 단일무산정당=협동전선당의 결성이라는 코스를 제창했던 야마카와이즘의 '현실주의 노선'에서는 볼 수 없는 사상적 일관성이 있었으며, 무엇보다 사람들로 하여금 역사와 세계를 자기 자신의 것으로 움켜잡을 수 있다고 생각하게 하는 일종의 선명하고 강렬한 세계관적 충격이 있었다.

　후쿠모토는 논의를 계속 진전시키면서, 프롤레타리아트를 통해 비로소 인식은 매개성, 생성, 전체성 속에서 대상을 포착할 수 있으며, 또한 사회적 모순의 집중적 체현자로서 나타나는 프롤레타리아트의 자기 인식은 동시에 전체 사회의 객관적 인식이기도 하므로, 이 인식으로써 성취된 주체와 객체의 통일은 프롤레타리아트를 통해 이론과 실천의 통일을 최초로 실현시켰다고 쓴다. 그리고 그는 마르크스가 「헤겔 법철학 비판 서설」에서 한 말, 즉 "이론은 인간적ad hominem으로 표명되기에 이르러 대중을 파악한다. 그리고 이론은 래디컬하게 되기에 이르러 인간

3　【역주】 후쿠모토 가즈오는 'Aufheben'의 역어로 '지양'을 쓰지 않고 '양기揚棄'를 사용했다. 본서 중 후쿠모토 관련 부분에서 '지양'으로 번역한 것의 원문은 모두 '양기'이다.

적으로 표명된다. **래디컬**하다는 것은 사물을 그 근본에서 이해하는 것이다. 그러나 인간에게 근본은 인간 자체이다"라는 말을 인용한 후, "사회의 현실성은 **전체성으로서만** 관통되고 전화된다. 그러므로 이 관통 — 사회 현실성의 진실한 인식 — 소위 '테오리'와 '프락시스'의 통일 — 은 그 자체가 전체성인 주체 — **무산자 계급** — 만이 비로소 감당할 수 있는 것이다. 여기에서 **무산자적 인식**과 유산자적 인식의 차이, 마르크스주의와 유산자적 철학의 차이의 출발이 결정된다"고 기술한다.

그런데 그 자체가 전체성인 주체, 즉 무산자 계급 그대로로는 여전히 전체성의 입장을 현실화할 수 없다. 거기에서 무산계급의 조직 과정이 문제되는 것이다. 즉자적 계급으로부터 대자적 계급으로 나아가는 것, 다시 말해 계급의식을 형성하는 일이 문제인 것이다. "즉 무산자 집단은 자본 계급에 대한 집요한 **투쟁 속에서** 그 계급의식을 의식하며 계급의 형성을 성취한다. 따라서 무산계급이라는 개념도 무산자 계급의식도 투쟁을 통해서 전개되는 과정적인 것이다." 하지만 이 관계는, 무산자 계급의식을 충분히 의식하지 않고는 계급투쟁을 충분히 발전시킬 수 없으며, 또 역으로 계급투쟁을 충분히 실천하지 않고는 의식을 충분히 발현시킬 수 없다고 하는 어떤 변증법적 관계에 놓여 있다고 후쿠모토는 지적한다. 여기서 우리는 후쿠모토의 독특한 혁명 단계론을 볼 수 있다.

그는 의식혁명, 정치혁명, 경제혁명이라는 세 가지 단계를 들면서, 무산자적 사회혁명은 이 세 단계를 밟지 않으면 안 된다고 말한다. 그리고 이를 '혁명점革命点'으로까지 성숙시키는 부단한 투쟁 과정과 결부해서 보면, 다음과 같은 단계가 된다고 말하는 것이다. 즉,

1. **계급의식**—이것은 투쟁과의 교호작용에 의해 차츰 완성되어 일정한 지점에 이르러 **의식혁명**으로 비약한다.

2. **경제적 투쟁**

3. **정치적 투쟁**—일정한 지점에서 정치혁명으로 비약한다.

4. 경제혁명—이 정치혁명을 계속 이용해 가면서 경제**혁명**을 **수행**한다.

여기서 아주 특징적인 것은 투쟁 과정의 첫 번째에 '계급의식'이 그리고 더 나아가 '의식혁명'이 놓여 있다는 사실이다. 이런 식의 생각은 신좌익 중 혁명을 하나의 전체적인 문화혁명으로 보고자 하는 조류로서 오늘날에는 어느 정도 시민권을 얻고 있지만, 사회민주주의 내지 노동조합주의적 의식이 지배적이었던 당시에는 대단히 이색적인 것이었다고 해야 할 터이다.

나아가 후쿠모토는 이 투쟁 과정에 적응하는 조직 형태로서 노동조합, 정당, 노동자농민평의회(소비에트, 레테Raete, Räte) 등을 들고 그 각각을 해설한다. 마지막으로 그는 레닌의 당 조직론을 검토하며, "'계급의식을 의식하는 무산자 집단의 조직과 불가분하게 결합한 자코뱅당'을 창설할 것, 이러한 결합을 성취하기 위해서는—'결합하기 전에 우선 분명히 분리하지 않으면 안 된다'는 것, 그것이 레닌 조직론의 핵심이었다"고 결론지었다. 그리고 레닌과 로자 룩셈부르크의 논쟁을 소개하면서 공산당의 조직 원칙을 명확히 했던 것이다.

그런데 후쿠모토 자신이, "본 논문에 인용된 여러 저술과 논문 외에 게오르그 루카치의 『역사와 계급의식』, 특히 그 마지막 장인 「조직문제의 방법론」에 힘입은 바 크다. 하지만 어떤 한 가지 점에서 나는 문제를 **관**

찰하는 시각을 현저히 달리 하지만 (…중략…) 개개의 논점에 대해, 또한 일반적으로도 일일이 열거하기 어려울 정도로 이 책에 빚지고 있다"라고 이 논문 말미의 부기에 기술하듯이, 이 논문 전체가『역사와 계급의식』의 논리적인 프로세스를 생략한 결론만을 자기 생각처럼 전하고 있다는 느낌은 아무래도 지워지지 않는다. 게다가 1925년 6월에 이 논문의 완결편이『마르크스주의』에 실렸는데, 그 딱 일 년 전에 개최된 코민테른 제5회 대회에서 루카치는 후쿠모토를 직접 가르친 칼 코르쉬Karl Korsch와 함께 집중 공격의 포화를 받았던 것이다. 그리고 데보린Abram M. Deborin(「루카치의 비판적 마르크스주의」)이나 루다스Ladislaus Rudas(「루카치의 계급의식론」) 등의 비판 논문이『아르바이타 리테라츄어Arbeiter-Literatur』지에 게재된 것은 1924년 10월이었다.

아마도 후쿠모토는 코민테른 제5회 대회에서 있었던 지노비예프Zinovyev나 부하린Bukharin의 루카치, 코르쉬 비판도, 그리고 데보린과 루다스의 논문도 읽을 기회를 가지지 못한 채 자기 논문을 발표했을 것이다. 그는 이 논문을 단행본(『무산계급의 방향전환』, 1926.4)에 수록했을 때, 이 부기를 전문 삭제하고 있다. 만일 후쿠모토가 일 년 더 유럽에 남아 이 제5회 대회의 문헌 등을 재빨리 입수했었더라면, 어쩌면 후쿠모토주의라는 것이 존재하지 않았을지도 모른다.

그러나 우리는 후쿠모토를 따라 더 나아가 보자. 후쿠모토는 이「구주 무산자계급 정당 조직 문제의 역사적 발전」에 이어, 그의 이름을 일약 유명하게 만든「'방향전환'은 어떠한 제 과정을 밟는가, 우리는 이제 그것의 어떠한 과정을 겪고 있는가—무산자 결합에 관한 마르크스적 원리'方向転換'はいかなる諸過程をとるか、我々はいまそれのいかなる過程を過程しつつあ

るか—無産者結合に関するマルクス的原理」를 『마르크스주의』 10월호(1925)에 발표했다. 이 논문에서 후쿠모토는 사회주의 동맹의 결성(1919)으로부터 단일협동전선당의 제창에 이르는 일본 사회주의 운동의 역사를 경제운동에서 정치운동으로의 '방향전환' 과정으로 파악하면서, 거기에 앞서 말한 "결합하기 전에 우선 분명히 분리하지 않으면 안 된다"는 "무산자 결합에 관한 마르크스적 원리"를 적용해, "'단순한 의견 차이' — 동일 경향 내의 — 로 보였던 것을 '조직 문제'로까지, 따라서 단지 '정신적으로 투쟁하는' 데에 멈추었던 것을 '정치적, 전술적 투쟁'으로까지 전개하지 않으면 안 된다" "……하지만 우리는 지금 이것을 그 충분한 형태에 이르기까지 쟁취할 수 있다고 생각해서는 안 된다. 이제 무산자 계급은 과감하고 게으르지 않은 **이론적 투쟁**에 의해 특히 이것을 쟁취해야 하는 필연에 쫓기고 있다. 그러나 잠시 그 한도에 머무르지 않으면 안 된다"고 주장했던 것이다.

더 나아가 후쿠모토는 『마르크스주의』 1월호(1926)에도 호죠 가즈오라는 이름으로 「노농정당과 노동조합 労農運動と労働組合」(이후 단행본인 『방향전환』에 수록할 때 「우리는 어떻게 방향전환을 할 수 있는가—무산계급 정당과 노동조합 我々はいかにして方向転換をなしうるか―無産階級政党と労働組合」으로 개제함)을 게재해, 거기서 처음으로 일본의 계급 관계를 다음과 같이 정식화했다.

1. 일본의 부르주아지는 아직 소위 절대적, 전제적 세력을 완전히 타파하지 못했다.
2. 게다가 우리의 자본주의는 이제 세계 자본주의와 함께 실제로 몰락 과정에 있다.

'자본주의 최후 단계로서의 제국주의'는 이제 우리나라에서도 역시 강렬하게 몰락의 과정을 밟고 있다.

3. 우리 무산계급은 이러한 형세 아래에서 비로소 정치투쟁의 무대에 올라왔던 것이다.

4. 또한 농촌의 피억압계급인 대다수 소농민의 급속한 궁핍화가 보인다.

그러므로 프롤레타리아트는 "자본의 지배를 타파할 철저한 투쟁을 위해, 이 투쟁으로의 필연적 발전을 준비하기 위해 필요한 투쟁의 한 과정으로서 부르주아 민주주의를 쟁취해야 할 필연에 당면해 있다"는 것이다.

후쿠모토는 이렇게 계급의식론, 당조직론, 일본의 계급관계에 대해 자기의 논의를 전개한 후, 「당면의 임무当面の任務」(『마르크스주의』, 1926.7)를 발표한다. 이 논문은 단행본 『이론투쟁』(1926.11)에 수록될 때 대폭 가필 수정되어, 「우리는 이제 이론적 투쟁에 정치적 폭로를 더하지 않으면 안 된다我々は今や理論的闘争に政治的暴露を重ね始めなければならぬ」로 개제되었다. 그리고 제목에서도 알 수 있듯이, 이 글에서 후쿠모토는 이론투쟁에 의한 마르크스주의자의 '분리·결합'론을 한 걸음 더 진전시켜, 노동자가 "**새로운 요소**—(혁명적 인텔리겐치아—진실로 전무산자계급적인 지식계급의 의식, 즉 전투적 유물론, 진실로 전무산계급적인 정치의식)—를 그 물질적 생산과정의 **외부**—경제적 투쟁의 외부—로부터 획득하는 일"이 필요하며, 이 새로운 요소의 성숙 여하가 실로 전체 문제의 무산자적 해결을 위한 첫 번째 조건이라고 주장한다. 그리고 정치적 폭로의 필요에 대해 다음과 같이 서술한다.

노동자 계급의 정치의식 ― (조합주의적 정치의식) ― 이 진실한 전무산 계급 정치의식으로까지 **실제로** 발전 전화할 수 있기 위한 절대적 조건은 전제, 억압, 폭력의 **모든** 남용, 폭력의 **모든** 발현 ― 어떤 계급이 그 희생자인가를 불문에 부친 채 ― 에 대해 **그들이** 저항하도록 습관화되는 일, 그것도 오로지 마르크스주의의 견지에서 저항하도록 습관화되는 일이다.

따라서 우리는 이제 노동자 계급의 진실한 전무산계급적 정치의식이 **현실에** 나타나도록 하기 위해 ― 노동계급 운동을 그 역사적 사명을 다하기 위한 운동인 전무산계급 운동으로까지 현실로 발전 전화시키기 위해, '인민의 **모든** 계급 속으로 **가야** 한다.' 그리고 **모든** 계급에서 발산하는 **정치적** 반항을 이용, 지도, 촉진 내지 전화轉化하는 일을 습관화해야 한다.

우리는 바야흐로 이론적 투쟁에 정치적 폭로를 더하기 시작해야 한다.

―『이론투쟁』, 188쪽

*

위에서 정치 논문을 중심으로 후쿠모토 가즈오의 이론 전개를 자세히 소개했는데, 거기에는 그의 사상이 「'방향전환'은 어떠한 제 과정을 밟는가……」라는 글 한 편으로만 논의되어, 자칫하면 일종의 분열주의, 극좌주의 같은 인상을 줄 수 있다는 점을 수정한다는 의미도 포함되어 있다.

사견을 밝히면 후쿠모토주의의 의미는 다음과 같은 점에 있었다.

첫째, 그것은 처음으로 마르크스주의를 전체성의 성격으로 파악함으로써 일본의 마르크스주의에 새로운 단계를 열었다. 그것은 제2인터내셔널의 실증주의화한 마르크스주의를 비판했다. 정치적으로 후쿠모토주의는 제2인터내셔널의 의회주의, 합법주의의 극복을 꾀하면서 마르크스주의의 변증법적 기초에 대한 그 어떠한 수정도 즉각 그 전체성의 수정으로 나아가게 된다고 봄으로써 마르크스주의를 혁명적 변증법에 의거한 전체성 사상으로 규정한 루카치의 『역사와 계급의식』이 지닌 역사적 위치에 섰다. 즉 그것은 제2인터내셔널적인 마르크스주의를 극복하고 레닌주의에 접근하려 했으며, 우리는 이 점에 근거해 야마카와이즘 대 후쿠모토주의의 관계를 파악할 수 있다. 일본의 마르크스주의는 후쿠모토주의를 통해 비로소 하나의 세계관적 수준을 확립했다. 더 나아가 오늘날 주목해야 하는 것은 그것이 소외론을 기초로 구성되어 있었다는 점이다.

둘째, 이러한 입장으로부터 후쿠모토주의가 가장 날카롭게 제기한 것은 이론과 실천의 통일이라는 문제. 후쿠모토주의는 실천을 매개로 하는 인식 대상과 인식 주체의 상호의존성을 주장했다. 그것은 루카치나 코르쉬가 말하는 주객 변증법의 부분적인 조술祖述에 불과했기는 하지만, 인식 주체가 인식 대상이며 동시에 변혁의 주체가 된다는 이 주체론적 주장은 실증주의와 객관주의라는 부르주아 사상의 대용품으로서 마르크스주의가 수용되고 있던 당시의 일본 사상계에 그 관념성과 함께 틀림없이 신선한 충격을 주었을 것이다.

셋째, 그것은 인텔리겐치아가, 후쿠모토의 말을 빌리면 '새로운 요소'로서 복권될 길을 열었다. 아리시마 다케오의 「선언 하나」 이래 떨쳐낼 수 없었던 '제4계급'에 대한 인텔리겐치아의 죄악감이나 무력감除計者意識은 후쿠모토주의가 출현하면서 결정적으로 변화했다. 이는 노동운동의 이론화를 가능케 했으며, 노동자 계급에 대한 이유 없는 열등감을 씻어냄으로써 전위 형성을 위한 인간적 조건을 만들어 내는 데에 결정적인 의미를 지녔다. 물론 그 실현 형태에는 커다란 문제가 포함되어 있었기는 하지만 말이다.

넷째, 후쿠모토주의는 사회주의 운동을 단지 자본가 대 노동자라는 틀로 파악하는 입장을 크게 뛰어넘어, 그것을 모든 억압에 대한 모든 인민의 반항으로 보는 견지를 확립했다. 그가 주장한 '노동운동으로부터 전무산계급적 정치투쟁으로'라는 슬로건의 의의는 이 점에 있었다. 후쿠모토는 본문 중에 레닌의 다음 말을 인용하거니와, 이 슬로건은 바로 이 말을 따르고 있는 것이다.

> 한 마디로 말하면, 그 어떤 노동조합 서기도 모두 '고용주와 정부에 대한 경제투쟁'을 일으키고 있으며, 그것을 돕고 있다. 그러나 이런 일은 아직 사회민주주의는 아니라는 사실, 사회민주주의자의 이상은 노동조합 서기가 아니라 인민의 호민관이어야 한다는 사실, 즉 어디서 일어난 일인가, 어느 계층 또는 어느 계급에 관련된 일인가에 무관하게 전제와 억압 일체 그리고 전제와 억압이 발현되는 모든 종류의 양상에 반응하는 능력, 그 모든 현상을 경찰의 폭력과 자본주의적 착취라는 단 한 장의 그림으로 종합해 그려낼 수 있는 능력, 아무리 사소한 사건을 가지고도 그것을 계기로 자기의 사회주의적 신념과 민주주의적 요구를 모든 사람들에게 설명할 수 있는 능력, 프롤레타리아트 해방투쟁의 전 세계사적 의의를 모든 사람에게 설명할 능력을 갖춘 호민관이어야 한다는 사실은 아무리 강조해도 다 강조할 수 없는 것이다.
>
> ─『무엇을 해야 하는가』

그리고 후쿠모토를 통해 배운 레닌의 생각은 나카노 시게하루의 정치관에 결정적인 영향을 끼치게 된다.

다섯째, 그것은 전무산계급적 정치투쟁을 하나의 전체성에 입각한 운동으로 파악함으로써, 경제투쟁과 정치투쟁의 분열, 이데올로기 투쟁과 정치투쟁의 분열 등등으로 표현되는 분업적 운동관을 극복할 길을 열었다.

후쿠모토주의에 대한 평가는 결코 이상의 다섯 가지 점에 그치지 않는다. 또한 더 상세히 검토할 경우 여기서 거론한 다섯 가지 점에 대해서도 많은 문제가 나올 터이다. 하지만 동시대 프롤레타리아문학운동의 문제를 고찰할 예비적 조건으로서는 우선 이 정도만 전제하면 충분하리라고 생각된다.

물론 현실의 운동 속에서 수많은 젊은 '후쿠모토이스트'들이 꺼내든 후쿠모토주의는 극히 단순한 이론투쟁주의, '결합 전 분리'라는 섹트적 분열주의로 기능했다. 그리고 그렇게 기능하게 된 원인이 후쿠모토의 이론 체계 속에 없었다고는 할 수 없다. 그러나 후쿠모토가 마르크스주의를 하나의 전체성 사상으로서 처음으로 묘출했다고 해서 그것이 후쿠모토주의 그 자체가 그대로 전체성 사상이었음을 의미하지는 않는다. 또 그와 동시에 그것은 '후쿠모토이스트'인 나카노 시게하루의 사상이 후쿠모토의 이론과 전적으로 일치함을 의미하지도 않는다. 나카노 시게하루는 후쿠모토이즘을 통해 마르크스주의가 무엇인지를 파악했을 뿐이다. 이를테면 그는 마르크스주의의 진수眞髓를 포착했던 것이다. 그때 나카노 시게하루가 포착한 마르크스주의라는 것은 이른바 후쿠모토이즘과는 이미 관계가 없는, 나카노 시게하루의 마르크스주의였을 뿐이다.

3. 예술운동이란 무엇인가

『씨 뿌리는 사람種蒔く人』의 창간(1921) 이래, 하나의 운동을 형성해 온 프롤레타리아문학에서 후쿠모토주의가 가져온 계급의식과 당에 대한 이론은 신선한 충격이었다. 후쿠모토주의는 그것을 긍정하든 부정하든 관계없이 운동에 오랫동안 참여해온 사람들을 새로운 문제의 장으로 이끌어내는 결과를 가져왔다. 가타가미 노부루片上伸를 비롯한 종래 프롤레타리아문학 이론가들에게는 운동의 본대本隊로서 노동운동이 의식되었다. 그러나 그에 반해 후쿠모토주의는 처음으로 정치=당의 문제를 제기했으며, 또 일반적으로 노동자의 자기표현과 인텔리겐치아의 인도주의적 대응을 주요 내용을 하는 프롤레타리아문학에 대해 처음으로 사상=마르크스주의의 문제를 제기했던 것이다.

이 새로운 문제의 장에 옛 세대로서 처음 개입한 것이 아오노 스에키치青野季吉의 「자연생장과 목적의식自然生長と目的意識」(『문예전선文芸戦線』, 1926.9)이었으며, 또 1926년 초에 '마르크스주의 문예 연구회'로 결집한 나카노 시게하루中野重治, 가지 와타루鹿地亘 등의 신세대였다.

이 1926년을 연표로 개관해 보면, 주지하다시피 이 해는 다이쇼가 끝나고 쇼와가 시작되던 해이자, 전전 일본 노동운동 역사상 최대 쟁의인 공동인쇄와 하마마츠浜松 일본악기의 쟁의가 일어난 해였으며, 코민테른 제6회 확대 집행위원회에서 일본공산당의 재건이 결의되어(2월~3월), 야마가타현 고시키五色 온천에서 정식으로 재건 대회가 열린(11월)해였다. 또 1926년은 하야마 요시키葉山嘉樹가 프롤레타리아문학의 기념비적 작품『바다에 사는 사람들海に生くる人々』을 발표했으며(11월), 나카노 시게하루가 「다쿠보쿠에 관한 단편啄木に関する斷片」(11월)을 쓴 해였다.

이러한 정세, 그리고 프롤레타리아 계급의 투쟁 목적을 자각함으로써 비로소 계급을 위한 예술이 된다고 하는 아오노 스에키치의 목적의식론으로 인해『씨 뿌리는 사람』이후의 프롤레타리아문학 운동은 커다란 전환기를 맞이하게 되었다.

1926년 11월 14일, 일본프롤레타리아문예연맹은 우시고메 가구라자카 구락부에서 제2회 대회를 열어 종래의 '문예연맹'을 일본 프롤레타리아예술연맹으로 바꿨으며, 그와 동시에 아키다 우자크秋田雨雀, 오가와 미메이小川未明, 가토 가즈오加藤一夫, 에구치 기요시江口渙, 미야지마 스케오宮島資夫, 니이 이타루新居格, 나카니시 이노스케中西伊之助, 마쓰모토 준조松本淳三, 쓰보이 시게지壺井繁治 등의 아나키스트 또는 비 마르크스주의자를 배제하며 마르크스주의의 입장을 선명히 했다.

이러한 개편은 이론적으로는 아오노 스에키치의 '목적의식론'에 의해 방향이 그려졌으며, 실천적으로는 같은 해 10월에 시바 협조회관 등에서 열린 무산자신문 주최의 '무산자의 저녁'에 참여하는 등의 일로써 이미 실체화되어 있었다. 그리고 이 개편을 추진하고, 이후 프롤레타리아예술연맹의 지도권을 장악하게 되는 것은 도쿄대학 신인회의 멤버를 중심으로 조직되고 있던 마르크스주의 예술연구회의 나카노 시게하루, 히사이타 에이지로久板栄二郎, 다니 하지메谷一, 가지 와타루, 가와구치 히로시川口浩, 센다 고레야千田是也, 오가와 신이치小川信一, 사노 세키佐野碩 등이었다.

한편『씨 뿌리는 사람』이후 동인잡지 형태를 취하며 운동조직과는 불가분의 관계를 유지해 온『문예전선』도 같은 해 11월의 동인 총회에서 나카니시 이노스케, 무라마쓰 마사토시村松正俊, 마쓰모토 고지松本弘二의 탈퇴를 인정함과 동시에 센다 고레야, 고보리 진지小堀甚二, 구로시마 덴지黑島伝治, 사노 세키, 아카기 겐스케赤木健介의 5명을 동인으로 추천했다. 이들과 더불어 반년 전에 동인에 참여한 하야마 요시키, 하야시 후사오林房雄 등으로써 『문예전선』의 마르크스주의 신세대가 형성되었다. 이러한 경과는 야마다 세자부로山田淸三郎에 의해 다음과 같이 보고되고 있다.

> 이제 자본주의 사회의 발전에 수반된 필연적 모순인 신흥 무산계급의 세력 확대에 의해 급격한 몰락과정을 밟아가고 있는 지배계급의 필사적 공격은, 무산자계급 그 자신의 계급의식 발달과 연동되어, 종래 그 대상을 주로 경제투쟁에 두었던 우리나라 무산계급 운동이 드디어 사회주의적 정치투쟁의 단계에까지 진전되게 했다. 그 결과 지금까지 일반 무산계급 운동에서 거의 완전히 서자 취급을 받아 왔던 무산자 문예도 이때 비로소 그 투쟁상의 필요로부터 무산자운동에 있어 중요한 역할을 한다는 인식이 일반적으로 공유되기에 이르렀던 것이다.
>
> ……한편 무산문예 진영은 어떠한 상태에 있는가 하면, 거기에는 이미 그 사명과 존재의 의의를 과거의 저편으로 넘겨버린 그 막연한 공동전선 — 공동전선의식이라는 것이 아직 의연히 잔존해 있다. ……그러나 오늘날 그 막연한 공동전선이라는 것은 무산자 문예의 더욱 발랄한 활동, 더욱 발랄한 발전을 위해 이미 큰 질곡이 되었다는 것을 알아야 한다.
>
> 위에서 말한 것과 같은 사정에서, 불행히 그 사상과 견해를 우리와 달리한 3명의 동인이 탈퇴 신청을 한 것에 대해(마쓰모토 씨는 사적 사정에서)

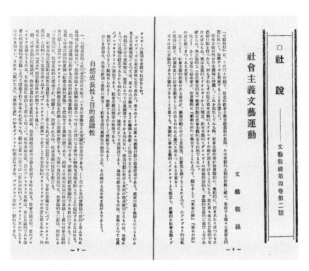

〈그림 4〉『문예전선』1927년 2월호 사설

우리는 이를 저지할 이유가 없다. 즉 여기서 이를 승인함과 함께 무산자 문예 진영의 자기 정리의 일단을 실현시키기에 이르렀던 것이다.

— 야마다 세자부로, 「제 2의 발전기와 문예전선第二の發展期と文藝戰線」,

『문예전선』, 1926.12

후쿠모토주의에서 가장 멀리 떨어져 있을 터인 야마다 세자부로조차 후쿠모토 아류의 사고틀에 완전히 갇혀 있다는 사실을 이 문장은 웅변적으로 이야기한다. 이른바 급격한 몰락과정, 이른바 계급의식의 발달, 이른바 경제투쟁에서 사회주의적 정치투쟁으로, 그리고 공동전선의식의 극복과 무산자 문예 진영의 자기 정리.

그러나 정치 이론으로서 전체적으로는 후쿠모토주의의 진영에 들어가 버린 이상, 그 코스를 더욱 철저화할 것인가, 아니면 예술운동의 특수성이라는 것을 방패삼아 중도에 멈출 것인가 하는 두 가지 이외에 프로예술연맹이 나아갈 길은 없었다.

중도에 멈추고자 하는 사람들로는 『문예전선』의 동인이 있었다. 하야시 후사오는 『문예전선』 2월호(1927)의 권두에 문예전선 '사설'로서 「사회주의 문예운동」이라는 테제를 집필했다.

"사회주의 문예운동은 전위의 운동이다."

"사회주의 예술운동은 작가가 진정한 사회주의적 인식, 무산계급적 정치의식을 파악할 때에 시작된다."

"따라서 우리 사회주의 작가는 그 창작활동에서 항상 의식적이어야 한다. 무산자 대중의 자연 성장적 행동도, 자본주의적 기구의 전국면도 — 공장도, 농촌도, 주식시장도, 빈민굴도, 댄스홀도, 스트라이크도, 투옥도, 연애도, 죽음도, 사랑도, 증오도, 전쟁도, 혁명도, 정치도, 문학도, 도덕도, 종교도 — 모두 작가의 사회주의적 세계관을 통해 묘출되어야 한다."

"우리는 예술가이기 전에 사회주의자여야 한다! — 사회주의 문학은 무엇보다도 우선 예술이어야 한다!"

"사회주의 문학과 예술적 가치는 양립한다."

"사회주의 문학은 예술적 가치를 추구한다. 그렇게 함으로써만 계급 전선에서 강력한 역할을 할 수 있다."

이에 대해 철저화론자는 즉각 비판을 전개한다. 비판은 우선 가지 와타루가 『무산자신문』 지상에 게재한 「소위 사회주의 문예를 극복하라 所謂社会主義文藝を克服せよ」라는 제목의 글로부터 시작되었다. 그는 전무산

계급적 입장에서 예술을 어떻게 역할하게 할 것인가가 아니라 사회주의적 예술을 어떻게 제작하는가가 하야시의 문제라고 하면서 우선 입장의 상이점을 명확히 제시한다. 그리고 그 후 하야시가 사회주의 문예운동이 전위의 운동이라고 말한 것을 들어, 전위의 임무는 결코 교화운동에 있는 것이 아니며, 그 임무는 결정적 행위에 이르는 조직운동이어야 한다고 비판한다. 이를 전제로 가지는 자기가 생각하는 예술 및 운동의 임무를 다음과 같이 말했다.

그렇다면 우리는 예술을 어떻게 인식하고, 그 역할을 전 무산계급적 입장에서 어떻게 규정해야 할 것인가, 예술은 현 단계가 규정하는 전면적 투쟁, 즉 결정적 행위로 나아가는 조직의 계기인 정치적 폭로를 수행할 수 있을 것인가, 그 정치적 폭로가 과연 예술의 역할일까, 그렇지 않다고 대답해야 한다. 예술의 역할은 그 특수한 감동적 성질을 통해 정치적 폭로에 의해 조직되어가는 대중의 진군나팔이 되는 것이며, 결정적 행위로 나아가게 하는 고무자가 되는 것이다. 바꿔 말하면, 대중을 조직하기 위한 계기인 정치적 폭로를 돕는 부차적인 의의를 가지는 것에 불과하다. 그것은 결코 그가 자기도취에 빠져 있는 전위의 역할이 아니다. 다시 말하지만, 전위라는 것은 사회주의적 정치투쟁의 지도자다. 우리는 예술적 행위를 과대평가하면 안된다. 종래 잘못 인식되었던 정치적 폭로의 의의, 즉 일반적 정치적 기구의 작동 방식을 제시하는 것은 근본적으로 현 단계의 역사적 의의를 몰각하는 일이며, 그와 동시에 또한 정당하게 파악된 정치적 폭로를 예술로 시도하고자 하는 것은, 단지 그 폭로를 간접적인 것으로 만들고 약화시키게 될 뿐 아니라, 예술의 특수한 감동적 성질조차 완전히 박탈해 버린다고 말해야 한다. 바로 그 감동적 성질에서 예술의 임무가 발견되는 것이며, 그와 동시에 바로 거기에 그 역할의 한계가 존재하는 것이다. 게다가 그 한계 있는 역할조차도 스스로를 전위라고 일컫는 하야시 씨의 의식을 가지고는 도저히 성취하기 어려운 것이다. 어떠한 노력을 하더라도 탐정 취미, 연애, 죽음, 도덕, 종교 등등을 그리는 것으로는 도저히 진군나팔다운 것이 될 수 없다고 말해야 한다.

많은 사람들은 이 문장으로부터 예술의 부정을, 예술과 정치의 혼동을 읽어냈다. 그러나 여기에 있는 것은 그러한 혼동이나 부정이 아니라 그 준별이다. 즉 정치의 언어에 의해 부여된 현실의 파악을 예술의 표현으로 바꾸는 일은 정치적 파악을 간접적인 것으로 만들 뿐이며, 그와 동시에 그 예술작품의 감동조차도 희박하게 만들어버린다는 것, 하지만 예술로서의 특수한 감동적 성질 바로 거기에 예술의 특수한 임무가 발생할 근거가 있다는 지적은 이후의 리얼리즘론이나 정치의 우위성 이론과 비교해 주목할 만한 하나의 완전히 상이한 주장이었다. 물론 가지 와타루의 이 논문에는 표피적인 수준으로 파악된 후쿠모토주의의 영향이 매우 강하게 나타난다. 따라서 그는 더 한 걸음 나아가 현실과 작가 주체와의 관계, 작가 주체의 자율성과 전체성의 문제에 도달했어야 했음에도 불구하고 단순히 정치운동에 대한 예술운동의 한계를 일면적으로 강조하면서 하야시 후사오의 지도 이론에서 깨끗이 분리되는 것을 주장하는 데에서 멈출 수밖에 없었던 것이다. 그리고 이러한 한계를 뛰어넘어서 더욱 앞으로 나아간 것이, 나카노 시게하루의 「결정하기 시작한 소시민성結晶しつつある小市民性」과 이에 이어지는 일련의 논문이었다.

이와 같이 날카로운 내부 대립을 낳은 프롤레타리아예술연맹은 1927년 6월 10일 아오노 스에키치, 하야시 후사오, 사사키 다카마루, 후지모리 세이키치藤森成吉, 무라야마 도모요시村山知義, 구라하라 고레히토蔵原惟人, 가네코 요분金子洋文, 구로시마 덴지, 하야마 요시키, 오가와 신이치, 야마다 세자부로 등이 탈퇴함으로 인해 크게 분열되었으며, 탈퇴한 사람들은 곧바로 노농예술가연맹을 결성, 잡지『문예전선』을 기관지로 발행했다. 그리고 프롤레타리아예술연맹에 잔류한 나카노 시게하루, 가지 와타루 등은 기관지로서『프롤레타리아예술』을 창간해 이에 대항했다. 이『프롤레타리아예술』창간호(1927.7)의 권두에 하나의 선언이 게재되었다. 이 선언은 그들의 입장을 지극히 명쾌하게 표현한 것이므로 아래에 전문 인용하자.

〈그림 5〉『프롤레타리아예술』 1927년 7월호 표지

세계가 둘로 분열되었다.

거기에서 일체의 인간성은 추방당했다. 권력과 예속, 착취와 피착취, 그리고 비인간적 존재의 모든 추악성이 유래되었다. 게다가 자기 자신을 잃어버린 그 일군一群은, 이제 거기에서 유래하는 절대 명령에 따라 인류 모두를 그 질곡하에 억류하기 위해 점점 더 그 흉폭함을 극단화하고 있다.

보라! 우리 및 우리 형제는 향유해야 할 일체의 자유를 모두 박탈당했다. 그리고 우리가 말하고 행위하고 싶은 것은 모두 폭력적 압제하에 신음하게 되었으며, 우리의 전 존재는 지배계급의 의식적, 조직적, 반동적인 여러 방책의 그물에 걸려 비인간적 사물화의 극한으로 몰렸다. 그리하여 예술도 예술가도 부단한 강압하에 완전히 유린되어 버렸다.

빼앗긴 자유를 우리는 탈환해야 한다. 질곡의 근거 자체를 소탕해야 한다. 게다가 이러한 상황으로부터 스스로를 해방하기 위해 전 인류의 자유 해방 요구의 목소리는, 지배계급의 모든 거짓과 폭압에도 불구하고, 이제 프롤레타리아트를 선두 대열로 하여 서로 이름 불러 메아리를 울리면서 널리 세계 구석구석에서 불꽃처럼 일어나고 있다. 이리하여 우리는 우리의 자유를 쟁취하고자, 일체의 인간성을 탈환하고자, 자유로워야 할 예술을 비인간적 사물화로부터 해방시키고자 — 게다가 이것은 프롤레타리아트를 선두로 하는 인류 해방의 투쟁을 통해서만 가능하다 — 희생과 가시밭荊棘이 약속된 길 위에서 그 유일하고도 진정한 사명을 발견하는 것이다.

이러한 때를 맞아 예전 해방운동의 꿈같은 일익주의一翼主義를 청산하고, 원시적 부분적인 운동의 지도정신 및 객관적 정세의 진전에 쫓겨 결성되어 온 모든 소시민성을 극복하여 새로운 견지에 입각한 투쟁의 한걸음을 내딛으려 하고 있는 우리 일본프롤레타리아예술연맹은 이 새 출발에 즈음해 만천하에 선언한다.

우리는 우리에게 가능한 모든 수단으로써 모든 사물화의 근원에 육박肉迫할 것이다.

우리는 이러한 근원을 일소해야 할 프롤레타리아트의 역사적 사명 수행을 위해 우리의 전력을 경주할 것이다. 이를 사명으로 삼아 우리 일본프롤레타리아예술연맹은 이 투쟁의 길에 용기 있게 나아갈 것이다.

1927년 4월에 나온 이 선언은 그 집필자 및 기초자가 명확하지 않으나, 내용으로 보아 창간호에 이어 거의 매호 게재된 나카노 시게하루의, 운동론에서 예술론에 이르는 이론적 대분전大奮戰의 요약으로 생각된다. 이 선언은 일반적인 자본주의의 착취나 노동자의 빈곤 같은 데에서 출발하지 않고, '비인간적 사물화'(물상화)와 그로부터의 전 인간적 해방, 그리고 그것을 수행할 프롤레타리아트의 역사적 사명에서 출발해, 꿈같은 해방운동의 일익주의 청산을 호소하고 있다. 그 점에서도 잘 알 수 있듯이, 이 선언은 후쿠모토 가즈오에서 비롯된 마르크스주의의 이해를 이어받았으며, 더 나아가 그 어떤 의미에서도 '극좌종파주의'라고 부를 만한 편향성이 없는, 일종의 폭넓은 인간적 전망을 가지고 있다. 나는 그 사실에 주목하고 싶다. 이것은 이후 계속되는 나카노 시게하루의 논문에 공통적으로 보이는 기조음基調音이기도 했다.

그런데 일찍이 나카노 시게하루가 "특별히 예술전선이라는 것은 있을 수 없다特に芸術戦線なるものはありえない"고 말한 그 **예술전선**, 또는 이 선언에서 이야기되고 있는 해방운동의 일익주의란 무엇인가. 나카노 시게하루는 그것을 「조직에 나타난 '노예'**4**의 본질組織にあらわれた'老芸'の本質」(『개조』, 1927.8)에서 밝히고 있다. 그에 따르면 이와 같은 일익주의, 이와 같은 예술전선이란 당의 잡일을 맡은 소사小使에 만족하는 것이며, 예술조직을 주문에 응해 기술을 제공하는 소사의 집단으로 만드는 것이라고 한다. 그리고 그 소사들은 기술적 주문에 응하는 한편, 당이 제창하

---

4 【역주】발음의 동일성을 이용해 노농예술동맹과 그 예술을 '늙은 예술老藝'로 비하하고 있음.

는 몇몇 정치적 캠페인에 다른 예술가보다 다소 적극적으로 참여함으로써 스스로를 다른 예술가군으로부터 과장되게 구별한다고 말한다. 거기에서 그들이 말하는 해방운동의 일익을 담당하는 예술전선이란 "위로부터의 주문에 아래에서 응하고, 위에서 제창된 조직에 아래로부터 참여함으로써, 바꿔 말하면 일체의 '제출된 투쟁'에 스스로를 끼워 넣음으로써, 그들의 이른바 '프롤레타리아예술운동의 특수의 임무'(…중략…)를 도모하고자 하는 것이다. 그것을 위한 투쟁 주체의 조직이 '위로부터 제출된 투쟁'에 스스로를 '끼워 넣은' 30여 명 마르크시스트 기술자의 '견고한 결성'인 것이다."

나카노 시게하루에게 당은 자기와 관계없이 저편에 존재하는 것이 아니다. 당이란 자기이며, 자신은 당인 것이다. 우리 정당이란 우리 의지의, 민중의 의지의 정치적 표현이 아닐까? 라고 그는 질문한다. 전체적 주체로서의 프롤레타리아트야말로 '주체'인 것이며, 당은 그 의지의 '표현'인 것이다. 그가 당원인지 아닌지는 이차적인 문제며, 그가 전체적 주체를 구성하고 있는가 그렇지 않은가 하는 것이야말로 일의적一義的 문제다. 따라서 나카노 시게하루가 노예努藝를 가리켜 "스스로 나아가 투쟁하지 않고, 당을 하늘 위에 떠받듦으로써 민중적 의지의 정치적 표현이라는 당의 본질을 말살할 뿐 아니라, 더 나아가 '제출된 투쟁에 참가하는' 것을 내세우며 스스로 마르크시스트라고 자랑하는 한 줌의 종이호랑이들"로 부른다고 해도, 그것은 당과 대중단체의 혼동이라든지, 모든 동반자에게 당원으로서의 의무를 요구한다든지 하는 차원과는 다른 차원에서 발상되고 있다는 점은 명백하다. 도대체 예술운동 속에서 당원증의 유무가 그 어떤 규준이 된다는 식의 생각처럼 심한 착각은 없다. 이 글을 썼을 때 나카노 시게하루는 어떠한 당의 당원도 아니었던 것이다.

그러나 여기서 나카노가 말하는 당이란 결코 추상화된 것은 아니었다. 그의 머릿속에 있고, 또 그의 눈앞에 존재했던 민중적 의지의 정치적 표현으로서의 당이란, 실은 노동농민당(노농당)이었다. 당시 노농당은 지하 공산당의 합법 부대로 일반에게 받아들여지고 있었으며, 또한 사실 공산당원의 대부분이 노농당과 노동조합평의회를 통해 합법적으로 활동하고 있었지만, 노농당 자체는 합법적인 좌익 공동전선당이었다. 나카노 시게하루가 위와 같은 논의를 전개했을 때, 그의 목전에 있던 당이 일종의 합법적인 공동전선당이었다는 것은 역사적 사실로서 기억해둘 필요가 있다. 당원이 아닌 나카노 시게하루로 하여금 '내가 당이다' 비슷하게 발언할 수 있게 한 것은, 일본공산당의 미성숙과 노농당의 존재였음이 분명하다. 나카노는 이 괄목할 만한 말을 약간의 패기와 함께 약간의 홀가분함을 가지고 발언했다고 나는 생각한다. 나카노 내부에, 그리고 현실의 정치투쟁 속에서 노농당 대신 공산당이 '유일의 당'으로 등장했을 때 나카노의 입장은 전도되어 버린다. 그러나 그것은 조금 더 나중의 일이다.

그러면 이때 나카노 시게하루에게 **예술전선**이 아닌 **예술운동**이란 어떠한 것이었을까. 전 무산자 계급적 정치투쟁의 일환으로서, 예술운동을 정치적으로 밀고 나아가는 것은 어떠한 것이었을까. 그는 이 문제를 「예술운동의 조직藝術運動の組織 (1)」(『프롤레타리아예술』, 1927.8)에서 병행해 밝히고 있다. 나카노는 이 글에서, 문제는 "전체 속에서 본 부분" 투쟁의 조직 내지 재조직화 문제로서 우리 앞에 등장하게 되었다고 말한

다. 즉 예술운동은 전 무산자 계급적 정치투쟁이라는 전체 속에 한 부분이며, 거기에는 전체와 부분이라는 관계가 있을 뿐 어느 한쪽이 다른 한쪽에 종속되는 관계는 없다. "이렇게 여러 개별적 투쟁들은 각양각색의 다른 개별적 투쟁과 함께 전민중적 투쟁의 한 줄기 속으로 흘려 들어가는 것이며, 이 한 줄기 한 줄기 그 자체는 부분적 투쟁이 전체적 투쟁으로 합류하는 프롤레타리아트 전 조직 과정의 특수한 발현에 다름 아니다. 전 운동 — 전 민중운동의 본류 — 프롤레타리아트의 전 조직 과정은 이 같이 여러 모양으로 현상을 발현시키면서, 하나의 굉굉轟轟한 폭포로 분전奔轉하는 것이다."

그리고 "전체 속에서 본 부분"으로서의 이 부분 투쟁은 각 부분의 투쟁 주체를 형성하지 않고는 자기 자신을 '전체 속'에 위치시킬 수 없다. "그 부분이 어떤 부분일지라도, 그 부분이 어떠한 '존재 방식'으로 '전체 속에' 있든지 간에, 그것 — 부분의 특수성은 우리가 우리 자신을 그 부분적 투쟁의 투쟁 주체로서 인식하는 것을 방해하지 않는다. 오히려 그와 반대로 '부분'의 특수성 그 자체가 우리로 하여금 그것에 적응해 부분적 투쟁의 주체가 되도록 하는 것이다."

그리고 그는 이어서, 우리는 우리 자신을 이 특수한 부분적 투쟁의 투쟁 주체로서 인식하며, 투쟁 주체의 조직으로 주장한다고 쓰고 있다. 여기서 우리 자신이란 프롤레타리아예술연맹을 말한다.

이러한 나카노 시게하루의 주장에 대해, 그것은 당과 대중 단체의 구분을 없애는 것이라고 날카롭게 비판한 사람은 하야시 후사오였다. 그는 「전 무산자 계급적 정치투쟁과 예술가의 조직 — '프로예맹' 조직이론의 근본적 오류全無産階級的政治鬪爭と藝術家の組織—'プロ藝'組織理論の根本的誤謬」

(『문예전선』, 1927.11) 속에서 나카노의 논문을 거론하며, 문예투쟁이란 청년 대중에 대한 부르주아적 영향과 지배에 대해 문예를 통해 싸우는 것이며, 이 투쟁을 통해 무산청년동맹의 정치투쟁에 청년을 참가시키는 것이라고 주장하면서, 이 목적을 달성하기 위해 청년동맹은 대중 속에 큰 영향력을 가지는 프롤레타리아적 예술가 단체(프롤레타리아예술연맹은 예술가 단체가 아니다. 그것은 공기를 향해 투쟁하고자 하는 **예술투쟁단** ― 몽롱한 자칭 정치 단체 ― 에 불과하다)를 이용하고 그것에 협력해 그 영향하에 있는 청년 대중을 그 예술 단체 외부에 결집함으로써, 이것을 동맹의 투쟁에 청년을 참여시키는 매개적 조직으로 삼지 않으면 안 된다, 라고 쓰고 있다. 물론 이는 후에 구라하라의 조직론으로 집대성되는 바, 예술 운동의 임무를 당의 영향 확보·확대에 두고, 당 및 동맹의 보조 조직으로서 예술 서클을 만들라고 하는 방침이 가장 이른 시기에 나타난, 이른바 선구적인 것이었다.

이러한 천국적天國的 투쟁의 주체('예술투쟁'이라는 이름이 얼마나 천국의 유희에 어울리는가!)의 고안자 나카노 시게하루여. 생각해 보아라. 세계 어떤 나라의 무산계급 운동에 당의 외부에, 청년투쟁단의 외부에, 출판 언론의 자유를 획득하기 위한 조직 외부에 '부분 투쟁주체로서의 예술투쟁단'이라는 것이 존재하고 있는가! 절대로 존재하지 않는다. 존재하는 것은 당원, 청년동맹원 혹은 그 단체들의 지지자인 **예술가** 또는 **예술가 단체**뿐이다.

여기에는 선명한 대조가 있다. 여기에는 예술가 및 예술가 단체를 전부 한꺼번에 **지지자**sympathizer로 규정하는 입장이 있다. 한편 그에 대립해 마르크스주의 예술가는 모두 '전체 속에서 본 부분' 투쟁에서의 투쟁 주체이어야 한다는 나카노 시게하루의 주장이 있다. 일견 나카노의 입장은 극좌적 정치주의인 것처럼 보인다. 그러나 진짜 정치주의는 하야시 후사오 쪽이다. 그리고 정치적으로 예술운동론을 전개하는 하야시는 스스로를 '지지자'의 위치에 편안하게 놓음으로써, 결국 작가 주체의 반성적 계기를 포착할 일체의 실마리를 스스로 내던져 버리고 만다. 역으로 나카노는 자기 자신을 투쟁 주체로 규정함으로써, 전 세계를 스스로 획득하기 위한 문학적 작가 주체로 자기를 형성해 가는 반성적 계기를 손에 넣는다. 이로써 "특별히 예술전선이라는 것은 있을 수 없다"라는 말의 의미는 더 이상 오해될 여지가 없게 된다.

4. 나카노·구라하라 논쟁

나카노 시게하루는 초기 에세이 「시에 관한 단편」에서 "미소微小한 것에 대한 관심이 필요하다"고 쓰고 있다.

> 모든 것은 시도되어야 한다. 면밀히 선택되어야 한다. 그리고 아무리 미소한 발견일지라도 소홀하게 하면 안 된다. 그것은 사실과 관련되기 때문이며, 사실 즉 사물이야말로, 그리고 사물만이, 사실의 지식을 주기 때문이다.

미소한 것에 대한 관심 — 이는 나카노 시게하루가 작가 나카노 시게하루이기 위한 제일의 계기이다. 그것은 때로는 절름발이, 왼손잡이,

머리가 센 젊은이, 주근깨투성이, 그것을 보면 보는 사람의 눈을 아프게 할 것 같은 눈 등, 이 모든 불쌍한 것의 아름다움에 끌리는 나카노 시게하루의 미의식으로 나타난다. 예를 들어 그것은 그의 최초 소설인 「어리석은 여자愚かな女」에 묘사된 바, 심장 대신에 백합꽃을 가지고 있는 술집 여자, 그 어리석음의 정도가 너무나 순수하기 때문에 곁에 오는 사람은 누구라도 즉각 똑같이 순수하게 만들어버리는 또 한 명의 술집 여자, 그러한 여자들에게 작가가 빠져 들어가는 취향으로 표현되고 있다.

그리고 어떤 경우 그것은 권력에 의해 비참하게 밟힌 인민의 미소한 모습에 대한 분연한 분노와 공감이 되어서 나타난다. 「파출소 앞交番前」에 나오는 늙은 도로공사 인부가 그러한 예이다.

「파출소 앞」이 잡지 『프롤레타리아예술』에 게재된 것은 1927년 11월호이다. 그때까지 나카노 시게하루는 같은 잡지에 「소년少年」(8월호), 「어린 급사의 편지小僧さんの手紙」(9월호), 「환영회歓迎会」(10월호)를 모두 구사카베 데쓰日下部鉄라는 이름으로 발표하는데, 제목 일부에서도 추측되듯이 이 작품들은 모두 소년을 주인공으로 삼고 있다. 소매치기를 했다고 경찰에서 고문당한 어린 급사(「어린 급사의 편지」), 못 말리는 꼬마(「환영회」), 「파출소 앞」의 늙은 도로 공사인부, 두 여자 아이나 그 어머니, 또는 자식이 경찰에게 죽임을 당한 뒤 울고 있는 어머니, 이들이 나카노 시게하루 소설의 주인공들이다. 그리고 이 미소한 자들이야말로 어리석을 정도로 순수하게 백합꽃의 마음으로 살아간다는 것, 그 사실이 권력의 전횡에 대한 고발이고, 그에 대한 도전이며, 강대한 것을 미약한 것으로 전도顚倒시키는 인간 그 자체인 것이다.

권력이 민중을 향해 휘두르는 아주 작은 잔혹함, 민중이 권력에 대해

행하는 아주 작은 반항, 이러한 '사실'들이야말로 나카노 시게하루 문학의 출발점이다. 바로 이 '미소한＝발견' 속에 전 세계를 파악하고 전 세계를 열 열쇠가 있다고 그는 확신한다. 그것은 이론적으로 이해되고 있는 것이 아니라, 생활적으로, 감각적으로 파악되어 있는 것이다. 한 번 사진을 찍어보고 싶어, 옷을 잘 빼입거나 남자와 나란히 찍은 사진을 보면 부러워서……라고 말하면서, 24, 5세나 되어서도 여전히 이룰 수 없는 바람 때문에 안절부절 못하는 눈빛을 보이는 「어리석은 여자愚かな女」의 술집 여자와, 우리는 모욕 속에 살고 있습니다, 라고 옥중의 남편에게 편지를 쓰는 「초봄의 바람春さきの風」의 무라타 후쿠村田ふく는, 나카노 시게하루에게 완전히 동일한 사람들이다.

「예술에 관하여 휘갈겨 쓴 각서芸術に関する走り書的覚え書」(『프롤레타리아 예술』, 1927.10)에서, 나카노 시게하루는 다음과 같이 쓰고 있다.

> 우리들의 사회적 정치적 존재는, 전제권력하에 짓눌려 있는 피억압 민중으로서의 존재이다. 한 마디로 말해 우리의 '의식'은 이 억압의 채찍 아래서 비명을 지르면서 큰 소리로 울고 있으며, 이 채찍을 부러뜨리기 위해서는 유혈도 불사하겠다고 결의한다. 그것의 역사적 특질은 제국주의 단계에서의 반전제주의이다.
>
> 이것이 우리 존재, 우리 의식, 그것의 역사적 특질이며, 이 의식이 반영되고 포착되어 묘출된 예술이야말로 우리의 현재의 예술이다. 이러한 예술이야말로 그 사회적 존재의 종류를 묻지 않고 모든 피억압 민중 백만의 심장을 한 줄기 붉은 피의 실로 꿰어내는 일을 관철하는 것이다.

이어서 나카노는 무엇을 어떻게 그려야 할 것인가를 묻는다.

"제재의 취사선택은 '현상으로서의' 제재 그 자체에서 출발해서는 영구히 결정될 수 없다. 그것은 다만 제재가 본질적으로 갖는 의미에 의해서만 결정된다. 채찍으로 인해 터져 나온 비명이 채찍을 채찍으로 만들고 있음을 보여주는 것이며, 그것이 채찍에 대한 비판의 첫소리임을 아는 사람에게는 '한 노동자의 하루하루의 비참함'이 과연 우리의 제재로 채택될 것인가 아닌가는 문제가 될 수 없다."

"두 번째로 어떻게 묘사할 것인가의 문제가 있다. 무엇이 그려져야 하는가가 제재의 본질적 의미에서만 결정되는 이상, 이 문제 역시 우리에게 이미 해결된 문제이다. 채찍을 채찍으로 묘사하고, 비참을 비참으로 묘사하며, 치부를 치부로서 묘사하는 것이야말로 우리의 방법이어야 한다. 그리고 저 사이비 의사들만이 이 문제에 대한 그들의 근본적인 무지를, 아는 척하는 얼굴로 다음과 같이 떠벌이는 것이다. '첫째, 노동의 비참이라든가 공장의 고통 같은 것에 대해 노동자는 지나칠 정도로 알고 있다. 생활의 세세한 묘사 따위, 노동자에게는 그저 지루할 뿐이다.'"

이러한 나카노의 입장이, 주어진 작품이 잘 만들어졌는지 아닌지를 문제 삼기 이전에 우선 그 작품이 어떠한 이데올로기를 반영하고 있는지를 문제 삼아야 한다고 주장하는 구라하라 고레히토와 정면 대립하게 된 것은 당연한 일이었다. 그러나 여기서 나카노와 구라하라 논쟁의 검토에 들어가기 전에, 다시 한 번 문학운동의 역사를 간단히 돌이켜볼

〈그림 6〉『문예전선』 12월호(1927) 표지　〈그림 7〉『전위』 1월호(1928) 표지

필요가 있을 것이다.

　프롤레타리아예술연맹에서 탈퇴한 사람들이 노농예술가연맹을 만들었다는 것은 앞에서 말했다. 그러나 이 예술운동을 예술가운동으로 추진하자는 입장에서 프로예맹의 '후쿠모토주의'에 대항하던 조직도 일본의 혁명운동에서 후쿠모토주의를 '청산'하게 됨에 따라 다시 분열하게 된다. 1927년 7월, 코민테른은 소위 '27년 테제'로 불리는 '일본문제에 관한 결의'를 채택했으며, 그 개요가 같은 해 8월 19일의 소련 공산당 기관지 『프라우다』의 기사 「5월 총회 후 코민테른 집행위원회 활동의 개관」 중 「일본의 문제」라는 항목에 소개되었는데, 그것이 구라하라 고레히토에 의해 『문예전선』 10월호에 번역 게재되었다. 주지하듯이 이 테제는 일본공산당 내의 두 가지 위험한 경향으로서, 공산당을 좌익 노동조합이나 노농당으로 해소하려는 청산파적 경향과 분리 · 결합 이론으로 대표되는 종파주의를 거론하며, 이 둘의 결정적 극복을 요구함

과 함께 '대중에게 다가가라'라는 슬로건을 부여했던 것이다.

그러나 『프라우다』를 소개한 이 기사는 일반에게 후쿠모토주의 비판에 역점을 둔 것으로 받아들여지게 되었다. 당시 잡지 『노농』의 창간을 준비하며 일본공산당과 결정적으로 대립하기 시작했던 야마카와 히토시山川均와 그의 지지자였던 아오노 스에키치 등 노예맹의 일부 멤버는 구라하라의 번역문 게재를 돌파구 삼아, 『문예전선』 지상에 일본공산당을 비판하는 야마가와 히토시의 논문을 게재하려고 했다. 이 야마카와 논문의 게재를 둘러싸고, 1927년 11월 11일에 노예맹 집행위원 9명 중 8명을 차지한 압도적 다수파이던 반 야마카와파의 구라하라 고레히토, 야마다 세자부로, 하야시 후사오 등이 탈퇴, 소수파인 아오노 스에키치, 하야마 요시키, 구로시마 덴지 등이 잔류하는 양상으로 노예맹은 분열했다. 탈퇴자들은 곧바로 전위예술가동맹을 결성, 기관지 『전위』를 창간했다. 여기에서 일본 프롤레타리아예술 조직은 프롤레타리아예술연맹 (기관지 『프롤레타리아예술』), 노농예술가연맹 (기관지 『문예전선』), 전위예술가동맹 (기관지 『전위』) 등 세 가지로 분열했다. 프로예맹에서 노예맹이 분열된 것은 일반적으로 후쿠모토주의 분리·결합론의 기계적 적용에 의한 것이라고 논의되지만, 그 분열의 동기는 예술론 및 예술운동론의 대립에 있었다. 노농예술가연맹에서 전위예술가동맹으로 분열한 것은 후쿠모토주의와 무관했다. 그것은 오히려 반 후쿠모토주의라는 점에서 공통된 의견을 가졌던 사람들의 분열이었는데, 그 동기는 일본공산당 지지를 둘러싼 정치적 대립이었다.

새롭게 결성된 전위예술가동맹에서 종래의 하야시 후사오를 대신해 이론적 지도력을 발휘하기 시작한 것은 구라하라 고레히토였다. 1926

년에 소련 유학에서 귀국한 구라하라를 프롤레타리아문예연맹에 참가시킨 사람은 하야시 후사오였다. 당시 구라하라는 일본 문학운동의 복잡한 내부 사정을 파악할 수 없었을 뿐만 아니라, 후쿠모토주의자들과 대결할 만한 마르크스주의적 지식도 갖추지 못하고 있었기 때문에 두각을 나타낼 정도는 아니었다. 그러나 코민테른이 후쿠모토주의를 비판하고 노예맹에서 전위가 분리되는 3파 정립적 상황이 출현함에 따라, 양식가良識家인 구라하라의 의견이 일종의 수습하는 역할로서 차차 침투해 들어갈 수 있는 조건이 만들어졌다. 특히 27년 테제는 국제공산당의 일본지부인 일본공산당의 재건에 결정적 역할을 함과 동시에 일본 공산주의 운동에 대한 코민테른과 소련공산당의 권위를 압도적인 것으로 만들었다. 권위주의가 발생했다. 그 와중에 구라하라는 일종의 권위 있는 인물로 등장했다.

구라하라는 『전위』1월호(1928)에 「무산계급예술운동의 신단계 – 예술의 대중화와 전 좌익예술가의 통일전선으로無産階級藝術運動の新段階－藝術の人衆化と全左翼藝術家の統一戦線へ」를 발표해, 처음으로 예술운동의 전체 방향에 관한 제언을 내놓았다.

그는 이 논문에서 분열에 분열을 거듭한 무산계급적 예술운동은, '전 무산계급운동의 신단계'에 응해 바야흐로 분열에서 통일의 단계에 들어갔다고 주장한다. 그리하여 그 주요한 임무는 첫째, '대중으로'라는 것, 둘째 부르주아 예술과의 투쟁, 셋째 그 모든 임무를 성공시키기 위한 전 좌익예술가의 통일전선의 결성이라고 논한다. 그는 첫 번째 임무에 대해서 다음과 같이 말한다.

"문제는 **어떠한** 예술을 대중 속에 가져가는가에 있다. 게다가 이 점에 관해 우리와 '프로예맹' 지도자 사이에는 아주 큰 거리가 있다고 생각된다. '프로예맹' 이론가 중 한 사람인 나카노 시게하루 군은 다음과 같이 말한다.

'우리가 우리의 예술을 전체 피억압 민중의 모든 부분에 가지고 들어간다는 것은 그 부분들 각각의 특수성에 응해 그것을 추수하는 것이 아니다. 그와 반대로 그것들의 특수성을 정확하게 인식하면서도 **그것들의 특수성에 구애되지 않는 일정한 예술**을 가지고 들어가는 것이다.'

이 '그것들의 특수성에 구애되지 않는 일정한 예술'이란 도대체 무엇을 의미하는 것일까? 그것에 대해서는 나중에 어떻게든 핑계를 댈 수 있을 것이다. 그렇지만 우리가 이 말을 가장 솔직하게 읽고, 또 '프로예맹'이 지금까지 해온 실천에 비추어 보면, 그것은 말할 것도 없이 '각 계층의 특수성을 무시한 예술'인 것이다. 그러나 이런 식으로 과연 우리의 예술이 전 피억압 대중 속에 잘 침투해 갈 수 있을 것인가?"

"우리는 전 피억압민중의 각 계층에 '그것들의 특수성에 구애되지 않는 일정한 예술'을 가지고 들어갈 수는 없다. 반대로 우리는 전 무산계급적 정치투쟁 의식을 관철하면서, 더 나아가 노동자, 농민, 소시민, 병사 등이 지닌 각각의 특수성에 적응한 예술을 만들어내야 한다. 바꾸어 말하면 우리는 우리의 이데올로기를 항상 지키면서도, 나아가 우리가 영향을 끼칠 필요를 발생시키는 모든 자연발생적, 노동자적, 농민적, 소시민적 예술적 형상을 거부해서는 안 된다. 아니, 반대로 현재 우리의 예술은 그 주제에 있어, 그 표현에 있어, 또 그 형식에 있어 어디까지나 다각적이어야 한다. 그럴 때에만 비로소 우리는 그것을 광범한 대중 속에 가져갈 수 있고, 대중 역시 그것을 받아들일 수가 있으며, 따라서 우리는 우리의 문화적 정치적 역할을 다할 수 있는 것이다."

여기에서 프로예맹 지도자 나카노 시게하루와 전위예맹 지도자 구라하라 고레히토의 정면 대결이 시작된다. 문학사적으로 이 논쟁은 '예술대중화논쟁'이라고 불렸지만, 문제는 훨씬 깊고 넓었다. 또 그것은 문학관이나 예술관의 대립이었음은 물론 더 나아가 두 사람의 전인격적인 격투이기도 했다. 구라하라는 나카노를 트로츠키주의자라고 불렀으며, 나카노는 구라하라를 "공주 옷 빌려 입은 가소로운 하녀お姫さまから借衣装した笑止なお鍋"라고 불렀다. 그리고 이 논쟁은 일본 프롤레타36리아예술운동의 갈 길을 결정했을 뿐만 아니라, 우리가 오늘날에도 여전히 수많은 문제를 도출할 수 있는 하나의 거대한 '혼돈'으로 남아있는 것이다.

그런데 구라하라가 「무산계급예술운동의 신단계」에서 제창한 전 좌익 예술가단체 통일연합은 같은 해 3월 13일에 일본좌익문예가 총연합으로서, 일본무산파문예연맹, 일본프롤레타리아예술연맹, 전국예술동맹, 농민문예회, 좌익예술동맹, 투쟁예술가연맹, 제대동인잡지연맹유지帝大同人雜誌聯盟有志, 전위예술가동맹 및 개인이 참가하여 창립되었다. 창립총회에는 출석하지 않았으나 노농예술가연맹도 가맹해 이로써 일본의 좌익 예술조직 통일전선이 결성될 것처럼 보였지만, 결국 이 총연합은 반전 작품집 『전쟁에 대한 전쟁』 한 권만을 편찬하고 소멸해버렸다.

전후에 프롤레타리아문학이 재검토되었을 때, 이 좌익문예가총연합

〈그림 8〉 구라하라 고레히토. 1932년
중앙공론사 판 『예술론』에서.

을 통일전선의 뛰어난 시도로서, 일본 프롤레타리아문학운동이 이후의 정치주의적 코스와는 다른 길을 걸어갈 가능성을 가진 방향을 취한 것으로서 평가하며 그 소멸을 아쉬워하는 의견이 제출되었다. 그것은 일반적으로는 그렇다고 할 수 있다. 하지만 구라하라의 제안은 일본 좌익 문학운동의 구체적 상황에서 출발한 것이 아니었다. 그것

은 1927년 11월에 소련에서 전연방프롤레타리아작가연맹(와프), 전러 농민작가동맹, 예술좌익전선(레프) 등이 참가해 결성된 소비에트 작가 총연합의 모방에 불과했다. 따라서 결국 자생적 에너지를 만들어내지 못한 채 일소될 수밖에 없었다고 말할 수 있다.

이 총연합의 결성과 거의 병행해, 무산자신문사의 중개로 프로예맹과 전위예맹의 합동이 진행되고 있었다. 중개를 맡았던 가도야 히로시門屋博는, 정치적 의견과 예술적 의견이 완전히 일치하지 않으면 합동은 할 수 없다, 프로예맹은 진군나팔주의와 같은 예술이론을 버리라고 주장하는 하야시 후사오의 논문「프롤레타리아예술전선 통일의 문제プロレタリア藝術戰線統一の問題」(『전위』, 1928.2)를 거론하며, 그것을 분파주의로 단정했다. 그리고 합동이야말로 현하 무산계급운동이 가장 요구하는 것이라고 강조했다(「전위예술가동맹 및 일본프롤레타리아예술연맹에 대한 공개장前衛藝術家同盟及び日本プロレタリア藝術聯盟に与うる公開狀」, 『전위』, 1928.3).

이 합동은 1928년 3월 15일의 공산당 및 일본노동조합평의회에 대한

대 탄압을 계기로 일거에 실현되었다. 그리고 4월 28일에는 전일본무산자예술연맹(나프=NAPF, Nippon Proleta Artista Federatio)가 결성되었으며, 기관지 『전기戰旗』가 5월에 창간되었다. 나프는 문학운동을 펼쳤을 뿐만 아니라, 프롤레타리아 극장(프로예맹)과 전위좌(전위예맹)를 합동해 좌익극장을 결성했다. 또한 프로예맹 미술부와 전위예맹 미술부를 합치고, 조형미술가협회의 가맹을 받아들여 프롤레타리아예술운동의 통일적 조직체로서 명실 공히 '나프 시대'를 담당하게 되었다. 나프가 내건 강령은 다음 세 가지였다.

1. 프롤레타리아예술의 조직적 생산 및 통일적 발표
2. 모든 부르주아예술의 현실적 극복
3. 예술에 가해지는 전제적 억압 반대

*

그렇다면 우리는 여기서 프롤레타리아문학사상 최대의, 그리고 가장 함축이 풍부한 논쟁인 '예술대중화논쟁'을 검토해야 할 것이다.

프로예맹과 전위예맹의 합동에 의한 나프 결성은, 그 경과에서도 잘 나타나듯이 양자 간의 날카로운 예술론상의 대립을 조금도 해소한 것이 아니었다. 게다가 이 대립은, 이제 한 조직 내에서 나카노 시게하루와 구라하라 고레히토라는 두 대적적인 인격에 의해 표현되기에 이르렀다. 예술론적인 차원에서 말하면 이 두 사람의 대립은 나카노가 예술을 오로지 감정의 조직화라는 한 점으로 파악하는 데 반해, 구라하라는 예술이 감정과 사상을 사회화하는 수단이며, 과학은 추상적 개념을 사

<그림 9>『전기』창간호. 1928년 5월호 표지

용하지만 예술은 구체적 형상을 사용한다는 점에 양자의 차이가 있다고 주장하는 데에 있었다. 그것은 나카노가 로맨티스트 서정시인인 것에 비해, 구라하라가 리얼리스트 비평가라는 점에서 개성적으로 대립했다고도 할 수 있다. 그러나 이 나카노의 로맨티시즘이 기타무라 도코구北村透谷, 구니키다 돗포国木田独歩, 이시카와 다쿠보구石川啄木에서 아쿠타가와 류노스케芥川龍之介, 하기와라 사쿠타로荻原朔太郎에 이르는 일본 근대문학의 악전고투를 직접적으로 계승하고 있었다는 점에서 감성적으로 훨씬 깊이 일본의 현실에 결부되어 있었던 반면, 구라하라의 리얼리즘은 관념적 코스모폴리탄이었다는 점을 간과할 수 없다.

그러나 이론신앙과 러시아 마르크스주의의 권위가 지배적인 것으로 작용하기 시작한 당시 일본의 좌익 내부에서 나카노의 감각적이고 빈틈투성이인 주장이 프레하노프나 루나차르스키를 원용한 구라하라의 합리주의 앞에 무릎을 꿇었던 것은 당연한 일이었을지도 모른다.

앞에서도 언급했듯이 나카노에 대한 최초의 비판은 구라하라 고레히토의 「무산계급예술운동의 신단계—예술대중화론과 전 좌익예술가의 통

일전선으로」(『전위』, 1928.1)에서 시작되었다. 이후 논쟁은 나프의 새로운 기관지 『전기』지상에서, 나카노 시게하루「소위 예술대중화론의 오류에 대하여いわゆる藝術の大衆化論の誤りについて」(6월호), 구라하라 고레히토「예술운동 당면의 긴급문제藝術運動当面の緊急問題」(8월호), 나카노 시게하루「문제의 되돌림과 그에 대한 의견問題の捩じ戻しとそれについての意見」(9월호), 구라하라 고레히토「예술운동에서의 '좌익' 청산주의藝術運動に於ける'左翼'清算主義」(10월호), 나카노 시게

〈그림 10〉 소위 '27년 테제'『문예전선』1927년 10월호

하루「해결된 문제와 새로운 일解決された問題と新しい仕事」(11월호) 등으로 이어졌으며, 또한 가지 와타루의「소시민성의 발호에 항하여小市民性の跳梁に抗して」(7월호), 하야시 후사오의「프롤레타리아 대중문학의 문제プロレタリア大衆文学の問題」(10월호) 등의 글이 이 논쟁에 참여했다.

원래 이 논쟁의 발단은 일본공산당의 임무에 관한 코민테른의 테제(27년 테제)에서 후쿠모토주의를 비판하고 대중화를 요구한 데에서 비롯했다. 대중화론을 최초로 제기한 구라하라의「무산계급예술운동의 신단계」의 결론은 다음과 같았다. 즉, 우리 무산계급 예술운동이 그 신단계로의 제일보에서 직면하고 있는 제일 중요한 임무는 과거의 예술작품 행동을 가차 없이 자기비판하는 것이며, 그 슬로건은 '대중에

게 다가가라!'여야 한다는 것이었다. 그런데 이 결론은 "공산당은 오늘날까지 그 지도부의 근본적인 병근病根이었으며, 근본적 결점이었던 것 ─ 즉 **종파적** 정신을 결정적으로 극복해야 한다. 대중에 다가가라 ─ 이것이야말로 가장 날카롭게 일본에 요구되는 슬로건이다"(구라하라 고레히토 역, 『문예전선』, 1927.10)라는 27년 테제의 요구에 직접적으로 대답하고 있는 셈이었다.

이 논문에서 구라하라는 나카노 시게하루의 「어떻게 구체적으로 투쟁할 것인가?如何に具体的に闘争するか?」(『프롤레타리아예술』, 1927.12)를 비판의 대상으로 삼아, 문제는 어떠한 예술을 대중 속에 가지고 들어갈 것인가 하는 점이며, 거기에는 프로예맹의 지도자가 주장하는 것과 같은 대중 각층의 특수성을 무시한 예술이 아니라, 프롤레타리아적 계급의식이 관철되면서도 더 나아가 노동자, 농민, 소시민, 병사 등 각각의 특수성에 적응한 예술을 만들어야 한다고 주장했다.

나카노 시게하루의 「소위 예술대중화론의 오류에 대하여」는 구라하라의 이름을 한 번도 거론하지 않았지만 명백히 구라하라의 논문에 대한 반론이었다. 우선 나카노는 예술의 대중화란 무엇인가, 라고 되묻는 데에서 시작한다. 그리고 단 한 사람의 대중화론자조차 이 물음에 대답하지 않고 있다고 지적한다. 단 어렴풋하게나마 알 수 있는 것은 통속화와 흥미에 대한 맹목적인 추수뿐이다. 따라서 그는 대중예술 주위에 대중이 모이는 것은 대중 속에서 그 정도로까지 웃음이 죽임을 당했으며, 그 대신에 그토록 많은 눈물이 고여 있기 때문이라고 말한다. 나아가 그는 이렇게 쓰고 있다.

호객꾼牛太郎은 틀렸다. 대중이 호객꾼의 소위 예술적인 예술을 받아들이지 않는 것은 그것이 예술적이기 때문은 아니다. 호객꾼 따위가 예술과 관련해 대중을 그런 식으로 깔봐서는 안 된다. 반대로 그것은 지난날의 예술이 오늘날엔 죽었기 때문이다. 오늘날 대중은 자기들의 생활이 진실한 모습으로 묘사될 것을 바라고 있다. 생활의 진실한 모습은 계급관계 위에서 나타난다. 생활을 진실한 모습으로 묘사하는 것은 예술의 최후의 언어다. 대중이 바라는 것은 예술의 예술, 왕 중의 왕인 것이다.

또한 다음과 같이 쓰기도 했다.

예술의 재미는 예술적 가치 그 자체 안에 있다. 그 이외의 것은 임시방편이며 눈속임에 지나지 않는다. 예술적 가치는 그 예술이 인간생활의 진실 속으로 얼마나 깊이 파고 들어가는가(생활의 진실은 계급관계와 분리될 수 없다), 그리고 그 표현이 소박한가 번잡스러운가에 의해 결정된다. 마음가짐이 좋은 프롤레타리아의 예술가는 그곳으로 나아가면 된다. 그의 예술을 대중이 재미있어 하지 않는다면, 재미를 가장하지 말고 예술의 원천인 대중의 생활을 탐구하면 된다.

더 나아가 나카노 시게하루는 예술대중화론자가 대중 교화라는 정치상의 문제와 예술과 대중의 관계라는 예술상의 문제를 혼동하고 있다고 비판한다.

우리는 어떤 경우에도 예술상의 프로그램과 정치상의 프로그램을 혼동하지 않도록 주의해야 한다. 예술상의 프로그램과 혼동될 위험이 있는 정치상의 프로그램은 말할 것도 없이 프롤레트쿨트Proletkult의 문제다.

이는 반드시 주목해야 하는 주장이다. 대중예술 주변에 대중이 모여드는 것은 대중 속에 그토록 웃음이 사라지고 많은 눈물이 고여 있기 때문이라고 그는 이해했다. 이렇게 이해한다면 그 잃어버린 웃음, 흘러나온 눈물을 대중에게 되돌려줄 수 있는 것은 기본적으로 정치의 프로그램이며, 그 점을 도외시한 채 대중예술의 값싼 웃음과 눈물로 불안과 비애를 얼버무리는 것은 용서할 수 없다고 그는 주장하는 것이다. 100명 노동자의 읽을거리 가운데 60%가 고단샤講談社 계열의 통속물이며, 어떤 의미에서든 사회주의적이라고 부를 수 있는 잡지를 읽고 있는 사람은 1%에 불과하다는 현실은, 프롤레타리아문학이 그러한 통속적 읽을거리 독물의 수준으로까지 '대중화'됨으로써 타파될 수 있는 것은 결코 아니다. 그것은 어디까지나 자본주의 제도 자체의 변혁이라는 정치적 행동을 통해서만 가능한 것이며, 따라서 정치적 프로그램의 문제인 것이다.

우리는 이미 전무산계급적 정치투쟁이라는 전체 속에서 본 부분으로서의 예술운동이라는 나카노 시게하루의 주장을 검토했기 때문에, 그의 이와 같은 사고방식의 틀은 쉽게 이해할 수 있을 것이다. 여기에서 우리가 주목해야 할 또 하나의 논점은 나카노 시게하루가 있는 그대로의 대중을 계급의식의 잠재적 소유자로 파악한다는 점, 그리고 그 대중의 의식이 예술의 최고 수준과 일치한다고 생각한다는 점이다. 나카노는 작가로 출발할 때부터 "미소한 것에 대한 관심이 필요하다"고 썼으며,

나아가 "채찍으로 인해 터져 나온 비명이 채찍을 채찍으로 만들고 있음을 보여주는 것이며, 그것이 채찍에 대한 비판의 첫소리인 것"이라고 썼다. 그러한 나카노에게 그것은 당연한 귀결이었다. 동시에 그것은 이후에 예술의 정치적 가치 따위는 없다고 단언한 그의 일원론의 전제가 된 생각이기도 했다. 요시모토 다카아키는 "모든 프롤레트쿨트의 문제와 예술 자신의 문제를 명확히 구분해야 한다. 더 나아가 양자를 함께 행사해야 한다는 것은, 나카노가 예술대중화논쟁에서 일관되게 취했던 논지의 근거이다. 이러한 논지가 생겨날 수밖에 없었던 까닭은 근본적으로 나카노의 일원적 예술론과 그 일원론 속에 예정조화와 같이 계급적 관점을 밀수입하는 데에 있었다"(「'전기'파의 이론적 동향戰旗派の理論的動向」)고 비판했지만, 나에게는 이 시기 나카노 시게하루가 예술적 관점과 계급적 관점이 조화된 지극히 드문 상태에 있었다고 생각된다. 단 이 조화는 그 개인의 서정적인 전체 파악 속에서 일시적·과정적으로 성립된 것이다. 따라서 물론 그것은 "예술의 정치적 가치 따위는 없다"고 말하는 것 이상으로는 '이론화'할 수 없는 것이었다.

한편 나카노 시게하루의 도전에 답하여, 구라하라 고레히토는 『전기』 8월호에 「예술운동 당면의 긴급문제」를 썼다. 이 글에서 구라하라는 나카노의 주장이 '가장 예술적인 것이 가장 대중적이며, 가장 대중적인 것이 가장 예술적인 것'이라는 말이며, 이는 '순연한 이상론, 관념론'이라고 단정했다. 그리고 그는 현재 가장 수준 높은 프롤레타리아예술을 만든다 해도 100만 프롤레타리아트 중에 고작 5만이나 10만 명만이 그것을 받아들일 것이며, 나머지는 여전히 부르주아 대중예술 밑에 남아 있을 것이라고 말한다. 그리하여 예술운동으로서는 이 남겨진 90만

내지 95만 명의 프롤레타리아트를 선동해 그들을 이데올로기적으로 고양시키는 것이 중대한 임무가 되어 있으므로, 그렇게 하기 위해서는 대중에게 이해되고, 대중으로부터 사랑 받으며, 나아가 대중의 감정과 사상과 의지를 결합해 고양시킬 수 있는 **"예술적 형식을 산출해야 한다"**(강조는 구라하라)고 주장한 것이다.

또한 구라하라는 이 논문에서 프롤레타리아예술운동을 프롤레타리아예술 확립을 위한 운동과 대중의 직접적 아지프로(선동 선전)를 위한 운동의 두 가지로 나누며, 이 두 가지를 혼동한 데에 종래의 운동이 정체된 원인이 있다고 비판했다. 그는 다음과 같이 썼다.

> 우리는 대중의 직접적 아지프로를 위한 예술적 형식이 앞으로 도래할 프롤레타리아예술의 한 요소일 수 없다고는 말하지 않는다. 이전에 우리가 두 가지를 구별해서 생각할 수는 절대로 없다고 말한 까닭은 여기에 있다. 그러나 그렇다고 해서 이 두 가지 운동을 **현재에 있어** 무비판적으로 혼동해버리는 것, 그것은 우리의 예술운동을 가장 유효한 방향으로 전개해 가는 것은 결코 아니다.

따라서 구라하라는 구체적인 문제로서, 기관지 『전기』를 예술운동의 지도 기관임과 동시에 아지프로의 기관으로서 대중화하는 것은 잘못이며, 그 점에서 실패는 당연했다고 비판한다. 그리고 아지프로를 위해서는 따로 대중적 삽화잡지를 창간해야 한다고 주장했다.

이 논문에 대해 나카노 시게하루는 다음 달인 9월호 『전기』에 「문제의 되돌림과 그에 대한 의견」을 써서 재비판을 전개했다. 그는 「이른바 예술대중화론의 오류에 대하여」는 무엇을 문제로 삼았던가, 라고 되물었다. 한 마디로 말해 그것은 제작하는 경우에 우리가 취해야 할 근본적 태도, 즉 그 제작을 통해 노동하는 대중의 생활 속에 있는 어떤 본질적인 것과 어떻게 연결되어야 하는지를 문제 삼았었다고 대답하면서 다음과 같이 썼다.

> 우리는 모든 도회와 농촌 속에서, 또한 도회와 농촌의 여러 노동하는 장면 속에서, 소작인, 가죽공, 부둣가 인부, 부엌 구석에서 울고 있는 계집아이, 우체국 창구에서 생각에 빠져 있는 아주머니 속에서, 기아와 억압을 기조로 확대되고 있는 생활의 발가벗은 모습과 그것들이 서로 뒤얽힌 다양한 관계를 있는 그대로 풍부하고 다양하게 묘사함으로써만 대중과 결합되어야 한다. 그들을 그렇게 묘사하는 것이야말로 가장 예술적으로 제작하는 것이며, 이와 같은 태도로 제작할 때 비로소 우리는 '노동하는 백만 대중을 목표로 한다'는 것을 현실화할 수 있다.

이것이 백만의 노동하는 대중을 목표로 삼는다는 것과 우리의 제작 사이의 관계였다. 즉 이것은 "무산대중과 예술은 어떠한 관계에 있는가"라는 물음에 대한 나카노 시게하루의 대답이었다. "생활을 진실한 모습으로 그리는 것은 예술의 최후의 언어다"라고 그는 쓰고 있다.

그런데 노동하는 백만 대중을 어떻게 무제한적인 부르주아적 읽을거리의 홍수에서 보호하면서 프롤레타리아적인 계급의식에 눈 뜨게 할 것인가에 대한 문제가 부각된 오늘날, 그것이 부각되지 않을 수밖에 없었던 상황에 쫓겨, 그것이 정치적으로 해결되어야 할 문제라는 것을 잊고 예술의 틀 속에서 그 문제가 해결될 듯할 착각에 빠져 대중예술을 주장하는 데까지 나아갔으며, 급기야 예술적 프로그램과 정치적 프로그램을 혼동한 것이 구라하라였다고 나카노는 주장한다.

'어디까지나 프롤레타리아예술 확립을 위한 예술운동'과 '대중의 직접적 아지프로를 위한 예술운동'을 나눈 것이 구라하라의 잘못이며, 이 둘을 '무비판적으로 혼동'해서는 안 된다고 말한 바로 거기에 구라하라의 정치적 투쟁과 예술운동의 안이한 혼동이 있었던 것이다. 이 혼동에서 발생한 것은, 한편으로는 제작이 대중으로부터 괴리될 위험이며 다른 한편으로는 제작 태도의 타락, 바로 그것이다. 이 두 가지는 결국 프롤레타리아예술 형성의 길에서 이탈하는 한 가지 결과를 낳는다.

그리고 그는 제작에 임하여 어떠한 완고한 태도를 취해야 하는가, 그 점이 왜 지금 특히 강조되어야 할 필요가 있을까를 논한 것이 「이른바 예술대중화론의 오류에 대하여」의 내용이었다고 강조한다. 그것은 실로 고급한 것이야말로 프롤레타리아트의 것, 실로 예술적인 것이야말로 노동하는 대중의 것이라는 일관된 일원론적 입장을 재확인한 것이기도 했다.

이러한 나카노의 반론에 대해 구라하라 고레히토는 「예술운동에 있어서의 좌익청산주의 – 다시 프롤레타리아예술운동에 대한 나카노와 가지 두 명의 소론에 대하여芸術運動における左翼淸算主義 – 再びプロレタリア芸術運動に對する中野 鹿地兩君の所論に就いて」라고 제목 붙인 장문의 반론을 『전기』10월호에 발표했다. 그것은 '1. 혁명 전기前期의 프롤레타리아 문화

의 문제', '2. 프롤레타리아예술 확립을 위한 운동과 대중의 직접적 아지프로', '3. 소위 소시민성과의 투쟁에 대하여', '4. 결론 : 좌익적 언사와 기회주의적 실천'이라는 4절로 나뉜 글로서, 구라하라의 입장을 거의 전면적으로 전개하고 있다.

그는 1절에서 나카노 시게하루의 입장이 혁명 이전에는 프롤레타리아 문화가 독자적으로 형성될 수 없다고 부정하는 백퍼센트의 트로츠키즘이라고 단정하고 있다. 왜냐하면 나카노 시게하루에게 문화란 노동하는 백만 천만의 민중이 완전한 초등교육을 받고 재능에 따라 특별한 교육을 받는 것, 그리고 질병은 의사에 의해 치료되고 즐거운 발명품이 발명되며 건강한 예술이 태어나 미쓰이三井 재벌이나 이와사키岩崎 재벌의 친족이라면 갓난아이라도 목을 비틀고 싶은 기분이 우리 안에서 사라지는 것이기 때문이다. 그런데 프롤레타리아 문화를 이러한 것으로 생각하는 한, 그것은 권력 획득 후의 문화혁명을 전제하지 않으면 성립할 수 없으며, 따라서 그 이전에는 단지 '직접적 선동'만 필요하게 되는데, 이는 '백퍼센트의 트로츠키즘'이라는 것이 나카노에 대한 구라하라의 비판이다.

그렇다면 권력 획득 이전에 가능한 '계급 문화로서의 프롤레타리아 문화'란 어떠한 것인가. 구라하라는 그것이 그저 역사적으로 필요하고 생활을 감내할 만한, 따라서 백퍼센트 건강한 문화라고 말할 뿐이므로, 그가 구체적으로 어떤 것을 생각하고 있는지 명확하지 않다. 하지만 여기서 더욱 주목해야 할 것은, 나카노에게 문화가 민중의 생활 그 자체에서 나타나는 구체적인 것으로서 생각되고 있는 데에 반해, 구라하라에게 그것은 '계급투쟁의 무기'라는 추상적인 규정이 부여된 관념 형태의 일종 — 아마 예술, 과학 등등 — 으로 생각되고 있다는 점이다. 약간 논의가 비약되지만, 후에 구라하라가 정치를 정치 곧 문화로서 취급하지 못하고 정치와 문화, 즉 그 우위·종속 관계로서 파악하게 되는 원인이 여기에 존재하고 있다는 사실은 지적해둘 필요가 있을 것이다.

2절에서 구라하라는 루나차르스키를 원용해 가면서 다음과 같이 말한다. 모든 예술은 필연적으로 선동이라는 것을 나는 조금도 부정하지 않는다. 따라서 넓게 해석하면 프롤레타리아트의 예술운동은 항상 정치운동이며, 그런 의미에서 '예술적 프로그램'은 항상 '정치적 프로그램'이다. 그러나 문제는 이 예술에 의한 선동에는 '일정한 사회적 행동에 대한 직접적 어필'과 '상당히 오랜 기간에 걸쳐 대중의 사상, 감정, 의지를 결합해 고양하는' 것이라는 두 가지 종류가 있다는 점이다. 전자를 목적으로 하는 예술 작품은 그것이 일반적인 예술인지, 거기에서부터 프롤레타리아예술이 발생하는지 그렇지 않은지를 굳이 문제 삼지 않는 일시적인 것이며, 후자는 프롤레타리아예술의 확립을 지향하는 것으로서, 이를 위해서는 대중의 직접적 아지프로와는 직접 관계가 없는 예술적 습작, 예술 발달의 마르크스주의적 연구, 과거 및 현재의 예술 연구 등등도 함께 수행되어야 한다. 그리고 『전기』는 이러한 '프롤레타리아예술 확립을 위한 운동'의 기관이 되어야 한다고 구라하라는 주장했다.

구라하라에 의하면, 본래 프롤레타리아예술 확립을 위한 운동 주체인 나프를 마치 대중을 직접 선전 선동하는 주체일 수도 있는 것처럼 보는 잘못된 환상으로써 혼란을 초래하는 자가 나카노 시게하루다. 게다가 이러한 혼란은 예술운동의 세계적 동향과 명백히 대립한다. 예술운동의 세계적 동향은 이러하다. 즉 예술의 형식에 의한 대중의 직접적 아지프로는 당, 청년동맹 등의 선전선동부 안에 예술가가 들어감으로써 그 조직 밑에서 수행된다. 이와는 달리 프롤레타리아예술 확립을 위한 운동은 작가, 미술가, 극장인, 음악가 등등의 각 전문별로 나누어진 조직에 의해 수행되어야 한다. 이렇게 '나프'를 재조직할 때에만 비로소 우리는 확립되고 있는 예술가의 국제 조직에 가맹할 수 있는 조건을 획득한다. 그리고 구라하라는 갑작스럽게 말한다. "우리가 이 두 운동을 구별할 필요를 극력 주장한 실천적 의의는 실로 여기에 있었던 것이다."

구라하라가 이 논문 속에서 '예술가의 국제 조직'으로 거론하고 있는 것은 인텔 아플(국제혁명미술가협회) 하나뿐이다. 그런데 이 협회는 1928년 5월, 즉 구라하라의 이 논문이 집필되기 2~3개월 전에 소비에트동맹 혁명미술가협회(아플AKhRR)의 제창으로 결성된 것이므로 그 정보를 신속하게 획득한 것은 놀랍다. 그리고 그와 동시에 국제조직이라는 점에서는 이보다 훨씬 중요한, 1927년 11월의 혁명문학국제국革命文學國際局(나중에 국제혁명작가동맹이 된다)의 설치에 대해 전혀 언급하지 않았다는 것은 기이한 일이다. 어쩌면 아플이 레프(예술좌익전선)를 반대하면서 '예술을 대중으로'의 슬로건하에 대중에 이해되기 쉬운 사실적 형식을 주장하면서 나타났으므로 여기서 지원군을 발견했었는지도 모른다.

3절에서 구라하라는 '결합 전 분리'의 과정은 1919년 코민테른 창립과 함께 끝났으며, 그때부터 세계의 무산자운동은 제2의 과정에 들어갔으므로, 이제 무산자운동 전반에 필요한 것은 '말라가는 것'이 아니라 '살쪄가는 것'이라고 주장했다. 따라서 프롤레타리아적 요소를 '소시민성의 발호' 속에서 분리해 순화시킨다는 가지 와타루나 나카노 시게하루 등의 주장은 이 새로운 운동의 단계에 역행하는 것이다. 구라하라는 다음과 같이 비판한다.

"그러나 가지 와타루군은 이 잘못된 방향을 그대로 예술운동에 이입함으로써 한층 더 이중의 오류에 빠져 있다. 우선 첫째로, 예술운동은 무산자운동의 주체 확립을 위한 운동이 아니다. 따라서 한 지방(예를 들어 일본)에 있어서 예술운동의 방향과 조직은 어떠한 경우에도 결코 그 자신의 내부적 '대립투쟁'의 결과로는 주어지지 않는다. 그것은 무산자운동의 주체에 의해 지도되는 예술운동의 국제적 주체에 의해 부여되는 것이다."

"둘째, 이와 같은 일은 필연적으로 프롤레타리아예술운동 내부에서 벌어지는 소위 소시민성과의 투쟁 문제를 다른 방식으로 제기한다. 우리는 예술운동 내부의 이런저런 예술가가 자기 안에 이런저런 소시민성을 내재하고 있다고 해서 곧바로 그 예술가를 곤봉으로 두들겨 패며 그 예술가를 '극복'해 버려서는 안 된다. 그와 반대로 우리는 그 예술가의 작품 자체에 현실적으로 나타난 소시민성을 하나하나 있는 그대로 비판하고, 그럼으로써 그 작가를 진정한 프롤레타리아적 작가로 완성시키고자 노력해야 한다."

따라서 나카노 시게하루나 가지 와타루의 잘못된 이 논의들을 한마디로 규정하면, 그것은 "좌익적 언사와 기회주의적 실천"이라는 것이 되며, "그 방법론적 기초를 이루고 있는 것은 관념론, 즉 나쁜 의미에서의 '후쿠모토주의'이다", "그들은 '뒤늦게 발달한 일본의 특수 사정'을 강조하면서, 우리 운동이 국제적 규모로 국제적 방향과 국제적 조직에 따라 수행될 것을 사실상 거부하고 있다"고 구라하라는 결론 내린다.

이 구라하라의 논문으로 논쟁은 기묘하게 종결되었다. 나카노 시게하루가 구라하라가 꼽은 네 가지 죄상을 모두 인정했던 것은 아니다. 나카노는 단지 죄상을 인정하지 않았을 뿐만 아니라 구라하라의 논의 그 자체의 이론적 올바름도 결코 무조건 인정하지는 않았다. 그럼에도 불구하고 그는 「해결된 문제와 새로운 일」을 『전기』 11월호에 썼고, 더 나아가 「우리는 전진하자我々は前進しよう」(『전기』, 1929.4)고 하며 스스로에게 박차를 가했다.

그는 '해결된 문제'로서 제일 먼저 '프롤레타리아예술의 규정 문제'를 들며, "프롤레타리아예술을 '본래적인' 그것 또는 '진실한 의미의' 그것과, '본래적이지 않은' 그것 또는 '대중적인' 그것으로 나눈 방식이 옳지 않음이 명백해졌다"고 말한다.

과연 그 문제는 명백해졌으며 논쟁은 진정 '해결'된 것인가. 그가 '해결'했다고 판단한 근거는 구라하라의 발언이 아니라 『전기』 10월호에 실린 하야시 후사오의 「프롤레타리아 대중문학의 문제」에 나오는 다음의 말에 근거한 것이다. "나와 구라하라는 루나차르스키의 소위 '프롤레타리아트의 상층부분, 완전히 의식적인 당원, 이미 상당한 문화적 수준을 획득한 독자를 대상으로 한 작품'을 본래적인 프롤레타리아문학으로 삼은 반면, '대중을 목표로 삼는 문학'을 프롤레타리아문학이 아닌 것으로 취급했다는 점에서 오류를 범했다. 루나차르스키가 말한 것처럼 양자는 본래적인 프롤레타리아문학이라는 점에서 하등의 차이가 없는 것이다. 아니, 오히려 우리로서는 후자를 더 높게 평가했어야 했던 것이다. 그에 역행했던 것은 우리 인텔리겐치아가 빠지기 쉬운 '문화인적文化人的인 오만' 때문이라고 하지 않으면 안 된다."

구라하라 자신이 결코 그의 주장을 바꾸지 않았다는 것은 11월 말에 발표한 그의 「이론적인 서너 가지의 문제理論的な三、四の問題」(『도쿄아사히 신문』)를 보면 명백히 알 수 있다.

'해결된 문제'에서 나카노가 두 번째로 들고 있는 것은 삽화잡지의 문제다. 전술한 것처럼 구라하라는 『전기』가 프롤레타리아예술 확립을 위한 운동 기관이기 때문에 아지프로를 위해서는 별개의 삽화잡지 같은 것이 필요하다고 주장했다. 그러나 나카노는 『전기』 그 자체가 더욱 예술적인 동시에 대중에 대한 직접적 선동의 역할도 수행해야 한다고 주장했다. 따라서 『무산자 그라프グラフ』⁵라는 삽화잡지가 실제로 무산자 신문사에서 발행됨으로써 이 논점이 해결되었다고 하는 것은 나카노의 주장 변경처럼 보인다. 그러나 어쨌든, 『전기』의 성격에 대해서는 나중에 말하겠지만, 1930년에 이르러 이와 관련된 동요와 혼란이 또 다시 일어나기 때문에 『무산자 그라프』의 발간이 이 논점을 해결하는 데에 조금도 보탬이 되지 못했다는 점은 명백하다.

그리고 사실은 나카노 역시 문제가 전혀 해결되지 않았다는 것을 잘 알고 있었던 것이다. 그는 논쟁 전체를 되돌아보면서 다음과 같이 썼다.

"…… 문제는 약간 막연하게 논의되었는데, 이에 대해 한 쪽에서는 어떻게 대중화하는가의 문제를 구체적으로 대답하는 대신 제작에 대한 태도를 질리지도 않고 계속 설명했다. 그리고 논의의 막연함과 관련해 발생할 수 있을 소시민성에 도전했다. 또 그에 반발해 다른 한 쪽에서는 문제가 예술

---

5 【역주】'그라프'는 '그래픽graphic'을 말함.

과 관계없는 것처럼 이야기했으므로 소시민성을 변호하는 데에 논점이 있는 것처럼 보이는 결과를 낳았다. 환언하면, 예술의 대중화가 필요하지 않다고 말하는 것처럼 보이는 의견과, 대중화해야 할 것은 예술이 아니라고 말하는 것처럼 보이는 의견이 뒤섞였다. 이로써 논쟁은 구체적인 해결에 기여하지 못했고, 이를테면 자기 자신 안에 갇혀 버렸다. 사실 우리는 우리가 참여한 논쟁이 작품 제작 및 제작이 도입할 대중화와 관련해 애쓰는 우리 동지에게조차 거의 아무것도 줄 수 없었다고 인정해야 한다. 논쟁이 어느새 현실의 투쟁에서 벗어나 동떨어지게 된 것을 인정해야 한다."

"이제 어떠한 결말이 우리 앞에 있는가. 두세 가지 문제는 해결되었지만, 문제의 핵심인 대중화 문제는 거의 원래 그대로의 모습이다. 우리가 알 수 있었던 것은 우리의 오류다. 역사는 우리에게 그 고유의 아이러니한 몸짓을 보였다고 말할 수밖에 없다. 그러나 지금의 경우에는 문제를 거의 미해결인 채 다시 발견했다는 사실 안에 오히려 해결의 열쇠가 있을 것이다. 현재 우리는 무엇이 예술의 대중화를 요구하는 기본적 배경인가를 알고 있고, 이 요구가 점점 더 고조되고 있음을 알고 있으며, 또 이제까지 우리가 계속 논리적 쳇바퀴를 돌아야 했던 이유를 알고 있기 때문이다."

그리고 나카노 시게하루는, "나의 종래 논의에 포함되어 있던 많은 오류를 여기에서 인정한다"고 쓰는 것이다.

*

도대체 '예술대중화논쟁'이란 무엇이었는가라는 물음에는 아마 누구도 쉽게 대답할 수 없을 것이다. 게다가 무엇이 해결되었으며, 무엇이 문제로 남겨졌는가에 대해서는 더욱 혼돈스럽고 모든 것이 미해결······이라고나 대답하고 싶어지는 상황이다. 그러나 왜 나카노 시게하루는 너무나 갑작스럽게 많은 오류를 인정하면서, 구체적인 해결에 기여할 수 없었던 논쟁 속에서 억지로 '해결된 문제'라는 것을 이끌어내어 논쟁을 종결시켜 버렸는가. 이 물음에 대해서는 대답할 길이 없어 보이는 것 같지만, 사실 우리는 이 일을 지극히 상식적 행동으로 이해할 수 있다. 그것은 그렇게까지 분열에 분열을 거듭하던 예술운동의 조직이 가까스로 나프라는 형식으로 통합되었다, 그런데 일본공산당을 지지한다는 공통의 정치적 신념을 가진 사람들끼리 어떻게 예술관의 차이 정도 가지고 대립, 분열할 수 있겠는가······ 라고나 표현할 수 있는 심정이었을 터이다.

아니, 일찍이 3파 정립 시대에 전위예술가동맹은 노예맹과 예술론에서 일치하고 정치론에서는 대립한다고 말한 사사키 다카마루에게, 전위예맹은 마땅히 예술론에서 노예맹과 대결해야 한다고 썼던 나카노 시게하루인데, 어떻게 예술관의 차이를 정치적 입장의 공통성 따위로 유야무야 할 수 있겠는가, 라는 반론도 당연히 있을 것이다. 그러나 역시 나는 나카노 시게하루가 이 나프의 출발 시기에 지극히 상식적으로 처신했다고 생각할 수밖에 없다.

예술관의 대립 ─ '예술대중화논쟁'의 근저에는 그것 이외에 아무 것도 없었다. 그것은 예술을 '감정과 사상을 사회화하는 수단'으로 정의하면서, 거기에서 주관적 자기표현의 예술과 현대생활을 객관적이고 '서사시적'으로 전개하는 예술이라는 두 가지 예술을 발견한 구라하라 고

레히토(「생활조직으로서의 예술과 무산계급生活組織としての藝術と無産階級」, 『전위』, 1928.4)에 대한 나카노 시게하루의 비판에 명료하게 나타나 있다. 그는 「예술에 대하여藝術について」(원제는 「예술론藝術論」, 『마르크스주의 강좌』제10권, 1928.10)에서 다음과 같이 썼다.

> 두세 명의 사람들은 예술의 기능에 감정의 조직 이외에 '사상의 조직'도 추가하려 한다. 그것을 설명하기 위해 종종 그들이 꺼내드는 것은 주로 문학이다. 그러나 문학이 인간의 사상을 조직하는 것이 사실이라 해도, 그것은 문학이 가지는, 따라서 일반적으로 예술이 가지는 기능의 부차적인 현상이며, 문학 본래의 기능인 감정의 조직 과정 안에서 추상적으로 인식되는 것이므로, 근본적으로는 감정의 조직 속에 녹아들어가는 것이다. 따라서 예술의 규정 속에 '사상의 조직'을 끼워 넣는 것은 옳지 않을 것이다.

여기서 나카노가 예술의 기능 속에 사상의 조직을 집어넣었다고 하는 '두세 명의 사람들'이란 그가 이름을 제시하고 있는 플레하노프와 루나차르스키임과 동시에 이름이 제시되지 않은 구라하라 고레히토임은 명백하다.

왜 나카노 시게하루는 예술 기능 속에 '사상의 조직'을 추가하는 것을 그렇게까지 거부했을까. 그것은 그가 앞에 인용한 문장에 대한 주석에서, "이러한 '감정의 조직'('더럽혀진 정의를 위한 분노에 공감함' ― 인용자)이 없다면, 거기에 프랑스 대혁명의 사상 또는 기타 사상이 표상되었을지라도 그 언어들은 이미 예술의 범주 밖으로 나간다"라고 쓴 데에서 명백히 나타나듯이, 나카노에게는 감정의 조직화 작용이야말로 예술을 예술로서 성립시키는 한 점이었기 때문이다. 아무리 혁명의 사상을 누구이 말하고자 한들, 아무리 혁명을 객관적이고 구상적으로 묘출하고자 한들, 거기에 '더럽혀진 정의를 위한 분노에 공감함', 즉 소작인, 가죽공, 부둣가 인부, 부엌 구석에서 울고 있는 계집아이, 우체국 창구에서 생각에 빠져 있는 아주머니의, 그 굶주림과 억압, 고뇌와 반역에 독자들의 마음을 하나로 연결하는 공감의 수로水路를 만들지 못하는 작품은 결코 예술이 아니라고 그는 말하는 것이다. 그것이야말로 나카노 시게하루가 이해하는 선동인 것이다.

"우리에게는 사회주의를 그림으로 설명하는 설교를 읽어주는 것보다, 우리 자신의 생활의 고통과 참기 어려운 모욕을 있는 그대로 묘출한 예술을 부여받는 것이 고마운 일이다. 그러나 그것보다도 더욱 고마운 것은 우리를 향한 '직접적 선동'이다"(「문제의 되돌림과 그에 대한 의견」)라는 그의 말이 뜻하는 바는 이것으로 명백해진다. 그것은 '진군나팔주의'나 '예술을 아지프로 활동으로 해소하는 극좌정치주의'라는 비난을 완전히 황당한 오해로 평가할 수밖에 없는, 예술의 자립적 근거에 대한 주장에 다름 아니었던 것이다.

문제는 이 '감정의 조직'이라는 나카노 시게하루의 예술관이 구라하라 고레히토의 「프롤레타리아 리얼리즘으로의 길プロレタリア・レアリズムへの道」(『전기』, 1928.5)에 의해 개척된 리얼리즘론의 계통적 전개에 대해 어떻게 대항할 수 있었던가 하는 점에 있을 것이다. 그것은 더욱 큰 틀에서 보면, 타고난 낭만주의자로서의 나카노 시게하루가 운동의 요청과 국제적 권위를 양손에 들고 육박해 오는 구라하라 고레히토의 현실주의에 어떻게 저항하고 굴복했던가 하는 문제다.

나카노 시게하루는 앞에서 본 「해결된 문제와 새로운 일」이 나온 지 5개월 후인 1929년 4월호의 『전기』에 「우리는 전진하자」를 발표했다. 이 두 논문 사이에 나카노 시게하루에게는 결정적인 비약이 있었다. 이 논문에서 그는 소리 높이 선언한다.

> "우리는 오늘날 명확히 다음과 같이 생각해야 한다."
> "예술의 역할은 노동자 농민에 대한 당의 사상적·정치적 영향의 확보·확대에 있다. 즉 당의 사상을 노동자 농민에게 접근시키고 당의 슬로건을 대중의 슬로건으로 하기 위한 광범위한 선동·선전에 있다."
> "따라서 예술의 내용도 프롤레타리아트의 모습이나 관헌에 대한 투쟁과 같은 애매한 것일 수가 없다. 그것은 바로 당이 내걸고 있는 슬로건의 사상, 그 슬로건에 연결되는 감정이다."

이는 프로예맹으로부터 대중화논쟁에 이르는 과정에서 그가 주장해 온 예술론을 거의 전면적으로 부정한 것이다. 나카노는 "채찍으로 인해 터져 나온 비명이 채찍을 채찍으로 만들고 있음을 보여주는 것이며, 그것이 채찍에 대한 비판의 첫소리이다"(「예술에 관해 갈겨쓴 각서」)라고 썼다. 그는 "미소微小한 것에 대한 관심이 필요하다"(「시에 관한 단편」)고 말하며, 사회주의를 그림으로 설교하는 것보다는 노동자 자신의 생활의 고통과 그 참기 힘든 모욕을 있는 그대로 묘출한 예술을[만들어야 한다고] 주장했다. 또한 그는 "'위로부터 제출된 투쟁'에 스스로 '한 자리 끼어들어'" "주문에 따라 기술을 제공하는 소사小使 무리들이 모여든 것"(「조직에 나타난 '노예奴隷'의 본질」)을 지적하면서, "공식주의 위에 예술과 정치를 기

계적으로 결합시킨"(「어떠한 지점을 나아가고 있는가?いかなる地点を進みつつあるか」, 『프롤레타리아예술』, 1927.11) 일군의 프롤레타리아예술가들을 날카롭게 비판했다. 그러했던 그가 이제 "프롤레타리아트의 모습이나 관헌에 대한 투쟁 같은 애매한 것"이라 하면서, 우리 예술의 내용은 당이 내걸은 슬로건의 사상과 감정이라고 말하는 것이다. 그리고 구라하라가 당, 청년동맹과 예술가의 관계를 논의한 것에 대해, "구라하라가 문제 삼은 당과 청년동맹이 공산당 및 공산주의 청년동맹처럼 생각되었기 때문에, 확실히 하기 위해 그에게 물어보았더니 정말 그러했다. 그것을 구라하라가 취한 것과 같은 방법으로 문제 삼는 것은 허용할 수 없다"고 5개월 전에 쓴 나카노가 이때는 레닌의 "문학은 이제 당의 문학이 되어야 한다"는 말을 인용하며, "우리 예술가는 모두 당에, 그리고 공산청년동맹에 참가하지 않으면 안 되며, 참가할 것이다"라고 썼던 것이다.

도대체 나카노에게 무슨 일이 일어났던 것인가. 그는 이때에도, 그리고 공산당에 자금을 제공한 일 때문에 그 다음해인 1930년 5월에 검거되었을 때에도 여전히 공산당원은 아니었다. 그러나 그에게 당이 일본공산당이라는 현실의 모습을 띠면서 그의 외부에 모습을 나타내기 시작했던 것은 사실이었다. 그리고 그 당의 논리는 구라하라 고레히토의 일견 현실주의적인, 그러나 본질에 있어 극단적으로 추상적이며 관념적인 주장이 되어 나카노에게 닥쳐왔다. 나카노 시게하루는 구라하라의 추상적 이론의 허위성을 직감적으로 간파할 수는 있었다. 그러나 '미소한 것'에 대한 정서적인 일체화로부터 일거에 세계 전체를 이해해 버리는 나카노의 서정적인 낭만주의적 전체성은 구라하라의 합리주의에 대항할 수 없었다. 나카노가 눈앞에 있는 '미소한 것'으로부터 세계를 향해 출발했다면, 구라하라는 코민테른 테제, 그중에서도 가장 일반적이고 추상적인 부분에서부터 출발해 그것을 일본의 운동에 '적용'하려고 했다. 구라하라가 '27년 테제'에서 발견한 것은 일본 부르주아 민주주의 혁명의 구체적 전망이 아니라, 단지 '대중 속으로'라는 슬로건에 불과했다. 그의 시야에는 세계 자본주의의 위기에 대한 코민테른의 분석은 있었지만 일본 자본주의의 구체적인 모습은 없었으며, 소련의 문학운동이나 문학이론에 대한 날카로운 관심은 있었지만 일본의 문학 전체에 대한 관심은 지극히 희박했다. 그러나 나카노처럼 '미소한 것'에서부터 현실로 다가간다는 것은 그 개별적·개성적인 형식 때문에 '이론화'하기 어렵다. 그것은 문학적으로 표현할 수밖에 없다는 의미에서 실로 문학적이었다. 그러나 프롤레타리아 문학운동은 이론에 이끌린 '방침'으로써 문학의 문제를 해결할 수 있다는 생각을 전제로 했다. 따라서 구라하라의 이론이 그러했듯이, 추상적 수준에서 출발해 논리적으로 조립된 '이론'은 운동 속에서는 타파되기 어려운 힘을 발휘할 수 있었던 것이다.

'예술대중화논쟁'은 한 사람의 자립적인 지식인 혁명예술가가, 비로소 현실적인 의미를 가지기 시작하던 '정치의 우위성'론에 대해 최후의 사투를 시도한 기록이며, 그 패배와 자기 해체의 모습에 다름 아니었다는 의미를 갖는다. 일본의 프롤레타리아문학은 이 논쟁 이후 옆도 돌아보지 않고 오로지 한 줄기 궤도만을 곧장 달려가게 된다. 그 이후에는 논쟁에서 구라하라가 주장한 것에 반하는 수많은 사실 — 예를 들어 『전기』를 노동자·농민에 대한 직접적 아지프로 기관으로 삼는다는 결정이나 프롤레타리아 대중문학의 전면적 부정 등등 — 이 잇달아 나타난다. 그러나 나카노 시게하루에 의해 규정된 예술의 '역할', 즉 '당의 사상적·정치적 영향의 확보·확대'를 노동자 계급의 '다수자 획득'이라는 한 점으로 더욱 수렴시킨 구라하라 이론의 기본적 코스는 일본 프롤레타리아문학운동의 전 역사를 통해 조금도 변하지 않았던 것이다.

이경훈·가게모토 쓰요시 역

2장

전쟁과 혁명의 시대

1930년

1. 제3기와 사회파시즘론

나프(전일본무산자예술연맹)가 결성된 1928년은 국제공산주의 운동에 있어서도 하나의 획기적인 해였다. 그 해 7월 17일부터 9월 1일까지 모스크바에서 개최된 공산주의 인터내셔널(코민테른) 제6회 대회는 부하린과 손잡은 스탈린이 트로츠키파를 최종적으로 코민테른에서 추방하는 데 성공한 동시에 부하린에 대한 스탈린의 다음 공격을 준비한 대회였다. 이 대회 이후 스탈린은 국제공산주의 운동의 유일 최고의 지도자가 되었다. 부하린 등의 우파와 손을 잡고 트로츠키 등의 좌파를 추방한 스탈린은 이때부터 부하린을 우익 편향으로 공격하기 시작했다. 그 근거는 제6회 대회에서 정식화된 '제3기론'으로 불리는 정세 평가였다.

제6회 대회에서 채택된 '국제 정세와 공산주의 인터내셔널의 임무'라는 테제는 제1차 세계대전 이후 자본주의 체제의 일반적 위기를 세 시기로 나누어 특징지었다. 그것에 따르면 제1기는 1917년 러시아 혁명에서부터 1921년을 정점으로 하여 1923년 독일 혁명이 패배에 이른 시기이다. 이때는 자본주의 체제가 극도로 예민해진 시기이자 또 프롤레타리아가 직접 혁명적 행동에 나선 시기였다. 이어서 제2기는 유럽에서 일련의 혁명이 패배함에 따라 자본주의가 상대적으로 안정되고 재건된 시기이자, 합리화를 중심으로 하는 자본이 공세에 나서고 프롤레타리아가 수세에 몰린 시기이다. 그러나 이러한 상대적 안정기는 대략 1927년으로 끝이 나고, 자본주의는 다시 결정적인 위기에 돌입한다. 이 시기가 '전쟁과 혁명의 시대', '자본주의가 붕괴하는 최후의 시기'로서의 제3기이다.

제3기, 즉 자본주의 경제와 소련연방의 경제가 각각 전전戰前의 수준을 거의 동시에 돌파하기 시작한 시기(소비에트연방에 있어서 이른바 '재건기'의 개시, 새로운 산업 기술의 기반이 마련되고 사회주의적 경제의 제 형태가 한층 더 성장을 개시). 자본주의 세계에서 그것은 급속한 산업 기술의 발전과 국가자본주의에 대한 경사傾斜로 관측될 수 있는, 카르텔cartel과 트러스트trust의 가속도적 성장의 시기이다. 동시에 그것은 자본주의의 일반적 위기가 그 이전의 경과 전체로 규정된 제 형태에 작용한 세계 경제의 제 모순(시장의 모순, 소련연방, 식민지의 운동, 제국주의 고유의 제 모순의 성장)이 격렬하게 발전한 시기이다. 다양한 생산력의 신장과 시장의 축소 사이의 모순이 특히 가속화된 이 제3기는 제국주의 제 국가 간의 전쟁, 제국주의에 대한 민족해방전쟁, 제국주의적 간섭 전쟁과 거대한 계급적 전투의 신시대를 불가피하게 발생시키게 될 것이다. 이 시기에는 모든 제국주의적 적대(자본주의 제 국가 대 소비에트연방의 적대, 중국 분할 개시로서의 북부 중국의 군사적 점령, 제국주의자 사이의 상호 투쟁 등)가 첨예화되고, 또 자본주의 제 국가의 제 모순(계급투쟁을 첨예화하고 있는 노동자 대중의 좌(左)선회)이 점차 신랄해지며, 또 식민지의 반란 운동(중국, 이집트 및 시리아)이 개시된다. — 이 시기야말로 자본주의 안정의 제 모순이 한층 더 발전을 기함에 따라 그러한 안정 상태를 점차 동요시키면서 불가피하게 자본주의의 일반적 위기를 극도의 격렬한 격화로 이끌게 될 것이다.

이러한 '제3기'론은 1928년 이후 코민테른과 프로핀테른의 정세 평가의 출발점이 되었다. 확실히 정세는 '전쟁과 혁명의 시대'라 부르기에 적합한 양상을 띠기 시작했다. 1928년 말에 폭발한 사상 최대의 세계경제공황, 자본주의적 합리화에 저항하는 노동자의 광범위한 경제 스트라이크 운동의 고양, 실업자의 폭발적인 증가와 고정화, 공황이 농업에 파급됨에 따른 농민 투쟁의 격화, 그리고 중국과 인도 등지에서의 혁명운동 발전, 중국 침략을 돌파구로 하는 일본 제국주의의 전쟁과 대소련전쟁 위기의 발전 — 이러한 가운데 제2기는 상대적 안정기에 성립된 노동당정부 또는 연립정부(가령 영국, 독일)와 노동운동이 첨예한 대립을 형성하면서 이른바 '사회파시즘론'이 나오는 객관적인 배경이 되었다.

사회파시즘론이란 1929년 7월에 개최된 코민테른 제10회 총회plenum에서 공식적으로 확정된 '이론'으로서, 이에 따르면 제2기에 심화된 사회민주주의자의 부르주아 국가 기구 참가는 제3기의 격동 속에서 완전히 독점자본과 유착하여 노동자의 계급투쟁을 직접 탄압하는 적대자가 되었다. 이제 그들은 부르주아 독재의 가장 중심적인 담당자가 되었으므로 그것은 본질적으로 파시즘의 한 형태라는 것이다. 코민테른 제10회 총회의 테제는 다음과 같이 쓰여 있다.

이미 코민테른 제6회 대회와 적색노동조합 인터내셔널 제4회 대회는 개량주의적 노동조합 기구의 부르주아 국가 및 독점자본의 합성을 확인했다. 최근 이 과정은 계급투쟁의 전개와 관련하여 한층 더 진행되었다. 사회민주주의가 사회제국주의를 넘어 사회파시즘으로까지 발전하고, 또 현대 자본국가의 선두에 서서 확대해가고 있는 노동자 계급의 혁명운동을 진압하는 데 참가했던 것처럼 사회파시스트적 노동조합 관료는 첨예화된 경제투쟁에서 완전히 대부르주아의 편으로 이행했다.

여기서 '노동자 계급의 다수자 획득'이라는 전술이 제기된다. 즉 정세는 '제3기론'이 보여주듯이 혁명의 절박함을 고하고 있음에도 노동자 계급의 다수는 지금까지 구래의 사회민주주의적 조직과 지도하에 머물러 있고, 공산당은 여전히 소수파에 지나지 않는다. 게다가 사회민주주의는 이제 '사회파시즘'으로서 부르주아 독재의 지주支柱가 되었다. 따라서 모든 타격을 사회민주주의 지도부로 집중하고 '아래로부터의 통일전선전술'에 따라 사회민주주의의 영향하에 있는 노동자 대중을 공산당의 지도하에 획득하는 것이야말로 공산당에게 결정적으로 중요한 일이 된다. ─ 이것이 '다수자 획득'이라는 슬로건이 의미하는 바였다. '제3기론', '사회파시즘론', '다수자 획득' ─ 이것은 분리될 수 없는 한 세트였던 것이다.

오늘날의 관점에서 보면 이 '제3기론'에서 출발한 주관주의적 정세 평가와 '사회파시즘론', '다수자 획득'의 슬로건으로 대표되는 주요 타격 전술의 오류는 독일에서의 공산당 패배와 히틀러의 승리라는 한 가지 사실로도 분명히 드러난다. 그러나 1930년을 전후로 이 한 세트의 슬로건이 사람들을 상당히 매료시켰다. 그리고 그것은 또한 하나의 사실이다.

이 '제3기론'에서부터 '사회파시즘'에 이르는 전술 체계는 순식간에 일본 좌익을 석권했다. 코민테른 제10회 총회에서 일본 대표는 다음과 같이 발언했다.

"제3기의 기초적 본질적 경향은 일본에도 해당된다."

"우익에서 '좌익'에 이르는 모든 사회민주주의자는 노동자의 이익이 아니라 부르주아의 이익을 옹호하고, 공동으로 공산당과 코민테른에 대해 투쟁하고 있다. 그러므로 그들 사회민주주의자에 대한 정력적인 투쟁이야말로 당의 가장 중요한 임무 중의 하나이다."

— 다나카田中의 발언에서

일본에서 혁명운동은 상향上向의 조짐을 보이고 있다. 우리는 이미 노동자와 지배계급의 대충돌이 가까워졌음을 볼 수 있다. 일본의 노동자 농민은 혁명운동에서 앞서 있는 서유럽 제 국가와 동일한 전열戰列에 설 것이다. 일본에 있어서 제3기의 특징은 계급투쟁의 첨예화와 자본주의의 제 대립이다.

— 가타야마 센片山潛의 발언에서

이렇게 일본을 서유럽 국가들과 동일한 전열에 세우고 '제3기론'에서부터 '다수자 획득'에 이르는 전술 체계를 직접 갖고 들어오기 위해서는 또 한 가지 '해결'하지 않으면 안 되는 문제가 있었다. 그것은 천황제 문제였다. 그때까지 일본공산당과 코민테른은 일본의 지배 권력으로서의 천황제의 존재를 중시했으며 혁명의 형태를, 설령 그것이 급속히 사회주의 혁명으로 전화될 가능성이 있다 해도 당장에는 부르주아 민주주의 혁명으로 개시될 것이라고 일관되게 생각하고 있었다. 그런데 제10회 총회 이후 일본 혁명의 전망에 대해 코민테른 내부에서 중대한 변화를 보이기 시작했다. 가타야마 센은 1930년 1월의 논문 「세계경제공황으로 기세가 꺾인 일본 자본주의와 일본공산당의 임무世界経済恐慌に打ちひしがれる日本資本主義と日本共産党の任務」의 서두에서 "금융자본은 홀연히 우리 일본의 지배세력이 된 것처럼 행세하고 있다"라고 썼다. 또한 소련의 극동문제 전문가인 야보르크ヤ・ヴォルク의 「일본공산당 당면의 긴급 임무에 관한 테제日本共産党当面の緊急任務に関するテーゼ」는 "현대 일본의 지배적이고도 결정적인 세력은 독점자본주의, 즉 제국주의이다"라고 서술했으며, 더 나아가 "일본의 국가 구조인 군주주의적 형태는 금융과 두정치의 권력을 조금도 약화시키지 않는다. 군주주의적이고 반동적인 일본 부르주아는 그 권력의 집중화와 노동자에 대한 압박의 도구로서 군주, 원로, 추밀원 등의 옛 형태를 존치하고 있다"라고 주장했다.

이들의 주장에서도 볼 수 있듯이 1927년에 코민테른이 발표하고 일본공산당 재건의 기초가 된 '27년 테제'의 전략 구상은 이 시기에 크게 동요했고, 1931년에는 '부르주아 민주주의 혁명의 임무를 광범위하게 포함하는 프롤레타리아 혁명'으로 그 전략을 정정하기에 이른다. 1929년

에서 1930년에 걸친 시기는 말하자면 그것을 수정하기 위한 준비기 또는 불확정 전략시대라고 불러야 할 시기였다. 이 시기의 전형적인 견해 중의 하나가 1930년 7월호『전기』에 실린 오오다케 나오지(大竹直次, 사토 슈이치佐藤秀一의 필명으로 알려져 있다)의「일본 프롤레타리아의 전략에 관한 문답日本プロレタリアートの戦略に関する問答」이다.

그는 이 문답 형식의 논문에서 "[군주제의](4글자 복자, 저자의 추정으로 복원했다. 이하 동일) 폐지는 일본 프롤레타리아의 전략적 목표인가?"라고 질문한 뒤 다음과 같이 대답했다.

아니다. 전략이라는 것의 목표는 국가 권력을 잡은 계급 [타도]에 두어야 한다. 부르주아 민주주의 [혁명] 단계에서 러시아는 차르가 지배하고 있었다. 따라서 러시아 볼셰비키는 차리즘[타도]를 전략적 목표로 하고, 프롤레타리아와 농민의 [혁명]적 민주주의적 [독재]를 수립하기 위해 싸웠다. 일본에서는 국가 권력이 지주와 귀족의 손에 있는 것도 아니고 오직 부르주아지의 수중에 있는 것도 아니다. 따라서 [군쥐제 폐지를 전략의 목표로 하는 것도 오류이고 자본주의 [타도]를 목표로 하는 것도 오류이다. 우리는 전략의 목표를 자본가 지주 지배의 [타도]에 두고 노동자 농민의 [정부 수립]을 위해 싸워야만 한다. 그리하여 [군쥐제 [폐지]라는 요구 내지 슬로건은 자본가 지주 지배를 [타도]하기 위한 (부르주아 민주주의 [혁명]을 수행하기 위한) 필수불가결한 슬로건 중의 하나일 뿐 결코 그것이 전부는 아니다. 가령 우리는 [군주제 폐]지라는 슬로건 외에 제국의회의 해산, 식민지의 절대적 [독립], 제국주의 [전쟁 반대] 등의 중요한 슬로건을 내걸고 싸우고 있지 않는가. 이 슬로건들을 [군주제] 폐지의 슬로건으로 통일 결합시키는 것이 아니라 노동자 농민의 [정부]라는 슬로건과 프롤레타리아 [독재]라는 슬로건으로 결합하지 않으면 안 된다.

이와 같이 일본의 혁명 운동에는 1929년 후반에서 1930년에 걸쳐 이중의 큰 전환이 요구되고 있었다. 하나는 '제3기론'에서부터 '다수자 획득'에 이르는 스탈린적 전술 체계의 전면적 적용이었다. 다른 하나는 종래의 부르주아 민주주의 혁명론을 프롤레타리아 혁명론 내지 불확정 전략으로 수정한 것이었다. 전자는 천황제를 주요한 적으로 본 데 반해 후자는 독점자본 내지 부르주아와 지주 블록을 주요한 적으로 보았다. 이것들은 모두 해외의 지시에 따라 급속하게 일본의 운동으로 수용되어 갔다.

그러나 이러한 방침이 수용될 수 있었던 것은 단지 코민테른의 권위에 의한 것만은 아니었다. 아니, 오히려 일본 국내의 상황이야말로 이 새로운 방침을 손쉽게 받아들일 수 있었던 중대한 원인이었다. 바로 여기에 일본에서의 1930년이라는 해가 갖는 특수한 의미가 존재한다.

2. 하마구치 내각과 무장 메이데이

1929년 7월 2일 장쭤린張作霖 폭살爆殺사건의 책임 처리 문제를 둘러싸고 다나카田中 내각이 붕괴하면서 하마구치 오사치浜口雄幸 민정당 내각이 성립되었다. 이 하마구치 내각은 1924년(다이쇼 13년) 6월 호헌 삼파 내각의 성립부터 1932년 5월 이누카이犬養 내각이 종언할 때까지 정당 정치의 정점을 이루었다. 하마구치 내각은 역대 내각 중에서 금융독점 자본의 요구를 가장 충실히 수행했던 내각으로서 특히 금 수출 해금에 따라 일본 자본주의의 체질 개선을 강행했으며, 이른바 '시데하라幣原 외교'에 의한 영미와의 협조와 중국에 대한 유화정책을 특색으로 하고 있었다. 그리고 그 하나의 귀결이 런던해군군축조약 체결을 둘러싼 군부와의 대립이었는데, 그것은 통수권의 독립이라는 천황제의 절대적 권력조차 일시적으로 거의 형해화하는 데까지 이르렀다.

하지만 금 수출 해금에 의한 자본 구제 정책도 때마침 미국에서 발생한 사상 최대의 공황의 파급으로 인해 순식간에 파탄이 났다. 정부는 오직 합리화에 따른 생산비 경감과 그에 따른 해외경쟁력 확보를 강조하면서 노동자에게 전면적인 부담을 전가하는 길로 매진했다. 1930년 3월에는 은괴와 미국산 면화米綿 가격의 폭락, 그리고 인도 면직물에 대한 고비율 수입금지 과세가 단행되기에 이르렀다. 이러한 사정과 함께 상품 물가가 폭락하고 마침내 증권시장이 붕괴하면서 결국 전 경제계가 공황으로 내몰렸다. 물가는 내각 성립 이전인 1929년 6월에 174.5(1913년 1월을 100으로 한다)였지만, 1930년 1월 말에는 158.4, 12월 말에는 127.9로 폭락했다.

이와 같은 극도의 불황은 노동자 해고, 임금 인하, 공장 폐쇄 등의 공격으로 나타났다. 취업노동자의 수는 남녀 합계 1929년에 182만 5천 명이었던 것이 다음 해인 1930년에는 168만 명 남짓으로 감소했고 다시 1931년에는 166만 명으로 격감한 한편, 정부가 조사한 완전 실업자만도 1929년에 29만 4천 명(4.33%)이었던 것이 1930년에는 36만 6천 명(5.23%)으로, 그리고 1931년에는 40만 명(5.92%)을 돌파하기에 이르렀다. 여기에 완전 취업이 불가능한 부분적 실업자를 더하면 실업자의 총수는 족히 300만 명으로 추정되었다. 이에 따라 노동쟁의의 건수도 계속 증가하여 1930년에는 2년 전인 1928년의 두 배 이상에 달했으며, 1931년에는 전전 최고인 2,456건에 달했다. 참가 인원도 1930년에 전전 최고인 19만 1805명을 기록했다. (숫자는 고야마 히로타케小山弘建 편, 『현대반체제운동사』(II)에 따름)

이와 같은 노동자 경제 투쟁의 격발은 하마구치 내각의 자본가적 성격을 한층 더 잘 드러내주었다. 그 결과 다수의 마르크스주의자들은 일본의 지배 권력은 독점 부르주아에 있으며, 그것의 타도야말로 전략적 목표임에 틀림없다는 생각을 매우 쉽게 받아들일 수 있게 되었다. 한편에는 사상 최대의 세계공황에 휩쓸려 완전한 붕괴에 직면한 것처럼 보이는 일본 자본주의가 있고, 그에 대해 노동자와 농민이 전전 최고 수치에 이르는 수많은 쟁의를 일으키면서 노동자에서부터 대학 출신의 인텔리를 포함한 수많은 실업자가 거리에 넘쳐났다. 좌익 출판물은 잇따른 발매금지 처분에도 불구하고 출판계를 제압할 기세로 서점의 진열대를 점령하면서 마침내 풍속 영역으로까지 좌익 스타일이 침입하기에 이르렀다. 에로 · 그로 · 난센스의 유행과 나란히 마르크스도 하나의 유행이 되었다.

이처럼 노동쟁의의 격발과 세대의 전체적인 '좌익화'가 얼마간 도시에서 표면적으로 진행하고 있을 때, 농촌에서는 훨씬 심각한 사태가 발생하고 있었다. 1930년 누에[春繭] 시세의 폭락으로 시작된 농업 공황은 곧바로 채소에서부터 미곡에까지 미쳤다. 더욱이 반봉건적 토지 소유에서 비롯된 농업 위기가 더해짐에 따라 일본 농업이 전체적으로 붕괴되면서 농민의 생활이 근저에서 위협되기에 이르렀다. 특히 비참한 상태에 빠진 소작농은 지주의 토지 몰수에 반대하고 소작료 감액을 요구하면서 소작쟁의를 자주 일으켰다.

농촌의 전체적인 붕괴 현상은 일본의 진정한 지배 권력인 천황제 절대주의에 있어서 매우 중대한 위기를 의미했다. 그것은 천황제의 물질적 기초인 반봉건적 토지 소유제의 붕괴=농업 혁명을 현실의 문제로 하고 있었다. 농촌의 위기를 방치하는 것은 천황제 그 자체의 붕괴를 수수방관하는 것이었다. 하마구치 내각을 정점으로 하는 부르주아 정당정치로 인해 후퇴할 수밖에 없었던 절대주의 세력은 일련의 반자본주의적·농촌공동체적 주장을 펼침으로써 농민과 군대 내의 농민 출신 병사를 획득했다. 그리고 중앙 정치의 레벨에서는 런던군축조약을 둘러싼 통수권 논쟁으로 하마구치 내각에 맞섰으며, 천황의 신격화와 대중국 침략에 대한 선동으로 내셔널리즘에 의한 국민적 통합을 지향하기에 이르렀다. 특히 심각한 위기의식을 갖고 있었던 청년 장교들 사이에는 사쿠라회桜会의 결성(1930.9)과 같은 일련의 우익적 조류가 결집을 개시했고, 여기에 이노우에 잇소井上日召 등 민간 우익의 혈맹단血盟團 결성(1930.11)이 서로 호응하면서 하마구치 수상 저격사건(1930.11)을 비롯한 일련의 우익 테러가 잇달아 발생했다. 공황과 노농운동의 폭발적인 고양 속에서 우익은 처음으로 예방予防 반혁명으로서의 천황제 군부 독재로의 방향을 명확히 내세웠다. 그리고 다음 해인 1931년에 '만주사변'의 개시와 일련의 쿠데타 계획에 의해 그 길을 강행적으로 돌파해갔다.

이에 대해 혁명운동 측은 1929년 4월 16일의 대량 검거와 조직 파괴의 타격에서 충분히 회복되지 못했다. 공산당은 다나카 기요하루田中淸玄와 사노 히로시佐野博 등을 중심으로 지도부를 재건하고, 일본노동조합 전국협의회(전협) 역시 연이은 탄압 속에서 조직의 재건을 진행하고 있었지만 경험 있는 지도자를 잃고 정세의 유동화 속에서 일규주의一揆主義[1]적인 경향이 강화되고 있었다. 그들은 절박한 정세와 주체적 역량의 간극을 성급한 무장 행동, 특히 개인 테러를 선동하는 것으로 메우고자 하면서 권총으로 당원을 무장시키는 등 모든 대중 행동을 '폭동화'시켰으며 동맹파업을 할 때는 무장투쟁의 명목으로 방화와 파괴를 선동했다.

그 당시 좌익의 정세 판단은 다음과 같은 것이었다고 한다. ─ 태평양과 중국을 둘러싼 열강의 이해 대립은 이제 국제 정세의 중심이 되었다. 소련에 대한 제국주의 국가들의 공격 준비도 영국·미국·프랑스·일본의 이해 대립에 의해 약간 방해를 받고는 있지만 공동보조는 점점 강화되고 있으며, 세계의 정세는 확실히 1914년 제1차 세계대전의 발발 직전과 유사해지고 있다. 따라서 런던군축회의는 실패할 것이며, 또 국내의 금 수출 해금·긴축·물가 인하·재계 불황은 독점자본 지배를 강화하면서 점점 파시즘 지배 체제에 가까워질 것이다. 만약 현재 독점자본의 파시즘적 통치 방법이 아직 충분히 맹위를 떨치지 않고 있다면 그것은 바로 노동자 농민 반항의 격화를 두려워하기 때문임에 틀림없다. 그리하여 파시즘은 민중을 기만하기 위해 사회주의적 선동을 내걸고 사회파시즘의 형태로 나타날 것이다. 그러나 합리화와 백색 테러의 광풍은 노동자들로부터 평화적 개량의 환상을 박탈했으며, 따라서 투쟁의 파도는 엄청난 수의 노동자들을 휩쓸었다. 노동자들은 '투쟁이냐 죽음이냐'라고 할 정도로 혁명화하고 있다. 그럼에도 일부에서는

---

1 【역주】일시적인 봉기 및 폭동에만 획일적으로 의존하는 경향성을 의미함.

객관적 정세는 유리하지만 주체적 조건이 매우 불충분하다고 말하기도 하는데, 이것은 완전히 잘못된 견해로서 원래 노동 공세와 분리된 좌익 공세는 있을 수 없으며 특히 섹트성을 탈피한 공산주의 운동은 확실히 노동운동의 고양과 운명을 같이 한다. 그러므로 1930년의 과제는 자연 발생적 노동 공세를 당의 지도로 결합하여 자본가·지주로부터 정권을 탈취하기 위한 준비이며, 또 '우리는 동맹파업을 했다. 폭동을 일으켰다. 이 이상 우리는 이제 무엇을 해야 할 것인가'라는 질문에 답변하는 일이다(와타나베 도루渡部敬, 『일본노동조합운동사』에서).

그러면 이러한 정세 평가는 현실의 노동운동의 현장에서 어떤 형태로 나타났을까. 이것도 역시 주로 와타나베의 서술을 빌려 묘사해보자.

1930년 4월에 들어서 이러한 정세 평가에 입각한 일규주의적 방침은 최고조에 달했다. 예를 들어 도쿄의 가네보鐘紡쟁의에서는 동맹파업 지도권을 무장으로 탈취하기 위해 '가맹조합에 행동대를 조직하라'고 지령했고, 집합한 행동대는 책임자에게서 송곳과 고추와 삐라를 받으면서 '제군, 온몸을 바쳐 주게'라는 명령을 받았다. '도쿄 공장은 어디에 있나, 어떻게 들어갈 수 있나'를 질문한 자에게, '그런 걸 묻는 놈은 일화견주의자(기회주의자)다. 삐라를 뿌려라, 놈들이 오면 직접 고춧가루를 뿌려 눈을 못 뜨게 만들고 송곳으로 배때기에 구멍을 내라'라고 호되게 꾸짖었다. 또한 도쿄시전東京市電 동맹파업에서는 무장자위단을 조직하여 파업 이탈자들에게 철저한 적색 테러를 가하는 동시에 전력電力 수송로를 파괴하고 전차·자동차의 운전기계를 때려 부수라고 선동했다. 실제로 타락 간부ダラ幹 암살, 차고 방화, 전원電源을 파괴하는 행동대가 조직되어 4월 26일 시부야渋谷 차고에 방화(미수)를 감행했다. 이에 대해

『제2무산자신문第二無産者新聞』은 다음과 같이 썼다.

> 용감한 행동대원이 자신을 추적하는 스파이를 단도와 쇠파이프로 단숨에 해치워 두 명이 빈사瀕死에 이르는 중상을 입고 끙끙 대고 있다. 겁이 난 경시청은 앞으로 밀행 스파이에게 권총을 차도록 했다. 놈들의 무장에는 노동자의 무장으로 대답하자.

이렇게 맞이한 1930년의 메이데이May Day는 이른바 무장 메이데이로서 천하를 놀라게 했다. 일본노동조합 전국협의회[전협]는 3월 19일 '메이데이 투쟁에 관한 지령'에서 다음과 같이 언급했다.

> "임금 인하, 공장 폐쇄, 해고, 조업操業 단축 등 차례로 엄습해 오는 자본가 계급의 공격에 대해 우리 노동자가 언제까지고 참고 있을 수만은 없다. 또한 언제까지고 그들의 공격에 대해 그저 단순히 반대니 뭐니 하면서 소극적으로 방어만 해서도 안 된다. 그렇게 해서는 아무리 세월이 흘러도 노동자의 세상은 오지 않는다! 그런 것은 사회민주주의자들에게 맡겨두자! 우리는 항상 노동자 투쟁의 선두에 서서 투쟁의 격화, 정치적 대시위에 이르기까지 끌고 가야 한다. 정치적 폭동, 정치적 파업으로 고조되고 있는 혁명의 파도를 타고 메이데이를 기하여 전 세계의 노동자들과 함께 자본가를 벌벌 떨게 해야 한다."

> "결사적 일본공산당에게 지도받은 무장 노동자 농민의 투쟁만이, 그리고 무장된 정치적 대중 파업과 대시위 운동만이 노동자의 임금 인하, 해고, 노

동 시간 연장 등 일체의 공격을 분쇄하고 노예적 생활을 배제할 수 있다는 것. 단순히 독일 노동자가 이렇다는 둥 러시아 노동자가 이렇다는 둥 선전만 해대는 것이 아니라 이러한 메이데이 시위를 통해 혁명적 노동자의 영웅적 행동으로 전 일본 노동자 자신의 경험을 통해 그것을 알 수 있도록 해야 한다."

이렇게 해서 메이데이에는 각지에서 혁명적 노동자들이 무장 데모 준비를 실행했다. 도쿄에서는 메이데이 데모를 하던 중 방향을 변경해 의회 습격과 관청 방화를 계획했다. 그리고 비록 미수로 그쳤지만 그것을 실행하기 위해 다이너마이트나 죽창이 준비되었고 시전市電의 여성 차장들도 곤봉을 가져가라는 지령이 내려졌다. 또한 가장 유명한 가와사키川崎의 죽창 무장 메이데이는 전협 메이데이 참가 금지에 격분한 일본 화학노조 일본석유 분회의 혁명적 노동자들이 중심이 되었다. 각자 권총, 일본도日本刀, 메이데이 깃발, 죽창 등으로 무장한 뒤 메이데이 행진을 따라 가와사키에 들어가 메이데이 회장에 돌입, 제1경계선을 돌파하고 연단 근처까지 나아갔지만 곧 발각되면서 관견官犬 타락 간부와 대격투를 벌였다. 여기서 다수의 부상자가 나왔다. 그 외에 고베神戸 기타 등지에서도 무장 데모가 감행되었다.

이러한 경향은 5월에 들어서도 여전히 계속되었다. 기시와다岸和田 방직 사카이堺 공장쟁의에서는 15일 밤 쟁의 단원들이 응원하러 온 오사카 자유노동자들과 함께 곤봉과 통나무로 무장하고 공장을 습격, 철근 콘크리트 2척 4방二尺四方여의 큰 기둥을 뿌리째 뽑아 철문을 때려 부수고 들어가 접수대와 사무실을 파괴했으며 오사카 히라노平野 경찰서 고

등계 외 두 명에게 뭇매를 퍼붓고 철수했다. 그 후 쟁의뉴스 12호(22일)는 '우리의 파업이 승리할 수 있도록 …… 우리도 옛 여성들처럼 단도短刀로 무장하자. 그리고 놈들이 2층으로 올라가면 칼로 베어버리자'고 여성 노동자들에게 호소했다.

이러한 일규주의적 방침은 훗날 공산당 스스로 정정하기에 이르렀다. 또한 1930년 8월에 개최된 프로핀테른 제5회 대회에서는 다음과 같이 일본의 운동을 강하게 비판했다. "테러나 공장 파괴·방화 등의 호소 일체에 대해 결정적 투쟁을 선언하지 않으면 안 된다. '부르주아를 벌벌 떨게 하라'라든가 '무장 파업을 조직하라', '배신적 지도자를 때려죽여라' 등의 무책임한 언사나 슬로건과 결정적으로 싸우지 않으면 안 된다", "무장 파업 슬로건을 내걸고 메이데이 준비에 대한 조직적 공식을 제출했던 동지들의 지도적 업무를 일시 중단시켜야 한다. 그 동지들은 운동을 지도하는 데 있어서 무능력을 드러냈다. 왜냐하면 그들은 생생한 생활을 추상적이고 별 의미 없는 공식으로 바꾸어버렸기 때문이다."

이 시기의 극좌적 일규주의에서 4·16 탄압 이후 당 지도부의 다나카 기요하루, 사노 히로시 등의 미숙한 지도가 존재했던 것은 분명 사실이다. 하지만 국제적으로 볼 때 이 시기에는 중국의 리리싼李立三 코스, 독일의 하인츠 노이만Heinz Neumann을 중심으로 한 반파시스트 무장투쟁 노선 등이 도처에서 나타났는데, 이것들은 모두 '제3기론'이 불러일으킨 구체적인 행동 형태와 다름없는 것이었다. 그리고 1930년 전반에는 이러한 경향이 최고조에 달했으며 중반부터는 대폭적인 수정이 국제적으로 행해지기 시작했다(코민테른의 리리싼 코스 비판, 독일 공산당 정치국에서의 노이만 추방 등등). 당시 트로츠키는 유형지인 프린키포prinkipo에서 논문 「공산주의 인터내셔널의 전환과 독일 정세」를 집필하면서 '제3기론'에서 비롯된 정세 평가를 날카롭게 비판하고 있었다. 그는 이렇게 쓴다.

공산주의 인터내셔널 집행위원회 제9회 총회, 제6회 세계대회, 특히 제10회 총회는 ('제3기론'이라는 이름하에서) 혁명적 비약을 향해 직접적 노선으로 저돌 맹진했다. 영국과 중국에서의 패배, 특히 가장 중요한 자본주의 국가에서 발생한 공업과 상업의 비약에 따른 전 세계 공산당의 약체화 등 당시의 객관적 정세에 따라 그런 방향을 취하는 것은 완전히 불가능해졌다. 1928년 2월 이래 공산주의 인터내셔널이 수행한 전술적 전환은 이른바 역사적 발전의 진정한 전기轉機에 완전히 역행한 것이었다. 바로 이러한 모순에서 모험주의적 경향, 점점 더 확대되는 대중과의 괴리, 조직의 약체화 등이 발생했다. 이러한 현상들이 위협적 양상을 띠기 시작하자 지도부는 1930년 4월 '제3기론'에서 후퇴한 우익적 전술 전환을 수행한 것이다.

모든 추수주의에게 가혹한 우연 때문에, 공산주의 인터내셔널이 수행한 새로운 전술적 전환과 객관적 정세의 새로운 전회轉回는 얄궂게도 일치했다. 예기치 못했던 국제 공황 심화는 아마도 대중의 급진화나 사회적 동요의 길을 열 것이다. 현재의 상황에서는 특별히 혁명적 비약의 길로 향하는 대담한 전진이라는 좌편향으로의 전환이 가능했을 것이며, 또 그러한 전환이 실행되어야만 했다. 혁명운동의 후퇴를 유발한 최근 3년간의 경제적 부흥의 시기를, 공산주의 인터내셔널 지도부가 그래야만 했던 것처럼, 노동조합을 비롯한 대중 조직 내부에서 공산당의 입장 강화에 이용했다면 그것은 완전히 정당한 것이며 또 필요한 것이기도 했을 것이다. 그런 일이 일어났다면 1930년에는 운전수가 기어를 2단에서 3단으로 바꾸었을 것이고 또 그래야만 했을 것이다. 만약 그렇게 되지 않았더라도 단기간 안에 그러한 기어 변속을 감행할 준비를 했어야만 했다. 그러나 사실은 이와 정반대의 경과를 밟고 있었다. 운전수는 불리할 때 3단으로 바꿨다. 만약 올바른 전략을 취했더라면 당연히 속도를 올려야 했을 때에, 그렇게 했다면 벼랑으로 떨어질 것처럼 되어 2단으로 바꾸어야 했던 것이다.

정세는 1930년을 전기轉期로 위기 양상을 노정해갔다. 그러나 혁명 정세의 절박함은 동시에 반혁명의 절박함이기도 했다. 세계정세의 서쪽 초점인 독일에서는 바이마르 체제의 붕괴를 둘러싼 파시즘의 반혁명이 승리하느냐 프롤레타리아 혁명이 승리하느냐가 걸린 아슬아슬한 투쟁이 시작되었다. 세계정세의 동쪽 초점인 일본에서는 반半봉건적 일본 자본주의의 구조적 위기를 천황제 군사적 · 봉건적 제국주의가 독점자본의 제국주의를 대신하고 보충하면서 동아시아에 대한 침략으로 '해결'할 것인가 아니면 프롤레타리아와 농민의 혁명적 동맹에 의해 부르주아 민주주의 혁명, 더 나아가 사회주의 혁명으로 강행적 전화轉化를 시킴으로써 혁명적으로 해결할 것인가에 대한 양자택일에 직면해 있었다. 그러나 이러한 상황에 몰려있으면서도 노동자 계급은 '사회파시즘론'과 '다수자 획득' 전술에 의해 분단되고 고립되었으며, 또 사회민주주의를 주적으로 삼은 주요 타격론은 이러한 양자택일의 상황을 리얼하게 인식하는 일을 철두철미하게 방해했다.

3. 코민테른과 일본 혁명

코민테른과 일본공산당이 천황제 절대주의 권력을 무시하고 일본의 지배체제를 독점자본 제국주의 일반으로 해소함으로써 일본 혁명의 전망을 종래의 부르주아 민주주의 혁명에서 사회주의 혁명으로 변경했던 데는 이상과 같은 배경이 있었다. 게다가 그것은 일본 자본주의 전체의 구조적 위기가 격화되는 상황 속에서 많은 사람들의 감각적인 지지를 받고 있었다. 반면에 이미 명확한 형태를 취하기 시작한 천황제 군부와 독점 부르주아의 모순, 배외적 민족주의와 반자본주의적 선동에 의한 군부 독재로의 대중적 사상 획득의 움직임, 그리고 테러와 전쟁으로의 돌진 — 이러한 반혁명적 움직임을 적확하게 포착·예견하지 못했고 또 거기에 대항할 만한 적절한 전술을 전개하지도 못했다.

독점자본의 집행위원회로서 성립된 하마구치 내각은 런던조약을 둘러싼 통수권 침해를 군부로부터 공격받았다. 그리고 결국 우익의 총탄에 의해 1년여의 단명 속에서 붕괴되었다. 이와 같은 사실에서 일본 제국주의의 기본적인 성격이 분명히 드러났다.

1868년(메이지 원년), 메이지유신으로 일본이 근대적 통일국가의 길을 열었을 때 서구 자본주의는 이미 산업자본주의 절정의 시대에 도달해 있었다. 그리고 국가 형태에 있어서도 유럽 대부분의 국가들은 부르주아 혁명을 완료했고, 지배계급으로서의 부르주아는 점점 프롤레타리아트의 조직화되고 강화되고 있는 공격 앞에 내몰려 있었다. 마르크스의 주도로 런던에서 국제노동자협회(제1인터내셔널)가 결성된 것은 1864년(겐지 원년元治元年)이었고, 또 역사상 최초로 프롤레타리아트의 권력이 일시적으로나마 성립했던 파리코뮌은 1871년(메이지 4년)의 일이었다.

이처럼 역사의 추이에 뒤쳐져 자본주의 세계에 등장한 일본은 절대주의 천황제에 의한 자본의 원시적 축적을 강행했다. 국내에 광범위하고도 강고한 봉건적 제 관계를 남겨둔 채 메이지 20년대에 중국을 침략했으며, 또 메이지 30년대 말 이미 금융자본을 기반으로 한 근대 제국주의의 창출로 나아갔다. 이런 급격한 발전을 뒷받침하고 추진했던 원동력은 전쟁이었다. 메이지 초기의 류큐琉球 합병, 대만 '정벌', 조선 침략은 일본 자본주의의 성립을 뒷받침했고, 청일전쟁은 사회적으로도 사상적으로도 일본 역사에서 하나의 전기轉機가 되었으며, 산업자본의 확립과 금융자본으로의 전화 과정을 촉진했다. 이후 의화단 사건, 러일전쟁, 제1차 세계대전, 제2차 세계대전 등이 각각 일본 자본주의의 발전 및 위기와 뗄 수 없는 관계에 있었다는 것은 역사가 보여준 그대로이다.

더욱이 일본에서 자본주의의 발전은 봉건적 제 관계를 붕괴시키는 방향을 취하지 않고 오히려 그러한 전前자본주의적 제 관계의 잔존물을 최대한 이용하는 길을 취했다. 자본주의적 착취는 반봉건적인 농촌에서 농민의 수탈을 필수불가결의 근간으로 삼았고, 도시에서는 '식민지적'이라 불린 노동자의 저임금을 실현했던 것이다. 그러나 일본 자본주의가 이러한 봉건적 제 관계의 잔존물에 적응하고 그것을 이용하면 할수록 국내 시장은 점점 더 협소해졌고 그에 따라 점차 국외 시장을 획득하는 길로 강하게 내몰리게 되었다. 그리고 이런 식으로 발발한 수많은 전쟁과 특히 그에 대한 승리는 절대주의 천황제의 성립과 발전, 특히 그것의 강고화와 직접적으로 관련되어 있다. 이러한 절대주의의 침략성을 레닌은 '군사적 · 봉건적 제국주의'라고 불렀는데, 일본의 천황제 역시 그와 다름없는 군사적·봉건적 제국주의로서, 메이지 20년대에 자신의 침략적 성격을 드러냈던 것이다. 천황제는 그러한 침략적 정책에 의해 자신의 독자적 야망을 만족시켰을 뿐만 아니라 그 과정의 매 순간 국내 정치에서 자신의 지위를 강화하는 동시에 그 기구들을 확대해 갔다.

이처럼 절대주의 천황제는 처음에는 자본의 원시적 축적 및 산업자본 확립의 가장 주요한 요인이자 직접적인 계기가 되었으며, 나중에는 금융자본의 제국주의적 침략 정책을 직접적으로 '대위代位'하고 '보충'했다.

이러한 관계, 즉 정치·경제적으로는 군사적·봉건적 제국주의(천황제)의 지배와 거기에 따른 근대 제국주의의 '대위·보충' 관계의 성립, 다시 말해 '이중의 제국주의'의 존재, 사회적으로는 근대 자본주의 속에 광범위한 그물을 펼친 봉건적 제 관계의 잔존물의 존재, 요컨대 근대와 전근대의 공존, 그것이 근대적 위기 속에 이월되면서 발생한 위기의 이중화 — 이러한 관계야말로 패전에 이르기까지 근대 일본의 사상·예술·문화의 근저를 규정한 조건이다.

그러면 여기서 일본공산당이 취한 전략 문제에 대한 대강의 추이를 간단히 정리해 두기로 하자.

앞에서 언급했던 것처럼 일본공산당의 전략에 대해 최초로 포괄적인 규정을 제시했던 것은 이른바 '27년 테제'였다. 부하린을 중심으로 한 코민테른 일본문제위원회에서 작성한 이 테제는 후쿠모토주의福本主義와 야마카와주의山川主義 모두를 비판하면서 한 줌의 비밀조직에 지나지 않았던 공산당을 공공연한 대중적 행동 당으로 전환시키는 데 큰 역할을 했다. 그것은 또한 일본 혁명의 성격을 '프롤레타리아 혁명으로 급속히 전화하는 부르주아 민주주의 혁명'으로 규정했다. 그러나 이 테제는 일본 국가 권력의 내용을 충분히 구체적으로 분석하지 못한 채 경제 정세의 분석에서 직접 국가 권력의 규정을 도출했으며, 또 권력은 '부르주아 지주 블록'의 수중에 있고 부르주아지의 헤게모니하에 있다는 추상적인 서술에 머물렀다. 그 결과 '군주제 타도'라는 슬로건은 13개 항목의 행동강령 중의 하나로 병렬적으로 나열되어 있어서 걸핏하면 일본 혁명에서 천황제 타도의 결정적인 의의가 간과되기도 했다.

이 '27년 테제'의 전략적 전망은 1929년경부터 점점 유명무실해졌고, 코민테른의 개별 논문과 결의에는 분명 이 테제에 반하는 프롤레타리아 혁명의 입장이 강하게 드러나게 되었다. 그리고 1931년 7월에 이르러 공산당 중앙위원회는 '정치테제(초안)'를 발표하여, 일본 혁명의 성격을 '부르주아 민주주의적 임무를 광범위하게 포옹하는 프롤레타리아 혁명'으로 변경함으로써 그동안의 전략적 동요에 일단 종지부를 찍었다. 이 '정치테제(초안)'는 이제 일본을 고도로 발전한 제국주의 국가로 규정했으며, 천황제에 대해서는 "현재 천황제는 노동자, 근로 피착취 농민 대중의 대두에 대해 금융자본을 선두로 한 지배계급의 파시즘적 탄압과 착취의 유력한 도구가 되고 있다. 그리고 이 시대의 기본적인 계급 모순은 부르주아지와 프롤레타리아트의 대립이다"라고 서술했다. 더욱이, 심각한 경제공황 속에서 일본 자본주의 발전을 위한 조건이었던 식민지 노동자의 수탈과 기생 지주적 토지 소유 등은 일본 제국주의 반대운동과 심각한 농업 위기 등으로 폭발할 것이며, 이 모든 것들은 자본주의의 발달에서 오히려 큰 질곡이 되어 자본주의의 범위 내에서는 해결할 수 없는 문제가 되었다. 따라서 이상의 모든 것들은 일본 사회주의 혁명의 전제조건이 급속히 성숙하고 있었음을 보여준다. 이 테제(초안)는 자본의 독재를 프롤레타리아 독재로 대신하는 길 이외에 그 모순을 올바르게 해결할 길이 없다는 결론을 내렸다. 그리고 그것을 위한 당의 임무로서, "당은 노동자 대중을 경제적 · 정치적 투쟁을 독자적으로 조직하고 지도함으로써 노동계급 다수 획득의 임무를 명백히 하고 그 조직을 확대 강화해나가지 않으면 안 된다. 그리하여 당 확대 강화의 슬로건을 '대중에게로!', '대공장으로'로 내걸어야 한다"라고 썼고, 또 "사회파시즘, 그중에서도 특히 '좌익'과의 결정적 투쟁은 우리 당의 주요 임무 중의 하나이자 또 노동계급 다수자 획득을 위한 투쟁에서 필수적인 임무이다"라고 호소했다.

이 '정치테제(초안)'는 군사적 · 봉건적 제국주의의 공공연한 군사 독재를 향한 돌파구였던 '만주사변'을 불과 2개월 앞두고 있었고 또 5 · 15 사건을 10개월 앞두고 있었던, 말하자면 최후의 막다른 순간에 그 정세의 위기와 발전 방향이 지닌 진정한 의미를 통찰하지 못한 채 올바른 전략적 방향과 정반대의 방향으로 그 동요를 수습하고자 했다는 의미에서 시기에 걸맞지 않은 문헌일 수밖에 없었다. '만주사변' 발발에 큰 충격을 받은 코민테른은 즉시 쿠시넨Otto Vil'gel'movich Kuusinen을 중심으로 하여 일본 문제의 재검토를 개시했으며, 일찌감치 다음 해인 1932년 초에는 절대주의 천황제의 의의를 명확히 하고 그것의 타도를 중심으로 한 '사회주의 혁명으로의 강행적 전화의 경향을 지닌 부르주아 민주주의 혁명'으로 일본 혁명의 전망을 변경하는 논설을 발표했다. 그리고 같은 해 5월에는 새로운 정세에서 일본공산당의 임무를 규정한 이른바 '32년 테제'를 서구 뷰로bureau의 이름으로 발표했다.

이러한 일본 혁명의 규정을 둘러싼 동요와 갈지之자 행보는 그것이 가장 첨예한 혁명적 고양기이자 또 일본의 명운을 좌우했던 1930년과 1931년에 특히 집중적으로 일어났다는 점에서 볼 때 일본에 있어서 하나의 비극이었음은 새삼스럽게 말할 필요도 없을 것이다.

이혜진 역

3장

대중화란 무엇인가
예술운동의 볼셰비키화

1. 내용과 형식

나카노 시게하루와 구라하라 고레히토 사이에 벌어진 예술대중화논쟁을 통해 명확해진 사항은 다음 두 가지로 집약될 수 있다.

첫째, 작품은 보급되어야만 한다는 신념이다. 프롤레타리아문학에서, 한 사람이라도 많은 독자에게 읽힌다는 것은, 무언가 결정적인 것으로 생각되었다. 그것은 가장 예술적인 것이 가장 대중적인 것이며, 더 나아가 대중적인 것이 가장 예술적인 것이라고 주장한 나카노 시게하루에게나, 또 그것을 순연한 이상론, 관념론이라 비판한 구라하라 고레히토 모두에게 공통되는 것이었다.

그러나 여기에는 명백히 착각이 존재한다. 하나의 이론도 그것이 대중을 사로잡는 순간 하나의 물질적 힘이 된다는 마르크스의 말과 같이, 이론이나 그 위에 형성된 정치사상은 필연적으로 보급되고, 이로써 보다 많은 지지자를 획득하고자 하는 요구를 본래적으로 가지고 있다. 그러나 예술작품의 존재양식 또한 그와 같다고 생각하는 것은 착각이다. 나카노 시게하루는 예술을 오로지 감정의 조직화로 규정함으로써, '직접적 선동agitation'의 대상인 '대중'의 다수자 획득을 당연한 전제로 삼았다. 구라하라 고레히토는 예술을 감정의 조직화와 더불어 사상의 조직화로 규정함으로써, 인식의 전달과 보급, 즉 계몽을 그 주요한 기능으로 생각했으며, 따라서 당연하게도 그는 수신자의 다수를 획득하는 임무를 가장 중요한 것으로 여기게 되었다.

둘째는, 높은 계급의식을 갖는 프롤레타리아트는, 동시에 고도의 예술적 수용력을 갖는다는 아프리오리한 단정이다. 여기에는, '저속한' 대중예술을 선호하는 것은 낮은 계급의식에 대응한다는 독단이 있다. 그러나 베토벤을 좋아하든 나니와부시浪花節[1]를 좋아하든, 그것은 완전히 그 사람의 개인적 취향 문제이지 계급의식의 고저와는 아무런 관계도 없는 것이다. 또한 그것은 어떤 예술작품이 포함하고 있는 이데올로기의 질에 관계하는 것도 아니다. 노동자 혁명가이면서 프롤레타리아문학을 애독했던 자는 아마도 거의 없었으리라 생각된다. 또한 프롤레타리아문학을 읽은 것이 한 인간이 '좌경左傾'하게 된 원인이라는 수기나 보고가 적잖이 있는데, 그 전부를 부정할 수는 없겠으나, 그 대부분은 아마도 좌익화될만한 현실적인 조건을 이미 갖추고 있는 사람이었을 것이 분명하다. 프롤레타리아문학이 아닌 『금색야차金色夜叉』나 가사이 젠조葛西善蔵의 소설도, 그에게는 충분히 '좌경'의 원인이 될 수 있었을 것이다.

---

1 【역주】곡조를 붙여 악기에 맞추어 낭창하는 이야기나 읽을거리.

그런데 이처럼 예술대중화논쟁은, 나카노 시게하루에게 있어서의 전체적인 주체성을 분해시켰던 한편, 나카노·구라하라 쌍방 모두가 프롤레타리아문학이론의 예술관이나 예술의 기능에 대한 일면적인 잘 못된 이해를 끝까지 극복할 수 없도록 만들었다. 그리고 그 때문에, 예술대중화논쟁은 내용적으로 완전히 어중간한 것에 그칠 수밖에 없었던 것이다. 따라서 구라하라가 1928년 5월에 발표했던 「프롤레타리아· 리얼리즘으로의 길プロレタリヤ・レアリズムへの道」(『전기』)에서 시작된 프롤레타리아·리얼리즘의 이론과 더불어, 이 예술대중화논쟁 속에서 차츰 윤곽을 잡아가기 시작한 프롤레타리아문학이론을 둘러싸고 안팎에서 비판이나 의문이 생겨난 것은 당연했다.

하나의 문제는 내용과 형식을 둘러싼 것이었고, 또 다른 하나의 문제는 예술적 가치와 정치적 가치를 둘러싼 것이었다. 이는 그 내용으로 보더라도 예술대중화논쟁의 문제를 직접 이어받은 것이었다.

나카노와 논쟁을 벌이는 가운데, 구라하라는 형식에 역점을 두고 대중화의 문제를 전개시켰다. 한 예로 그는 「예술 운동의 긴급 문제」에서 다음과 같이 말했다. "대중의 생활을 그저 객관적으로 그려냈다고 해서 그것이 곧 대중적 예술이 될 수 있다고 생각했다면 이는 커다란 착각이다. 우리들은 더 나아가, '대중에게 이해받고, 대중에게 사랑받으며, 이에 더해 대중의 감정과 사상과 의지를 결합해 고양시킬' 수 있는, **예술적 형식을 만들어내야만 한다**(강조 — 구라하라)." 이에 대해 나카노는 일단 예술을 보급하는 문제를 '정치적 프로그램'이라고 준별했다. 그는 구라하라의 이러한 주장을 두고, 예술의 보급이 프롤레타리아트에 의해 정치적으로 해결되어야만 한다는 점을 망각한 채, 멋대로 '예술적 형식'으로

해결하려 했던 것이라고 혹독히 비판했다. 그러나 「해결된 문제와 새로운 일解決された問題と新しい仕事」에서는 그 입장이 완전히 바뀌어, 예술을 대중화하기 위해 강구해야 할 가지각색의 방법이 '주로 형식 탐구에 의해 좌우될' 것이며, 이것이 이후 착수해야 할 커다란 문제라고 주장하는 데까지 이르는 것이다.

감정의 조직화＝직접적 선동이라는 나카노 시게하루의 예술 이론에서 만약 '예술적 프로그램'과 '정치적 프로그램'의 준별이라는 틀을 벗겨 내버린다면, 그의 이론은 당연히 예술대중화론의 논리에 붙잡히고 말 것이다. 게다가 '예술적 프로그램'과 '정치적 프로그램'의 준별이라는 것은, 이 양자를 통일할 수 있는 주체를 전제로 삼은 뒤에야 비로소 가능한 것이었다. 당초에 나카노 시게하루는 자신을 그러한 주체로 생각하고 있었다. 그러나 그 주체는 이제 분해되었고, 자기의 외부에는 '당'이 모습을 드러냈다. 분해된 주체는 '당의 것이 됨'으로써 간신히 통일성을 유지할 수 있는 것처럼 보였다. 그 결과 이번에는 나카노 자신이, 예술적 형식에 의한 해결이라는 데까지 나아가버린 것이다.

이렇게 예술을 대중 획득의 무기로 삼고, 그러기 위해 대중화의 길로 곧장 돌진하기 위한 불가피한 이론 문제로서 내용과 형식, 예술적 가치와 정치적 가치의 문제가 나왔던 것이다.

내용과 형식에 관한 문제는 주로 두 측면에서 생각할 수 있다.

하나는 대중화논쟁의 연장선상에서 생각하는 것이다. 이 측면에서는 문제가 나카노 시게하루의 말대로 형식의 탐구로 이어진 것이다. 나카노는 다음과 같이 말하고 있다.

우리들이 특정한 제작을 하고(물론 예술의 종류를 막론하고), 그것이 우리 및 일반적으로 예술적 제작에 종사하는 사람들 측으로부터 매우 높이 평가받았다고 할지라도(만약을 위해 말해두자면, 이것은 예전에 구라하라가 '프롤레타리아적으로 최고의 예술'이라 칭한 것이 전혀 아니다. '본래적 프롤레타리아예술'의 문제가 해결되어 있는 이상 이 점에 대해 또다시 반복해 논의할 필요는 없으리라) 그 작품이 프롤레타리아트 측에서, 노동하는 대중의 측에서, 어떻게 평가받을지는 별개의 문제이다. 그리고 첫 번째 평가와 두 번째 평가 사이에 종종 큰 틈이 있으리라고 예상하는 것은 기우가 아니다. 이런 종류의 틈이 있을 때, 우리들은 이 두 평가 사이의 틈을 메워야 할 책임을 지닌다. 그러나 현재 우리들은, 첫 번째 종류의 평가 재료는 많이 갖고 있지만, 두 번째 평가 재료는 거의 준비하지 못하고 있다. 물론, 우리들의 문학적 작업에 대한 일반적 비판, 또는 공연 등이 끝난 후에 늘 하게 되는 연극 합평 등이 있지만, 이것들 역시 두 번째 평가의 재료라 말할 정도가 못된다. 따라서 우리들은 금후 우리들의 예술적 활동이 대중에게 어떻게 받아들여졌는지를 적당한 방법으로 측정하여, 그것을 일정한 방침에 따라 정리함으로써, 이 틈을 구체적으로 파악해야만 한다. 이것을 알 때 우리들은 경험을 거듭함으로써, 우리들의 예술이 선택해야 할 내용, 그 내용을 담아야 할 형식 등을, 예술을 접할 대중의 성질 및 그들이 그 예술을 접할 때 놓여 있을 상태 등등에 대응시켜 정리할 수 있을 것이다. 그리고 이로부터 그 이후의 예술적 활동을 전개하기 위한 실제적 방침(물론 절대적인 것이 아닌)을 짜낼 수 있을 것이다.

—「해결된 문제와 새로운 일」

프롤레타리아 계급에도 앞선 층과 뒤떨어진 층이 있다는 하야시 후사오의 의견에 찬성했던 나카노 시게하루가, 더 나아가 예술의 창작자 측뿐만 아니라 창작자와 수용자의 관계로, 그리고 수용자의 상태·의식 쪽으로 눈을 돌려 문제를 파악했다는 점에서 이는 한 걸음의 전진이었다. 그러나 그는 어떤 작품에 대한 프롤레타리아트의 측과 예술적 제작에 종사하는 측 사이의 평가가 어긋난다는 데에 주목했을 뿐이다. 프롤레타리아트 내부에서도 평가의 차이가 있다는 것, 그리고 그 차이는 아마 영구히 사라지지 않을 것이라는 통찰이 없었던 탓에, 마침내 대중화론 그 자체의 부정에 이르는 길을 밟으면서도 그는 가장 흔해빠진 대중화론을 주장하는 데 그친 것이다.

여기서 나카노 시게하루가 말한 것처럼 실제로 대중의 상태를 조사했다면, 아마도 예술의 대중화라는 생각이 어차피 한갓 환상에 지나지 않음을 알았을 것이다. 그래서 구라하라처럼 예술의 내용은 프롤레타리아트의 사회적 필요이며, 한 사람의 노동자가 그의 사회적 필요의 표현인 프롤레타리아문학보다도, 제니가타 헤이지錢形平次 쪽을 더 선호한다고 한다면, 그것은 그 노동자의 계급의식이 낮기 때문이며, 따라서 프롤레타리아 작가는 이러한 낮은 계급의식을 지닌 노동자가 좋아할만한 '형식'을 탐구하고, 거기에 프롤레타리아트의 사회적 필요를 담아내도록 하지 않으면 안 된다는 식의 단정을 짓는 쪽으로, 대세는 흘러가고 있었던 것이다.

그러나 말할 필요도 없이, 여기서 내용과 형식의 상호관계에 대해 이론적으로 명확해진 것은 아직 조금도 없었다. "예술은 이데올로기인 동시에 기술이다. 내용인 동시에 형식이다. 그리고 형식이 내용에 의해 결정되는 것이 사실이라면, 그 형식이 내용으로부터 자연발생적으로 생겨나지 않는다는 것도 사실이다"라는 구라하라의 말을 끄집어내어, 이른바 '형식주의 문학 논쟁'의 최초 발언자가 되었던 것은 신감각파의 요코미쓰 리이치橫光利一였다.

문학의 형식이란 문자의 나열이다, 문자 그 자체가 용적을 지닌 물체다, 때문에 형식이야말로 객관이며 내용은 주관이다, 따라서 내용이 형식을 결정한다는 마르크스주의 예술론은 주관이 객관을 결정한다는 관념론이며, 마르크스의 유물론에 위반된다는 요코미쓰의 주장은, 여기서 깊이 검토할 만한 것이 못된다. 그보다 훨씬 중요한 것은, 다이쇼 말부터 쇼와 초엽에 걸쳐 폭발했던 엔폰円本[2] 붐을 필두로 한 출판계의 대중화와 그에 대응해 출현한 대중소설에 문단문학과 프롤레타리아문학 쌍방이 어떻게 대응해가는가 하는, 모색과 격투로 이 '형식주의 문학 논쟁'을 이 '형식주의 문학 논쟁'을 다시 바라보는 것이다.

지금까지의 검토를 통해 프롤레타리아문학 측에 있어 내용과 형식의 문제가 대중화 문제로부터 직접 도출되었음이 명확해졌다. 주목해야 할 점은 신감각파에서도 사태는 마찬가지였다는 것이다. 바꿔 말하면 이 문학의 세계에 새롭게 등장한 대중에게 어떻게 접근할 것인가 하는 점이야말로, 내용과 형식을 둘러싼 전 논의의 기본적인 동기였다. 그리고 그 점에서는 신감각파도 프롤레타리아문학파도 완전히 동일한 지점에 서있었던 것이다. 아니, 더 정확히 말하면 동일한 장의 대극對極이라 해야 할 것이다. 프롤레타리아문학파는 '사회적 필요'라는 이데올

---

2 **【역주】** 정가가 한 권에 1엔 균일인 전집·총서.

로기를 보다 많은 독자에게 전달하고자 했다. 그러니까 그것은 기본적으로 주는 입장이자, 계몽의 입장이었다. 독자는 안개 저편에 있었다. 나카노 시게하루가 정직하게 고백했던 것처럼 창작자는 건너편에 있는 수용자에 대해 거의 아무것도 모르는 것이었다. 이에 반해 형식주의파는 주어야 할 것은 아무것도 없다는 데에서 출발했다. 쓸거리는 이미 작가와 비평가를 막론한 모두에게 사라져버렸다고 요코미쓰는 썼다. 뒤집어 보면 이것은 창작하는 편에 서는 것을 부정한 것이라 볼 수도 있다. 요코미쓰는 또한, 형식을 통해 본 독자의 환상이야말로 진정한 내용이라 불릴 만한 것이라고도 말하고 있다. 이는 명백히 수용자의 편에 서서 내린 정의이다.

감히 결론만을 말하면, 프롤레타리아문학파가 그린 대중의 이미지는 어디까지나 계급의식의 객관적 가능성을 인격화한 것과 다르지 않았다. 그것은 그러한 **내용**에 있어 국제적이었고 동시에 획일적이었다. 그가 어떤 **형식**으로 존재하는가 하는 점은 부차적인 문제에 지나지 않았다. 극단적인 경우에 그것은 공산주의 지도자가 자기의 의식을 투영한 환영일 뿐이었으며, 그로 인해 지도자는 끊임없이 대중의 지지를 받는 셈이 되었다. 이와 대조적으로 신감각파에 있어서 대중은 하나의 풍속적인 스타일로 파악되었다. 노동자든 회사원이든 자본가든, 문제는 그들 생활의 **내용**상의 개별성이 아니었다. 생활의 **형식**과 그 안에서 형성된 감각의 공통성이야말로 대중의 상을 형성하는 모멘트였다.

이렇게 생각해보면, 프롤레타리아문학파가 가진 대중의 상도, 신감각파가 가진 대중의 상도, 분명 모두 일면적인 것에 지나지 않았다. 그럼에도 '형식주의 문학 논쟁'이 두 대중상의 충돌이자, 문학과 대중 또는 예술대중화를 둘러싼 프롤레타리아문학파와 신감각파의 날카로운 교착이었다는 점은 쇼와 문학사에서 가장 주목할 만한 사항 중 하나이다. 그리고 이 논쟁은 가타오카 뎃페이片岡鉄兵나 후지사와 다케오藤沢桓夫 등의 신감각파 작가가 프롤레타리아문학으로 전향할 조건이 실재했음을 드러내는 것이기도 했다.

프롤레타리아문학 측에서 내용과 형식을 둘러싼 이러한 문제는 더 나아가 '예술적 가치와 정치적 가치'를 둘러싼 논쟁으로 이어졌다. 예를 들어 구라하라 고레히토가 예술대중화론에서 전개시킨 바, "하나. 예술로서, 사회적 가치를 지닌 작품의 대중화, 둘. 예술성은 없지만 또는 아주 조금밖에 없지만, 대중의 교화 및 선전으로서 가치를 지닌 대중적 작품의 제작"(「이론적인 서너 가지의 문제理論的な三,四の問題」, 『도쿄아사히신문』, 1928.11.26~29)이라는 주장에는 이미 '가치'를 둘러싼 논쟁을 필연적으로 불러일으킬 조건은 있었다. 그것은 히라바야시 하쓰노스케平林初之輔에 의해 가장 소박한 형태로 제출되었다.

우선 히라바야시는 프롤레타리아문학을 정치적 규정이 주어진 문학, 정치의 헤게모니하에 성립된 문학으로 규정했다. 그는 이러한 문학을 평가함에 있어서는 프롤레타리아의 승리를 위해 공헌한다는 것이 그 기초가 되어야 하며, 예술로서의 완성도는 이차적 문제가 된다고 말했다. 더불어 자기 자신에게는 이 두 개의 가치, 즉 정치적 가치와 예술적 가치가 분열되어 있으며 이원론적이라고 고백하면서, 다음과 같이 썼다.

나는 문예작품을 비평할 때, 내가 이해하는 바로서의 순연한 정치적 평가에만 기댈 수 없다. 이는 마르크스주의의 일반적 이론의 진실성을 인정한 연후의 일이다. 마르크스주의의 진실성을 인정하면서도 나는 비非 마르크스주의 작품이 지닌 매력에도 끌린다. 그리고 그 매력에 끌린 이상은 그것을 있는 그대로 고백할 수밖에 없다. 이 점이 가장 중요한 것인데, 만약 내가 말한 것이 진실이라고 한다면, 나는 정치적 가치와 예술적 가치는 오히려 '조화'할 수 없다고 믿는 것이다. 양자를 통일하는 예술이론은 있을 수 없다고 믿는 것이다. 마르크스주의 문학이론은 양자를 통일시키는 것이 아니라, 정치적 가치에 예술적 가치를 종속시켜 이를 그 헤게모니 아래 두려고 하는 것이다. 양자는 힘으로, 권위로 결합당하는 것이다.

　　　　　　　　　　―「정치적 가치와 예술적 가치政治的価値と芸術的価値」,

　　　　　　　　　　　　　　　　　　　　　　　『신조新潮』, 1929.3

　　이러한 히라바야시의 발언에 대해, 오야 소이치大宅壮一, 가쓰모토 세이치로勝本清一郎, 다니카와 테쓰조谷川徹三, 아오노 스에키치를 비롯한 열 명이 넘는 논자들의 발언이 이어졌다. 이 한 가지 일만 가지고도 이 주제가 얼마나 시대의 사상적 핵심의 일단에 닿아 있었는지를 알 수 있을 것이다. 미키 기요시 또한 논문「예술적 가치와 정치적 가치芸術的価値と政治的価値」(세계사판『프롤레타리아예술 교정プロレタリア芸術教程』제2집, 1929.11)에서 지적했듯이, 이는 중세에는 예술과 종교, 근대에는 예술과 도덕으로 나타났던 '가치의 이율배반Antinomie'이 현대적 형태로 나타난 것이다. 그것은 모든 사상事象의 정치화라는 현대적 특징의 한 표현일 뿐이었다.

　　히라바야시의 회의론에 대해 거의 모든 마르크스주의자들(미키 기요시를 포함한)은 예술적 가치와 정치적 가치의 조화, 통일을 주장했다. 그리고 나카노 시게하루만이「예술에 정치적 가치 따위는 없다芸術に政治

的価値なんてものはない」(『신조』, 1929. 10)고 단언했다. 그는 일련의 히라바야시 비판자들이 보여준 비판 방식에 대해 다음과 같은 태도를 보였다. 히라바야시는 예술에 예술적 가치와 정치적 가치가 따로 있어서 두 가지가 서로 조화되기 어렵다고 고민하고 있다. 따라서 비판자는 그에게 그 조화되는 모습을 설명해주면 될 것이지만 그렇게 하지 않는다. 그들은 있지도 않은 것을 있는 것처럼 설명하려하기 때문에 결국 아무것도 설명할 수 없는 것이다. 이렇게 비판하면서 나카노는 예술에 정치적 가치 따위는 없으며 예술 평가의 축은 예술적 가치뿐이라고 주장한 것이다.

어떤 무장반란 같은 것을 묘사한 예술에서 노동자의 감정이 최고조에 달했다고 해도, 그것은 정치적 움직임이 아닐뿐더러 정치적 투쟁도 아니다. 그것은 어디까지나 감정의 움직임, 감정의 결합, 감정의 고양이지 군사조직도, 봉기도, 선거도, 파업도, 혁명도 아니다. …… 어디까지나 정치와 예술은 별개인 것이다. 정치의 작용과 예술의 작용은 다른 종류의 작용인 것이다.

그런데 완전히 다른 두 개를 들고 와서 하나로 다른 하나를 계산한다는 것이, 어떻게 가능하겠는가? 말馬을 화로로 어떻게 계산한단 말인가? 말의 가치를 화로로 산출해낸다는 것은 예술과 정치가 동일한 사회로부터 ─ 서로 싸우는 계급과 계급으로 이루어진 하나의 복합체로서의 사회로부터 나온, 각각의 창窓임을 모른다는 것이다. 그 어느 쪽 창에서 들여다보더라도, 비치는 것은 이 복합체로서의, 하나의 총체로서의 사회일 뿐이다. 다만 창이 다르기 때문에 풍경의 색이 다르다. 한편은 두 계급의 대항적인 힘들의 조직을 보고, 다른 한편은 두 계급의 대항적인 감정의 조직을 본다. 창은, 부르주아 측으로도, 프롤레타리아 측으로도 하나씩 나 있다. 부르주아 측의 창은 거의 보이지 않지만, 프롤레타리아 측의 창은 확실히 보이는 것이다. 부르주아 측의 창은 닫혀가지만, 프롤레타리아 측의 창은 끊임없이 열려 간다. 그리고 정치건, 예술이건, 그 외의 어떤 것이건, 창을 프롤레타리아 측으로 열게 한 것이 저 마르크스주의라는 것(히라바야시가 말하는 그 세계관, 그 철학)에 다름 아니다. 그래서 이 창들은 예술의 창으로서, 제각기 옳으면서도 유일한 창인 것이다. 그것이 유일하게 옳은 세계관인 마르크스주의의 손으로 열렸기 때문에.

그래서 누군가가 예술을 평가하는 데에는 예술의 창만으로 들여다봐서는 안 된다, 정치의 창으로도 들여다봐야 한다고 말한다면, '하하 저 이는 나쁜 창을 갖고 있구나'라고 할 수 있다. 그 사람은 정치의 창으로'도' 들여다보기 전에 예술의 창 그 자체를 다시 만들지 않으면 안 되는 것이다. 그래서 그는 창을 제대로 만드는 법을 가르쳐 주는 마르크스주의로 갈 필요가 있게 된다.

예술대중화논쟁에서 대중이 바라고 있는 것은 예술의 예술, 왕 중의 왕인 것이라고 주장한 나카노 시게하루는 여기서도 똑같이 마르크스주의의 창과 예술의 창은 그 최고의 모습에서 완전히 일치한다고 주장한다. 이를 다시 말하면, 마르크스주의라는 '유일 최고'의 세계관은 최고의 이론이며 동시에 최고의 감정을 조직하는 것이다. 그 세계관의 구체적 존재가 프롤레타리아트라는 것이다. 전자의 '대중'도 후자의 '프롤레타리아트'도 물론 하나의 이념일 뿐이다. 그리고 예술가가 그렇게 이념화된 존재를 추정해서 작품을 제작하는 것은 극히 당연한 일이라고 할 수 있다. 그러나 작가와 수용자, 혹은 예술운동의 주체와 객체 사이의 현실적 관계에서 이러한 이념화된 대중상은 하나의 환상이며 함정일 뿐이었다.

2. 프롤레타리아작가동맹의 성립

1928년 12월 25일, 전일본무산자예술연맹(나프)은 임시대회를 열고, 구라하라 고레히토가 제창한 대로 독립된 예술단체의 협의기관으로 조직을 변경하여, 전일본무산자예술단체협의회(약칭은 예전 그대로 나프)가 되었다. 그 결과 종래 나프 내부에 존재하고 있던 미술, 영화, 연극, 문학, 음악 등의 각 부문은 일본프롤레타리아미술가동맹(1929.1.22 창립), 일본프롤레타리아영화동맹(1929.2.2), 일본프롤레타리아극장동맹(1929.2.4), 일본프롤레타리아작가동맹(1929.2.10), 일본프롤레타리아음악가동맹(1929.4.4)으로 각기 독립하였고, 출판부도 '전기사戰旗社'가 되어, 계속해서 나프 및 작가동맹의 공동기관지인 『전기』를 간행함과 함께 많은 단행본도 발행하여 계급적 출판사로 바뀌어갔다.

이렇게 해서 프롤레타리아작가동맹의 창립대회는 다음해인 1929년 2월 10일, 300명이 넘는 참가자가 모인 가운데 아사쿠사 하시바초浅草橋場町의 신아이信愛 회관에서 열렸다. 의장에는 후지모리 세이키치가, 부의장에는 야마다 세자부로가 선출되었고, '창립위원회보고'(이노 쇼조猪野省三), '소설에 대하여'(가타오카 뎃페이), '시에 관한 보고'(나카노 시게하루), '동화에 대하여'(이노 쇼조), '비평가 당면의 임무'(구라하라 고레히토)와 '『전기』에 관한 보고'(야마다 세자부로)가 이루어졌다. 또한 "하나, 우리들은 프롤레타리아트 해방을 위한 계급문학의 확립을 기한다. 하나, 우리들은 우리들의 운동에 부가된 일체의 정치적 억압 철폐를 위해 투쟁한다"는 강령을 세웠다. 더불어 일반 활동 방침으로는 "1. 작품활동의 대중화, 2. 작품 제재의 다양화, 계급적 관점의 강조, 3. 이론 활동에서의 지도적 임무, 4. 부르주아 예술, 사회 민주주의 예술에 대해 투쟁할 것, 5. 국제적 경험의 교환, 운동의 국제적 합류, 6. 동요하고 있는 소부르주아 작가의 획득, 7. 노동자·농민 내부로부터 새로운 작가를 발견 및 유도하기 위한 정력적 노력, 8.『전기』이외의 곳에서 문학활동을 활발화할 것" 등을 확인했다.

이 대회에서 주목해야할 것으로는, 하야시 후사오의 '문학 대중화의 문제'에 대한 보고가 있었다. 그는 대중화 문제가 이 시기에 특히 중요한 과제로 제기된 이유로 다음의 세 가지를 들었다. 첫째, 투쟁의 격화에 따라 정치적 문화적 의식이 고양되면서 노동자 농민이 프롤레타리아문학에 보다 적극적인 관심을 갖기 시작했다. 둘째, 섹트주의에서 벗어난 공산당이 '대중화'의 과정에 돌입함으로써, 대중선동과 계몽을 위한 노력이 문학운동에 반영되어 그 방향으로 임무가 부과되었다. 셋째, 노동자 농민 사이에 프롤레타리아문학의 영향이 박약함을 깨닫고, 이를 타개하기 위한 노력이 작가들 사이에 일어났다. 여기서 더 나아가 그는 다음과 같이 주장하고 있다.

이러한 계급적 필요의 압박을 몸으로 느끼면서, 우리들은 금년 3월 이래 격렬한 내부 토론을 거듭해 왔다. 이 토론에서 내려진 최근의 결론은 다음과 같다. 우리들은 우리들이 대상으로 삼는 계급 및 계층의 내부적 구성에 따라 우리들의 문학을 분화시켜야만 한다. 즉, 대중화를 향한 길은 우리들 작품의 **자기 분화**이다.

제1의 분화는 계급 및 계층의 성질에 따라 일어난다. 노동자에게 **보다** 환영받는 작품, 농민에게 **보다** 애호되는 소설 등.

제2의 분화는 계급 및 계층 내부의 문화 수준의 차이에 의해 일어나는 고급 문학, 통속문학의 분화.

제3의 분화는 연령에 따른다. 성인 소설, 소년소녀 소설, 동화 등.

제4는 작품이 지닌 특수한 목적에 따른 분화. 생활 인식의 문학, 문제 문학, 시사문학, 흥미문학, 정치적 아지프로를 위한 문학 등.

물론 이 각 부문의 제작 활동을 한 사람의 작가만으로 능히 이룰 수 있는 것이 아니다. 각자 제각각의 재능에 따라, 각 부문에서 최량의 작가임을 명심해야 한다. 우리들은 추상적인 '예술가치'라는 것을 인정하지 않으며, 배타적인 '문학 그 자체' 혹은 '본래적인 문학'이라는 개념 또한 인정하지 않는다. 새로운 프롤레타리아의 문학사의 각 페이지는 위에 열거한 여러 부문에서의 최량의 작품을 모두 위대한 문학적 가치를 지닌 기념적인 작품으로 기재할 것이다.

— 「일본프롤레타리아작가동맹 창립대회 보고의안

日本プロレタリア作家同盟創立大会報告議案」

프롤레타리아작가동맹 창립대회에서 이루어진 이 하야시 후사오의 보고에 대해 어떤 토의가 있었는지를 알 수 있는 자료는 현재 찾기 어렵다. 하지만 당연하게도 1928년도의 예술대중화논쟁을 이렇게 정리해

버린 것에 대해서는 당사자인 나카노나 구라하라 모두 결코 만족하지 않았으리라 생각된다. 그런데 가쓰모토 세이치로에 따르면, 구라하라는 25일의 구류형에 처해져 도쓰카戸塚서에 있었던 탓에 창립대회 당일에는 출석할 수 없었다(「예술운동에 있어서의 전위성과 대중성芸術運動に於ける前衛性と大衆性」, 『신조』, 1929.6). 또한 당시는 프롤레타리아작가동맹 결성을 통해 과거의 논쟁을 문제화하기보다는 오히려 앞으로만 눈을 돌리려 하는 시기였을 터인지라 나카노 시게하루뿐만 아니라 다른 사람들도 "사세些細한" 의견 차이로 소란을 피우고 싶지 않았던 분위기가 강하지 않았을까 하고 생각된다.

그러나 이렇게 해서 대중화를 둘러싼 문제는 조금도 해결되지 않았을 뿐만 아니라 그에 대한 의견 또한 십인십색으로 달라서, 이 문제를 둘러싼 작가동맹 내부의 혼란과 대립이 머지않아 생길 것은 분명했다.

2차 대중화논쟁으로 붓을 옮기기에 앞서, 당시 잡지 『전기』의 상태와 일반 문예 저널리즘의 상태를 개관해 두겠다.

우선 『전기』의 발행부수·페이지 수·정가·발매금지의 상황을 일람표로 확인해 보자〈표 1〉 참조). 다음 표에서도 명확히 드러나는 것처럼 『전기』는 1928년 5월 창간호의 7,000부를 100으로 해, 그 해 말에는 117%로, 다음해 말에는 243%로, 1930년 10월에는 놀랍게도 329%로 약진했다. 그리고 잇단 발매금지 처분 속에서도 이러한 비약적 확대를 실현할 수 있었던 것은 그 독자적인 배포망의 조직화 덕분이었다.

약 250개의 지국을 통해 총 발행부수의 3분의 1이 배포되었고, 그 배포 대상은 노동자가 40%, 농민이 26%, 기타 34%였다고 한다(「메이데이와 함께 맞는 전기의 2주년」).

〈표 1〉[3] 『전기』 발행부수 · 페이지 수 · 정가 · 발매금지 상황

		부수	페이지 수	정가	비고
1928년	창간호	7,000	160	35센(錢)	–
	6월호	7,300	160	35센	발매금지
	7월호	7,000	160	35센	–
	8월호	6,300	160	35센	–
	9월호	7,000	160	35센	–
	10월호	8,000	280	35센	–
	11월호	8,000	200	35센	발매금지
	12월호	8,200	200	35센	발매금지
1929년	1월호	10,000	224	40센	–
	2월호	10,000	206	35센	발매금지
	3월호	10,000	208	35센	–
	4월호	11,500	200	35센	발매금지
	5월호	12,000	208	35센	–
	6월호	13,000	192	40센	발매금지
	7월호	13,000	194	35센	–
	8월호	14,000	180	35센	발매금지
	9월호	15,000	238	35센	발매금지
	10월호	16,000	228	35센	발매금지
	11월호	17,000	200	35센	–
	12월호	18,000	208	35센	–
1930년	1월호	20,000	208	35센	–
	2월호	21,000	224	35센	발매금지
	2월 증간호	?	96	20센	발매금지
	3월호	22,000	216	35센	발매금지
	3월 증간호	?	120	20센	발매금지
	4월호	22,000	250	35센	–
	7월호	23,000	252	35센	발매금지
	10월호	23,000	248	35센	–

〈표 2〉『전기』의 배포 상황[4]

1928년 말 직접 배포소 수	지부 및 지부준비회	15
	독서회	23
	기타(서점, 조합, 개인 배포 등)	16
1929년 4월(지국제가 됨)	지국-도쿄	23
	지국-지방	56
	배포 서점	20
1929년 11월 상순-지국	도쿄	86
	지방	116
1930년 4월 상순-지국	도쿄	94
	지방	156
	준비 중인 곳	40여

이러한 지국을 통해 구입한 직접독자의 계층별 백분율을 그대로 믿기는 어렵지만, 어쨌든 1930년 무렵이야말로『전기』가 노동자 계급에 가장 밀접히 연결되어 있었던 시기였다는 점은 지적할 수 있다. 단 문제는 이러한『전기』의 확대와 대중화가 예술대중화론과는 거의 무관하게 이루어졌다는 데 있다.

『전기』는 처음 나프의 기관지로 발족되었다. 그 성격에 대해 구라하라는 프롤레타리아예술의 확립을 위한 운동의 지도 기관으로서 대중 아지프로의 기관과는 단연 구별되어야 한다고 주장했다. 한편 나카노는『전기』를 예술적이기에 대중적이며 대중적이기에 예술적인, 따라서 프롤레타리아예술 확립을 위한 운동도 없고 대중의 직접적 아지프로를 위한 예술운동도 없는, 그러한 구별을 확실히 부정한, 통일적인

---

3 「메이데이와 함께 맞는 전기의 2주년メーデーと共に迎える戦旗の二周年」(『전기』, 1930.5)에 따름.

4 「메이데이와 함께 맞는 전기의 2주년メーデーと共に迎える戦旗の二周年」(『전기』, 1930.5)의 자료에 야마다 세자부로「잡지『전기』를 중심으로 한 프롤레타리아 문화운동의 발전 (2)雜誌『戦旗』を中心とするプロレタリア文化運動の発展」(『프롤레타리아문화』, 1932.2)를 보충하여 작성했다.

예술운동의 기관지로 규정하기도 했다. 그러나 어쨌든『전기』는 나프의 기관지이자 예술운동 잡지였다. '나프의 전국적 기관지', '프롤레타리아예술 각 부문의 종합적 보도자'라는 것이 당초 공인된『전기』에 대한 규정이었다.

그런데 나프가 전일본무산자예술단체협의회로 조직 개편된 직후부터,『전기』의 내용과 성격규정에 커다란 변화가 일어났다. 우선 1929년 4월호 표지에서 '전일본무산자예술단체협의회기관지'라는 문구가 사라졌으며, 점차 소설이나 평론, 시 작품을 싣는 빈도가 줄어들고, 그 대신 쟁의에 대한 기사나 보고류가 지면을 채우게 되었다. 즉 이 시기『전기』의 대중화는 기묘하게도 예술 잡지의 성격을 '청산'함으로써 실현되었던 것이다. 창간 후 1년간은 매호 6~9편의 소설, 10편에 가까운 시, 3~4편의 평론이 게재되었지만, 1929년 4월 이후부터 다음해인 1930년에 이르는 시기에 소설은 4편에서 2편 정도로 격감했다. 시는 5편에서 2편으로, 평론은 작가동맹 결의 등을 제외하면 거의 실리지 않는 상태가 되었다. 이러한 상태에 대해 야마다 세자부로는 나중에 다음과 같이 썼다.

『전기』는 창간 일주년을 맞은 1929년 5월호 지상에서, 당시 우리들의 견해를 대표하는 한 동지에 의해 '대중적 예술잡지'로 규정되었고, 이러한 발전적 방향을 적극적으로 밀고 갈 것을 안팎으로 밝혔다. 그 후『전기』는 이에 대한 어떠한 비판, 수정을 발표하는 일 없이 어물어물 우리 스스로가 규정했던 '대중적 예술잡지'의 색채를 더욱, 그리고 매우 두드러지게 희석시켜가는 동시에 여타의 기사를 증대시킴으로써만 그 대중화의 길로 진행시켜나간 것이다. 흡사 예술이라는 것이 대중잡지 『전기』의 발전에 불필요한 것인 양―.

― 「잡지 『전기』를 중심으로 하는 프롤레타리아 문화운동의 발전(2)

雑誌『戰旗』お中心とするプロレタリア文化運動の發展」,

『프롤레타리아문화』, 1932.2

이는 대중화논쟁이 실은 문제를 조금도 해결하지 않았다는 것을 선명하게 드러낸다. 그것은 구라하라의 주장이나 나카노의 주장과는 다른 방향으로 진행되었다고밖에는 달리 설명할 길이 없는 것이었다. 야마다 세지부로는 위와 같이 지적한 데 이어, "심지어 이러한 일들이 모두 나프 예술가(『전기』의 편집관계자는 모두 나프의 각 단체원이며, 『전기』의 편집방침을 결정하는 편집위원회는 나프 각 동맹에서 선출되어 나프 협의회의 통제 아래 놓여 있었다)에 의해 이루어진다는, 일견 기묘한 현상이 동반되고 있었다"고 썼다. 더 나아가 "애석하게도 『전기』는 그 자신만의 올곧고 일정한 편집방침을 결여한 까닭에 그저 막연하게 노동자 농민의 대중잡지라 칭하면서, 그 편집 또한 늘 하루하루를 넘기기에 급급한, 앞만 보고 달리는 마차 끄는 말과 같은 상태를 피하지 못했던 것이다"라고 적었다.

예술운동의 기관지가 예술성을 스스로 부정함으로써 노동자 대중과의 연결고리를 만들어 내려 했으며, 심지어 이를 외부로부터 강제당한 것이 아니라 예술운동에 참가한 그들 자신이 선택하여 외곬으로 그 길을 돌진해갔다는 점에 1930년이라는 시대의 반영이 있다고 할 것이다. 이미 여기서는 프롤레타리아예술 확립의 운동이나, 예술적 프로그램과 정치적 프로그램의 준별이라는 문제는 휘발되고 말았던 것이다.

그러나 또 다른 한편으로 1929년부터 1931년에 걸쳐 프롤레타리아문학이 문예 저널리즘 내에서 점하는 양적 비중은 공전의 크기를 과시하고 있었다. 작가동맹 제3회 대회에서 제출된 활동보고에 따르면 이 시기 문예 저널리즘 가운데 프롤레타리아문학이 차지하는 비중은 소설만 하더라도 아래의 표와 같았다.

이 표만 보아도 기성작가들이 프롤레타리아문학의 진출에 얼마나 큰 위협을 느꼈을지 충분히 상상할 수 있을 것이다. 사실 『전기』가 '대중화'된 배경에는 프롤레타리아문학에 대한 상업 저널리즘의 수요와 사회적인 유행이 있었던 것이다. 4 · 16 탄압으로 인해 정치적 아지프로의 기관을 대폭 잃었던 혁명운동의 상태는, 나프 예술가들에게 대중적 독자층과 배포망을 가진 『전기』를 직접적 아지프로의 수단으로 활용하는 것이 곧 계급적 책임이라고 느끼게 했던 것이다.

〈표 3〉

	1929년 4월~1930년 3월				1930년 4월~1931년 3월			
	개조	중앙공론	합계	%	개조	중앙공론	합계	%
작가동맹	4	7	11	11	16	14	30	27
문예전선	9	9	18	18	10	9	19	17
신흥예술파	1	2	3	3	5	3	8	7
부르주아 작가	46	22	68	68	30	25	55	49

3. 대중상像의 분열과 갈등

프롤레타리아작가동맹의 성립에 따라, 프롤레타리아문학운동은 한
층 발전할 것처럼 보였다. 그러나 실정은 한편으로는『전기』의 정치계
몽잡지화로 상징되는 정치적 프로그램과 예술적 프로그램의 혼동, 예
술 활동의 침체, 다른 한편으로는 문예 저널리즘에 있어서 수요의 급증
이라는 분열적인 상황이 발생한 것이었다. 그것은 프롤레타리아 작가
대부분에게 생활상으로는 다음과 같은 형태로 의식되었다.

작가 중에는 노동자 출신도 두셋이나마 있기는 있다. 그러나 비평가는 단
연 인텔리다. 그리고 그 비평가들이 작가에게 미치는 지배력 또한 크다. 그
리고 더 큰 것이 하나 있다. 작품이 거래되는 무대가 대개 인텔리를 상대하
는 고급 잡지이지 않은가 — 이 문제는 크다. 설마하니『중앙공론』이나『개
조』가 순수한 직공 상대의 대중물을 실어줄 리가 없다. 따라서 어울리는 것
을 쓰자 — 는 식이 된다. 이 문제는 크다.『씨 뿌리는 사람』시대 이후 노동
자 출신의 작가가 벌써 열 명 이상이나 배출되었지만, 그들이 어느 샌가 인
텔리층 속으로 해소되어 버렸다는 것은 이러한 이유 때문인 것은 아닌가?

우리들끼리는 '형님, 그놈 재밌는데'라고 해줬던 것을, 인텔리 비평가에게
서는 '그놈은 형편없어'라고 비평 당했던 모순이 내 경우에는 얼마든지 있다.

이는 노동자 작가 자신이 공부와 노력을 통해 타개하는 수밖에 없다.

그 다음 두 번째 경우는『전기』가 작년 말부터 소위 '인텔리층을 버리고'
노동자층을 향해 의식적으로 방향 전환을 했다는 점에서 다소나마 위안을
받는다. 이 방향 전환은 실로 우리에게 있어서는 획시대적인 기쁨이라 할-

출수 있다. 그러나 아직도 『전기』는 최저 수준의 고료로 작가가 생활을 유지하는 것조차 불가능하게 한다. 그럼에도 우리들은 『전기』를 통해서 『킹구キング』 독자층인 노동자를 탈환함으로써 이 경제적 목적도 달성할 수 있으리라 믿고 있다.

— 도쿠나가 스나오德永直,
「『태양이 없는 거리』는 어떻게 제작되었는가
『太陽のない街』は如何にして製作されたか」,
『프롤레타리아예술 교정』 제3집, 1930.4

이 현실주의적인 노동자 출신 작가에게 대중화 문제는 그와 동시에 원고료 수입의 문제이자 생활을 지탱하는 문제였다. 그리고 아마도 많은 작가들에게 또한 그것은 마찬가지였을 것이다. 비록 도쿠나가처럼 공공연히 말하지 않는다고 해도 말이다. 도쿠나가의 이 리얼리즘은 귀중한 것이었다. 운동이 확대되고 새로운 작가가 참가하는 한편으로, 상업 저널리즘의 수요가 증대하고 프롤레타리아문학이 일종의 유행이 된 상황 속에서 작가와 생활의 문제를 확실히 검토해두는 것은 중요한 일이었다. 그러나 이러한 사정은 거의 논의되지 않은 채, 여전히 역사적 사명감 때문에 문제를 단순화하는 경향이 지배적이었다.

그러나 모순은 확실히 드러나기 시작했다.

프롤레타리아작가동맹은 1930년 4월 6일 혼고本鄕의 불교청년회관에서 제2회 대회를 열었다. 이는 '문예 운동의 볼셰비키화'라는 슬로건을 걸고 전체적인 좌선회左旋回를 명확히 한 대회였는데, 동시에 기묘한 모순을 품은 대회이기도 했다. 우선 중심 임무로 '문예 운동의 볼셰비키화'가 결정되었다. 진정으로 강력한 프롤레타리아문학이 되기 위해서는 본래적인 프롤레타리아적 주제가 선택되어야 할 뿐 아니라, 작품의 구석구석에까지 마르크스주의적 의식이 약동하고 있어야만 한다는 점이 강조되었다. 두 번째로 '프롤레타리아·리얼리즘의 관철'이 주장되어, '고급문학', '대중문학'의 이원적 대립을 극복해 프롤레타리아적 혁명적 대중문학을 창조할 것이 기대되었다. 세 번째는 '부르주아 문학 및 기회주의 문학과의 투쟁'으로, 특히 『문예전선』파와의 투쟁이 강조되었으며, 정치적 대립을 작품 속에 확실히 실현시킬 것이 요구되었다. 네 번째가 '통제, 규율, 조직문제'로 1. 문필활동의 프롤레타리아적 원칙을 확립할 것, 2. 일상생활을 프롤레타리아적 환경에 둘 것, 3. 내부적 연구회와 노농 통신원을 조직화할 것 등이 결정되었다.

그러나 이러한 볼셰비키화의 방향에 역행이라도 하는 것처럼, 이 대회에서는 창립 당시의 강령으로부터 '우리들의 운동에 가해진 일체의 정치적 억압을 철폐하기 위해 투쟁할 것'이라는 항목이 빠지고, 지부조직 불필요론을 인정하여 지부를 해체시켜버리는 대담한 방향이 선택되었다. 야마다 세자부로는 후에 이러한 조치를 두고 "기본적으로 동맹은 예술가 단체이기 때문에 예술 활동에 주력해야 할 것이라는 사고방식에 입각해 조직 활동의 면을 거의 잊어버렸던 우익기회주의에서 도출된 것이다"(「대회를 통해 동맹의 발전을 보다大会を通じて同盟の発展を見る」, 『프롤레타리아문학』, 1932.4)라고 쓰고 있다. 그러나 이는 물론 우익기회주의 따위의 것이 아니다. 구라하라의 '프롤레타리아예술 확립을 위한 운동'이라는 규정을 충실히 지킨 결과 당연히 나온 조치인 것이다. 문제는 역시 예술대중화논쟁이 해결되지 않았다는 데 있다. 게다가 구라하라와 나카노의 논쟁 당시의 주장은 모두 어디론가 증발해버렸으며, 그저 '당의 사상

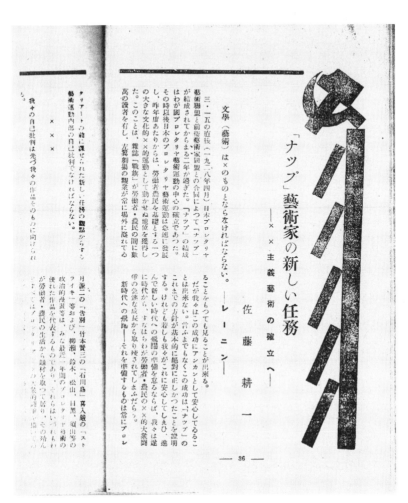

〈그림 11〉「나프 예술가의 새로운 임무」

적・정치적 영향의 확보・확대'(나카노 시게하루, 「우리들은 전진하자我々は前
進しよう」)라는 문학 측의 정치적 슬로건을 내걸고 돌진했던 결과 나타난
혼란일 뿐이었다. 그러나 이 혼란에는 확실한 근거가 있었다. 그것은
'해결'되어야만 했다. 그 '해결'이 실은 볼셰비키화였던 것이다. 이 방향
은 구라하라 고레히토의 「나프예술가의 새로운 임무─공산주의 예술

의 확립으로ナップ芸術家の新しい任務－共産主義芸術の確立へ」(『전기』, 1930.4)에 의해 처음으로 제기되었다. 당시 이미 공산당원으로서 반 지하생활을 하고 있던 구라하라는 이 논문을 사토 고이치佐藤耕一라는 필명으로 발표했다. 그는 이후 모든 논문을 필명으로 발표하게 되었다.

나카노 시게하루의 「우리들은 전진하자」와 마찬가지로, 이 논문 또한 '문학은 당의 문학이 되어야 한다'는 레닌의 말을 빌리고 있는데, 그 내용에 있어서도 나카노의 논문을 직접 이어받고 있다. 즉 "우리들은 '노동자 농민에 대한 당의 정치적·사상적 영향의 확보·확대'라는 것을 계급적 예술의 역할이라고 하면서도, 그것과 예술의 **특수적**인 관계를 명확하게 해두지 않았다는 데에서 우리들이 문제를 제출했던 방법상의 결함을 볼 수 있다"라는 말에서와 같이, 이 논문은 나카노가 제출한 '당의 정치적·사상적 영향의 확보·확대'라는 요청을 그저 정치적 슬로건에 그치게 하지 않고, 어떻게 예술작품 내부에 실현할 것인가를 이야기하고 있는 것이다.

구라하라는 우선, 나프 예술가의 작품과 『문예전선』 작가의 작품 사이에 과연 얼마만큼의 차이가 있는지 물은 뒤, 나프 예술가의 작품 속에 사회 민주주의적 관점과는 확실히 구별되어야 할 명확한 공산주의적 관점이 결여되었음을 지적했다. 그는 이를 극복하는 것을 곧 '신시대로의 비약'의 조건으로 삼았다.

"그럼, 어떻게 해야 그 해결이 가능할 것인가? 그것은 우선 **첫째**, 우리 예술가들이 우리나라의 프롤레타리아트와 그 당이 현재 당면하고 있는 과제를 자신의 예술적 활동의 과제로 삼음으로써 가능해진다. 이는 정확히 소비에트의 프롤레타리아트와 그 당이 산업 및 생활의 사회주의적 개조를 과제로 삼고 있는 현재, 그 나라 프롤레타리아예술가의 모든 주의 역시 그것을 향하고 있는 것과 같다. 현대의 일본에서는 전투적 프롤레타리아트가 대중투쟁의 선두에 서서 당의 확대・강화를 중심적 과제로 삼고 있다. 프롤레타리아 작가・예술가의 모든 관심 역시 이 선을 따라 전진해가야만 한다. 이렇게 할 때 비로소 우리는 막연한 '프롤레타리아예술가'가 아니라, 진실한 볼셰비키적 공산주의적 예술가가 될 수 있는 것이다."

"우리나라의 프롤레타리아트와 그 당이 현재 당면하고 있는 과제를 자신의 예술적 활동의 과제로 삼음"이라는 요구는, 이후 마침내 나르프[5]가 붕괴될 때까지 시종일관하는 지상명령이 되었다. 히라바야시 하쓰노스케 이래 노동운동의 보조 조직으로서의 예술운동이라는 형태로 주장된 '정치의 우위성'론은, 구라하라의 이 논문에서 하나의 창작 이론 ─ 소위 '주제의 적극성'의 주장 ─ 에까지 '이론화'됨과 동시에 정치를 공산당으로 일원화하는 단순 사고와 페티시즘을 완성시킨 것이었다.

그러면 "확대・강화라는 당의 과제를 예술 활동의 과제로 삼기 위해서는 어떻게 하면 되는가"라고 구라하라는 질문하면서, 그러기 위해서는 작품 속에서 당의 확대・강화라는 말을 아무리 되풀이해도 소용없고, 단지 우리나라의 전위가 어떻게 투쟁하고 있는가를 현실에 묘출하는 것이 필요하다고 주장한다. 그리고 작가와 제재의 관련성에 대해서

---

5 【역주】1929년 2월 10일 나프(전일본무산자연맹)의 문학부에서 독립해 결성된 단체. 정식 명칭은 일본프롤레타리아작가동맹. 처음에는 '작동作同'이라 약칭했지만, 1933년 3월부터는 나르프NAPLF, Nippon Alianco Proleta Literaturo Federatio로 불림. 『일본근대문학대사전』 4권(講談社, 1977)에서 인용.

는 다음과 같이 말한다.

　　물론 예술가는 그가 원하는, 또한 그가 그려낼 수 있는 모든 제재를 그릴 수 있다. 오히려 일반적으로 말해 제재는 광범위하면 광범위할수록 좋다. 그러나 만약 그가 공산주의자라면, 첫째로 그는 프롤레타리아트와 그 당의 필요로부터 완전히 동떨어진 제재를 취급할 수는 없을 것이며, 둘째로 그는 모든 문제를 그 시대에 있어서 프롤레타리아트의 혁명적 과제와 연결 지을 수 있는 '전위의 관점'을 가지고 그 제재로 향할 것이다.

이렇게 해서 나프의 예술가는 그저 마르크스주의자이어서는 안 되며, 그에게는 현실을 보는 날카로운 눈과 그것을 표현하는 기술 외에, 이 나라의 혁명운동에 대한 끊임없는 관심과 그것을 이해하기 위한 꽤 높은 공산주의적 교양이 필요하다고 간주되기에 이르렀다. 예술운동의 볼셰비키화, 공산주의적 예술의 확립 등의 슬로건은 나프를 완전히 전위조직화한 것이었다. 그러나 그럼에도 이 '커다란 비약'을 둘러싸고 나프 내부에서 토론다운 토론, 반대다운 반대도 일어나지 않았으며, 이를 이유로 탈퇴한 자 또한 없었다는 것은 이상하다면 이상한 일이었다. 나프의 가맹원은 전원 공산당의 지지자가 되어라, 뿐만 아니라 공산당의 과제를 스스로 예술 활동의 과제로 하라는 이 주장이 저항조차 없이 받아들여진 배경에는, 지금까지 이야기해 온 모든 조건이 중첩되어 있었다. 동시에 당의 과제라는 그것이 당 조직의 확대, 대중화와 같이 지독히도 추상적으로 주어진 결과, 양量에 대한 신앙으로 단순화되어 버렸다는 점 또한 작용했다. 대중화라는 단어 하나에 대해서조차 나카노 시게하루와 구라하라 고레히토는 각각 완전히 다른 내용으로 이해하고 있었다. 도쿠나가 스나오나 기시 야마지貴司山治가 이해한 바는 더욱 달랐다. 이렇듯 그처럼 추상적인 '과제' 앞에서는 자신의 창작행위를 어떻게든 합리화할 수 있었던 것이다. 그러나 어떻게 해도 합리화할 수 없는 것이 있었다. 그것은 바로 제각각의 작가가 가지고 있는 대중상像 그 자체였다. 그리하여 1930년, 예술대중화론이 다시 제기됨에 따라, 프롤레타리아 작가는 대중이란 무엇인가라는 물음을 피할 수 없이 맞닥뜨리게 되었던 것이다.

기시 야마지는 대중 일반이라는 것은 존재하지 않으며, 우리에게 존재하는 것은 현재 이 일본에 있는 노동자와 농민이기 때문에 우선 그들이 어떤 문학을 요구하고 있는가를 조사해야 한다고 말했다. 그는 "오늘날 부르주아 대중 문학의 형식이 사실상 백만의 독자를 움켜쥐고 있는 이상, 수량적 관찰이라는 통계학적 방법에 준거한다면, 이 백만 대중 가운데 현재 일본 '노동자 농민'의 다수를 발견할 수 있을 것이다. 때문에 오늘날 부르주아 대중문학의 형식을 '현재 일본의 노동자와 농민 대다수가 가진 문화적 수준에서 맞게 나타나는 형식'이라고 인정하고, 여기에 탐색의 출발점을 두어야 한다는 의견을 가지고 있다"(「문학대중화의 내일文学大衆化の明日」, 『도쿄아사히신문』, 1930.4.18~21)라고 주장했다. 즉, 기시에게 대중은 부르주아 대중 문학을 애독하고 있는 백만의 노동자·농민의 이미지로 떠오르고 있었다.

또한 앞서 인용한 논문 속에서 도쿠나가 스나오는 이렇게 쓰고 있다.

노동자 대중은 결코 인텔리 제군처럼 영리하지 않다. 그들은(이 경우 제3

자적으로 말한다) 이것저것 생각할 정도의 정력을 잃어버렸다. 즉 착취당해버린 것이다. 음울한 생활 속에서 양기가 충만한 생활을 동경하고 있다. 그들은 동적이다. 생각하기보다는 부딪치고 본다. 고원高遠한 이상보다도 구체화된 하나의 사실에 전력을 다한다. 고원한 이상에 대한 설교 따위를 듣고 있을 여유가 있다면, 집 옆의 도랑 청소라도 하는 편이 나은 것이다. 특히 공장 노동자는 과학적이다. 소설 따위에 결코 의의니 뭐니 하는 것을 두지 않는다. 그들에게 소설은 단연 **향락의 분야**이다. 거기에 헷갈릴 게 무엇이 있는지 어려운 해설을 늘어놓는 짓 따위는 참으로 우습기 짝이 없다고 그들은 생각한다.

기시에게 대중이 대중문학의 독자라고 한다면, 도쿠나가에게 대중은 공장에서 정력을 착취당하며 소설에 오락 이외의 의의를 두지 않는 노동자이다. 이러한 차이가 있음에도 대중문학이야말로 유일한 형식이라고 주장하고 있다는 점에서는 두 사람의 입장이 공통된다. 이에 반해 이 시기 구라하라 고레히토에게는 '현실에서 투쟁하는 살아있는 노동자 농민'이야말로 '진정한 대중'(「예술대중화의 문제芸術大衆化の問題」, 『중앙공론』, 1930.6)이었다. 구라하라에게 예술운동은 이 부분에 의거해야만 했다. 때문에 가장 뒤처진 층에 규준을 두고 그들에게는 연성화軟性化된 프롤레타리아 이데올로기를 주입하자는 기시와 같은 이의 주장이 언어도단으로 보였던 것이다. 도쿠나가나 기시가 대중을 오직 문학작품의 독자로, 그 측면에서만 파악하고 있는 데 반해, 구라하라가 대중을 오직 정치적 규준에서 생각하고, 더 나아가 송신자의 입장에 서서 공산주의적 이데올로기를 주입해야 할 대상으로만 인식하고 있다는 점은 극

히 대조적이다. 그리고 이러한 구라하라적인 대중상은 1930년 6월에 있었던 프롤레타리아작가동맹위원회의 「예술대중화에 관한 결의芸術大衆化に関する決議」(『전기』, 1930.7)에서 정식화되었다. 「결의」는 예술대중화의 문제가 예술운동의 볼셰비키화라는 방침과 함께 다시 제기되었다는 점에 주의를 촉구하며 다음과 같이 말하고 있다.

예술의 대중화를 문제로 삼음에 있어 우선 우리가 주의해야만 하는 것은, 우리 예술이 어떠한 계급의 이데올로기를 대중에게 침투시켜야 하는지의 문제이다. 물론 그것은 우리가 말하는 대중이란 어떠한 것인가, 즉 우리 예술의 대상과 관련짓지 않고는 생각할 수 없는 문제이다. 그리고 또한 그에 대한 근본적인 이해만이 대중화 문제를 해결할 실마리이자 대중화 문제가 다시 상정된 의의를 선명히 하는 것이기도 하다.

여기서 볼셰비키화의 새로운 단계에 놓인 대중화 문제는 어떻게 해결되었는가. 「결의」는 이렇게 말한다.

우리의 예술은 누구를 대상으로 삼는가.
일반적으로는 우리 예술의 대상은 우리 혁명적 프롤레타리아트가 조직해야만 하는 광범위한 노동자 농민이라 할 수 있다. 그러나 그 중심적인 목표는 현재 우리 혁명적 프롤레타리아트가 전 세력을 다해 조직하려 하고 있는 중요 산업의 대공장 노동자 및 빈농이다. 그것이 우리 예술의 대상이다.
이 점에서도 우리 예술의 임무는 지극히 명백하다. 우리 예술이 어떠한 이데올로기를 내용으로 해야 하는지도 또한 그로부터 올바르게 입증되고 있다. 우리 예술은 혁명적 프롤레타리아트의 이데올로기를 중요 산업의 대공장 노동자 및 빈농 사이에 넓게 침투시켜야만 하는 것이다.

실로 명쾌한 분류이다. 그러나 과연 대공장 노동자나 빈농이라는 개별적 계층을 대상으로 삼아 소설을 쓰는 일이 가능한 것인가. 이러한 계층별 독자의 추구는 결국 '산업별 소설 총서'의 기획으로까지 발전했지만, 그것이 좌절로 끝난 것은 당연했다.

게다가 「결의」는 1928년의 논쟁을 돌아보며, 그 불충분함이 이후의 결함을 낳았다고 지적했다. 그 결함으로 지목되어 비판당한 것은 특별한 대중적 형식이 있는 것만 같은 환상을 낳았다는 점, 소수의 조직노동자보다 미조직 대중을 대상으로 삼는 대중적인 작품이야말로 본래의 프롤레타리아문학이라는 잘못된 견해를 낳았다는 점, 대중의 의식수준에 맞춘 이데올로기의 희석이 대중적 작품을 낳는다는 주장이 나왔다는 점 등의 세 가지이다. 말할 것도 없이 여기서 특히 주목해야 할 것은, 대중적 형식이라는 것이 따로 있는 것이 아니라는 주장이다. 그리고 이 「결의」 이후, 프롤레타리아 '대중문학'을 주장하는 것은 명백한 잘못이라고 지도부로부터 거듭 공격받게 된다.

「결의」는 이어서 그려야 할 제재의 일람표를 제시한다. 그 내용은 다음과 같은 것이었다.

1. 전위의 활동을 이해시키고, 그것에 대한 주목을 불러 일으킬만한 작품.
2. 사회민주주의의 본질에 대한 모든 방면에서의 폭로.

3. 프롤레타리아 영웅주의에 대한 정당한 현실화.

4. 이른바 '대중파업Massenstreik'을 그린 작품.

5. 대공장 내의 반대파, 쇄신 동맹조직[6]을 그린 것.

6. 농민 투쟁의 현실을 노동자의 투쟁과 관련지어야만 한다는 점을 잘 알려주는 것.

7. 농민, 어민 등의 대중적 투쟁이 갖는 의의를 분명히 하는 작품.

8. 부르주아 정치·경제 과정에서 나타나는 여러 현상(예를 들어, 공황, 군축회의, 산업합리와, 금해금金解禁, 보안경찰확장, 매훈買勳사건, 민영철도 비리 등)을 마르크스주의적으로 파악하여, 이를 프롤레타리아 투쟁과 연결시킨 작품.

9. 전쟁, 반××반××××[이 부분을 '반 제국주의전쟁'으로 복원시킨 인용문도 있다 ― 인용자]의 투쟁을 내용으로 하는 것.

10. 식민지 프롤레타리아트와 국내 프롤레타리아트의 연대를 분명히 하는 작품, 프롤레타리아트의 국제적 연대를 불러일으키는 작품.

그리고 이러한 제재가 갖는 정치적 의의를 정확히 파악해, 그것을 직절直截, 정확, 단순하게 표현하는 것이야말로 형식의 문제를 해결하는 기본적 시각이라는 것이다. 작품의 '재미'란 깊은 인상을 남겨야 할 제재가 얼마나 강력하게, 정확하게 독자의 관심을 사로잡았는지에 관한 것일 뿐이며 그 외에 제재와 동떨어진 재미의 요소를 더하는 것은 완전히 잘못된 것이라고 주장되었다.

---

6 【역주】'일본노동조합전국협의회 쇄신동맹'을 가리킴.

예술운동 볼셰비키화의 방침은, 이 「예술대중화에 관한 결의」뿐만 아니라, 또 하나의 결의 「부르주아 출판에 대한 우리의 태도는 이래야만 한다 ブルジョア出版に対する我々の態度はこうでなければならぬ」(『전기』, 1930.6)에서도 규정되었다. 이 「결의」는 우선 당원이 당 외 출판물을 집필할 때의 원칙에 관한 1907년의 러시아 사회민주당의 결의를 전문 인용했다. 이는 물론 당이 그 당원을 향해 요구한 것으로, 이를 바로 엄밀하게 나프 전원에게 적용시킬 수는 없을 것이다. 그러나 적어도 나프에 속한 작가·예술가가 당의 사상적 정치적 영향 아래 일하고 있는 한 그 원칙적인 적용에는 변함이 있을 리 없다고 말하며, 상업 출판을 위한 집필·참가에 엄중한 제한을 부과했다.

「결의」는 "광범위한 대중을 아지프로하기 위한 부르주아 출판물의 적극적 이용"이라는 생각은 원칙적으로 절대 있을 수 없다고 부정하며, 나프 자체의 출판활동에 충실할 것과 그 활동을 통한 작가의 생활을 보증하는 것이 필요하다고 강조한다. 그리고 이 원칙을 확인한 뒤 생활의 수단, 운동자금의 획득, 독자의 획득이라는 목적을 위해 이차적인 수단으로 부르주아 출판물을 이용하는 것은 허용한다고 부언하고 있다.

이와 같이 '전위를 그려라'라는 창작 상의 규범화, 발표 무대 제한이 볼셰비키화가 작가에게 미친 직접적인 영향이었다. 구라하라의 「나프 예술가의 새로운 임무」의 말미에는 부기로 "필자는 이 다음 논문에서 '예술의 대중화' 문제와 '부르주아 출판에 대한 프롤레타리아 작가의 태도'에 대해 쓸 의도를 가지고 있다. 이 논문도 그 문제들에 관련했을 때에야 비로소 완전한 것이 될 것이다"라고 쓰고 있다. 그런데 결국 뒤의 두 가지는 프롤레타리아작가동맹중앙위원회의 결의로 발표된다.

참고로 「예술대중화에 관한 결의」의 집필자는 구라하라가 아니라 가지 와타루鹿地亘였다. 구라하라는 모스크바에서 열린 프로핀테른 제5차대회 일본대표단의 통역을 맡아 6월 말에 은밀하게 소련을 향해 출발했던 것이다.

그러나 운동의 무대로부터 모습을 감춘 것은 구라하라만이 아니었다. 볼셰비키화의 방침이 막 실행되기 시작했던 찰나인 1930년 5월, 나프의 중심 멤버인 고바야시 다키지, 나카노 시게하루, 하야시 후사오, 다테노 노부유키立野信之, 쓰보이 시게지, 하시모토 에키치橋本英吉, 가타오카 뎃페이, 무라야마 도모요시 등은 공산당에 자금을 제공했던 것이 발각되어 연달아 체포되었으며, 약 1년간 자유를 빼앗기게 되었다. 도무지 예술가단체의 운동방침으로 통용될 수 없을 정도로 그 방침 자체가 극단적인 관념성과 정치주의를 띤 것에 더해, 많은 중심 멤버를 일시에 빼앗기는 사태에 직면한 나프는 큰 위기를 맞게 되었다. 잡지『전기』는 30년도에는 여전히 부수를 늘려가고 있었지만, 이미 예술운동의 잡지라는 성격을 잃고 있었다. 그리하여 나프는 이론기관지『나프』를 1930년 9월에 새로이 창간했다. 부수는 약 6,000부였다고 전해진다. 『전기』를 비예술화함에 따라 스스로 발표무대를 축소시켰던 나프는, 거기에 더해 부르주아 출판물의 집필까지 강력히 통제함으로써 작가에게 이중 삼중의 속박을 가하게 되었다. 불만은 당연히 쌓여갔다.

이러한 상태는 필연적으로 나프가『전기』의 성격을 재검토하지 않을 수 없게 만들었다. 재검토의 움직임은 우선 작가동맹에서 시작되어 점차 나프 전체의 문제가 되었다. 최후에 나프중앙협의회는 다음과 같이 그 토론을 정리했다.

1. 전기사戰旗社는 말할 것도 없이 나프 가맹 단체 중 하나이다. 『전기』는 직접적으로는 나프의 잡지로 간행되고 있는 것이다. 따라서 원칙적으로는 예술을 중심으로 한 대중적 잡지여야만 한다. 그러나 일본에서 현재 다른 문화부문의 운동이 전혀 발달되어 있지 않다는 사정 때문에 그 부문들을 개척하기 위한 『전기』의 노력이 필요한 것이며, 또한 사실상 그러한 일이 불충분하게나마 실제로 행해져 오고 있기도 한 것이다. 하지만 이는 『전기』가 예술을 중심으로 하는 대중잡지라는 원칙을 조금도 뒤집는 것이 아니다. 반대로 그 원칙 위에 섬으로써만 『전기』는 다른 뒤처진 문화부문의 개발 및 보다 빠른 자립화를 위한 산파역으로서의 과도적 임무를 수행해갈 수 있는 것이다.

2. 『전기』가 마치 프롤레타리아트의 정치 신문인 듯한 경향으로 치달아 갔다는 점, 편집 태도상의 이 경향과 맞물려서 『전기』 지국 및 독서회가 다른 혁명적 제 조직의 대중 획득을 위한 보조 조직이 되는 대신 스스로를 의식분자의 섹트적 결정結晶으로 이끌었다는 점, 또한 투쟁 헤게모니를 놓고 다른 혁명적 조직과 다투어야 했던 사정 때문에 객관적으로는 오히려 프롤레타리아트의 광범위한 조직사업을 방해하는 결과를 사방에 내놓고 있다는 점, 이 모든 일들은 『전기』가 나프의 한 조직에서 나온 것이고 그래서 원칙적으로는 예술을 중심으로 하는 문화적 대중잡지라는 점을 망각했다는 데에 기인한다. 따라서 『전기』 및 전기사 활동 전체를 정당한 궤도 위로 돌려놓기 위한 선결조건은 『전기』의 임무에 대해 이상과 같이 명료하게 재인식하는 것이다.

그러나 이러한『전기』의 현상에 대한 비판은 전기사 측에 의해 확실히 거부되었고, 역으로 다음과 같은 반反 비판을 불러일으켰다.

1. 『전기』를 예술 중심의 잡지로 규정하는 것은 우익기회주의이다. 그것은 광범위한 노동자 농민의 대중잡지인『전기』를 보다 협소한 임무를 띤 예술잡지로 만드는 것이다. 『전기』는 그 과거의 역사 여하에 구애받지 않고 금일에 있어서는 마르크스・레닌주의 이론의 평이한 해설적・계몽적 대중잡지로서 발전되지 않으면 안 된다.

2. 그를 위해서『전기』는 나프 하나만이 아니라 각 문화단체 — 특히 프롤레타리아과학연구소, 산업노동조사소,『농민투쟁』등의 협력을 필요로 한다. 이 점에서 보면, 편집위원회 같은 것도 종래처럼 나프협의회 안에서만 선출할 것이 아니라, 널리 각 단체로부터 사람을 구해 구성해야만 한다. 따라서『전기』는 표면의 통제관계야 어찌되었든 간에, 예술운동의 중앙부에 다름 아닌 나프로부터 실질적으로는 독립된 것으로 이해되어야 한다. 생각건대『전기』는 나프 예술잡지로부터는 완전히 분리될 것이기 때문이다.

— 야마다 세자부로,「『전기』를 중심으로 한 프롤레타리아 문화운동의 발전」, (4),
『프롤레타리아문화』1932.4

이처럼 나프 가맹단체인 전기사와 나프 중앙부 간에는『전기』의 성격에 대한 이해가 정면으로 대립하기에 이르렀다. 그리고 이 대립은 즉시『전기』를 나프로부터 완전히 떼어내 명실상부한 대중적 아지프로

잡지로 만들라는 전기사 및 나프 내 일부의 의견과, 『전기』를 또 한 번 예술운동의 대중잡지로 되돌리자는 의견의 대립으로까지 고조되었다. 후자의 의견을 내세웠던 야마다 세자부로, 가지 와타루 등은 문화주의적 편향자로 간주되어 한때 작가동맹의 지도부에서 쫓겨나기에 이르렀다. 그리고 전기사는 1930년 10월 나프로부터 독립했다.

이렇게 해서 먼저 예술운동에 참가한 그들 자신에 의해 예술잡지로서의 성격을 부정당한 『전기』는 그 다음의 단계로 똑같이 그들 자신의 손에 의해 나프로부터 분리되는 지경에 이르렀다. 정치의 우위라는 생각이 얼마나 압도적인 지배력을 발휘하고 있었는지를 여기서 알 수 있을 것이다. 그러나 사태는 거기서 그치지 않았다. 독립된 『전기』의 성격을 둘러싸고 전기사 자체를 이분화하는 격렬한 대립이 일어났다. 대립은 결국 '조직부'와 '본부파'로의 분열을 야기시켰다. 『전기』 및 전기사에 대해 '조직부'는 노동자 농민의 사생활에 있어서는 올곧은 친구, 투쟁에 있어서는 격려자, 노동자 농민의 일상 투쟁에 있어 그 지반을 다지는 보조적·계몽적 역할 수행을 임무로 삼는 지국의 반班 단위 대중단체, 아직 조직되지 않았거나 사회민주주의의 영향 아래에 있는 노동자 농민을 문화적·계몽적 방법을 통해 획득, 신속하게 좌익의 투쟁조직으로 공급하는 유동적인 단체, 통일적 문화투쟁을 위한 대중조직으로 스스로를 규정했다. 한편 '본부파'는 『전기』를 어디까지나 일반적·보조적 아지프로의 임무와 역할을 갖는 노동자 농민의 대중잡지로 규정했다. 본부파는 조직부의 '사생활' 운운한 부분을 들어 '우익 굴복주의'라고 공격했다. 또한 '초보적·계몽적·문화적 아지프로'를 주장하는 조직부에 대해, "'전위의 관점'을 가지고 있는 한, 우리 노동자 농민의

대중잡지 『전기』는 어디까지나 프롤레타리아트가 당면한 혁명적 과제를 스스로의 과제로 삼아 혁명적노동조합, 적색구원회, 기타 노동자 농민의 전투적 제 조직의 조직 대상을, 또한 우리 『전기』의 대상으로 삼아, 그리고 당면한 프롤레타리아트의 계급적 필요를 우리의 최대임무로 삼아 그 일체의 아지프로를 여기를 향해 집중시켜야만 하는 것이다! 이렇게 해야만 비로소 '**보조적**'인 역할을 다할 수 있는 것이다"(전기사 전원회의, 「탈주파 일동의 반동적 '신 방침'을 분쇄하라脫走派一味の反動的'新方針'を粉碎せよ」, 1930.12.10)라고 비판했다. 본부파는 전기사에서 물러난 조직부원이나 나프계 멤버를 '탈주파'로 칭하며 제명했고, 조직부파는 본부파를 『전기』에 빌붙은 쇄동[7]의 앞잡이, 배신자, 스파이라고 불렀다. 전기 사는 완전한 분열 상태에 빠졌다. 이 분쟁은 결국 본부파에서 탈락자가 나오고, 다른 다수의 문화조직이 조직부파를 지지하면서 싱겁게 끝을 맺었다. 그 결과 조직부파의 손으로 간신히 속간된 『전기』는 나프라는 배경을 잃고, 계속되는 발매금지, 압수와 더불어 급격히 쇠락하기 시작했다. 1931년 3월 이후는 정기간행마저 할 수 없게 되었고, 지면수도 100쪽 이하로 떨어지는 참담한 상태를 보이게 되었다.

이 전기사 사건은 실로 상징적인 사건이었다고 할 수 있다. 사건의 내용 그 자체에 대해서는 많은 편견과 부족한 자료 때문에 오늘날에도 충분히 그 진상을 밝히고 있지 못하다. 그러나 이 사건은 정치를 최고로 하는 서열 속에서 한번 예술의 자립성을 자기부정했을 때의 결과가 어디까지 치닫게 되는지, 그리고 정치투쟁 속에서 예술적으로 투쟁하는 것이

---

7 【역주】'일본노동조합전국협의회 쇄신동맹'의 약칭임.

얼마나 넌센스인지를 실로 잘 보여주고 있다. 그것은 볼셰비키화된 프롤레타리아문학운동의 내일의 모습을 선명히 예언하고 있는 것이었다.

김효진 역

4장

'정치의 우위성'론

비판적 주석

1. 다수자 획득

1930년 6월 말에 일본을 탈출한 구라하라 고레히토는 8월 15일부터 모스크바에서 열린 프로핀테른 제5회 대회에 통역을 맡아 참가하였고, 그 사후 처리를 마치고 다음 해인 31년 2월 15일경 비밀리에 다시 일본으로 돌아왔다. 구라하라가 소련에 체재하고 있었던 30년 11월 6일부터 소련 하리코프에서는 국제혁명작가 제2회 대회가 열렸으며, 일본 대표로 당시 베를린에 있었던 가쓰모토 세이치로勝本清一郎와 후지모리 세이키치藤森成吉가 출석했다. 하지만 구라하라는 여기에 출석하지 않았다. 프로핀테른의 지령을 받아 비합법적으로 출국했다는 점 등으로 보아 구라하라가 이 하리코프 회의에 출석하지 않았다는 점을 납득할 수 있지만, 그렇다고 해도 이는 일본의 프롤레타리아문학운동에 있어 하나의 운명의 기로였던 것처럼 생각된다.

하리코프 회의의 기조는 일본과 마찬가지로 볼셰비키화의 노선을

걷는 것이었으나, 실제로 각국의 특수성 속에서 운동을 하고 있는 작가들과 직접 만나 이야기를 나누며 운동의 현실을 알아가는 기회를 만약 이때의 구라하라가 가졌더라면, 1931년 이후 일본의 운동은 좀 더 달리 전개되었을지도 모를 일이다. 그러나 구라하라는 하리코프 회의의 문학적 토론 대신 프로핀테른의 정치 토의와 일본혁명의 전략문제 논의를 머릿속에 새겨 넣고 돌아왔다. 그가 소중하게 껴안고 있던 문서는 「프롤레타리아 문화 및 교육의 제 조직의 역할과 임무プロレタリア 文化及び教育の諸組織の役割と任務」라는 프로핀테른 제5회 대회 아지프로 협의회의 테제였다. 노동조합운동의 테제를 그는 문화운동에 적용하려 하고 있었다.

그가 다시 일본에 돌아왔을 때, 프롤레타리아문학운동은 참담한 상태에 빠져 있었다. 『전기』는 정기 간행이 어려워졌을 뿐 아니라 부수마저 격감했다는 것은 앞서 이야기했다. 그러나 사태는 거기에 멈추지 않았다. 전기사의 나프 이탈에 반대했던 가지 와타루를 비롯하여 야마다 세이자부로, 가와구치 히로시, 세 사람이 나프와 작가동맹의 기관에서 추방되는 사태가 일어났으며, 이를 두고 작가동맹의 제3회 대회는 큰 혼란 속에서 유회流會되고 마는 결과에 이르렀다.

『전기』의 처리를 둘러싼 극단적인 정치주의와는 정반대로 일종의 문학주의가 작가동맹을 지배하고 있었다. 『전기』를 대신해 창간되었던 『나프』는 왕년의 『전기』가 가지고 있었던 직장이나 농촌과의 생기 있던 결속, 이를 반영하는 기록이나 보고류가 완전히 모습을 감추고 평론이나 해외 논문 소개가 중심이 되는 순문예 잡지가 되어 있었다. 또한 중심적인 작가들의 활동도, 동맹 내의 발표무대가 협소하다는 점도

있어, 「부르주아 출판에 대한 우리의 태도ブルジョア出版に対する我々の態度」
의 결정에도 불구하고 그 대부분이 상업 잡지에 의존하는 결과를 초래
했다. 그리고 그것이 동맹 내부에 유명작가와 무명작가의 경제 문제 등
에 얽힌 대립을 낳았다. 이 모든 불만들이 1931년 5월 24일의 작가동맹
제3회 대회에서 폭발해 마침내 수습되지 않는 혼란 속에서 유회로 귀결
되고 말았던 것이다.

구라하라는 이러한 프롤레타리아문학운동의 상태에 대해 날카로운
비판을 전개했다.

나프 최근의 사실을 보면, 예술운동의 볼셰비키화라는 것을 예술운동에
있어서의 **볼셰비키적 지도**라는 식으로 올바르게 이해하지 않고, **조직의 볼
셰비키화**로 오인하고 있는 듯이 생각된다. 게다가 그것은 잘못된 볼셰비키
화이다. 극도의 통제주의, 필요 이상의 비밀주의, 아래로부터의 의견을 충
분히 반영하지 않는 것, 중요한 문제를 대중적 토의에 붙이지 않는 것 등은
거듭되는 사례이다. 극도의 통제주의의 예로는 의견의 대립, 통제상의 문
제를 곧바로 조직적 수단(제명 등)을 통해 해결하고자 하는 경향을 들 수 있
다. 이는 대중단체의 조직 원칙을 무시한 것으로, 절대로 잘못이다. 조직을
볼셰비키화 할 수 있는 것은 오직 공산당일 뿐이다. 게다가 공산당에서조
차, 당내의 데모크라시는 당의 정치적 사상적 발전을 위해 필수적인 조건
이 되어 있다. 하물며 예술단체에서 그 내부에 극도의 중앙집권주의, 잘못
된 통제주의를 실행하는 것은 생생한 아래로부터의 대중적 자기비판을 교
살하고 조직을 부패하게 만들 뿐만 아니라, 원래 대중적이어야 할 예술단
체를 이데올로기적으로 완성된 소수의 섹트적 조직으로 고정시키는 결과

를 초래하는 것이다. 반복해 말한다— **지도의 볼셰비키화는 조직의 철저한 데모크라시화에 의해 뒷받침되어야만 한다.**

1931년 3월 11일에 쓴 것으로 되어 있는 후루카와 소이치로古川莊一郎(구라하라 고레히토의 필명)의 논문「프롤레타리아예술운동의 조직 문제 —공장·농촌을 기초로 한 그 재조직의 필요プロレタリア芸術運動の組織問題 —工場·農村を基礎としてのその再組織の必要」는, 『나프』 6월호에 게재되었다. 이 집필과 발표 사이의 3개월간이 무엇을 의미하는가에 대해서는 후에 이야기하도록 하고, 이 논문의 검토를 계속해보자. 그는 일본의 프롤레타리아예술운동의 중대한 결함으로 기업 내 노동자에게 그 조직적 기초가 없다는 점을 지적하고, 다음과 같이 '볼셰비키화' 방침의 불충분함을 비판한다.

나프 소속의 각 동맹은 작년 봄에 있었던 대회에서 일제히 '공산주의 예술의 확립', '예술운동의 볼셰비키화'의 새로운 방침을 채용했다. 그리고 그 것은 완전히 옳았다. 왜냐하면 우리나라 공산주의 운동의, 따라서 또한 거기에 종속되는 예술운동의 기본적 임무는 부르주아지와 프롤레타리아트의 결정적 전투를 앞에 두고 노동자 계급의 다수를 그 영향하에 획득하는 것이며, 또한 그것은 단지 노동자 계급 내에서의 부르주아지의 앞잡이인 사회 파시스트(예술운동에 있어서는 그 예술)와의 무자비적인 투쟁에 의해서만 비로소 가능해지기 때문이다. 그러나 방침의 문제는 항상 조직의 문제이다. 우리가 만약 예술 활동의 방향만을 볼셰비키화하고 공산주의화하여 조직을 문제로 삼지 않는다면, 우리의 영향은 결국 그저 이데올로기적 영향에만 그치게 될 것이다. 하지만 우리에게 이데올로기적 영향은 그것이 조직적 영향이 되어야만 비로소 그 실천적 의의를 획득하는 것이다. 이런 의미에서 작년 봄, 예술운동의 볼셰비키화 방침이 채용되었지만, 그 것이 바로 조직의 문제가 되지 않았다는 점에서 전체적으로 올바른 이 방침 가운데 일면성, 불철저함이 있었다고 해야 하겠다.

거기서 구라하라는 예술운동을 공장이나 농촌의 문화서클을 기초로 재조직하는 것이야말로 볼셰비키화를 조직 문제로 해결하는 것임을 지적하고, 기업 내 문화조직의 성격을 다음과 같이 규정한다.

일반적으로 기업 내 모든 문화조직은 프롤레타리아 문화단체 자체의 입장에서 본다면, 부르주아 및 사회 파시스트적 문화와 투쟁하며 노동자 사이에 진실한 프롤레타리아 문화를 보급시킴과 동시에, 노동자 자신의 내부로부터 문화영역의 일꾼을 획득한다는 임무를 갖는 것이다. 그러나 운동 전체의 견지에서 본다면, 문화조직은 프롤레타리아트의 기본적 조직(당 및 조합)의 정치적 영향 및 조직적 영향을 노동자 사이에 확대하여, 그 지도 아래 노동자를 동원하기 위한 보조기관이어야만 한다. 이 점을 확실히 이해해두는 것은 금후의 문제를 전개시켜가는 데 있어 매우 중요하다.

이러한 기업 내 문화조직은『전기』독자회 같은 것보다 훨씬 폭넓은 대중적인 것이어야만 한다. 그것은 기쿠치 칸菊池寬이나『강담구락부講談俱樂部』의 애독자라도 자유로이 참가할 수 있는 것이어야 한다. 그리고 이 서클의 임무는 첫째로 부르주아적, 사회 파시스트적 예술의 영향하

プ・ロ・レタリア藝術運動の組織問題

——工場・農村を基礎としてその再組織の必要——

古 川 莊 一 郎

一

『ナップ』二月號には、昨年十一月八リコフ市に開かれた國際××文學局第二回擴大總會の『日本に於けるプロレタリア文學運動についての同志松山の報告に對する決議』が掲載された。これによつて、日本プロレタリア作家同盟は、大體において、これまでの運動方針の正しかつたことが國際的に承認されたわけだ。同じ程度に、我々は日本プロレタリア劇場同盟、日本プロレタリア美術家同盟の成果に就て語ることができるだらうと思ふ。これは日本のプロレタリア藝術運動にとつて、一つの大きな名譽であるに相違ない。

しかし、こゝで最も注意すべきは、これによつて決して有頂天になつてはならないといふことである。決議にも示されてるやうに、我々は常に前進する必要がある。日本の藝術運動の、この際、特に最も嚴格な、大衆的な自己批判によつて、更に新しい時代に踏み入らなければならない。しかも日本のこの運動には、この決議がその現存を前提としてゐる組織上の問題に於ける重大な缺陷が存在してゐることを、我々は今に至つて見ることが出來るのであるから、この缺陷を自己批判し、克服することなしには、日本の藝術運動はこの決議を真實に實踐に移すことなく、また前進することも出來ない。

重大な缺陷とは何か？ 一言で言へば、我が國の藝術運動が、これまで、真に大衆的なプロレタリア的な基礎を有しな

〈그림 12〉「프롤레타리아예술운동의 조직 문제—공장・농촌을 기초로 한 그 재조직의 필요」

에 있는 노동자를 프롤레타리아예술의 영향 아래 획득하는 것이며, 둘째로 노동자 자신의 손에 의한 예술적 작품을 창조하는 것이다. 이렇게 해서 나프의 예술가와 노동자의 관계는 외부로부터 공장으로의 일방적인 '반입'이라는 형태를 극복하고 공장·기업 내에 기초를 둔 운동을 전개할 수 있다 ― 이것이 **문화단체의 입장**에서 본 기업 내 문화조직의 성격이다. 그러나 그와 동시에 **운동 전체의 견지**에서 보면 그것은 "모든 회합을 이용하여 부르주아 제도를 폭로하고, 사회민주주의의 반동을 설명하며, 좌익 노동조합 및 공산당을 선전하는 것은 물론 예술단체를 기업 내의 일상투쟁, 각종 캄파니야kampaniya에 동원하고, 조합 문서의 배포를 도와 노동자의 일상적 불평불만을 조직하여, 파업 준비와 수행에 적극적으로 참가하는 것 등은, 기업 내 예술조직의 **일상적**(강조―인용자)인 일이 되어야 한다. 또한 이 활동들을 통해 자기 맴버의 우수한 일부 혹은 거의 전부를 구원회, 반제동맹 및 특히 좌익노동조합(전협)으로 조직해 가는 것은 이 예술조직들을 지도해가는 자의 중요한 의무이다"라는 것이 된다. 그리고 여기서 기억해 두어야 할 것은 이 문화단체의 입장과 운동 전체의 입장 모두의 견지에서 본 '통일적 파악'이 나프 예술가 전원에게 요구되었다는 점이다. 구라하라는 아주 간단히 말해버린다 ― "기업 내 예술조직은 예술적 조직인 동시에 항상 정치조직이다", "예술적 임무와 정치적 임무를 유기적으로 결합할 것"이라고.

그리고 마지막으로 구라하라는 프롤레타리아 문화운동이 공산주의 운동의 일익으로 활동하기 위해 그 운동들을 통일하는 '전국적 중심'으로 '일본프롤레타리아 문화연맹'의 결성을 제안하는 것이다.

구라하라는 이 주장들을 많은 국제문헌에 의해 근거지우는 동시에

권위를 부여하고 있다. 구라하라가 이 20페이지가 채 안 되는 논문 속에서 원용했던 국제문헌은 앞에 쓴 프로핀테른 제5회 대회 아지프로 협의회의 결의인 「프롤레타리아 문화 및 교육의 제조직의 역할과 임무」를 비롯해, 동 대회의 조직 문제 테제, 하에크ハーエック「국제적색노동조합 제5회 대회 선동 선전 협의회의 결과国際赤色労働組合第五回大会煽動宣伝協議会の結果」, 베라 스튜앤드ベラ・スツアンド「혁명적 노동조합 운동이 당면한 조직 문제革命的労働組合運動の当面の組織問題」, 디아멘트ディアメント「대중조직화를 위한 방법으로서의 선동 선전大衆組織化の為の方法としての煽動宣伝」등으로, 이것들은 전부 적색노동조합의 전술에 대한 논문이라는 것을 간과할 수 없다.

그러면 여기서 구라하라 조직론의 특징적인 구조를 검토해 보자. 그것은 우선 조직은 대중적이더라도 지도는 볼셰비키적이어야만 한다는 명제를 세움으로써 나프 예술가에게 공산당의 지도를 무조건적으로 받아들일 것을 요구한다. 그리고 그것을 '운동 전체의 관점'과 '문화운동 자체의 관점'으로 구별해 각기 달리 사용하며 전자의 우위성을 주장함으로써 '이론'으로 포장하고 있는 것이다. 그 결과 모든 예술·문화조직은 선출된 중앙기관 외에도 조직성원과는 관계가 없는 지하의 공산당 세포의 지도를 받는 것이 자명한 전제가 된다. 그리고 지하 공산당의 지도를 받는 것이야말로 운동 전체의 관점에 서는 것으로, 그 무조건적인 우위성을 전 성원에 대해 주장하는 결과가 되었다.

게다가 이후 이 운동 전체의 관점은 모든 성원에게 강요되며, 그 결과 운동 전체의 관점과 문화 운동 자체의 관점은, 예술운동 내부에서 첨예하게 분열되어 마침내 운동 자체의 붕괴를 초래하게 된 것이다.

이러한 구라하라의 조직론이 전제했던 정세 인식은 이른바 '제3기론' 이었다. "내가 그 조직 방침을 제창함에 있어, 거기에서 출발한 계급적 필요란 무엇인가. 그것은 내가 믿는 바로는 전후 자본주의 발전의 제3 기의 성질에 의해 결정된다"라고, 그는 「예술운동의 조직문제 재론芸術 運動の組織問題再論」(『나프』, 1931.8)에서 다시 한 번 주장한다. 한마디로 이 부르주아지와 프롤레타리아트의 혁명적 투쟁의 전야인 제3기의 계급 적 필요를 다음과 같이 규정하고 있는 것이다.

"이때 우리들의 가장 근본적인 전략적 목적은 무엇인가. 그것은 첫째, 노 동자 계급의 다수자를 우리 측으로 획득하는 것이며, 둘째, 노동자 계급 이 외의 근로대중(농민, 도시 소부르주아)의 기본적 부분을 우리의 조직적·정치적 영향하에 두는 것이다."

"1928년 7월의 코민테른 제6회 대회, 그리고 특히 1929년 7월의 코민테른 집행위원회 제10회 총회에서는 당의 볼셰비키화와 당의 대중화, 당의 독자 적 활동, 파시즘과의 결정적 투쟁, 계급투쟁을 통한 노동자 계급의 다수자 획득, 혁명적 통일전선의 방침이 채용되어, 그 형태가 고구되었다. 이 방침 은 물론 기본적으로는 코민테른 창립 당시부터의 방침이었다. 그러나 그것 이 1928년 제6회 대회 이래 특히 강조되어 낡은 형식의 통일 전술(사회민주 주의자와의 일시적 협동, 개량주의적 수뇌부와의 교섭 등)과 결정적으로 결별하고, 사회파시즘에 반대하는 대중적 통일전선의 방법을 실천으로 옮 길 것이 주장되고 결정된 것은, 위에서 말한 것처럼 객관적 정세의 변화에 서 초래된 것이다."

2장에서, 제3기론·사회파시즘론·다수자 획득 전술이라는 한 세트의 전술론의 체계를 검토하고 있기 때문에, 앞선 구라하라의 주장이 코민테른 10회 총회에서 있었던 마누일스키D. Z. Manuilsky의 보고를 충실히 베껴 쓴 것임은 쉽게 알 수 있을 것이다.

구라하라 조직론의 기본적인 잘못은 공산당의 조직론도 적색노동조합의 조직론도 문화단체의 조직론도 모두 혼동되고 있다는 점에 있었다. 노동조합의 문화정책 방침이 그대로 문화예술단체의 운동방침으로 간주되는 것 등은 아직 시작에 불과했다. 그리고 결국 코민테른의 방침이 그대로 문화운동의 방침으로 간주되기에 이르렀던 것이다. 앞의 인용에도 있듯이, 그는 문화운동의 기본적 임무가 노동자계급의 다수자를 우리 측으로 획득하는 것이라 말한다. 그러나 여기서 이야기되는 '우리'는 도대체 무엇인가. 본래적 의미로 말하면 여기서의 '우리'란 공산당을 가리킨다. 그런데 구라하라는 이 '우리'를 공산당과 예술운동 조직 모두로 이해될 수 있도록 모호하게 사용하고 있다. 그리고 이 모호함이야말로 구라하라 조직론의 특징인 것이었다. 그 모호함은 실은 방침의 극단적인 추상성에서 비롯되었던 것이다. 그것은 '다수자 획득'의 슬로건에 집중적으로 표현되어 있었다.

볼셰비키화 이후의 예술운동에서 유일 최고의 목표였던 '노동자 계급의 다수자 획득'이라는 슬로건은, 구라하라 고레히토에 의해 일본에 잘못 '적용'되었다. 우선 제일 먼저, 다수자획득이라는 전술의 의미를 코민테른 10회 총회에서 이루어졌던 마누일스키의 보고 「노동자 계급의 다수자 획득을 위한 투쟁에 있어서의 공산주의 인터내셔널의 임무」에서 인용해 보겠다.

노동자 운동에 있어 지도적 역할의 획득이란 무엇을 말하는 것인가. 그것은 공산주의자가 노동자 계급의 다수자를 획득할 의무를 갖는다는 의미인가? 유럽에서, 즉 강대한 사회민주주의와 개량주의적 노동조합이 존재하는 제 관계 아래에서는 의심할 나위 없이 그러하다. 그러나 그것은 공산주의자가 노동자 계급 대중을 조직을 통해 장악해야 할 의무를 갖는다는 의미인가? 아니다, 동지 제군, 여기서는 그저, 공장 등에서 조직되는 노동조합, 공장위원회, 파업 지도부 및 지극히 복잡다양한 행동위원회와 같은 공산당의 매개체를 통해, 노동자 계급의 다수자에게 미치는 공산당의 직접적 영향이 문제가 될 수 있을 뿐이다. …… 자본주의 안에서 공산주의자는 결코 노동자 계급의 '조직된' 다수자가 되지 않을 것이며, 또한 절대 될 수 없는 것이다.

　이 다수자 획득의 전술 그 자체가 몇 년 뒤에는 코민테른에 의해 잘못으로 간주되어 폐기되지만, 그것은 별개로 하더라도 구라하라의 이해에는 중요한 오류가 있었다. 이 전술은 강대한 사회민주주의 정당과 개량주의적 노동조합에 의해 노동자 계급 다수가 장악되어 있는 유럽에서의 공산당 전술이다. 그것은 사회민주주의의 지배는커녕, 노동자의 대부분이 조직되지 않은 무권리상태에 있으며, 단결권 그 자체가 확립되지 않은 일본에서는 근본적으로 조건이 다르다는 점을 완전히 무시한 것이었다. 유럽처럼 노동자의 대부분이 조합으로 조직되고, 사회민주당은 의회에 다수의 의석을 가지며, 때로 정부를 조직하면서 공산당과 첨예하게 대립하고 있는 나라들에서의 다수자 획득의 슬로건이 가지고 있는 일정한 리얼리티와, 절대주의 천황제 아래 한결같이 무권리

상태에 놓여 있는 일본의 노동운동에서 다수자 획득 전술이 갖는 관념성은 현실적인 눈을 가진 사람에게는 자명한 것이었음이 분명하다. 이 조건 차를 무시하고 다수자 획득 전술을 일본에 적용한다면, 그것은 그저 당원 획득 지상주의가 되거나 혹은 일체의 진보적 대중 조직의 자립성을 파괴하고 이를 공산당의 외곽 단체로 만드는 조직론상의 초토전술이 될 뿐이었다. 그리고 사태는 바로 그렇게 전개되었던 것이다.

구라하라의 새로운 조직론의 제창은 당연하게도 많은 반대와 저항에 부딪혔다. 집필에서 발표까지 삼 개월의 공백은, 나프의 지도부가 이 논문의 처리를 두고 얼마나 고심했는가를 여실히 이야기하고 있다. 한편, 구라하라는 이 제안과 병행하여 정력적으로 각 예술 동맹 내부에 공산당 세포를 조직하여, 당의 통일적인 지도체제의 확립에 힘썼다. 사법성의 자료를 통해 그 경과를 시간적으로 좇으면 다음과 같다 — 1931년 5월 상순, 구라하라 고레히토 당 중앙위원회 아지프로부部 나프 지도계에 취임, 동월 미야모토 겐지 입당 전기사社 내 당 세포조직, 6월, 무라야마 도모요시 등이 입당 프롤레타리아극장동맹 당 세포조직 결성, 8월 하순, 나카노 시게하루, 쓰보이 시게지 등 입당, 작가동맹 당 세포조직 결성, 10월 말, 히라타 요시에平田良衛 등 입당, 프롤레타리아 과학연구소 당 세포조직 결성, 12월 마쓰야마 후미오松山文雄 등 미술가동맹 당 세포조직 결성(『사법연구』 제28집 「프롤레타리아 문화운동에 대한 연구プロレタリア文化運動の就いての研究」의 연표에 따름).

토론은 이 새롭게 결성된 공산당 세포조직의 회의를 중심으로 이루어졌다. 따라서 그 내용은 오늘날 문헌적으로 남아있지 않다. 작가동맹에서는, 출옥한 나카노 시게하루를 비롯하여 구보카와 쓰루지로窪川鶴次

郞 등도 구라하라의 제안에 처음에는 반대했다. 가지 와타루는 이 토론 때에 나타났던 반대 의견을 후에 다음과 같이 소개하고 있다.

당시 이 문제 제기의 의의를 파악할 수 없었던 일부 동지 사이에는 여러 가지 혼란스런 의견이 있었다. 어떤 이는 '다수자 획득'을 위한 대중적인 계몽 교육 조직을 기술자 조직과 별개로 만들어(프롤레타리아 문화동맹), 기술자 조직(!)을 여전히 실천으로부터 유리된 것으로 남기고자 했다. 다른 이는 곧바로 광범위한 문화 활동의 통일적 지도를 위한 문화중앙부(중앙협의회)를 창설하는 대신 우선 하부조직, 각 문화단체의 반班, 지구를 확립하고, 지구, 지방협의회에서 중앙협의회로 점차 피라미드를 쌓아올리려 했다.

— 「무엇이 우리의 긴급한 필요인가?何か我々の緊急の必要であるか?」,
『프롤레타리아문화』, 1933.1

당시의 토론에서 거부되고, 가지 와타루에 의해 실천으로부터의 유리라고 비판 받은 이 주장들 쪽이 훨씬 현실적이었을 것이다. 그러나 더욱 주목해야 할 반대론은 베를린에 체재하고 있었던 가쓰모토 세이치로가 보낸 것이었다. 그는 구라하라의 제안이 노동조합운동의 방침에 의거하고 있다는 점에 강한 위구를 표명하고, 그것이 프롤레타리아 예술운동의 임무를 노동조합의 문화사업 범위 내에 해소시켜버리는 문화운동 분야에 있어서의 일종의 일상주의와 다르지 않으며, 그 결과 예술운동의 창조적 측면, 혹은 과학운동 연구의 측면이 완전히 상실되어 버리고 있다고 비판한다.

조합의 문화적 내지 예술적 활동이 조합의 아지프로 사업의 일부라고 한다고 해서, 프롤레타리아트의 문화운동 내지 예술운동의 전모를 아지프로 사업의 범위 내에서만 인식해서는 안 된다. 역으로 조합의 문화 활동 내지 예술 활동은 프롤레타리아트의 문화적 활동 전체의 일익이자 일부인 것이다. 즉 프롤레타리아트의 문화운동과 조합운동은 그 각각의 한 부분을 공통으로 하고 있는 각각의 운동체계일 뿐이다.

— 「베를린으로부터의 긴급 토론 (1)ベルリンからの緊急討論(その一)」,

『나프』, 1931.11

이에 대해 구라하라는 가와구치 히로시의 이름을 빌려 「예술운동에서의 조직문제의 보다 높은 발전을 위해서芸術運動に於ける組織問題のより高い発展の為に」(『프롤레타리아문화』, 1932.1)를 쓰고, "운동 전체의 제너럴 라인主線 외부에 예술운동의 선은 있을 수 없다"는 입장에서 창조 활동과 조직 활동, 노동조합의 문화 활동과 예술조직의 활동 등등을 구별하라고 하는 가쓰모토의 주장 모두를 이 운동 전체의 제너럴 라인에 따른 변증법적 통일을 이해하지 못한 기계적 견해라고 거부했던 것이다.

이 토론들을 통해 구라하라의 제안은 착착 실현되어 갔다. 나카노 시게하루 등의 반대가 어떠한 경과를 거쳐 찬성으로 바뀌었는지, 그것을 명확히 해줄 자료는 남아있지 않다. 다만 구라하라의 제안이 나프의 관료주의적 경화에 불만을 가져, 또한 자칫 상업 잡지에 작품을 팔아넘기는 데 몰두하고 있는 것처럼 보이는 작가들에 대한 젊은 활동가층의 반발에 기대어 급속하게 지지자를 넓혀가고 있었으리라는 점은 상상할 수 있다.

8월 19일, 나프 가맹의 작가동맹, 극장동맹, 미술가동맹, 영화동맹, 음악가동맹에, 독립한 전기사, 프롤레타리아과학연구소, 프롤레타리아・에스페란티스트동맹이 가담하여 간담회를 열었다. 이들은 '문화연맹 중앙협의회 조직 발기자 모임'을 발족시킨 뒤 다음날인 8월 20일 날짜로 호소문을 발표하고, 일본프롤레타리아문화연맹 결성을 향한 준비를 개시했다. 그러나 문화연맹 결성에 대한 경찰의 추궁은 삼엄했다. 결국 창립대회도 없이 1931년 11월 27일에 기관지 『프롤레타리아 문화』를 발행하며 실질적으로 창립을 선언했다.

　그런데 여기서 이상한 사실에 맞닥뜨리게 된다. 앞에서도 이야기한 것처럼, 또 구라하라 자신도 인정하고 있는 것처럼, 그의 문화운동 재조직 제안은 프로핀테른 제5회 대회 아지프로 협의회의 테제 「프롤레타리아 문화 및 교육 제 조직의 역할과 임무」에 의거하고 있었다. 그러나 이 테제 자체는 프롤레타리아 문화연맹이 발족하기까지 결국 한 번도 소개되지 않았던 것이다. 그것이 가까스로 『프롤레타리아문화』 지상에 번역 소개된 것은 1932년 2월이었다. 이 테제가 어째서 구라하라의 제안이 한창 토의되고 있던 당시에 소개되지 않았는가는 잘 이해되지 않는 일이다. 특히 이 테제는 문화・교육조직이 경영을 기초로 하여, 나아가 혁명적 노동조합의 지도 아래 활동할 것, 가능한 한 광범한 노동자를 결집하여 그 내부로부터 혁명적 노동조합원을 획득할 것, 합법적인 노동자운동이 존재하는 나라들의 경우에는 혁명적 노동조합의 영향 하에 있는 문화・교육조직을 통일적 전국 중앙부(프롤레타리아 문화=교육연맹이라는 형식의)로 만들 것 등을 주장한 후 다음과 같은 중요한 지적을 하고 있는데, 이 탓에 여러 억측이 더욱 생겨나게 된다.

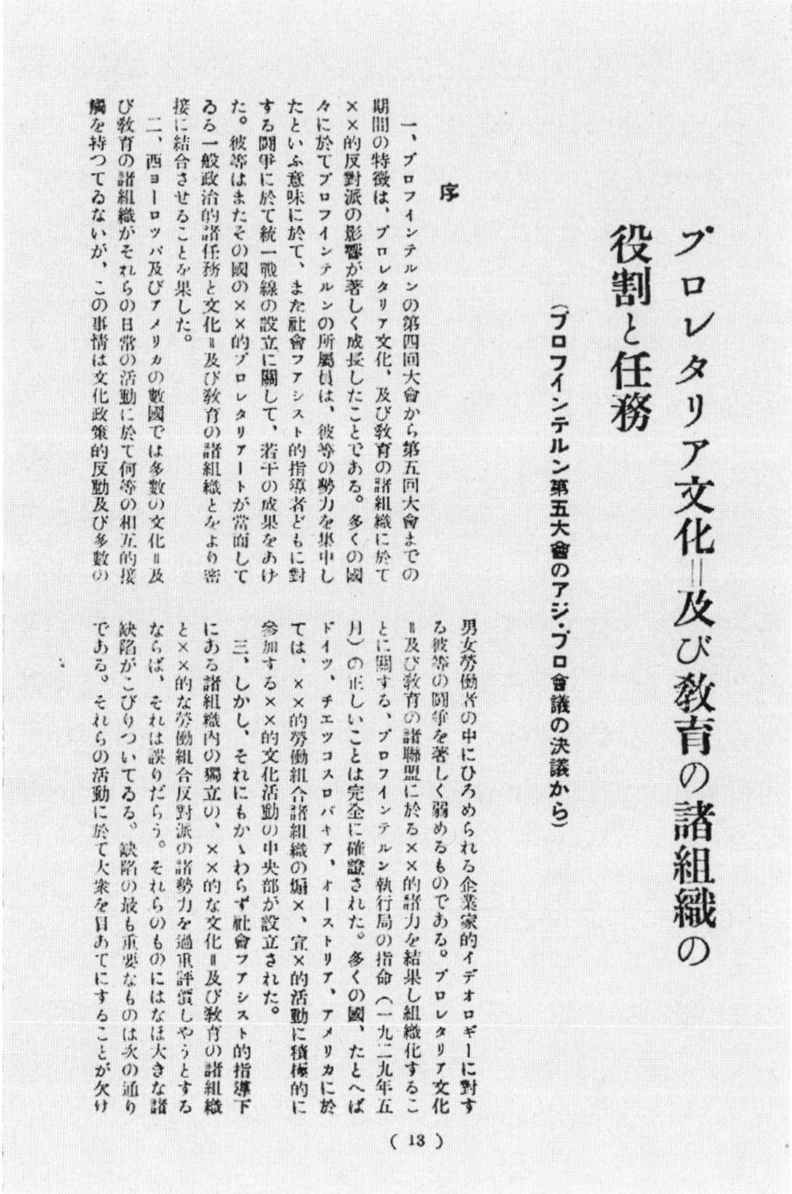

プロレタリア文化＝及び教育の諸組織の役割と任務

（プロフインテルン第五大會のアジ・プロ會議の決議から）

序

一、プロフインテルンの第四回大會から第五回大會までの期間の特徴は、プロレタリア文化・及び教育の諸組織に於て××的反對派の影響が著しく成長したことである。多くの國々に於てプロフインテルンの所屬員は、彼等の勢力を集中したといふ意味に於て、また社會ファシスト的指導者どもに對する鬪爭に於て統一戰線の設立に關して、若干の成果をあげた。彼等はまたその國の××的プロレタリアートが常面して居る一般政治的諸任務と文化＝及び教育の諸組織とをより密接に結合させることが果した。

二、西ヨーロッパ及びアメリカの數國では多數の文化＝及び教育の諸組織がそれらの日常の活動に於て何等の相互的接觸を持つてゐないが、この事情は文化政策的反動及び多數の男女勞働者の中にひろめられる企業家的イデオロギーに對する彼等の鬪爭を著しく弱めるものである。プロレタリア文化＝及び教育の諸聯盟に於る××的協力を結果し組織化することに關する、プロフインテルン執行局の指命（一九二九年五月）の正しいことは完全に確證された。多くの國、たとへばドイツ、チエツコスロバキア、オーストリア、アメリカに於ては、××的勞働組合諸組織の煽、宣×的活動に積極的に參加する××的文化活動の中央部が設立された。

三、しかし、それにもかかはらず社會ファシスト的指導下にある諸組織内の獨立の、××的な文化＝及び教育の諸組織と××的な勞働組合反對派の諸勢力を過重評價しやうとするならば、それは誤りだらけだ。それらのものには次の通り缺陷がこびりついてゐる。缺陷の最も重要なものは次の通りである。それらの活動に於て大衆を目あてにすることが欠け

（13）

〈그림 13〉「프롤레타리아 문화 및 교육 제 조직의 역할과 임무」

혁명적 운동이 합법적이고, 활동이 중앙집권적으로 이루어지고 있는 여러 나라들과 달리 비합법적 운동을 갖는 여러 나라에서는 활동을 분권화하기 위해 노력해야 한다. 파시즘적 국가에서 지도가 통일적일 때 경찰은 노동자 조직을 쉽게 파괴하고 분쇄할 수 있다는 것을 잊어서는 안 된다. 때문에 문화 활동에 있어 여러 종류의 문제와 영역에 대해 가능하면 작은, 그 대신 다수의 독립된 개개 서클, 그룹, 모임, 단체를 만드는 데 노력해야만 한다.

어째서 이 정도로 명확하게 지적된 것이 무시되었는가. 프로핀테른의 권위를 이용하여 프로핀테른의 방침에 반하는 일이 이루어지고 있는 것이다. 문제는 구라하라 등이 일본의 국가권력을 어떠한 것으로 사고하고, 혁명운동의 현상에 대해 얼마만큼의 리얼리즘을 가지고 있었는가 하는 것이다. 그리고 그 점에서는 구라하라만을 책망할 수는 없는 일이다. 우선 코민테른, 그리고 일본공산당 그 자체의 정세 인식에 기본적인 책임이 있었던 것이다.

2. 주제의 적극성

"우리나라의 프롤레타리아트와 그 당이 현재 당면하고 있는 과제를 스스로의 예술적 활동의 과제로 삼을 것"(「나프 예술가의 새로운 임무―공산주의 예술의 확립으로ナップ藝術家の新しい任務―共産主義芸術の確立へ」, 『전기』, 1930.4)이라

는 명쾌한 말로 표현된 '정치의 우위성'론은 구라하라 고레히토에 의해 단순히 운동조직론으로서만이 아니라 하나의 창작이론으로까지 체계화되었다.

구라하라의 예술이론은 거의 소련에서 그때그때 지배적이었던 예술이론을 조술(祖述)한 것이었지만, 그것이 단지 소개에 그치지 않고 일본의 프롤레타리아문학운동의 요청에 극히 적확하게 답하고 있는 것처럼 보였기 때문에, 지도이론가로서의 구라하라의 명성은 높아져만 갔다. 거기에는 또한 구라하라가 공격형의 비평가가 아니라 운동 전체를 통합하는 양식 있는 인사였다는 점도 크게 관계하고 있을 것이다.

그런데 구라하라 예술이론의 특징은 순수객관주의와 계급주관주의의 기묘한 조합이다. 이 분열은 그의 첫 창작이론인 「프롤레타리아·리얼리즘으로의 길」에 이미 드러나 있다. 거기서 그는 프롤레타리아 작가에 대해 우선 첫째, 모든 주관적 구성으로부터 떨어져 현실을 볼 것을, 둘째, 프롤레타리아 전위의 눈으로 세계를 볼 것을 요구하며, "우리에게 중요한 것은 현실을 우리의 주관에 따라 왜곡하거나 꾸며내는 일이 없도록 우리의 주관 ― 프롤레타리아트의 계급적 주관 ― 에 상응하는 것을 현실 속에서 발견하는 데 있는 것이다"라고 말하고 있다.

프롤레타리아·리얼리즘론의 단계에서, 이 창작상의 요구가 실제로 어떤 것으로 구라하라의 이미지 속에 있었는가는 명확하지 않다. 그러나 그는 「나프 예술가의 새로운 임무」에서 "예를 들어 우리가 어떤 파업을 그린다고 했을 때, 우리에게 필요한 것은 외면적인 사건으로서의 파업을 단순히 보고하는 것이 아니다. 파업들의 외면적 사건을 묘사하는 가운데, 그 파업이 무엇에 의해 어떻게 지도되었는가, 그 지도부와 대중의 관계는 어떠했는가, 그 성공 혹은 실패는 무엇에 의해 초래되었는가, 이 파업은 그 나라의 혁명운동에서 어떠한 지위를 점하고 있는가 하는 것을 객관적으로, 나아가 구상적(예술적)으로 묘출하는 것이 필요하다"라고 구체적으로 이야기하고 있다.

여기서도 명확해지듯이 그가 우선 예술에 요구하는 것은 객관적 현실에 대한 인식의 기능이다. 그가 나카노 시게하루와의 논쟁 중에 예술의 기능으로 어디까지나 '사상의 조직'을 고집했던 이유는 당연히 이 점에 있었던 것이다. 여기서 그는 파업에 대한 전면적인 총괄 논문을 작가에게 요구하고 있다. 그리고 그것이 보통의 정치논문이 아니라 하나의 문학작품이 되기 위해 필요한 조건은 오직 구상성일 따름이다. 현실의 객관적 반영이라는 요구를 단순한 객관주의에 그치지 않도록 하기 위해서, 구라하라는 정치 측에서의 요구를 외부로부터 삽입함으로써 계급성을 실현시킬 수밖에 없게 되었다. 현실의 객관적 반영, 객관적 진리의 표현으로서의 예술이라는 주장은 소재주의에 의해 보강되지 않는 한 예술이론적으로 성립될 수 없다.

당의 과제를 작가의 과제로 삼으라는 요구는 이러한 예술이론 위에 놓였을 때 하나의 희극적인 상황을 낳게 된다. 예를 들어 나카노 시게하루는 「시 작업의 연구 (1)詩の仕事の研究(その一)」(『프롤레타리아 시』, 1931.7)에서 에피소드 하나를 소개하고 있다. 그것은 작가동맹의 시 연구회에서 있었던 모리야마 게이森山啓의 시 「조춘早春」(『나프』, 1931.4)을 둘러싼 토론이다. 모리야마 게이의 시는 다음과 같은 것이다.

어찌 그리 일찍 초목의 싹은

여기 부풀어 있는가

숲 속 둥지를 나서 초원을 떠도는 새

우리 아라카와荒川강[1] 물결을 가로질러

평야의 빛의 농무濃霧 속으로

한 줄기로 뛰어 들어가는 새

오오 가메이도龜戸 하늘의

연기의 회오리여

쉼 없이 거친 바다를 나아가는

우리들의 지대地帶여

무수한 삶을 가득 싣고

무수한 굶주림을 갑판에 걸고

아직도 불령不逞한 기적을 뿜어 올린다

오오 난카쓰南葛여

나는 새로이 반한다

이 굶주린 위장에 두고 맹세케 하라

이토록 사랑한다 나는 지상을

우리들의 힘으로

다시 일군다

---

1 【역주】아라카와, 가메이도, 난카쓰 모두 당시 도쿄의 공장지대임.

최후의 날까지

떠나지 않겠다 전열을

오오 초목의 싹은 어찌 그리 일찍

여기에 부풀어 있는가

숲 속 둥지를 나서

초원을 떠도는 새

평야의 저 편으로

빛의 농무로

한 줄기로 뛰어 들어가는 자

  이것이 "이 시는 나쁜 시다. 계급투쟁이 이처럼 격화되는 오늘날, 당의 슬로건도 내걸지 않고 새라는 둥 풀싹이라는 둥 하고 있는 것은 무슨 일인가. 절박한 오늘날의 정세 속에서 조춘 따위가 머릿속에 떠오른다는 것부터가 제일 괘씸하다"고 비판되었다는 것이다. 또한 그는 모리야마 게이의 「죽은 딸의 노래死んだ娘のうた」나 다카기 신지高木進二의 「나의 봄おいらの春」, 비마루노K ビー丸のK의 「우리들이다俺達だ」와 같은 시에 대해 비판자들이 뱉은 말을 기록하고 있다——"여기에는 혁명적 노동조합의 운동 방침이 쓰여 있지 않다. 이 시는 자본주의 제3기의 노동자 계급이 당면한 임무가 쓰여 있지 않다. 기찻길을 바라보며 울거나, 달을 바라보며 슬퍼하거나, 죽은 자식의 뼈 조각을 수습하거나. 우리들은 그런 것을 하나도 해선 안 된다. 죽은 자식의 뼈 조각을 수습하지 말라. 달도 기찻길도 쳐다보지 말라. 나무에서 움이 튼다고 감동하지 말라. 혁명적

노동조합의 운동방침을 프롤레타리아트의 당 아래, 혁명적 노동조합의 깃발 아래, 제 규정, 방침서, 규약, 강령, 파업 요구조항 아래 나란히 씀으로써 시를 만들어라."

　나카노 시게하루는 이 '비판'들을 소개한 뒤 단호하게 이러한 '비판'을 이론적으로도 실천적으로도 산산조각내지 않으면 시의 어떠한 발전도 없다고 주장한다. 당연하다고는 말하지 않겠다. 이렇게 이야기하는 나카노 시게하루의 말투에는 어찌할 수 없는 초조함이 채 감춰지지 않고 있다. 왜냐하면 이러한 비평이 볼셰비키화 이후의 문학운동 속에서 하나의 큰 힘을 가져왔을 뿐 아니라, 그러한 경향을 낳게 된 계기를 그 자신이 만들었음에 틀림없기 때문이다. 우리 예술의 내용은 "프롤레타리아트의 모습이나 관헌官憲에 대한 투쟁 같은 어렴풋한 것일 수 없다. 그것은 실로 당이 내걸고 있는 슬로건의 사상, 그 슬로건에 결부된 감정이다"라고 이야기한 것은 나카노 시게하루 자신이었다. 그는 앞에서 인용한 모리야마 게이의 시에 대해 다음과 같이 썼다. "여기에는 '당의 슬로건'을 붓 끝에 매달아 옮기는 남자는 없지만, 그 대신 굶주림에 지지 않고 싸우는 남자가 있다. 이러한 남자의 생활이야말로 당의 슬로건에 결부된 것이다"라고 쓰고, 거기서 나아가 "슬로건이나 파업 요구조항을 써 넣는 것이 좋은 시의 조건인 것은 아니다. 이토 사치오伊藤左千夫는 오래 전에 시의 역할을 다음과 같은 말로 표현했다. '성조聲調가 전달하는 정서의 흔들림.'"

　이런 종류의 '비판자'가 주문하는 대로 시를 쓰면 어떤 시가 완성될지, 그것을 알고 싶다면 우리 자신이 최근까지 쓴 시를 보면 되겠다. 거기에는 '비판자'의 분부를 받든 시가 잔뜩 줄지어 있다. (내 자신을 가장 잘 알기에 하

는 말이지만, 그런 모양새를 보이는 견본 중 하나가 나의 「한밤중 낮질의 추억夜這りの思い出」인 것이다.) 우매한 어머니인 셈인 우리는 여러 부인 잡지나 순산 교과서를 따라 읽으며 꼬박꼬박 주사약이나 태교를 태아에게 쏟아 부었다. 이 결과 옥과 같은 아이를 순산했지만, 그 아이는 가장 중요한 첫 울음을 터뜨리지 않았다. 얼마나 바보스런 어머니인가. 게다가 '이 나라에서의 혁명운동에 대한 끊임없는 관심과, 그것을 이해하기 위한 상당히 높은 공산주의적 교양이라는 자격을 자칭하며 그러한 짓을 해온 것이다. 즉, 이 경우 관심이라든가 교양이라든가 하는 것을 완전히 기계적으로 이해하여, '그것은 시 속에 슬로건을 써넣는 것이다, 그리고 근로하는 인간의 넓은 감정생활을 가능한 만큼 좁혀, 가능하다면 감정생활 그 자체를, 즉 생활 그 자체를 없애 버려야 한다'고 생각했던 것이다. 그 결과 생겨난 것이 허울뿐인 시, 첫 울음을 터뜨리지 않는 죽은 아이였다.

거기에 더해 나카노 시게하루는 "우리들은 시의 볼셰비키화의 길에 발을 내딛음과 동시에, 뜻밖에 프롤레타리아 시의 유형화에 가닿게 된 것이었다"라는 시인의 반성을 언급하고, 만약 그러했다면 그것은 내딛은 길 그 자체가 잘못되었던 것이 아닌가, 그 잘못된 길로 우리를 이끌었던 것은 실제로는 아무 일도 하지 않으면서 말만 많은 기계론자의 억지가 아닌가라고 말하며, 기계론자와의 투쟁을 호소하는 것이다.

'당의 과제를 작가의 과제로 한다', '전위를 그려라' 등의 요청은 당연히 작가에게는 엄청난 질곡으로 느껴졌다. 게다가 그 '당의 과제'가 다수자 획득이라는, 손에 잡히지 않는 추상적 슬로건이었던 탓에 작가의 모티브와 그 과제는 문학적으로 연결될 수 없었다. '전위를 그려라'라고는 하지만, 그를 초능력을 가진 영웅으로 그리든 전위의 '인간미'를 드러내는 연애를 그리든, 어떻게 하든 그때의 방법은 기성의 대중 문학의 방법과 조금도 다르지 않았다.

작가들 사이에서 '제재의 고정화'라는 것이 이야기되기 시작했고, 그에 대해서 다양화가 주장되기 시작했다. 그러나 이것은 동전의 양면에 지나지 않는다. 고정화와 다양화는 처음부터 하나로 존재하고 있었던 것이다.

구라하라 고레히토의 「나프 예술가의 새로운 임무」와 「예술대중화에 관한 결의」에 의해 최초로 정식화된 창작 이론에 있어서의 '정치의 우위성'론은 지금까지 봐온 것처럼 그 중심에 '주제의 적극성'에 대한 요구를 두고, 결국 일련의 '혁명적' 제재를 열거하며 끝났던 것이었다. 앞에서도 언급했듯이, 구라하라의 예술이론은 「프롤레타리아 · 리얼리즘으로의 길」 이래 시종 작가의 '관점'과 현실에 존재하는 '것もの'으로서의 제재, 이둘의 관계에서 한 발도 벗어날 수 없었다. 관점에 대해서는 그저 공산주의적 '전위의 눈'에 대한 요청이, 제재에 대해서는 '당의 과제'로부터의 직선적 연역에 따른 '주제의 적극성'에 대한 요구가 각각 대응하고 있는 것이다. 여기서부터는 소재주의 이외의 어떠한 결론도 생겨날 수 없다. 관점에 대한 이데올로기적인 요구가 높아지면 높아질수록 작가가 그려야할 제재의 폭은 좁아지게 되는 현상 — 즉 작가에게 '제재의 고정화'라고 실감된 것이 지배적이 되는 것은 이 이론에서는 당연했다.

자연주의적 문학 풍토 위에서 '정치의 우위성'이라는 주장은 문학 관념 그 자체의 내면적인 변혁을 동반하지 않은 채 오로지 작가의 이데올로기와 문학 작품의 기능을 변혁하라는 요구로만 나타났다. 이는 필연적으로 작가의 혁명성의 보증을 제재 그 자체에서 구하도록 만드는 결

과를 낳는다. 그리고 예를 들어 고바야시 다키지의 「당 생활자黨生活者」나 데즈카 히데타카手塚英孝의 「이風」, 혹은 나마에 겐지生江健次의 「과정過程」처럼 작자와 작품이 분리되지 않은 상태로 묘출된 경우, 그것은 일종의 사소설적인 감동을 독자에게 전달한다. 또한 도쿠나가 스나오의 「태양이 없는 거리」나 「실업 도시 도쿄失業都市東京」, 기시 야마지의 「고 스톱ゴーストップ」 등은 일종의 대중소설로 읽혔던 것이다. 마치 쇼와에 들어 기성의 문단문학이 순문학과 대중문학으로 분열되었던 것처럼, '정치의 우위성'론이 일종의 충격으로 작용해 프롤레타리아문학도 프롤레타리아 순문학과 프롤레타리아 대중소설로 분열된 것이다. 프롤레타리아문학에서 대중소설의 문제는 문학 대중화에 대한 요구와 함께 거듭 논의되고 또 거듭 부정당하면서 끝내 마지막까지 해결되지 않은 문제였다. 그 일면에 대중화라는 요구를 일종의 지상명령으로 삼은 좌익 지식인의 콤플렉스가 있었다고는 해도, 그에 더하여 그것은 창작이론으로서의 '정치의 우위성'론이 필연적으로, 비유해 말하자면 자기 자신의 그림자로 발생시키지 않을 수 없었던 문제다.

만약 한 사람의 작가가 현실에 존재하는 소재와 작가 자신의 관점이라는 관계에서 '전위를 그려라'라는 요구에 답한다면, 그는 자기 자신을 공산당원으로 만듦으로써 소재와 작가 주체의 밀착을 실현하거나, 어디까지나 객관적 관찰자로서 실천운동에서의 '투사鬪士'의 활약상을 대중의 취향에 맞춰 그리거나, 둘 중 한 쪽이 될 수밖에 없는 것은 당연했다. 전자는 말하자면 프롤레타리아 사소설이라는 순문학의 형태를 취했다. 거기에는 실로 "가장 혁명적인 '작가'=당원"이라는 고바야시 다키지의 테제가 문학적으로 타당해 보이는 상황이 있었다. 후자는 일련의 프롤레타리아 대중문학이 되어 나타났다. 이 계열의 작가는 전자보다도 노동운동의 내부사정에 훨씬 통달해 있었다. 예를 들어 전위를 극단적으로 영웅화하여 그렸다고 매번 거론되며 비판된 하마마츠浜松의 일본악기 쟁의에서 미타무라 시로三田村四郎의 활약을 그린 「인술무용전忍術武勇伝」을 두고도, 작가인 기시 야마지는 '그건 사실이다, 나는 비평가 따위들보다 사실을 더 잘 알고 있는 것이다'라며 물러서지 않는 것이다. 한편에서는 '사실'을 추구하며 스스로 그려야할 소재로서의 공산당원이 되어갔다. 또 다른 한편에서는 '사실'과 작가 주체 사이의 내면적인 연결을 붙들지 못한 채, '금지된 제재'를 그리는 대중작가가 되어갔다. 이것이 창작이론으로서의 '정치의 우위성'론이 발생시킨 결과였다. 저널리즘 측의 프롤레타리아문학에 대한 이상異常 수요라는 조건 아래 문학 방법 자체를 근저로부터 변혁할 필요가 없는 주제의 적극성＝소재주의라는 주장은 역으로 프롤레타리아문학운동에 기성작가가 대량으로 유입되는 현상을 낳았다. 종래 문단문학 그대로의 틀 속에 공산당원과 여성 투사를 등장시킨 뒤 연애와 파업 그리고 슬로건의 절규로 끝을 맺는 무수한 작품들을 우리는 발견하는 것이다.

*

이러한 상태에 대해 날카로운 비판을 전개했던 것은 다름 아닌 구라하라 고레히토 자신이었다. 그는 1931년 9, 10월호 『나프』에 다니모토 기요시谷本清라는 이름으로 「예술적 방법에 대한 감상芸術的方法に就いての感想」을 연재하고, 「예술대중화에 관한 결의」에서 이야기된 제재의 나열에 대해 "살아 있는 현실 과정으로부터 분리된 현상, 따라서 여기서

이야기되고 있는 '제재' 그 자체는 하나의 추상이기 때문에 이 추상을 나열하여 이것도 그려라, 저것도 그려라 한다고 해도 문제는 조금도 해결되지 않는다"라고 비판했다. 그리고 나아가 '무엇을'을 분리된 것으로서가 아니라 '어떻게'와 연결지어 '무엇을 어떻게' 쓰는가 하는 식의 문제를 제출할 것, 추상화된 개개의 제재가 아니라 전체의 일부로서 작품의 중심적 제재와 그에 대한 작가의 시각을 포함한 주제(테마)로 생각할 것을 주장했던

〈그림 14〉『나프』1931년 1월호

것이다. 이러한 관점에서 그는 주제의 적극성에 대한 요구가 제재를 좁히고 고정화시켰다는 비판에 대해 "프롤레타리아예술이 획일화된 것은 그 때문이 아니라, 오히려 작자에게 확실한 혁명적 관점이 결여되어 있었기 때문이며, 대상(인간을 포함하여)에 대한 유물변증법적인 시각이 결여되어 있었기 때문"이라고 답했던 것이었다.

'제재의 고정화'라는 비판에 대해 대상에 대한 유물변증법적 시각의 결여라는 비판을 맞세워본들 문제는 전혀 해결되지 않는다. 그러나 이 응수 가운데에는 어떤 파괴적 요소가 없지 않았다. 그것은 금지된 제재

를 그리는 데에서 간신히 존재이유를 갖는 듯 보이는 프롤레타리아문학에 대해 근저적인 반성을 압박하는 계기를 품고 있었다. 그러나 이를 위해서는 예술대중화논쟁에서 해결되지 않은 채 버려졌던 논점 전부가 다시 한 번 걸러내어져 새로 검토될 필요가 있었다. 그것은 이러한 것이다 — '전위를 그려라'라는 구라하라의 요구는 "소작인, 가죽공, 부둣가 인부, 부엌 구석에서 울고 있는 계집아이, 우체국 창구에서 생각에 빠져 있는 아주머니 속에서, 기아와 억압을 기조로 확대되고 있는 생활의 발가벗은 모습과 그것들이 서로 뒤얽힌 다양한 관계를 있는 그대로 풍부하고 다양하게 묘사함으로써만 대중과 결합되어야 한다"라는 나카노 시게하루의 주장과 어떠한 관계에 있는가, 또한 노동자 계급의 다수자 획득이라는 당의 과제를 스스로 예술 활동의 과제로 삼으라는 구라하라의 요구와, 예술이 프롤레타리아트가 정치적으로 전개하는 모든 투쟁의 부분이 된다는 것은 "그 예술이 봉건적 절대주의에 대한 반대를 내용으로 한다는 것을 의미하는 것이지, 근시안자近視眼者류가 말하는 '정치'를 내용으로 함을 의미하지 않는다"(「어떠한 지점을 나아가고 있는가?いかなる地点を進みつつあるか?」)라는 나카노의 주장이 어떠한 관계에 있는가 등등, 이러한 점들이 철저하게 다시 생각되지 않으면 안 될 터였다. 바꿔 말하면 문학운동을 다시 한 번 현실 쪽으로 전환시켜야 했다. 프로핀테른의 결의에서 출발할 것이 아니라 "전제권력 아래 짓밟히고 있는 피억압 민중으로서의 존재"(나카노 시게하루, 「예술에 관하여 휘갈겨 쓴 각서」)라는 일본의 현실로부터 다시 시작하는 것이 필요했다.

그러나 구라하라의 「프롤레타리아예술운동의 조직 문제」에서 자본주의 제3기 공산당의 조직적 임무인 노동자 계급의 다수자 획득에 예술·문화운동 전체를 종속시키는 조직론을 채용하여 프롤레타리아 문화연맹 결성을 향해 돌진하기 시작한 작가동맹에게 이러한 반성은 불가능했다. 그리고 이론적으로 볼 때 과학의 기능과 문학의 기능은 기본적으로 같다는 구라하라의 주장에 의해 '정치의 우위성' 론은 점점 경직되어 갔던 것이다. 구라하라는 「예술적 방법에 대한 감상」에 다음과 같이 썼다.

"예술은 개괄한다. 그것은 예술의 임무가 과학과 마찬가지로 생활의 인식에 있기 때문이며 그리고 그를 위해서는 오직 그 현상에 부수되어 있는 우연적인 것으로부터 현실을 정화해내고 그 본질을 잘못 보지 않도록 해야 하기 때문이다."

"그러나 현실의 본질에 적응하고 있는 것만으로는 그것은 과학적 진리가 될 수는 있어도 아직 예술적 진리가 될 수는 없다. 그것이 예술적 진리가 되기 위해서는 그 본질이 현실에 존재하는 그대로의 직접적인 모습으로 재현되어야만 한다. 물론 예술 역시 개괄한다. 그러나 그 개괄은 이 현실의 직접성이 소실되지 않는 한에서 이루어지는 것이다. 여기에 과학적 진리와 예술적 진리의, 따라서 또한 과학과 예술의 기본적인 차이가 존재한다."

구라하라에게 과학적 진리와 예술적 진리는 그 내용에 있어서는 완전히 같은 것이다. 그 차이는 한 쪽이 개념적으로, 다른 한 쪽이 "존재하는 그대로의 직접적인 모습"으로 재현되는 점에 있다고 하는 이 이론은 변증법적 유물론을 무매개적으로 예술의 방법에 적용한 '유물변증법적 창작 방법'의 당연한 귀결이다. 그것이 일종의 소박한 실재론과

결합해 실제로 존재하는 **것**もの에 대한 물신숭배로 전화되고, 따라서 주체=객체의 능동적인 상호관계를 결여한 객관주의적인 반영론으로 귀착되어, 상상력도 픽션도 모두 '과학적 개괄'로 바꿔치기 된 결과에 이른 것이다. 이리하여 이전에는 「생활조직으로서의 예술과 무산계급生活組織としての芸術と無産階級」이라는 논문을 통해 예술을 '생활의 조직'으로 규정하고 보론스키Aleksandr Konstantinovich Voronskii의 '생활의 인식'이라는 규정을 비판했던 구라하라가 여기서는 예술을 완전히 인식으로 환원해버리는 것이다.

그리고 구라하라의 이 이론이 '정치의 우위성'론의 문맥 속에서 어떻게 정식화되었는가에 대한 전형을 우리는 미야모토 겐지의 「정치와 예술·정치의 우위성에 관한 문제(野澤徹,[2] 政治と芸術·政治の優位性に關する問題, 『프롤레타리아문화』, 1932.10~1933.1)」에서 발견한다. 그는 이렇게 쓰고 있다.

> "프롤레타리아문학은 당의 것이 됨으로써 자기의 객관적 현실에 대한 파악을 더욱 심화해갈 뿐이다. 계급의 가장 선도적·능동적인 부분, 그 이론적·실천적 중앙부로서의 당의 견지야말로 프롤레타리아문학에 가장 과학적인 전망을 부여하며 가장 커다란 비판력을 부여한다. 당의 정치적 임무와 결합됨으로써만 프롤레타리아문학은 객관성과 혁명성의 변증법적 통일을 쟁취할 수 있는 것이다."

---

2 【역주】 미야모토 겐지의 필명 중 하나.

政治と藝術・政治の優位性に關する問題

野　澤　徹

——社會主義的プロレタリアートは黨の文學の原則を押し出し、この原則を發展せしめ、出來るだけ完き姿に於いて實際に適用しなければならぬ。——レーニン

一、問題の提起

二、プルヂョア藝術イデオローギにおける問題の歪曲

三、社會ファシスト藝術イデオローグにおける問題の歪曲

四、吾々の陣營內に於ける兩翼の逸脫——特に右翼的危懼

問題の提起

政治と藝術の相互關係の問題は、プロレタリア藝術運動の初期の歷史から、運動のあらゆる段階を通じての問題であつた。運動のすべての轉換期に、この問題は新なる再認識を呼び起した。

「積荷く人」の段階には〈一九二一——二三〉藝術運動は「階級鬪爭の局部戰」「決勝力を持たない一種の補助運動乘制運動」と云ふ規定が與へられた。一九二二年は日本共產黨の

結成の年であり、プロレタリアートの政治鬪爭への轉換が實踐的日程に登されると共に、階級鬪爭に於ける藝術運動の位置が究明されるに至つたのである。問題は、ここでは政治と藝術の相互關係と云ふ明瞭な形では提出されてゐない。

一九二六年、日本プロレタリア藝術聯盟において強調された「目的意識論」は當時に於ける政治と文學關係の方向として與へられた。即ち、マルクス主義に立脚する「目的意識」の強調と云ふ形において、文學戰線に於ける自然發生的、アナーキズム的の意識からの分離が主張された。それは政

（7）

"프롤레타리아 작가가 당면한 정치적 과제를 깊이 파악할 필요가 있다는 것은, 약간의 사람들이 불쾌하게 받아들이는 비문학적 '강제'도 아니고 비문학적 '당위'도 아니다. 정치적 과제를 파악한다는 것은 현대 사회의 기본적 현실 ― 객관적 진리를 가장 능동적으로 심각하게 파악하는 것이다. 프롤레타리아 작가는 당의 정치적 과제 ― 당파적 관점에 서는 것에 의해 참으로 대상의 모든 모순을 전면적, 구체적으로 생생히 포착할 수 있다. 높은 예술의 바탕인 올바른 관점은 당파적 작가에 의해서만 참으로 충분히 획득 가능하다."

이 문맥 전체를 관통하고 있는 것은 '객관적인 것은 과학적이며, 과학적인 것은 진리인 것이다'라는 객관주의와 과학지상주의다. 그리고 그것이 단순한 객관주의에 그치지 않으려면 당의 정치적 과제를 외부로부터 삽입하는 수밖에 없다. 마치 구라하라의 창작이론이 현실의 객관적인 반영이라는 객관주의를 구제하기 위해 주제의 적극성이라는 요구를 밖에서 삽입했던 것과 마찬가지로 말이다. 이렇게 프롤레타리아트의 정치는 과학적 진리의 체현자로 절대화되고 작가는 이 절대자에 도달하기 위해 끊임없는 정진을 거듭해야 하게 된다. 그것은 다음과 같은 고바야시 다키지의 말에 가장 잘 표현되어 있다.

당이란 미틴Mark Borisovich Mitin이 말한 것처럼 단 하나의 최고 지도적인 이론적, 실천적 중앙부이다. 또한 그것은 단순히 혁명운동의 정치적 조직의 중심일 뿐만 아니라 그 관념적＝이론적 중심이기도 한 것이다. 따라서 가장 혁명적인 '정치가'＝당원이라는 것은 가장 혁명적인 '작가'＝당원이라는 것과 하등 모순되지 않으며 당적 실천에 있어 불가분하게 통일된 것이다. '당의 작가'란 프롤레타리아 작가로서의 최고 단계를 가리키는 것이다. 여기서 비로소 '정치'와 '문학'의 완전한 통일이 (이론으로부터가 아니라) 실천으로 이루어진다.

—「우익적 편향의 제문제右翼的偏向の諸問題」,
『프롤레타리아문학』, 1932.12

운동의 말기 '기회주의에 대한 투쟁'이라는 슬로건 아래 진행된 초토 작전은 이러한 정치적 자기완성을 향한 정열에 사로잡혀 정치와 문학의 상승相乘된 사명감에 의해 감상적pathetic이게 된 '프롤레타리아 순문학' 파가 프롤레타리아 대중문학파를 향해 벌인 히스테릭한 공격이라는 측면을 가지고 있었던 것이다. 그것이 논쟁 그 자체로부터 이론적 혹은 문학적인 공통의 언어를 빼앗고, 한편에는 정치의 독점, 또 다른 한편에는 문학의 독점이라는 형태를 취하게 하면서 정치를 독점함으로써 문학도 독점했다는 착각으로 전자를 끌고 들어갔던 것이다.

그러면 이러한 예술'이론'이 실제의 작품 비평에 적용된 경우 어떠한 일이 일어나는지 간단하게 두세 개의 예를 들어 두자.

미야모토 겐지는 이렇게 말한다.

우리는 이러한 소설들 전체를 향해 사물의 발전을 전체성에서 파악할 것을 강력히 요구한다. 사물을 개개로 흩어진 현상의 단순한 연락으로서가 아니라 전체로서의 유기적 구성에서 파악한다는 것은 유물변증법의 한 특질이다. …… 구체적이라는 것은 마르크스가 말한 바와 같이 사물에 대한

다양한 제 규정의 통일을 더듬어 찾는 것이다. 현상을 현상으로 단순히 그려내는 것은 표면적인 사실성寫實性에 지나지 않으며 그것은 부르주아 문학의 현실성일 수는 있어도 우리 문학의 현실성은 아니다.

—「프롤레타리아문학에 있어서의 낙후와 퇴각의 극복으로
プロレタリア文學における立ち遅れと退却の克服へ」,
『프롤레타리아문학』, 1932.4

이러한 입장에서 그는 구로시마 덴지黑島傳治의 반전 소설 「전초前哨」와 도쿠나가 스나오의 「미조직공장未組織工場」을 예로 들어, 전자에 대해 '만주사변'의 본질이 그 전면성에서 파악되어 있지 않고 '전장'은 그려져 있으나 '전쟁'은 그려져 있지 않다고 비판했다. 후자에 대해서는 역사적 구체성이 희박하며 따라서 작품에 그려져 있는 사건의 '본질적인 규정'이 희미해져 있다고 비판하고 있다.

객관적 진리의 반영을 예술에 요구하는 입장을 취한 이러한 비평은 가네치카 기요시金親淸가 시집 『붉은 총화赤い銃火』를 비평한 「소위 반전시에 드러나는 결함에 대해서いわゆる反戰詩に現れた欠陷について」(『프롤레타리아문학』, 1932.6)에서 하나의 전형에 이르고 있다. 그는 마키무라 고槇村浩의 「출정出征」, 무라타 다쓰오村田達夫의 「병사를 보내다兵士を送る」, 곤노 다이리키今野大力의 「굴욕屈辱」 등의 작품을 들어, 결론적으로 다음과 같이 비평한다.

"이 시집은 …… 한 마디로 말하면 주제의 취급 방식의 불충분함으로 말미암은 커다란 결함을 수반하고 있다고 생각된다. 이 결함은 현재의 순간에서 객관적 주관적 정세가 우리에게 부과하고 있는 하나의 임무, 즉 제국주의[전쟁반대 — 인용자]라는 일반적 과제를 시적 형상을 통해 구체화함으로써 프롤레타리아트에 의한 다수자 획득을 위한 바람직한 전제조건을 어느 정도로 만들어내고 있는가 하는 점에 비추어 찾아져야 한다."

"다음과 같이 여러 가지 결함이, 가령 하나의 시 안에서조차 동거의 형태로 떠오르고 있다.

첫째, 전쟁의 본질에 대한 몰이해 혹은 은폐라는 결과에 함몰되고 있다는 결함. 둘째, 개개의 전장 내지는 완전히 고립된 전장에서만 전쟁을 발견하는 결과에 함몰되고 있다는 결함. 셋째, 따라서 일반 병사건 장교건 출병이라는 현상으로만 전쟁을 느끼고 있다는 결함. 넷째, 따라서 또한 전장의 일반[병]사에게서만 '위대한 사명'을 느끼고, 일반 병사의 역할을 과중 평가하는 결과를 초래했다는 결함. 다섯째, 따라서 현실의 프롤레타리아트 운동이 과소평가 혹은 부정되어 나타났다는 결함. 여섯째, 무엇보다도 커다란 결함이 되어 전체를 지배하고 있는 비국제성. 일곱째, 이상의 제 결함에서 도출되는 과학성 필연성의 결여."

"그 근거는 첫째, 이들 시의 작자들이 많든 적든 소부르주아적 사상 내지는 그러한 시의 감화 아래 있다는 점. 둘째, 만약 그렇지 않다면 이 작자들이 그 계급적 지위를 소부르주아층에 두고 있다는 점 — 이 어딘가에서 찾을 수 있다."

십수 행에 불과한 한 편의 시에 실로 일곱 항목에 달하는 '결함'이 발

〈그림 16〉『프롤레타리아문학』 창간호, 1932.1.

견되고 그 작자의 사상에서 계급적 입장까지가 모두 판정되는 것이다. 이 가공할 '비평'은 그러나 구라하라 이론의 충실한 실행의 결과가 가 닿은 하나의 희화적 도달점인 것이었다. 구라하라 자신에게 있어서는 그의 문학적 소양과 인격의 원만함이 이러한 스트레이트한 형태의 비평을 쓰지 않게 했지만, 그가 체포되고 운동의 지도 현장에서 모습을 감춘 후에 구라하라 이론은 제동장치 없이 관철되었던 것이다.

이 가네치카의 비평에 대해 한 독자가 "그의 논리에 따르면 백 편의 시를 만들어내기보다는 오히려 한 권의 교과서를 만들어야 한다", "한 편의 시로 눈먼 노동자를 일시에 각성시키기란 곤란한 일이다. 즉 전쟁의 본질, 원인, 과정, 결과를 한 편의 시에 담는 것은 아무래도 곤란할 것이다"(아라이 사부로荒井三郎, 「반전 시에 대해서－가네치카 기요시의 반전 시 비판의 비판反戰詩について－金親清の反戰詩の批判の批判」, 『프롤레타리아문학』, 1932.8)라고 비판한 것은 극히 당연했다. 그러나 이 투고는 그 누구에 의해서도 받아들여지지 않았던 것이다.

실제로 존재하는 것もの에 대한 직접 무매개적인 신뢰와 정치＝과학(진리)이라는 공식으로 관통된 프롤레타리아문학이론을 가지고서는

이 현대세계의 전체적인 비전을 구성하려는 작가의 문학적인 욕구는 세계관으로서의 변증법적 유물론을 배우라는 슬로건으로 단순화되어 버린다. 또한 현대사회에서의 인간 존재의 근원적인 조건을 추구하자는 작가적 정열에 대해서는 그저 계급적 인간을 그리라는 답이 주어질 뿐이다. 이러한 조건 속에서 작가는 자기의 내부로부터 연원한 모티브에 의해 지탱되지 않고 모티브를 '당의 과제'로서 대행시키면서 소재로서의 '혁명적' 현실을 재단하고 '개괄'할 수 있을 뿐이다. 따라서 만약 현실로부터 과학(진리)의 체현자로서의 '당'이 사라지고 '혁명적' 소재로서의 당, 당원, 파업 등이 사라졌다고 하면, 그때에는 프롤레타리아문학도 '정치의 우위성'론도 소멸할 수밖에 없는 것이었다.

3. '낙후'

일본프롤레타리아 문화연맹(코프＝KOPF, Federacio de Proletaj Kulturaj Organizoj Japanaj의 약칭)은 앞에서 말한 것처럼 창립대회를 열지 않은 채 1931년 11월 27일에 기관지 『프롤레타리아문화』를 발행(12월호, 12월 5일자), 이 날로 창립을 확인했다. 코프에 참가한 단체와 기관지・신문은 〈표 4〉와 같다.

코프는 이 가맹단체들로부터 선출된 위원에 의해 중앙협의회를 조직하고 이것이 최고의 지도기관이 되어 운영되었다. 작가동맹에서는 나카노 시게하루, 쓰보이 시게지, 추조 유리코中条百合子, 고바야시 다키지 4인이 중앙협의회 협의원이 되었다. 또한 소련에서 고리키, 쿠르프

〈표 4〉

명칭	약칭	기관지(창간일)	서클신문(창간일)
일본프롤레타리아작가동맹	나르프	프롤레타리아문학(1932.1)	문학신문 (1931.10.10)
일본프롤레타리아연극동맹	프롯토	프롯토(1932.1)	연극신문 (1931.9.20)
일본프롤레타리아미술가동맹	얏프	프롤레타리아미술 (1931.12)	미술신문 (1931.12.5)
일본프롤레타리아영화동맹	프로키노	프로키노(1932.5)	영화클럽 (1931.10.15)
일본프롤레타리아음악가동맹	PM	-	음악신문 (1931.10.20)
일본프롤레타리아사진가동맹	프로포토	뉴스(1931.10)	-
프롤레타리아과학연구소	프로과(科)	프롤레타리아과학 (1929.11)	우리들의 과학 (1932.4.15)
신흥교육연구소	신교	신흥교육(1930.9)	교육신문 (1932.6.10)
일본에스페란티스트동맹	포에우	카마라도(1931.10)	-
일본전투적무신론자동맹	전무	전투적무신론자(1931.11)	-
무산자산아제한동맹	프로BC	-	-
프롤레타리아도서관	-	도서월보	

스카야 등, 독일에서 뮌제베르크, 비트포겔, 미국에서 마이클 골드, 프랑스에서 바르뷔스, 일본의 가타야마 센, 중국에서 루쉰을 명예중앙협의원으로 선출했다.

이렇게 코프는 발족했지만 그 앞길은 매우 다난했다. 우선 첫째로 1931년 9월 18일에 시작된 '만주사변'에 의해 급격히 반동화가 진행되었다는 점이 지적된다. 정당 내각의 최종적 붕괴, 일련의 테러에 의한 군부독재로의 돌입, 군수를 중심으로 한 공업생산에서의 경기 회복, '비상시'의 선전에 의한 대중의 우경화 등의 사태가 그것이다. 둘째는 탄압의 강화이다. 코프 결성 후 불과 삼사 개월 만에 문화운동의 지도적 멤버는 거의 전원이 검거되어 대부분이 기소되었다. 이렇게 문화운동의 합법성이 극단으로 좁혀졌다. 셋째로 저널리즘의 전체적인 반동화를 들 수 있다. 1931년도에 『중앙공론』, 『개조』, 『문예춘추』, 『신조』 네 잡지에 게재된 소설은 예술파 125편에 대해 프로문학은 81편이었다. 그런데 32년도의 그 비율은 129편 대 44편으로 프롤레타리아문학의 수가 격감했다. 이것은 작가들에게 있어서는 중대한 문제였다. 게다가 『프롤레타리아문학』은 창간호를 빼고는 매호 발매금지가 되어 마침내 정기간행도 불가능한 상태에 이르렀고 작품의 발표 무대는 거의 없는 것과 마찬가지였다. 조만간 작가의 불만이 폭발할 것은 불 보듯 뻔했다. 넷째, 코프의 결성 직후에 소련에서 라프(러시아 프롤레타리아작가협회)의 해산과 그 지도이론이었던 유물변증법적 창작방법 및 조직이론이 공산당에 의해 전면적으로 비판되는 사건이 일어났다. 전세계에서 가장 강력하게 라프의 영향을 받고 있었던 일본의 프롤레타리아작가동맹은 이 전환을 주체적으로 처리할 능력이 없었다. 그리고 다섯 번째, 코민테른의 일본혁명에 대한 방침이 크게 변화함과 더불어 암스테르담·플레이엘Amsterdam-Pleyel 운동(1932.8)과 같은 인민전선적인 지향이 생겨나 '다수자 획득 전술'에는 커다란 수정이 가해지게 되었다. 이 객관적, 주관적 조건의 격변을 어떻게 극복해 가는가가 탄압 속에서 지도자를 결여한 코프가 그 결성 직후부터 시급히 해결할 것을 강요당한 문제였다.

프롤레타리아작가동맹은 1932년 2월에 국제혁명작가동맹(모르프)에 정식으로 가입하여 **나르프**NALPF＝Nippon Proleta Literaturo Federatio로 약칭을 정하고 문학서클 조직의 확대, 동맹원의 획득, 창작활동과 조직 활동의

〈그림 17〉『프롤레타리아문화』

통일적 전개와 당파성의 확립을 내걸고 코프의 선두에 서서 활동을 시작했다. 그러나 3월 24일 이후 프롤레타리아과학연구소의 공산당 세포의 검거를 시초로 코프 가맹의 전 문화단체의 지도적 멤버가 검거되었다. 나르프에서는 나카노 시게하루, 구보카와 쓰루지로, 쓰보이 시게지 등 100명 가까운 동맹원이 검거되어 지도적 멤버의 태반이 기소되었다. 또한 지하에 있었던 구라하라 고레히토도 4월 4일에 결국 체포되었고, 고바야시 다키지, 미야모토 겐지 등은 지하로 잠입했다.

이러한 상황 속에서 나르프는 제5회 대회를 맞이했다. 대회는 5월 11일에 쓰키치築地 소극장에서 열렸으며 대의원 약 50명, 방청자 약 160명이 출석하였고, 에구치 간江口渙이 개회를 선언한 직후에 집회의 해산을 명령받아 가와구치 히로시, 기시 야마지 등은 그 자리에서 검속되었다. 그러나 대회 그 자체는 이미 사전에 분산해 토론을 진행했다는 이유로 실질적으로 성립한 것으로 취급되었다.

이 대회의 기본적인 문제는 고바야시 다키지가 집필을 한 보고 「프

롤레타리아문학운동이 당면한 제 정세 및 그 '낙후' 극복을 위해プロレタ リア文学運動の当面の諸情勢及びその'立ち遅れ'克服のために」(『프롤레타리아문학』 증간 호, 1932.6) 및 보고에 기초한 결의「프롤레타리아문학운동 당면의 임무 —낙후의 극복과 기회주의에 대한 투쟁에 대하여プロレタリア文学運動当面 の任務—立ち遅れの克服と日和見主義に対する闘争について」(위의 책)라는 표제가 드 러내고 있듯이, 객관 정세에 대해 문학운동의 낙후를 극복하라는 한 마 디로 요약된다. '결의'는 객관 정세를 '유리有利'라고 판단하며 "세계 경 제 공황의 진행, 전쟁에 의한 노동자 농민의 부담 증대, 대중의 절망적 궁핍화에 의한 좌익화, 부르주아 문화의 역사적 빈곤, 사회민주주의 문 학의 반동성의 자기폭로, 노동자 농민의 문화적 요구 증대, 이러한 것 이 우리의 운동을 위해 유리한 객관적 정세를 이야기하고 있다"라고 말 한다. 또한 전쟁의 개시와 함께 급격히 대두한 '파시스트 운동'이 "자본 주의가 그 생명력을 다했으며 사회변혁의 모든 전제조건이 성숙했다 는 사실을 증명하는 것"이라 주장하고 '낙후'야말로 우리의 활동에서의 기본적인 질환이라고 말하며 다음과 같이 쓰고 있다.

우리는 각 분야에서 낙후를 구체적으로 구명하며 '낙후' 극복을 위한 투 쟁에 전 동맹이 약진해야 한다. 동시에 이것은 오늘날과 같이 계급 대립이 전에 없이 격화되고 특히 프롤레타리아 문화전선에 대한 적의 폭압이 미쳐 날뛰고 있는 시기에 발생할 수 있는 폭압에 대한 소부르주아적 공포에 근 원을 둔 일체의 기회주의적 경향에 대한 가차 없는 투쟁을 전면적으로 감 행하지 않으면 불가능하다.

이렇게 프롤레타리아작가동맹(나르프)은 '전쟁과 파시즘에 대한 투쟁'을 슬로건으로 내걸고 일체의 창작활동과 조직 활동을 그 한 점으로 집중시키게 되었다. 이것은 자본주의 제3기 노동자 계급의 다수자 획득이라는 데에 머물렀던 구라하라의 추상적인 방침에 비하면 같은 선상에 있다고는 해도 훨씬 구체성을 가진 요구였다. 그러나 그것이 실제 어떤 형태로 이루어졌는가 하면, 앞에서 소개했던 미야모토 겐지의 평론이나 가네치카 기요시의 반전 시 비판으로 대표되듯이 전쟁의 본질이 명확하게 되어있지 않다든가, 국제적 연관성 속에서 파악되지 않았다든가 하는 식의 비판 — 즉, 반전 문학에 '만주사변'의 전면적인 분석이나

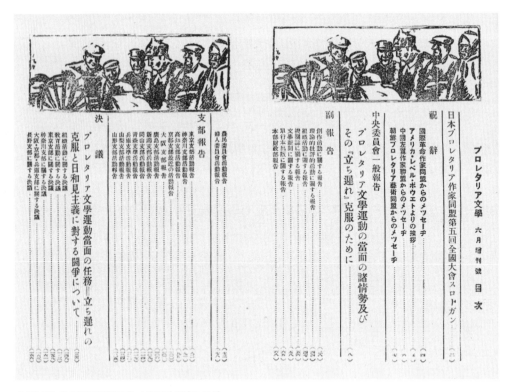

〈그림 18〉 『프롤레타리아문학』 1932년 6월호 목차

그 해설을 요구하는 비평이 횡행하게 되는 결과를 낳았을 뿐이다. 결국 그것은 반전을 위한 대중적 계몽 선전을 문학작품으로 하자는 것으로, 복잡한 이론을 써 놓은 팸플릿보다 소설 쪽이 저항이 없기 때문이라고 말하는 것에 지나지 않았다. 소설은 계몽 팸플릿의 해설서일 것을 요구당했던 것이다.

그 결과 작품 속에 '소비에트 동맹 옹호', '반 소비에트 간섭 전쟁 반대' 혹은 '중국 소비에트를 지켜라' 등의 슬로건이 구체적인 인간 행위로부터 분리되어 횡행하고, 염전厭戰은 부르주아 인도주의에 대응하고 반전은 프롤레타리아적이며, 그중에서도 '전쟁을 내란으로'라는 방침이야말로 볼셰비키적인 사상을 표현하는 것으로 엄밀하게 등급이 매겨지는 듯한 정치적 기준으로 문학작품의 재단이 이루어졌다. 문학적으로는 염전이 '전쟁을 내란으로'라는 방침보다 저열하다고 하는 것은 애초에 난센스적인 독단에 지나지 않는다. 다야마 가타이田山花袋의 「한 병졸一兵卒」, 요사노 아키코与謝野晶子의 「그대 죽지 마오君死にたまふことなかれ」, 무샤노코지 사네아쓰武者小路実篤의 「어느 청년의 꿈或る青年の夢」에서 기타무라 고마쓰北村小松, 고지마 쓰토무小島勗, 가지 와타루, 아카시 데쓰야明石鉄也, 다테노 노부유키를 거쳐 구로시마 덴지에 이르는 반전 문학의 계보를 전망하고, 인도주의, 표현주의 등등의 입장에서의 염전 문학을 모조리 척결해버린 후 종래의 소부르주아적 인도주의적 견지에서 벗어나 명확한 프롤레타리아적 관점을 확보하고 프롤레타리아의 반전 투쟁을 광범하게 현실적으로 형상화할 것을 반전 문학에 요구한 이케다 히사오池田寿夫의 「과거 반전 문학 비판과 금후의 방향過去の反戰文学の批判と今後の方向」(『프롤레타리아문학』, 1932.4) 등은 문학사적으로 치밀한 연구를 수

행하면서도 결론적으로는 이데올로기 만능주의로 끝나버린 이 시대의 불행한 논문의 전형이라 할 수 있다.

　그러나 물론 비평의 측에만 책임이 있었던 것은 아니다. 가장 훌륭했던 구로지마 덴지의 작품을 포함하여 이 시기의 반전 문학에는 중국 민중의 얼굴이 그려져 있지 않다는 치명적인 약점이 있었다. 그것은 바꿔 말하면 침략 전쟁에 가담하고 있는 일본 인민의 일부로서의 자각이 작자에게 없다는 것이기도 했다. '전쟁을 내란으로'라는 주문이 작가를 일본 인민으로부터 분리시켜 면죄해버렸던 것이다. 그들 가운데서 전쟁 중 '대동아공영권'의 문학적 선전꾼이 속출했다는 것은 문학·사상적으로 말하면 극히 당연한 결과였다.

　'낙후의 극복'이라는 슬로건만큼 프롤레타리아문학운동 말기의 상황을 상징하는 것은 없다. 정세의 악화, 운동의 곤란화 — 이것들은 모두 운동의 낙후에 그 원인이 있다고 간주되었다. 정세는 실로 '전쟁과 혁명'을 예고하고 있다. '만주사변'에 이은 군부 쿠데타 계획, 농촌의 위기, 광폭한 탄압 — 이것들이 죽음을 앞둔 부르주아지의 고민이 아니면 무엇이겠는가. 지금이야말로 모든 것이 혁명적 정치의 한 점으로 집중되지 않으면 안 된다. 모든 의식적 분자는 전위를 향해 자기를 고양시켜야 한다. 당의 확대 강화와 영향의 확보를 향해 나르프의 작가는 한 사람도 남김없이 오르그화オルグ化되어야 한다. 문학운동 자체가 어떠한 정치적 의미를 갖는다는 식의 생각은 완전히 잘못된 문화주의이다. 데모에 참가하라. 파업을 조직하라. 한 사람의 동맹원은 반드시 하나 이상의 서클을 만들어라. — 이것이 볼셰비키적 지도에 의해 요구된 '낙후' 극복의 구체적인 내용이었다. 프롤레타리아과학연구소의 데라지마 가즈오寺島一夫는 "우리 문화조직이 몇십만을 헤아리는 대중적 조직이 되어 각각의 경제투쟁, 데모, 정치적 캄파니아에 올바른 형태로 참가"하는 것이야말로 파시즘에 대한 투쟁의 내용이며 "이리하여 문화 반동에 대한 투쟁의 당면 임무는 조직 활동으로 집중된다"(「파시즘의 대두와 문화반동에 대한 투쟁ファッシズムの抬頭と文化反動との鬪爭」, 『프롤레타리아문화』, 1932.2)라고 주장한다.

이러한 '낙후' 극복의 길에 있어 최대의 장해는 문학운동을 창작활동으로 삼는 데 그쳐 조직 활동이나 정치적 캄파니아 참가에 열심을 기울이지 않는 '기회주의'였다. 나르프 제5회 대회의 결의는 다음과 같이 쓰고 있다.

'전쟁과 혁명의 시대'라고 규정된 오늘날의 시기를, 지배계급의 폭압의 포화가 우리의 일체의 활동에 집중된 오늘날의 시기를 볼셰비키적으로 끝까지 싸워내기 위해서는 전 동맹원이 계급적 대중단체원으로서 확고한 결의와 규율에 의해 행동하는 것이 무엇보다 요구된다. 종래 자칫하면 '문화단체'라는 특성을 비 계급적, 소부르주아적으로 평가하여 거기에 있어서는 무언가 소시민적인 무규율(탈락, 겁나快懦라고 읽어라!)이 허락되는 것처럼 생각한 사람들이 있다면, 그것은 결정적으로 제거해야 할 일이다. 국제혁명작가동맹 일본지부인 우리 작가동맹의 좌석은 계급운동의 용이한 '특등석'도 아니고, 특수한 대피선도 절대로 아니다. 우리의 활동은 이제 명실상부한 혁명적 프롤레타리아트의 전체적 투쟁의 일익으로서 나아가고 있다. 이러한 것을 이해하지 못하고 '유명무실' 그저 '동맹원'으로서 '적籍'을 두는 데에만 그쳐 동맹 중앙부의 결정을 사보타주하고, 이유 없이 부서部署를 거부하고, 집회에도 나오지 않고, 또한 경찰 측의 약간의 백색테러나 위협 앞에 쉽사리 굴복하여 엄비戰祕에 부쳐야 할 동맹의 사정을 '고해바치고', '사죄하고', 또 개인적인 불만, 엽관獵官의식을 기초로 한 '반대파 활동' ─ 이러한 현상은 불행하게도 일찍이 우리 동맹의 일부에 있었다. 이것이 또한 3월의 폭압 이후 타기해야 할 기회주의의 증상으로 나타나 약간의 동맹원 사이에 보이기 시작하고 있다. 우리 동맹은 이 소부르주아적 기회주의의 행동 일체에서 나타난 증상에 대해 단호히 비판하지 않으면 안 된다. 곤란스러울 정도로 비약적인 상세狀勢에 맞서 끝까지 싸워내야 하는 때에 전 동맹원이 소부르주아적 경향 일체를 **실천에 있어** 방축放逐하고 일치하여 전진하는 것은 우리 동맹을 참으로 강고한 것으로 하는 최대의 조건이다. 우리는 그 무뢰한적 사회 파시스트 문사의 모임인 '문예전선일파文藝戰線一派'와 결정적으로 다르다. 우리는 우리가 국제혁명작가동맹의 일원이라는 자부를 행동으로 표현해야만 한다.

「보고」에 따르면 이 시점에서의 나르프 동맹원은 313명으로 1년 전의 제4회 대회 당시의 120명 정도에 비해 160% 증가한 것으로, 이 중 130명은 구라하라의 재조직 방침에 의해 획득된 지방 지부의 동맹원이었다. 전 동맹원 중 노동자는 약 30명, 농민 12명으로, 공장·농촌으로라는 조직 방침도 실제로는 인텔리층에 문호를 해방한 결과를 낳았음을 알 수 있다. 또한 서클은 전국에 약 260개, 서클원은 약 4,500명이지만 공장, 특히 중요 산업의 대공장 서클은 결정적으로 적다고 지적되고 있다.

그런데 이러한 '낙후' 극복의 입장에서 보아 용납하기 어려운 기회주의의 우선적 표적으로 지목된 것은 기시 야마지와 도쿠나가 스나오의 프롤레타리아 대중문학의 주장이었고, 그 다음이 하야시 후사오의 문학으로 돌아가라는 주장이었다.

도쿠나가는 『중앙공론』 1932년 3월호에 「프롤레타리아문학의 일 방향－대중문학의 전선으로プロレタリア文学の一方向－大衆文学の戦線へ」라는 제목의 논문을 발표하고, '프롤레타리아 대중 장편소설'에 더욱 힘을 쏟을 것을 주장하면서 비평가가 이 작품들을 '외면하고 있다'는 점에 항의했다. 그리고 "우리 프롤레타리아문학에 있어 두 개의 원칙은 물론 없다. 그러나 두 개의 형식은 있다고 생각한다"라고 말하며 대중문학 형식을 주장했다. 이에 대해 미야모토 겐지는 "형식과 내용의 변증법적 통일을 부정"하는 것이며 "우리가 자기비판해야 할 것은 '프롤레타리아 대중문학'을 기르지 않았다는 점이 아니라 '대중화의 결의' 이래에도 여전히 실천과 작품에서 그 흔적이 완전히는 사라지지 않았던 '프롤레타리아 대중문학'과 그 주장에의 무자비한 비판을 집요하게 가하지 않았다는 점에 있다"(「프롤레타리아문학의 낙후와 퇴각의 극복으로」)라고 비판했다. 그리고 고바야시 다키지는 "도쿠나가의 견해는 파시즘이 낳은 하나의 이복 자식이다"(「'문학의 당파성' 확립을 위해文学の党派性確立のために」, 『신조』, 1932.4)라고 극론했다.

또한 기시 야마지는 『프롤레타리아문학』 1932년 3월호 특집 『나는 3·15를 어떻게 그렸는가私は三・一五を如何に描いたか』에 「이제부터다これからだ」라는 단문을 실었다. 이 글에서 그는 프롤레타리아 작가의 대부분은 자연주의적 리얼리즘의 영역에 머무르고 있어 그 막다른 곳에서 예술대중화의 논의가 일어났는데, "대중화의 '결의'를 하나는 알았지만 둘은 모르게 되었다. 아니, 모르게 해버렸고 그렇게 되어버렸다", "유물변증법적 창작방법의 문제도 나는 모른다. 연구회에 나가도 모두 떠들썩하지만, 작가라는 성은 떠들썩한 것만으로는 함락되지 않는 성이다. 주변이 잠잠해졌을 즈음 슬슬 나도 일의 순서를 알게 되겠지 하고 입맛을 다시고 있다"라고 썼으며, 이는 "가장 중대한 우익적 위험의 증상"(「우익적 위험과의 투쟁에 관한 결의右翼的危険との闘争に関する決議」, 『프롤레타리아문학』, 1932.4)이라고 비판 받았다.

이러한 비판들에 대해 도쿠나가도 기시도 자신의 잘못을 인정하고, 『프롤레타리아문학』 5월호에는 기시가 「자기비판의 실천으로自己批判の実践へ」를, 도쿠나가가 「'대중문학 형식'의 제창을 자기비판하다大衆文学形式'の提唱を自己批判する」를 각각 발표하였다. 도쿠나가는 그 글에서 "우리의 문학은 완전히 '당'의 입장에 선 '대중의 문학'인 것이다. 변증법적 유물론에 설 때, 우리 문학은 조직되지 않은 구석구석까지 획득할 수 있는 문학을 만들 수 있으며 또한 만들 수 있어야만 하는 것이다"라고 썼다. 그는 이후 서재에 틀어박혀 마르크스주의 철학 연구에 몰두하여 마침내 『유물변증법 독본』이라는 저작을 가인歌人 와타나베 준조渡辺順三와 함께 쓴다. 하지만 안타깝게도 그 책이 나올 즈음에 이미 유물변증법적 창작방법은 악명 높은 라프와 함께 폐기되었으며 사회주의 리얼리즘의 세상이 되어 있었다.

그런데 도쿠나가와 기시가 '자기비판'을 하며 사태는 일단 진정되었지만, 그것으로 볼셰비키적 지도가 일반 동맹원들에 의해 납득되고 지지받게 된 것은 아니었다. 특히 볼셰비키적 지도가 작품에 대한 '비평'으로 나타나고, 창작 활동에 비해 조직 활동이 강조되는 상태에서 보통의 동맹원 가운데에는 비평에 대한 불신이나 반발이 누르기 어렵도록 발생되었다. 불신의 대상이 된 '비평'이란, 예를 들어 고바야시 다키지의 다음과 같은 비평 방법에 대한 것이었다.

정치적 과제를 자기 작품 속에 예술적으로 개괄해 간다는 것은 간단한 일이 아니다. 그를 위해서는 집요한 노력이 필요하다. 즉 우리 작가들이 조직적 활동에 참가해 경영 내의 생활을 자기의 것으로 삼고(경영 내 서클로의 배속이 이것이다) 그와 동시에 높은 레닌주의적 이론을 획득해 경영 내의 생활에 연결해 가는 것을 곤란한 가운데서도 배우지 않으면 안 되는 것이다. 우리 동지들은 '주제의 적극성'을 위해 노력하면서도 이 경영에 임하지 않고 있다거나, 높은 레닌주의적 이론을 파악하고 있지 않다. 그들이 이 점에서 실패하여 왕왕 관념적인 작품을 만들었다는 것은 의심할 나위가 없다. 그러나 그렇다고 해서 주제의 적극성·당면한 정치적 과제를 문제로 삼아가기 위한 노력이 '관념적', '극좌적', '정치주의적' 편향을 낳는다고 이해하면 그것은 커다란 착각이다. 문제의 진상은 '주제의 적극성'을 위해 노력했다는 데 있는 것이 아니라, 반대로 우리가 (a) 경영에 임하지 않고 있다는 것, (b) 높은 레닌주의 이론을 파악하지 않는 것, (c) 항상 현실의 정치적 과제에서 낙후되어 있는 것에서 구해야 한다.

— 호리 에이노스케堀英之助,[3] 「우익적 편향의 제 문제右翼的偏向の諸問題」,

『프롤레타리아문학』, 1933.2[4]

---

3 【역주】 고바야시 다키지의 필명 중 하나.
4 【역주】 4장 2절에서도 같은 논문이 인용되었는데, 그것은 『프롤레타리아문학』 1932년 12월호에 게재되었다. 즉 이 논문은 『프롤레타리아문학』과 『프롤레타리아문화』에 1933년 12월부터 1933년 4월에 걸쳐 분할 게재되었다.

右翼的偏向の諸問題

堀　英之助

所謂プロレタリア大衆文學論の批判

同志細田民樹の「被壓迫大衆の文學のために」なる感想は
そのうちに論理の不明確さを含んでゐるが、大體に於て次の
やうな意圖から書かれてゐる。後で觸れるやうに、私の考へ
るところに依れば、眞はこの「不明確さ」といふところに、
この感想の重要な本質が隱くされてゐると信ずるのであるが
——

まづ第一に、これは同志德永直が提唱して批判された「プ
ロレタリア大衆文學論」の誤りを認めながら、そこにそれだ
けでは承服できない氣持を表現してゐることである。我々の

文學は常に眞理の道に立つ『大衆の文學』である以上、文學
大衆化の問題はいつも新鮮な課題である——德永の提案は
徹底的に批判された。だが、德永があの提案をなした主觀的
な條件は——論理としては（！）全く誤謬に陷りながらも
——ブルジョア大衆文學のやうなプロレタリア大衆文學をめ
ざしたのではなくて、やはり黨の立場に立つ「大衆の文學」
〔!?〕を如何に倒るか、その焦燥と熱意から發したものではな
かつか?」と云ひ、更に「彼があの提唱をなした動機には…
…プロレタリア作家が如何に多數者獲得をなすべきか……
……さうした焦燥が多分にあつた」ので、同志小林多喜二や宮
本顯治の批判には、その點が「くみとられてゐなかつた」と

——5——

〈그림 19〉 「우익적 편향의 제 문제」

실패한 작가에 대해 비평가는 경영 조직에 임하라, 레닌주의를 배워라, 정치적 과제를 파악하라, 라는 '비평'을 들이대기만 하면 만사형통이라는 식으로 생각되고 있는 것이다. 이러한 비평이라면 어떤 사람이라도 바로 볼셰비키적 비평가가 될 수 있다. 그리고 볼셰비키적 지도는 구체적으로는 조직론과 비평이라는 형태로 나타날 수밖에 없으며, 소설가나 시인은 끊임없이 이런 종류의 '지도' 아래 '비판' 받는 존재일 뿐이었다. 가메이 가쓰이치로亀井勝一郎가 '얼굴 없는 소설'에 대해 비평가의 책임을 반성했을 때, 비평가와 소설가가 같은 자리에 섰다는 의미에서 한 사람의 새로운 비평가의 탄생이 예상되었던 것이다. 그러나 그 가메이 또한 곧바로 볼셰비키적 지도에 의해 공격 받아 점점 더 침묵할 수밖에 없었다.

이렇게 '정치의 우위성'을 내건 지도는 하야시 후사오를 기회주의라고 잘라냈고, 도쿠나가 스나오를 '선동가provocateur', '사노·나베야마'의 추종자라고 공격했으며, 가메이 가쓰이치로를 조정파調停派라고 단정했다. 그리고 결국에는 같은 공산당 세포인 야마다 세자부로나 가지 와타루까지 공격의 대상으로 삼아, 마침내 올바른 것은 구라하라 고레히토의 의발衣鉢을 이어받은 고바야시 다키지, 미야모토 겐지, 이케다 히사오 등 지하 지도부뿐이라는 참상을 보이는 데 이르렀다.

'낙후의 극복으로' — 그러나 결정적으로 낙후되어 있었던 것은 아이러니하게도 볼셰비키적 지도 측이었다. 당시 국제적인 방침이 올바른 것이었는지는 별개로 하고, 어쨌든 다음에 인용할 일련의 주장이나 반성이 얼마나 예리하게 구라하라 조직론의 코스 변경을 압박하는 것이었는지 그 볼셰비키적 지도 측은 전혀 알지 못했던 것이었다. 예를 들어 —

노동조합 및 기타 일체의 당 외부 대중 단체에 대한 당의 지도방법을 근본부터 바꾸어, 이들 조직 내에서 행해지는 명령 방식, 이 조직들을 당으로 혼동하는 일을 일절 배제해야 한다. 이들 조직에 대한 지도는 공산주의자가 자신의 에너지에 의해, 자신의 사상적 영향에 의해(자기가 당원이라고 말하는 등의 방법이 아니라) 이들 조직 내에서 지도적 역할을 쟁취하여 어떠한 경우에도 설득이라는 수단에 의해(**오직 설득에 의해서만**) 이들 조직의 성원 대중이 혁명적 제의提議에 찬성하도록 하는 데 한정해야 한다.

— 「일본의 정세와 일본공산당의 임무에 관한 테제

日本の情勢と日本共産党の任務に關するテーゼ」,

『인터내셔널』, 1932년 9월 1일호

동반자 작가에 대해서도 실로 조잡한 문학 정책적 오류가 허용되고 있다. 지도적 잡지인 『문학초소文學哨所』의 지면에 실린 몇 개의 논문 가운데에는 '동반자는 없다. 동맹자이거나 적이다'라는 식으로 명백히 '레바츠키.левацк ий'적인 조치가 육성되고 있었다. 이 잡지는 작가의 전환 과정을 분명히 이해하지 않고 '동맹자인가, 그렇지 않으면 적인가'라는 슬로건을 내걸고 있다. 그리고 '이것이야말로 우리들이 오늘날 부여하는 기본적인 문제설정이다'(제11호, 1931)라고 말하고 있다.

이 『문학초소』지의 잘못된 조치를 발전시켜서 동지 아베르바흐Leopold Averbakh는 거기에 이론적 기초를 부여해보고자 했다. 인텔리겐치아에 대한 당의 방침을 도식화하고 비속화하여, 그는 이렇게 쓰고 있다. "오늘날 혁명과 함께 나아간다는 것은 환언하면 우리나라에서 사회주의 건설의 '가능성'을 믿고 있다는 것이 된다. 따라서 혁명과 함께 나아가는 사람에게 '동반자'

라는 이름은 걸맞지 않다. ― 차라리 '동맹자'인 것이 아닐까." 그리고 이 공식에 적합하지 않은 다른 모든 소비에트 작가들은 반혁명 진영으로 내팽개쳐지고 만다. ― "그것은 반대자가 아닌가, 적이 아닌가, 계급적 적의 앞잡이가 아닌가?"(「라프의 일기에서ラップの日記から」)

이렇게 '동반자 작가'의 문제는 노골적으로 사무적인 방법으로 해결되고 있다. 동반자의 개조와 재교육은 방기되어 있다. 그러나 이러한 문제 설정 방식은 근본적으로는 당의 노선에 모순되는 것이다. 당 중앙위원회의 「문학·예술단체의 재조직에 관한 결의」는 소비에트 정부의 정책을 지지하고 있는 동반자들에 대한 관계의 '레바츠키'적 비속화, 단순화에 날카롭게 반대하고 있다.

> ― 우에다 스스무上田進, 「소비에트 동맹에서의 문학단체 재조직 문제
> ソヴェート同盟に於ける文學団体の再組織問題」,
> 『프롤레타리아문학』 1932년 7월호에 소개된 『프라우다』 5월 9일호 사설
> 「새로운 과제의 수준에新しき課題の水準に」

"급진적인 소부르주아 작가들의 노동계급 측으로의 전향은 프롤레타리아트가 자본주의와의 투쟁에서 광범한 소부르주아적 근로자 대중을 우리 편으로 끌어들이는 것을 나타내고 있는데, 이것이 모르프의 활동의 가장 중요한 과제 하나를 제출한다. 왜냐하면 모르프의 활동 속에서 지금까지 소부르주아 작가들이 우리 측으로 전향하는 과정에 관련된 제 문제는 공황으로부터 혁명적으로 탈출하기 위한 국제 프롤레타리아트 투쟁의 전 정세와 결부되어 그것이 당연히 차지해야 할 본질적 장소를 점하고 있었다고는 말할 수 없기 때문이다.

이 대단히 큰 의의를 가진 과정은 일반적으로 널리 확실한 관념을 부여받지는 못했다. …… 우리는 많은 작가·문학자에 대한 도식적인 태도를 지적해야 한다. 모든 모순의 심각한 해부 — 그것에 의해서 수행되었어야 했던 것이 조잡한 태도(소부르주아 작가와 프롤레타리아 작가를 도식적으로 대립·분리시키는 태도)로 대체되었던 것이다."

"우리는 많은 경우에 사회 파시즘 진영에 가담하고 있는 작가들에 대한 정책 문제를 완전히 도식적이고 표면적으로밖에 설정할 수 없었다. 사회 파시즘 작가들과의 무자비한 투쟁, 그에 대한 철저한 비판과 나란히 동요를 드러내고 있는 예술가, 소부르주아적 맹목과 정치적 무지 때문에 부지불식간에 노동계급의 적과 행동을 함께 하고 있는 예술가들을 사회 파시스트 무리의 손에서 떼어내는 과제가 있다는 것은 전혀 문제가 되지 않았다. 즉 분화의 문제가 전혀 다뤄지지 않았던 것이다. 이 가장 중요한 과제를 모르프는 전혀 수행하지 않았던 것이다. 아니, 오히려 우리들은 바르뷔스와 같은 코뮤니스트 작가를 사회 파시스트 진영 속에서 꼽는 추태를 종종 부렸을 정도이다. — 이런 것은 일부 비평가들의 비속주의에서 생겨난 것이다."

— 모르프=국제혁명작가동맹 서기국의 8월 성명,

「국제 프롤레타리아문학운동 당면의 제 과제

國際プロレタリア文學運動当面の諸課題」,

『프롤레타리아문학』, 1932. 12

인용이라면 얼마든지 더 할 수 있다. 그러나 지금 나에게는 이 인용문들과 고바야시 다키지나 미야모토 겐지의 당시 문장을 늘어 세워놓고 운운할 만큼의 흥미는 없다. 그때 그랬더라면 좋았을 텐데, 라는 것은 당사자만이 이야기할 수 있는 것이라서, 그것은 역시 밤잠을 못 이룰 정도의 회한에 불쑥 내뱉는 신음과 같은 것일 때만 사상적으로도 정치적으로도 하나의 울림을 가질 수 있는 것이다. 설사 이때 모르프의 전환에 따라 나르프가 볼셰비키화의 노선을 변경했다고 한들, 그것으로 일본의 프롤레타리아문학운동이 어떻게 되었을 것이라 할 것도 없으리라. 모르프 자체가 그 전환에도 불구하고 수년 후에는 파시즘과 인민전선과 사회주의 리얼리즘의 도도한 흐름 속에서 덧없이 소멸해버리는 것이다. 그리고 라프의 곤봉비평을 엄격히 비판한 소비에트공산당이 결국 소비에트작가동맹이라는 방대한 문학 관료 조직을 만들어내고 자유로운 창조적 경쟁은커녕 숙청에 의해 문학자의 해골로 산을 쌓았다는 역사적 사실 앞에서 이 차이들 따위는 매우 우습게 보이는 것이다.

배준 역

1. 기회주의에 대한 투쟁

일본 프롤레타리아작가동맹(나르프)은 1932년 후반부터 의심할 나위 없이 쇠퇴기로 접어든다. 그 쇠퇴는 동시에 붕괴라는 형태를 수반하였다. 그러나 만약 우리들이 프롤레타리아문학의 역사 중 어떤 교훈을 오늘날에 살릴 수 있다면, 말할 나위 없이 그것은 『프롤레타리아예술』시대의 나카노 시게하루, 예술대중화를 둘러싼 나카노·구라하라 논쟁, 그리고 앞으로 검토할 나르프의 붕괴기뿐이다. 그리고 그 나르프 붕괴기의 주인공이 하야시 후사오였다.

1930년 7월 교토대 사건[1]으로 2년 판결을 받아 투옥된 하야시는 32년 4월에 형기를 마치고 출옥했다. 앞에서 서술했듯이 그는 30년 2월에도 공산당에 대한 자금 제공으로 검거된 적이 있다. 그렇기 때문에 실질적

---

1 【역주】일반적으로 교토학련 사건이라고 한다. 1925년 12월 이후 교토제국대학 등의 좌익 학생운동에 대해 행해진 검거활동. 일본 내지의 최초의 치안유지법 적용사건이다.

으로는 30년 초부터 그는 프롤레타리아문학운동에서 격리되어 있던 셈이다. 따라서 그는 이때 '낙후의 극복과 기회주의에 대한 투쟁'이라는, 말하자면 눈을 부릅뜨고 결전에 임하려고 했던 나르프 속으로 볼셰비키화 이전의 모습 그대로 돌아온 것이다. 변한 것은 그가 아니라 나르프 쪽이었다. 그는 출옥하자 곧 『프롤레타리아문학』에 짧은 「출옥 인사」를 기고하였다. 거기서 그는 썼다.

"동지 제군! 나는 제군의 대열에 지금 돌아왔다. 제군의 대열은 최근 2년 동안에 완전히 내 예상을 뒤엎고 훌륭한 발전을 보여주고 있다."

"제군이 아는 바와 같이 나는 결점투성이의 남자다. 언제나 흔들리는 남자다. 그러나 결점이 다 무어냐. 흔들림이 다 무어냐. 결점과 흔들림은 인간이라면 누구나 가지고 있다. 창피해할 것도 없다. 가장 창피한 것은 일을 안 하는 것이다."

—『프롤레타리아문학』, 1932.6

그리고 실제로 그는 열심히 일을 했다. 그러나 그에게 일한다는 것은 소설을 쓰고 평론을 쓰는 것에 다름이 아니었다. 그런데 나르프에서 일한다는 것은 서클을 조직하는 것이며 데모에 참여하는 것이었다. 그래서 그는 "프롤레타리아문학은 마르크스주의의 통속적 해설서여서는 안 된다. (…중략…) 레닌, 스탈린이 읽다가 깜짝 놀라, 과연 작가란 날카로운 눈을 가진 인종이구나 하고 감동할 것 같은 소설을 써야 비로소 작가라 할 수 있다"(「작가를 위하여—작가의 자격과 임무와 권리作家のために—作

家の資格と任務と權利と」, 『도쿄아사히신문』, 1932.5.19~21)고 썼다. 그리고 역사가 일본 프롤레타리아 작가들에게 부여한 중대한 과제를 프롤레타리아 작가가 아무도 하지 못하는 사이에 시마자키 도손島崎藤村이 다루었다며 『동트기 전夜明け前』에 대해 칭찬하였다. 그리고 "하늘의 일각에서 나의 게으름을 꾸짖는 것 같은 생각마저 들었다"(「문학을 위하여文學のために」, 『개조改造』, 1932.7)고 썼다. 그리하여 "나는 마음을 정했다. 나는 문학을 위해 한평생을 걸겠다"(「작가로서作家として」 『신조新潮』, 1932.9)는 선언에 이르렀을 때, 하야시 후사오는 나무랄 데 없는 '낙후'의 견본이며 '기회주의자'의 전형이 된 것이다. 그는 「작가로서」에서 정치와 문학에 대해 다음과 같이 썼다.

"오랫동안 나는 프롤레타리아 작가 중의 한 사람으로서 '정치'와 '문학'이라는 두 개의 기둥 사이를 헤매고 있었다. 물론 그 흔들림은 머릿속에서만 이루어졌다. 그것을 적극적인 행동으로 나타낸 적은 없었다. 즉 언제나 작가로서만 행동해 왔다. 하지만 머릿속에서는 문학을 정치에 종속시키거나 정치에서 문학을 떼어내거나 했지만, 요컨대 많은 경우에 정치라는 이름으로 문학을 끌어내리는 일, 스스로 작가이면서도 작가로서의 자신을 비하하는 일에 시종 일관했다.

이 흔들림과 자기비하의 원인을 나는 지금까지 '시세'와 '양심' 탓이라고 생각하였다. 사물의 관계가 항상 안정되지 못하고 항상 변전하는 '과도기' 탓이며 또한 프롤레타리아트에 충실하려는 인텔리겐치아의 '양심' 탓이라고 해석했다. 그러나 이제는 알 수 있다 — 원인을 이차적인 데에서 찾으면 안 된다 — 흔들림과 자기비하의 원인은 내가 문학을 올바르게 이해하지 못하였다는, 명백하고도 근본적인 사실 속에 있었던 것이다."

"나는 지금 '일본프롤레타리아작가동맹' 속에서 일하고 있다. 그리고 이 작가동맹이 지식계급성을 차츰 씻어내고 프롤레타리아로 조직의 중심을 옮겨 이 새로운 문화의 샘을 막는 첫 번째 돌을 제거한 것을 안다. ─ 답은 이 사실 속에 있다.

우리들은 힘을 써야 한다. 일본의 르네상스는 프롤레타리아 · 르네상스 이며 문학의 르네상스는 프롤레타리아문학에 과제로 주어져 있다."

하야시 후사오의 이와 같은 발언들이 표면적으로는 금방 문제가 되었던 것이 아니었다. 확실히 첫 번째 글 「작가를 위하여」가 발표되자 곧 『프롤레타리아문학』 7월호 투고란 '문학구락부'에 만다만지万田万治[2] 라는 자가 「『작가를 위하여』를 반박한다作家のためにを駁す」를 투고하여, 이는 프롤레타리아문학에 대한 도전장이라고 규탄하였다. 그는 나르프 지도부에게 하야시의 마음가짐이 어떤 것인지를 따져 물은 후에 그 것이 악의적인 것이 아니라면 오류 및 죄과를 확인하고 앞으로 두 번 다시 그러지 않을 것을 맹세하는 성명서를 내게 하라고 충고했다. 이런 일이 있었지만, 하야시 후사오는 기시와 도쿠나가처럼 결의를 통해 공격받고 자기비판을 쓰도록 강요당하진 않았다. 치안유지법이 적용된 최초의 피고로 옥중생활을 막 보내고 온 이 고참 작가에 대해서는 나르프 지도부도 아무래도 약간의 주저함이 있었을 것이다.

---

2 【역주】독자투고란에 실린 필명으로, 정확한 발음을 찾아내기 어려워 음독으로 표기한다.

그러나 하야시의 이 발언은 뜻밖의 파문을 불러일으키며 퍼져나갔다. 이 파문을 보면 볼셰비키적 지도가 완전히 고립되고 있다는 점을 적나라하게 알 수 있었다. 몹시 흥분한 '볼셰비키'에게 하야시 후사오는 최대의 적이 되었다. 하야시의 언설에 찬성하지는 않지만 그에 대한 조금의 이해라도 표시하면, 그 사람은 악질적인 조정파로 탄핵을 받았다. 그리고 하야시의 작은 발언이 증폭되어 퍼져나가는 운동의 실제 양상에 대해서는 조금도 반성이 이루어지지 않았다.

아니다. 조금도 반성이 이루어지지 않았다고 하면 거짓이 될지도 모른다. 예컨대 『프롤레타리아문학』 1932년 8월호의 토론란에는 나카 고헤 那珂孝平의 「'창작활동과 조직활동의 통일'의 문제」라는 글이 게재되었다. 그 글에서 나카는 다음과 같이 말한다. "우리들은 그것의 변증법적 통일이라는 여섯 글자는 귀가 아플 만큼 들어왔고, 그렇게 되어야 한다는 것은 알고 있다. 하지만 동맹원 한 사람 한 사람의 현실에서 조금도 통일되어 있지 않은 사례를 전반적으로 발견한다." 이렇게 그는 그 해결에 대해 토론하기를 호소하고 있다. 그리고 마치 이에 답하기라도 하듯이 다음달 9월호의 『프롤레타리아문화』에서 고바야시 다키지는 이토 케이 伊東継라는 필명으로 「투쟁의 '전면적' 전개 문제에 대하여(최근의 자기비판에서) 闘争の'全面的'展開の問題に寄せて(最近の自己批判から)」를 썼다. 이 논문에서 고바야시는 '조직적 활동의 낙후'와 '창조적 활동의 완전한 침체'가 코프 결성으로부터 8월 1일의 반전데이 反戦day 투쟁에 이르는 주요한 결함이며, 이를 극복하지 않고는 이제 한 걸음도 나아갈 수 없다고 논했다. 특히 그는 정치투쟁에 참가하는 일을 "좁은 의미의 정치적 문제나 조직 문제 속에서 해소했고, 창조적인 활동에서의 이 주제들의 구체화,

즉 창조적 활동이 지니는 커다란 정치적 의의를 충분히 다루지 못하였으며, 그로 인해 실천에서는 단지 조직 멤버를 캄파에 동원하는 데에 그치게 되었다"고 논하면서 창조 활동에 대한 경시를 강하게 비판했다. 그리고 그는 그 원인이 정치와 문화의 기계적인 결합＝통일에 있다고 논한다. 그는 정치적 투쟁방침이 그대로 문화적 투쟁방침일 수 없기 때문에 "우리가 지금까지 이 차이를 파악하지 않고 정치적 캄파니아에 문화운동을 적용하려고 했던 것이 특히 '문화운동으로서의 본래적 활동인 창조적 활동의 침체'로 나타났던 것은 당연했다"고 반성한다.

그러나 이 고바야시 다키지의 반성은 곧바로 미야모토 겐지에 의해 철저히 부정된다. 미야모토는 노자와 도루野沢徹라는 필명의 「정치와 예술・정치의 우위성에 관한 문제政治と藝術・政治の優位性に關する問題」라는 글 중 '우리들의 진영 내에 존재하는 양익의 일탈, 특히 우익적 위험'이라는 장(『프롤레타리아문화』1932년 11・12월 합병호)에서 고바야시의 글에 대해 언급했다. 미야모토는 이 논문이 문화・예술운동의 낙후를 정치적 과제로부터 극복해야 한다는 시점에서 비판이 이루어지지 않기 때문에, 결과적으로 뿌리 깊은 비정치주의적 편향을 조장하게 된다고 비판한다. 그리고 정치와 문화의 기계적인 결합으로 인해, 모든 운동을 오직 '동원'을 통해 해소해 버렸다는 견해는 혁명적 프롤레타리아트의 대중행동에 대한 문화활동으로부터의 발전적 참가가 오늘날에도 여전히 정치적으로 낙후되어 있고, 문화단체의 성원들이 자칫하면 여러 가지 이유를 대며 이 임무를 포기하고 거기서 퇴각해 버리곤 하는 주요한 우익적 위험 상태를 은폐하는 것이라고 논했다. 그는 우리가 대중행동으로 직접 국가권력에 대한 투쟁을 조직하는 것이 더욱 더 중요하다고

주장한다. 즉 문화·예술운동은 그 자체로는 아무런 정치적 의미를 지니지 않는 것이며 당의 당면 정치과제에 종속되었을 때에 비로소 일정한 정치적 의미를 지니게 되어 계급투쟁의 일부가 된다고 한다. 따라서 미야모토는 '프롤레타리아예술에서의 정치의 우위성의 실천'을 다음과 같이 개괄하여 제시한다.

ㄱ. 창조적·계몽적 활동은 당의 과제를 자신의 주제로 삼아야 한다. 이리하여 예술운동이 비로소 계급투쟁, 광범한 의미의 정치투쟁의 일부분일 수 있다.

ㄴ. 예술단체·문화서클은 광범위한 의미의 정치투쟁뿐만 아니라 당(조합)이 지도, 조직하는 정치투쟁(경제투쟁)에 활발히 참가해야 한다.

ㄷ. 프롤레타리아예술 단체원은 자신의 창조적 활동의 당파성을 자신의 혁명적 실천과 결합하도록 노력해야 한다. (당과 문학에 대한 레닌의 말을 상기할 필요가 있다). 그리하여 작가, 비평가, 문학적 계몽가는 비로소 계급적이고 당적인 작가가 될 수 있다(『프롤레타리아문화』, 1933.1).

그리고 그는 계속 논의한다.

이상의 사항은 물론 강제가 아니다. 우리는 대중단체 내부에서 발언하고 있는 것이다. 그러나 우리 예술단체가 일정한 정치적 방향에 서 있는 이상, 우리는 지도방향을 그곳에 두어야 한다. 지도의 볼셰비키성은 조직의 대중단체성과 결코 모순되는 것이 아니다.

이리하여 볼셰비키적 지도 속에 희미하게 생겨났던 반성조차 순식간에 울트라·볼셰비키에 의해 분쇄되고 만다. 미야모토가 이 논문에서 공격한 '우리 진영 내에서의 우익적 위험'은 고바야시 다키지를 비롯하여 하야시 후사오의 '문화주의', 가메이 가쓰이치로의 '조정파적 위험' 스즈키 기요시鈴木清나 가지 와타루의 '문학적 다수자 획득론'에서부터 코프에 가맹한 거의 모든 단체의 방침에 이르고 있다. 그리고 운동의 기본적 결함인 낙후는 조직적, 창조적 계몽적 활동 모두에 있다고 선고된다.

그러면 이러한 내부의 핵심적 적으로 탄핵된 '기회주의'란 무엇이었던가? 혹은 볼셰비키적 지도와 '기회주의'의 분기점은 무엇이었던가? 이는 무엇보다 정세 평가의 근본적인 차이였다.

코프의 결성 직후부터 시작된 모든 문화운동 영역에 걸친 탄압과 체포의 연속은 문화운동의 합법적 조건을 지극히 협소한 것으로 만들었다. '만주사변'의 상해사변으로의 확대, 5·15사건에 의한 군부독재로의 급격한 경사, 그리고 공산당 쪽에서는 '은행 갱사건'에 의한 여론의 이반과 아타미사건熱海事件과 이에 따른 철저한 탄압에 의한 중앙부 궤멸 — 이러한 정세를 어떻게 보느냐가 분기점이었다. '기회주의자'는 정세를 불리하다고 생각하였다. 이에 반해 볼셰비키적 지도부는 유리하다고 생각했다. 현재는 비약적 발전의 조건을 갖추었고 거기에 나타나는 어려움은 비약을 위한 어려움이고 성장을 위한 어려움이며 정체나 쇠퇴가 아니라고 그들은 강조하였다. 따라서 그 어려움을 강조하거나 수세로의 전환을 주장하는 것은 용서하기 어려운 우익적 편향이며 패배주의였다. 비약적 발전을 가능케 하는 유리한 정세에도 불구하고 프롤레타리아트 운동이 그 전진할 수 있는 객관적 가능성에서 낙후된 데에 곤란함이 있다. 따라서 무엇보다 '주관적 요인의 강화' 즉 '당파성의 확립'에 의해 이 낙후를 극복해야 한다. ─ 이것이 그들의 주장이었다. "주관적 요인에 대해 지적된 '낙후'를 객관적 조건이 관련된 필연적인 것으로 보는 것은 완전히 난센스이다."(미야모토 겐지, 앞의 글)

　말할 것도 없이 이는 순수한 정신주의이다. 정신일도 하사불성과 동류다. 그러나 그것은 괜찮다. 극한상황에서 인간을 지탱해주는 것은 객관정세 따위가 아니라 '주관적 요인'인 것은 자명하다. 문제는 이 '주관적 요인의 강화'가 모든 동맹원에 대해 정치가가 되라, 공산당원이 되라는 요구로 나온 데에 있다. 원래 나르프는 ① 일본에서의 프롤레타리아 문학의 확립, ② 부르주아지, 파시스트 및 사회파시스트 문학과의 투쟁, ③ 노동자 농민 기타 근로자의 문학적 욕구의 충족, 이 세 항목을 목적으로 내세우고 이를 승인하는 자를 동맹원으로 삼아 왔다. 따라서 "혁명적 프롤레타리아트의 진열에 있어서는 문예가도 또한 기본적으로 프롤레타리아트 정치가에 다름이 아니다"(미야모토 앞의 글)라든지, "정치의 우위성의 전면적 이해는 단지 '주제의 적극성' 및 조직적 활동 등에 의한 보조적 임무를 수행하는 데 있을 뿐만 아니라, **또한 자신을 가장 혁명적인 작가, 즉 '당의 작가'로 발전시키는 것을 의미한다**"(고바야시 다키지, 「우익적 편향의 제문제」)라든지, "나르프에는 보다 동반자적이거나 보다 소부르주아적인 작가는 있지만 동반자 작가나 소부르주아 작가는 없다"(위의 글)라든지, "우리 동맹은 모든 혁명적 작가를 성원으로 획득해 가는 것이지만 그 안에 지도의 볼셰비키적 방향을 거부하는 '동반자그룹'이 별개로 존재할 수 있는 것은 아니다"(「우익적 편향과의 투쟁에 관한 결의右翼的偏向との鬪爭に関する決議」, 『프롤레타리아문화』, 1933.3)라는 등의 말을 들으면,

그런 것들을 결정한 기억이 없다고 정색하며 반발하는 사람이 나오는 것도 당연했다.

더 나아가 '주관적 요인의 강화'가 창작활동보다도 조직활동에 보다 중점을 두는 것이며, 다수자 획득이란 프롤레타리아문학의 독자를 획득하는 것이 아니라 당과 조합의 확대를 가리킨다는 말이 나오고, 공산당의 오르그 역할까지 작가에게 짊어지게 하는 데에 이르게 되자 결국 작가들의 반란은 피할 수 없게 되었다. 이에 더해 볼셰비키적 지도는 '32년 테제'의 전략을 그대로 문화운동에 적용하여 '전쟁과 파시즘에 대한 투쟁'이라는 슬로건을 '전쟁과 절대주의(천황제)에 대한 투쟁'으로 고쳐 썼다. 그리고 매번 '×××테러 반대' '전쟁과 부르주아·지주적 ××제 지배에 봉사하는 반동문화 타도' 등등의 슬로건을 기관지에 연달아 씀으로써 조직 전체를 더욱 더 비합법화해 갔다.

기회주의란 이러한 볼셰비키화 이후의 방침에 따라가지 못하고 그 이전 상태에 머물러 있는 사람들의 총칭에 다름 아니었다. '낙후'라는 말은 그것이 원래 사용된 의미를 뛰어넘어 이 상태를 알맞게 표현한다고 할 수 있다. 볼셰비키화 방침이 나오기 직전에 감옥에 들어간 하야시 후사오가 1932년 4월, 2년 만에 출옥했을 때, 바로 그가 '낙후'와 기회주의의 전형이 된 것은 참으로 상징적이었다. 이때 변한 것은 나르프 혹은 프롤레타리아문학운동 그 자체이며 하야시 후사오가 아니었다. 그는 이 시기 장편소설 「청년」의 연재를 시작하는 한편 미야모토 겐지나 가네치카 기요시 등의 볼셰비키적 비평이나 가메이 가쓰이치로, 가와구치 히로시 등과 같은 구라하라 이론의 '문학적' 계승자들의 비평에 대항해 정력적으로 작품비평을 전개했다. 그 비평은 저널리스틱해서 오히려 소개적 시평^{紹介的時評}이라고나 부를만한 것이었다. 하지만 그것은 발표되는 거의 모든 작품을 다루면서 작가를 지원하는 것이었다.

문학을 위해 한평생을 걸겠다고 선언한 하야시 후사오는 이때부터 작가의 '수호자'로서 그 정치적인 수완을 충분하고도 남을 만큼 발휘하기 시작하였다. "하야시 후사오의 경우, 아주 곤란한 상황이며 자칫하면 맞아죽을지 모르는 형편이라 마음이 약한 그는 겁을 먹고 일체의 간부직을 사직한 후 가마쿠라^{鎌倉}의 골짜기 깊숙한 곳으로 들어가 버렸다. 지금은 동맹비를 내는 것도 우익적 경향을 조력하는 것이 될지도 모른다고 걱정하여 이를 체납하고 있다는 이야기"(「1932년 프로문단의 움직임一九三二年プロ文壇の動き」, 『요미우리신문』, 1932.12.11~14)라고 스스로 자조적으로 쓰면서도, 이때 그는 나르프 해산 전후의 프롤레타리아문학을 완전히 주도하는 토대를 착착 쌓아올리고 있었던 것이다. 나카주 유리코^{中条百合子}의 「일련의 비프롤레타리아적 작품一連の非プロレタリア的作品」, (『프롤레타리아문학』, 1933.1)과 같은 전형적인 곤봉 비평에 대해서는 곧바로 「작가에게 보내는 편지作家への手紙」, (『개조』, 1933.2)를 써서 비판당한 후지모리 세키치, 스이 하지메^{須井一}에게 '성원'을 보냈다. 즉 그는 "나카주 유리코, 고바야시 다키지 ― 협소한 문학 이해와 잘못된 정치가적 자부심으로 나 혼자만 프롤레타리아 작가라는 표정을 짓고 동료들의 모든 노작을 힘껏 난도질하고 그 자리에 무^無를 남긴다 ― 일본 프롤레타리아문학의 발전에 최악의 영향을 끼치는 패거리들"에 대해 모든 작가가 분노를 폭발하라고 호소하였다.

그러나 이 하야시 후사오도 고바야시 다키지가 죽었을 때는, "이 '급사^{急死}'는 '죽음은 사람을 엄숙하게 만든다'는 옛말의 열 배의 강도로 프

<그림 20> 하야시 후사오 평론집 『문학을 위하여』

롤레타리아 작가의 마음을 옥죈다. 이 '급사'에는 적어도 프롤레타리아 작가에게는 몸으로 해결해야 할 문제가 포함되어 있다"(『요미우리신문』, 1933.3.3)라고 쓰면서 그는 '성화聖火를 이어 받는다'고 맹세한 것이다. 명백한 것은 잇따른 탄압에도 불구하고 프롤레타리아문학을 포기하려는 사람이 어디에도 없다는 점이다. 미야모토・고바야시의 라인에서 이탈하려는 작가는 많이 나타났다. 그러나 미야모토・고바야시 라인을 떠나는 것은 그들에게 딱히 프롤레타리아문학을 포기하는 것이 아니었다. 그들은 각자 자신의 자질과 기호에 맞추어서 프롤레타리아・리얼리즘의 단계로 귀환하거나 혹은 프롤레타리아 대중문학의 주장에서 다시 한 번 활로를 찾아내려고 했다. 구라하라의 이론은 한편으로 주제의 적극성이라는 주관주의를 내걺과 동시에 시대의 객관적 개괄이라는 객관주의도 그 일면으로 갖고 있었기 때문에 작가들은 구라하라 이론에 주박당한 채 꽤 자유로이 자신의 창작에 이론을 부여할 수 있었다.

그러나 미야모토・고바야시 라인에서 이탈하려고 발버둥치고 있던 작가들에게 최대의 원군은 소련에서 새로이 제창되기 시작한 '사회주의 리얼리즘'이었다.

2. 나르프의 해산

사회주의 리얼리즘이라는 말이 언제부터 사용되기 시작했는지 문헌적으로 밝히는 것은 지금의 나로서는 불가능하다. 다만 확실한 것은 러시아·프롤레타리아작가협회(라프)가 소련공산당 중앙위원회의 결의에 의해 해산을 명령받았던 1932년 4월 23일(실제 해산은 5월 17일)의 시점에서는 아직 사회주의 리얼리즘이라는 말이 존재하지 않았다는 사실이다. 아마도 4월의 해산결의로부터 전^全소련작가동맹 조직위원회의 제1회 프레나무(확대집행위원회총회)가 열린 10월 29일 사이에 유물변증법적 창작방법을 대신할 사회주의 리얼리즘의 슬로건이 생겨난 것으로 여겨진다. 일본에서는 1932년 11월에 발행된 『마르크스·레닌주의 예술학 연구』 제2호에 우에다 스스무가 쓴 「소비에트 문학운동 방향전환의 이론적 고찰」에 구론스키가 문학서클 대표자회의에서 한 연설의 한 구절로 소개된 것이 사회주의 리얼리즘을 최초로 소개한 것이었다고 생각된다. 거기서 구론스키는 우리가 작가에게 요구하는 것은 단지 진실을 쓰라는 것, 그리고 그 자체가 변증법적인 소련의 현실을 올바르게 비추어내는 것이라고 말한다. 그리고 그러한 방법을 가리켜 그는 사회주의 리얼리즘이라고 부르는 것이다.

단지 진실을 써라, 현실을 올바르게 비추어내라는 요구는 주제의 적극성이나 당의 과제에 대한 종속이라는 구라하라 이론에 주박당하고 있던 작가들에게는 대단히 자유로운 것으로 여겨졌다. 그런 만큼 나르프의 지도부, 특히 볼셰비키적 지도부는 이 사회주의 리얼리즘에 대해 본능적으로 경계의 자세를 취했는데, 이는 당연한 일이었다고 할 수 있

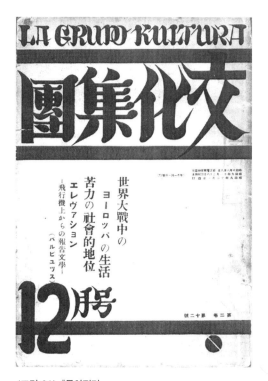

〈그림 21〉『문화집단』

다. 그들은 소련과 일본의 차이를 강조하며 사회주의 리얼리즘을 무비판적으로 수입하는 데에 반대했다. 그러나 그들은 사회주의 리얼리즘 이론이 가지고 있는 현실로의 회귀와 민족적인 예술 유산의 계승이라는 면도 무시함으로써 구라하라 이론에 대한 일체의 재검토를 거부했다. 그 결과 작가와 볼셰비키적 지도 사이의 갭은 결정적으로 확대되어 갔다. 현실로 향하려는 작가의 지향은 일체의 정치적 규정성으로부터 자유로이 일상성만을 향해 흘러갔다. 그리고 볼셰비키적 지도는 여전히 '다수자 획득'이라는 추상적 슬로건을 반복할 뿐이었다.

이러한 상태 속에서 1933년 4월에 나르프 소속의 일부 사람들에 의해 『문화집단』이 창간되었다. 이는 운동과는 직접 관계가 없는 상업잡지 형태로 출판되었는데 명백히 나르프의 현상에 불만을 품은 사람들의 발표 무대가 되었다. 그리고 『문화집단』이 우선 정력적으로 착수한 일은 소련에서의 사회주의 리얼리즘론의 번역 소개였다. 전소련 작가동맹조직 위원회에서 있었던 와시리코프스키, 킬포친, 루나차르스키 등의 보고 연설이 잇따라 소개되었다. 그리고 이들이 소개된 다음 도쿠나

가 스나오의 「창작방법상의 신전환創作方法上の新轉換」(『중앙공론』, 1933.9)
이 쓰이게 된다. 그는 이 논문에서 킬포친의 사회주의 리얼리즘론을 원
용하면서 구라하라의 「예술적 방법에 대한 감상」을 전면적으로 부정한
다. 그는 작가에게 실천이란 창작 이외에 있을 수 없다고 하면서, 창작
활동과 조직활동의 변증법적 통일이라는 종래의 방침에 정면으로 반대
하였다. 그리고 주관적, 관념적이라는 이유로 유물변증법적 창작방법
을 거부하면서 생활로 돌아가라고 주장한다.

> 예술은 객관적 현실 속에서 작가의 풍부한 생활 경험에 의해 만들어진다.
> 변증법적 세계관이 아무리 작가를 도와준다 하더라도 기본적인 것은 전자
> 다. 이러한 사실을 무시한 비평은 '예술적 방법에 대한 감상'이라는 법정에
> 서 피고석에 세워진 많은 작품들에 변증법을 기계적으로 적용해, 그것들을
> 한 묶음 5푼짜리 정어리처럼 닥치는 대로 한 꼬챙이에 꿰고 말았다. 지극히
> 여름에 어울리고 기분이 좋으셨을 것이다. '애정의 문제'로 한 묶음, '우연과
> 필연의 문제'로 한 묶음, '정치적 낙후'로 잡다하게 한 묶음이다. 「붉은 사랑
> 이상赤い戀以上」도 「처녀지」도 「게공선」도 「태양이 없는 거리」도 덧없는 최
> 후를 맞고 말았다. 그리고 그는 태연하게 시치미를 뗀다 — 사실을 말하자
> 면 일본의 프롤레타리아예술은 유감스럽게도 그 백화요란百花繚亂을 자랑
> 한 적이 없기 때문에…….

그리고 도쿠나가는 사회주의 리얼리즘을 일본에 그대로 반입하는
것에도 반대했다. 그는 또다시 대지에 발을 붙이기 위해 프롤레타리
아·리얼리즘으로부터 다시 출발해야 한다고 주장했다. 문학비평의

관료적 지배를 차 내고 마음껏 자유로이 많이 창작하자고 호소하는 것이다.

도쿠나가의 이 논문은 사회주의 리얼리즘을 작가가 어떤 감정을 가지고 받아들였는가를 참으로 생생하게 전하고 있다. 당시 모리야마 케이는 사회주의 리얼리즘에 대한 작가들의 감상에 대해 언급하면서, 그 대부분이 프롤레타리아문학비평이라는 감시하는 눈에 맞서 소련으로부터의 새로운 창작 슬로건으로 응수한 일종의 분풀이였다고 썼는데, 이는 정확한 지적이라 할 수 있다. 그러나 또한 이는 사태의 반면半面일 뿐이었다. 그것이 분풀이로밖에 나타나지 않은 데에 실은 나르프 그 자체의 어떻게도 할 수 없는 막다른 상황이 표현되어 있었다.

물론 지도부에서도 이러한 정세를 무시할 수는 없었다. 예컨대 『프롤레타리아문화』 1933년 10월호는 이와무라 데쓰야岩村徹也라는 이름으로 나온 「문화연맹의 긴급한 제과제文化聯盟の緊急の諸課題」라는 논문에서 지도부는 극좌적 편향에 대한 최초의 전면적 자기비판을 전개하였다. 문화투쟁이 계급투쟁의 한 부분이 되기 위해서는 당면한 정치적 과제에 종속되어야만 한다는 것은, 슬로건만 정치적으로 나열하거나 '사포타주, 파업, 데모로 싸워라'라고 외치거나 '당의 대중화는 문화단체의 임무'라고 말하는 것을 의미하지 않는다. 이 논문은 이러한 이해 속에는 문화투쟁의 특수성이 조금도 고려되어 있지 않다고 하며, 예전에는 엄격히 부정된 문화운동의 '특수성'을 처음으로 인정했다. 또한 이 글은 당의 대중화라는 형태로 다수자 획득을 문화단체의 임무로 삼는 주장도 물리쳤다. 그리고 이 논문은 "진정으로 문화 억압 반대 투쟁의 선두에 서서 문화활동의 자유 획득을 위한 대중적 이해를 가장 충실히 대표

해 싸우는 자가 우리 일본 프롤레타리아 문화연맹임을 실천으로 보여주고, 자유주의적 동반자적 분자를 급속히 우리 진영에 획득·조직해야 한다"고 논하며 주목할 만한 방향을 지시했다.

그러나 지도부의 사고방식은 개별적인 극좌적 편향에 대한 정정은 수행되어도 볼셰비키화로부터 코프 결성에 이르는 기본 노선에 대해서는 전혀 검토할 여지가 없는 것이라는 입장으로 일관했다. 이케다 히사오池田寿夫는 『프롤레타리아문화』의 같은 호에 사카이 에이치坂井映一라는 이름으로 「문화운동 문제에 부쳐文化運動の問題に寄せて」라는 논문을 썼다. 그 글에서 그는 도쿠나가의 비판에 대해 언급하면서, 우리는 도쿠나가의 제안 유무에 상관없이 창작활동뿐만 아니라 문학운동 전全영역에 대해서 새로운 단계로부터 재비판·재검토해야 할 필요가 닥쳐와 있음은 말할 것도 없다고 논한다. 그러나 그럼에도 불구하고 우리가 직면하고 있는 곤란은 코프 결성 이래의 방침에 제시된 문화운동의 기축에 있는 것은 아니라고 강조했다. 또한 미야모토 겐지도 같은 잡지 11·12월 합병호에 야마자키 리이치山崎利一라는 이름으로 「문화·예술운동의 기본적 방향의 왜곡에 항하여文化·藝術運動の基本的方向の歪曲に抗して」를 썼다. 거기서 그는 도쿠나가와 하야시의 주장을 문화·예술운동의 원칙적 방향 ― "말하자면 논의의 여지가 없는 방향 그 자체를 왜곡하는 것"이라고 비판하고 있다. 그리고 미야모토는 같은 논문에서 다음과 같이 현상을 분석해 보여주고 있다.

현재의 문학운동은 지난 4, 5년간 전체적으로 현저한 향상의 발전 단계에 있다. 그리고 현재의 곤란의 중축은 결코 단지 '외부의 탄압'이나 '양익兩翼

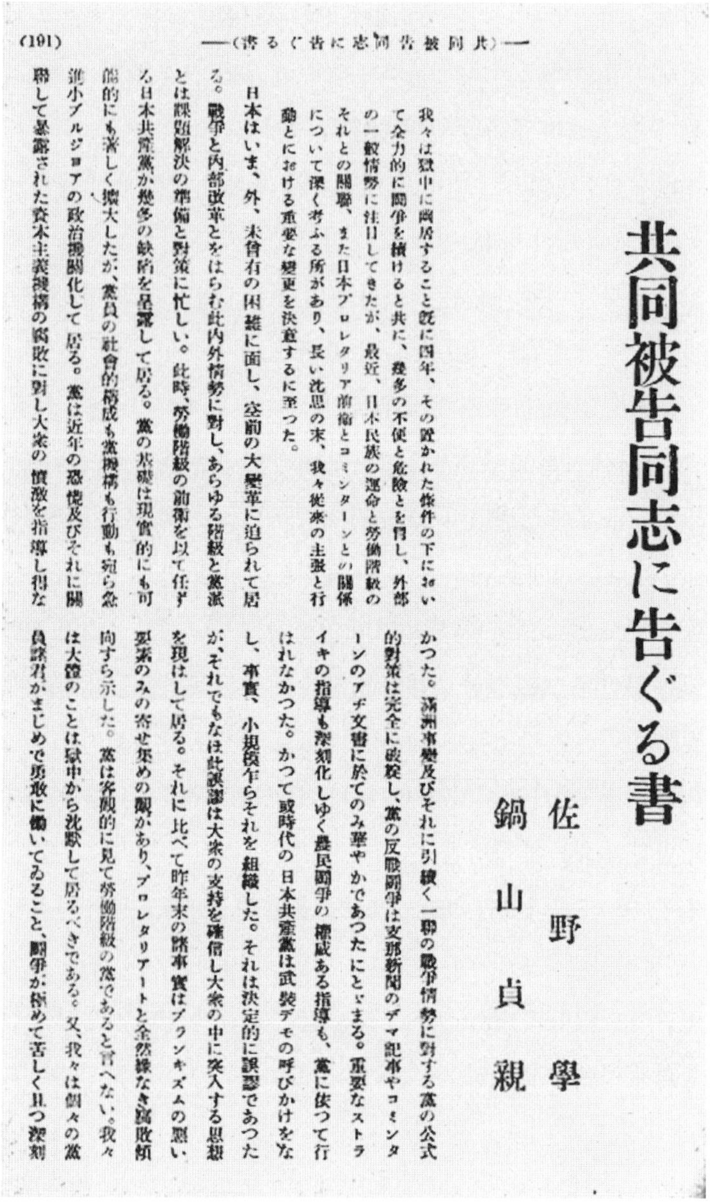

（191）　——共同被告同志に告ぐる書——

共同被告同志に告ぐる書

佐野學
鍋山貞親

我々は獄中に幽居すること既に四年、その置かれた條件の下において全力的に鬪爭を續けると共に、幾多の不便と危險とを冒し、外部の一般情勢に注目してきたが、最近、日本民族の運命と勞働階級のそれとの關聯、また日本プロレタリア前衛とコミンターンとの關係について深く考ふる所があり、長い沈思の末、我々從來の主張と行動とにおける重要な變更を決意するに至つた。

日本はいま、外、未曾有の困難に面し、空前の大變革に迫られて居る。戰爭と內部改革とをはらむ此內外情勢に對し、あらゆる階級と黨派とは課題解決の準備と對策に忙しい。此時、勞働階級の前衛を以て任ずる日本共產黨が幾多の缺陷を暴露して居る。黨の基礎は現實的にも可能的にも著しく擴大したが、黨員の社會的構成も黨機構も行動も寧ら急進小ブルジョアの政治機關化して居る。黨は近年の恐慌及びそれに關聯して暴露された資本主義機構の腐敗に對し大衆の憤激を指導し得なかつた。滿洲事變及びそれに引續く一聯の戰爭情勢に對する黨の公式的對策は完全に破綻し、黨の反戰鬪爭は支那新聞のデマ記事やコミンターンのアヂ文書に於てのみ華やかであつたにとゞまる。重要なストライキの指導も深刻化しゆく農民鬪爭の權威ある指導も、黨に依つて行はれなかつた。かつて或時代の日本共產黨は武裝デモの呼びかけをなし、事實、小規模乍らそれを組織した。それは決定的に誤謬であつたが、それでもなほ此誤謬は大衆の支持を確信し大衆の中に突入する思想を現はして居る。それに比べて昨年末の諸事實はブランキズムの悪い要素のみの寄せ集めの觀があり、プロレタリアートと全然緣なき腐敗傾向すら示した。黨は客觀的に見て勞働階級の黨であると言へない。我々は大體のことは獄中から沈默して居るべきである。又、我々は個々の黨員諸君がまじめで勇敢に働いてゐること、鬪爭が極めて苦しく且つ深刻

〈그림 22〉 사노 마나부 · 나베야마 사다치카, 「공동 피고 동지에 고하는 글」

의 편향'에만 있는 것이 아니다. 그것은 전활동을 운동의 새로운 발전 단계에 적극적으로 적응시키지 않았던 갭, 바로 그것에 있다. 본질적으로는 이는 성장의 곤란이다.

그러나 여기서 1933년 후반이 어떤 시기였는지를 개관해 두는 것도 헛일이 아닐 것이다. 우선 첫째, 이 해가 대전향 시대가 시작된 해였음을 잊을 수가 없다. 6월 7일 옥중의 공산당 최고 간부인 사노 마나부佐野學와 나베야마 사다치카鍋山貞親는 공동성명을 발표해 코민테른으로부터의 이탈을 주장하고 천황제 타도의 슬로건에 반대하면서 소위 전향의 의지를 밝혔다. 이것이 얼마나 강렬한 충격을 주었는지는 상상을 초월할 정도였는데, 이는 공동성명 발표 후 겨우 두 달도 되지 않는 동안에 옥중의 피고들 중 기결수의 35.8%, 미결수의 30.3%의 공산주의자가 전향을 성명했다는 사실에서도 그 일단을 엿볼 수 있다.

둘째, 이 해는 공산당의 조직적 궤멸 및 노농운동의 분열과 패퇴로의 전환을 확실히 한 해였다. 공산당은 32년 테제로써 기본적으로 올바른 전략노선을 확립하면서도 잇따른 탄압과 중앙부에까지 스며든 스파이의 도발이나 내통에 의해 안정적인 중앙위원회를 형성하지 못하였다. 이해 5월에는 입당한 지 겨우 2년밖에 안 된, 노농운동에는 전혀 경험이 없는 미야모토 겐지가 노로 에타로野呂榮太郎와 함께 중앙위원회의 중심이 되었을 정도의 상태였다. 또한 그 중앙위원회도 소위 린치사건을 계기로 파괴되었고 이후 실질적인 조직을 상실하였다. 게다가 '다수파'의 결성 등 분파투쟁이 일어나 붕괴의 길로 나아갔다. 그리고 일본노동조합전국협의회(전협)나 일본농민조합전국회의파(전농전회파) 등 공산당 계열의 노농조직도 잇따른 탄압과 내부분열로 현저히 그 힘이 약해져, 이 또한 붕괴 일로를 밟아 나가고 있었다.

셋째, 신병대神兵隊 사건으로 대표되는 우익 쿠데타에 의한 군부독재로의 경사가 한층 더 강화되었고, 교토대학 다키가와滝川 사건으로 대표되는 자유주의에 대한 공격이 개시되었으며, 천황주의 이데올로기의 강제가 권력에 의해 폭력적으로 강행되기 시작했다는 사실을 지적할 수 있다.

넷째, 치안유지법 개정안의 상정이다. 종래의 치안유지법은 '국체의 변혁'을 목적으로 하는 결사에 속하는 사람을 대상으로 한 데에 반해, 개정안은 그러한 결사를 지원하기 위한 결사를 조직하고 거기에 가입하는 행위조차 2년 이상 무기까지의 형에 처한다는 것이었다. 만약 이 개정안이 성립되면 '공산당의 과제를 자신의 운동 과제'로 삼고 공산당을 위한 '다수자 획득'을 운동의 대 방침으로 공공연히 내건 코프 소속의 모든 프롤레타리아 문화단체는 이 법의 적용을 받아 그 구성원들이 최고 무기형에 처해질 가능성이 발생하게 되었다.

위와 같은 상태는 나르프 소속 작가들에게 심각한 위기감을 줄 수밖에 없었다. 1930년 전후의 프롤레타리아문학이 문예 저널리즘에 의해 유행아 취급을 받던 무렵에 참가한 작가들 중에서 계속 나르프를 탈퇴하는 자가 나온 것도 당연한 일이었다. 이 해 말에는 순수 프롤레타리아 작가라고 자타 공히 인정하는 도쿠나가 스나오나 하리코프 회의 일본대표 중의 한 사람이었던 후지모리 세키치 등이 잇따라 나르프를 탈퇴한 것이다. 나르프 붕괴는 이제 시간문제였다. 기관지『프롤레타리아문학』도 4 · 5월호를 합병한 '고바야시 다키지 추도호'를 낸 후 9월까지 이 가장 중대한 시기에 한 권도 간행되지 않았고, "창작방법에 관한 국제적 대중토론에 참가하라"고 호소한 10월호를 마지막으로 끝내 재간되지 않았다.

이러한 마당에 하야시 후사오의 「프롤레타리아문학의 재출발プロレタリア文学の再出發」(『개조』, 1933.10)과 「하나의 제안―프롤레타리아문학 재출발의 방법一つの提案―プロレタリア文学再出發の方法」(『문화집단』, 1933.11)이 나와 결정적인 영향을 끼치게 된다. 일본프롤레타리아작가동맹은 이러한 상태가 지속된다면 자연소멸하고 마는 것이 아닌가 ― 라는 글로 시작되는 제1논문에서 하야시는 나르프의 현상을 다음과 같이 쓴다. 당시 상태의 일단을 알 수 있는 절호의 단서로 인용해 보자.

작가동맹은 지금 근본적인 재건과 재출발을 실천하지 않는 한, 사실상 해체되고 말 것이다. 아니 해체는 이미 절반 이상 진행되고 있다.

부진의 최대 원인은 곤란한 정치적 상황 속에 있다. 고바야시 다키지 건은 말할 것도 없고 구라하라 고레히토, 나카노 시게하루, 무라야마 도모요시, 구보카와 쓰루지로 등 경험과 기술이 풍부한 동맹원들은 옥중에 있고, 후지모리 세키치, 야마다 세자부로, 다테노 노부유키, 기시 야마지, 하야시 후사오 등은 보석 중의 피고들이다. 가지 와타루, 미야모토 겐지, 나카주 유리코, 가와구치 히로시, 아키타 우자쿠, 사사키 다카마루를 비롯하여 피고가 아닌 많은 활동분자는 재삼재사 유치장 생활을 강요당하고 있다. 작가 사보타주활동의 생명인 출판의 자유는 거의 없고 동맹의 집회도 허락받지 못하기 때문에 토론할 기회를 가질 수 없다. 공장과 부락 속의 젊은 노농 작가들도 끊임없이 똑같은 불편 속에 있어 충분히 잎을 틔울 수 없다. 이 정치적 상황을 고려할 때 작가동맹의 부진은 너무나 당연한 현상이리라.

하지만 원인은 그것만이 아니다. 동맹 안에는 지도부와 작가 측 사이의 뿌리 깊은 대립이 있다. 이 대립을 가장 강력히 대표하는 사람은 아마도 하야시 후사오일 것이다. 그래서 나 자신이 그 말을 꺼내기가 좀 무엇하지만 사실은 숨기지 않는 것이 낫다. 나뿐만 아니다. 작가들은 동맹 지도부의 방침에 대해 현재로서는 거의 완전히 사보타주하고 있다. 처음으로 '우익적 및 극좌적 편향'이라는 딱지가 붙은 하야시 후사오, 다케다 린타로武田麟太郎, 후지사와 쓰네오藤澤恒夫, 홋타 쇼이치堀田昇一, 다카미 준高見順, 나카 고헤那珂孝平는 말할 것도 없고, 질병 등등을 이유로 도쿄를 떠난 시즈오카靜岡의 하시모토 에키치橋本英吉, 지바千葉의 미요시 주로三好十郎, 쇼도시마小豆島의 구로시마 덴지黑島傳治, 미타카三鷹의 가메이 가쓰이치로龜井勝一郎, 히다飛驒의 에마 나카시江馬修 등은 각기 유언무언의 반항자일 것이다. 아키타 우자쿠秋田雨雀, 에구치 칸江口渙, 사사키 다카마루佐々木孝丸, 다테노 노부유키立野信之, 도쿠나가 스나오德永直, 가와구치 히로시川口浩, 호소다 다미키細田民樹, 호소다 겐키치細田源吉, 가네치카 기요시金親清도 현 방침의 찬성자가 아닌 듯하다. 『인물평론』의 오야 소이치大宅壯一, 『문화집단』의 하세가와 스스무長谷川進, 히데시마 다케시秀島武 등의 이름은 특수해서 거론하지 않는다 하더라도 이들도 찬성자라고 할 수 없다. 동맹 지도부는 이를 "구舊 작가가 새로운 노동자에 밀려 …… 물러선 것"이라고 하지만, 그러나 물러선 자는 인텔리 출신 작가만이 아니다. 「성전 차장省電車掌」의 구로에 이사무黑江勇, 「폭발」의 안제 리하치로安瀬利八郎, 「위문금慰問金」의 아소 히로시阿蘇弘를 비롯해, 내가 아는 한에서도 10명 가까운 노농 출신의 새 작가들이 **사실상** 동맹을 떠났다.

이것이 당시 나르프의 실정이었다. 그리고 이러한 실정에 대해 하나의 구체적인 제안으로 도쿠나가 스나오의 「창작방법상의 신전환」이 씌어졌다. 하지만 나르프 지도부는 '도쿠나가 스나오의 교란자적 태도' '반동맹적 엉터리' '프로바카트르(배신자, 도발자) 나베야마 사다치카의 견지를 보충하는 자' 따위의 말로 도쿠나가의 제안을 물리쳐 버렸다고 하야시는 분노를 폭발했다. 그는 일본프롤레타리아작가동맹을 명실공히 일본프롤레타리아작가동맹으로 만들 것을 주장한다. 절반 작가, 절반 정치가의 단체로부터 작가의 단체를 되찾으라는 것이다. 이는 한마디로 말하면 동맹은 작가만을 조직하라, 독자에게는 작품을 통해서 이데올로기적 영향을 주면 충분하다, 조직의 일은 그에 걸맞는 다른 단체에 맡기라고 하는 것이었다.

하야시 후사오의 제2논문 「하나의 제안」은 한 걸음 더 나아가 나르프 해체와 발표 잡지 단위의 분산화를 제안한다. 그러나 이 제안의 배후에 있는 정세 평가는 제1논문과는 정반대로 무서울 만큼 낙천주의인 것이었다. 그는 프롤레타리아문학이 전에 없이 고양되었지만, 이에 비해 나르프라는 조직의 틀이 낡고 협소한 데에 나르프의 침체 원인이 있다고 주장한다. "부진의 원인은 '외부 힘의 ××[탄압 — 인용재'만이 아니다. 이 내용과 형식의 모순 — 작가동맹의 지도방침, 조직방침이 프롤레타리아문학의 질곡이 되었다는 사실을 분명히 인정하는 데에서 동맹의 재출발이 시작되어야 한다"고 그는 서술한다.

여기서 갑자기 프롤레타리아문학은 미증유의 고양을 경험하고 있다는 평가가 나타난다. 이는 기묘한 것이었다. 이는 조금 앞에서 인용한 미야모토 겐지의 정세 평가 — 문학운동이 전체적으로 지난 4, 5년간 현저한 향상의 발전 단계에 있고, 현재의 곤란은 본질적으로 성장의 곤란이다 — 와 기묘하게도 일치되었다. 같은 정세 평가가 한편에서는 나르프 해체를 도출하고 다른 한편에서는 나르프의 기본 노선을 이론의 여지가 없는 것으로 보는 구투묵수舊套墨守에 이유를 부여하고 있는 것이다. 실은 이때 미야모토 겐지에게도 하야시 후사오에게도 정세는 조금도 보이지 않았던 것이다. 자신이 생각하는 프롤레타리아문학운동의 방향을 합리화하는 일만이 문제였던 것이다.

그러나 프롤레타리아문학이 미증유의 고양을 맞이하고 있다는 이 하야시 후사오의 설은 일종의 마술적인 힘으로 작가들을 사로잡았다. 나르프의 해체를 패배나 후퇴가 아니라 새로운 발전을 위한 비약으로 합리화하는 하야시 후사오의 설은 정치의 우위성이나 주제의 적극성 이론에서 탈출하거나 조직활동에서 도피하는 일에 얼마간 죄책감을 느끼고 있던 작가들에게 양심의 가책을 덜게 할 충분한 근거를 주었다. 하야시의 제안은 유형무형으로 작가들에게 지지를 받았다.

1933년도 말이 다가오자 사태는 더욱더 절박해졌다.

그 최대의 원인은 치안유지법 개정안이 12월에 개회될 제65회 제국의회에 제출될 것이 확실해진 점이다. 당시 나르프 서기장은 가지 와타루였지만 그는 정세 평가의 점에서도 운동방향에 대해서도, 지하의 미야모토 겐지 등 볼셰비키적 지도와 차츰 의견을 달리하기 시작했다. 그는『문학운동의 새로운 단계를 위해-종파주의의 청산과 창조적 임무의 전개로文學運動の新たなる段階のために-宗派主義の清算と創造的任務の展開へ』(국제서원, 1933.12)라는 팸플릿을 내고 나르프 지도부의 지도에 대해 처음으로 전면적인 자기비판을 수행했다. 거기서 가지는 자신의 지도적 영

향이 미치지 않는 범위를 일률적으로 기회주의로 규정하고 작가동맹의 거의 모든 사람을 기회주의자로 공격했던 2년 동안의 방침을 비판한다. 그리고 도쿠나가 스나오나 하야시 후사오의 비조직적인 발언에 대해서는 그렇게까지 그들을 몰아세운 나르프 지도부에 책임의 일단이 있다고 자기비판한다. 그는 정당 지지에 따라 분열을 거듭한 프롤레타리아문학운동의 역사를 되돌아보면서 어디까지나 작가는 문학을 기축으로 결집해야 한다고 주장한다.

〈그림 23〉『일본프롤레타리아문학운동 방향전환을 위해』

한편 코프 지도부도 처음으로 사회주의 리얼리즘 문제를 대중 토론에 부치는 태도를 취하며 비평가 회의를 소집했다. 하지만 출석자는 예정된 멤버의 절반도 못 미쳤으므로 당초 기획은 성공하지 못했다. 그러나 이 회의에서 구라하라 이론의 재검토가 필요하다고 강조된 것은 일단 주목할 만하다. 하지만 그 재검토의 방향이 "동지 구라하라의 조직이론과 예술이론이 전체로서는 다수자 획득이라는 방향으로 통일되려고는 했지만, 아직 그 이론적 결합이 불가분한 유기적 체계로까지 앙양되지 않았다"는 것이었기 때문에, 거의 현실적인 의미가 있는 것은 아니었다.

작가동맹의 기관지『프롤레타리아문학』에 이어 코프 기관지『프롤레타리아문화』도 12월호를 마지막으로 모습을 감추면서 문화 · 예술운동

의 생명과도 같은 출판활동이 완전히 붕괴되고 말았다. 이제 창작활동의 활발화와 같은 방침을 몇 번이나 되풀이해도 이를 보증하는 장 그 자체가 사라지고 말았다. 나르프는 다음 1934년 2월에 확대중앙위원회를 열고 방향전환을 토의하게 되었다. 가지는 이 회의에 맞추어 『일본프롤레타리아문학운동 방향전환을 위해日本プロレタリア文学運動方向轉換のために』(나르프 출판부, 1934.2)라는 제목을 단 팸플릿을 집필, 그 글에서 다음과 같이 현 상황을 그려내고 있다.

프롤레타리아문학운동은 1933년 후반에 예리한 위기의 상태를 현출했다. 프롤레타리아문학의 일반적 부진 상태 — 이론·창작에서의 정체 상태, 출판물 발행의 곤란함, 조직상에 나타난 발전 정지 상태, 특히 이러한 정세에 대해 강력한 타개의 길을 제시하지 못했던 지도부에 대한 일반적 불신의 조장, 동맹 통제력의 이완, 분파적 경향의 발생과 그 공공연화, — 이들 사실에 나타난 우리 문학운동 사상의 미증유의 위험…….

이 글에서 그는 이 위기를 돌파하는 방도로 첫째, 활동 형태의 분산화, 둘째 정치주의 극복과 정치적 견해에 따르지 않는 프롤레타리아적, 혁명적 작가의 광범위한 조직화, 셋째, 좌우 양익의 편향에 대한 '두 개의 전선'에서의 투쟁, 이 세 가지를 주장하면서, 이러한 계급적 입장에 선 전진의 방향이야말로 현재의 위기를 돌파하는 유일한 길이며 도쿠나가나 하야시의 패배주의를 극복할 길이라고 주장한다. 여기서 주목할 만한 것은 그가 말하는 활동 형태의 분산화가 결코 나르프 해체를 의미하는 것이 아니었다는 점이다. 가지의 이 주장은 라프 해산 이후 소비에트에서 나타난 문학운동의 동향을 전면적으로 수용코자 하는 자세로 일관되어 있었다. 그러나 이 팸플릿 '서문'에도 쓰여 있듯이 그 입론의 틀은 여전히 다수자 획득을 지상임무로 삼는 구라하라 이론 안에 있었다.

그러나 사태는 이와 같은 수정 구라하라 이론으로 수습될 만큼 녹록치 않았다. 나르프 확대중앙위원회는 가지의 보고를 뛰어넘어 나르프 그 자체의 해산을 결정한 것이다. 2월 22일자의 「나르프 해체 성명」은 해산의 이유로 우선 지배계급의 극도의 반동화와 프롤레타리아트 정치세력의 일시적 쇠퇴에 따른 정세의 곤란화, 합법적 활동 조건의 극도의 축소를 들었다. 그리고 이에 대한 나르프의 사정을 다음과 같이 기술했다.

우리 동맹의 활동적 작가들은 절대다수가 기관지 발행의 옹호, 동맹비 납입, 조직활동 수행 등의 일체 의무를 방기함으로써 현재의 정세하에서 구래의 활동 형태에 대해 불신을 표명하기 시작했다. 그리고 그들은 지도부에 대해 비판하고 교체할 의지를 방기함으로써 사실상 동맹조직을 형해화하고 있는 형국이다. …… 누구도 프롤레타리아트가 지닌 힘의 전반적 앙양 없이 이들 작가의 패퇴를 막을 수 없다.

이어서 성명은 이러한 상태에도 불구하고 동맹의 활동은 방기하더라도 프롤레타리아문학을 방기한 작가는 거의 없다고 주장한다. 그리고 작가가 자신의 문학적 활동을 본능적으로 개척해 갔던 방법 속에 명백히 프롤레타리아문학의 방향이 암시되고 있다. 발표기관을 중심으로 한 자주적이고 합법적인 여러 창작과 연구 그룹의 형성이 그것이

ナルプ解體聲明書

ナルプ第三回擴大中央委員會は、本
同盟――（ナルプ日本プロレタリア作
家同盟）の解體を決定した。解體の理
由は左の如くである。

（一）今日日本のプロレタリア文學運
動は、......と、プロレタリア
ートの一時的衰退との相
對的關係の中で、未曾有の......な條件
の下に置かれてゐる。特に最近に於け
る。......の......の意圖は、前者の
最も......表示であり、近時急激に強
められて來た......の、......の、
プロレタリアートの......は今日、これ
の××な攻撃の......の意圖である。別
をはね返し得る情態からは遙かに距つ

てゐる。
このやうな情態の下にあつては、......
......のイデオロギー的文化の形成の事業
......には著しい制肘の下に置か
れてゐる。しかも今日、全般的に我々
のプロレタリア作家は、現在の活動形
態のままでは......かゝる情勢に對應し、
......に對抗して、自己の活
動の途を拓き得ない狀態にある。
それは次の如き事實によつて明らか
である。

我が同盟の絕對的多數の作家は現在
の組織を事實上放棄し、......國內に於
自明だからである。現實に、成員の絕
對多數はそのことに無關心を抱ひ、別
のところに力を注ぎつゝある。即ち、
の活動的作家たちは現在の情勢下に於
作家の根本的欲求としての創作活動を

れはわが作家たちの一時的敗退である
何人もプロレタリアートの力の
......なし......、この現在の作家の
導部の個々のメンバーの無能に歸せら
るべきものではない。何となれ
ば原因がそこにあるならば組織成員
力をあげて指導部を改造し得ることは
......指導部を改造し得ることは
得る現實的基礎を有しない。それは指
導部の敗退を食ひ
とめ得ない如く、現在の指導部も今日
の情勢に於いては、この敗北を克服し
部の批判乃至改選への意志による指導
部の批判乃至改選への意志による指導
不信に對しても組織的方法による指導
の不信を表明しつゝあり、指導部への
によつて、絕對多數を以つてそれへ
ことによつて、事實上同盟組織を形骸
にとゝめてゐる情態である。明白にこ

ける舊來の活動形態に對して、同盟費
の發行の擁護、同盟費の納入、組織活
動遂行等の一切の義務を放棄すること
によつて、絕對多數の意志を放棄する

〈그림 24〉「나르프 해체 성명서」

다. 이러한 방향을 인정할 때 오늘날 프롤레
타리아 작가의 역량을 제대로 평가한다면
"사실상 형해화된 정치적 문학적 조직으로서
의 작가동맹을 유지하는 일, 또는 이를 기초
로 하는 대항적인 분산적 형식을 유지하는
일은 무의미하다"고 주장하며 「성명」은 나르
프 해산을 선언했던 것이다. 나아가 「성명」
은 앞으로의 방향으로서 다음과 같은 전망을
덧붙인다.

〈그림 25〉 『문학평론』 1932년 3월호

　　"오늘날 가장 타당한 형식 — 합법적 발표기관을 중심으로 하는 창작 그
　　룹 활동으로 옮아가라. 이것이야말로 새로운 정세하에 더욱 전진적인 문학
　　운동을 재조직하기 위한 기초를 부여하는 것이다."

　　"이론상·창작상의 방향에 대해 말한다면 오늘날만큼 우리들에게 풍부한
　　문학적 성과를 약속해 주고 있는 시기는 없다. 사회주의 리얼리즘 방법의 인
　　도하에 뛰어난 프롤레타리아문학의 창조, 사회주의적 경쟁을 개시하라."

　　이 「해체 성명」은 기묘한 글이다. 나르프 해체의 이유를 설명하는 부
분은 어둡고 절망적임에도 불구하고 해산 후의 전망을 말하는 부분에서
는 갑작스레 장밋빛 낙천주의로 변모한다. 『방향전환을 위해』는 정치주
의에 대한 비판을 전면에 내세웠음에도 불구하고 좌우 양익의 편향에 대
한 투쟁과 다수자 획득이라는 종래 노선의 연장선상에 있었다. 이에 반

해 이 '해체 성명'은 명백히 하야시 후사오가 말한 「하나의 제안」의 연장 선상에 있다고 할 수 있다. 아니나 다를까 이 해체에 대한 작가들의 반응은 뉘앙스의 차이는 있으나 큰 줄기에서 발전을 위한 비약이라는 한 점에서 일치한다. 예컨대 도쿠나가는 말한다.

> 「해체 성명서」를 읽고 불만스러웠습니다. 그것을 보면 과연 '딱한 말로末路'라는 생각이 듭니다. 이 변화의 과정에서 발전적 의의라는 것이 전혀 인정받지 못하고 있다. 정말 불만이야. 내 생각으로는 예컨대 '합법적 존재의 불가능'이라는 문제가 일어나지 않더라도 이런 일이 일어났을 것이라고 봐. 예술적 단체의 조직으로서 '낮은' 나르프는 더 '높은' 것으로 변화시켜줘야 했단 말이야. 단지 그것을 이것저것 바꿔놓는 것 따위로는 물론 이룰 수 없다. 당분간 지속될 '분화' 상태가 틀림없이 변화를 촉진할 것이다. '새로운 출발'이다. 나는 해체성명서처럼 '슬퍼'하지 않는다.
>
> ─「나르프 해체에 대한 제가諸家의 감상ナルプ解體に對する諸家の感想」,
>
> 『문학평론』, 1934.4

이에 대해 나르프 해산을 패배라고 생각한 작가가 없었던 것은 아니다. 해산을 주도한 가지 와타루도 해산의 불가피성을 강조했다. 하지만 그는 문학상의 발전이 나르프의 해산을 초래한 것이 아니므로, 작가는 오늘날의 상태에 대해 자신의 눈을 낙천적으로 현혹시켜서는 안 된다고 강조하는 일을 잊지 않았다(「나르프 해산에 대하여ナルプ解散について」, 『문학평론』, 1934.4). 그러나 이 나르프 해산을 둘러싼 평가의 차이는 이후 프롤레타리아문학의 방향에 결정적인 영향을 주었다. 이는 결정적인 분기점이었다고까지 말할 수 있다. 나르프의 해산을 프롤레타리아문학의 발전으로 보는 하야시 후사오, 도쿠나가 스노오, 야마다 세자부로 등이 일제히 장편소설을 쓰기 시작했다. "문학비평의 관료적 지배를 걷어차고 마음껏 자유로이 많이 창작하자"고 말한 도쿠나가의 호소야말로 이 사람들의 모토였다. 하야시 후사오의 「청년」, 도쿠나가 스나오의 「여명기」, 야마다 세자부로의 「지상에서 기다리는 자地上に侍つもの」, 하시모토 에키치의 「탄갱炭坑」 등의 장편들이 나타났다. 이에 대해 나르프 해산을 패배로 평가하는 사람들도 있었다. 이들 중에는 운동의 패배를 동시에 자신의 패배로 보면서 자아의 내면으로 길을 추구함으로써 새로운 문학적 출발을 이룩한 가메이 가쓰이치로 타이프와 프롤레타리아문학운동의 역사적 총괄, 특히 볼셰비키화 이후의 구라하라 이론의 전면적 비판을 통하여 운동 재건의 길을 개척하려고 했던 사부 다케시(佐分武=이토 데스케)나 우에하라 세조(上原清三=가미야마 시게오神山茂夫)의 그룹이 있었다. 그리고 이들 여러 가지 입장의 작가나 비평가, 나아가 노동운동가까지 참여하여 사회주의 리얼리즘을 둘러싼 논쟁이 전개된다.

3. 사회주의 리얼리즘 논쟁

사회주의 리얼리즘 논쟁에는 두 가지 측면이 있었다. 하나는 사회주의 리얼리즘론의 내용에 관련되는 문제이며, 이는 주로 세계관과 창작방법의 관계 문제로 논의되었다. 또 하나의 측면은 사회주의 리얼리즘을 문학운동의 슬로건으로서 일본에 들여오는 것의 가부可否를 둘러싼 문제였다. 전자는 어느 쪽인가 하면 문학론적이며 후자는 운동론 내지 정치 전략론적인 것처럼 보이지만 반드시 그렇다고 할 수는 없다. 창작 방법이 반드시 세계관에 의해 규정된다고 볼 수 없다는 문제는 엥겔스가 하크네스 앞으로 보낸 편지의 한 구절, 즉 발자크는 정치적으로는 정통 왕당파였음에도 불구하고 "과거, 현재, 미래의 모든 졸라보다도 훨씬 위대한 리얼리스트"였다, "리얼리즘은 작자의 견해 여하에 관계없이 나타난다" 운운한 것에서 나오는 문제였다. 이는 프롤레타리아트 세계관을 체득하는 일을 가장 중요한 것으로 요구받고 있었던 나르프의 작가들에게 꽤 매력적인 '이론'이었다. 나중에 명확히 밝히겠지만, 이 일견 문학적으로 보이는 문제가 애초에 문제시되었던 곳은 지극히 정치적인 장場이었다. 그리고 제2의 측면에 대해서 말한다면 이것도 다음에 언급하겠지만, 일견 정치적인 장에 서면서도 실은 프롤레타리아문학운동에 대한 문학적 총괄과 비판을 가능케 하는 방법적 전망을 지니고 있던 것이다. 여기서는 우선 제2의 측면에서 시작하자.

사회주의 리얼리즘을 둘러싼 운동론적 비판은 나르프 해산에 대한 비판과 불가분한 관계에 있었다. 이는 나르프 해체 성명이 대표적으로 표현하고 있는 프롤레타리아문학의 고양에 대한 전망을 사회주의 리얼리즘과 연결해서 보는 입장에 대한 비판에서 출발한다. 이 종류의 비판 중 최초의 것은 『문화집단』 1934년 4월호에 게재된 사부 다케시(=이토 데스케)의 「사회주의 리얼리즘인가! 기회주의적 리얼리즘인가!社會主義リアリズムか!日和見主義リアリズムか!」라는 글이었다. 그는 이 글에서 나르프 해산에 대해 해산이 아니라 재조직이라는 방향이 왜 채택되지 않았는가, 그리고 해산을 피할 수 없다면 이를 위한 준비 활동을 왜 하지도 않

고 돌연히 해산해 버렸는가라는 의문을 제기했다. 나아가 그는 사회주의 리얼리즘의 직수입에 반대하여 문학운동에서 통일적인 창작 슬로건은 그 나라의 혁명운동이 당면하고 있는 전략적 단계에 따라 다르다는 점을 밝혔다. 그리고 사회주의에 이르기까지 아직 두 가지 혁명 단계를 올라가야 하는 일본의 혁명적 문학운동의 슬로건으로 혁명적 리얼리즘을 주장했다.

이토의 이 논문에 이어 『문화집단』의 5월호에 우에하라 세조의 「'좌익' 작가에 대한 항의」가 나왔다. 우에하라 세조는 당시 좌익노동조합 재건 운동의 중심적 지도자였던 가미야마 시게오의 필명 중의 하나였다. 이토는 당시 가미야마의 재건 운동에 참가하고 있었다. 가미야마는 프롤레타리아문학운동 재건을 위해서는 과거의 오류를 전면적으로 자기비판하고 올바른 전망과 조직 방침을 확립하는 것이 필요하다고 하면서, 나르프를 붕괴로 인도한 '세 가지 특징적인 모멘트'를 들어 비판한다. 이는 첫째, 1930년 봄, 「예술운동의 볼셰비키화」라는 슬로건을 내걸었던 시기, 둘째, 1931년 여름 이후, 즉 나프를 재조직하고 문화중앙부인 코프를 결성하던 시기, 셋째, 1933년 여름, 사회주의 리얼리즘의 문제가 한창이었던 시기다. 그는 첫 번째인 예술운동의 볼셰비키화 슬로건에 대해서는 그것이 대중단체의 조직원칙에 반하여 정치와 예술을 기계적으로 결합한 것을 비판하면서 이와 같은 오류의 역사적 근원을 다음과 같이 지적했다.

이 슬로건은 일본의 운동이 다나카 기요하루田中淸玄, 사노 히로시佐野博 등에 의해 극좌적으로 지도되어 기계적 공식주의로 완전히 오염된 시기에 적응하고 있으며, 그러한 용어까지 사용한 일을 잊으면 안 된다. 그 후에 여러 혁명적 조직은 어느 정도까지 이 시대의 오류를 자기비판하고 정정했지만 「예술운동」만이 홀로 남겨져 오늘날까지 누구 하나 이 슬로건의 잘못을 공공연히 논의하지 않았다.

두 번째 시기에 대해서는, 주로 국제적 결의를 무시 혹은 곡해하여 통일적인 문화조직 코프를 만들었던 것을 비판 대상으로 삼았다. 즉 공산당은 물론 좌익 노동조합이나 농민조합도 비합법적인 상태에 있는 일본에서 문화운동은 굴신성屈伸性이 있는 다종다양한 지방적인 사정도 충분히 고려한 조직 형태를 취했어야 했음에도 불구하고, 또한 프로핀테른의 결의조차 운동의 분산화를 지시하고 있었음에도 불구하고, 기계적으로 전국적 단일 조직으로 코프를 만듦으로써 탄압을 집중시켜 붕괴를 앞당겼다고 비판한다.

더욱이 세 번째 시기에 대해서는 이와 같은 잘못된 운동방침과 조직방침에 대해 혁명적인 입장에서의 비판이 아니라 사회주의 리얼리즘 문제의 토론이라는 형태를 빌린 부분적이고 일면적이며 케케묵은 비판 밖에 나오지 않았던 점, 그리고 나르프 및 코프의 지도부는 이와 같은 우익적 비판을 관료적으로 처리했을 뿐이며 자신의 지도방침에 대해서는 전혀 재검토하려고 들지 않았던 점을 들었다.

이리하여 가미야마는 과거의 모든 활동에 대한 철저한 자기비판과 정세에 부응한 재조직을 토의하기 위해 어떤 형태로든 나르프의 대회를 열라고 요구하는 것이다.

과연 이때 일단 해산을 선언한 나르프의 대회를 열 객관적 조건 및 주

체적 조건이 있었을까. 아마도 없었을 것이다. 그러한 의미에서 가미야마의 이 주장은 원칙론의 범위를 벗어날 수 없는 것이었다. 그러나 일본의 프롤레타리아문학운동에 대한 근본적인 비판이 나르프 내에서가 아니라 혁명 정치가 쪽에서부터 처음 수행되었다는 사실은 충분히 기억해두어야 할 점이다. 나아가 가미야마는 다음 해인 1935년 1월호의 『살아 있는 신문生きた新聞』에 기타 겐지로北巖次郎라는 필명으로 「프롤레타리아 문화전선의 전망」, 2월호에 「사회주의적 리얼리즘의 비판」, 4월호에 이에 대한 구舊 나르프 소속 작가, 비평가들의 비판에 대한 반론인 「문단의 제 대가들에게 한 마디씩文壇の諸大家に一言ずつ」을 발표해, 이른바 사회주의 리얼리즘 논쟁에서 한 진영의 중심인물로 재등장하게 된다.

앞에서도 서술했듯이 사회주의 리얼리즘 논쟁은 세계관과 창작방법의 관계를 둘러싼 문제와 사회주의 리얼리즘을 일본에 적용하는 것의 가부를 둘러싼 문제라는 두 가지 측면을 가지고 있었는데, 그중 제2의 측면 즉 프롤레타리아문학운동 재건의 전망이라는 문제가 주축主軸이 되었을 때, 이는 극히 실천적인 날카로운 대립 양상을 띠게 되었던 것이다.

나프 시대를 대표하는 이론가가 구라하라 고레히토이고, 코프 시대를 대표하는 이론가가 미야모토 겐지와 고바야시 다키지였다면, 나르프 해산 이후의 한 시기를 대표하는 이론가는 모리야마 케이森山啓였다. 이 나이브한 서정시인은 기회주의에 대한 투쟁 시기를 침묵 속에 보낸 후 갑자기 사회주의 리얼리즘의 대표적인 이론가로 대활약을 시작한 것이다. 그는 나르프 해산 이전인 1933년 9월호 『문화집단』에 「창작방법에 관한 현재의 문제創作方法に関する現在の問題」라는 제목의 평

론을 발표했다. 이 글에서 그는 소비에트의 문예이론가에 견주어 구라하라 고레히토의 이론을 옹호했다. 그는 구라하라는 창작 방법의 규범화에 반대한 것이며 이를 규범화한 것은 오히려 작가 쪽이라고 지적했다. 이와 동시에 그는 구라하라를 잃은 후의 문학운동에는 관료주의적 비평이 횡행했고 이론 발전이 사라졌다고 비판했다. 그리고 유물변증법적 창작방법의 오류로부터 사회주의 리얼리즘까지 언급하면서, 사회주의 리얼리즘은 '꽃밭의 꽃은 피는 대로 내버려두어야 한다'는, 일말의 구속이 없이 예술의 발전을 보증하는 사회적 토양이 소비에트에서 성장했음을 표현하는 것이라고 말했다. 이는 구라하라 이론을 유물변증법적 창작방법과 동일시하는 것에 반대하면서도, 그러나 자유로운 창작을 위해 사회주의 리얼리즘의 이름으로 일체의 이론적 규범을 거부하려는 작가의 심정을 비평 쪽에서 지원한 것이었다. "작가는 계급적 열의와 현실을 끝까지 추구하려는 의욕만 잃지 않는다면 몇 년 동안이라도 자신의 창작 계획을 실현하기 위해 연구나 관찰에 몰두하면 된다. 그때 현실 그 자체의 관찰에는 그다지 흥미를 갖지 않는, 운동의 분위기만 사랑하고 수다만 떨고 싶어 하는 패거리들이 계급적 의무의 이름으로 좀 더 '행동하라'라고 말해 봤자 그것이 대체 무슨 의미가 있겠는가. 조용히 계급 예술가의 철필을 잡고 써나가는 것이 좋은 것이다"라고 그는 썼다.

모리야마 케이의 이러한 주장이 사회주의 리얼리즘을 일본의 문화운동에 반입하려는 가장 적극적인 입장을 보여주고 있다면, 이와 대척점에 있는 것이 기시 야마지의 「창작방법의 문제─그것을 기회주의와 객관주의로부터 구별하기 위하여創作方法の問題─それの日和見主義と客觀主義から

の区別のために」(『문화집단』, 1933. 10)였다. 이 글에서 그는 다음과 같이 주장했다. ─ 소비에트와 같이 사회주의 건설이 착착 실현되고 있는 사회에 사는 작가는 반드시 완전한 변증법적 유물론자가 아니어도 현실 그 자체가 사회주의적이기 때문에 뛰어난 작품을 만들 수 있다. 이 가능성의 사회적 보증이 '세계관보다도 우선 창작적 실천을'이라는 슬로건을 정당화시킨다. 그런데 일본에서 프롤레타리아 작가는 부르주아적 환경에 둘러싸여 그것으로부터 끊임없이 이데올로기적 영향을 받기 때문에, 프롤레타리아트의 정치적 임무를 명확하게 파악할 수 없으므로 유치한 작품을 만들어내고 있다. 따라서 이러한 상황에 있는 일본의 프롤레타리아 작가는 마르크스주의적 교양을 높여, 사물을 보는 보다 올바른 시각이 작품에 반영되도록 노력해야 한다.

이 글에서 기시는 일본의 프롤레타리아문학운동을 되돌아보면서 다음과 같이 말했다. 적어도 일본에서는 유물변증법적 창작방법의 슬로건이 작가의 세계관을 높이기 위한 창작활동과 조직활동의 변증법적 통일로 구체화되어 있었다. 이러한 조직활동의 구체적 실천을 통해서만 작가는 현실을 보는 눈을 마르크스주의적으로 고양시킬 수 있었다. 그리고 일본에서의 유물변증법적 창작방법은 결코 작가에게 서재 속에서 세계관을 터득하라고 우선 요구하는 것이 아니었다. 그는 창작활동과 조직활동의 통일, 정치의 우위성, 주제의 적극성 등등, 유물변증법적 창작방법의 슬로건이 구체적으로 지시한 방향으로 진지하게 참여하는 것 이외에 좌우 양익의 편향에서 벗어나는 길은 없다고 주장했다. 그는 다음과 같이 결론 내렸다.

문학운동 전체에 대해 말한다면, 경영 내 서클 건설과 거기에서의 적극적 ×××××, 그리고 그 현실 생활에서 발생하는 리얼리즘의 발전, 그 발전에 의해 슬로건으로서의 '유물변증법적 창작방법'의 불충분함이 토론될 것이다. 그리고 이를 대신할 새로운 슬로건을 만들기 위한 토론이 대두될 것이며, 우리들이 이룩한 이제까지의 성과 위에 섰을 때 비로소 '사회주의 리얼리즘'이라는 것의 의의가 일정日程에 오르게 될 것이다. 어디까지나 그것은 문화운동 전체의 발전의 견지에 서서 이루어지는 것이다. 따라서 오늘날 보이듯이 그것이 기회주의나 객관주의의 지반으로 이용되어서는 안 된다.

기시의 이 주장은 크게 보아 당시 코프의 지하지도부(볼셰비키적 지도)의 사회주의 리얼리즘 문제에 대한 견해를 대변한다고 할 수 있다. 그리고 기시의 이 의견과 대척점에 서는 모리야마 케이의 의견이 합법적 영역에서 활동하는 작가를 중심으로 한 주장의 비판적 이론화였다면, 가장 먼저 소개했던 사부 다게시와 우에하라 세조가 말한 과거의 운동에 대한 철저한 비판 위에 서는 운동 재건, 그리고 사회주의 리얼리즘이 아니라 혁명적 리얼리즘을 슬로건으로 하라는 주장은 문학운동에 대한 노동운동 쪽에서의 비판을 대표한 것이라고 할 수 있다. 이리하여 사회주의 리얼리즘을 둘러싸고 명확히 나뉘는 세 가지 주장이 일찍부터 나르프 해산을 전후해서 나타났던 것이다.

사회주의 리얼리즘 문제가 논쟁적으로 다루어지기 시작한 것은 나르프 해산으로부터 거의 1년을 경과한 1935년 1월부터이다. 나르프 해산 이후 몇 달 동안은 마치 마법의 주박에서 해방된 듯이 작가들은 자유를 구가하며 르네상스의 도래를 예언했다. "우리 사랑하는 프롤레타리아 작가·평론가들은 이제 일터로 돌아왔다. 갖가지 사정과 원인으로 오랫동안 내버려져 있던 작업 도구를 다시 들었다. 크레인이 움직이고 재단기가 빛난다. 모터가 포효하고 벨트가 돈다. 낫이 빛나고 가래가 끌려나오고 말이 울고 씨가 뿌려지기 시작했다……. 주변은 아직 어둡다. 하지만 그것은 해질녘의 박명이 아니다. 동녘의 하늘은 이미 붉어져 새벽의 바람이 불고 있다. ― 문학의 대 건설을 준비한다. 새벽의 일터!" ― 하야시 후사오의 이 문장(「해 뜨기 전의 일터夜明前の仕事場」, 『문학평론』, 1934.4)은 나르프 해산 직후 작가들의 정신 상태를 잘 나타낸다고 할 수 있겠다. 그리고 실제로 『프롤레타리아문학』 한 잡지로 발표 무대가 한정되었으므로 상업 잡지에 쓸 만큼 이름이 알려져 있지 않은 작가들의 경우 나르프 틀 안에서는 거의 작품을 발표하는 것조차 불가능했다. 그 틀이 철거되었기 때문에 이들 작가들을 중심으로 잇따라 새로운 문학잡지가 창간되었다. 『문화집단』이 나르프가 해산되기 1년도 더 이전인 33년 6월에 창간되어 사회주의 리얼리즘론 소개에 큰 몫을 수행했던 것은 앞에서 서술했지만, 34년에 접어들자 도쿠나가 스나오, 와타나베 준조渡辺順三를 중심으로 나르프 해산 후 프롤레타리아문학의 주류를 형성한 『문학평론』이 3월에 창간되었다. 그리고 가네치카 기요시, 우에다 히로시上田広, 안제 리하치로, 아소 히로시, 나카무라 미쓰오中村光夫 등의 『문학건설자文學建設者』(2월), 가메이 가쓰이치로, 혼조 무쓰오本庄睦男, 다나베 고이치로田辺耕一郎 등과 함께 나르프 외부로부터 야스다 요주로保田与重郎, 후지와라 사다무藤原定 등이 참여한 『현실』(4월), 아라이 데쓰新井徹, 온치 데루타케遠地輝武, 쓰보카와 쓰루지로, 오구마 히

데오^{小熊秀雄} 등 시인들에 의한 『시정신』(3월), 구^舊 나르프 오사카 지부를 중심으로 한 『관서문학^{關西文學}』(3월) 등이 나르프 해산을 전후해서 창간되었다. 이에 하야시 후사오, 다게다 린타로 등이 『문학계』에 참가함으로써 구^舊 문단과 교류하게 된 일이 발생했다. 확실히 이는 하야시의 예언처럼 프롤레타리아·르네상스의 도래를 예감시키기에 족한 활황이었다. 따라서 야마다 세자부로로 하여금 "나르프의 진지는 철거되었다. 새로운 진지에 산병선^{散兵線}을 폈으니 어찌 용감하지 않으랴, 우리들의 문학 대열!"(「길은 새롭게^{道はあらたに}」, 『프롤레타리아문학의 신단계』 수록)이라고 부르짖게 하기에 족하였다.

모리야마 케이의 사회주의 리얼리즘론이 이들 힘찬 르네상스의 구호와 같은 것은 아니었다. 그러나 유물변증법적 창작방법의 세계관주의를 소비에트의 문헌에 입각해 비판하면 할수록 일본의 현실에서 그 주장은 문학비평의 관료적 지배를 걷어차 버리고 마음껏 자유로이 제작하자는 도쿠나가의 호소에 이론적 근거를 주는 결과가 되었다. 게다가 모리야마는 구라하라 이론의 내용에 대해 전혀 재검토하지 않고 사회주의 리얼리즘을 주장했기 때문에, 한편으로는 구라하라=고바야시 코스를 유일한 비전향의 기준으로 삼는 생각을 뿌리 깊게 퍼뜨렸으며, 다른 한편으로는 이에 대한 감정적 반발을 축적케 하는 결과를 낳았다. 이는 문학이론 발전에도 그리고 운동을 새로운 형태로 재형성하는 데에도 결정적인 장애가 되었다.

구보 사카에^{久保栄}는 1935년 1월 20일부터 23일까지 『미야코신문^{都新聞}』에 「헤매는 리얼리즘^{迷えるリアリズム}」이라는 글을 연재해 위와 같은 모리야마 케이의 사회주의 리얼리즘론에 대해 비판의 첫소리를 내질

렀다. 그는 이 소논문에서 사회주의 리얼리즘의 '사회주의'라는 말은 결코 넓은 의미의 사상으로서 사회주의를 가리키는 것이 아니라 소비에트에서의 사회주의적 생산관계를 가리키는 것이며, 사회주의 리얼리즘은 "소비에트 예술의 기본적인 방법론이자 사회주의 건설의 경험으로 풍요로워진 특수한 이론"이라고 주장했다. 따라서 소비에트와는 이질적인, 즉 사회주의적 생산관계가 없는 일본의 현실 속에서 세계관이 확립되어 있지 않는 일본의 작가들에게 기술에 역점을 둔 이 이론을 기계적으로 이입할 때, 즉각 예술적 테마를 과소평가하는 부분적 리얼리즘의 안이한 긍정에 빠지게 된다. 생산관계로서의 사회주의가 존재하지 않는 한, 모리야마 케이가 어떻게 주장하든 간에 일본적 현실을 앞에 둔 프롤레타리아문학 전체의 리얼리즘에 사회주의라는 글자를 덮어씌울 수 없다. 자본주의 체제하에 있는 우리들의 리얼리즘은 어디까지나 ××[혁명 — 인용재]적 리얼리즘이고, 복자伏字를 피해 말하면 반자본주의 리얼리즘이다 — 이렇게 구보는 주장했던 것이다.

마치 구보의 이 논문에 보조를 맞추듯이, 같은 1월호의 『살아 있는 신문』에 기타 간지로(가미야마 시게오)의 「프롤레타리아 문화전선의 전망プロレタリア文化戦線の見透し」이 게재되었다.

가미야마는 프롤레타리아문학의 현상을 '무정부상태'로 파악하고 하야시 후사오 등의 일견 화려한 르네상스의 구호를 유해한 것으로 비판하면서 나르프를 해산에 이르게 한 예전의 지도방침, 특히 구라하라 이론의 전면적인 비판이야말로 이 상황을 타파하고 문학운동을 재건할 열쇠라고 주장한다. 그리고 그는 우선 문화운동의 중심적인 임무로 되어 왔던 노동자 계급의 다수자 획득이라는 슬로건이 잘못된 것이라고 비판한다. 가미야마에 따르면 노동자 계급의 다수자 획득이라는 조직적 전략 임무는 사회주의 혁명에서의 임무이며, 일본과 같이 부르주아 민주주의 혁명이 당면의 문제가 되어 있는 나라에서는 그 부르주아 민주주의 혁명이 급속히 사회주의 혁명으로 전화한다 하더라도 중심 문제는 전반적인 인민 투쟁 속에서 우선 프롤레타리아트의 헤게모니를 확립하는 것이다. 그리고 나아가 그는 예술운동에 있어 이 문제의 의의를 다음과 같이 주장했다.

창작 행위 및 창작방법과 관련된 오늘날의 위기도 이 관점에서 다시 보지 않으면 올바르게 이해할 수 없다. 전망의 변경은 당연히 취재의 범위를 극단적으로 복잡하게 만든다. 오늘날까지의 프롤레타리아문학처럼 노동자의 경제투쟁, 각종 위원회의 양상, 가두 연락 등을 쓰는(이것이 벌써 문제인데) 것에만 활동의 중심이 있는 것이 아니라 삼천만 농민의 생활, 고민, 투쟁으로부터 전체 근로 대중의 여러 가지 고민과 격앙, 투쟁은 물론 부패해 버린 노예적 봉건적 여러 관계나 여러 제도의 폭로, 겁 많고 타협적이며 반동적인 부르주아지의 폭로 등도 중요한 과제가 될 것이다. 따라서 창작방법은 다양하면서도 중심적인 방향을 가져야 할 것이며, 문학을 통해 설득해야 할 상대의 범위 역시 모든 근로 인민으로 무한히 넓혀야 할 것이다. 그뿐만이 아니다. 문화조직의 조직적 기초를 어디에 두는가, 어떤 층을 동원해야 하는가 하는 문제, 따라서 이 관점에서 우선 나르프의 재조직 문제가 제출되어야만 한다.

— 가미야마 시게오, 「격류에 항하여激流に抗して」, 176쪽

그리고 가미야마는 문화운동의 위기가 위기 그 자체에 있는 것이 아니라 위기의 본질적 근거에 대한 추궁이 완전히 포기되고 있는 바로 그점에 있다고 주장했다. 이러한 관점에서 더 나아가 그는 구라하라의 '문화'에 대한 사고방식, 문화와 정치의 관계에 대한 기계적 이론을 비판했다. 그리고 이어서 제2논문(「사회주의적 리얼리즘의 비판社會主義的リアリズムの批判」, 『살아 있는 신문』, 1935.2)에서 사회주의 리얼리즘의 직수입이 소비에트와 일본의 사회 체제의 차이, 정치적 정세의 차이, 나아가 일본의 혁명전략 단계의 특수성을 무시하고 있음을 비판하며 다음과 같이 말한다.

이 슬로건(사회주의 리얼리즘 ― 인용자)은 사회주의적 건설이 비약적으로 완성되어 가는 나라에서 사회주의적 문화가 더욱더 요구되고 있을 때, 이에 부응하여 내세워진 것이다.

우리나라는 사회적 경제적 구성에서 그 나라에 뒤처져 있다. 그뿐만 아니라 프롤레타리아는 봉건 세력의 청소를 당면한 전략 목표로 삼고 있다. 여기에 뛰어넘을 수 없는 객관적 현실의 차이, 모든 전망의 차이가 있다.

정세도 역시 다르다. 거기에서는 사회주의 건설에 승리하고 있는 노동자 정권 쪽으로 동요하고 있던 인텔리겐치아의 대중적 '전향'이 이루어지고 있다. 여기서는 낡은 것의 승리가 일시적이나마 사실로 되어 있고 그 쪽으로 광범위한 중간층의 대중적 전향이 이루어지고 있다.

각국의 운동 방향, 따라서 단계를 달리 하고 있다 하더라도 각국의 발전 방향이 똑같다는 점, 혹은 이 운동에서 그 나라가 결정적인 역할을 하고 있다는 점을 이유로 '사회주의적 리얼리즘'의 슬로건이 지니는 이 현실적인 구체적 내용들을 무시할 때, 혹은 일정한 구체적인 경제적 구조를 의미하

는 사회주의를 마치 일정한 체계를 지니는 사상으로서의 '사회주의'로 간주
해 만국에 공통된 문학운동의 일반적 원칙이라고 생각할 때, 이 슬로건 역
시 단순한 빈말로 끝나 직면하고 있는 혁명적 임무를 말살하게 된다.

—가미야마 시게오, 「격류에 항하여」, 188~189쪽

이리하여 가미야마는 사회주의 리얼리즘 대신 "프롤레타리아문학
지도하의 전 인민적 혁명문학, 혁명적 로맨티시즘을 내포하는 '혁명적
리얼리즘'"을 제창하는 것이다.

이 가미야마의 주장은 구보 사카에의 혁명적·반자본주의적 리얼리
즘의 주장과 많은 공통점을 지닌다. 그러나 구보가 일본에 사회주의적
생산관계가 존재하지 않는 점을 사회주의 리얼리즘의 직수입에 반대하
는 근거로 삼은 데에 반해, 가미야마는 일본이 사회주의 혁명이 아니라
부르주아 민주주의 혁명에 직면하고 있음을 들어 사회주의 리얼리즘을
혁명적 문학운동의 공통된 슬로건으로 삼는 데에 반대한다는 점에서
현저한 대조를 보이고 있다.

이 구보·가미야마의 사회주의 리얼리즘 비판에 대해 모리야마 케
이는 「사회주의적 리얼리즘의 '비판'社會主義的リアリズムの'批判'」(『문학평론』,
1935.3)에서 응답했으며, 나카노 시게하루도 「세 가지 문제에 대한 감상
三つの問題についての感想」(앞과 같음)으로 이 논쟁에 참여했다.

모리야마는 만약 사회주의 리얼리즘의 토양이 단순히 사회주의적
경제에 있고, 일정한 문학적 방법의 본질을 규정하는 것이 그것을 낳은
사회의 경제체계에만 있다고 하면, 모든 자본주의 국가의 리얼리즘 문
학은 자본주의적 리얼리즘이라고 불러야 한다고 구보를 비판했다. 그

리고 사회주의적 프롤레타리아트가 존재하는 곳의 문학은 사회주의적 성격을 지닐 수밖에 없다는 기타 겐지로[3] 등의 주장은 교묘하게 프롤레타리아문학의 독자성을 소거하고 있다고 주장했다. 또한 나카노 시게하루는 구보와 기타의 주장에 대해, 두 주장 모두가 일본 프롤레타리아트의 기초적 임무에서 프롤레타리아트의 독립성을 삭제하고 그것을 소부르주아적으로 청산해버리는 일을 예술이론으로 반영한 것이라고 비판한다. 특히 기타의 '전 인민적 혁명문학'과 '혁명적 리얼리즘'의 주장을 "소위 32년 테제를 등에 업고 민주주의를 위한 활동에서 프롤레타리아트의 임무를 소부르주아적으로 청산하고 있는 것"이라고 단정했다.

이들의 비판에 대해 구보 사카에는 「사회주의 리얼리즘과 반자본주의 리얼리즘—전자의 나카노·모리야마적 왜곡에 대하여社會主義的リアリズムと反資本主義リアリズム—前者の中野, 森山的歪曲に対して」(『문학평론』, 1935.5)를 발표해 거듭 반론을 가한다. 그는 소련에서 예술단체를 재조직한 일의 의의에 대해 말을 시작한 후, 나카노는 재조직이 소련의 일국적인 현상에 머물고 자본주의하에서는 구태의연한 프롤레타리아예술운동이 단독 부대를 만들어 구舊 나르프와 같은 조직 형태를 취하는 것으로 생각하고 있지만, 이는 예술운동의 국제적 수준에 대한 완전한 몰이해라고 비판하면서 다음과 같이 썼다. "자본주의하에서 프롤레타리아예술가가 혁명적 예술가로부터 자기 격리하는 일이 왜 섹트주의를 의미하는 것인가? …… 우리 안에서 이 두 가지를 연결하는 것이야말로 기본적으로는 새로운 발전단계에 선 '다수자 획득'이라는 명제에 따라가기 위한 것이며, 더 나아가 '부르주아

---

3 【역주】 가미야마 시게오.

예술의 와해가 낳은 세계적 위기의 정세 속에 프롤레타리아트가 승리할 날을 위해 온갖 생활력이 있는 창조적 예술의 힘을 정당하고 유효하게 보존한다는 가장 절실한 역사적 임무'(포도리스키)를 위한 것이다.”

이와 같이 구보는 라프 해산 이후 국제적인 예술운동 전환의 의의를 강조하면서, 모리야마 등의 주장이 사회적 발전 단계의 차이와 하부구조의 상부구조에 대한 기본적인 규정성을 무시하고 창작방법을 조직 문제로부터 떼어내고 있다고 비판한다.

모리야마 케이는 『문학평론』 1935년 6월호의 「반대론자들에게 답한다反對論者達に答える」에서 다시 구보・기타의 비판에 답한다. 그는 구보와 기타의 차이점을 지적하면서 이 둘의 공통된 결함으로 일본문학의 구체적인 작가나 작품으로부터 창작방법론을 전개하지 않고 일반적 추상론에서 논의하는 점을 들어 비난하면서도, 특히 기타의 비판에 대해서는 충분히 검토할 만하다고 지적하며 종래의 태도를 고치기에 이르렀다. 그리고 나카노 시게하루도 “나는 혁명적 리얼리즘, 비판적 리얼리즘이라는 것을 부정하는 것이 아니라, 오히려 그것이야말로 일본문학 전체에 강력히 고조되어야 한다고 생각한다”(「최근의 두 가지 문제에 대한 감상最近の二つの問題についての感想」, 『살아 있는 신문』, 1935.4)고 말하며 자기의 주장을 보충했다.

이상의 일별을 통해 잘 알 수 있듯이 사회주의 리얼리즘 논쟁은 나르프 해산 후의 프롤레타리아문학운동을 어떻게 재건할 것인가, 그 방향과 이론적 기초를 어디에 둘 것인가에 대한 지극히 실천적인 문제를 둘러싼 논쟁이었다. 그리고 그 주역 중 한 사람이 혁명적 노동조합과 공산당 재건 운동을 지도하고 있던 혁명적 정치가였으며, 또 한 사람은 극단과 관객 조직 등의 조직 활동을 무시하고는 있을 수 없는 연극 부문에서 프롤레타리아 연극동맹 해산 후의 운동 재건을 위해 고투한 연극인이었다는 사실은, 구 나르프 소속 작가들이 한결같이 그들과 대립했던 사실과 흥미로운 대조를 이루고 있다.

사회주의 리얼리즘 논쟁 자체는 1935년 7월에 가미야마 등의 재건 운동이 탄압받아 가미야마도 이토 데스케伊藤貞助도 체포되는 한편, 모리야마 케이도 점차 사회주의 리얼리즘론에 관심을 잃어 드디어 『문학계』동인이 됨으로써 내용적으로는 거의 성과를 낳지 못했다. 딱 하나 확실한 것은 사회주의 리얼리즘이라는 애매모호한 구호가 일본 프롤레타리아문학운동의 붕괴에 결정적인 역할을 수행했다는 사실이다. 이는 프롤레타리아문학의 이론과 실천의 총체를 전면적으로 총괄하고 끝까지 비판해야 할 바로 그때 그 과제로부터의 도피를 합리화하는 둘도 없는 '이론'으로 기능했다. 구라하라의 '정치의 우위성'론에 기초한 창작방법론은 결코 킬포친에게서 한 구절을 인용함으로써 해결할 수 있을 만큼 얄팍한 것이 아니었다. 거기에는 사상·이론으로서도, 또한 윤리나 심정으로서도 일본 마르크스주의 존재 양식의 한 집약적인 형태가 있었던 것이다. 이는 한편으로는 과학주의적 합리주의, 그리고 다른 한편으로는 자기부정적 윤리주의가 뒤섞인 기묘한 혼합물이었다. 따라서 이 구라하라 이론을 극복해 나가는 것은 마르크스주의 사상을 일체의 근대주의와 눈앞의 정치적 실리주의로부터 해방하고 그 본래의 자립적·비판적 기능을 회복하는 가장 중요한 계기였다. 동시에 이는 당이라는 주인을 잃고 우왕좌왕하는 '정치의 우위성'론을 최종적으로 분쇄하고, 작가에게 다시 한 번 전체성을 회복시키는 일이기도 했다.

스탈린주의에 대한 작가의 무장해제 이론인 사회주의 리얼리즘은 일본에서도 역시 권력에 대한 작가의 무장해제 이론으로 기능했다. 상실된 주인의 자리는 새로운 주인으로 메워져야만 했다.

4. 현실적現實的과 낭만적浪漫的

나르프가 해산한 후 나르프에 대해 사람들은 이를테면 지나가버린 악몽 같은 것으로만 이야기했다. 보다 정확히 말한다면 지나가버린 악몽처럼 잊어버리려고 했다. 그러나 작가동맹이라는 조직에 대해서는 잊어버리거나 부정할 수 있어도, 한 번 나르프의 운동에 참가했던 사람들에게 어떻게든 잊을 수 없고 또한 떨쳐낼 수 없던 것이 있었다. 그것은 고바야시 다키지의 죽음이었다. 죽은 다키지는 나르프 해산 후의 프롤레타리아 작가들의 등에 딱 달라붙은 귀신처럼 되고 만 것이다.

코프 결성 직후의 대 탄압으로 일제히 검거된 사람들은 나르프 해산 직후에 잇따라 보석되어 돌아왔다. 그들은 모두 전향을 맹세하고 나온 것이다. 그의 소설 「하나의 조그만 기록一つの小さい記錄」 속의 말을 인용하면, 나카노 시게하루도 학문적으로는 부정, 심미적으로는 추함 이외에 아무것도 아닌 전향상신서轉向上申書를 쓰고 나왔다. 출옥한 그들은 고바야시 다키지의 죽음에 대해, 그리고 지금도 옥중에서 견디고 있는 구라하라 고레히토나 미야모토 겐지에 대해 자신을 어떠한 위치에 둘지를 결정해야만 했다. 나카노 시게하루는 전향작가는 전향하는 것보다 전향하지 않고 고바야시처럼 죽어야 했다는 이타가키 나오코板垣直子

의 발언이나, 이를 듣고 전향작가는 제일의적第一義的인 생활을 잃은 것이니 제이의적第二義的인 작가로서 살아가라고 주장한 기시 야마지에 대해 다음과 같이 씀으로써 자신의 위치를 결정하였다.

만약 우리들이 스스로 자초한 오탁에도 불구하고 제일의적 작가로서 반드시 살아나려는 굳은 신념과 이를 위한 노력 속에서 조금이라도 동요한다면 끝. 잘못된 비판의 채찍의 그림자나 문학적 데카당의 승리의 함성에 조금이라도 겁을 낸다면 끝. 약한 소리를 한다면 끝. 즉 모름지기 모든 선량한 마음과 진지함을 지닌 채로 두 번 다시 일어서지 못할 패배의 늪에 빠져버릴 수밖에 없다는 것. 문학 발전의 길을 저지하는 힘과 저지당하는 힘이 서로 꼬여있는 그러한 시기에 접어들고 있음을 아는 것이 한층 더 중요하다는 말이다. 약한 소리를 하면 모름지기 우리는 사별한 고바야시가 살아 돌아오는 것을 무서워하지 않을 수 없게 된다. 그리하여 그를 죽인 그것을 작가로서 돕게 되는 것이다. 내가 혁명의 당을 배반하고 당에 대한 인민의 신뢰를 배신했다는 사실은 미래에도 지워지지 않을 것이다. 그래서 나는 또는 우리는 작가로서의 신생의 길을 제일의적인 생활과 제작 이외의 곳에는 둘 수 없는 것이다. 만약 우리가 스스로 불러들인 항복이라는 수치 안에 착종되어있는 사회적 개인적 요인을 문학적 종합 속에 살을 붙임으로써 문학작품으로 내놓은 자기비판을 통해 일본 혁명운동의 전통에 대한 혁명적 비판에 참여할 수 있다면 우리는 그때도 과거는 과거로서 존재하겠지만 그 과거의 지워지지 않는 멍을 뺨에 남긴 채로 인간 및 작가로서의 제일의의 길을 나아갈 수 있는 것이다.

—「「문학자에 대하여」에 대하여「文學者に就いて」について」, 『행동』, 1935.2

여기서 나카노 시게하루는 자기 자신의 패배를 철저히 객관화시키려고 한다. 자신의 패배를 근대 일본의 역사적 맥락 속에서 다시 파악하고, 또한 그의 전 생활을 바친 프롤레타리아트 혁명운동의 역사 전체 속에서 재검토해, 그것을 문학작품으로까지 결실을 맺게 함으로써 일본 혁명운동 전통의 혁명적 비판에 참가하려고 하는 것이다. 그가 이 글 속에서 만약 약한 소리를 하면 고바야시 다키지가 살아 돌아오는 것을 무서워하지 않을 수 없게 된다고 말하는 것은 이를 뒤집어보면, 혁명운동 전통에 대한 혁명적 비판에까지 문학적으로 돌진하는 제일의의 길을 걸어가는 한, 자신은 고바야시 다키지의 죽음에 위협받을 일이 없다는 그의 생각을 나타내고 있다. 왜냐하면 그때는 나카노 시게하루의 전향도 고바야시 다키지의 죽음도 똑같이 혁명적 비판의 대상으로서 등가적인 것이 되기 때문이다. 이 짧은 한 구절 속에 나카노 시게하루의 자세는 뚜렷이 나타나 있다. 이는 오늘날의 패배의 기본적인 원인이 권력의 탄압에 있다 하더라도 혁명운동 쪽의 정치적·사상적 과오를 무시할 수 없으며, 권력의 탄압과 운동 쪽이 저지른 과오의 상호작용 속에서만 운동 그 자체가 괴멸한 결과가 나왔다는 인식에 도달하고 있는 것이다. 이는 나카노 시게하루에게 있어 현실로의 회귀였다. 나카노 시게하루는 고바야시 다키지의 죽음에 대해 자신을 대등한 입장에 둠으로써, 구라하라 이론을 한 번 더 완전히 부정하는 작업에 착수해야만 했다. 이는 일본의 역사와 현실로 돌아가는 것이며, 나중에 한 그의 말을 사용하자면 자신의 문학관의 정정·변개(『사이토 모키치 노트齋藤茂吉ノオト』)인 것이었다.

가메이 가쓰이치로도 고바야시 다키지의 죽음을 짊어지고 걸어가기 시작한 비평가이다. 나카노 시게하루와 거의 같은 시기에 도쿄대 신인

회新人會 회원으로서 마르크스주의를 배운 그는 1928년의 3·15 직후에 치안유지법 위반 혐의로 검거되었다. 그가 21세 때였다. 1930년 봄에 옥중에서 병이 난 가메이는 앞으로 비합법적 정치 활동에는 일체 관여하지 않겠다는 것을 서약하고 그 해 가을에 보석으로 출옥하였다. 그가 프롤레타리아작가동맹의 구라하라 고레히토의 뒤를 잇는 신진비평가로 등장한 것은 1932년 6월호의『프롤레타리아문학』에 게재된「창작활동의 당면한 제 문제創作活動に於ける當面の諸問題」에서였다.

그는 이 처녀작에서 마쓰다 도키코松田解子의 반전소설「어느 전선ある戦線」을 들어 이 작품이 자본주의 제3기의 일상생활의 특질을 그리고 있지 않다고 비판하며, 객관적 진리를 충실히 예술상에 반영하는 것은 프롤레타리아트의 정치적 입장(당파성)에 섰을 경우에만 가능하다고 주장했다. 나아가 그는 같은 잡지 7월호에「「감방세포」에 대하여「監房細胞」について」를 써, 스즈키 기요시鈴木清의 이 소설에 대해 감방 내 투쟁이 외부의 운동과 연결되지 못하고 있다고 비판했다.

이상에서도 알 수 있듯이, 그의 비평가로서의 출발은 미야모토 겐지나 고바야시 다키지 또는 가네치카 기요시의 '볼셰비키'적 비평과 완전히 궤를 같이 하는 것이었다. 그러나 순식간에 가메이의 내부에서 일종의 전환이 시작된다. 그는 그의 비평에 대하여「어느 전선」의 작자로부터 그러면 어떻게 쓰면 되느냐는 질문을 받고 대답이 궁했던 일을 정직하게 고백한다. 그리고 "우리들의 좋은 비평가를 빼앗긴 후, 비평은 작품 속에 구체적으로 나타나는 인간을 해부하지 않고 오히려 인간 흉내를 내는—정확히 말하면 계급투쟁의 말을 흉내 내는 원숭이를 해부했다. 거꾸로 작가는 계급투쟁을 흉내 내는 원숭이를 그렸다"(「문예시평文

芸時評」, 『프롤레타리아문학』, 1932.8)라고 썼다. 그는 이러한 소설을 '얼굴 없는 소설'이라고 부르며, 이런 소설 대신 '살아 있는 인간'을 그리기를 잊지 말라고 주장했다.

이는 가메이 가쓰이치로에게 미묘한 전회점轉回點이었다. 나아가 그는 『프롤레타리아문학』에 「리얼리즘에 대하여－부르주아문학의 고민 リアリズムについて－ブルジョア文学の苦悶」(9월호), 「동지 하야시 후사오의 근업에 대하여同志林房雄の近業について」(10월호)를 연속해서 썼다. 이 '얼굴 없는 소설'에 대한 반성으로부터 하야시 후사오의 「작가를 위하여」, 「문학을 위하여」 등의 발언에 대해 많은 보류를 두면서도, 그는 "동지 하야시의 견해는 문학의 국제적 발전 수준에서 보면 일개의 상식에 지나지 않는다"고 단정하는 데까지 전회한다. 이는 '정치의 우위성'론의 논리에 대한 반대와 비판이 즉각 하야시 후사오의 문학주의에까지 가닿을 수밖에 없는 당시 상황을 실로 잘 나타내고 있다. 그 중간을 걸어가는 것, 혹은 그 양자를 뛰어넘을 길을 탐구하는 것이 얼마나 어려웠는지를 이 말은 나타내고 있다.

그러나 가메이 가쓰이치로가 결정적으로 변한 계기는 고바야시 다키지의 죽음이었다. 그는 고바야시의 죽은 얼굴을 보면서 자신이 이런 길을 걸어가고 싶지 않다고 생각하는 것이다. 거기서 그가 맞닥뜨린 것은 이러한 문제였다.

시인이 스스로의 미를 조금도 손상하는 일 없이 어떻게 순교적 행위자일 수 있는가. 혹은 시인과 행위자가 끝내 서로 만날 수 없는 이원적인 것으로서 하나의 마음속에 공존 가능한가. 또는 한편은 다른 한편을 학살해야만 존속 가능한가. 이것이 끊임없는 불안한 생각이 되어 나에게로 닥쳐왔다. 이 사건은 나에게 보편적 의미를 지니게 되었다.

—『인간교육』

나르프 해산 전후에 가메이 가쓰이치로는 모리야마 케이와 나란히 가장 활발한 비평 활동을 전개했다. 게다가 이 두 사람은 모든 점에서 대척적이었다. 모리야마는 나르프 해산 후의 프롤레타리아문학을 '발전'으로 보았다. 그리고 하야시 후사오처럼 밝은 전도를 말하며 사회주의 리얼리즘 이입에 힘썼다. 그러나 이에 반해 가메이는 나르프 해산과 이에 이어지는 시기를 패배에 뒤이은 반동기로 파악했다. 그리고 바깥의 현실을 지향하는 모리야마에 반해, 작가의 눈을 안의 현실로 돌릴 것을 강력히 주장한다. 그러나 실은 이러한 가메이의 주장이 생겨난 계기로서 사회주의 리얼리즘이 있었던 것이다. 그는 '사회주의 리얼리즘의 보다 깊은 이해를 위하여社會主義リアリズムのより深い理解のために'라는 부제를 지닌 「『회상』에서의 막심 고리키『回想』におけるマクシム・ゴーリキイ」(『문화집단』, 1934.1)에서 현실적 생활에 뿌리 내린 작가의 내면성과 그 작품의 실질에 대한 구체적 평가를 게을리 한 비평이야말로 관료주의적 비평이라고 불려야 하는 것이며, 아무리 라프의 오류를 운운해도 작가와 작품의 구체적 규명 없이 단지 이론적으로만 사회주의 리얼리즘을 논하는 사람은 또다시 도식적 비평의 수렁에 빠질 것이라고 경고한다. 그리고 작가의 내면성에 눈을 돌리라는 이 주장은 「전형기에서의 작가의 자아에 대하여轉形期における作家の自我について」(『문화집단』, 1934.3)에서 "모든 문학적 논쟁의 배후에서 나는 논하는 자의 실체를, 즉 오직 의지적인 인간을 탐구하려는 격렬한 욕망에 내몰린다. 지성이

재미삼아여러 이론을 갖고 논 후에 인간이 이를 배신하고 마는 일이 누누이 있으므로 논쟁의 '말들'에 대해서는 이미 짙은 불신의 감정이 더해진다"는 그 자신의 고백으로 이어진다. 인텔리는 그 넋두리를 넋두리의 근원에 이르기까지 래디컬하게 노래함으로써 비로소 능동적 시인으로 전화한다고 그는 주장하는 것이다.

이러한 주장에 대해서는 우선 구보카와 쓰루지로가 비판에 나섰다. 그는 리얼리즘을 말하는 많은 사람들의 해석에 관해 다음과 같이 비판한다. 즉 리얼리즘은 자신을 속이지 않는 것이며 타협하지 않고 용감히 현실을 그리는 것이라고 이야기되지만, 이는 자연주의 문학에서 해명되고 실천된 것과 같으며 이러한 해석이 어디에 도달할지는 문학사가 이미 증명하고 있다는 것이다. 그는 지금 필요한 것은 세계관의 획득이지 그 포기가 아니라고 주장한다. 나아가 그는 가메이에 대해 인텔리겐치아가 자신을 어떻게 변혁하는가 하는 식으로 문제를 제출한다면, 그 자기 변혁은 넋두리를 래디컬하게 노래함으로써가 아니라 현실의 변혁 과정에서만 실현된다고 썼다.

그도 분명히 나와 마찬가지로 종래의 프롤레타리아 시와 문학이 가졌던 똑같은 약점과 똑같은 결함을 보고 있다. 즉 근본적인 결함은 프롤레타리아문학 일반의 비판에서 헤아릴 수 있듯이 현실을 멀리한 곳에서, 즉 현실 인식의 주체인 자신을 무시한 곳에서 이데올로기의 발전과 그 표현을 기도한 점에 있다. 따라서 문제의 해결은 현실 속에서, 실천을 통해서만 가능한 것이다.

— 「시단시평詩壇時評」, 『문학평론』, 1934.4

아마도 이러한 비판을 가메이 가쓰이치로는 용서하기 어려운 자기기만으로 느꼈을 것이다. 너도 머리를 숙이고 전향을 맹세하고 나온 것이 아닌가. 그러한 자기 자신을 제쳐두고 십 년 내내 구태의연한 대사를 반복하지 말라고 그는 말하고 싶었을 것이다. 구보카와에 대한 반론에서 그는 지금 필요한 것은 바로 '온갖 가면의 박탈'(「온갖 가면의 박탈ぁり とあらゆる假面の剝奪」, 『문학평론』, 1934.5)이라고 주장한다. "나는 노래된 그 노래를, 노래하는 사람의 생활 및 투쟁과 연결하지 않고는 생각할 수 없었다. 나는 그 갭을 갭으로 의식하지 않는 안이한 기분을 견딜 수 없었다. 나는 현재의 역사적 순간에 대해 말하고 있는 것이다. 패퇴라는 사실을 앞에 둔 반성을 말하고 있는 것이다"라고 그는 썼다.

'살아 있는 인간을 그려라', '온갖 가면의 박탈' — 가메이 가쓰이치로의 이와 같은 주장들은 기묘하게도 모두 라프시대 유물변증법적 창작방법의 주요 슬로건이었다. 현실을 있는 그대로 그리라는 몰주체적인 사실주의로 사회주의 리얼리즘을 받아들이려고 하는 일반적 풍조 속에서 이 라프의 슬로건은 가메이 가쓰이치로의 손에 의해 이 일반적 풍조에 대한 하나의 비판으로 다시 한 번 살아나게 된 것이다. 그러나 가메이에게 이 슬로건들은 문학적이기보다는 감정적인 것이었다. 그는 낙천적으로 미래를 말하는 모든 자에게서 가면을 느꼈고 작위적인 인간을 발견한 것이다. 따라서 그는 모리야마 케이의 사회주의 리얼리즘론에 반발함과 동시에 가와구치 히로시川口浩의 '부정적 리얼리즘'의 주장에 공명하는 것이다.

「부정적 리얼리즘에 대하여 — 프롤레타리아문학의 한 방향否定的リアリズムについて－プロレタリア文學の一方向」(『문학평론』, 1934.4)에서 가와구치

히로시는 사회주의 리얼리즘이 문학이론에 구래의 이데올로기 만능설 혹은 이데올로기 편중설의 최종적인 청산을 가져다 준 대신에, 진실 묘사를 일의적으로 요구하게 되었다고 말했다. 나아가 그는 다음과 같이 주장했다. 어떤 진실에는 어떤 현실이 대응하고 있는 것이며 사회주의 리얼리즘이 그리는 것은 부르주아적 진실이나 막연한 생활적 진실이 아니라 사회주의적 진실 이외에 아무것도 아니다. 그러나 현실 그 자체가 사회주의적일 때에는 작가는 사회주의적 진실에 대해 말할 수 있지만 일본처럼 포지티브한 것들이 너무나 적고 네거티브한 것들이 너무나 많은 곳에서는 진실을 그리는 것은 다름이 아니라 이 부정적인 것들을 끝까지 그리는 것이다.

이 부정적 리얼리즘의 주장은 즉각 모리야마 케이의 비판을 받게 되는데, 그 비판에 답한 「모리야마 군에게 답하다森山君に答える」(『문학평론』, 1934.6)에서 가와구치 히로시는 다음과 같이 서술한다.

일본적 현실과 소비에트적 현실은 절대로 분리되어서는 안 된다, 그렇다고 해도 그러한 공허한 명제는 일본적 현실의 어두움에 대해 위로 이상의 무엇을 의미할 수 있겠는가. 의지해야 할 최대의 기둥이 이미 상실되었다. 일본적 현실에서 가장 포지티브한 존재, 적어도 우리들이 그렇게 생각해 온 사회적 존재는 무참하게도 패퇴했고 그 생명도 파멸되고 말았다. 그 파멸의 열몇 번째의 파문을 우리들은 작가동맹 해산이라는 사실에서 최근 생생히 보았을 터이다. 다음 시대에 올 것, 그것이 현재보다 더 나을 것이라는 보증을 우리는 어떻게 찾아야 하는가.

내가 문학의 소재여야 할 현실만을 중시하고 프롤레타리아트의 세계관과 실천을 문제로 삼지 않는다고 모리야마 군은 말한다. 그러나 나는 현재라는 이 살기 어려운 역사적 순간에 과감하게도 리얼리즘이라는 것을 지향하려 할 때, 모리야마 군이 그 토양이어야 할 일본적 현실의 문제를 세계관과 실천이라는 두 가지 개념의 가감승제로 아무렇지도 않게 처리하려고 하는 그 정치적 혹은 사회적 무관심의 태도를 도저히 이해하기 어렵다.

이는 구보카와 쓰루지로의 비판에 대한 가메이 가쓰이치로의 반론과 거의 동일선상에 있다고 할 수 있다. 가메이에게 사회주의 리얼리즘론이 가져다 준 것은 의심할 나위 없이 현실로의 귀환이었다. 아니, 가메이뿐만 아니라 극히 소수의 옥중 비전향자를 뺀 모든 프롤레타리아 작가들에게 사회주의 리얼리즘과 정치적 전향이 현실로의 귀환을 강요한 것이었다. 가메이 가쓰이치로가 『코기토』의 야스다 요주로와 함께 창간한 동인잡지의 이름이 『현실』이었다는 것은 실로 상징적이라고 할 수 있다. 훗날 『일본낭만파』를 대표할 이 2인조는 사회주의 리얼리즘론의 충격으로 인한 현실과 역사로의 귀환 속에서 문학적 출발을 이루게 된 것이다.

현실로 ― . 그러나 모리야마 케이나 구보카와 쓰루지로의 현실과 가메이 가쓰이치로나 가와구치 히로시의 현실은 크게 달랐다. 가메이에게 현실은 이제 프롤레타리아문학이 존재하는 기반 그 자체가 상실되어 가고 있다고 느껴질 정도로 어둡다. 그리고 이 어두운 현실을 향해 그는 "나는 여기서 부르주아문학이라든가 프롤레타리아문학이라든가 하는 개념적 구별조차 철폐해도 된다고 생각한다. 계급적 자각이라는 것의 이전, 말하자면 그 원시적 상태에 무엇에도 간섭 받지 않는

순수한 양심의 고동만을 우선 듣기로 하자"(「정치와 문학에 대하여政治と文學について」, 『문예』, 1934.9)라고 말한다. 이와 같은 주장에 대해 모리야마 케이는 "'의지해야 할 최대의 기둥이 이미 상실되었다'고 하지만 우리들이 의지해 온 최대의 기둥은 근로 대중이 아니었던가. 대중에 대한 애정이나 책임은 어떻게 되었는가?"(「프롤레타리아문학에 대한 하나의 비평에 대하여プロレタリア文學への一つの批評に對して」, 『문학평론』, 1934.7)라고 되묻는다. 이제 여기서는 현실 그 자체가 아니라 한 사람 한 사람의 심정이 이야기되고 있을 뿐이다.

　"나는 모든 문학적 논쟁의 배후에서 논하는 자의 실체, 즉 오직 의지적인 인간을 찾아내려는 격렬한 욕망에 내몰린다"고 가메이 가쓰이치로가 고백했을 때, 그는 현실을 모두 설명할 수 있는 이론 체계로 마르크스주의를 신봉해온 이론인으로서의 그 자신과 결별한 것이다. 모든 것이 이론으로 해명되고 설명될 수 있다고 믿었으며, 이론투쟁에서 오직 계급적 이데올로기의 반영만을 발견해 온 마르크스주의의 퓨리턴인 가메이에게 죽음과 전향을 눈앞에 보면서 붕괴기에 노정된 한 사람 한 사람 작가의 내면의 모습은 그의 이론신앙을 뒤흔드는 데 충분했다. 따라서 여기에 노출된 '소극적 면'이나 '비참함'에 눈을 돌리지 않고 프롤레타리아문학을 단지 문학작품으로만 취급해 가려는 태도에 그는 반발한다. "나르프 해체라는 일시적 패퇴의 시기에 우리가 비평 내지 작품 이전의 생활적 사상적 처치를 애매하게 하는 것은 이중의 과오를 범하는 것이다"(「비평이전批評以前」, 『문학평론』, 1934.8)라고 그는 모리야마 케이에게 반론한다.

　작품이 아니라 우선 생활을, 이라는 그의 주장과, 정치주의를 비판하면서 정치 그 자체를 외면하고 말았다는 반성은 이론신앙의 붕괴로 생긴 그의 내면의 공동空洞을 메우기 위해 한 번 내팽개친 '정치의 우위성' 론을 갑작스레 뒷문으로 또다시 끌어들인 것에 지나지 않았다.

> 정치와 문학, 최근 1, 2년 동안에 많은 프롤레타리아문학자가 방기해 놓은 가장 중요한 과제는 이것이었고 또한 쉽게 언급하기 두려운 문제이기도 했다. 오직 프롤레타리아문학자뿐만 아니라 모든 문학자가 조금이라도 현실 탐구를 의지意志하고 있다면 반드시 한 번은 여기에 몸담아야 한다. … 정치 — 바로 거기에 일본의 운명이라는 것이 가장 집중적으로 나타나기 때문에 그곳으로 눈을 돌리지 않는 작가·비평가는 현대 예술가로서의 자격을 잃을 수밖에 없다.
>
> ─「문학에서의 의지적 정열의 상文學における意志的情熱の相」,
> 『현실』, 1934.6

그러나 여기서 가메이에 의해 복권된 정치는 이제 프롤레타리아트의 정치도 아니고 구라하라 이론에서의 정치도 아니었다. 그것은 '의지意志적 정열'의 대상으로서 추상적인 '어떤 것'일 따름이었다. 그것은 윤리적·인생론적인 어떤 것이었다. 그것을 종교 혹은 신이라고 잘라 말하지 않는 것은 아직 가메이 속에 유물론의 꼬리가 남아 있었기 때문일 뿐이다.

그의 사상적인 결벽성은 이 시대에 노정된 생활적 정치적 지반에서의 소극적인 면을 생활적 정치적 지반 그 자체의 탐구로부터가 아니라 일거에 작품 세계로 바꿔치기하고 마는 모리야마 케이나 도쿠나가 스나오, 그리고 자신의 패배를 제쳐두고 구태의연하게 원칙론에 안주하고 있는 구보카와 쓰루지로를 용서할 수 없었다. 작가에게는 작품 이전 以前이, 비평가에게는 비평 이전이 추구되어야 한다고 그는 주장해 마지 않았다. 그러나 그에게 구체적인 내용을 지닌 정치와의 관계 속에서 자 신의 생활적 정치적 지반을 추구하는 것은 나카노 시게하루가 말하는 '일본 혁명운동 전통의 혁명적 비판'과 똑같은 지점에 서서, 그것을 걸 어 나가야 할 문학자로서의 제일의第一義의 길일뿐만 아니라 정치적인 제일의의 길로도 삼게 될 것이었다. 그에게는 그 길 앞에 고바야시 다 키지의 죽은 얼굴이 보였다. 그리고 그 길을 걸어가는 것을 그는 이미 스스로 방기하고 있던 것이다. 그는 혈로血路를 열어야 했다. 그러기 위 해서는 고바야시 다키지를 저편으로, 즉 참락慘落한 무수한 작가들 쪽에 밀어붙일 수밖에 없었다. "고바야시 다키지가 신념 때문에 쓰러진 것은 그의 관념주의, 오히려 광신의 결실에 다름 아니었다. 게다가 자아의 고뇌를 마지막인 것처럼 말하고 있다. 광신은 항상 그 자신의 위기와 싸우고 있기 때문에 광신인 것이다. 이러한 인간이 살아남았더라면 아 마도 극단적인 배신자가 되었을 것이다"(『인간교육』)라고 그는 생각하는 것이다. 이제 그는 정치에 대해서가 아니라 정치로부터의 도망에 대해 서만 말한다. "우리들에게 최대 관심은 구태여 정치에 접근하는 리얼리 스트들이, 그렇게 정치에 다가가면서도 어디에서 어떻게 정치로부터 이탈할 것인가 하는 점이다."(「정치와 문학에 대하여」) 그리고 그는 현실에 대해서가 아니라 몽상에 대해서 말한다. "현실적인 사람들은 요컨대 일 개의 구경꾼에 지나지 않다는 것을 우리는 알아두어야 한다. 제3자라 는 것을 우리는 어떤 경우에도 치욕으로 여겨야 한다. 능동적인 심정만 을 사랑하면 된다. 그것을 옆에서 바라보았을 때 이미 일개의 속인으로 변한다. '이상에 사로잡히다'라는 말의 의미를 진정으로 자기 자신의 것으로 만들기 위해서는 필경 '비현실'의 관념에 순수할 수밖에 없다."(앞의 글) 그리고 그는 선언한다. ―"로맨티시즘을 망상이고 관념의 유희로 간주하는 속견은 이미 타파되었다."

이 선명한 능동적 니힐리즘의 주장이 정치로부터 도망하여 결국 역사와 종교와 전통 속에 침잠하는 미적 낭만주의에 가 닿기 위해서는 반년이 채 되지 않는 시간으로 족하였다. 그가 야스다 요주로와 『일본낭만파』를 창간한 것은 1935년 3월이었다.

다지마 데쓰오 역

방법론

　이 책은 일본프롤레타리아작가동맹(약칭 나르프)의 사상과 운동을 중심으로 1930년 전후 일본의 한 단면도를 그리려고 한 것이다. 여기에서는 프롤레타리아문학운동이 역사적 소재로 되어 있지만 저자의 목적은 계통적 프롤레타리아문학사 혹은 운동사를 쓰는 것이 아니었다는 점을 밝혀 두고 싶다.

　프롤레타리아문학 연구는 요사이 별로 인기가 없는 영역 중 하나이다. 확실히 오늘날에도 여전히 읽을 가치가 있는 작품은 나카노 시게하루의 시와 소설을 제외하면 채 열 편도 꼽기 어렵다. 더구나 나카노 시게하루를 오늘날에도 여전히 프롤레타리아 작가라고 부르는 사람은 없다. 그런데 나카노 시게하루를 오늘날 프롤레타리아 작가라고 부르는 사람이 없다는 것은, 잘 생각해 보면 프롤레타리아문학이라는 것이 도대체 무엇이었느냐 하는 문제와 불가분한 것으로 생각된다. 그 문제는 오늘날에 이르기까지 이론적으로는 명확하지 않다.

　분명히 전후 프롤레타리아문학 연구는 몇 번인가 고양기를 경험했다.

패전 직후 정치와 문학논쟁 혹은 주체성논쟁이라는 형태를 취하며 실천적으로 제기된 프롤레타리아문학 평가의 문제, 그것은 전후 문학운동이 왜 프롤레타리아문학운동으로서 재건되지 않고 민주주의 문학운동으로 출발했는가 하는 문제와 관련되어 있었다. 그러나 논쟁이 불철저했기 때문에 프롤레타리아문학 평가의 본질과 관련되는 이 문제를 당시 평화혁명론과의 관계로 지극히 정치주의적으로 '해결'해 버린 것이다.

이 패전 직후에 이어지는 다음 고양기는 1950년대 초두 특히 다케우치 요시미竹內好 씨의 국민문학 제창에 따라 내셔널리즘 문제와 관련해 연구가 활발해졌던 시기이다. 프롤레타리아문학을 근대주의의 일종으로 비판하는 다케우치 씨의 입장은 사상적으로는 절대적인 기폭력起爆力을 숨기고 있었지만 이 시기에는 아직 충분히 그 의미가 인식되지 못하고 있었다. 오다기리 히데오小田切秀雄 씨가 1953년에 「퇴폐의 근원에 대하여頹廃の根源について」를 발표하여 프롤레타리아문학 연구에 완전히 새로운 단계를 개척했을 때 다케우치 씨의 이 년 전 문제제기의 의미가 비로소 명확해졌다.

이어서 조금 자세히 다케우치·오다기리 두 사람의 의견을 회고해 보고 싶다. 그것은 이 두 사람의 주장이 그 후 지금에 이르기까지 프롤레타리아문학 연구의 정통적 방법론으로서 살아있기 때문이다. 다케우치 요시미 씨는 「내셔널리즘과 사회혁명ナショナリズムと社会革命」(『인간人間』, 1951.7)에서 다음과 같이 지적했다.

'다쿠보쿠啄木의 사상을 이어받은 것이 프롤레타리아문학이다'라는 것이 문학사의 정설이 되어 있다. 그러나 이어받은 것은 사회사상 한 측면뿐이고 다쿠보쿠가 그것과 결합하려고 고심한 내셔널리즘이라는 또 다른 측면은 프롤레타리아문학에서는 분리되어 버렸다. 이것이 일본과 중국의 프롤레타리아문학의 상이점이다. 즉 프롤레타리아문학은 다쿠보쿠의 고민은 계승하지 않았던 것이다. 이것이 프롤레타리아문학이 나중에 일본낭만파로부터 뼈아픈 복수를 당한 원인이 되었다고 나는 생각한다.

여기에는 다케우치 씨의 프롤레타리아문학사관 전체의 틀과 내용이 간결하게 서술되어 있다. 다케우치 씨의 프롤레타리아문학 비판이 갖는 큰 의미는 프롤레타리아문학 특히 구라하라 이론의 이입성^{移入性}을 날카롭게 짚으며 '전통'과의 관계를 의식화하지 않는 그 근대주의의 약점을 명확히 했다는 점에 있다. 그리하여 종래의 진보주의와 공인 마르크스주의에게는 아무 관계도 없는 '적'밖에 안 되었던 일본낭만파를 프롤레타리아문학의 자기비판 계기로서 프롤레타리아문학사 안에 위치시킨 것이다.

이리하여 다케우치 씨가 주로 '민족'과의 관계에서 프롤레타리아문학을 포함한 일본문학의 근대주의, 나아가 민중과의 단절을 날카롭게 지적했다면 오다기리 히데오 씨는 「퇴폐의 근원에 대해서」(『사상^{思想}』, 1953.9)에서 다케우치 씨의 문제제기를 일종의 혁명전략론의 틀 안에서 새롭게 파악했다. 그는 프롤레타리아문학의 추상성이 천황제 문제(부르주아 민주주의 혁명)를 통하지 않고 모든 것을 부르주아지와 프롤레타리아트의 계급 대립으로 일원화하는 '프롤레타리아 혁명론'에서 기인한다고 지적했다.

일본의 프롤레타리아문학운동은 프롤레타리아트와 부르주아지의 대립에 관심을 집중했으며 광범위한 인민의 민주적 요구에 운동의 측면에서 밀착하려고 하지 않았다. 천황제에 대해서도 그 비판에 나선 것은 『게공선』의 고바야시 다키지 외에는 지극히 소수였다. 일본 프롤레타리아문학운동은 사실상 프롤레타리아혁명의 전망 위에 선 공식적 운동으로서의 성격이 강했던 것이다. 운동을 '혁명적' 내지 '인민적' 문학운동으로 전개하지 않고 오로지 '프롤레타리아' 문학운동으로서 전개한 것은 이상의 사실과 관련되어 있다.

또한 프롤레타리아문학운동은 절대주의하에 인간적 자유를 추구하여 자기봉쇄적인 문단을 형성한 소시민문학으로서의 일본 근대문학을 부르주아문학으로서 전면적으로 적 진영에 몰아넣었다. 따라서 소시민의 자유에 대한 요구, 또 그 문학 속에 부분적으로 반영해 온 광범위한 인민의 민주적 요구를 충분히 평가하여 프롤레타리아문학운동과 결합시킬 수 없었다. 게다가 그것은 오로지 공산주의문학운동으로서 전개되었기 때문에 정치적 주장상으로는 사회민주주의에 서면서도 자신의 노동자 생활과 밀착되어 성립한 뛰어난 문학적 재능을 가진 『문예전선文芸戦線』파(문전파) 작가들을 통일전선 속에 결집시키지 못하기도 했다. 이 모든 일들은 몇몇 작가에게는 공산주의 문학자로서 세찬 자기 변혁과 그것에 의한 인간적·문학적 발전을 가져왔지만 전체로서는 문학운동을 관념적인 래디컬리즘으로 향하게 하여, 탄압이 강화되었을 때 조직적으로도 인간적으로도 쉽게 파괴될 소지를 만들게 되었다. ― 당시 프롤레타리아문학의 대표적 이론가였던 구라하라 고레히토를 작년에 다케우치 요시미가 '근대주의자'로 분류했을 때 나는 기이한 느낌을 받았다. 그러나 일본 프롤레타리아문학운동이 가지고 있던 공식성=이식성 측면에 대한 지적으로 본다면 이 분류는 타당하지 않은 것은 아니다. 또 다케우치는 근대 이후의 일본문학의 식민지성이라는 것을 막연히 말하며 그 안에 프롤레타리아문학도 포함시키고 있지만 프롤레타리아문학의 공식성=이식성은 방법이나 이념, 기법을 적지 않게 빌려오는 결과가 되었다. 따라서 이러한 의미로는 식민지성이라고 하는 말이 전혀 맞지 않는 것은 아니다.

오다기리 히데오 씨의 이 논문으로 프롤레타리아문학의 **재검토**(오다기리 씨를 포함해서 자타 공히 '연구'라고 부른 자가 없었던 것에 주목하라)는 비로소 일본 공산주의 운동사 비판과 불가분의 관계에 놓이게 되었다. 나르프 해체기에 노동운동의 혁명적 재건을 위해 싸웠던 비합법 운동자 측에서 혁명운동 재건의 전망과 병행하여 산발적으로 나타난 프롤레타리아문학운동 비판의 목소리(예를 들면 우에하라 세조上原清三,[1] 「'좌익' 작가에의 항의'左翼' 作家への抗議」, 『문화집단文化集団』, 1934.5)는 이로써 비로소 정당하게 받아들여졌다고 할 수 있을 것이다.

그러나 그뿐만이 아니다. 오다기리 씨가 제기한 문제는 오다기리 씨의 주관적 의도와는 관계없이 단지 일본 근대문학사관의 수정에 그치지 않고, 일본 근대문학사 안에 있는 '프롤레타리아문학'이라는 틀의 존재 자체에 심각한 의문부호를 붙이는 결과가 되었다. 프롤레타리아문학을 곧 공산주의 문학으로 파악하는 기존 입장은 그것의 옳고 그름과는 별개로 문학보다도 정치적 이데올로기와 소속 조직에 의한 구분이라는 점에서 단

---

1 【역주】 가미야마 시게오의 필명 중 하나

순 명쾌했다. 그런데 나프파와 문전파를 구분하지 않는다면, 더 나아가 메이지 이래의 일본 근대문학은 근대 민주주의적인 인간의 자유를 추구한 소시민 인텔리겐치아가 절대주의 체제의 중압 때문에 어쩔 수 없이 자기봉쇄적인 문단문학을 형성하고 그 안에서 자기의 인간적 자유에의 요구를 굴절된 방법으로 충족시키려고 한 것이므로 '부르주아문학'으로서 전적으로 적으로 돌려야 할 것은 아니었다는 평가에 입각한다면 이미 범주로서 프롤레타리아문학이 성립할 여지는 없다고 할 수밖에 없다.

여기에 일종의 아이러니컬한 상태가 생긴 것을 부정할 수 없다. 즉 프롤레타리아문학에 대해서 혁명운동의 전통에 대한 혁명적 비판이라는 각도로 접근한 순간에 대상이 확산되어 소멸해 버렸던 것이다. 프롤레타리아문학의 사적史的 추구가 다이쇼에서 메이지 사회주의문학 연구로, 더 나아가 자연주의 새로 읽기 작업으로 '심화'되어 갔던 것은 논리적으로는 필연의 길이었다. 그러나 이 시기를 경계로 하여 마침내 이후 프롤레타리아문학은 '재검토'의 대상이 아니라 '연구'의 대상이 된 것이었다. 왜 그렇게 된 것일까. 물론 거기에는 한 시대의 변천도 있었고, 프롤레타리아문학사를 빗대어서만 할 수 있었던 공산당 비판이 직접적으로 표현 가능해졌으며 일종의 유행조차 되었던 1955년 이후의 상황 변화가 있었다. 그러나 동시에 거기에는 상황 변화만으로 설명할 수 없는 부분도 있었다. 필시 그것은 방법의 문제와 깊이 관련되어 있음에 틀림없다. 우리들은 다시 한 번 프롤레타리아문학운동이라는 것은 무엇이었나 하는 문제로 되돌아가야만 한다.

히라노 겐平野謙씨는 프롤레타리아문학사 평가에 정치 전략의 단계론을 가져오는 것에 의문을 제기하며 다음과 같이 말하고 있다.

소위 27년 체제와 31년 체제 초안, 32년 체제와 같은 꽤 거시적인 혁명 전략과 문학운동이라는, 말하자면 미시적인 방침은 직접 대응되지 않는 것이 실정實情이 아니었을까 하고 현재의 나는 생각한다. 가미야마 시게오神山茂夫와 같은 전략전술 전문가가 그 견지에서 문학운동을 비판하는 것은 물론 자유이고, 노마 히로시野間宏와 같은 전후 문학자가 활자 면에서 32년 체제와 문학운동의 대응관계를 중시하는 것도 자유지만 적어도 문학운동의 실정은 쇼와 초기라 할지라도 조금 더 자율적이었지 않았을까, 거기에 당시 문학운동의 리얼리티도 있지 않았을까 생각한다.

—『문학운동의 흐름 속에서文學運動の流れのなかから』

당시 문학운동 방침은 혁명운동의 전략테제와 직접 대응되지 않았을 것이라는 히라노 씨 주장에 현재의 나는 거의 전면적으로 동의한다. 그러나 이는 히라노 씨 생각처럼 문학운동이 '자율적'이었기 때문이 아니라 그 지도 이론, 특히 구라하라 이론에서의 '정치'라는 것이 전략 단계론조차 구체적으로 성립시킬 수 없을 정도로 추상적인 것에 불과했기 때문이다.

그런데 히라노 씨는 문학운동과 전략테제 혹은 전략단계론과의 관계를 부정하면서도 전략단계론적 접근이 제기한 실질적인 내용, 즉 부르주아 민주주의 혁명론과 통일전선전술론 쪽은 거의 전면적으로 용인한다. 그러나 프롤레타리아문학운동을 비판하는 전략단계론의 한 축은 왜 문학운동에서 반제국주의 전쟁과 반절대주의의 광범위한 통일전선이 형성되지 않았는가 하는 문제이고, 그 원인을 1928년 이후의 불확정전략에서 1931년의 정치체제 초안에 이르는 일련의 프롤레타리아 혁명론에서 찾은 것이었다. 오다기리 씨 글의 인용에서도 명확히 보이듯이 전략단계론과 통일전선론은 여기에서는 한 쌍으로 제기되어 있었을 것이다.

나는 프롤레타리아문학 운동사에의 전략단계론적 접근이 일정 부분 유효하다고 아직 믿고 있는 사람이지만 내 주장을 포함하여 그것이 가졌던 약점은 결코 작지 않았다고 생각하고 있다. 그것은 앞에서도 말했듯이 혁명전략론이라고 하는, 말하자면 '혁명'적인 높은 견지에서 프롤레타리아문학에 접근하면서 결과적으로 프롤레타리아문학을 일본 근대문학 속에 해소시켜 버렸다. 프롤레타리아문학운동사는 연구자의 자세에서도 연구 형태에서도 단지 아카데미 문학사 연구의 한 분야가 되어버렸다.

왜 그러한 일이 일어났는가. 아무리 기이하게 들리더라도 그 원인은 방법의 정치주의에 있었다고 말하지 않을 수 없다. 즉, 부르주아 민주주의 혁명 및 반절대주의 통일전선이라는 발상 그 자체에 있다기보다도 이 문제를 너무나 정치적으로 문학운동 평가와 문학사에 '적용'한 데에 그 원인이 있었던 것이다. 그리하여 일본 근대문학을 지극히 엉성하게 인간적 자유의 표현으로서 '반절대주의'의 전선으로 억지로 밀어 넣은 결과 프롤레타리아문학의 문학적인 '적'은 아무 데도 존재하지 않는다는 기이한 상태를 만들어냈다. 프롤레타리아문학에 있어서 자연주의를 중심으로 하는 일본 근대문학은 철저한 격투를 통해서 극복해야 할 대상이었을 것이다. 그런데 그 지도이론의 수입적 성격 때문에 예전 프롤레타리아문학이 끝내 이 일본 전통문학과의 대결을 거의 자기 과제로서조차 의식할 수 없었던 것과 마찬가지로 바로 그러한 수입이론의 비판으로서 나타난 전략단계론적 입장도 이 전통문학과의 대결을 고작 그 '자기폐쇄적 성격'을 지적하는 정도에서 회피해 버린 것이었다.

그러면 프롤레타리아문학운동이라는 것은 무엇이었나. 내 개인적 의견에 의하면 그 본래적 의미의 프롤레타리아문학운동이라는 것은 근대 문화(부르주아 문화)를 혁명적인 입장에서 비판하고 지양하는 전반적인 문화혁명의 일부분이었을 터이다. 아무리 일본의 국가권력이 절대주의 천황제에 장악되어 있었다고 해도 프롤레타리아문학이 비판·극복의 대상으로 하는 것, 또 해야 했던 것은 근대 일본의 문화 총체였다. 그리고 그것은 말할 것도 없이 부르주아 문화일 뿐이었다. 전략단계론에서 걸림돌은 '혁명의 중심 문제는 국가권력의 문제이다'라는 수준의 전략론을 문화·예술이라는 분야로까지 곧장 확대시켜, 봉건적 절대주의적 문화·예술 대對 근대적 '민주적' 문화·예술이라는 대항 관계가 정당한 것으로 존재할 수 있다고 착각한 것이었다. 그것은 논자의 주관과 상관없이 일본 사회의 지배적인 자본주의적 여러 관계를 무시하고 군사적·봉건적 제국주의(절대주의)와 근대적 제국주의(자본주의 최고의 단계로서의 제국주의)라고 하는 두 제국주의의 병존과 전자에 의한 후자의 '대위보충代位補充'이라는, 근대 일본사를 관통하는 가장 본질적인 관계 파악에 실패한 것에 기인했다.

프롤레타리아문학은 근대 문화의 총체적 부정자로 등장했다. 그러나 그것은 충분히 전개되기 전에 '정치의 우위성'이라는 정치적 실용주의 주장에 의해서 그 비판 기능을 빼앗기고 스스로 근대주의로 되어갔다. 그리고 이 근대주의라는 것은 다케우치 씨가 지적한 수입성이라는 것에 그치지 않고 그 사상적 질로서 개별화와 계몽주의라는 전형적인 부르주아 사상의 질을 갖기에 이른 것이다. 따라서 "일본문학의 흐름

이 많든 적든 '근대주의적'이었다고 해도 여기서의 '근대주의'는 일본 인민의 부르주아·데모크라시에 대한 요구의 어떤 반영이기도 했다. 이 '근대주의'에의 안티테제가 '일본낭만파'적 복고적 민족주의로 나온 것은, 부르주아·데모크라시의 실현 위에서 실현되어야 할 것을 부르주아·데모크라시 그 자체의 절멸 위에서 추구한 것이므로 반동적이었다"(「제2『문학계』『일본낭만파』등에 대해서第二『文学界』『日本浪漫派』などについて」)라고 하는 나카노 시게하루 씨의 지적은 역시 사태의 반쪽 면에 지나지 않았다. '일본낭만파'의 출현은 본래 가장 정통적인 근대주의의 극복자로서 역사적으로 등장한 프롤레타리아문학이 자기 자신을 근대주의화한 것에 대한 역사의 복수에 다름 아니었다고 보아야 할 것이다.

본서에서 나는 프롤레타리아문학의 역사를 근대문화의 총체적 부정자로서의 출발, '정치의 우위성'론에 의한 근대주의로의 전락, 그리고 그 반동으로서 낭만파적 전통주의에의 굴복이라는 틀로 파악하고 있다. 또한 각각의 단계를 나카노 시게하루, 구라하라 고레히토, 가메이 가쓰이치로라는 세 명의 문학자로써 인간적으로도 표현할 수 있다고 생각하는 것이다. 그리고 만일 이러한 사상의 도정이 구체적인 모습으로 해명된다면, 그것은 단지 프롤레타리아문학 문제뿐만이 아니라 일본에서 마르크스주의와 지식인의 관계, 그 존재 양식의 총체에 하나의 빛을 비출 수 있는 일이 될 것이다.

1971년 10월 7일 구리하라 유키오(栗原幸夫)

강소영 역

{ 보유補遺 }

예술의 혁명과 혁명의 예술

1. 위기의 시대와 전위예술

제1차 세계대전과 뒤이은 민중 봉기에 의해 낡은 유럽은 붕괴했다. 그러나 새로운 세계는 아직 모습을 드러내지 않았다. 역사의 과도기에 많은 예술가는 그 위기의식을 격렬한 절규로 표현했으며, 스스로 혁명에 참가해 갔다. 20세기 예술은 혁명의 안으로부터 자태를 드러내 왔다. 위기와 혁명은 예술 자체도 새로 만들고 있던 것이다.

전쟁은 그때까지 유럽인들이 막연하게 느끼고 있던 사회와 자기 인생에 대한 불안을, 이제는 피할 길 없는 현실로서 각자에게 직면하게 했다. 19세기가 끝날 즈음까지는 사람들은 아직 경제와 기술의 발달에 자신들의 밝은 미래를 의탁할 수 있다고 생각했다. 그곳에는 아직 자신과 만족이 지배하고 있었다. 이러한 사회에서는 사람들이 자신을 둘러싸고 있는 모든 존재가 확실한 것이며 안정되어 있다고 느낄 수 있다. 그리고 또 사물이 확실하듯이 자기 자신도 확실하다고 느낀다. 내일도 또 오늘과 같은 날이 이어지고, 오늘과 같은 자신이 있다고 믿어 의심치 않는다.

이러한 시대에 예술가들은 사실적인 작품을 만든다. 왜냐하면 지금 눈앞에 보이는 현실만큼 확실한 것은 없다고 누구나 생각하기 때문이다. 그리고 현실에 대한 강한 위화감을 갖지 않는 이상, 이 현실을 묘사하는 것은 곧 자기 자신의 의미를 확인하는 것이었다. 예술가의 눈은 안보다 밖을 향했다.

그러나 유럽 주민의 태반을 끌어들인 전쟁과 그에 이어진 혁명은 이러한 낙관적인 분위기를 단번에 날려버렸다. 이미 예리한 감수성을 지닌 소수의 예술가들은 20세기의 시작부터 심각한 위기감에 빠져, 현실은 결코 확실한 것이 아니고 인류의 미래는 결코 장밋빛이 아니라고 생각했으며, 그 위기의식을 새로운 형식으로 표현하려 했다. 19세기의 예술이 현실의 묘사에 역점을 두고 있었다면, 이 새로운 예술가들은 자아와 세계의 분열, 물질에 압도된 정신, 현실의 붕괴 등의 위기감을 자기 내면에서의 절규로 난폭하게 표현하려 했다. 그들이 반드시 같은 생각을 했던 것은 아니다. 하지만 그들은 일괄하여 표현파로 불렸다.

표현파 최초의 발족은 1905년 드레스덴에서 결성된 '다리橋, Die Brüke'파다. 이 그룹은 키르히너Ernst Kirchner, 헤켈Erich Heckel, 슈미트 로트루프Karl Schmidt-Rottluff, 브라일Fritz Bleyl이라는 네 명의 미술학도에 의해 결성되어 반反 인상주의의 기치 밑에서 "모든 혁신적인 요소의 가교가 된다"는 것을 목적으로 했다. 그 외 1910년에는 베를린에서 헤르바르트 발덴Herwarth Walden이 『폭풍嵐, Der Sturm』이라는 예술잡지를 창간해 많은 전위적인 예술가를 결집하였고, 뮌헨에서는 화가인 마르크Franz Marc, 마케August Macke, 쿠빈Alfred Kubin 등이 '청기사Der Blaue Reiter'라는 그룹을 결성했다.

이 파의 작가 에드슈미트Kasimir Edschmids가 후에 간결하게 정식화했 듯이, 그들은 "눈으로 보는 것이 아니라 마음으로 본다, 묘사하는 것이 아니라 체험한다, 재현하는 것이 아니라 형상화한다, 빼앗는 것이 아니라 추구한다"는 것을 예술가에게 요구했다. "존재하는 것은 사실의 연쇄가 아니다. 존재하는 것은 그 비전이다"라고 그들은 주장했다.

이러한 표현주의의 입장은 낡은 세계는 '이미 없지만' 새로운 세계도 '아직 없다'는 역사의 과도기 속에서, 낡은 것의 철저한 해체를 통해 새로운 것의 비전을 탐구했던 것이었다. 그것은 20세기 예술의 출발점이었다. 그들의 다수는 자본주의나 군국주의와 첨예하게 대립했다.

따라서 그들에게 제1차 세계대전과 러시아 혁명에 이어진 유럽 혁명은 결코 자신들의 예술 활동과 무관계한 것이 아니었다. 독일 혁명은 러시아의 소비에트를 모방해 많은 도시에 병사·노동자 평의회Räte[1]를 산출했는데, 표현파에 속하는 화가, 조각가, 건축가, 작가, 시인들도 이 운동에 참가했으며 또 스스로 예술가의 평의회를 결성했다. 1918년 11월에는 베를린에 '예술을 위한 노동평의회'가 건축가 그로피우스Walter Gropius, 부르노 타우트Bruno Taut 등을 중심으로 결성되어, 기존의 아카데믹한 교육기관의 해체, 미술·건축 학교의 개혁, 인민 문화시설의 창설, 미술관의 민주화를 요구했다. 그들은 추악한 건축물과 기념비를 철거하고, 그 대신 "화가와 조각가들의 구상을 집어넣은 포괄적이고 유토피아적인 건설 계획의 작성"을 호소했다. 또 화가 베히슈타인Max Pechstein[2]을 중심으로 미술가들에 의한 '11월 그룹Novembergruppe'이 결성되어 새로운

---

1 【역주】1918년 독일혁명 당시 독일 각지에서 만들어진 노동자 평의회.
2 【역주】일본어 발음 표기가 ベヒシュタイン으로 되어 있으나, Max Pechstein을 지칭한 듯함.

도시 만들기, 일체의 간섭을 배제한 종합예술학교의 설립, 미술관의 개혁, 전람회장 개방 등의 요구를 내어놓았다.

이러한 예술가로서의 집단적인 운동과 더불어 시인 베허Johannes R. Becher, 극작가 하젠클레버Walter Hasenclever, 표현주의의 대표적인 잡지 『행동Die Aktion』의 주간인 펨페르트Franz Pfemfert 등은 독일 공산당의 전신인 스파르타쿠스단Spartakusbund에 참가했다. 또 시인 에른스트 톨러Ernst Toller 는 바이에른 공화국의 노동자·농민·병사 레테 중앙평의회 의장대리가 되었고 나아가 바이에른 주 수도의 혁명평의회 의장이 되었다. 바이에른 레테 공화국의 인민위원에는 시인 란다우어Gustav Landauer, 뮤잠Erich Mühsam 등이 포함되어 있고, 그들은 반혁명군에 의해 레테 공화국이 파괴되었을 때, 체포되어 중형에 처해지거나, 란다우어처럼 살해되었다.

1919년 후반에는 독일 혁명의 꿈은 거의 소멸했다. 그런 만큼, 패전에 의한 혼란과 생활의 중압은 사람들의 어깨를 무겁게 내리눌렀다. 인플레이션의 진행은 사람들의 생활을 근저로부터 파괴했다. 그러한 상황에서 표현주의 작품 활동은 정점을 맞았다. 미술·건축 면에서는 1919년에 '바우하우스Bauhaus'가 그로피우스에 의해 창설되어 종합적인 예술교육의 새로운 시스템을 만들어 냄과 동시에 인간의 변혁을 포함한 광범한 문화혁명의 프로그램을 내놓았다.

사회민주당 정부하에서 많은 지방의 미술관이 표현주의 화가의 작품을 매입했다. 베크만Max Beckman, 딕스Otto Dix 등은 전쟁의 비참과 패전 후에 붕괴된 사회를 대담하게 묘사했고, 그로스George Grosz는 통렬한 터치로 자본가와 군인이 지배하는 사회를 고발하는 작품을 잇달아 발표했다.

연극에서는 1919년 이후 표현주의의 전성기를 맞이했다. 톨러의 〈변전Die Wandlung〉, 〈기계파괴자Die Maschinenstürmer〉, 카이저Georg Kaiser의 〈가스Gas〉, 〈지옥·길·대지Hölle, Weg, Erde〉, 코른펠트Paul Kornfeld의 〈천국과 지옥Himmel und Hölle〉, 요스트Hanns Johst의 〈국왕Der König〉 등이 연이어 상연되었다. 나중에 말하겠지만 이들 중 몇 작품은 일본에서도 상연되어 큰 영향을 미쳤다.

그러나 무엇보다도 표현주의를 대중화했던 것은 영화였다. 이 새로운 표현수단은 전위적인 표현의 가능성을 순식간에 확대했고, 대중사회화의 진행과 더불어 이후 가장 중요한 장르가 되어 갔다. 표현주의 영화의 대표작인 로베르트 비네Robert Wiene 감독의 〈칼리가리 박사The Cabinet of Dr. Caligari〉, 마르틴Karl Heinz Martin의 〈아침부터 자정까지Von Morgens bis Mitternachts〉, 비네의 〈죄와 벌Raskolnikow〉, 레니Paul Leni의 〈뒷골목의 괴노굴怪老窟〉 등은 모두 영화사의 고전이 되었다.

그러나 1923년 말 독일 경제가 일단 안정을 되찾게 되자 이러한 표현주의의 융성도 급속하게 한 풀 꺾이게 된다. 표현주의적인 격정은 신즉물주의의 냉정한 리얼리즘에 의해 대치되고 베허 등은 프롤레타리아예술운동으로 나아갔다.

이렇듯 제1차 대전 후의 유럽의 격동은, 예술 분야에서도 다양한 혁신적인 시도를 낳는 원동력이 되었다. 예술가들은 단지 예술을 혁명에 봉사시키려 했을 뿐만 아니라 예술 자체를 혁명하려고 했던 것이다.

혁명 후의 러시아에 대해서는 나중에 항을 달리하여 이야기하겠지만, 프랑스에서는 앙드레 브르통Andre Breton이나 루이 아라공Louis Aragon 등에 의해 쉬르레알리즘 운동이 예술의 혁명을 전개했고, 앙리 바르뷔스Henri Barbusse의 '클라르테 운동Clarté'이 프롤레타리아예술의 선구자로 나타났으며, 아메리카에서는 『해방자Liberator』가 창간되어 러시아 혁명의 르포르타쥬로 유명한 존 리드John Reed의 『세계를 뒤흔든 열흘Ten Days that Shook the World』을 연재했다.

또 혁명의 소용돌이 속에 있었던 헝가리에서는 철학자 루카치György Lukács와 영화작가 바라쥬Béla Balázs, 음악가 바르톡Béla Bartók, 미술사가 하우저Arnold Hauser, 사회학자 만하임Karl Mannheim 등이 혁명정부에 협력했다. 특히 루카치는 교육인민위원 대리로 헝가리 · 레테 공화국의 문화정책 입안을 담당했다. 헝가리 혁명은 단명으로 끝났지만 그 후 세계의 학문과 예술의 제일선에서 활약하게 된 이 사람들의 활동 내용과 방향에 결정적인 영향을 미쳤던 것은 말할 것도 없다.

2. 러시아 혁명과 예술의 혁명

1918년부터 1919년에 걸쳐서 러시아의 도시라는 도시는 모두 기아와 티푸스가 맹위를 떨쳐, 연료도 물도 등화橙火도 부족한 참담한 겨울을 맞이했다. 볼셰비키는 권력을 잡았지만, 그것은 아직 극히 약했고, 게다가 제국주의 여러 나라의 반혁명 간섭과 백위군의 공격을 받고 있었다. 러시아는 전시공산주의 즉 내전의 시대로 들어가고 있었다.

레닌은 1918년 4월에 모스크바에서 열린 소비에트 대회에서 "만약 우리가 봉기한 다른 나라의 노동자로부터 강력한 지지를 받기까지 버티지 못한다면, 우리는 궤멸할 것이다"라고 경고했다. 독일에서는 패전으로 인한 혼란 속에서 혁명의 불길이 올랐지만, 그 앞길은 낙관할 수 없었다. 유럽에서 혁명이 일어나 승리한 노동자가 구원하러 올 때까지 어떻게든 소비에트 정권을 지켜내는 것…… 이것이 이때 레닌의 비장한 결의였다. 레닌은 공허한 혁명적 문구 대신에, 개개인이 행정기관을 관리하는 능력을 갖출 것을 강하게 요구했다. 혁명은 '실무'의 시대로 들어갔던 것이다. 혁명 후의 레닌은 문화의 문제를 중시했지만, 이때 그에게 문화란 곧 80% 가량이 문맹이었던 러시아 국민 모두가 읽고 쓰고 계산하는 능력을 익히는 것일 뿐이었다. 이것 없이는 소비에트 권력을 유지하는 것도, 사회주의를 건설하는 것도 불가능하다고 그는 생각하고 있었다.

그는 1923년이 되어서도 여전히 다음과 같이 쓰고 있다. "우리가 프롤레타리아 문화에 대해서, 그 부르주아 문화와의 상호관계에 대해서 지껄이고 있는 사이에, 현실은 우리나라에는 부르주아 문화조차 성숙되어 있지 않다는 통계수치를 보이고 있다. ……우리는 아직 문명 절멸에 있어 대단히 뒤쳐져 있고, 나아가 우리의 진보가 제정시대(1897년 조사)에 비교해 지나치게 완만하기조차 하다는 것이 명확해졌다. 이는 '프롤레타리아 문화'라는 천상계에 살고 있는 사람들에 대한 위혁적威嚇的인 경고 및 비난이 된다."

여기서 레닌이 "프롤레타리아 문화라는 천상계에 살고 있는 사람"이라고 부른 것은 프롤레타리아 문화 건설을 기치로 혁명 후 활발하게 운동을 전개하기 시작했던 프롤레트쿨트(프롤레타리아 교화) 운동을 가리키고 있다. 이 운동의 지도자 보그다노프Alexander Bogdanov는, 제1차 세계대전이 유럽의 사회주의적인 노동자들을 하루아침에 '애국자'로 변화시켜버린 것에 강한 충격을 받았다. 그는 노동자계급이 독립된 정신문화를 아직 갖고 있지 못해 부르주아지로부터 자립하지 못한 것에 그 원인이 있다고 생각했다. 그리고 노동자 계급이 이러한 '문화적 독립'을 획득하기 위한 가장 유효한 무기는 예술이라고 그는 주장했다.

이렇게 생각하는 사람들은 이미 2월 혁명 직후부터 활동하고 있었지만 1918년 9월 모스크바에서 '프롤레트쿨트 제1회 전 러시아 대회'가 열리고 이후 프롤레트쿨트는 "사회적 활동, 투쟁, 건설에 있어 자신의 힘을 조직하기 위해, 프롤레타리아트는 자신의 계급 예술을 필요로 한다"는 입장에서 평의회—현·시—지구—공장이라는 중앙집권적 전국 조직을 결성하고 운동을 진전시켜 갔다. 이 운동의 최성기는 이후의 2~3년에 지나지 않지만 그 사이 약 300개의 지부를 러시아 전역에 만들었고, 중앙지관지 『프롤레타리아문화』 외에 페트로그라드의 『미래』, 모스크바의 『용광로』, 『경적警笛』 등 15종의 지부 기관지가 창간되었으며, 또 각 지역과 공장에 문학, 미술, 음악, 연극 등의 연구소(스타지오)가 만들어져, 50만을 넘는 노동자가 이에 참가했다. 그리고 "예술은 인간의 경험과 감정을 조직한다"는 보그다노프의 이론에 따라서, 이들 노동자들로부터 혁명의 파토스를 구가하는 노동자의 시와 연극, 회화가 나타났다.

프롤레트쿨트의 특징은 그 조직이 국가기관으로부터 독립해 있다는 점에 있었다. 노동자 계급의 문화적 독립을 목표로 내세운 그들은, 문화운동은 정부의 명령에 의한 것이 아니라 자주적인 것이어야 한다고 생각했다. 그들은 "프롤레트쿨트가 독립을 원하는 것은 프롤레타리아 독재의 기관인 소비에트 조직이 반드시 늘 순수하게 계급적이라고는 할 수 없기 때문이다. 우리는 프롤레트쿨트가 소비에트 조직의 밑에 있는 것은 인정하지만, 그것은 부르주아 문화뿐만 아니라 프롤레타리아

정부로부터도 독립한 조직이어야 한다"고 주장하고, 정부의 개입을 거부했던 것이다.

레닌은 노동자 예술창조 운동으로서 프롤레트쿨트를 평가하면서도 이러한 "프롤레타리아 정부로부터의 독립"이라는 주장에는 철저하게 반대했다. 레닌에게 문화란 우선 읽고 쓰고 계산하는 능력이며, 사물을 자주적으로 관리하고 계획을 세우고 운영하는 기술이었다. 그는 그것을 위해 이용할 수 있는 것은 모두 이용해야 한다고 생각했다. 이에 반하여 프롤레트쿨트 지도자들에게 있어 문화란 정신적인 것이며, 그 중심은 예술이었다. 그리고 그것은 낡은 부르주아 문화와는 확실히 다른, 새로운 프롤레타리아 문화이어야만 했다.

'러시아의 상황은 기아를 극복하기 위한 경제의 부흥과 그 사회주의적인 재조직을 긴급한 과제로 하고 있다. 이 과제로부터 떨어진 곳에서 새로운 문화를 운운할 여지는 없다'고 레닌은 생각했다. 그는 프롤레타리아 문화가 일종의 온실 같은 시설 속에서 생겨나오는 것이라고 생각하는 것에 강하게 반대했다. 그리고 프롤레트쿨트를 그러한 온실의 일종으로 보아 비판했다. 그는, "자신의 특수한 문화를 고안해 내고, 자신의 고립된 조직 내에 틀어박혀 교육인민위원회와 프롤레트쿨트 사이에 경계를 만들며, 프롤레트쿨트의 자치를 요구하는 등의 유해하고 잘못된 시도"를 철저하게 배척하기를 프롤레트쿨트에 요구했다. 그리고 그는 성급하게 프롤레타리아 문화를 요구하기보다 당장은 부르주아 문화의 좋은 것을 먼저 내 것으로 만드는 것이야말로 중요하다고 주장했던 것이다.

프롤레타리아 문화에 관련되어 나타난 또 하나의 중요한 주장은, 트로츠키의 프롤레타리아 문화 부정론이다. 그는 러시아의 현 상황을 공산주의 사회로 나아가는 세계혁명의 한 과도기로 파악하여 현 상태를 장기적으로 고정화하는 일국사회주의론에 반대하는 입장에서, 지금 필요한 것은 프롤레타리아 문화가 아니라 전 인류적인 공산주의 문화에 이르기까지 계속 투쟁하는 '혁명예술'이라고 주장했다. 그는 "혁명이라는 기반에 선 모든 예술 그룹과 조류에 대하여 예술의 자결自決이라는 면에서 완전한 자유를 제공하는 것"이야말로 공산당의 문예정책이어야 한다고 주장했다.

'프롤레타리아' 문화·예술을 둘러싼 이러한 논쟁은 마르크스주의와 공산당이라는 틀 안에서의 싸움이었다. 이와는 조금 다른 곳에서, 이 시기 러시아에서는 주목할 만한 또 하나의 문화·예술 운동이 전개되고 있었다. 이른바 러시아 아방가르드라고 불리는 미래파 운동이다.

20세기 초의 러시아는 세계 전위예술의 중심지 중 하나였다. 특히 1912년 3월 화가 라리오노프Mikhail Fyodorovich Larionov, 곤챠로바Natalia Sergeevna Goncharova, 말레비치Kazimir Severinovich Malevich, 타틀린Vladimir Evgrafovich Tatlin 등이 전통파·부르주아 대중과의 결별을 선명히 하고 〈당나귀의 꼬리〉전을 모스크바에서 연 이후, 시인 브룰류크David Burliuk, 크루초누이프Aleksei Kruchenykh, 마야코프스키Vladimir Vladimirovich Mayakovsky, 후레브니코프Velimir Khlebnikov 등의 미래파 문집 『사회의 취미에 대한 일격』[3]이 간행되고(같은 해 12월), 연출가 메이어홀드Vsevolod Meyerhold의 『연극론』이 간행(위와 동일)되는 등 러시아 미래파라고 총칭된 전위예술가들의 집단적

---

3 【역주】마야코프스키 시집 한국어 번역판에서는 이를 '대중의 취향에 따귀를 때려라'로 번역하였음. 블라디미르 마야코프스키, 김성일 역, 『대중의 취향에 따귀를 때려라』, 책세상, 2005.

〈그림 26〉 오스기 사카에 상像 〈출옥 날의 O 씨〉. 1919년, 하야시 시즈에林倭衛 그림

전진이 개시되었다.

　시인과 미술가의 연합체였던 러시아 미래파가 목표로 했던 것은 예술이 그 독자 논리로 일관하여 자립하는 것이었다. 『사회의 취미에 대한 일격』 중에서 브룰류크는 "어제 예술은 수단이었다. 오늘 예술은 목적이 되었다. 회화는 회화적 과제만을 추구하게 되었다. 회화는 자신을

위해 살기 시작했다"라고 썼다. 그들은 미술에 있어 형形, 시에 있어 언어, 연극에 있어 움직임 등과 같은 가장 기초가 되는 소재에 대한 철저한 추구를 통해, 그것들의 상호관계가 만들어내는 예술 공간을 창출하는 데에서 예술의 목표를 발견했던 것이다. 말레비치는 나중에 "큐비즘과 미래주의는 1917년의 경제적·정치적 혁명을 선취하는 예술의 혁명 운동이었다"라고 썼고, 타틀린도 "1917년의 정치적 사건은 '소재와 볼륨과 구성'이 예술의 토대로 포착된 1914년에 이미 우리 예술 안에서 일어나고 있었다"고 쓰고 있듯이, 그들에게 미래파 운동은 하나의 혁명이었다. 그것은 예술 자체의 혁명을 지향했던 것이다.

혁명 직후 소비에트는 교육인민위원회를 만들었는데, 그 책임자로 루나차르스키Anatoly Lunacharsky가 취임했다. 그는 1918년 초 이 위원회에 조형예술 부문(IZO)을 설치하고 그가 파리에서 알게 되었던 유대인 사회주의자로서 큐비즘의 영향하에 있었던 화가 슈테렌베르크David Sterenberg를 그 멤버로 초빙했다. 그리고 슈테렌베르크는 전위예술가들로 IZO를 조직했다. 페트로그라드의 IZO에는 알트만, 마야코프스키, 브릭, 부닌이, 모스크바의 IZO에는 타틀린, 말레비치, 칸딘스키, 로자노바, 마시코프 등이 참가했다. 이리하여 전위미술가들 앞에 커다란 활동 분야가 열렸다. 프롤레트쿨트 내에도 이러한 미래파의 진출에 호응하는 움직임이 나타났다.

IZO의 기관지 『코뮌의 예술』 창간호에 발표한 시에서 마야코프스키는 "가로街路는 우리의 붓 / 광장은 우리의 팔레트"라고 노래했지만, 그와 나란히 '가두街頭에 예술을'이라는 슬로건을 내걸었던 것은 프롤레트쿨트의 케르젠체프였다. 그리고 프롤레트쿨트의 시인 가스체프는 마야코프스키와 협력해 공장 사이렌과 기적으로 교향곡을 만들었으며, 지붕 위에서 깃발로 지휘했다. 교육인민위원회는 미술관과 화랑의 전시 방침을 미래파의 로드첸코에게 일임했는데, 그는 러시아 전역에 미래파의 작품을 보냈고, 또 전위적인 그림과 슬로건으로 장식한 선동 열차가 구석구석 돌아다녔다. 그리고 IZO는 타틀린에게 '제3인터내셔널 기념탑' 제작을 의뢰했다.

미래파로부터 지고주의至高主義, Suprematism, 나아가 구성주의Konstruktivizm로 전개되는 러시아 전위예술이 추구했던 것은 이미 말했듯이 사물의 형形이었고, 그 형과 형의 관계가 만들어내는 새로운 공간이었다. 그것은 필연적으로 하나의 추상적인 극한에 이를 수밖에 없었다. 예를 들어 말레비치는 '검은 정사각형'이라든가 '흰 캔버스에 그린 흰 원' 등과 같은 슈프리머티즘 작품을 만들었다. 형과 형의 관계 추구는 당연히 캔버스를 벗어나게 된다. 조형의 추구는 평면으로부터 3차원 공간으로 나아갔다. 이렇게 하여 구성주의라고 불리는 운동이 타틀린과 로드첸코, 그리고 혁명 직후 유럽에서 귀국한 페브스너Antoine Pevsner, 가보Naum Gabo 형제, 또 마찬가지로 독일로부터 돌아온 리시츠키Elizar Lissitzky 등에 의해 시작되었다. 그들은 외계外界에 존재하는 대상의 재현, 즉 묘사적인 요소를 미술로부터 일체 추방하고 순수한 형形으로 환원시킨 조형 요소의 조합으로 작품을 '구성'하려 했던 것이다.

그리고 이러한 순수한 회화적 요소의 추상화는 일견 '예술을 위한 예술'을 지향하는 것처럼 보이지만, 실은 미술과 사회생활의 완전히 새로운 결합을 만들어낸 결과가 되었다. 구성주의는 회화의 분야에서 마야코프스키 등에 의한 〈로스타의 창〉이라는 포스터[4]와 로드첸코와 리시츠키의 포토 몽타쥬를 탄생시켰다. 그리고 조각에 있어서는 종래의 조각 개념을 근본부터 뒤집어엎은 가보, 페브스너, 로드첸코 등의 공간 조형이 근대 건축과 무대미술, 산업선전미술에 큰 영향을 끼쳤다. 그들 전위미술가들에게 10월 혁명은, 그들이 추구해 왔던 순수한 예술형식과 실용성을 일체화하는 절호의 기회였다. 그들은 혁명에 의해 예술과 대중의 관계가 근본적으로 변화할 것을 원하여, 그들 자신이 그것을 변화시키려 했다. 그것은 '좋은 예술을 더 많은 대중에게'라든가 '예술 감상을 위한 대중의 계몽' 등처럼, 예술 자체에는 손대지 않은 채 오로지 대중의 계몽에 의해 예술을 '대중화'하려는 사고와 정면에서 대립했다. 그들은 예술가는 오로지 제작자(송신자)이고 대중은 오로지 향수자(수신자)일 수밖에 없었던 근대 예술의 존재방식 전체를 변혁하고, 예술의 생활화와 생활의 예술화를 실현함으로써 예술가와 대중이라는 구별 자체를 일거에 해소하는 '코뮨'을 희구했던 것이다. 그것을 세르게이 트레차코프Sergei Tretyakov는 "예술 내부에서의, 예술의 수단을 이용한, 예술의 사멸"이라 부르고 있다. 즉 예술가라는 전문 직업이 존재하지 않는 사회, 나아가서는 예술이라는 특수한 영역이 존재하지 않는, 일상생활 그 자체가 예술인 사회 — 이것이 그들의 이상주의가 묘사해 낸 공산주의의 상像에 다름 아니었다. 그리고 이러한 사회를 지탱하는 '인간'을 만들어내는 것이야말로 전위예술의 임무인 것이었다. 예술과 예술가로부터 일체의 신비성을 벗겨내기 위하여 예술의 내적인 구조와 창조 과정에 대한 '과학적'인 이론을 만들어내는 것, 이것이 그들의 과제였다. 이

---

4 【역주】 러시아 통신사(통칭 '로스타')가 국내 각지에 있는 지사의 창문에 붙였던 혁명정부의 메시지를 전하는 정치선전 포스터.

과제는 주로 쉬클로프스키Victor Shklovsky, 티니야노프Yury Tynianov, 에이헨바움Boris Eikhenbaum, 브릭Osip Brik 등을 중심으로 한 '오포야즈'(시적언어 연구회)가 담당했다. 오시프 브릭은 그들의 과제를 다음과 같이 말했다.

> '오포야즈'는 프롤레타리아 문화 건설에 무엇을 기여할 것인가.
>
> 1. 다양한 사실과 개인적 견해의 혼돈스런 집적 대신에 과학적인 시스템을.
> 2. '신의 언어'라는 우상숭배적 해석 대신에 창조적인 개성의 사회적 기준을.
> 3. 창조의 '비밀'에 대한 '신비적'인 통찰 대신에 생산법칙의 인식을.
>
> '오포야즈'는 젊은 프롤레타리아문학의 최량의 교사이다.
>
> ……
>
> '오포야즈'는 '프롤레타리아 정신'이라든가 '공산주의의 의식'이라든가 하는 애매한 잡소리에 의해서가 아니라 현대의 시적 창조의 기법에 대한 정확한 기술적 지식에 의해 프롤레타리아트의 창조를 지원하기 위해 나타난 것이다.
>
> ──「이른바 '형식주의의 방법'いわゆる形式主義の方法」,
>
> 미즈노 타다오水野忠夫 역

그들의 작업이 현재 이른바 '러시아 형식주의'로서 재평가되고 있는 것은 주지의 사실이다.

그러나 그들의 혁명적인 정열에도 불구하고 전도는 밝지 않았다. 20년대 중반쯤에 이르면, 소비에트의 예술계는 혁명 직후의 자유로운 공기를 점점 잃고 재편성의 시기에 들어가고 있었다. 이 시기에는 아직도 연극에서 메이어홀드, 영화에서 에이젠슈타인, 푸도프킨, 베르토프, 시에 있어 마야코프스키 등의 전위적인 활약이 전개되고 있었지만, 다른 한편에서는 '10월' 그룹, '모스크바 프롤레타리아 작가협회'나 '혁명적 러시아 미술가동맹'의 결성에서 볼 수 있듯이 낡은 리얼리즘으로 복귀하고 정치에 종속되어 예술의 자립성을 방기하는 경향이 차츰 현저해져 갔다. 마야코프스키 등은 '레프(예술좌익전선)'를 결성하여 이 경향에 저항했지만 결국 대세에 견디지 못하고 끝났다.

3. 오스기 사카에로부터 『적과 흑赤と黑』에로

〈그림 27〉 잡지 『적과 흑』

'사회의 취미에 대한 일격'이라는 말이 상징하듯, 러시아 미래파에서 구성주의에 이르는 전위예술의 과제는, 타성화한 기존 문화에 대한 폭력적인 흔들기이고, 문화혁명에의 지향이었다. 그러한 지향을 일본에서 최초로 그리고 유례없이 선열鮮烈하게 주장했던 것이 오스기 사카에大杉榮였다. 그가 『근대사상』지상에 연이어 발표했던 「노예근성론」(1913.2), 「정복의 사실征服の事實」(1913.6), 「생의 확충生の擴充」(1913.7), 「쇠사슬공장鎖工場」(1913.9), 「생의 창조生の創造」(1914.1) 등이 그것이다.

주인에게 이쁨 받는다, 주인에 맹종한다, 주인을 숭배한다, 이것이 사회 조직의 폭력과 공포 위에 구축된, 원시시대로부터 지금의 근대에 이르기까지 이어지는 거의 유일한 대 도덕률이었던 것이다.

그리고 이 도덕률이 인류의 뇌수 안에 용이하게 제거할 수 없는 깊은 도랑을 파버렸다. 복종을 기초로 하는 금일의 모든 도덕은 요컨대 이 노예근성의 흔적이다.

정부의 형식을 변경한다든지 헌법의 조문을 개정한다든지 하는 것은 쉬운 일이다. 그렇지만 과거 수만 년 혹은 수십만 년 동안, 우리들 인류의 뇌수에 새겨진 이 노예근성을 제거해버리는 것은 좀처럼 용이한 일은 아니다. 하지만 진실로 우리가 자유인이기 위해서는 어떻게 해서든 이 사업은 완성해야 한다.

—「노예근성론」

이러한 노예근성을 만들어낸 것은 다름 아닌 '정복'이다. 이 '정복의 사실'에 반항하지 않고는 어떠한 자유도 창조도 있을 수 없다. 그래서 그는 다음과 같이 동시대의 예술가들에게 호소한다.

민감과 총명을 자랑함과 동시에 개인적 권위의 지고무상至高無上을 부르 짖는 문예의 무리여. 제군의 민감과 총명이 이 정복의 사실과 그에 대한 반항에 접촉하지 않는 한, 제군의 작물作物은 유희이다. 장난이다. 우리의 일상생활에까지 압박하여 오는 이 사실의 무거움을 잊게 만드는, 체념이다. 조직적 기만의 유력한 일분자이다.

우리들을 헛되이 황홀하게 하는 정적靜的인 미는 이미 우리와는 관계가 없다. 우리는 엑스타시와 동시에 열광enthusiasme을 만들어내는 동적動的인 미를 동경한다. 우리가 요구하는 문예는 저 사실에 대한 증오미와 반역미의 창조적 문예이다.

— 「정복의 사실」

그리고 그는 '신생활의 요구', '사람 위에 사람의 권위를 두지 않는, 자아가 자아를 주재하는, 자유 생활의 요구', 이 '생의 확충' 안에야말로, 새로운 '미'가 있다고 주장한다.

그리고 생의 확충 안에서 생의 지상의 미를 발견하는 나는, 오늘날 이 반역과 이 파괴 안에서만 생의 지상의 미를 발견한다. 정복의 사실이 그 정상에 달한 오늘날에 있어서는, 해조 [원문=階調]는 이미 미가 아니다. 미는 오직 난조亂調에 있다. 해조는 거짓이다. 진眞은 오직 난조에 있다.

— 「생의 확충」

여기에는 '역사의 법칙'에 인류의 미래를 맡기는 대신 목전의 현실에 격렬하게 반역함으로써 인간 그 자체가 변하지 않으면 자유로운 사회가 도래하지 않는다는 확신이 있다. 그리고 이 반역 안에서만 사람은 사회를 인식할 수 있다고 그는 주장하는 것이다. 오스기 사카에에게 노동자의 해방은 다른 누군가에 의해서 초래되는 것이 아니라 노동자 자신의 사업일 뿐이었다.

이리하여 이른바 신 사회주의는 '노동자의 해방은 노동자 스스로의 일이지 않으면 안 된다'라는 공산당 선언의 결어結語를 완전히 문자 그대로의 의미에서 부활시키려고 했다.

그리고 이 '노동자 스스로의 일'이라는 구절에서 생디칼리스트 등은 자유와 창조를 발견했던 것이다. 과거와는 절연한, 즉 신사별紳士閥[부르주아]사회가 산출한 민주적 사상이나 제도로부터 독립한, 또 그들의 모방이지도 않은, 완전히 다른 사상과 제도를 우선 그들 자신 안에, 그들 자신의 단체 안에, 그들 자신의 노력에 의해서 발육, 생장시키려고 했다.

운동에 방향은 있다. 그러나 이른바 최후의 목적은 없다. 한 운동의 이상은 이른바 그 최후의 목적 안에서 스스로를 발견하는 것이 아니다. 이상은 늘 그 운동과 동반하며, 그 운동과 함께 전진해 간다. 이상이 운동의 전방에 있는 것이 아니다. 운동 자체 안에 있는 것이다. 운동 자체 안에 그 형태를 새겨 가는 것이다.

자유와 창조는 우리들이 동경해야 할 장래의 이상이 아니다. 우리는 우선 이것을 현실 안에서 포착하지 않으면 안 된다. 우리 자신 안에서 획득하지 않으면 안 된다.

—「생의 창조」

이상에서 나는 오스기 사카에의 1913년 논문에서 인용을 거듭해 왔다. 그것은 1920년대에 이 나라에 출현했던 전위예술운동의 전 사상적 과제가 이미 여기에 명확하게 제기되어 있다는 것을, 오스기 자신의 문장에 의해 확인해 두고 싶었기 때문이다.

그러나 이러한 오스기의 주장이 실제 창조 활동 안에서 구체적인 모

습을 취하기 위해서는, 아직 몇몇 역사적인 경과를 거쳐야 했다. 그것은 첫째, 세계대전을 계기로 이 나라가 돌입한 '대중사회화'와 '대중문화'의 출현이고, 둘째, 러시아 혁명의 영향이 파급되고 사회주의 사상이 '유행'된 것이며, 셋째, 그 와중에 지식인이 동요하고 '급진화'된 일이었다. 혼마 히사오本間久雄의 「민중예술의 의의 및 가치民衆藝術の意義および價値」(『와세다문학』, 1916.8)를 시초로, 민중예술, 노동문학, 제4계급의 문학 등의 주장이 계속 나타나, 데모크라시와 사회주의는 시대의 첨단을 가는 신사상으로서 저널리즘을 떠들썩하게 했다. 그 저널리즘 자체가 매스 미디어로서의 기능을 발휘하기 시작했던 것은 이 시기부터이다. 민중예술의 주장과 함께 대중문예가 새로운 모습으로 오락잡지에 등장했다. 대중을 향한 주간지와 오락잡지도 『주간아사히』(1922.2. 처음에는 순간旬刊), 『선데이 마이니치』(1922.4), 『킹구』(1925.1)를 비롯해 속속 창간되었다.

이러한 '민중'의 등장은, 단지 사상과 정치의 세계뿐만 아니라 문학·예술의 세계에도 큰 지각변동을 불러왔다. 적지 않은 문학적 지식인이 문학과 '민중'의 관계에 대하여, 또 그 관계에 관한 자기 자신의 입장에 대하여, 일찍이 이 나라의 문학자가 고민했던 적이 없는 문제에 직면했던 것이다.

가령 「어떤 여인或る女」 등의 소설로 많은 독자를 갖고 있던 아리시마 다케오는, "와야 할 시대에 프롤레타리아 내부로부터 새로운 문화가 발흥할 것이라고 믿고 있는 나는 왜 프롤레타리아의 예술가로서, 프롤레타리아에 호소할 만한 작품을 내놓으려고는 하지 않는가, 가능하다면 나는 그것이 하고 싶다. 하지만 내가 태어나고 자라온 환경과, 나의 소

양으로는 그것을 할 수 없는 것을 충분히 의식하기 때문에, 나는 감히 뛰어 넘을 수 없는 담장을 넘으려고는 생각하지 않는 것이다"(「선언 하나」,『개조』, 1922.1)라고 그 고뇌를 썼다. 그러나 이렇게 말하면서도 그는, 사회주의 운동과 당시 겨우 대두하기 시작했던 급진적인 예술운동에 재정적 원조를 아끼지 않았다.

아리시마 다케오의 재정적인 원조로 창간된 시 잡지로『적과 흑』이 있다. '시란 폭탄이다! 시인이란 감옥의 단단한 벽과 문에 폭탄을 던지는 검은 범인이다!'라는, 꽤 유명한 '선언'을 갖고 출발했던 이 잡지는, 오카모토 준岡本潤, 하기와라 교지로萩原恭次郎, 쓰보이 시게지壺井繁治, 가와사키 조타로川崎長太郎라는 4인의 젊은 시인들에 의해 창간되어, 호외를 포함하여 겨우 5호로 끝난 보잘 것 없는 것에 지나지 않았다. 하지만 이 잡지의 출현은 문학·예술의 역사에 있어 하나의 '사건'에 다름 아니었다.

"데모크라시의 유행을 타고 시단을 점령하고 있던 것처럼 보였던 민중시파에 대한 무모한 부정의 선언은, 상상을 뛰어넘는 반향을 불러왔다. 눈치 채지 못한 채 대망하고 있던 변혁의 요구가 사방에 가득 차 사람에게로 흘러넘치고 있었다고나 할까. 그것은 주의도 주장도 넘어 제1차 세계대전 후의 불황과 생활 불안 속으로 퍼져 나갔으며 관동대지진이라는 협곡 속에서 포효했다, 라고나 형용하고 싶을 정도로 비합리적이고 무책임한 절규였다. 지나치게 작은『적과 흑』의 출현, 그것은 실로 와야 할 무언가의 봉화였다. 분노한 젊은이의 절규가 그들의 자각을 넘어서는 역사적인 의미를 반향했던 것이다"라고 아키야마 기요시秋山清는 쓰고 있다.

이 시기에는 문학에서도 '현대'가 확실히 시작되고 있던 것이다. 몇 가지 지표를 들어 두자. ― 다카하시 신키치高橋新吉의『다다이스트 신키치의 시詩』(1923), 마쓰모토 준조松本淳三의『두 발 달린 동물이 노래하다二足獸の歌へる』(1923), 니지마 에이지新島栄治의『습지의 불濕地の火』(1923), 막스 베버Max Weber의『입체파의 시』(나카다 가쓰노스케仲田勝之助 역, 1924), 노무라 요시야野村吉哉의『별의 음악』(1924), 무라야마 도모요시村山知義의『현대의 예술과 미래의 예술』(1924), 기타가와 후유히코北川冬彦의『반고리관 상실三半規管喪失』(1925), 온치 데루타케遠地輝武의『꿈과 백골의 입맞춤夢と白骨の接吻』(1925), 에른스트 톨러Ernst Toller의『제비의 책』(무라야마 도모요시 역, 1925), 하기와라 교지로萩原恭太郎의『사형선고』(1925) 등.

시대의 변혁적 기운을 배경으로 잉태되어 출현한『적과 흑』집단이 끼친 영향, 그 이상의 기운이 돌출되어 잡지『적과 흑』을 낳았다고 보는 편이 타당할지도 모르겠다. 기운이란 무엇인가. 부정과 변혁의 성급한 요망이다. 그것은 시단 따위 협소한 것은 아니었다. 조각·회화에서, 극에서, 문학에서, 건축에서, 도시의 부흥 계획에서, 또는 정치 등의 모든 분야에서 기성에 반대하고 반항하며 새로움을 모색하는 소리가 높아졌다. 시단의『적과 흑』이 말한 '감옥의 굳은 벽에 던지는 폭탄'이란 그러한 부정과 변혁이 대망하던 첫 번째 소리였던 것이다. 그들이 외양 따위는 개의치 않고 외쳐 호소했다는 그 자체가 새로웠다. 그들이 무엇을 했던가가 아니라 어떻게 외쳤던가에 의해 시대를 포착했던 것이다. 가두에까지 그 목소리는 확대되었던 것이다.

― 아키야마 기요시秋山清,『아나키즘 문학사アナーキズム文學史』

또 이토 신키치伊藤新吉도 『적과 흑』의 역사적인 의의를 다음과 같이 쓰고 있다.

이 「선언」을 썼을 때, 그곳에 모인 시인들은, 시대의 추세를 뒤흔들어 더욱 전진시키려는 격렬한 정신으로 불타고 있었다. ─그것은 반드시 예술 혁명과 혁명예술의 여러 문제가 논리적으로 확실했다는 것은 아니다. 자신들의 예술의식으로써, 더 기본적으로는 그 시적 정열로써, 거기에서 시대를 획하려는 전반적인 기운을 체감했던 것이다. 폭풍은 몸속에서 용솟음치고, 거기에서 시대의 배경으로 이어지고 있었다. 이 「선언」은 정열의 진지함을 느끼게 했고 그 정직함은 체감에서 '인식'의 싹을 마련하고 있었기 때문이다. 시란 폭탄이다. 시인이란 그것을 던지는 검은 범인이다 ─라는 과장된 최대한의 표현은, 그 과장에도 불구하고 태도에 있어서 진지했다. 폭탄과 검은 범인은 비유와 상징으로서가 아니라, 시적 정열 자체로서 쓰였고, 그것은 또 부정적 정열이라는 점에서 동시에 인식의 싹을 내포했다.

─「『적과 흑』 운동과 그 주변『赤と黒』の運動とその周辺」,

복각판『적과 흑』별책

4. 예술혁명에 대한 모색

확실히 『적과 흑』으로 대표되는 시인들의 '부정적 정열'은 아직 방법에 대한 논리적인 자각에까지는 도달해 있지 않았다. "이러한 마니페스토를 썼던 우리들 안에는, 당시 유럽에서 유입된 미래파, 다다, 표현파, 입체파, 구성파 등 신흥예술이 뒤섞인 자극과, 사상적으로는 오스기 사카에 등을 통해 접했던 바쿠닌, 크로포트킨 등의 단편, 쓰지 준이 번역했던 막스 스티르너Max Stirner의 『유일자와 그 소유』 등이 비체계적이고 어수선하게 혼재되어 있다"고 동인의 한 사람이었던 오카모토 준岡本潤이 회상하듯이, 그곳에 있는 것은 일종의 혼돈이었다. 그리고 이러한 혼돈된 부정적 정열로 가득 찬 시대 풍경 안에서 더욱 자각적으로 예술의 혁명을 지향했던 것은, 일단의 화가들이었다.

일본에서 전위예술이 처음 출현한 것은 1916년 제3회 이과전二科展에 출품된 도고 세이지東鄕靑児의 '파라솔 쓴 여인'이었다고 생각되지만, 1922년에 파리 유학에서 귀국한 나카가와 기겐中川紀元과 야베 도모에失部友衛 및 간바라 다이神原泰, 고가 하루에古賀春江, 요코야마 준노스케橫山潤之助들에 의해 '악시옹'이 결성되며 본격적으로 전개되기에 이르렀다. 그 중심에 있었던 것이 무라야마 도모요시村山知義였다.

무라야마는 1923년 1월에 독일 유학에서 귀국하자마자 바로 활동을 시작해, 5월에는 '무라야마 도모요시의 의식적 구성주의적 소품 전람회'를 열어 주목을 받았다.

무라야마가 체재했던 베를린은 전위적인 예술운동과 대전 후 혼돈의 도가니였다. 그리고 귀국한 그가 일본에서 발견했던 것도 그와 비슷한 열기로 가득 찬 혼돈에 다름 아니었다.

그는 인뻬코펭이라는 17세 소녀의 무용에 충격을 받았고, 클레와 피카소, 브라크 등의 새로운 작업도 접했으며, 에른스트 톨러의 「기계파괴자」와 「군중·인간」의 상연 및 막스 라인하르트의 연극운동과 새로운 극장 건축을 두루 살폈다. 이후 귀국한 그는 그 지식과 기술을 일본 전위예술 안에 정력적으로 갖고 들어온다.

그는 '악시옹' 그룹에 대해서도, "너희들은 첫째로 유럽의 유행을 섬기고, 둘째로 절대미라든지 예술이라든지 하는 인습적 개념을 섬기며, 셋째로 잘못된 사회를 섬기고 있다"고 가차없이 비판하며 자신의 '의식적 구성주의'를 주장했다.

그에 따르면, 일본에서 가장 새롭다고 간주된 표현파도 큐비즘도 다다이즘도 구성주의도 이미 과거의 것에 불과했다. 그는 이제 막 귀국한 사람답게 대담한 발언을 서슴지 않았다. 그러한 발언은 기성 화단에 적지 않은 반발을 불러일으켰다. 하지만 다른 한편으로 그 콜라주나 오브제를 주체로 하는 작품이나 댄스, 연극 등 신체적인 표현까지 포함한 종합예술적 지향은 예술적인 서클을 넘어 대중적인 반향을 불러왔다. 그것은 당시의 대중사회화가 만들어낸 모더니즘의 일반적인 취향에 의해서도 지지되었던 것이다.

'마보' 그룹은 이 무라야마 도모요시를 중심으로 야나세 마사무^{柳瀬正夢}, 오가타 가메노스케^{尾形亀之助}, 오우라 슈조^{大浦周造}, 가도와키 신로^{門脇晋郎} 등의 다섯 명으로 1923년 7월에 출발했다.

"우리들은 첨단에 서 있다. 그리고 영원히 첨단에 설 것이다. 우리들은 속박되어 있지 않다. 우리들은 과격하다. 우리들은 혁명한다. 우리들은 전진한다. 우리들은 창조한다. 우리들은 끊임없이 긍정하고 부정한다. 우리들은 말의 모든 의미에 있어 살고 있다, 더할 나위 없을 정도로"라고 그 '마보의 선언'에는 쓰여 있다. 또 '선언'에는 활동의 분야로서

<그림 28> 잡지 『마보』

강연회, 극, 음악회, 잡지 발행, 포스터, 쇼윈도, 서적의 장정, 무대장치, 각종 장식, 건축 설계 등이 거론되고 있다.

이 '마보'가 결성되고 겨우 일 개월 남짓이 흐른 후, 도쿄는 관동대지진으로 허허벌판이 된다. 그것은 무라야마에게 "제1차 세계대전 후의 독일 상황을 축소한 것처럼" 보였다. 물 만난 고기마냥 '마보'는 활약했다. "진재 후의 복구가 진전됨에 따라 쇼윈도의 장식이나 간판, 건물 외장과 벽면 장식, 나아가서는 건축 설계까지도 마보에 의뢰해 오는 경우가 늘어갔다. 지진 후의 혼란한 인심과 부흥에 대한 의욕 등을 반영한 것이다." "신바시, 니혼바시, 간다와 같은 번화가에 진기한 외장을 한 카페, 식당, 문방구점 등의 건물이 많이 들어섰다. 우리는 바우하우스의 사람들이 마그데부르크Magdeburg를 통째로 표현주의화했던 것에 비견될 만한 의욕으로 아침부터 사다리와 페인트 통을 메고 뛰어다녔다. 그것은 우리의 밥벌이가 되기도 했다"고 무라야마는 자신의 『연극적 자서전』에 쓰고 있다.

'마보'는 또 종래와 같이 화랑이나 미술관에서 전람회를 여는 것이 아니라, 끽다점, 레스토랑, 공원 벤치 등 거리에서 자신들의 작품을 전시했다. 그 작품들은 전시가 끝나면 해체되어 다시 새롭게 구성되는 방식이었으므로, 완성된 작품보다도 제작 과정 자체를 중시하는 다다이스트적인 예술관으로 일관되어 있다.

또한 '마보'는 1924년 7월부터 기관지 『MAVO』를 창간하고 다음 해 8월경까지 간헐적으로 7호까지 발행했다. 이 잡지에는 나중에 하기와라 교지로萩原恭次郎도 편집 겸 발행인으로 이름을 올려, 점점 종합예술적인 색채를 심화해 가면서, 리놀륨 판화를 활용하는 등 인쇄기술에서도 이러저러한 새로운 시도가 이루어졌다. 그 최고의 성과가 바로 하기와라 교지로의 「사형선고」(1925.10)다. 이 작품에서 『적과 흑』을 대표하는 아나키스트 시인과 '마보' 예술가의 역사적인 공동 작업이 결실을 맺었던 것이다.

관동대지진은 모든 의미에서 일본 근대의 결정적인 전환점이었다. 오스기 사카에와 이토 노에伊藤野枝의 학살로 상징되듯이 관동대지진은 반동화의 풍조를 불러일으켰다. 그러나 프롤레타리아문학운동 최초의 잡지 『씨 뿌리는 사람』의 휴간과 일본공산당의 해산 등으로 나타난 사회주의 운동의 일시적인 핍색逼塞 상태는 오래가지 않았다. 일본의 상황은 이제 '대역사건' 당시와는 완전히 다른 상태가 되어 있었던 것이다. 그리고 사회주의 사상과 운동은 급속히 회복되어 전보다 훨씬 큰 기세로 확장되기 시작했다. 출판 저널리즘의 대중화(예컨대 엔폰의 유행)가 그것에 박차를 가했다.

대지진에 의해 막을 연 이 나라의 '현대'가 차츰 그 모습을 드러내기 시작했다. 그것은 대중사회와 대중문화의 난숙이며, 전쟁과 혁명의 시대의 개막이다. '정치'의 계절이 찾아왔다. 그 안에서 예술혁명에 대한 지향은 혁명예술에 대한 지향으로 대체되었다.

5. 프롤레타리아예술과 '정치'

1924년 6월 즉 지진 9개월 후에, "1. 우리는 무산계급 해방운동에서 예술상의 공동전선에 선다. 1. 무산계급 해방운동에서 각 개인의 사상 및 행동은 자유다"라는 두 개 조의 강령으로 잡지『문예전선』이 창간되었다. 그리고 그로부터 4개월 후인 10월에는 요코미츠 리이치橫光利一와 가와바타 야스나리川端康成 등 나중에 '신감각파'로 불리게 되는 일단의 젊은 작가에 의해『문예시대』가, 그리고 같은 달에『적과 흑』동인을 중심으로 아나키스트 잡지『다무다무ダムダム』가 각각 창간되었다.

이때 일본의 문학은 '현대'를 향해 그 스타트라인에 모여 섰던 것이다. 그러나 이 시기에는 프롤레타리아파든 모더니스트든 혹은 아나키스트든 정치사상 상의 대립을 넘어 여전히 공통된 예술적 문제의식은 그들 사이에 존재하고 있었다. 다음에 그 삼자 각각의 출발점이라고 할 만한 주장을 확인해 두자.

『문예전선』의 아오노 스에키치青野季吉는 다음과 같이 말한다.

"뭐라고 해도 이제까지의 일본 소설은 작자의 생활 속에서 의식적 혹은 거의 대부분 무의식적으로 얻은 인상의 묶음이다."

"물론 단순한 인상만 있는 것은 아니고, 탐구적 노력의 결과로 얻은 사실이라든지 그 사실에 뒷받침된 사상이라든지 하는 것이 전혀 인정되지 않는 것은 아니다. 두세 작가에게서는 아주 불만족스럽고 불철저하게 나타나기는 하지만 그러한 모습을 찾을 수 있다. 그러나 전체적으로 보면, 인상 소설,

인상 예술의 범위를 벗어나지 않는다. 그것을 벗어나려는 의지적 요소를 다분히 결여하고 있는 것이 일본의 소설이나 예술이라는 것의 현실이다. 여기에는 상당히 강한 전통이 작용하고 있다고 생각한다. 필경 자연주의 운동 당시의 '현실', '생활', '자기' 등에 대한 그릇되고 천박한 해석이 그 강한 전통으로 지적될 수 있다. 뭐든지 간에 '진짜의 것'이라면 개인의 협소하고 우연적인 경험뿐이며, 그것을 '파내려가!'기만 하면, 무언가에 맞닥뜨린다는 식으로, 흡사 신비적이고 기적적인 사고방식으로 태연하게 있는 것이다."

"따라서 나는 그러한 식으로 인상을 짜깁기한 듯한 시각, 거기서 나오는 사상에 만족하지 않으며, 현실을 의지적으로 탐구적으로 '조사해'가는 방식, 거기서 나오는 사상 같은 것이 지금의 문예를 구할 하나의 큰 길이 아닐까라고 생각한다. 반항의식이라든가 반역의식이라든가 하는 것도 그 안에서 자연스럽게 태어난 것이, 가장 근저根柢가 있는 안정된 것이며, 반항의식이나 반역의식도 단순한 인상을 짜깁기해서 나온 것은, 자신 스스로가 그것을 눈치 채기 전에 틀림없이 타인이 먼저 그 뿌리 없음을 눈치채버리고 말 것이다.

이야기하는 방식은 조금 이상하지만, 이것을 한 마디로 하면 '조사한' 예술을 원한다는 것이다. '조사한'다는 것에는 다양한 방식이 있다. 과학적 조사의 방법도 물론 그중에 포함된다."

— 「'조사한' 예술調べた'藝術」, 『문예전선』, 1925.7

『문예시대』로부터는 요코미츠 리이치의 소설 「머리 및 배頭ならびに腹」의 첫 머리 일절 —"한낮이다. 특별 급행열차는 만원인 채로 전속력

으로 달리고 있었다. 연선의 소역小驛은 돌멩이처럼 묵살되었다" —의 평가를 둘러싼 논쟁 중에 쓰인, 가타오카 뎃페이片岡鐵兵의 문장으로부터 인용한다.

"'신진작가라 해도, 새로운 것은 전혀 없고 단순히 표현법의 신기함을 과시할 뿐, 내용이 새롭지 않고서는 보잘 것 없다.'

제군, 이 말을 잘 기억해두게나. 이 말은 기성작가가 늘 늘어놓는 신진 공격의 관용어이다.

'무엇을 내용이라고 하나? 내용이란 사건인가? 재료인가?'

'작품의 내용이란 그 작품의 재료가 된 사건이 아니다. 그 느끼는 방식이야말로 그 작자가 재료 위에서 호흡하는 그 생활의 방법이다. 그 생활의 방향이다.'

기차가 소역을 통과하는 것을 '묵살했다'고 느낀다. 그 느끼는 방식이야말로 그 작자의 사물 상의 생활 방법을 암시한다. 그렇다면 이러한 생활 방법을 일찍이 어떤 기성작가가 찾았던가. '통과했다'든 '묵살했다'든 기차의 움직임 자체에 새로움이나 낡음이 있는 것이 아니다. 새로움도 낡음도 같은 재료 위에 서 있다. 하지만 그 같은 재료 위에 서서 '통과한다'고 보는 것과 '소역을 묵살한다'고 느끼는 것에는, 사물 상의 생활 방법에 비상한 거리가 있다고 하지 않을 수 없다. 그리고 '통과한다'라고만 보는 것이 종래 기성작가의 상식적인 방법임에 반하여 '묵살한다'라고도 느끼는 것은 신진작가만이 시인하는 새로운 방법이라고 주장할 수 있다.

'통과한다'고 보는 것은 정상이다. 하지만 '묵살한다'고 보는 것은 정상적인 상식의 방법으로부터 멀리 비약한 새로운 감각적 방법이다. 그리고 이러한 감각 방법은 나아가 이어서 올 생활의 새로움을 암시한다. 왜냐하면

생활의 방향은 느끼는 방식의 방향에 의해 결정되기 때문에 ─ 이러한 느끼는 방식, 생활 방향의 새로움은 필경 신시대에 새로운 인식론을 수립하는 전제가 되는 것이다.

우리는 기차가 소역을 '묵살한다'고 느끼는 것에 의해 기차의 주행 방식 자체의 변화를 주장하는 것은 아니다. 기차는 변함없이 소역을 '통과한다'고만 보이던 시대와 똑같은 주행 방식을 취하고 있는 것이다. 변하는 것은 단지 우리의 생활 방법뿐이다. 기차 자체가 변하지 않는다고 해서 '내용'이 새롭지 않다든가, '내용물이 기성작가보다 새로운 바가 없다'든가라고 하는 것은 공연히 우리를 모함하는 것이다."

"위에서 말한 것은 감각의 신발견을 존중하는 논의로 오해되기 아주 쉬운 생각이다. 그러나 감각의 신발견 그것만을 우리가 존중하는 것은 아니다. 또 이러한 발견은 의식적으로도 무의식적으로도 예전부터 행해져 오고 있으므로 물론 그다지 새로운 것도 아니다. 하지만 우리 시대에 지향하는 이른바 '감각적으로'와 보통 말하는 감각의 신발견 사이에는 자연히 태도의 차이가 있다. 전자가, 즉 사물을 보는 방식, 사고방식, 취급 방식이 자연의 방향이면서, 그것은 전全 생활에서 가장 중요한 것임에 반해, 후자는 한층 더 향락적이며 취미적이다. 전자가 완전히 발랄한 생명의 비약임에 반해 후자는 오히려 퇴폐적인 노력이다."

─ 가타오카 뎃페이, 「젊은 독자에게 호소한다若き讀者に訴う」,
『문예시대』, 1924.12

『다무다무』의 권두언에는 다음과 같은 것이 있다.

새로운 시대와 새로운 예술의 선두에 서서 '이제 실제처럼 상상하게 하는 환상은 예술을 낳는 조건이 되지 못한다'라는 랑게의 말은 조야하게 소리 높이 크게 울리고 있다.

이제 우리의 일루전은 자신과 대상 사이에서 발동하여 교류하고 순환하는 시각적 과정은 아니다. 이제 우리의 표현은 자신과 대상 사이에서 발생하여 움직이는 일루전은 아니다. 그래서 우리의 예술상의 용어로부터는 '묘사' 혹은 '재현'이라는 말은 제거되어야 한다. 우리의 표현은 이제 음악이 아닐까. 새로운 표현이란 회화의 표현으로부터 벗어나 음악의 표현에 도달한 것을 이름이다. 왜냐하면 입체 혹은 조각은 회화의 요소도 있음과 동시에 음악의 요소도 있기 때문이다.

회화로부터 음악으로!

자신의 심상 혹은 주관을, 자신의 심상 혹은 주관대로 노출시켜라! 우리의 가장 순수한 몽상을 그대로 나타내라! 이제 실제처럼 상상하게 하는 재현은 전혀 우리 예술을 낳는 조건은 될 수 없다. 표현파의 아버지 스트린드베리August Strindberg는 이렇게 말하고 있다. '보다 높은 몽상은 현실보다도 큰 실재이다'라고. 우리 청춘이여! 새로운 시대여! 그들의 리얼리즘의 미신 속을 전진하라!

—『다무다무』, 1924.10

얼핏 보면 삼인삼색의 주장으로 보이지만, 거기에 공통된 것은 종래의 자연주의적 리얼리즘에 대한 철저한 거부이고 부정이다. 이미 정치 사상 상의 대립을 잉태하면서도 이 나라의 예술상의 '현대'도 또한 이러한 방법상의 변혁을 공통의 과제로 해 출발했던 것을 확인하는 것은 중

요하다. 그리고 사실 프롤레타리아예
술과 신감각파 사이에는 대립만이 아
니라 무시할 수 없는 상호 영향관계
가 존재하며, 가타오카 뎃페이와 후
지사와 다케오藤沢桓夫를 필두로 신감
각파로부터 프롤레타리아문학으로
'전향'한 작가도 적지 않다. '마보'의
무라야마 도모요시가 몇 호인가에 걸
쳐서『문예시대』의 표지를 그린 적도
있었던 것이다.

〈그림 29〉 무라야마 도모요시의 장정에 의한『문예
시대』표지 1925년 4월호

　이러한 협력관계는 프롤레타리아
예술 운동의 내부에서도, 정치상의
'아나 · 볼'[5] 대립의 격화에도 불구하
고 아직 이 시기에는 간신히 존재할 수 있었다.

　1925년 12월 6일『문예전선』,『전투문예』,『문예시장』,『해방』, '선구
좌先驅座'를 중심으로 일본프롤레타리아문예연맹이 결성되어, 문학만이
아닌 연극, 미술을 포함한 종합적인 좌익 예술운동의 주체가 형성되었
다. 거기에는 아오노 스에키치, 사사키 다카마루佐々木孝丸, 야마다 세자
부로山田清三郎, 하야시 후사오 등의 마르크스주의자부터 니이 이타루新
居格나 이누다 시게루犬田卯 등의 아나키스트도 가담하고 있었다. 그것은
『문예전선』이 내걸었던 '예술상의 공동전선', '해방 운동에 있어 사상

---

5 【역주】아나키즘 볼셰비즘.

및 행동의 자유'라는 강령의 실현처럼 보였다. 그러나 노동운동과 관계를 심화시키고 레닌의 목적의식론을 그대로 예술운동 내에 적용하는 아오노 스에키치의 「자연생장과 목적의식自然生長と目的の意識」(『문예전선』, 1926.9)이 운동의 기본 노선으로 받아들여지는 데에 이르러, 연맹으로부터 아나키스트의 배제는 시간문제가 되었다. 그 정도로 노동운동에서 아나코 생디칼리즘과 볼셰비즘의 대립은 격렬했고, 또 분열은 심화하고 있었던 것이다.

『문예전선』 지상에는 하야마 요시키葉山嘉樹의 「매춘부淫賣婦」, 「시멘트 포대 안의 편지セメント樽の中の手紙」, 구로시마 덴지黑島傳治의 「돼지 떼豚群」, 하야시 후사오의 「사과林檎」, 사토무라 긴조里村欣三의 「쿨리 두목의 표정苦力頭の表情」 등의 프롤레타리아문학을 대표하는 단편이 잇따라 발표되었고, 또 하야마 요시키의 장편 『바다에 사는 사람들海に生くる人々』이 출판되는 등 프롤레타리아문학은 차츰 작품에서도 주목을 받기 시작했다. 그리고 이 작가들은 모두 넓은 의미에서 볼셰비키파에 속했다. 이때 아나키스트계의 사람들로부터는 볼 만한 작품도 비평도 거의 나오지 않았다. 그러나 1926년 11월에 프롤레타리아문예연맹으로부터 아나키스트와 중립적인 사람들 — 아키타 우자쿠秋田雨雀, 오가와 미메이小川未明, 미야지마 스게오宮嶋資夫, 니이 이타루, 쓰보이 시게지 등이 '반마르크시즘적 요소'로 배제된 것은 예술상의 대립이 아니라 완전히 정치적인 대립에 의한 것일 뿐이었다. 예술상의 의견 대립이 아니라 늘 정치상의 대립을 계기로 분열한다는, 프롤레타리아예술운동을 일관하는 분열의 패턴은 이때부터 변함없이 계속된 것이다.

이러한 상황 속에서 옛 『적과 흑』 동인인 하기와라 교지로, 오카모토

준, 오노 도자부로小野十三郎, 쓰보이 시게지 등은 다음 해 1월에『문예해방』을 창간한다. 그「선언」은 "우리는 과거의 일체 역사와 절연하고 새로운 역사를 창조한다. / 우리는 일체의 굴욕적 노예정신을 배제하고 자유 합의의 연대 사회를 창조한다. / 우리는 사기적 음모 정치로부터 문예를 해방한다. / 우리는 자연발생에 입각한 목적의식을 강조한다"고 하며 아나키즘 기치를 선명히 했다. 그러나 본래 반反 정치주의일 터인 아나키즘이지만 정치색이 짙은 그림자를 드리우고 있는 것은 이「선언」에서도 읽어낼 수 있다. 이 이후 아나키스트 진영 또한『흑색전선黑色戰線』『흑전黑戰』『아나키즘 문학』『바리케이드』『흑기는 전진한다黑旗は進む』로 아나키즘 예술운동으로서 당파적인 결집을 진전시켜 자기 스스로도 마르크스주의 예술운동이 내걸었던 '정치의 우위성'론과 같은 지평에 포박되어 간 것이다.

6. '정치의 우위성론'을 둘러싸고

문화 혹은 예술에 대한 정치의 우위성이라는 사고는 반드시 프롤레타리아 문화운동 안에서 처음 태어난 것은 아니다. 극단으로 말하면 플라톤의 예술론 이래로 인간이 정치와 예술의 관계라는 곤란한 문제를 완전히 해명할 수 있었던 적은 한 번도 없었다고 할 수 있다. 생활 혹은 실행이 예술에 우선한다는 사고는 그 윤리주의적 풍토와 함께 일본 근대 예술의 개척자들에게도 뿌리 깊게 존재했다. 1920년대 사회운동의 흥륭 안에서 이러한 심정은 사회주의라는 '이상'하에 그 윤리주의를 더욱더 강고한 것으로 만들어 갔다.

예를 들어 결코 교조적인 마르크스주의자라고는 할 수 없는 히라바야시 하쓰노스케平林初之輔는 1922년 6월 관동대지진 전년에 발표했던 「문예운동과 노동운동文芸運動と勞動運動」이라는 논문에서, "최근 일어나려 하고 있는 계급예술 운동은 적어도 그 본질에 있어서는 계급투쟁의 일 현상, 계급투쟁의 국부전, 계급전선의 일 부면의 투쟁이어야 한다. 따라서 이것은 단순한 문학운동, 지면상紙面上의 운동으로서는 해결을 기대할 수 없다. 계급전의 주력인 부르주아와 프롤레타리아의 결전에 의해서만 해결할 수 있는 것이다", "프롤레타리아문예운동은 문예라기보다도 우선 프롤레타리아 운동인 것을 염두에 두어야 한다. 그러므로 그 강령은 문예운동상의 강령이 아니라 프롤레타리아 자체의 강령이어야 한다", "요컨대 프롤레타리아문예운동은 그 자체로 절대 의의를 갖는 것이 아니다", "결승력決勝力을 갖지 않은 일종의 보조운동, 견제운동이라고 해도 좋을 정도다"라고 쓰고 있다. 그리고 이러한 주장은 아리시마 다케오의 「선언 하나」로 대표되는 1920년대 진보적 지식인의 자기부정의 정열에 의해 지지되며 거의 저항 없이 프롤레타리아 문화운동의 주류가 될 수 있었다. 프롤레타리아문학운동은 목적의식(사회주의＝마르크스주의)을 주입하는 운동이어야 한다는 아오노 스에키치의 주장(「자연생장과 목적의식」, 『문예전선』, 1926.9)은 그 운동론의 적용이었다. 그것이 프롤레타리아예술운동에서 공산주의자와 아나키스트 분열의 직접적인 계기가 되었다는 점은 이미 언급했던 대로이다.

이러한 경과로부터 '정치의 우위'라는 사고에 대해 아나키스트 측으로부터는 예리한 비판이 전개되기에 이른다. 그 대표적인 것으로 니이 이타

루의 「공산주의 당파 문예를 평한다共産主義黨派文藝を評す」(『신조』, 1927.1)가 있지만, 여기서는 모치즈키 유리코望月百合子의 발언을 소개해 둔다.

프롤레타리아 독재를 비판하는 니이에 대해, "원래 독재는 강권을 동반한다. 부르주아 독재가 부르에 대하여 하등의 강제를 하지 않는 것과 마찬가지로 프롤레타리아 독재는 프롤레타리아 자신에 대하여 전혀 강제로 느껴지지 않을 터이다"라고 반론했던 구라하라 고레히토(「문예상의 아나키즘과 마르크시즘」, 『미야코신문』, 1927.1.12~16)를 모치즈키는 다음과 같이 비판한다.

"도대체 어디에서 이러한 독재가 행해지고 있는 것일까? 러시아의 볼셰비키 독재를 지칭하고 계신지 모르겠지만, 그것은 대단한 착각에 불과하다. 러시아의 볼셰비키 독재는 프롤레타리아 독재가 아니다. 프롤레타리아 독재가 아닌 프롤레타리아를 독재하는 것이다. 소수 야심가의 전제정치에 지나지 않는 것이다."

"자유의 정신이 없는 곳에 예술은 없다. 생명의 표현은 자유를 조건으로 한다. 자유 없는 생명은 죽음이다. 자유 없는 예술은 생명 없는 예술이다. 러시아에 만약 새로운 문예가 일어난다면 그것은 현재의 볼셰비키 정부를 구가謳歌하는 문예가 아니라 오히려 이 새로운 권력 계급에 반역하는 투쟁의 문예이어야 한다. 일본 공산주의가 천박하고 조잡한 모방 정신 이상으로 나아가지 않는 것은 이 철저한 자유의 요구가 결여되어 있기 때문이다."
— 「조직과 자유組織と自由」, 『미야코신문』, 1.22~24

그리고 이에 대하여 "자유가 없었던 곳에도 예술은 있었다"고 반론했던 구라하라에게 다시 다음과 같이 답했다.

내가 '자유의 정신이 없는 곳에 예술은 없다'고 말한 데 대하여 구라하라 씨는 '자유가 없었던 곳에도 예술은 있었다!'라고 말하고 있다. 이것은 구라하라 씨가 말하는 '독재의 강권'을 긍정하는 부르주아적 노예정신에서 본다면 지당한 말이다. 내 쪽에서 본다면 자유 없는 사회에도 자유의 정신은 활동한다. 그것은 반역이 되어 나타난다. 그곳에 진실한 프롤레타리아 정신이 존재하는 것이다. 이 자유, 이 반역의 정신이야말로 진정한 프롤레타리아예술의 기조이지 않으면 안 된다. 프롤레타리아 이데올로기를 주장하는 구라하라 씨에게서 '자유가 없었던 곳에도 예술은 있었다!'라는 말을 듣는 데 이르러서는 이제 논의를 계속할 의욕도 없게 되었다.

— 「진실과 자유를 위하여眞實と自由の爲に」, 『미야코신문』, 1.31~2.2

"자유가 없는 사회에도 자유의 정신은 활동한다. 그것은 반역이 되어 나타난다"라는 일절에서 우리는 굳이 아나키즘이라는 '이데올로기'를 발견할 필요는 없다. 그것은 극히 당연한 말로 일본 근대 예술사의 저류를 형성하고 있는 '사실'일 뿐이다. 그것이 이 시기에 새삼스레 '논쟁' 되어야만 했던 것은, 한편으로 "정당과 문예란 그 순수한 형식에 있어서는 같은 계급의 이데올로기를 대표한다"든가 "우리나라에 진실로 무산계급적인 정당의 지도자와 진실로 프롤레타리아적인 작가는 이제야 그들이 반영하는 이데올로기를 일치시켜 가고 있다. 거기에 강제도 속박도 없다. 다만 진실로 무산계급적인 자기 이데올로기의 자유로운 발로와 그에 동반하는 자유로운 활동이 있을 뿐이다"(구라하라 고레히토) 등과 같은, 거의 현실에서 이탈된 이데올로기 만능과 예정조화의 이념이 마르크스주의의 이름으로 횡행하기 시작했기 때문이다. 이 이념하에서는 이데올로기의 순수성만이 추구되어 '운동'은 분열을 거듭할 수밖에 없었다. 모든 강권에 대항하는 그 '반역'의 행위에서 공동의 지향은 당연하게도 진부한 것으로 타기唾棄되기에 이르렀다. 20년대 초두에 일어났던 전위예술의 파괴에의 충동은 이제는 이데올로기적 정합성에의 희구에 의해 대치되었다. 마르크스주의라는 이데올로기에서 신시대의 희망을 발견한 많은 전위예술가들은 '파괴에서 건설로'라는 말로 그 전향을 스스로에게 납득시켰던 것이다.

'권력과 예술'이라는 문제는 '정치와 예술'로 슬쩍 변해버렸다. 그리고 이때 '정치'라는 말로 의미되고 있던 것은 실상 구라하라 고레히토가 말한 바의 '진실로 무산계급적인 정당' ― 그들에게 '진실'은 늘 하나뿐이기 때문에 따라서 '무산계급 유일의 당', 곧 공산당인 것이었다. 이렇게 20년대에 등장한 '민중'은 '노동자'로, 그리고 '프롤레타리아트'로 변천을 거듭한 결과 결국 '당'에 이르기까지 이데올로기적으로 순화純化되었다. 민중예술의 주장은 당 예술 ― 당파성의 주장으로 순화되었던 것이다.

구라하라 고레히토에 의하면 당의 예술이란 "우리나라의 프롤레타리아트와 그 당이 현재에 당면하고 있는 과제를 자신의 예술적 활동의 과제로 삼는" 것이다.

이 구라하라의 테제는 미야모토 겐지의 「정치와 예술, 정치의 우위성에 관한 문제政治と藝術、政治の優位性に關する問題」라는 논문에서 더욱 발

전되어 다음과 같이 정식화되었다. 즉 "프롤레타리아문학은 당의 것이 됨으로써 자신의 객관적 현실에 대한 파악을 점점 심화시킬 뿐이다. 계급의 가장 선도적·능동적인 부분, 그 이론적·실천적 중앙부로서 당의 입장이야말로 프롤레타리아문학에 가장 과학적인 전망을 부여하고, 가장 큰 비판력을 부여한다. 당의 정치적 임무와 결합되어서야말로 프롤레타리아문학은 객관성과 혁명성의 변증법적 통일을 쟁취할 수 있는 것이다", "프롤레타리아 작가가 당면의 정치적 과제를 깊이 파악할 필요가 있다는 것은, 약간의 사람들이 소극적으로 이해하고 있듯이 비문학적인 '강제'가 아니며 비문학적인 '당위'도 아니다. 정치적 과제를 파악한다는 것은 현대사회의 기본적 현실 — 객관적 진리를 가장 능동적으로 심각하게 파악한다는 것이다. 프롤레타리아 작가는 당의 정치적 과제 — 당파적 관점에 섬으로써 진실로 대상의 전 모순을 전면적, 구체적으로 생생하게 포착할 수가 있다. 수준 높은 예술을 낳는 바탕인 올바른 관점은 진실로 당파적 작가만이 충분히 가질 수 있다."

나아가 이 테제는 고바야시 다키지의 "당이란 미틴Mark Borisovich Mitin (소련의 철학자)이 말한 것과 같이, 유일한 최고의 지도적인 이론과 실천의 중앙부이며, 그것은 단지 혁명운동의 정치적 조직의 중심일 뿐만 아니라 그 관념적=실천적 중심이기도 하다. 따라서 가장 혁명적인 '정치가'=당원이라는 것은 가장 혁명적인 '작가'=당원이라는 것과 조금도 모순되는 것이 아니며 당적 실천에 있어 불가분리로 통일된 것이다. '당의 작가'란 프롤레타리아 작가로서 최고의 단계를 가리키는 것이다. 여기에서 비로소 '정치'와 '문학'의 완전한 통일이 (이론에서가 아니라) 실천으로 행해진다!"라는 주장으로 완성된다.

결국 정치의 우위성론의 핵심은 당물신화黨物神化의 사상이며, 당이야말로 최고의 인식자이며, 작가도 예술가도 학자도 모두 자신을 당의 입장에 동화함으로써 비로소 "객관적 진리를 가장 능동적으로 심각하게 파악할" 수 있다는 것이었다.

지금 시점에서 이 언설들을 새삼스레 비판하는 것은 거의 무의미할 것이다. 그보다도 이 시대에 사람들에게 정치라는 말이 무엇을 떠오르게 했던가를 알아두는 편이 의미 있다. 예전에 나는 다음과 같이 썼던 적이 있다.

"나프 시대의 가장 큰 문제는 정치와 문학이라는 문제이다. 문학을 논한다고 하면서 실은 정치가 논의되고 있다는 일종의 도착된 광경은 이 시대에 많이 보인다. 그러나 그것은 이 시대의 정치라는 것이 금일 생각되고 있는 정치보다는 훨씬 큰 폭을 가진 개념이었기 때문에, 그 안에 철학·사상으로부터 인생을 어떻게 살아야 하는가의 문제, 그리고 밥 먹는 방법부터 남녀 간의 모럴에 이르기까지가 포함되어 있었다는 사실을 무시해서는 안 된다. 정치가 마치 인간 생활의 전 영역을 다 삼켜버린 것처럼 사람들의 눈에 비쳤던 것은 마르크스주의가 일본사회에 준 충격이 얼마나 컸던가를 보이고 있다. 나프 시대는 문학 분야에서 이러한 정치의 외연이 가장 팽창했던 시대였다.

나프 시대의 또 하나의 특징은 이러한 정치의 외연 팽창과 동시에 일본공산당이 그러한 정치의 집중점으로서 널리 의식되었다는 것이다. 그러나 이 시기 즉 쇼와3년(1928)의 3·15[6]로부터 쇼와6년(1931) 말 사이, 특히 그 전반前半 시기에 조직 실체로서의 일본공산당은 당원 겨우 백 명 남짓의 소집단에 불과했으며, 더구나 잇따른 탄압에 의해 거의 조직다운 조직을 유지하고 있지 않았던 것이다. 당이 문학운동에 '지도'적인 개입을 행하게 되는 것은 쇼와6년 전반부터이다. 그럼에도 불구하고 당의 존재라는 것을 무시하고 이 시대의 문학을 생각하는 것은 불가능하다. 당의 모습이 보이지 않는다는 것이 역으로 점점 당을 이념화하고 이상화시켰다. 실제로 존재했던 당과 환상으로서의 당은 분리될 수 없는 것이었지만, 또 분명히 다른 것이었다. 마르크스주의의 입장에 선 프롤레타리아문학이 가장 강하게 이 환상으로서의 당에 붙잡혔던 것은 당연하다고 해도, 신감각파 — 모더니즘 조류에 속하는 작가도 舊문단 작가의 일부도 역시 이 환상으로서의 당을 무시할 수 없었던 곳에 이 시대의 특색이 있다."

"윤리적인 집중점인 동시에 과학적 인식의 집중점이기도 한 당 — 이것이 이때 '정치'라는 말로 의미되고 있던 것의 가장 순수한 형태였다. 그리고 이러한 절대자는 일본의 사상사, 문학사 내에서는 극히 예외적인 존재였다. 따라서 이 시대의 환상적 존재로서의 당을 오늘날 대중사회의 공산당과 같은 것으로 생각하면, 프롤레타리아문학이 가지고 있던 문제성을 반 이상 놓치게 되어 버린다."

— 「나프 시대의 의의ナップ時代の意義」

이렇게 보면, 정치와 문학 혹은 정치의 우위라는 사고의 배후에는 이

---

6 【역주】 1928년 3월 15일 일본 정부가 사회주의자와 공산주의자를 탄압한 사건. 1928년 2월 제1회 보통선거에서 무산정당이 선거간섭 속에서 8명의 의원을 당선시켰다. 이에 위기감을 느낀 다나카 기이치 내각은 선거 직후인 3월 15일, 치안유지법 위반 혐의를 이유로 전국적으로 일제히 검거를 단행하였으며, 일본공산당과 노동농민당의 관계자를 비롯한 1,652명이 체포되었다.

나라의 문화적인 풍토, 어떤 의미에서는 유교적 전통에도 통하는 윤리관이 있다고도 할 수 있지 않을까. 20년대 전위예술이 파괴하려고 시도했지만 끝내 깨지 못했던 것도 이 전통의 벽에 다름 아니었다.

'정치의 우위성'론의 본질은 일견 정치주의적인 겉치레에도 불구하고 실은 정치를 완전히 보지 못하게 했다는 데에 있었다. 그것은 정치를 당의 전유물로 만들어버렸으며 그 결과 개개인으로부터 자기 자신의 세계상, 상황판단, 책임능력 — 즉 주체성을 박탈하고 말았다. 전체적인 문제는 모두 당에 맡겨버리고 정치적 영역에서는 무조건 당에 종속됨으로써 자신의 개별적 영역 자체가 마치 전체화되어 있는 듯이 스스로를 기만하는 결과가 되었다.

이것은 1935년 이후, 즉 정치의 집중점이었던 공산당이 환상으로서도 붕괴한 후, 분명하게 드러나기 시작했다. 이때부터 많은 지식인이 자기 자신을 전체적인 주체로서 형성하지 않는 한, 개별을 방기하여 천황주의로 회귀하든가 혹은 전체를 방기하고 개별에 침잠하여 시류에 따르는 풍속적 내지 기술적 전향자가 될 수밖에 없었다. 문학적으로 말하면 전자는 '일본낭만파'의 길이고, 후자는 '인민문고人民文庫'의 길이었다.

일본에서 '예술의 혁명'이 왜 단명으로 끝났던가 하는 문제는 사실 일본 사회의 구조와 깊이 관련되어 있다. 그것은 이 나라의 '모더니즘'이 어떠한 토양 위에서 개화했던가 하는 문제이기도 하다. 전근대적인 토양 위에서 강행적으로 만들어진 독특한 '근대'라는 역사적인 조건이 거기에 무겁게 덮쳐누르고 있었던 것은 부정할 수 없다.

김재영 역

시작의 문제
문학사에서의 근대와 현대

1.

일본의 현대문학을 문학사의 대상으로 삼아 처음으로 계통적으로 서술한 이들은 아마도 히라노 겐平野謙을 중심으로 하는 '근대문학'近代文學파 비평가들이었다고 생각한다. 이 그룹에 속하는 비평가들—히라노 겐을 비롯하여 혼다 슈고本多秋五, 아라 마사히토荒正人, 오다기리 히데오小田切秀雄는 특히 자신의 비평을 역사적 맥락 속에 자리매김하는 데에 관심을 갖고, 또 그것을 통해 형성된 자신의 비평적 위치에서 문학사를 재구성하려고 했다. 그들은 공통적으로 전전 프롤레타리아 문화운동 출신이고, 전쟁 시기에도 그 연장선상에서 비평과 연구를 계속하며 문제의식을 공유하는 인간관계를 형성하고 있었다. 이것이 패전 직후 그들의 활동을 가능케 한 큰 원인이었다. 동시에 전쟁 시기의 그들의 체험은, 많은 구舊프롤레타리아문학자들이 전쟁하에서의 경험을 마치 없었던 것처럼 말살하고 나프/코프 시대로 회귀해 가는 것에 대한 강한 위화감을 그들에게 느끼게 했다. 그들의 출발점은 전쟁 체험에 대한 집착이었다. 그 집착이란, 구舊프롤레타리아문학이론과 운동론은 운동 붕괴와 전쟁 중에 프롤레타리아문학파가 겪은 결정적인 패배(아직 그들은 구舊프롤레타리아문학파가 행한 전쟁 협력·익찬이라는 사실로까지는 나아가지 않았지만)를 통해 벌써 시험된 것인데, '프롤레타리아'를 '민주주의'라고 말만 바꾸면서 그것을 이론적으로나 운동론적으로 부활시키면 안 된다는 것이었다. 이 입장에서 그들은 구舊프롤레타리아문학이론의 중심을 이루고 있었던 '정치의 우위성'론을 부정했으며 또한 유물론연구회 계열의 예술인식론을 비판했다. 이것은 패전 후 1년 남짓한 사이에 '주체성론', '실감문학론', '전쟁책임론'과 같은 형태로 화려하게 전개되었다.

그들이 구舊프롤레타리아문학이론에 대해 가한 비판은 정당했을까? 오늘날의 관점에서 보면 그 비판의 동기는 확실히 옳았지만 그 비판의 입장 및 지향하는 방향에 대해서는 근본적인 재검토가 필요하다고 생각한다.

현대라는 시대의 과제는 한마디로 하면 '근대를 넘어서는 것'이고, 현실의 역사에서 그것을 정치적인 체제로서 실현한 것이 바로 코뮤니즘(볼셰비즘)과 파시즘이었다. 닮은꼴을 이루는 이 대극이 만드는 자장磁場이 양차 세계대전 사이에 지식인들이 놓인 '장'이다. 이 자장을 둘러싼 예술 면에서의 움직임을 극히 거칠게 묘출한다면, '근대를 넘어서는 것'을 과제로 삼아 출발한 20세기 예술(전위예술) 운동은 이 자장 속에서 분해되어 어느 한쪽의 극으로 흡수되었으며, 그 잔여 부분은 '인민전선'과 같은 슬로건에 의해 이 자장을 벗어나 근대의 지평으로 후퇴했다는 식으로 말할 수 있다.

'근대문학'파 사람들의 입장은 물론 후자에 속한다. 그러나 전후를 '근대의 재출발' 혹은 '근대를 다시 한 번'이라는 방식으로 구상한 사람들은 '근대문학'파에 한정되지 않는다. 메이지 유신으로부터 불과 70여 년이 지난 1945년에 온통 폐허가 된 국토 앞에 선 지식인이 근대의 재시도나 본격적인 근대의 구축을 구상한 것은 결코 부자연스러운 일이 아니었다.

일본 근대문학 전체가 일본 근대에 대한 위화감을 그 근본에 가지고 있던 것은 새삼스럽게 말할 것도 없지만 그 위화감의 근거를 구조에까지 파고 들어가서 분석하는 도구를 처음으로 제공한 것은 1920년대 후반부터 사회과학의 주류가 된 마르크스주의자의 일군, 나중에 '강좌파講座派'라고 불리게 되는 공산당 지지자들의 연구였다. 이 그룹의 이론가 중 특히 근대라는 문제와 씨름한 이들은 경제 구조 분석으로는 야마다 모리타로山田盛太郎(『일본자본주의 분석日本資本主義分析』), 정치사적으로는 히라노 요시타로平野義太郎(『일본자본주의사회 기구日本資本主義社會の機構』), 역사학적으로는 하니 고로羽仁五郎(『메이지 유신사 연구明治維新史研究』)가 대표적인데, 그들의 연구에서 공통되는 것은 일본의 근대가 특수한 근대라는 인식이다. 그 '특수'하다는 것의 의미는 단지 구미에 비해 뒤떨어져 있다는 것만이 아니다. 그 '뒤떨어짐'은 근대 그 자체를 지탱하는 구조적인 것으로 일본 근대는 광범위한 전근대에 기댐으로써 성립되었으며 따라서 그 '뒤떨어짐'은 근대=자본주의가 존속하는 한 그 속에서 점차 해소될 성질의 것은 아니라는 것이었다.

일본 근대의 특수성에 대한 이러한 인식은 '근대문학'파 사람들뿐만 아니라 나카무라 미쓰오中村光夫나 이토 세이伊藤整 등까지도 포함하여 전전에 지적 형성을 이룬 문학자들의 대다수가 공유하고 있었다. 어쩌면 야스다 요주로保田與重郎도 이들 중 한 사람으로 꼽힐 수 있을지도 모른다. 그렇다면 전전·전쟁 중에 '근대'라는 문제에 관계한 사람은 반드시 이러한 '강좌파'적인 일본 근대 인식을 가질 수밖에 없었다고 할 수 있다. 일본낭만파에게 일본의 근대란 꺼림칙한 '문명개화'의 말로였으며 마르크스주의자를 비롯한 진보파에게 그것은 봉건적인 것을 온몸에 걸친 왜곡된 근대였다. 여기에 공통되는 것은 이러한 근대가 이미 근대의 틀 속에서는 개량될 수 없다는 인식이다. 즉, '근대의 초극'이라는 문제의식은 단지 낭만파에 국한되지 않았으며, 마르크스주의자 역시 그 출발 시점부터 직면해야 했던 과제임에 틀림없었다. '근대의 초극'에 대한 지향 속에는 일본낭만파처럼 고대＝일군만민一君万民의 공동체적 사회로의 회귀를 꿈꾸는 것에서 마르크스주의자와 같이 사회주의 속에 '진실한' 근대의 실현을 희구하는 것까지 포함되어 있었다.

또 일본 근대에 대한 이러한 인식은 근대주의적 비마르크스주의자 혹은 마르크스주의 동조자에게도 큰 영향을 미쳤다. 마르크스주의 패퇴 후에 나타난 시미즈 이쿠타로清水幾太郎의 사회학, 마루야마 마사오丸山真男의 정치사상사, 오쓰카 히사오大塚久雄의 비교경제사학 등은 그 전형이다. 그들의 근대주의적인 논설은 전후 저널리즘에 지배적인 영향력을 끼쳤다.

이런 의미에서, 패전 직후에 '근대문학'파가 제출한 비평과 문학사 연구를 재검토하는 작업을 통해 일본사상사의 보편적인 문제군問題群에 접근할 수 있을 것이다.

2.

현대문학사를 처음 계통적으로 기술한 '근대문학'파의 저작이 가진 특징은 위에서 말한 바와 같은 시대 상황과 문제의식에 깊이 관계한 것이었으며 그 결과 당연하게도 커다란 편향성을 수반하게 되었다. 그러나 비평과 문학사의 '변증법적인 통일'이라는 테마는 프롤레타리아과학연구소 예술이론 연구회의 중요 연구과제 중 하나였다. 나중에 '근대문학'파의 이른바 페이스메이커의 역할을 맡게 되는 다카세 다로(高瀬太郎=혼다 슈고)의 「문예사 연구의 방법에 대하여文藝史研究の方法に就いて」(『동대문화東大文化』, 1936.6;『계간·비평季刊·批評』제1권, 1932.11에 재수록)가 이 문제에 대한 당시의 성과이며, 또 히라노 겐의 첫 작품으로 자리매김되고 있는 「프티부르주아 인텔리겐치아의 길プティ·ブルジョア·インテリゲンツィアの道」(명의는 아라키 신고荒木信五, 『쿼털리·일본문학クォタリー·日本文學』, 1933.1)도 이 문제에 깊이 관여하고 있었다. 이와 같이 그들에게 비평과 문학사는 본래 '변증법적'으로 통일되어야 할 것으로 간주되고 있었다.

이러한 의미에서 '근대문학'파의 '쇼와문학사'는 극히 실제적인 동기가 뒷받침된 논쟁적인 역사다. 그것은 후대 문학사가가 쓴, 자료는 풍부하게 활용하면서도 내용은 단조로운 학술적 서술로 일관된 문학사에 비하면 훨씬 문학적이고 사상적인 임팩트가 있다. 그러므로 문제는 역사 서술에 있어 어떤 종류의 '당파성'을 띠느냐가 아니라 그 당파성의 근거 자체에 있다고 할 수 있을 것이다. 즉, 역사 서술의 입장과 방법에 관한 문제이다.

전쟁 중에 『쇼와문학작가론昭和文學作家論』(상·하, 소학관小学館, 1943)이라는 논집이 나왔으니 쇼와문학이라는 호칭은 거의 동시대적으로 탄생한 것이라고 할 수 있다. 일본의 현대문학사를 '쇼와문학사'라고 부르며 쇼와의 개원改元과 거의 겹쳐서 문학사상文學史上의 시대구분을 생각한 것은 아마 '근대문학'파 사람들이 처음이 아니었나 싶다.

물론 그들은 개원으로 인해 시대가 구획된다고 생각할 만큼 어리석지는 않다. 그러나 쇼와 개원은 상징적인 사건이었고, 천황이 바뀌었다는 사실과는 상관없이 그 배후에는 큰 시대적 전환이 있었다고 그들은 보았다. 1927년이 현대를 생각하는 데 있어서 결정적인 해라고 본 것이다. 히라노 겐이 그리는 '쇼와문학사'의 대강의 구도는 다음과 같은 것이다.

"쇼와문학의 출발은 아쿠타가와 류노스케芥川龍之介의 자살로 시작된다고 해도 좋을 것이다. …… 이 죽음의 원인이 된 '막연한 불안'을 자의식상의 불안으로서 다룰 것인가 아니면 사회의식적인 불안으로서 극복하려 할 것인가 이것이 쇼와 초기 문학이 내포하는 최대의 명제라고도 할 수 있다."

"지금 쇼와 30년간의 문학을 일단 구분하면, 우선 쇼와 초기와 10년대로 크게 나눌 수 있는데 그 중간의 쇼와 10년(1935)을 전후한 소위 '문예부흥기'를 독립적인 한 시기로 간주하고 전후 문학과 함께 대체로 네 시기로 구분하여 고찰하는 것이 편리하다. 제1기는 자의식상의 문학 유파와 사회의식적인 문학운동이 서로 대립하면서 기성 리얼리즘의 문학 개념과 정립鼎立했던 시기, 제2기는 그 삼파 정립의 역사가 차차 신구 이파항쟁의 역사로 바뀌려 했던 시기, 제3기는 그러한 제2기의 전망이 전쟁과 파시즘의 물결로 인해 중단되고 무조건 항복을 맞이할 때까지의 시기, 제4기는 전후의 소위 민주주의 혁명의 시기다. 또 전후 시기는 한국전쟁을 경계로 전기·후기로 나눌 수도 있을 것이다.

그들 네 시기를 관통하는 쇼와문학의 특징을 통괄해 보면 대체로 다음의 세 가지로 요약할 수 있다. 즉, 삼파 정립, 세계적 동시성, 인간성의 해체이다."

— 「쇼와」, 『현대일본문학 전집現代日本文學史全集』별권 1(현대일본문학사),

1959. 4, 307쪽

또 삼파 정립에 대해 다음과 같이 말한다.

"신구 양세대의 문학적 대립이라는 분명한 형태를 취할 수 없었던 데에 쇼와문학의 큰 징표가 있었다. 그것은 간명한 이파 항쟁의 역사가 아니라 말하자면 삼파가 혼전을 벌이는 삼파 정립의 역사임에 틀림없었다. 패전 후 현대문학의 특징을 소위 민주주의문학과 전후문학, 풍속소설의 삼파 정립으로 바라보아야 할 역사의 필연이 여기에 뿌리내리고 있다.

그러나 이 삼파 정립이라는 성격 역시 쇼와문학에 고유한 현상은 아니다. 실은 여기에 근대 일본문학사 전체의 운명이 걸린 중요한 문제가 가로놓여 있다. 그것은 근대 일본문학이 근대문학으로서 성립한 이래의 숙명적인 사실이라고 할 수 있겠다. 예를 들면 국회 개설 전후나 러일전쟁 전후 같은 사회적 격동기에는 반드시 일종의 삼파 정립의 역사가 선명히 나타나게 된다. 아마 이것은 봉건적인 생활 감정과 자본주의적 생활양식, 사회주의적 생활 지향이 중층적으로 존재하는 우리나라의 특이한 사회 구조의 문학적 반영임에 틀림없을 것이다. 쇼와문학에서의 삼파 정립 역시 근대 일본문학에 고유한 이러한 운명이 확대 재생산된 것에 다름 아니었다."

"거듭 말하면 근대 일본문학의 역사는 신구 세대의 교체에 따른 간명한 이파항쟁의 역사가 아니라 각각의 파가 앞뒤에 적을 가진 삼파 정립의 역사임에 틀림없었다. 그것은 이식문학과 프로파간다예술, 예술가 문학의 삼파 정립으로도 볼 수 있고, 또 기교와 이데올로기가 각각 대립하면서도 둘 다 사실에 즉한 리얼리즘문학을 극복할 수 없는 상태라고도 볼 수 있을 것이다."

—『현대일본문학 입문現代日本文學入門』, 1953, 6~8쪽

아쿠타가와 류노스케가 자살한 1927년에 일본의 문학·사상에 무엇이 일어나고 있었던가. 히라노 겐은 그 지표가 되는 사항을 말하지 않았지만 이 해 전체가 '현대'로의 결정적인 전환점을 이룬다고 인식하고 있었음은 두말할 나위가 없다. 그러나 이 인식은 옳았는가. 프롤레타리아문학을 중심으로 삼는 그의 문학사관 탓에 시대의 정확한 전망을 볼 수 없게 되었던 것은 아닌가. 이것이 여기서 내가 검토하고 싶은 문제다. 즉, 그것은 일본의 현대문학은 그 기점起點을 어디에서 찾아야 하는가 하는 문제다. 그는 자연주의를 부정할 뿐 아니라, 시라카바파白樺派적인 인도주의와도 민중예술파적인 나로드니키주의와도 명백히 다른 일군의 젊은 작가들이 『문예전선文藝戰線』으로 결집한 프롤레타리아문학파 속에 등장했을 때 거기에서 현대의 문학을 떠맡을 세대의 등장을 봤다. 당시 그렇게 본 사람은 아쿠타가와 류노스케였다. 히라노는 이것을 결정적인 것으로 평가한다. 이때 등장한 이들은 나카노 시게하루를

중심으로 하는 젊은 마르크스주의자들로, 그들은 후쿠모토주의에서 강한 영향을 받아 마르크스주의자가 되었다. 그들에 의해 일본의 프롤레타리아예술운동은 논쟁과 분열을 되풀이하게 된다.

간단하게 이 '전환의 해'의 지표를 몇 가지 들어보자. 1926년은 1월에서 3월에 걸쳐 일어난 공동인쇄共同印刷[1]의 파업으로 시작된다. 후쿠모토 가즈오福本和夫의 「야마카와 씨의 방향전환론을 전환시키는 것에서 시작하지 않으면 안 된다山川氏の方向転換論の転換より始めざるべからず」가 『마르크스주의マルクス主義』 2월호와 5월호에 연재된다. 아오노 스에키치青野季吉의 「자연생장과 목적의식自然生長と目的意識」(『문예전선』 9월호)이 발표된다. 나카노 시게하루와 가지 와타루鹿地亘 등 도쿄제국대학 학생들을 중심으로 마르크스주의예술 연구회가 조직되고(2월), 이들이 일본프롤레타리아문예연맹(기관지 『문예전선』)에 가맹하여 이론투쟁을 전개. 같은 해 12월 다이쇼천황 사망, 개원.

1927년. 6월에서 7월에 걸쳐 모스크바에서 코민테른 일본위원회가 열려 후쿠모토주의가 비판받고, 후쿠모토를 포함한 일본공산당 대표단은 이에 찬성. 이른바 '27년 테제'를 채택. 일본프롤레타리아문예연맹 분열, 아오노 등은 노농예술가동맹(노예맹)을 결성(6월). 아쿠타가와 류노스케 자살(7월). 구라하라 고레히토가 「마르크스주의 문예비평의 기준マルクス主義文芸批評の基準」(『문예전선』 9월호)을 발표하여 지도적인 이론가로 주목받는다. 나카노 시게하루가 「예술에 관해 휘갈겨 쓴 각서芸術に関する走り書的覚え書」를 발표하여 하야시 후사오나 구라하라 고레히토

---

1 【역주】 인쇄 회사 이름.

등 노예맹파 이론을 비판한다. 구라하라, 하야시 등은 노예맹을 탈퇴하고 전위예술가동맹(전위예맹)을 결성.

1928년. 3·15 탄압을 받으며 프로예맹(프롤레타리아예술연맹)과 전위예맹이 합동하여 나프(전일본무산자예술연맹)를 결성(3월), 여기에 공산당을 지지하는 나프와 노농파를 지지하는 노예맹(문예전선파)의 대립 구도가 완성되었다. 이로부터 1930년까지 나프파 프롤레타리아문학의 최성기를 이룬다.

1927년의 전기轉機를 여러 분야에서 실증적으로 밝히기 위해서는 그것만으로 독립된 논문이 필요하지만, 결론만을 말하면 그것은 볼셰비키파가 승리함에 따른 아나키즘·볼셰비키 논쟁의 종식이며,『마보マヴォ』나『사형 선고死刑宣告』로 대표되는 전위예술운동의 좌절이었다. 마르크스주의 내부에서 그것은 후쿠모토주의가 코민테른에 굴복하고, 러시아 마르크스주의 지배가 성립하게 된 전기였다. 그리고 프롤레타리아문학운동에서는『씨 뿌리는 사람種蒔〈人』이나 초기『문예전선』을 중심적으로 담당한 사람들로부터 나프의 급진적 세대로, 즉, 계급성으로부터 당파성으로 무게중심이 이동된 전기였고, 출판·풍속의 측면에서도 대중문화 상황이 성립하는 가운데 마르크스주의 유행으로 나아가는 전기였다. 그것은 확실히 큰 전기였다. 그러나 거기서는 전기가 가지고 있을 터인 양의성이라든가 다원적인 가능성은 이미 상실되어 있었다.

오다기리 히데오와 히라노 겐이 전후에 새로 수행된 일본 프롤레타리아문학사 연구의 선구자임은 물론이다. 그들은 프롤레타리아문학의 역사를 나프 성립 이후로 축소시키며 그 이전을 '전사前史'로서 부정적으로 그린 야마다 세자부로山田清三郎의『일본 프롤레타리아문학운동사

日本プロレタリア文学運動史』(1930)를 비롯한 프롤레타리아문학사관을 비판하며 민중문학이나 노동문학, 제4계급 문학 등을 포괄했다. 또 그 범위의 측면에서도 나프 계열을 정통으로 삼는 사관을 비판하며 문예전선파를 정당히 평가해야 함을 주장함으로써 새로운 연구 단계를 열었다. 그러나 결국 그것은 프롤레타리아문학의 단순한 확장 해석에 그치고 말았던 것이 아닐까.

3.

예술에서의 '현대'에 대해, 특히 그 탄생에 있어서 제1차 세계대전과 러시아 혁명이 갖는 의미에 대해 앞 장(「예술의 혁명과 혁명의 예술」)에서 아주 간단히 소묘했는데, 일본에서도 관동대지진(1923.9.1)은 이러한 지각 변동을 가시적인 사실로서 사람들에게 직면시켰다고 말할 수 있다. 안주할 수 있는 익숙한 전통적인 '세계'는 이미 없다는 상실감과 불안이 대중을 사로잡았다. 그것은 유럽의 대중이 1차 세계대전 후에 맛본 불안과 거의 등가였다. 히라노 겐이 '쇼와문학'의 특징으로 들었던 세 가지 중 '세계적 동시성'과 '인간성 해체'라는 두 가지 특징은 분명히 이 시기에 성립했다. 그리고 히라노가 삼파 정립이라고 부른 구도 역시 대지진 이듬해에 『문예전선』(6월)과 『문예시대文藝時代』(10월)가 창간됨에 따라 시작되고 있었던 것이다.

그러면 히라노 겐은 왜 일본 현대문학사를 굳이 '쇼와문학사'라고 바꿔 읽고 아쿠타가와 류노스케의 죽음을 시작으로 삼았는가. 그것은 아마 쇼와 초기 문학사를 프롤레타리아문학을 중심으로 서술할 뿐 아니라 프롤레타리아문학을 오로지 '정치와 문학'이라는 틀로 포착하여 거기에서 '프티부르주아 인텔리겐치아가 살아가는 법'이라는 그의 필생의 문제를 문학사 흐름 속에서 추적하고 싶었기 때문일 것이다. 히라노에게는 나카노 시게하루와 같은 새로운 문학 세대에 기대를 걸면서도 자신이 살던 예술의 시대는 끝났다는 체념을 택한 아쿠타가와의 죽음이야말로 그 작업의 단서로 적합했을 것이다.

그러나 그 결과 히라노 겐의 문학사에서는 관동대지진으로부터 1926년 말에 이르는 사이에 정치, 예술, 사상에서 현기증이 날 정도로 현대가 출현했다는 사실은 그 자체로는 아득히 먼 배경으로 물러나버렸다. 근대와 현대의 단절은 은폐되었으며, 오히려 그 연속에서 정치주의적 문학 이론에 대한 반격의 발판을 찾아내었다. 거기에는 프롤레타리아 예술이 예술혁명 좌절의 산물에 불과했고 그 결과로서 러시아 미래파가 강하게 비판한 예술의 수단화가 정치의 우위성이라는 이름 아래 부활했다는 인식은 없다.

전쟁이 끝나고 얼마 지나지 않아 이토 세이는 『현대일본소설 대계現代日本小説大系』(가와데서방河出書房, 1950) 중 신감각파를 다룬 권에 관동대지진 무렵부터 신감각파, 신흥예술파, 신심리주의까지를 살펴본 역작의 해설을 실었다. 그는 그 글에서 '제1차 대전, 이웃 나라의 반제국 혁명, 대지진, 현대식 생활의 범람 등의 사정'에 입각하여 '나는 이때 아마 일본문학이 처음으로 현재의 유럽 문학과 보조를 맞추게 되었다고 생각한다'고 말하며 그 의의를 다음과 같이 강조했다.

메이지 이래 일본 근대문학은 유럽의 근대문학을 셰익스피어 시대부터 19세기 말까지 거의 닥치는 대로 섭취하여 자양분으로 삼아왔다. 그 당시 일본 문학자들에게는 '서양'이라는 것은 존재했지만 서양 문화의 시대적 추이라는 관념은 명료하게 존재하지 않았다. 특히 '현재 서양문학'이라는 관념은 존재하지 않았다. 19세기 유럽문학이 막연히 현대문학으로 여겨지고 있었다. 그 현대 유럽문학이 대전 후 갑자기 변한 것을 그 시절에 실감했고, 우리 일본 문학자 역시 그것에 상응하는 '현재'의 문학을 만들어야 한다고 의식한 듯하다. 그러한 의식을 가졌을 때 일본 문학자는 여러 가지 착오나 비약을 거듭하면서도 비로소 유럽과 같은 '지금'의 관념에 서서 제작하기에 이른 것이다.

히라노 겐이 말하는 '세계적 동시성'의 성립을 그 내실까지 포함하여 이렇게 강조하면서도 이토 세이는 그 약점도 잊지 않고 지적한다. 저자가 보기에 이토 세이의 이 비판은 주도면밀한 동시에 일본의 '현대'에 대한 하나의 전형적인 생각을 보여주고 있다.

[일련의 모더니즘 문학이 가진] 그 약점이란 어떤 것인가. 그 근본은 당시 일본 문화 일반이 외형이나 의장意匠에서만 근대 유럽을 모방할 뿐 그 실질에서는 봉건적이거나 근대 이전의 절대군주제적이었다는 데에 있다. 그 결과 유럽의 방법을 작가가 채용할 경우, 건물의 유럽적인 구조라든가 여자들에게 유행하는 의상이나 화장이라든가 마실 것의 양풍 호칭이라든가 사상의 명칭이라든가 자동차나 호텔 등, 일본인의 생활 실질과 결부되어 있지 않은 현상들만이 그 방법에 합치하는 대상이 되는 경향이 강하다는 점

이다. 그리고 그것이 심리 구조에까지 들어오는 경우에도 일본 인텔리겐치아가 장식적으로만 사용하는 유럽풍 세련화를 가지고 본질적으로는 낡은 일본인의 심리를 그릴 수밖에 없다는 점이다.

즉, 일본의 생활은 그 본질적인 발상법과 결부되며, 거기에 일본의 본질이 존재하고 있다. 그리고 유럽풍 생활이 외면상으로는 늘어간다 해도 일본인의 생활 본질은 구식 일본 풍속과 결부된 상태로서만 존재하고 있기 때문에 창작 방법을 유럽화하면 일본의 실질과 유리된 작품이 되기 쉬운 것이다. 이것이 모더니즘 계통의 문학이 겪은 비극의 근본이라고 생각한다.

특히 사상적인 면에서 말하면, 제1차 대전 후의 유럽문학은 문명사회의 질서 붕괴를 의식한 결과로 생겨난 것이었으며, 말하자면 근대적 사회 구조의 위기를 보여주는 내부 충동을 가지고 있던 것이었다. 그런데 당시 일본은 보통선거법이 1925년에 겨우 실시될 정도의 문화적 실질밖에 갖추지 못하고 있었다. 요시노 사쿠조吉野作造나 후쿠다 도쿠조福田德三가 데모크라시를 주창한 것이 1918년경이었으며, 뒤이어 곧 사회주의동맹이 1920년에 창립되었다. 그리고 자본주의 생산 기구가 확립된 것은 대전에 의한 급격한 생산 확대와 수출 증대로 말미암은 일이다. 그러므로 유럽에서는 근대 종말의 위기가 의식되었을 때 일본은 간신히 근대가 실질적으로 형성되기 시작했다고 할 수 있다. 일본 지식 계급을 움직인 사상은 데모크라시, 사회주의, 마르크스주의라는 순서로 물결쳤다. 이는 그러한 명칭으로 일본인이 근대 사회 구조나 생활 의식을 급격히 인식하기 시작했음을 의미한다. 따라서 그러한 붕괴 의식의 반영인 유럽 전후문학의 방법이 상승 시기에 있는 일본의 사회적 현실과는 조응할 수 없었던 것이다.

이것을 하부구조 결정론이라고 단순히 부정하면 안 된다. 여기에는 『신심리주의 문학新心理主義文学』을 써서 동시대 유럽문학을 이식하기 위해 고투했으나 그 일에 좌절한 체험뿐만 아니라 극히 중요한 몇 가지의 문제가 포함되어 있다. 그중 하나는 데모크라시, 사회주의, 마르크스주의라는 일본 지식계급을 움직인 사상의 물결에 따라 일본인이 근대 사회 구조나 생활 의식을 급격히 인식하기 시작했다는 것이다. 더구나 이토 세이도 지적했듯이 요시노 사쿠조 등에 의한 데모크라시의 주장부터 사회주의동맹 창립까지는 불과 2년여의 시차밖에 없다. 일본에서는 데모크라시와 사회주의는 꼬리를 물고 들어왔다기보다는 어깨를 나란히 하며 들어온 것이다. 게다가 그 사회사상들 중 압도적인 영향력을 가진 것은 오로지 마르크스주의였다. 그리하여 일본에서는 근대를 넘어서는 사상인 마르크스주의에 의해 비로소 근대가 자각되는 사태가 보편적으로 일어난 것이다.

그것만이 아니다. '대역사건'의 무거운 기억이 일본에서 사회주의운동이 '군주제' 문제를 회피할 것을 허용치 않는 상황에서, 차리즘 타도를 내걸었던 혁명에서 승리한 러시아공산당의 압도적인 영향하에 공산주의 운동만이 '군주제 타도'를 정강으로 내건 유일의 조직으로서 비합법의 길을 걷기 시작한 것이다.

천황제에 대한 평가 및 그것을 뒷받침하는 사회적·경제적 구조의 분석을 두고 마르크스주의 내부에서 오랫동안 전개된 논쟁에 대해 논할 여유는 없지만, 이 초기 전략 논쟁부터 후기 일본 자본주의 논쟁에 이르는 과정에서 일본 사회에 대한 과학적 연구가 광범위하게 행해졌으며, 그 성과는 저널리즘을 통해 대중화되어 갔다. 거기서 공유된 인식은 일본 근대의 미성숙에 대한 것이었고, 또 그 근대의 특수한 성격에 대한 것이었다.

이처럼 문학을 포함하여 일본에서의 근대에 대한 고찰을 돌이켜보는 경우 '일본 마르크스주의에서의 "근대"라는 문제'를 뺄 수는 없다. 그러나 이 문제는 다른 기회에 다루고자 한다. 여기서는 일단 나의 옛날 저서에서 다음과 같은 한 대목을 약간 수정하여 재록함으로써 이 자리를 얼버무려 넘기는 것을 용서해주기 바란다. 딱 20년 전의 글이다. 늘 그렇듯이 문제만 던지고 나서 그 이후의 후속 작업에 게으른 자신의 한심스러움을 새삼스럽게 반성하면서 ─

그런데 대중이라는 관념을 비평에 도입하는 것도 예술에 관한 과학적인 분석 이론의 성립도 원래는 모두 낭만파와 자연주의에 의해 달성되어야 했을 것이었다. 그것이 프롤레타리아문학운동이라는 반자연주의 운동에 의해 비로소 실현되었다는 데에 일본의 특수한 상황, 그리고 일본 프롤레타리아문학의 특수한 문제성이 있었다. 문학 작품을 그 자체의 내재적인 논리로 분석하는 것을 가능케 하는 과학적인 개념을 일본문학 안으로 가져온 것이 프롤레타리아문학 이론이었다면, 동시에 그러한 문학의 자율성의 단서를 정치의 우위성이라는 관점에서 가장 철저히 파괴한 것도 같은 프롤레타리아문학 이론이었다. 여기서 프롤레타리아문학 이론은 두 가지의 측면을 가지고 있다. 즉 하나는 본래 부르주아 과학이 담당하고 있는 개별 과학으로서의 문학 이론을 건설하는 자로서의 측면이며 또 하나는 본래 마르크스주의가 가진 물상화된 '자율성'을 비판하는 자로서의 측면이다.

이처럼 '근대'가 근대를 넘어서는 사상에 의해 비로소 자각된다는 역설적인 광경은 단지 문학 세계에서만이 아니라 일본 사회 전반에서 공통적으로 나타난다. 마르크스주의 이입으로 말미암아 1920년대 초부터 30년대 중반에 걸쳐 일본이 말 그대로 모든 영역에서 얼마나 심각한 동요를 맛보았는지는 오늘날에는 이해하기가 꽤 어렵다. 그것이 어려운 이유는 그 동요의 깊이와 넓이가 단순히 마르크스주의가 파급된 범위에 그치지 않고, 그 파급에 의해 비로소 일본의 '근대'가 곳곳에서 환기되는 상승 작용이 발생했던 데에 있다. 근대를 넘어서는 마르크스주의라는 사상에 의해 일본 근대의 비뚤어진 모습, 비참함, 그 거의 미성립된 상태가 처음으로 조명되었다. 이러한 관계 속에서 마르크스주의는 근대화의 이론으로 기능하는 일면을 가졌다. 요코미쓰 리이치橫光利一나 아베 도모지阿部知二와 같은 지성적인 작가들이 마르크스주의를 실증주의나 합리주의라고 부른 것은 그들의 단순한 오해가 아니라 일본에서 마르크스주의가 어떠한 것으로 기능했는가를 보여주는 하나의 에피소드이다. '사회과학'이라는 말이 마르크스주의의 동의어였다는 점에서 단적으로 보이듯이, '과학적'이라는 말이 마르크스주의를 뜻하거나 '객관적'이라는 말이 유물론을 뜻하는 것과 같은 기묘한 오해는 마르크스주의 이전에 사회에 관한 과학Wissenschaft이 거의 존재하지 않았던 일본의 상태에 대한 하나의 표현이다. 일본에서는 사회에 관한 학學의 많은 분야가 마르크스주의를 알게 됨에 따라 비로소 학으로 성립된 것이다. 문학에 대한 이론 역시 그 예외가 아니다.

우리는 금일에 이르기까지 문학 영역에서는 과학의 손길을 전혀 못 느끼고 지내왔던 것이다. 이것은 중요한 사정이다. 발자크가 무릇 소설사상小說

史上 공전의 야망을 의식하고 실행하기 시작한 것은 『소설신수小說神髓』의 출현보다 50년이나 앞선 일이었다는 평범한 사실을 우리는 결코 잊어서는 안 된다.

—「문학 비평에 대하여文學批評に就いて」

이러한 상태에 있었을 때 갑자기 극단적으로 과학적인 비평 방법이 도입되었다. 말할 나위도 없이 마르크시즘 사상에 편승해서이다. 도입 그 자체는 그다지 우연한 것이 아니었다 하더라도 이를 받아들인 문단으로서는 실로 뜻밖의 사건이었다. 아예 준비라는 것이 없었던 것이다. 당연히 그 반향은 실질보다 컸다. 그리고 이 과장된 반향으로 말미암아 이 방법을 도입한 사람들도 이를 받아들인 사람들도 모두 이 방법과 유사한 방법조차 우리나라의 비평사 전통 속에는 없었다는 것을 잊어버렸다. 이것은 비평가 그 누구도 지적하지 않는 우리나라의 독특한 사정이다.

—「문학계의 혼란文學界の混亂」

주지하다시피 문학의 배후에서 인간을 보고, 인간의 배후에서 사회와 역사를 본다는 근대 비평의 근저적인 자각, 서양 근대 비평이 백 년도 전에 봉착한, 이른바 문예비평상의 상대주의가 우리나라에서는 마르크스주의의 도래와 함께 초래된 과학적 비평을 통해 사람들이 처음으로 명백히 대면하게 된 문제였다. 그것을 상기하면 시마무라 호게쓰島村抱月의 절망은 그대로 우리나라의 근대 비평이 일어설 토대가 없었다는 슬픔을 노골적으로 이야기하는 것임을 싫어도 납득치 않을 수 없다.

—「문예 비평의 행방文藝批評の行方」

이는 프롤레타리아문학운동의 붕괴를 눈앞에 보면서 고바야시 히데오小林秀雄가 1934년부터 37년 사이에 거듭 써온, 프롤레타리아문학에 대해 그 나름대로 의의를 부여한 글들의 일부이다. 프롤레타리아문학에 대한 가장 완강한 비판자였던 그는 이 운동의 소멸이 확실하게 된 이 시기에 자기와 적대한 자의 상을 포괄적으로 다시 그림으로써 자신의 위치를 새삼 확인하려고 했다. 그는 일본의 자연주의 문학을 "부르주아 문학이라기보다 봉건주의적 문학"으로 보는 주지周知의 테제(「사소설론私小說論」)를 내걸어 프롤레타리아문학운동을 이 '봉건주의적 문학'에 대한 근대화 운동으로 자리매김했다. 프롤레타리아문학과 신감각파라는 쇼와 초기 문학을 지배한 두 개의 문학 운동 붕괴 이후 문학계에 일어난 혼란의 의미를 똑똑히 확인하려는 의도에서 나온 그의 프롤레타리아문학 '평가'는 낭만파의 구투 파괴 운동이 낳은 혼란을 정리하고, 그 자리에 정당한 근대문학을 건설하는 선구자로서 자기 자신을 위치시키기 위한 하나의 전제 작업이었다.

이 글들에서는 마르크스주의가 일본 근대문학을 '근대문학'으로서 자기 발견하게끔 한 과정과 그것이 야기한 '혼란'이 잘 이야기되고 있다. 그러나 그때 그에게 일본의 근대 혹은 근대문학이 설령 아무리 미숙한 것일지라도 이미 그 종말을 맞이하고 있다는 인식은 도무지 없었던 것이다. 그에게 문학에서의 일본 근대는 백 년이 뒤늦은 이때 시작된다. 그 막을 연 것이 마르크스주의라는 것이다. 과연 그럴까?

일본의 그리고 일본문학의 특수한 근대라는 것을 얼마나 깊이 포착할 것인가, 그 뒤떨어지고 미숙한 채로 벌써 종말을 맞이하고 만 일본 근대를 낭만주의적 반동의 방향으로도 또 단순한 근대화의 연장으로도 나아가지 않고 어떻게 넘어설 것인가가, 이때 마르크스주의 운동과 프롤레타리아문학 비평의 모든 문제의 중심이었던 것이다.

—「프롤레타리아문학운동에서의 이론과 비평
プロレタリア文學運動における理論と批評」

4.

'과연 그럴까?'라고 묻기는 쉽다. 그러나 그것에 대한 대답은 상상 이상으로 복잡해질 터이다. 아마 대답은 세 가지 시각으로 검토될 필요가 있을 것이다. 이하에서는 그것을 소묘하고 이 서론을 끝내고자 한다.

제1의 시각은 일본 근대의 이른바 '특수성'이라고 불리는 것의 검토이다. 치안유지법하에 행해진 전전·전쟁 중의 연구가 정치 구조(천황제)를 직접 언급할 수 있는 자유를 가지지 않았기 때문에 논쟁은 오로지 경제 구조에서의 '봉건적인 것', 특히 지주적 토지 소유를 두고 그것이 단순한 '봉건 유제'인가 혹은 구조적인 '본질'인가 하는 문제로 집약되었으며, 그 결과 어느 쪽의 입장에 서든지 간에 토대환원론적인 경향이 현저했다. 혹은 더 비꼬아서 말하면 천황제를 절대주의적이라고 규정하여 그 타도에 의한 부르주아 민주주의 혁명을 당면한 전략으로 지시한 코민테른 테제를 충실히 따라 절대주의의 물질적 기초를 경제 구조 속에 찾은 것이 전전의 마르크스주의적인 일본 연구였다고 볼 수 없는 것도 아니다. 전후의 농지 개혁 이후 태어난 세대나 1960년 안보투쟁을 하나의 계기로 삼아 코민테른 계열의 마르크스주의 운동에 대한 비판 의식을 깊게 한 세대에게, 전전의 마르크스주의가 그려낸 일본의 상은 타기할 만한 코민테른 문화의 일부에 불과하다는 것도 이해할 수 없는 것은 아니다. 그러나 전전의 일본을 단순히 근대적 자본주의 일반과 동일시하고 천황제를 단순한 부르주아 권력으로 규정하는 것으로써는 일본 근대문학과 문학자들이 걸어간 구불구불한 길의 그 미세한 주름까지 헤치고 들어갈 수는 없을 것이다. 물론 여기서 문제가 되는 것은 천황제의 성격 규정 따위가 아니다. 애초에 17세기 전후 유럽의 역사에서 이끌어 낸 '절대주의'라는 개념을 20세기 아시아에 있는 섬나라의 왕정에 적용하는 것 자체가 거의 폭론에 가깝다. 문제는 일본의 근대를 어떻게 범주화하는가가 아니라, 벤야민이 보들레르의 파리를 통해 프랑스의 '근대'를 재현했듯이, 그 근대에 산 사람들이 남긴 경험의 표상을 통해 일본의 근대를 재현하는 일이다.

제2의 시각은 히라노 겐이 '쇼와 10년 전후'를 일본 근대문학의 중간적인 총괄점으로 다시 읽었던 것처럼, 그러나 그가 거기에서 큰 가능성을 발견한 것과는 반대 방향으로 그것을 다시 읽는 것이다. 히라노 겐은 앞에서 소개한 고바야시 히데오에 의한 프롤레타리아문학 평가의 배후에서 인민전선적인 지향을 읽어냈는데, 에토 준江藤淳은 그것을 정치적 요청으로 인해 왜곡된 '허상'이라고 엄하게 비판했다. 그것을 받아 히라노 겐은 다음과 같이 썼다.

이 단죄를 그대로 승인한다면 나로서는 설 자리를 잃게 되는 것이다. 설령 내가 그린 쇼와 10년 전후의 고바야시 히데오의 상이 한 개의 허상에 지나지 않는다 하더라도 그것은 나의 단순한 '정치적 요청' 때문에 그렇게 된 것은 아니다. 말하자면 전인간적·전문학적 요구 때문에 그렇게 될 수밖에 없었던 것이다. 그 점은 아무래도 에토 준에게 양보할 수는 없는 것이다. 이는 다이쇼 말년부터 쇼와 초년에 이르는 프롤레타리아문학 운동에 대한 전적인 평가와 관련된다. 고바야시 히데오에 한해 말하면, 그의 마르크스주의 문학 평가에는 적지 않은 변화가 있었으며 쇼와 10년 전후에 고바야시는 마르크스주의 문학에 대해 가장 긍정적이었다. 왜 그랬을까, 그 의미를 어떻게 해석해야 할 것인가가 예전부터 나의 마음에 걸려 있었다. 그래서 나는 쇼와 10년 전후의 인민전선적인 분위기를 그 배후에 상정한 것이다. 물론 인민전선적 분위기라는 '정치적 요청'은 허울일 뿐이었고, 실은 우리 인텔리겐치아는 어떻게 살아야 할 것인가에 대한 모색이 그 근본 동기였다. 마르크스주의자도 리버럴리스트도 한결같이 인텔리겐치아의 자격에 있어서 재출발해야 했다는 쇼와 10년 전후의 불안한 상황 가운데에서 나는 고바야시 히데오의 「사소설론」을 읽고 마사무네 하쿠초正宗白鳥와의 논쟁을 읽은 것이다. 거기서 얻은 내 나름대로의 감명은, 거슬러 올라가면 마르크스주의와 마르크스주의 문학이 내 사상사와 문학사 위에서 차지하는 위치 여하라는 커다란 문제로까지 확대될 수 있는 것이다.

— 『문학·쇼와 10년 전후文學·昭和10年前後』

히라노 겐은 전후에 이 쇼와10년 전후의 가능성이 전쟁 때문에 중단되고 말았다고 썼다. 그러나 여기서도 나는 '과연 그럴까?'라고 묻고 싶다. '쇼와 10년 전후'에 대한 히라노 겐의 평가는, 한편으로는 나르프가 해산됨에 따라 정치의 우위성이라는 주박으로부터 해방되었으며 다른 한편으로는 '숙적' 고바야시 히데오의 프롤레타리아문학에 대한 예상 밖의 높은 평가에 현혹된 마르크스주의적 문학 인텔리겐치아의 환상에 불과했던 것은 아닌가. 그리고 프롤레타리아문학의 비판적 초극이란 그가 생각하고 있던 것과 같은 방향, 즉 문학과 문학자의 존재 방식을 포함한 전체를 근대문학 쪽으로 되돌리는 것이 아니라, 그와 정반대였던 것은 아닐까. 쇼와10년 전후의 '가능성'은 전쟁 때문에 중단된 것이 아니라, 그 자체가 전쟁으로 나아가는 문학적 전환기였던 것은 아닐까. 일본 자본주의의 발전＝근대화와 전쟁은 불가분이다. 그러므로 근대화로써 전쟁에 대항할 수는 없다.

따라서 제3의 시각은 이 '특수한' 일본 근대에 있어 근대를 넘어선다는 것이 어떤 일인가를 묻는 것이다. 이 물음 속에서, 1920년 전후로 시작된 이 나라의 전위적인 예술 혁명 시도를, 그 좌절이 의미하는 것까지를 포함해 정확히 자리매김하는 일이 필요할 것이다. 그리고 더 나아가 우리는 이 물음 속에서 「향토망경시郷土望景詩」의 하기와라 사쿠타로萩原朔太郎를, 「문명개화 논리의 종언에 대하여文明開化の論理の終焉について」를 말하는 야스다 요주로를, 「근대의 초극近代の超克」을 쓰는 다케우치 요시미竹內好를 만나게 될 것이다. 그뿐 아니라 '세계사의 철학'에서 '총력전의 철학'에 이르는 교토학파의 사람들과도 대면하게 될 것이다. 그러나 이들 낭만파적인 시도보다 더 중요한 것은 현대를 현대로 만든 대중의 등장과 그 위기의식의 표상을, 부서져 흩어진 단편을 모으듯이 발굴하여 재구성하고 거기에 포함되어 있는 일본 근대에 대한 위화감을 읽는 일일 것이다. 그 위화감은 말할 나위도 없이 양의

적인 것이고 현실에서는 자발적으로 '총력전'에 총동원되는 원동력이 된 것이었다. 왜 그렇게 되었는가 하는 것이 아마 일본 근대에 대한 마지막 질문이 될 것이다.

와다 요시히로 역

'대중화'와 프롤레타리아 대중문학

1. '대중화'론의 정치적 문맥

프롤레타리아문학의 정통파는 일관되게 대중문학을 부정했다. 그리고 자기 진영에서 태어나는 프롤레타리아 대중문학의 주장을 페스트 환자를 대하듯이 몹시 싫어하고 공격했다. 또 한편으로 그들은 문학의 대중화를 운동의 과제로 계속 내걸었다. 대중문학에 대한 과민할 정도의 거부반응과 문학의 대중화에 대한 정열. 이것은 도대체 무엇을 표현하고 있는 것일까? 거기에서 순문학과 대중문학의 분열이라는 일본 근대문학의 축도를 발견해내는 것도 잘못이라고 하기는 어렵다. 그러나 여기에서는 그러한 큰 틀의 논의가 아니라 프롤레타리아문학, 특히 일본 프롤레타리아문학의 고유한 내재적 문제로서 이에 대한 검토를 진행해 보겠다.

관동대지진 이후의 혼돈 속에서 잡지 『문예전선文芸戦線』의 창간으로 재출발한 프롤레타리아문학과 그 운동은 출발 당초의 아나키스트와의

분기에 이어 후쿠모토주의福本主義를 둘러싼 마르크스주의자들끼리의 분열에 의해 대립과 분리를 거듭했다. 그러나 그 분열·항쟁도 후쿠모토주의와 야마카와주의山川主義 양쪽을 신랄하게 비판한 「일본문제에 관한 결의日本問題にかんする決議」(소위 27년 테제)가 코민테른에 의해 채택되고, 후쿠모토 가즈오를 포함한 일본공산당의 중앙부가 이를 전면적으로 받아들임으로써, 테제의 취지에 따른 프롤레타리아문학운동의 '통일'도 또한 급속히 가속되었던 것이다. 한마디로 말해 이 테제의 취지는 강고한 전위당의 건설과 그 대중화의 필요였다. 후쿠모토주의 평가를 둘러싸고 대립하고 있었던 프롤레타리아예술연맹(프로예맹)과 전위예술가동맹(전위예맹)은 공산당 계열의 합법적 출판물 중 하나였던『무산자신문無産者新聞』사의 중개로 대화하기 시작해, 아주 단시일 내에 「전일본무산자예술연맹全日本無産者芸術連盟」(나프)으로 합동을 실현했다. 이 합동이 코민테른의 후쿠모토주의 비판에 의한 운동 전체의 방향전환에서 발단한 이상, 비록 마르크스주의의 입장에 서 있다 하더라도 공산당에 대해 비판적인 야마카와주의(노농파)를 지지하는 「노농예술가연맹労農芸術家連盟」(문전파)이 거기에 참여할 여지는 없었으며, 따라서 이후 격심한 대립 관계가 계속된 것이다.

여기서 주목해 둘 필요가 있는 것은, 이러한 공산당 지지파만의 결집이 아니라 또 다른 형태의 예술단체의 연대가 그 이전부터 모색되고 있었다는 사실이다. 이것은 구라하라 고레히토에 의한 「전좌익예술가단체통일연합全左翼芸術家団体統一連合」의 제창이다. 그는 이 '연합'을 "현존 무산계급 예술단체를 중심으로 모든 농민예술가단과 좌익적 소부르주아 예술가단을 포함하고" "가맹 각 단체의 조직적 이데올로기적 독립을

보존하는" 것으로 구상했다. 그리고 그 임무는 "좌익예술가의 경제적 생활 확보, 부르주아 예술과의 투쟁, 제국주의 전쟁과의 투쟁, 출판, 상영, 전람 자유의 획득 등이며, 구체적인 사업으로서는 공동 제작집의 출판, 공동 전람회, 공동 공연, 공동 후원회 등의 개최 기타"를 들었다. 만약에 구라하라의 이 구상이 실현되었다면, 1928년 이후의 프롤레타리아문학(예술) 운동의 역사는 완전히 다른 전개를 보였을 것이라는 사실은 전후의 연구에서 지적된 것이며, 구라하라가 왜 이 제안 노선과는 대척적인 나프의 결성으로 전신轉身했는지 알 수 없다는 의견도 있었다. 내가 직접 이 점에 대해 구라하라에게 물은 적이 있었는데, 나프가 결성되어도 나프를 포함한 통일 연합은 가능하다고 생각했었다는 대답을 들었다. 그러면 통일연합은 왜 앤솔로지『전쟁에 대항하는 전쟁戰爭ニ対スル戰爭』한 권만 내고는 사라져버렸느냐는 질문에는 이렇게 답했다. "왜냐하면 다른 사람들이 아무도 나오질 않더구먼."

그런데 왜 이러한 하나의 역사적인 에피소드에 연연하는가. 그것은 일본 공산주의적 예술운동의 선도자이며 그 정치주의적 운동론의 창출자였던 구라하라 고레히토가 출발 시기에는 의외로 유연했다거나, 예술의 독자성에 바탕을 둔 운동론을 생각하고 있었다고 주장하기 위함은 아니다. 실은 구라하라의 주장 자체가 27년 테제의 한 측면(대중화)으로부터 강한 시사를 받아 성립된 것에 다름 아니라는 것을 지적하고 싶었기 때문이다.

27년 테제는 당을 대중 속에 매몰시키는 편향으로서의 야마카와주의를 강하게 비판함과 동시에, 오히려 당대의 큰 과오로서 후쿠모토주의의 분리결합론을 비판한 후에 다음과 같이 쓰고 있다.

"한편으로 대중조직은 공산당이 새로운 힘을 끌어올리는 저수지이며, 다른 한편으로는 전위와 그 계급, 즉 전 노동자 대중을 연결시키는 컨베이어 벨트다. 프롤레타리아 대중조직이 클수록 공산당의 저수지 포용력도 크고, 따라서 공산당이 호소해야 할 청중 또한 광범위하다. 그러므로 대중조직을 분열시키는 정책은 저수지를 파괴하고, 이 활동의 범위를 제한하여 대중과의 결합을 가로막고 대중으로부터 유리시키는 정책이다. 이러한 정책이 볼셰비즘과 아무런 공통점을 가지지 않는다는 것은 말할 필요도 없는 일이다."

"공산당은 종래의 지도 중에 최대의 불행이며 결함인 섹트적 정신을 극복하지 않으면 안 된다. 대중에게 다가가라는 슬로건은 오늘의 일본에 있어서 가장 긴요한 것이다."

— 「일본 문제에 관한 코민테른의 결의コミンテルンの日本問題に關する決議」,
『마르크스주의マルクス主義』, 1928.3 부록

앞의 제안을 포함하고 있는 구라하라 고레히토의 「무산계급예술운동의 신단계—예술의 대중화와 전 좌익예술가의 통일 전선으로無産階級芸術運動の新段階—芸術の大衆化と全左翼芸術家一戦線へ」(『전위前衛』, 1928.1)에 나오는 한 구절의 문장은 위의 테제를 베껴놓은 것과 진배없다. "요컨대 우리 무산계급 예술운동이 그 신단계로의 첫 걸음에 있어서 직면하고 있는 바, 제일 중요한 임무는 과거의 예술작품 행동에 대한 용서 없는 자기비판이며, 이를 위한 슬로건은 '대중에게 다가가라!'라는 것이어야 한다."

분명히 '대중화'라는 단어는 구라하라 고레히토에 앞서 이미 1925년에 『문예전선』 7월호에 게재된 사노 게시미佐野袈裟美의 짧은 글인 「문예의 대중화文芸の大衆化」 등에서 볼 수 있다. 그러나 운동의 과제로서 제기된 '대중화'는 그 함의에 있어서 이러한 것들과 완전히 다르다. 운동에서의 '대중화'는 '전위'의 존재를 전제로 비로소 발상되는 것이었다. 이것은 바로 '전위와 대중'이라는 관계 속에서 처음으로 성립될 개념에 다름 아니었다. 즉 '전위'를 한층 더 전위화하기 위해 '대중의 획득=대중화'라는 등식이 요구되었던 것이다. 말할 것도 없이 여기서 말하는 '전위'란 전위예술이 아니라 정치적 전위다.

프롤레타리아문학운동에서 대중화론, 특히 1928년 3월 나프 성립 이후의 대중화론, 그리고 이에 대한 구라하라 고레히토와 나카노 시게하루의 논쟁 배경은 이러한 것이었다. 이 시기의 구라하라의 논설에서 보이는, 한편으로는 대중화를 주장하면서 그와 동시에 다른 한편으로는 예술운동의 볼셰비키화를 주장하는 분열은 나프라는 대중조직 속에서 관념적으로 '당'을 대행해 버린 구라하라의 입장이 필연적으로 낳은 것임에 틀림없다. 이 분열은 그의 조직론 마지막까지 계속되어, 『나프』 1931년 6월호에 게재된 「프롤레타리아예술운동의 조직문제-공장·농촌을 기초로 한 그 재조직의 필요プロレタリア芸術運動の組織問題-工場·農村を基礎としてのその再組織の必要」에서도 "지도의 볼셰비키화는 조직의 철저한 데모크라시화에 의해 뒷받침되어야 한다"는 형태로 정식화 되어 있다. 만약 구라하라 이론에 다소 흥미로운 부분이 있다면, 그것은 이 분열과 그것을 앞에 둔 그의 동요일 것이다. 그를 이어받은 미야모토 겐지宮本顕治나 고바야시 다키지小林多喜二에 이르면 벌써 거기에는 '당'에 대한 자기동일화만 있고 구라하라와 같은 분열도 동요도 없다.

여기서 이 시대의 주목할 만한 논쟁인 구라하라 고레히토와 나카노 시게하루 사이에 벌어진 소위 '예술대중화논쟁'에 대해 언급해야 하지만, 이에 대해서는 이미 많은 연구가 있고, 나 자신도 쓴 바 있기 때문에 지금은 생략하기로 한다. 한 마디만 덧붙이면 이 논쟁의 난해함은 문학운동에 정치운동의 과제를 갖고 들어가려 했던 구라하라 고레히토와 그것을 마치 문학 고유의 문제인 양 받아들여 버렸던 나카노 시게하루의 엇갈림에 기인하는 것이다. 나카노 시게하루도 문제를 운동론으로서 말하는 경우에는 다음과 같이 논했다. "우리는 오늘 명확히 다음과 같이 생각해야 한다. '예술의 임무는 노동자 농민에 대한 당의 사상적·정치적 영향의 확보·확대에 있다. 즉, 당의 사상을 노동자 농민에게 친근하게 하고, 당의 슬로건을 대중의 슬로건으로 만들기 위한 광범위한 선동·선전에 있다.' 따라서 예술의 내용도 프롤레타리아의 모습이라든가 관헌에 대한 투쟁 등과 같은 흐릿한 것이어서는 안 된다. 이것은 실로 당이 내세운 슬로건의 사상, 이 슬로건과 연결된 감정이다." (「우리는 전진하자我々は前進しよう」, 『전기』, 1929.4) 이렇게 그는 구라하라 고레히토의 볼셰비키화론을 선취한 주장을 전개한 것이다.

2. '대중화'론의 시대 배경

프롤레타리아문학이 가장 왕성했던 때는 1920년대 말부터 1931년까지였다. 이것은 단지 『전기戰旗』나 『나프ナップ』 등과 같은 기관지 독자의 증가에 그치지 않고 『개조改造』, 『중앙공론中央公論』 등과 같은 문단적

잡지 무대에의 진출에서도 프롤레타리아문학은 눈부신 약진을 이루었다. 일례로 『개조』와 『중앙공론』에 게재된 창작 중에서 문예전선파를 포함하는 프롤레타리아문학 계열 작가의 작품 수를 신흥예술파와 기성 문단 작가의 그것과 비교해 보면 다음과 같다. 1929년 4월부터 1930년 3월 사이에는 프롤레타리아문학계 29편, 신흥예술파 3편, 기성 작가 68편이며, 1930년 4월부터 1931년 3월 사이에는 프롤레타리아문학계 49편, 신흥예술파 8편, 기성작가 55편이다. 히라노 겐平野謙의 삼파 정립의 도식을 원용하면, 여기서 두 개의 신흥파에 비해 특히 자연주의계 작가를 중심으로 한 기성 작가의 후퇴가 두드러진다. 그 전후 몇 년 사이에 기성작가 중에서 읽을 만한 작품을 발표한 사람은 다니자키 준이치로谷崎潤一郎(「여뀌 먹는 벌레蓼喰ふ虫」, 「맹인 이야기盲目物語」)나 나가이 가후永井荷風(「장마 전후つゆのあとさき」)와 같은 반자연주의계의 작가밖에 없었다. 그것은 아마 자연주의 작가가 그려낸 '사적 현실'로는 프롤레타리아 작가의 사회적·계급적인 현실 도식에 맞설 수 없었던 동시에, 이러한 도식을 받아들이는 광범한 대중의 감성에 끝내 다가갈 수 없었다고 말할 수 있을 것이다. 그것은 또한 이 시대의 신감각파, 신흥예술파가 일견 프롤레타리아문학과 적대하는 것처럼 보이면서도, 그들의 작품 속에서 종종 계급적·사회적 모티프를 긍정적인 것으로 그리고 있는 이유이기도 하다.

한편으로 프롤레타리아문학파는 나프의 결성부터 1931년 말의 코프(일본프롤레타리아 문화연맹) 결성에 이르는 3년 반 동안 가장 프롤레타리아문학다운 작품을 양산했다. 그 대부분은 장편소설이고 장르적으로는 대중소설에 속한 것이었다. 예를 들면, 기시 야마지貴司山治의 「멈춰라·가

라止れ・進め(『도쿄매석신문東京每夕新聞』, 1928.8~1929.4. 「고・스톱ゴー・ストップ」으로 개제되어 중앙공론사에서 1930.4 간행), 고바야시 다키지의 「게공선蟹工船」(『전기』, 1929.5), 도쿠나가 스나오德永直의 「태양이 없는 거리太陽のない街」(『전기』, 1929.6~11), 하야시 후사오林房雄의 「도회쌍곡선都会双曲線」(『도쿄/오사카아사히신문・석간東京/大阪朝日新聞・夕刊』, 1929.10.8~12.10), 고바야시 다키지의 「부재지주不在地主」(『중앙공론』, 1929.11), 호소다 다미키細田民樹의 「진리의 봄真理の春」(『도쿄아사히신문』, 1930.1.27~6.21), 도쿠나가 스나오의 「실업도시도쿄失業都市東京」(『중앙공론』, 1930.2), 고바야시 다키지의 「공장세포工場細胞」(『개조』, 1930.4~5), 오치아이 사부로落合三郎의 「염색체染色體」(『도쿄아사히신문・석간』, 1930.7.17~9.6), 구로시마 덴지黒島伝治의 「무장된 시가武装せる市街」(일본평론사日本評論社, 1930.11). 이처럼 그 안에는 많은 신문소설이 포함되어 있다.

프롤레타리아문학 중 가장 이른 시기의 신문소설에 속하는 「멈춰라・가라」를 『도쿄매석신문』에 연재한 기시 야마지는 단행본 『고・스톱』의 권두에서 다음과 같이 썼다.

『도쿄매석신문』은 특히 혼조本所・후카가와深川・게이힌京浜 쪽의 노동자 계급을 독자로 가진 신문이다. 「고・스톱」은 이 독자들을 대상으로 쓴 것이지만 내가 쓰고 있는 동안에는 그들의 반향을 몰랐다. 다만 연재 중에도 『무산자신문』, 『전기』, 그 밖에 문단 저널리즘 쪽에서 상당히 문제를 삼아주었던 듯싶지만, 작가는 이보다도 20만이나 되는 독자 중에서 틀림없이 적어도 5만이나 7만쯤은 되었을 조직・미조직 노동자 대중들로부터 어떤 직접적인 반향을 듣고 싶었다. 그것만큼은 간절히 듣고 싶었다. (…중략…)

그런데 「고・스톱」의 신문연재가 끝
난 후 시바우라芝浦의 노동조합에 있는
사람으로부터, 「고・스톱」이 신문에 연
재되었을 때 노동자들에게 열독되고 있
다는 것이 조합의 회합에서 항상 화제가
된다는 이야기, 쓰루미鶴見의 어떤 좌익
조합의 투사는 그가 머물고 있던 노동자
가정의 아주머니가 상세히 암기하던
「고・스톱」의 줄거리를 전해 들었다는
것, 옥중에 있는 옛 평의회의 투사로부
터 '자네의 「고・스톱」은 이런 곳에서도
사람들 사이에 소문이 났다'는 등의 이
야기를 듣고, 나는 마음이 든든해졌다.

〈그림 30〉 기시 야마지의 「고・스톱」

그리고 처음에는 작가가 「멈춰라・가라」라고 제목을 붙였던 이 소설이
그 사람들에 의해 어느새 '고・스톱', '고・스톱'이라고 불리면서 변하고 말
았다. 따라서 이번에 「고・스톱」이라는 제목으로 새로이 수정하고 거의 전
부 다시 써서 친애하는 현대 노동자 대중들에게 재미있는 오락물로 바치기
위해 한 권의 책으로 만들었다."

고바야시 다키지가『부재지주』의 표제 옆에 "이 책을 '신 농민독본'으
로 전국 방방곡곡의 '소작인'과 '빈농'에 바친다. 「아라키 마타에몬荒木又
右衛門」이라든지 「나루토 비첩鳴門祕帖」이나 읽는 셈치고 일하는 틈틈이
뒹굴거리며 읽기를 바란다"라고 잇대어 적었다는 것은 잘 알려져 있다.

이때 당시 프롤레타리아 작가들에게 최대의 관심은 새로운 독자층으로 모습을 드러낸 '대중'에게 어떻게 '다가가는가'이지, 그들에게 계급적인 이데올로기를 주입하려는 것은 결코 아니었다. 계급적 이데올로기는 이미 이 사회에, 특히 대중적 지식층 사이에 풍속처럼 미만하고 있었다. 이러한 좌익적 풍속에 물든 대중적 지식층에게 이러한 프롤레타리아 대중문학은 실로 이 풍속의 불가결한 부분에 다름 아니었다.

나카노 시게하루와 구라하라 고레히토의 예술대중화논쟁을 거쳐, 1930년이라는 해는 이른바 대중화의 '실천'이 문제가 된 해였다. 그리고 그 시대 배경은 말할 것도 없이 '제도부흥'帝都復興과 '세계대공황'이었다. 관동대지진 직후의 도쿄가 '폐허의 가능성'을 의미했다면, 1930년에 부흥한 '제도'는 제3기 자본주의를 상징하는 도시였다. '제3기'는 유행어로서 실로 이 시대를 상징했다. 이것은 매독의 제3기라는 병상病狀을 표현하는 말과 미묘하게 호응하면서 난숙하여 죽음에 직면한 자본주의의 병태病態를 적확히 나타내는 단어로서 저널리즘에 받아들여졌다. 그러나 이 '제3기'란 코민테른에 의해 사용된 '세계자본주의의 일반적 위기'의 현 단계를 표현하는 말인 것이다. 제1차 대전과 러시아 혁명에 의해 시작된 세계 자본주의의 일반적 위기는 전쟁 직후의 혁명 정세를 '제1기'로 하고, 그것이 독일 혁명의 패배에 의해 상대적 안정기로서의 '제2기'를 맞이했지만, 1928년 8월에 모스크바에서 열린 코민테른 제6회 대회는, 이 상대적 안정기가 끝나고 세계 자본주의가 다시 새로운 위기를 맞이하고 있으며, 세계는 또 다시 '전쟁과 혁명의 시대'에 돌입해 가고 있다고 선언했다. 코민테른은 이듬해인 1929년 7월의 제10회 플래넘(확대집행위원회)에서 이 '제3기'라는 정세를 더욱 정치하게 분석해 세계

공황을 예언했다. 그리고 이 예언으로부터 불과 3개월 후인 10월 24일의 뉴욕 주식 폭락을 시작으로 실제로 세계공황이 시작되는 것이다.

마르크스주의와 코민테른의 권위는 이 예언이 적중함으로써 확고부동한 것이 되었다. 일본에서의 공황 파급은 농업위기로 인해 더욱 심각화 되어, 도시의 스트라이크와 농촌의 소작쟁의는 다음과 같이 발생했다. 1929년 노동쟁의 1,408건(전년의 2배), 소작쟁의 2,434건, 이 듬해인 1930년에는 각각 2,284건, 2,478건으로 급증했다. 그뿐 아니라 관헌의 극심한 탄압에도 불구하고 요코하마 도크(참가자 4,800명), 동양모슬린(3,500명), 도쿄시전 총파업, 제너럴 모터스(1,300명)와 같이 노동운동사상에 기록된 대 쟁의를 포함하여, 1930년의 쟁의 참가자는 19만 300명에 달했다. 부흥한 '제도帝都'는 시골에서 돈 벌러 온 사람들과 실업자, '대학은 나왔지만' 취직 기회가 없는 대중적 지식층으로 포화상태가 되었다.[1] 그리고 이때는 모더니즘과 에로·그로·난센스의 엽기문화가 일시적으로 유행했는데, 이는 그 언더 그라운드적인 양태에서 프롤레타리아 문화와 기초적인 공통성이 있었다. 이것이 코민테른의 논쟁적인 전술 체계(사회파시즘론, 다수자 획득, 사회민주주의에의 주요 타격론, 아래로부터의 통일전선)를 포함하는 정치 용어를 일종의 풍속적인 유행어로 만들어 버린 '제3기'라는 시대적 배경이다. 이러한 시대의 분위기는 야나세 마사무栁瀬正夢와 무라야마 도모요시村山知義의 포스터와 장정裝幀에 가장 잘 표현되어 있다. 만약 야나세 마사무가 장정한 『전기』의 표지나 무라야마 도모요시의 좌익 극장 포스터가 없었다면, 우

---

1 【역주】이 부분에서 저자는 오즈 야스지로小津安二郎의 1929년 영화〈대학은 나왔지만〉을 상기시키고 있다

리의 프롤레타리아문학에 대한 이미지는 훨씬 빈약할 수밖에 없었을 것이다.

3. '대중화'와 독자

다수를 획득해야 한다는 발상은 아마도 대중사회가 만들어낸 것이다. 제1차 세계대전 이후 시작되는 이 나라의 대중사회화는 1930년 전후에 하나의 절정을 맞이한다. 도시 생활에 있어서 의식衣食의 양풍화, 대량 생산에 의한 획일화가 지배적이 되고, 소위 '문화주택'의 유행이 '응접실'이라는 양풍의 공간을 가진 화양절충의 건축양식을 표준화했다. 그리고 이 '응접실'에는 장식품의 일부로 서가가 마련되어 있어서 많은 경우 거기에 '현대일본문학전집現代日本文學全集'과 같은 엔폰円本이 눈에 잘 띄도록 꾸며져 있었다.

이러한 평준화 경향은 물론 정보 매체의 비약적인 발달과 병행했다. 신문 발행부수를 보면 청일전쟁 때 도쿄 시내의 총 부수는 7만 부, 러일전쟁 때는 20만 부였던 것이, 제1차 세계대전 후에는 34~35만 부에 달했으며, 1920년쯤에는 『도쿄일일신문東京日日新聞』 하나만으로 35만 부를 발행했다. 이리하여 1931년 전국 신문의 발행 총 부수는 1000만 부를 돌파했다. 라디오 방송은 1925년 3월에 약 5,000명의 수신자로 시작했지만, 1928년에 50만, 1931년에는 100만으로 6년 사이에 200배의 성장을 이루었다. 영화관은 이 시대를 상징하는 새로운 오락 기관이었는데, 이것도 1926년경에는 1,057개관, 총 관객수는 1억 5373만 5000명에 달했다.

　문학에 있어 대중 독자의 출현, 이 새로운 독자층의 요구에 응하기 위해 등장한 것이 메이지 이래의 '통속소설'과는 다른, 모던한 감각을 갖는 '대중문학'이었다.

　이 시대를 상징하는 것이 전술한 엔폰 붐인데 우선 그 실태를 보아두자.

1926 (다이쇼 15년 및 쇼와 1년)

10월 18일 현대일본문학전집 (개조사)

1927 (쇼와 2년)

1월 29일 세계문학전집世界文學全集 (신조사新潮社)

2월 10일 세계대사상전집世界大思想全集 (춘추사春秋社)

2월 14일 일본명저전집日本名著全集 (홍문사興文社)

2월 25일 현대대중문학전집現代大衆文學全集 (평범사平凡社)

3월 7일 근대극전집近代劇全集 (제일서방第一書房)

3월 11일 세계희곡전집世界戲曲全集 (근대사近代社)

3월 27일 일본아동문고日本兒童文庫 (아루스アルス)

3월 27일 소학생전집小學生全集 (홍문사 · 문예춘추사文芸春秋社)

4월 16일 메이지 다이쇼 문학전집明治大正文學全集 (춘양당春陽堂)

4월 18일 현대일본문학전집 (개조사) 제2차 예약모집

　이상은 마에다 아이前田愛의『근대 독자의 성립近代読者の成立』(『마에다 아이 저작집前田愛著作集』, 제2권에 수록)에 소개되어 있는,『아사히신문』엔

폰 광고들의 첫 게재일 일람이다. 마에다는 이 일람에 이어 당시의 모습을 다음과 같이 생생히 묘사하고 있다.

다이쇼 천황의 장례식이 끝날 때까지 신문기사는 검은 테로 둘러싸여 있었지만 이 엔폰 광고들은 이와 상관없이 연일 몇 페이지의 지면을 점령하고 독자의 눈길을 사로잡는다. 소매점의 점두에는 각 출판사가 특별히 만든 광고 깃발이 펄럭이며 악대가 딸린 선전대나 선전차가 가두를 행진한다. 세일즈맨은 회사, 관청의 단체 예약을 노리고 소매점의 매원은 호별 방문을 시작한다. 집배 구역에 개조사가 있는 시바 우체국에서는 예약 신청을 다 처리할 수 없어 상사에게 국원의 증원을 신청한다. 춘추사의 「세계대사상전집」은 고토 신페이後藤新平를, 평범사의 「현대대중문학전집」은 당시 총리대신 와카쓰키 레이지로若槻礼次郎를 선전에 내세운다. '일본정신이 낳은 세상지世相知와 인정미人情美의 큰 전당' ─ 이것은 와카쓰키 레이지로의 추천의 글이다. 신조사는 2월 25일 혼고本鄕 회관과 호치報知 강당에서 동시에 문예강연회를 열어 아쿠타가와 류노스케芥川龍之介·사토 하루오佐藤春夫·모리타 소헤이森田草平를 강사로 동원한다. 3월 19일에는 평범사가 에미 스이인江見水蔭·야다 소운矢田挿雲·나오키 산주고直木三十五 등을 강사로 초빙해, '대중문학의 밤'을 호치강당에서 개최한다. 4월 23일부터 제일서방이 미쓰코시三越와 제휴해 입센 탄생 100년제를 열어 기쿠치 간菊池寬, 기시다 구니오岸田國士의 강연과 함께, 미즈타니 야에코水谷八重子의 무용이나 「인형의 집人形の家」, 「눈뜨는 봄春のめざめ」 등과 같은 문예영화의 상영을 프로그램에 넣는다. 개조사에 선수를 빼앗긴 춘양사는 5월 16일 「메이지 다이쇼 문학전집」의 기획을 발표하는데, 이 광고에는 선착

순 5만 명 한정으로 책꽂이를 무료로 증정하는 경품이 대서특필되어 있다. 자기 남동생 데츠오鐵雄가 경영하고 있던 '아르스'에서 출판된 「일본아동문고」를 지원한 기타하라 하큐슈北原白秋와 「소학생전집」을 입안한 기쿠치 간 사이에서 기획의 표절 문제를 둘러싼 격심한 싸움 끝에 재판이 일어나려고 한다.

여기에는 출판뿐만 아니라 문학 그 자체가 일개의 상품이 된 실태가 잘 표현되어 있다. 강담사의 오락잡지 『킹구キング』는 1925년 1월에 창간되었는데, 이 창간호의 발행 부수는 70만 부를 넘었고, 신조사의 「세계문학전집」은 58만의 예약 독자를 획득했다. 물론 이 엔폰 붐은 문학자의 생활을 근저에서부터 변화시키는 것이기도 했다. 나가이 가후는 일기 『단장정일승斷腸亭日乘』의 1928년 1월 25일 자에 "오후에 미쓰비시 은행에 가서 지난 가을 개조사와 춘양당 양 서사書肆에서 수취한 일엔円 전집본 인세가 총액 5만 엔 정도 된 것을 정기예금에 넣었다"라고 쓰고 있다. 대졸 초임이 30, 40엔이었던 시대의 5만 엔이다.

마르크스주의가 유행하고 노동 쟁의가 전에 없이 많이 발생한 것은 물론 대공황이 직접적으로 반영된 것이었다. 그러나 이는 이러한 정보 미디어의 발달 및 그것을 향수하는 방대한 대중의 등장과 무관하지 않다. 1928년 3월 15일과 이듬해인 1929년 4월 16일, 일본공산당과 좌익노동조합에 대한 두 번에 걸친 탄압은 고바야시 다키지의 「1928・3・15一九二八・三・一五」에 묘사된 것처럼 권력의 폭력과 그것에 대한 당원의 비장한 저항을 발생시켰다. 그러나 이 가혹한 탄압과 이를 통해 드러나게 된 지하활동의 실태는 동시에 인텔리층을 중심으로 한 대중 속에서 이 운동과 조

직에 대한 낭만적인 공감도 낳았다. '좌경화', '이데올로기슈ideologisch', '계급적' 등과 같은 단어는 그대로 긍정적인 가치를 수반하는 것으로서 대중화되었다. 즉, 마르크스주의와 계급투쟁은 이때 하나의 풍속이 되었던 것이다. 풍속 속에서는 일견 급진적으로 보이면 보일수록 '멋있는' 것이었다. 그리고 프롤레타리아문학 운동의 지도자들의 바람에도 불구하고 프롤레타리아문학의 독자층 대부분은 '공장노동자'나 '농민'이 아니라 이 풍속적 동반자들이었다. 당시의 실태는 그다지 분명치 않지만, 우리는 전쟁 이전부터의 공산당원을 전후에 많이 만났는데 프롤레타리아문학을 애독한다는 '동지'와는 한 번도 만난 적이 없었던 것이다. '대중에게로', '노동자에게로'라는 슬로건은 내걸었지만 프롤레타리아문학의 지도자들이 진심으로 그 '독자'로서의 대중이나 노동자의 실태를 조사하려 했던 형적은 없다. 이러한 종류의 실태조사로서 우리가 이용할 수 있는 것은, 전전에도 전후에도 반복하여 인용된 다다노 하지메多田野一[2]의 「공장노동자의 독서경향工場労働者の読書傾向」(『신문화新文化』, 1928.5)밖에 없다. 그런데 이 원문이 아니라, 『프롤레타리아예술교정 제2집プロレタリア芸術教程・第二集』(세계사, 1929.11)에 게재된 야마다 세자부로山田清三郎의 「프롤레타리아문학과 독자의 문제プロレタリア文学と読書の問題」라는, 이 역시 아주 예외적인 논문에 인용된 것의 재인용이다. 그러나 우선 나도 또한 야마다의 논문에서 "어떤 인쇄 관계의 직공 남녀 100명(우익이긴 하지만 그 대부분은 조합으로 조직되어 있다)에 대해서 조사한 결과"라고 부기된 이 조사를 재인용해 둔다.

---

2 【역주】 정확한 발음을 찾지 못해 임의로 달아둔다.

〈표 8〉

예약전집		월간잡지		신문 및 연재소설		
전집종류	구독자	잡지명	구독자	신문	구독자	소설
현대일본문학	18	킹구	12	니치니치(日日)	23	1 격류(激流)
대중문학	11	후지(富士)*	6	아사히(朝日)	19	2 애증난마(愛憎亂麻)
현대장편	7	영화시대(映畫時代)	3	매석(每夕)	12	3 은사는 춤춘다 (銀蛇は踊る)
세계문학	7	개조(改造)	3	호우치(報知)	12	4 세기의 밤(世紀の夜)
메이지 다이쇼 문학	5	고락(苦樂)	2	지지(時事)	8	5 하켄텐(八犬伝)
세계 미술	3	웅변(雄辯)*	2	미야코(都)	8	
근대 극	3	문예구락부(文藝俱)	2	마이니치(每日)	6	
세계희곡	3	강담잡지(講談雜)	2	요미우리(讀賣)	6	(이하 생략, 숫자는 순위를 표시함)
일본희곡	3	영광(映光)	2	고쿠민(國民)		
세계사상	2	강담구락부*(講談俱)	2	만조고(萬朝)	5	'최근 읽은 책'이라는 질문에 대해서는 『사회사상』이 한 명 있었을 뿐이며, 그 외에는 월간잡지에 실린 소설 같은 것뿐이었다.
자본론	2	여성(女性)	2	니로쿠(二六)	4	
기타	5	주부의 벗(主婦の友)	2	기타	2	
합계 (이중 1인 1종 이상 5)	69	기타	17	합계 (이중 1인 1종 이상 7)	3	
		합계	60		107	

*표시가 붙어있는 잡지는 강담사에서 발행한 것 (잡지 『신문화』, 1928.5)

야마다 세자부로는 이 표(〈표 8〉)를 소개할 때 "『씨 뿌리는 사람』, 『문예전선』, 『해방』, 『프롤레타리아예술』, 『전위』, 『전기』등과 같은 프롤레타리아문학 잡지는 과연 어떤 계급의 사람들에 의해 읽히고 사랑받아 왔을까, 프롤레타리아 작가의 여러 저작들은 어떤 사람들에게 환영받아 왔을까? 나는 이러한 잡지나 단행본들이 조합의 사무소 같은 곳에서 손때 묻은 채 굴러다니고 있었던 사실을 전혀 모른다는 것은 아니다. 그렇지만 그와 동시에 이는 극히 희유한 예에 불과했다는 사실도 그대로 전할 수밖에 없다"라고 솔직히 쓰면서, 이 조사를 프롤레타리아문학의 독자가 없다는 사실의 실례로 들고 있는 것이다.

구라하라 고레히토 역시 예술대중화논쟁에서 다음과 같이 말했다.

> 일반적으로 계급사회에서는 여러 사회적 원인에 의해 '가장 예술적인 것이 가장 대중적이다'라는 명제가 반드시 성립되지는 않는다. 우리가 현재 프롤레타리아적 견지에서 보아 가장 높은 예술이라고 말할 수 있는 것을 만들 수 있었다고 해도 그것은 아마도 백만 명의 프롤레타리아트 중 기껏해야 5만이나 10만 명에게만 받아들여질 수 있을 것이다. 게다가 다른 한편으로 우리의 예술운동에는 이 90만 내지 95만의 프롤레타리아트를 아지테이트하여 이들을 이데올로기적으로 교양해야 할 중대한 임무가 놓여 있다. 우리는 이 모순을 어떻게 해결해야 하는가 — 바로 여기에 우리의 현실적인 문제가 놓여있는 것이다.
>
> —「예술운동에서의 '좌익' 청산주의—또 다시 프롤레타리아예술운동에 대한
> 나카노・가지 양군의 소론에 대해서
> 芸術運動に於ける'左翼'清算主義―再びプロレタリア芸術運動に對する
> 中野・鹿地兩君の所論に就いて」,
> 『전기』, 1928. 10

여기서 그는 '프롤레타리아예술 확립을 위한 운동'과 '대중의 직접적 아지프로를 위한 예술운동'이라는 이분법을 주장했다. 그리고 전자에

서는 새로운 예술형식을 발견할 것을, 후자에서는 과거의 예술형식을 이용할 것을 강조했다. 그러나 이러한 이분법은 '정치의 우위성'을 인정한 상태에서는 거의 공론에 불과하다는 것을 이후의 운동의 경과가 여실히 보여준 바다. 그러나 그 이전에 이 이분법 자체가 실은 다이쇼 아방가르드가 개척하려 했던 지평 — 즉, 송신자와 수신자의 일방적인 관계를 어떻게 상호주체적인 관계로 변혁하는가 — 으로부터의 전면적 후퇴에 다름 아니었다는 사실이야말로 중요한 것이다. 구라하라 고레히토 및 그로 대표되는 프롤레타리아문학이론에서는 대중이 주인공이라고 일컬어졌지만, 그것은 영향을 미칠 대상이라는 범위 내에서만 그러했다. 따라서 '대중'의 내용은 운동의 변화에 따라 점차 '노동자·농민'에 한정되며, 결국에는 '혁명적 프롤레타리아트'로 순화되어 가는 것이다.

기시 야마지와 도쿠나가 스나오는 나프계의 프롤레타리아 작가 가운데 하야시 후사오와 함께 가장 완강히 프롤레타리아 대중문학을 주장한 작가였다. 그러나 이 두 대중작가 사이에서조차 각각의 대중 상은 서로 어긋나고 있다. 기시 야마지는 다음과 같이 말하고 있다.

> 오늘날 부르주아 대중문학의 형식이 사실상 백만의 독자를 확보하고 있는 이상, 수량적 관찰이라는 통계학적 방법에 준거해 이 백만의 대중 속에서 현재 일본의 '노동자농민'의 다수를 발견할 수 있다고 생각한다. 그러므로 오늘날 부르주아 대중문학의 형식을 '현재 일본의 대다수 노동자와 농민이 지닌 문화적 수준에 부합하는 형식'이라고 보고, 여기에 탐색의 출발점을 두어야 한다는 의견을 갖고 있다.
>
> — 「문학대중화의 내일文學大衆化の明日」, 『도쿄아사히신문』, 1930.4.18~21

도쿠나가 스나오는 이와 같이 말하고 있다.

> 노동자대중은 결코 인텔리 제군처럼 영리하지 않다. 그들은 (이 경우 제3
> 자로서 말한다) 깊이 꼬치꼬치 캐고 생각하는 만큼의 정력을 잃고 있다. 그
> 들의 정력은 착취당하고 말았다. 몹시 어두운 생활 속에서 밝은 생활을 그
> 리워하고 있다. 그들은 동적이다. 생각하기보다 좌우간 한번 부딪쳐보자
> 는 것이다. 고원한 이상보다 구체화된 현실 속의 한 사실에 전력을 기울인
> 다. 고원한 이상 따위에 대해 설교를 들을 시간이 있다면, 집 옆 도랑이나
> 청소하는 편이 나을 것이다. 특히 공장노동자는 과학적이다. 소설 따위에
> 대해 의의고 나발이고 결코 인정하지 않는다. 그들에게 소설은 단연 향락
> 의 분야다. 거기에다 대고 무엇을 대단히 착각하여 난해한 이론을 늘어놓
> 는 것은 완전히 익살의 극치라고 그들은 생각한다.
>
> —「『태양이 없는 거리』는 어떻게 제작되었는가
> 『太陽のない街』は如何にして制作されたか」,
> 『프롤레타리아예술교정』 제3집, 세계사, 1930.4

기시의 대중이 대중문학의 독자라면 도쿠나가의 대중은 공장에서
정력을 다 빨려 소설에서 오락 이외의 의의를 인정하지 않는 공장노동
자다. 이러한 차이는 있어도, 대중문학이야말로 유일한 형식이라고 주
장하고 있는 점에서 이 두 사람은 공통된다. 이와 같이 기시와 도쿠나
가가 대중을 오로지 문학작품의 독자라는 측면에서만 파악하려 한 것
에 반해, 구라하라 고레히토는 '현실에서 투쟁하는 살아있는 노동자 농
민'이야말로 '진정한 대중'이라는 식으로 말하면서, 대중을 오로지 정치

적 기준에서 생각했으며, 더 나아가 송신자의 입장에 서서 공산주의적 이데올로기를 주입해야 할 대상으로 파악했다.

기시의 주장은 『고・스톱』이나 『인술무용전忍術武勇伝』 혹은 『동지애同志愛』 등의 대중적 성공, 도쿠나가의 주장은 『태양이 없는 거리』의 대중적 성공이라는 현실에 뒷받침되어 있었기 때문에, 운동 지도부의 반복된 비판에도 불구하고 최후까지 포기되지는 않았다. 그것은, 역시 프롤레타리아 대중문학을 추구한 고바야시 다키지가 "아쿠타가와와 마츠오가 유즈루松岡讓. 지드와 디킨즈. 시가 나오야志賀直哉와 기쿠치 간. 가사이 젠조葛西善蔵와 발자크. — 한 쌍씩 열거하면서, (…중략…) 항상 후자를 저평가해 온 것 같다. 그 사람들은 플롯이 풍부하면 풍부할수록 그 소설을 '통속적'이라고 단정해버렸다. 왜 플롯이 풍부한 것과 통속적인 것이 동일한가?"(「나의 방침서わが方針書」, 『요미우리신문』, 1931.3.24~28)라고 하면서 제작자로서 솔직한 의문을 던질 수밖에 없었던, 일본문학의 본질적인 문제에 닿아 있었던 것이다. 고바야시 다키지의 의문이 이보다 3년여 전의 다니자키 준이치로와 아쿠타가와 류노스케 간에 벌어진 소위 '소설의 줄거리小說の筋' 논쟁에서 나온 문제를 거의 그대로 되풀이했다는 점에도 주목해야만 할 것이다. 프롤레타리아문학은 '형식주의'를 둘러싼 논쟁, 혹은 이 '소설의 줄거리' 논쟁이라는, 현대문학과 문제를 공유하는 장을 가지면서도 끝내 그 장을 활용하지는 못했다.

베르텔리에 브느와 역

나카노 시게하루와 전향의 문제

1.

나카노 시게하루中野重治에게 전향은 무엇이었는가, 전향은 나카노 문학에 무엇을 초래했는가 하는 문제는 어쩌면 나카노 시게하루라는 문학자의 전체에 관계되는, 무엇보다 근본적인 질문처럼 보인다. 그럼에도 불구하고 나카노가 자신의 전향에 대해 충분히 말했다고는 볼 수 없다. 그의 전향에 관한 사실에는 명확하지 않은 부분이 적지 않다. 예를 들면 그의 예심조서, 공판기록, 전향상신서 등을 우리는 지금까지도 읽을 수 없다. 우리뿐 아니라 나카노 자신도 다시 그것을 읽을 수 없었다. 그는 만년에 온갖 수단을 동원하여 이 문헌들을 찾아보았지만 결국 발견할 수 없었던 것이다.

그래서 나카노의 전향에 관한 사실적 측면에 관해서는 어쩔 수 없이 그의 이른바 '전향 5부작'을 중심으로 그의 작품(소설)을 통해 사실에 다가가는 방법을 취하게 되었다. 이런 방법에 의한 연구에서, 미쓰타 이쿠오滿田郁夫의 더없이 치밀한 논고와 그것을 발전시킨 스기노 요키치杉野要吉의 연구는 오늘 우리들이 갖고 있는 가장 귀중한 성과다. 나도 이 두 사람의 연구(미쓰타 이쿠오, 『나카노 시게하루론中野重治論』, 신생사新生社, 1968; 스기노 요키치, 『나카노 시게하루 연구中野重治硏究』, 입간서원笠間書院, 1979)에서 많은 가르침을 받았지만, 한 가지 근본적인 의문이 남아 있다. 과연 나카노의 전향 5부작 안에 그의 전향과 관련된 사정이 충분히 표현되어 있을까, 합법적으로 발표한다는 것을 전제로 한 이러한 작품에는 담을 수 없는 중대한 문제를 그 당시의 나카노는 가지고 있지 않았을까, 작품을 '사실로 읽는다'면 이 중대한 문제가 누락되고 마는 것은 아닌가 하는 의문이다.

그런데 그 '중대한 문제'라는 게 무엇이냐고 묻는다면, 그것을 직접적으로 실증할 수 있는 재료는 없다. 그러므로 아래의 논의는 좋게 말하면 나의 추론, 나쁘게 말하면 나의 독단이 되는 것이다.

그러면 우선 나카노 시게하루의 글 세 편을 옮겨 적는 것에서부터 시작해보자.

일단 겁을 먹는다면 곧 우리는 사별한 고바야시가 살아 돌아오는 것을 두려워하지 않을 수 없게 된다. 그것으로 그를 죽인 자들을 작가로서 도울 수밖에 없게 되는 것이다. 내가 혁명의 당을 배반하고 당에 대한 인민의 신뢰를 배신했다는 사실은 미래에도 지워지지 않을 것이다. 그래서 나는 또는 우리는 작가로서의 신생의 길을 제일의적인 생활과 제작 이외의 곳에는 둘 수 없는 것이다. 만약 우리가 스스로 불러들인 항복이라는 수치 안에 착종되어 있는 사회적 개인적 요인을 문학적 종합 속에 살을 붙임으로써 문학

작품으로 내놓은 자기비판을 통하여 일본 혁명운동의 전통에 대한 혁명적 비판에 참여할 수 있다면 우리는 그때도 과거는 과거로서 존재하겠지만 그 과거의 지워지지 않는 멍을 뺨에 남긴 채로 인간 및 작가로서의 제일의의 길을 나아갈 수 있는 것이다.

— 「「문학자에 대하여」에 대하여」

이 책에 수록된 여섯 개 단편은 두 가지로 나눌 수 있을지도 모른다. 앞의 다섯 편[「제1장」, 「하나의 작은 기록」, 「소설 못 쓰는 소설가」, 「스즈키 · 미야코야마 · 야소시마鈴木 · 都山 · 八十島」, 「시골집」의 순으로 수록되어 있다 — 인용재]이 한 그룹, 나머지 한 편[「공상가와 시나리오」를 말한다 — 인용재]이 다른 한 그룹이라고 할 수 있겠다. 앞의 다섯 작품은 1934년 도요타마豊多摩 형무소에서 나와서 썼다. 그러므로 원래는(그래봤자 주관적이지만) 전부가 「제1장」에 들어가야 할 것이었다. 나는 1927~8년경부터 34년경, 즉 이 책에 실린 「제1장」이 쓰일 때까지의 문제를 「제1장」으로 총괄한 후, 제2장, 제3장으로 계속되는 일본의 어떤 흐름을 그려내고 싶었지만, 작품집이 보여주듯이 그렇게 하지는 못했다. 「공상가와 시나리오」는 나 같은 사람이 집필금지를 당하고 그것이 조금 누그러지기 시작한 무렵에 쓴 것으로, 「제1장」이 완성되지 못했던 사정이 이런 작품이 되었다고 말할 수 있을 것이다. 나로서 말하자면, 이러한 못난 단편은 동시에 하나의 문학론이 되기도 한 것은 아닐까 하고 사람들에게 묻고 싶다.

1947년 12월

— 「제1장—작자 머리말」, 『나카노 시게하루 선집』 Ⅲ

노트를 쓰겠다고 마음먹은 동기는 나의 문학관의 정정·개변이었다. 나는 그것을 일본문학 속에 제일 일본적인 것, 말하자면 제일 오랜 전통을 지닌 와카에 대해서 해보고 싶다고 생각해서, 우선은 아마추어 독자로서 친숙한 모키치茂吉의 노래에 관해 더듬거리며 시도해 보았던 것이다. 시도가 성공하지 못한 채 끝난 이유 중 하나는 아마추어의 부족함 탓이었다. (…중략…)

그러나 그것도 아버지의 죽음에 의해 중단되고 말았다. 아버지는 11월 19일에 돌아가셨고, 이어서 대동아전쟁이 발발했다. 그리고 그렇게 되고 보니, 자신의 문학관의 정정·개변이라는 최초 의도했던 입장 그 자체가 내 안에서 새롭게 비판받게 되었다. 나는 그것을 다소나마 살리려고 시도했지만 극히 불만족스러운 수준에 머물고 말았다. 더구나 부록 중에 어떤 것은 지금 보아서는 반대의 생각이 담긴 것이었는데 그런 만큼 이제 와서 손을 댈 수는 없었다. 단 그것이 어느 정도 본문 이해에 도움이 된다는 생각에 일단 부록으로 그대로 남겨두었다. 또한 일신상의 사정으로 최근 1, 2개월 사이에 두 번이나 도쿄를 왕복하게 되어, 교정도 완전히 마무리 짓지 못하여, 샤쿠죠쿠釋迢空[1]의 노래에 대한 해석의 오류, '휜轡'과 '관轡'의 착오 등 한두 개 발견한 것도 고치지 못하고 그대로 두고 말았다. 다만 지금으로서는 내 문학관의 약간의 정정·개변의 발자취, 그 위에 새로운 입장에 이르기까지의 서투른 변이의 반영으로서 이 노트를 보아주면 다행이겠다. 아마추어 특유의 엉뚱함 속에서 역시 아마추어 특유의 괴이한 소 뒷걸음질 치다 쥐 잡는 격怪我の功名이라고 말할 수 있는 것이 만일 하나라

---

1 【역주】 본명은 오리쿠치 시노부折口信夫.

도 있다면 더욱 다행이겠다.

쇼와 17년(1942) 3월 다카보고무라 잇뿐덴高椋村一本田[2] 저자

— 「일러두기」, 『사이토 모키치 노트』

이상 세 편의 글을 통해 나의 논의를 전개해 보겠다.

2.

첫 번째 인용문에서 말하는 것은 무슨 의미일까. — 자신은 전향함으로써 혁명의 당과 그것에 대한 인민의 신뢰를 배반했다. 그 배반·전향은 사회적 개인적 요인이 착종된 원인에 의해 발생되었다. 그러나 그런 요인을 문학적 종합 안으로 대상화하고, 자기비판을 통해 혁명의 당을 중심으로 하는 "일본 혁명운동의 전통에 대한 혁명적 비판"을 관철시킬 수 있다면, 전향자인 자신도 인간 및 작가로서 제일의적 길에 서는 것이 가능하지 않겠는가. 만약 그 제일의적 길을 걸어가는 데에 조금이라도 동요하고 겁을 먹는다면 곧, 자신은 "죽음으로 이별한 고바야시가 살아 돌아오는 것을 무서워하지 않을 수 없게 된다"는 것이다.

권력에 머리를 숙이고 전향한 나카노 시게하루가 "일본 혁명운동의 전통에 대한 혁명적 비판"을 관철하는 것으로서 어떻게 권력에 의해 학살된 고바야시 다키지의 편에 다시 서는 것이 가능한 것인가. 여기에 "일본 혁명운동의 전통에 대한 혁명적 비판"이라는 일반적·추상적 언

---

2 【역주】 저자가 이 글을 쓴 곳으로 밝혀둔 곳. 高椋村たかぼこむら는 나카노 시게하루의 고향.

어로 말해진 것의 내용이 암시되어 있다. 그와 동시에, 나카노가 고바야시와 그 죽음을 어떻게 생각하고 있는지도 우리들이 읽어낼 수 있을 듯하다. 나카노 시게하루와 구라하라 고레히토 모두 고바야시 다키지의 죽음을 옥중에서 알게 되었지만, 그것에 대한 반응은 어떤 의미에서 대조적인 듯했다. 하룻밤 거의 잠을 자지 못할 정도로 쇼크를 받았다고 말하는 구라하라와 대조적으로, 나카노는 『시골집』주인공의 입을 빌려 "놀라지 않았다"고 말한다. 물론 나카노가 냉담했던 것은 아니다. 어쩌면 나카노에게 고바야시의 죽음은 우연이라고 생각될 수 없었을 것이다. 그 죽음은 고바야시가 아니라 나카노 자신이어도 조금도 이상하지 않은, 어떤 종류의 귀결로 받아들여졌던 것은 아닐까. 말할 것도 없이 나카노와 고바야시는 그 문학적 자질에서 큰 차이가 있다. 그러나 이때 나카노는 죽은 고바야시와 일체화되어 있었다. 그것은 고바야시의 죽음을 운동의 희생자로 보는 방관자적 입장과는 확실히 차이가 있는 것이지만, 고바야시의 죽음을 자신 또한 가담하고 있었던 일본 혁명운동 안의 어떤 흐름의 귀결로서 파악한 것은 아닐까.

따라서 두 번째 인용문에서 "나는 1927~8년경부터 34년경, 즉 이 책에 실린 「제1장」이 쓰일 때까지의 문제를 「제1장」으로 총괄한 후, 제2장, 제3장으로 계속되는 일본의 어떤 흐름을 그려낸 것"이라는 말이 문제가 된다. 여기서 말하는 "일본의 어떤 흐름"이 무엇인지가 문제인 것이다. 그것은 일반적으로 받아들여졌듯이 일본의 혁명운동 혹은 그 안의 프롤레타리아문학운동을 가리키는 것은 아닌 듯하다. 만약 그렇다면 전후에 쓰인 이 문장에서, 그것을 굳이 "일본의 어떤 흐름" 등으로 모호하게 쓸 필요가 없었을 것이다. 여기서 말하고 있는 "어떤 흐름"이란 그러한 일반적인 것이 아니라 고바야시 다키지의 죽음으로 귀결된 일본 혁명운동 안에 흐르고 있는 "어떤 흐름", 게다가 압도적으로 지배하고 있던 하나의 경향을 지시하고 있는 것은 아닐까. 바로 그렇기 때문에 공산당에 재입당한 나카노는 전후가 되어서도 그것을 "어떤 흐름"으로 표현할 수밖에 없었던 셈이다.

그러나 이 "어떤 흐름"을 "문학적 종합 속에 살을 붙이"고, 그리고 그것을 "혁명적 비판"의 대상으로까지 그려내는 것은 당시의 조건으로서는 거의 불가능했다. 거기에는 첫째로 권력에 의한 가혹한 검열이 있었다. 검열에 의한 삭제는 거의 작품으로서의 존립조차 파괴할 정도의 것이었다. 그러나 그와 동시에 둘째로는 전향했다는 사실이 작가에게 부과하는 내적·외적 규제가 있었다. 나카노가 굳이 **"혁명적** 비판"이라고 말하지 않으면 안 되는 이유가 여기에 있다.

당시 혁명운동 '전통'에 대한 '비판'은 사노^{佐野}, 나베야마^{鍋山}, 미타무라^{三田村}를 필두로 예전 공산당 지도자들에 의해 대대적으로 요란하게 떠벌려지고 있었다. 같은 전향자라는 범주에 들어가 있어도 나카노는 자신의 '비판'을 이런 종류의 '비판'으로부터 확실히 구별하지 않으면 안 되었다. 여기에서 '혁명적'이라는 한 단어에 건 나카노의 결의의 무게를 느끼지 않을 수 없다. 그러나 전향자인 그는 권력에 의해 백업된, 이러한 요란스런 '비판'을 정면에서 논박할 수는 없었다. 왜냐하면 그것은 다시 감옥으로 되돌아가는 것을 의미하기 때문이다. 전향이라는 치욕을 참아내고 쓴다는 행위의 주체적 자유를 감히 선택한 그에게, 여기서 옥쇄전술을 취하는 일은 그의 존재 자체의 부정에까지 이를 것이다. 그는 어떻게든 '밖'에서 싸워야 하는 것이다. 게다가 그는 "혁명의 당을 배반하고 당에 대한 인민의 신뢰를 배신"한 것으로 보이고, 자기 자신 역시 그렇게 보이고 있는 한 사람의 전향자였다. 그의 "혁명적 비판"이 직접적으로 표현될 여지는 거의 없다. 그 여지는 그 자신이 자신의 손으로 만들어 내야 했던 것이다. 적이, 그리고 자기편 안의 '적'이, 기성의 것으로 내민 전장으로 그는 단순하게 뛰어들 수는 없었다. 왜냐하면 그것은 종종 올가미밖에 안 되었기 때문이다.

3.

지금까지의 나의 서술이 나카노 시게하루를 거의 비전향자인 것 같이 묘사했다고 받아들여질지도 모르겠다. 또한 사실 「「문학자에 대하여」에 대하여」와 전향 5부작에서 떠오르는 작가의 모습은 전향자라기보다는 오히려 비전향자에 가깝게 보이기도 한다. 분명히 이즈음, 즉 1935년 전후의 나카노 시게하루에게는 '전향한 비전향자'라고 모순적으로 부르는 것이 타당하게 보이는 지점도 있다. 그러나 그는 당시 권력 측의 기준에 비춰보더라도 명백하게 전향자였다. 여기에는 전향이라는 문제의 일본적 특수성에 깊게 뿌리내린 실태가 있다.

도쿄 형사지방재판소 판사 히구치 마사루樋口勝가 작성한 『좌익전력자의 전향 문제에 대해』라는 보고서가 사법부 형사국에서 간행한 『사상연구자료 · 특집 제95호』(1943.8, 극비자료)로 인쇄되어 있다. 여기에서 히구치는 전향의 기준과 시대에 의한 변천을 다음과 같이 소개한다.

제1례, 1933년 12월 행형국장통첩行刑局長通牒, 행갑行甲 제1731호「치안유지법 위반 수형자에 관한 조사방법의 건」에서는 개전改悛[3] 상태 분류 및 약호로서 다음과 같은 취지가 규정되어 있다.

(1) 전향자

전향자란 국체변혁은 물론 현재 사회제도를 비합법적 수단으로써 변혁하려는 혁명사상을 포기한 자를 말한다.

(가) 혁명사상을 포기하고 일체의 사회운동으로부터 이탈할 것을 맹세한 자(약호 가)

(나) 혁명사상을 포기하고 장래에 합법적 사회운동에 진출하려는 자(약호 나)

(다) 혁명사상을 포기했지만 합법적 사회운동에 대한 태도를 정하지 못한 자(약호 다)

(2) 준전향자

(라) 품고 있는 혁명사상에 동요가 와서 장래에 그것을 포기할 가능성이 있는 자(약호 라)

(마) 혁명사상은 포기하지 않지만 장래 일체의 사회운동으로부터 이탈할 것을 맹세한 자(약호 마)

(…중략…)

---

3 【역주】이 책에는 '改俊'으로 쓰여 있지만, '改悛'의 오식으로 보인다.

제2례, 위에 대해 1941년 9월 16일 형사국장에 의한 명령依命 통첩, 형사국 형사 제18885호 「예방구금제도 활용에 관한 건」 중 별지1에서 사상범 전력 자를 다음과 같이 분류하기로 되어 있다.

(1) 비전향

1. 사상 및 언동에서 하등의 반성이 없는 자

2. 객관적 정세에 기회주의적 태도를 지니고 실천행동에 나서지 않아도, 과거의 사상을 포기하지 않는 자

3. 가정 사정 및 기타 일신상의 사유로 인해 실천행동에 나서지 않아도, 과거의 사상을 포기하지 않는 자

4. 질병 및 기타 사유에 의해 실천행동이 곤란해도, 과거의 사상을 포기 하지 않는 자

5. 과거의 사상에 동요가 오고 또한 자신의 과거의 사상을 포기했다고 표 명하고도, 근저에서는 여전히 계급의식(유물사관)을 견지하는 자

(2) 준전향

1. 과거의 사상에 회의를 느끼거나 무관심하게 되어, 사상적 저회低徊 상 태에 있는 자

2. 과거의 사상을 포기했다고 표명하고도, 그 일상의 행동, 사고, 태도상 에 과거 사상의 잔재가 남아 있는 자

3. 과거 사상의 잔재가 남아 있지만 그것을 청산하기 위해 적극적으로 노 력을 하고 있는 자

(3) 전향

과거의 사상을 청산하고, 일상생활 속에서 신민의 도를 궁행躬行하고 있는 자 (72~74쪽)

이러한 기준에서 나카노 시게하루의 전향을 보면 그것은 명백히 제1례의 '약호 마'의 '준전향자'에 속한다. 그렇지만 1941년의 제2례의 기준에서는 나카노는 비전향자로 분류된다. 전향 일반이 아니라 권력 측의 전향 기준의 변천과 그에 대한 전향자 측의 대응을 어떻게든 그 상관관계에서 파악해야 하는 이유가 여기에 있다.

그러나 여기에서 문제를 앞으로 되돌리고 싶다. 나카노 시게하루에게 전향은 어떤 과정을 거쳤던가, 그리고 그 전향의 내용은 어떤 것이었던가. 우리는 그것을 거의 나카노의 소설을 통해서만 추측할 수밖에 없다. 여기서 작품을 사실로 읽으며 거기에서 전향의 경과와 내용을 선명하게 끄집어낸 미쓰타 이쿠오의 논고를 조금 보충하면서 패러프레이즈하는 방식으로 간단히 '사실'을 따라가 보자.

1932년 4월 7일 저녁, 당 프랙션 회의에서 돌아온 나카노 시게하루는 자택에서 체포되어 도쓰카戸塚 경찰서로 연행된다. 그는 그 유치장에서 낮 회의에 같이 있었던 무라야마 도모요시村山知義가 이미 체포되어 있다는 사실을 알게 된다. 나카노가 들어간 방에는 히라타 요시에平田良衛가 있었고, 그는 나카노에게 프롤레타리아 과학 연구소의 당 조직은 전멸했다고 말한다. 그렇게 말하는 그는 서 있지도 못할 정도로 고문에 시달렸지만 그의 입에서는 아무 말도 나오지 않았다고 한다. "그러나 전모는 드러났지, 나에 대해서도 죄다 나왔다고는 하는데, 그것은 아직 모르지.”

7일째에 나카노는 처음으로 취조를 받았다. 경부 '하라다原田'의 신문은 '문화단체 내 당 활동', '작가조직 내 일본공산당 프랙션 및 프랙션 멤버로서의 활동'의 한 점으로 집중되었다. 당원인 것을 자명한 전제로 한 신문에서 나카노는 자신이 당원이라는 것을 시종 부인한다. '하라다'는 커다란 막대기로 나카노의 무릎을 치고 또 쳤다.

1933년 6월 13일, 사노, 나베야마의 전향성명 「공동 피고 동지에게 고하는 글」(6월 8일 자)이 대대적으로 발표된다. 그것은 교회사教誨師에 의해 나카노에게도 전달된다. 교회사가 말하는 '전향'이라는 단어는 그에게 이상하게 울린다. 그러나 그는 순수한 노동자인 '구사카베日下部(나베야마)'의 의견이 사노와 완전히 같은 것에 쇼크를 받았다. 교회사는 무라야마 도모요시를 예로 삼아 "일본이 미국 식민지가 되는 것을 좋게는 여기지 않는다는 이야기였습니다"라고 말한다. 나카노는 사노, 나베야마에게 냉담한 모멸을 느낀다. 교회사가 나가자 바로 나카노는 그의 설명에서 트릭을 느낀다. 그것은 거의 예술적으로 짜여 있다고 생각한다. 그리고 "사노나 나베야마와는 관계없이 무라야마는 그저 나가고 싶었던 것이다. 그리고 일본이 미국이건 어디건 그 식민지가 되는 것에는 누구라도 반대지"라고 생각한다.

1933년 말부터 예심이 시작된다. 나카노는 가을 이래 4개월간 발열로 고통받고 있었다. 예심판사 '야소시마八十島'가 일관되게 추궁하는 것은 나카노와 공산당의 조직적 연관이다. 당 조직에 가입했을 것이라며, 코프 결성준비회는 합법적인 것 이외에 비합법적인 것이 개최되었는데 거기에 출석했을 것이라고 예심판사는 추궁한다. 나아가 나마에 겐지生

江健次도 오코치 노부타케大河內信威(오가와 신이치小川信一)도 나카노가 당원임을 인정했다고 말하면서 코프의 비합법준비회에 대한 오코치의 조서를 인용하며 나카노가 부인해도 소용없다고 말했다. 그러나 나카노는 집요하게 자신의 모든 행동이 합법적인 작가동맹원의 행동이었다고 주장한다. 자신은 당 조직에 가입하지 않았고 코프 결성준비회에는 합법적인 일에만 나갔고 비합법적 모임이 있었는지 없었는지도 모른다고 주장한다. 여기서 나카노는 라프(러시아프롤레타리아작가협회)의 지도자 아베르바흐Leopold L. Averbakh가 제명된 사실을 예심판사로부터 듣는다 (그전에 나카노는 경찰 쪽에서 우연히 라프가 소련공산당중앙위원회의 결정으로 해산되었다는 사실을 알고 있었다).

예심이 끝나고 공판이 다가왔지만 나카노는 병으로 괴로워하고 있었다. 하룻밤 사이에 서너 번 땀으로 잠이 깼지만, 병실이 꽉 차서 들어갈 수 없었기 때문에 잠옷을 방 안에서 말려야 했다. 12월에 들어서는 그것이 결코 마르지 않았다.

그는 이번 체포로 치료가 중단된 매독에 대해 생각하고 그 때문에 올 발광에 공포를 느꼈다. 그즈음 가까운 방에서 두 명 정도 발광한 사람이 나왔다는 것이 그를 자극하고 있었다. 그는 반복적으로 거절당하면서도 간수, 간수장, 의사를 통해 오랜 발열과 매독의 치료를 요구했고, 보석신청서를 작성하고, 처와 아버지도 제출하게 했다. 먼저 열을 내려야 한다고 생각해 병의 치료에 대한 갖가지 요구를 해보기도 했다. 열에 시달려 땀범벅이 되어 잠이 깨면, 눈이 얼어붙은 창 밑에서 온갖 공포와 싸웠다. 그는 죽음보다도 발광을 두려워했지만, 공포의 순간에는 진정 무엇을 두려워하는지 분별

할 수 없었다. 한번은 자살의 공포와도 싸웠다. 발광한 자신이 숨어있던 모든 추악한 면을 속속들이 드러낼 것을 생각했고, 또한 몇 년 전인가 유치장에서 본 발광한 게이샤의 일을 떠올리며, 평소에 제대로 살았다면 미친다해도 꼴사납게는 되지 않으리라고 생각하며 애써 마음가짐에 신경을 썼다.

—「시골집」

1심의 구형은 징역 4년이었다. 모든 증언에도 불구하고 그가 자신의 당적을 계속 부인한 것이 구형을 무겁게 했다. 피고는 허위를 말하고 있으며 그의 사상은 한층 사악해졌다는 것이 검사의 의견이었다. 판결 공판은 1934년 3월 12일에 열렸고 징역 4년, 미결 통산通算 3백 일의 판결이었다.

그는 즉시 항소함과 동시에 다시 보석신청서와 정치적 활동을 하지 않겠다는 상신서를 썼다. 그러나 그 상신서에서도 그는 자신의 당적에 대해서는 일체 언급하지 않았다. 병실에 수용된 그는 거기에서 자신의 병명이 폐침윤인 것을 알게 된다. 병실에서 그는 전향하려는 생각과 싸운다. 그 생각은 돌연 그를 엄습하고 갑자기 사라졌다. 그 생각이 사라졌을 때 그는 "잃어버리지 않았어, 잃어버리지 않았어"라고 눈물을 흘리며 「명이 보전될 사람은命のまたけむ人は」[4]의 노래를 생각해내고 "나도 헬라스의 꾀꼬리로 죽고 싶다"고 생각했다.

그러나 그의 상태는 더욱 악화된다. 그는 1심에 이어 다시 아버지의 방문을 청한다. 아버지는 항소공판 전날에 상경해 그와 면회한다. 그 전에 아버지는 나카노의 아내, 나카노의 여동생과 상의했었다. "어떻게

---

4 【역주】 일본 고지키古事記에 나오는 고전 가요로 제9장 「망향의 노래—영웅의 최후」의 일부분.

해서든지 그를 나오게 해 주세요"라는 아내의 말을 아버지는 전향시키라는 의미로 오해한다. 면회 때 아버지는 그에게 전향을 권유했을 것이다. 나카노는 아버지에 이어서 변호사를 만난다. 변호사는 전에 그가낸 보석신청서와 상신서의 부족한 부분에 대해 설명하고 그가 당원이라고 재판소가 인정하는 조건은 다른 사람들 입에서 충분히 나왔기 때문에, 만약 이 점을 승인한다면 징역 2년과 집행유예 내지 보석이 가능하다고 설명했다. 나카노의 동지 중에서도 그 전해부터 전향 출옥한 자도 있었고, 또한 작가동맹도 이미 해산되어 있었다. 그는 그것을 알고있었다. 그는 내일까지 생각하게 해 달라고 말하며 변호사에게 확답을주지 않았다.

다음 날 아침, 그는 변호사에게 "문제가 되었던 점을 인정하기로 한다"고 답하고 아내에게도 전한다. 이 날 항소심이 열려 변호사는 아버지가 상경했다는 것과 그에게 전향 의사가 있다는 것을 말하고, 병을 이유로 공판연기를 요구해 승인받는다. 그 후 아버지가 법정 증인으로 출석해 전향 후 자식을 돌보겠다고 맹세한다.

그런데 여기서 나카노 시게하루는 전향 상신서를 쓰게 되는데, 이에대해 미쓰타 이쿠오는 "「하나의 작은 기록」7에 '갠 이불에 기대 침대 위에서', 전향 상신서를 쓰고 있는 '나'의 모습이 그려져 있는데, 이것은 이후 연기된 항소 공판이 열리기까지의 기간에 상신서를 다시 쓰는 나카노 시게하루의 모습일 것이다. 1심 판결 후 7일간의 항소 기간의 일인것처럼 쓰여 있는 것은 오류인 듯하다. 그곳은 병사病舍이고, 병사에는항소 후에 들어갔을 터이다"라고 지적하고 있는데, 시간 흐름상 맞는말일 것이다.

전향 상신서를 쓰는 자신의 모습을 나카노 시게하루는 다음과 같이 묘사하고 있다.

갠 이불에 기대 침대 위에서 나는 전향 상신서를 쓰고 있었다. 나는 극복해내기 어려운 곤란에 맞닥뜨리고 있었다. 나는 마르크스주의 부정을 엮어내야 했었다. 그것은 학문적으로는 부정不正, 심미적으로는 추醜 이외의 것으로는 절대로 생각되지 않았다. 괴로운 자세로 나는 나 자신에 관한 모든 것을 쓰고 있었다. 그것들은 일단 논리적으로는 수미일관해 있었다. 그러나 그것과 마르크스주의 부정이 아무리 해도 연결되지 않았다. 어떤 대전제를 가져온다면 마르크스주의의 부정이 날조되지 말라는 법도 없을 듯했다. 그러나 그때는 그 부분과 앞의 부분과의 논리가 너무 동떨어져 있었다. 그것은 재판소 제출하는 글로서도 추하게 느껴졌다.

나는 고쳐 쓰고 고쳐 썼다. 녹색 줄 쥐색 공책이 묘하게 미끄러웠다. 잉크는 물기가 많은 것 같았다. 펜도 펜 축도 일일이 소독했지만 글자가 번져 어쩔 수 없었다. 나는 창밖을 보았다. 병사病舍는 해도 빨리 저문다고 느꼈다. 나는 항소 기한 날짜를 헤아렸다. 오늘 중에 완성해내지 못한다면 허사가 되고 말 것이다. 나는 조직을 배반하는 것에도 동료를 배신하는 것에도 고통을 느끼지 못하게 되고 있었다. 다만 논리의 갭을 뛰어 넘는 것이 괴로웠다. "이건 뛰어넘을 수 없잖아!"라고 나는 마음속으로 외치며 "옳고 그름의 문제가 아니다⋯⋯"

"그런 건 됐다고. 안다니까"라고 재판소가 얼굴이 되어 다가오는 것처럼 나는 느꼈다. "어쨌든 써라."

나는 논리적으로 더러워질 대로 더러워진 자의식의 ― 그리고 그렇지 않

았다면 그렇게까지는 느껴지지 않을 것이다 — 한심함에 비틀거렸다. 서로
동의하에 남색(비역)하는 인간이기나 한 것 같은, 성질상 다른 어떤 것에도
비할 수 없는 종류의 느낌이었다.

—「하나의 작은 기록」

연기된 2심 공판에서 나카노 시게하루는 일본공산당 당원이었음을
인정하고 금후 정치적 운동에는 일체 가담하지 않겠다는 맹세를 하여
전향이 인정된다. 징역 2년 집행유예 5년의 판결을 받고 당일 집행으로
그날 출소한다. 1934년 5월 26일의 일이다.

4.

이상의 개괄에서 알 수 있듯이 나카노 시게하루에게 전향의 조건이
란 첫째 정치운동과의 절연, 둘째는 당적의 승인이었다. 그런데 첫째의
조건에 대해서 그는 제1심 판결 직후 상신서에 쓴 바 있다. 정치운동과
의 절연을 표명하는 것은 그에게 전향으로 직접 이어지는 것은 아니었
다. 따라서 나카노에게 결정적인 전향의 조건은 둘째, 즉 자신의 당적
을 인정하는 것에 집약되어 있는 것처럼 보인다. 또한 그의 작품에서도
주인공의 공방의 표적은 오로지 그 한 점에 집중된다.

구라하라 고레히토의 경우 당 관계의 구체적 사실에 대해서는 끝끝
내 침묵하면서 자신이 당원인 사실은 시원하게 인정하고 있다. 구라하
라의 경우에 거의 문제가 되지 않았던 것이 나카노에게는 어째서 전향

의 결정적 조건이 되었는가. 그 일의 해석을 둘러싸고 지금까지도 연구자들 사이에서 많은 논쟁이 있었다. 그중에는 들을 만한 탁견이 다수 포함되어 있지만, 지면의 제약으로 여기에서 그것을 소개하고 논평할 수는 없다. 다만 이 논의에서도 나는 거의 모든 논자가 나카노의 전향 사실을 그 소설작품에서만 읽어내려 함으로써 발생하는 약점을 느꼈다.

나는 나카노 전향의 최대의 그리고 아마도 당적의 승인보다도 결정적인 조건은, 작품 어디에도 나타나 있지 않고 또한 나타낼 수도 없었겠지만, 천황제 타도 슬로건을 부인하는 것이었으리라고 생각한다. 구라하라 고레히토의 비전향의 결정적 조건은 "(문) 일본 국체에 대해 어떻게 생각하고 있는가? (답) 공산당의 슬로건을 나는 지지합니다"(예심조서, 1934.6.18), 또한 금후에는 합법의 범위에서 문화활동을 수행한다는 진술에서 "(문) 합법의 범위를 벗어나지 않는다는 말은 일본 국체의 특수성을 긍정하는 것으로 귀결되는 것이 아닌가? (답) 그렇지는 않다고 생각합니다"(제2심 공판조서, 1934.12.8)라는 문답에 단적으로 나타나 있는 셈이다. 이 한 가지 사실이 변하지 않는 한, 합법적이라고 말하든 또는 마르크스주의의 오류를 찾아낼 수 없는 것은 아마 내가 현실 사회 생활에서 멀어져 있기 때문일 것이라고 말하든, 그것은 비전향인 것이다. 왜냐하면 전향이란 천황제에 대한 태도의 변경에 다름 아니기 때문이다. 1934년의 시점에서 아직 전향은 천황제의 적극적 옹호라는 곳까지는 나아가지 않았지만, 적어도 코민테른 및 일본공산당의 '천황제 타도' 슬로건의 부정을 불가결한 것으로 삼고 있었다.

나카노 시게하루는 두 번째 상신서에서 마르크스주의의 부정을 썼다. 이 마르크스주의의 부정, 즉 그 자신에 대한 '전부'와 아무리 하여도 논리적으로 이어지지 않고, 그에게 학문적으로 부정不正, 심미적으로 추醜라고 느껴지는 "마르크스주의 부정"은 무엇이었는가. 여기서 말하는 "마르크스주의 부정"이란 천황제 타도 슬로건의 부정은 아니었을까.

나카노 시게하루를 결정적으로 타격한 전향의 조건 중에 당적의 승인이 있었던 것은 확실하다. 그에게 당 관계에 대해 일체를 부인하는 것은 '공리公理'였다. 그것은 일반적으로 '공리'였던 것만은 아니다. 1930년에 당 자금 제공 혐의로 검거되었을 때, 믿었던 당원이 모든 것을 발설해버린 쓰라린 경험을 그는 갖고 있었다. 입당했을 때 그는 그 점을 집요하게 생각했다. 그렇게 생각한 그는 그때부터 당 관계에 대해서는 일절 말하지 않는다는 원칙을 자신에게도 부과했을 터였다. 그것은 '공리'인 동시에 그 자신에게 윤리였다. 그리고 그에게 윤리는 미美와 직결되어 있다. 나카노 시게하루에게 자신의 당적을 계속 부인하는 것은 문학자로서의 존립과도 관련되는 일이었다.

그러나 천황제 문제는 나카노 시게하루에게 아마도 그 이상의 결정적 문제였다. 천황제 타도를 부정하는 것은 직접 「데쓰의 이야기鉄の話」를 쓴 자신을 부정하는 일이며, 「비 내리는 시나가와 역」에서 묘사한 바, 추방되어 조국으로 돌아가는 신과 김과 이의 측으로부터 떨어져 나와 그들을 추방하는 "수염 안경 구부정한 등의 그" 즉 "일본천황"에게 머리를 조아리는 것이었다. 그뿐 아니라 천황제 문제는 나카노에게 코민테른 테제에서 출발하는 것은 아니었다. 그것은 멀리 메이지 이래의 일본문학, 일본사상의 역사를 겪으며 "미소微少한 것"의 생활을 바탕으로 하여 출발하고 있다. 나카노의 '전부'와 천황제의 용인 사이에는 아무리 해도 뛰어 넘을 수 없는 논리의 심연이 있었던 것이다. 1934년의 시점에

서 마르크스주의 부정은 반드시 전향의 필요조건은 아니었다.

출옥한 나카노 시게하루는 여전히 마르크스주의자였다. '1937년 6월 경부터 요도바시淀橋구 가시와기柏木의 자택에서(야마무라 잇페이山村一平 촬영)'라는 나카노의 사진이 있다. 신판 전집 제11권 권두 사진으로도 실려 있다. 나는 전부터 이 사진에 특별히 흥미를 갖고 있었다. 나카노 자신의 초상보다도 그 배후에 찍혀 있는 책장에 흥미가 있었던 것이다. 사진에 나온 책장은 4단으로 제일 위의 칸에는 왼쪽에 프롤레타리아과학연구소 옮김『레닌 선집』, 오른쪽에는 개조사 판『마르크스 · 엥겔스 전집』이 있고, 그 중간에 가철된 책이 꽂혀 있다. 표제는 읽을 수 없지만,『코민테른 프로토콜protocol 전집』중 한 권임을 알 수 있다. 두 번째 칸에는 아쿠타가와와 톨스토이의 전집이 있으며, 세 번째 칸에는『전기戰旗』와『나프』, 네 번째 칸에는『인터내셔널』이 각각 몇 권씩 합본, 제본되어 있고, 양장본 책등에는 금색 활자로 제목을 박아 넣은 것이 진열되어 있다. 좀 그렇지만 1937년 당시로서 이것은 약간 아무 경계심이 없는 듯한 느낌이 들지언정, 결코 마르크스주의를 부인한 사람의 책장이 아니다.

어쩌면 나카노 시게하루는 전향 출옥을 실현하는 방편으로조차도 마르크스주의 부정을 쓰지는 않았을 것이다. 이런 나의 독단은 그의 상신서가 발견되면 단번에 날아가 버릴, 엉뚱한 추측일지도 모르지만 지금은 그렇게 생각해 두기로 한다. 그렇게 생각하지 않으면 그가 출옥 직후에 마르크스주의자로서 발언한 것에 어떤 망설임도 부끄러움도 보이지 않는 것이 나의 나카노 시게하루 상에 부합하지 않기 때문이다.

〈그림 31〉 1937년 6월경의 나카노 시게하루(『전집』 제11권에서)

5.

그러나 그는 일본 마르크스주의와 그 운동에 대해서 심각하게 반성을 했었음에 틀림없다. 그것은 그것들을 백지로 돌려놓는 것이 아니라 구라하라 고레히토와의 예술대중화논쟁을 중도에 그치고, 「우리는 전진하자」(1929.4)를 쓰며 자신의 문학을 '당'에 종속시킨 때부터 그가 걸었던 길에 대한 반성을 바탕으로 그 이전의 자신의 입장을 비판적으로 재평가했던 것은 아닐까. 구라하라 고레히토로 대표되는 문학이론, 운동론, 정치관, 그리고 무엇보다도 그 감성으로부터 그는 일본 마르크스주의에서 부정, 극복되어야 할 것을 발견해내었던 것은 아니었을까. 그리고 그것은 결코 전향에 의해 그가 발견한 것은 아니었던 것이다.

나카노는 검거되기 일 년 정도 전에 「시 작업의 연구 (1)」에서 "우리는 시의 볼셰비키화의 길로 나아가는 동시에 뜻밖에도 프롤레타리아 시의 유형화에 봉착했다"고 비판하고, 그 관념적인 정치주의의 견본으로서 자기가 쓴 「한밤중 낮질의 추억夜刈りの思い出」을 들었다. 그는 일련의 '볼셰비키적' 비평을 향해 "목소리가 전하는 정서의 흔들림"이라는 이토 사치오伊藤左千夫의 말을 맞세우며 여기에 시의 역할이 있다고 주장했던 것이다. 이때 나카노는 구라하라의 코프 결성에 이르는 방향 전환의 조직론에 반대해 싸우고 있었다. 그리고 나카노의 위의 주장은 그대로 예전의 「예술에 관해 휘갈겨 쓴 각서」에서의 자기 재평가와 통하는 동시에 "1927~8년부터 34년경"까지의 "일본의 어떤 흐름"의 자기 비판적 재검토와 연결되며, 나아가 『사이토 모키치 노트』에서의 "자기 문학관의 정정·개변"으로 이어지는 것이다. 그가 혼신의 힘을 다해 희구했

던 바, 전향으로부터 재기하는 길은 결코 전향을 부정하며 다시 한 번 '비전향'으로 돌아가는 것은 아니었다. 그것은 원래의 입장으로 되돌아가는 것은 아니었다. 나카노 시게하루는 다음과 같이 쓰고 있다.

내가 생각건대, 전향자의 변절이라는 것 안에는 다른 많은 것과 함께 어떤 하나의 것, 즉 과거에 했던 일의 방식에서 보이는 소부르주아 관념주의를 향한 비판의 맹아도 확실히 있었던 것이 아닐까. 이 맹아와 전향은 결코 직접 연결되는 것은 아니다. 그러나 전향 자체가 소부르주아 관념주의의 참담한 귀결의 하나라면 이를 그것에 대한 비판의 맹아로 삼을 수 있다. 그리고 그것을 자기의 필요로 실현하고 싶은 사람은 대중생활 안으로 충분히 들어갈 뿐만 아니라, 거기에서 그 자신이 대중 속의 한 분자로 있으면서, 대중의 생활 투쟁의 선두에 서려고 노력함으로써 그것을 실현할 것이다. 질박한 국민대중의 한 사람이 되는 것뿐만 아니고 그 실질적인 인도자가 될 때 전향이 완성되는 것은 아닐까. 바꾸어 말하면 소부르주아 관념주의의 선두에서 대중 생활의 실질적 선두로의 전향, 그것이 — 전향이라는 것이 문제되는 한 — 전향의 진정한 의의가 아닌가 하고 생각하는데, 전향자 중의 한 사람인 나는 아직 잘 모르겠다. 어쨌든 이 편이 제국갱신회帝國更新會보다도, 영원한 정의의 아군보다도 순진하기도 하고 구체적이라고 생각된다.

— 「시골문예시평」, 『문예춘추』, 1936.6

이것은 나카노 시게하루에게 전향이란 무엇이었던가, 그리고 그가 전향으로부터 재기하는 길을 어떠한 것으로 추구하고 있었던가를 극히 솔직하게 말한 몇 안 되는 문장의 하나다. 이 입장에 서는 한 1941년에 하야시 후사오의 「전향에 대하여」에 관한 감상을 강요당했던 때도, "전향의 문제는 나에게는 쇼와 9년(1934) 이래의 문제다. 쇼와 9년 이래 나는 내 전향 실현의 길을 나아가고 있다"고 그는 본심으로 쓸 수 있었던 것이다.

나카노 시게하루가 옥중에서 질병과의 고독한 싸움을 통해 획득한 것은 아마도 사상의 육체성이라고나 할 법한 것이었을 터이다. 사상을 담지하는 인간의 육체성과 사상 그것의 육체성. 사상은 자유롭게 국경과 역사를 넘어 찾아오지만, 육체는 그렇게는 안 된다. 육체는 그 개체로서도 민족으로서도 역사로부터 분리되어서는 존재하지 않는다. 사상이 육체를 획득하기 위해서는 역사가 회복되지 않으면 안 된다.

나카노 시게하루의 행보는 결코 단순한 한 줄기의 길은 아니었다. 거기에는 많은 굴절과 일탈이 있다. 그러나 그럼에도 불구하고 그는 『애간장』에서 『갑을병정甲乙丙丁』에 이르는 작품을 씀으로써, 전후에도 죽음에 이르기까지, 그는 전향의 길을 끝까지 걸어갔던 것이다. "일본 혁명운동 전통의 혁명적 비판"이라는 길이 전향이라는 좌절을 통과함으로써, 그에게 비로소 가능해졌다는 데에 일본의 마르크스주의와 그 운동의 모든 문제가 가로놓여 있다.

진영복 역

패배로부터 재건에 이르는 길

1930년대 후반의 나카노 시게하루

1.

'서기에 따라 1930년대라 부르든, 원호에 따라 소화 10년 전후라고 명명하든, 그 시대는 일본뿐만 아니라 일본을 포함하는 세계 전체가 틀림없이 하나의 결산기를 맞고 있었다. 그때 결산이 요구된 것은, 유럽의 경우에는 제1차 세계대전의 '전후'를 어떻게 끝낼까 하는 문제이며, 일본의 경우에는 좀 더 긴 시간의 범위에서 메이지유신 이래의 문명개화를 어떻게 결착 짓는가 하는 문제였다.

나카노 시게하루는 중일전쟁 발발로부터 1개월 후에 「조건부 감상条件づき感想」(『개조改造』, 1937.9)이라는 단문에서 다음과 같이 썼다.

'사변'은 무엇일까. 그것은 하나의 사건임에 그치는 것일까. 즉, 하나의 북청사변北清事變, 하나의 청일전쟁, 하나의 21개조, 하나의 만주사변, 나아가 하나의 몽고 침입과도 나란히 놓을 수 있는, 말하자면 그것들과 일대일

관계에 있는 하나의 사건일까.

아니면 그것들과는 다른, 예컨대 과거 모든 사건들의 결산으로서의 하나의 사건일까.

아마도 후자일 것이다. 그것은 내각 서기관장에 의해 공적으로 하나의 '사변'으로 명명되었지만, 이는 그 성질상 과거의 모든 '사변'보다도 크고 무거운, 과거의 모든 사건이 해결하지 못한 모든 문제를 해결할 열쇠로서의 '사변'이기 때문일 것이다.

머지않아 '대동아전쟁'으로 발전하는 이 중일전쟁을, 나카노 시게하루는 적확하게 일본의 근대화=문명개화의 한 귀결로 파악하고 있었다고 할 수 있다. 그에게 '사변'의 해결이란 일본 근대의 총체적인 지양 이외에 아무것도 의미하지 않는다. 게다가 이때 그것을 지양하는 현실의 세력과 운동은 모든 전선에 걸쳐 패배하고 있었다. 따라서 이 패배에서 무엇을 배워 개인으로서도 운동으로서도 그 패배로부터 재건할 길을 어떻게 찾아내는가, 그것이 바로 전향자 나카노 시게하루가 껴안고 있던 문제였다. "그리고 일반적인 것과 개인적인 것의 조합 안에서 내가 나의 문제로 끄집어낼 수 있었던 것 중 하나는 전향의 문제였다. 이 문제에 오랫동안 붙들려 있었지만 겨우 올해가 되어 스스로 윤곽을 잡기 시작했다. 나로서는 그것을 '전향과 패배의 관계'로 바꾸어봄으로써 알 수 있었다"(「자신의 것과 일반의 것自分のことと一般のこと」, 『신조新朝』, 1937.12)라고 그는 같은 해에 쓰고 있다.

무엇을 어떻게 알 수 있었을까. 그것을 구체적으로 쓸 자유는 이미 이 시기에 그에게 남겨져 있지 않지만, 전향의 문제에 대해 그가 하나의 결론을 얻고 어느 정도 자신감을 갖기 시작한 것을 우리는 추측할 수 있다. 그 내용에 관해서는 1934년에 보석 출옥한 이후의 그의 족적을 더듬어감으로써 추측할 수 있다. 그러나 그것에 대해서는 이후에 다시 다루기로 하자.

나카노 시게하루와 완전히 대척적인 입장에서 중일전쟁을 일본 근대의 귀결로 이해한 사람은 '일본낭만파'의 야스다 요주로保田與重郎다. 「문명개화 논리의 종언에 대하여文明開化の論理の終焉ついて」(『코기토コギト』, 1939.1)에서 그는 다음과 같이 썼다.

"일본 문명개화의 최후 단계는 마르크스주의 문예였다. 마르크스주의 문예운동이 메이지 이후 문명개화사의 최후 단계였던 것이다. 그러한 의미에서 일본 낭만파는 역사적으로는 이 단계의 결론이다. 그것은 이튿날 새벽으로 이어지는 밤의 다리였다고도 말할 수 있는 것이다."

"일본의 대중은 새로운 황국의 현실을 대륙에 수립하고 일체의 현실을 그것으로 표현했다. 이 현실을 그리기 위한 문명의 세계구상 논리는 문명개화의 논리로는 불충분하다. 이미 일본의 대중은 새로운 혁신을 요구하고 있다. 메이지 이후 혁신 논리가 모두 문명개화의 논리였던 것에 반해, 이번 변혁의 논리는 문명개화와 전혀 반대의 발상을 가진 논리임을 막연하게 알고 있는 것이다. 그리하여 그중에 어떤 것은 '지성'파에 의해 고루한 쇄국주의라고 단정되었던 것이다. 이것이야말로 현실에 즉응卽應할 수 없는 구래의 식민지 문화적 '지성'이 가진 난센스의 한 표현이다. 일본 문화의 현실은 이 두 개의 형태로 구래 문장의 발상법을 지양시켜야만 하는 날을 맞이하고 있다."

마르크스주의 문예를 일본 문명개화의 최후 단계로 보는 일견 기괴한 이와 같은 주장은, 그러나 나카무라 미쓰오中村光夫라는 전례를 가지고 있다. 그는 나카노 시게하루의 「제1장第一章」을 비판했던 「전향작가론転向作家論」, 그리고 그것에 대한 나카노의 반론에 답한 「나카노 시게하루 씨에게中野重治氏に」에서, 프롤레타리아문학이 일본 근대문학의 역사에서 수행한 역할을 유럽에서의 낭만파 운동과 유사한 것으로 자리매김한다. 나아가 「프롤레타리아문학운동-그 문학사적 의의プロレタリア文学運動-その文学史的意義」(『행동行動』, 1935.4)에서는 왜 일본에서는 프롤레타리아문학이 그토록 문학의 흐름에 영향을 미쳤던 것인가 하고 자문한다. "그것은 한 마디로 말하면 부르주아 문학이라는 것이 없었기 때문이다. 있는 것은 단지 봉건적인 나私뿐이었다. 그리고 프롤레타리아문학은 사회정세의 변천에 강요된 일본문학의 자기 수정修正운동이었기 때문이다. 감히 역설을 말하면, 우리나라의 프롤레타리아문학은 문학의 부르주아화(근대화) 운동의 표현이었다"라고 그는 답하고 있다.

나카노 시게하루는 1년 후 「두 문학의 새로운 관계二つの文学の新しい関係」(『교육·국어교육教育·国語教育』, 1936.4)에서 이에 대해 비판하고 있다. 그는 만약 나카무라 미쓰오나 고바야시 히데오가 말하는 것처럼 일본에는 부르주아 문학 같은 것이 없었다고 한다면, 그것은 일본이 자본주의 시대로 들어간 적이 없었다는 말인데, "말 그대로 '농담'으로서의 판단이어야 한다"고 되받아치면서, "그러나 그렇다면 나카무라 씨나 고바야시 씨의 판단은 하찮은 것일까. 나는 그렇게는 생각하지 않는다"고 이어 말하는 것이다.

일본의 자연주의 문학이 봉건주의 문학이었다든지, 일본에는 부르주아 문학 같은 것이 없었다는 말은 잘못된 것이지만, 이와 같은 잘못된 것으로서의 '농담'은 일본 부르주아 문학이 그토록 봉건적인 것을 질질 끌어 왔다는 점, 일본 부르주아의 봉건주의에 대한 싸움이 그토록 어중간하고 그 승리가 불철저해서 봉건주의라는 적과의 질질 끄는 타협으로 휩쓸려 들어갔던 점, 그리고 이러한 타협 때문에 팽개쳐진 부르주아적인 것을 프롤레타리아트가 주위 올려야만 했던 곤경의 반영에 다름 아니었다고 생각한다. 거울에 비친 것은 곤경이었지만, 거울의 질이 좋다면 올바르게 비쳐졌을 터인 실체는 있었으며 또한 있는 것이다. '부르주아 문학이 있기도 전에 그 부르주아 문학을 부정하는 프롤레타리아문학이 등장'했다는 사실은 나카무라 씨의 눈에 비친 것처럼 '기이한 광경'이 아니라 프롤레타리아문학 운동이 지닌 '우리나라의 독특한' 힘겨움인 것이다.

일본의 프롤레타리아문학운동(및 진보적인 문학운동)이 부르주아 문학 운동이 내팽개친 봉건주의와, 그것을 내팽개친 당사자인 부르주아 문학과 동시에 싸워 나아가야 하는 힘겨움(따라서 그 중요성)은 부르주아 문학 최후의(혹은 가장 고상한) 보루로서의 소위 '순문학'과 그 문학이론의 최근 움직임에서도 보인다.

설령 그것이 문학평론이라는 형태를 취하고 있다 해도, 이 인용문들을 겹쳐봄으로써 30년대의 문제 틀이 명료하게 떠오르게 된다고 말할 수는 없을까. 문제는 역시 일본사회의 총체적인 상이 어떻게 묘사되었는가 하는 점에 있다고 생각된다.

2.

30년대의 문제 틀을 가장 잘 나타내는 사건 중 하나는 1933년의 사노 마나부, 나베야마 사다치카의 전향과 그 파급이다. 사노·나베야마의 전향이론이 그 내용에서 거의 4년 전의 미즈노 시게오水野成夫, 아사노 아키라浅野晃들의 '노동자파'(해당파解党派)의 그것과 다르지 않음에도 불구하고, 그 파급력 및 사상사에 끼친 의미 작용이라는 점에서 완전히 다른 넓이와 깊이를 가졌다는 사실 속에 그것은 잘 나타나 있다.

사노·나베야마의 전향에 의해 무엇이 정면으로 밀려 나왔는가 하면, 그것은 천황제의 문제였다. 그때까지의 전향은 운동에서의 이탈을 맹세하는 것으로 충분했지만, 사노·나베야마 이후, 천황제를 용인하거나 적어도 천황제 타도의 슬로건을 부정하는 것이 전향의 불가결한 조건이 되었다. 이는 물론 32년 테제가 천황제 타도를 전략 목표의 중심에 두었던 것에 대한 지배계급의 대항 조치를 의미한다. 그러나 그와 동시에 이 시기에 쟁점의 중심이 일반적인 반자본주의 슬로건이 아니라 천황제 문제로 떠올랐던 바, 이는 그것이 결산의 시기임을 단적으로 표현하는 것이었다. 일본 자본주의를 하나의 경제적 사회구성체로 보았을 경우, 그 내부에서 천황제 권력기구와 경제구조의 자본주의적 고도화 사이의 대립이 이미 꼼짝 못할 정도의 전全 기구적인 위기에까지 이르렀다는 것이 이 결산기의 내용이었다. 그리고 그것은 동시에 혁명운동의 위기로도 나타났다. 왜냐하면 이러한 상황 속에서는 혁명운동 측이 그려온 일본사회 전체상의 왜곡은 즉각 실천적으로 폭로될 뿐만 아니라, 대중의 생활에까지 침투한 위기의식은 종래의 당과 대중과의 관계를 근저에서부터 재검토할 것을 요구하기 때문이다. 즉 사노·나베야마의 전향과 그 파급은 일본사회의 총체적인 위기를 표현하고 있을 뿐만 아니라, 혁명운동의 위기도 나타내고 있는 것이었다.

사노·나베야마 전향이론의 근저에 있는 의식은 당이 대중으로부터 고립되었다는 절박한 위기감이다. 그들은 그것을 천황제의 적극적 지지, 식민지 확보, '만주사변'의 용인, 코민테른으로부터의 이탈이라는 180도 전환에 의해 있는 그대로의 '국민감정'을 추수追隨함으로써 극복하려 했다. 그들은 그 전향을 이론화하기 위해 "본래 군주제의 타도는 부르주아 데모크라시의 사상"이지 사회주의 혁명의 목표는 아니라든지, 식민지의 독립, 민족의 자결이라는 사상은 "시대에 뒤떨어진 부르주아 사상"이라든지, "일반적인 전쟁 반대론은 본래 노동자 계급의 것이 아니다"라든지 하는 것을 써냈다. 그러나 이러한 '이론'은 그들이 전향을 계기로 생각해 낸 것이 아니라, 마르크스주의자였을 때부터 가지고 있던 것이었다. 그것은 결코 그들만 그런 것이 아니었다. 훌륭한 공산주의자 중에서조차 그러한 이론은 있었다. 예를 들어 니시다 노부하루西田信春는 1931년 5월 20일 이치가야市ヶ谷 형무소에서 나카노 시게하루 앞으로 보낸 편지에서 나카노의 「비 내리는 시나가와 역雨の降る品川駅」을 언급하며, "1929년 2월이었던지 『개조』에 나온 시나가와 역을 노래한 자네의 시 — 그것에 대해 자네 자신이 졸작이라고 말한 것을 들었지만, 그 이유를 나는 묻지 않았다 — 도 당시 우리들 사이에 남아있던 정치적 오류의 한 점 — 코뮤니스트란 자가 마치 오직 군주제 철폐에만 광분하는 자유주의자의 태도를 보였다 — 을 보이고 있던 것은 아니었을까"라고 쓰고 있는 것이다. 도대체 일본에 "군주제 철폐에만 광분하

는 자유주의자"가 단 한 사람이라도 있었을까. 그렇기는커녕, "광분"한
다고 불릴 정도로 천황제 타도를 위해 일한 공산주의자가 얼마나 있었
을까. 훌륭한 공산주의자였던 니시다조차도 이러한 일본의 현실보다
도 27년 테제로부터 1931년의 일본공산당 정치테제 초안으로 옮겨가는
코민테른의 전략 전환 쪽을 더 무거운 현실로 잘못 생각하는 착오에서
벗어나지 못하고 있는 것이다.

천황제 타도에 전략 목표를 내걸었기 때문에 전전의 공산주의 운동
은 붕괴했다는 역사적 총괄은 근본적으로 잘못이었다. 천황제가 무엇
인지를 철저하게 구명하지 않고, 천황제 타도의 내용을 대중의 일상
적인 생활 속으로까지 구체화시키지 않고, 단지 슬로건으로 공전空轉
시킨 것이야말로 패배의 커다란 원인이었다. 프롤레타리아트 헤게모
니 하의 부르주아 민주주의 혁명이라는 전략을 채용하자마자, 아군의
전선은 점점 축소되고 대중으로부터 유리되어 전술적으로도 조직적
으로도 당파적으로 급진화되고 만 전도된 형태가 생겨난 것은 거기에
원인이 있었다.

1932년 10월의 은행 강도사건부터 아타미사건熱海事件까지의 대 검거
를 거쳐 이듬해 1933년 6월 사노·나베야마의 전향 성명에 이르는 일
년이 채 되지 않는 과정은 혁명운동의 일시적 패배가 아니라 그 근본적
인 위기를 나타내고 있었다. 그때, 이 패배로부터 철저하게 배우면서
천황제 본질의 해명과 일본 부르주아 민주주의 혁명 전략의 구체화에
모든 정력을 기울여 싸운 공산주의자는 내가 아는 한 가미야마 시게오
神山茂夫뿐이다. 그는 1934년 8월에 쓴「부분적 패배에 의한 전선의 혼란
에 대항하여部分的敗北による全線の混乱に抗して」라는 제목의 무서명 비합법

문서에서 혁명운동 전선에서 일어나는 해체 현상을 언급한 뒤에 다음과 같이 쓰고 있다.

> 이상의 사실은 오늘날 우리의 혁명운동이 경험하고 있는 위기의 넓이와 깊이를 보여주고도 남지만, 이 현상들의 단순한 총계가 우리가 혁명운동의 위기의 넓이와 깊이의 전부라고 생각하는 것은 커다란 잘못이다. 오히려 진정한 위기는 많은 동지들이 이 위기로부터 눈을 돌려 사실을 부인하거나, 개개 현상의 단순한 총계에 짓눌려 맹목적으로 혼란과 동요를 심화하는 데에 있다.
>
> 모든 위기는 운동의 진정한 결함과 약점을 분명히 하여 썩어 문드러진 제도나 도식, 언어의 진정한 역할을 명확히 한다. 대립하고 있는 그룹 각각의 역사적 조류를 밝히며 혁명운동의 고양기에 달라붙은 불순한 군더더기와 협잡물을 떨어내고, 그로써 운동이 나아가야할 길을 보임과 동시에 그 중심을 단련시켜 간다. (…중략…) 위기는 반드시 파멸을 수반하지는 않는다. 우리가 위기의 진보적인 면을 파악하는 법을 알고, 그 교훈을 조직적으로 배운다면 위기의 극복은 분명히 약속되어 있다. 비단 위기의 극복만이 아니라 우리는 혁명운동의 최종 승리도 약속받는 것이다. …… 그러나 슬프게도 많은 동지들이 그것을 깨닫지 못하거나 이 현상을 외면하거나, 또는 현상에 현혹되어 모두 다 그저 혼란과 동요를 심화시키고 있다. 오늘날의 위기가 진정으로 위기인 연유는 실로 여기에 있다.

천황제를 정점으로 하는 일본사회가 위기라는 형태로 하나의 결산기를 맞이하고 있었듯이, 이때 혁명운동 또한 위기라는 형태로 하나의 결산기를 맞이했었던 것이다.

3.

1934년 5월에 전향하여 출옥한 나카노 시게하루는 이러한 위기 속에 내던져진 것이다. 그는 전향이라는 자기 자신의 위기를 통해 이러한 객관적인 위기를 가장 날카롭게 인식할 수 있었던 몇 안 되는 사람 중 한 명이다. 많은 전향자가 주체적인 위기의식을 객관적인 위기의 인식과 겹쳐 생각하지 못하는 채로 현실의 흐름에 휩쓸려간 와중에 그의 존재는 두드러졌다. 그에게 전향으로부터 다시 일어서는 길은 결코 전향 이전으로 돌아가는 것은 아니었다. 그것이 가장 잘 나타나고 있는 것은 시마키 겐사쿠島木健作가 전향자의 재전향을 다룬 작품 「하나의 전기一つの転機」에 대한 그의 비판이다. 일찍이 해당파解黨派에 속해 운동을 배반했던 주인공은 출옥 후 자신의 잘못을 인정하고 다시 운동에 복귀하려고 한다. 이를 위해서 그는 우선 구원회救援會에 연락해 자신이 일할 조직을 소개해 달라고 하지만, 운동을 배신했던 과거의 지도자로 이름이 알려져 있는 주인공은 그곳의 젊은 여성에게조차 조소를 받는다. 그러나 그는 그렇게 취급받으면서 조금이나마 저항이 적은 곳을 찾았던 자신을 반성한다. 그리고 일찍이 그가 지도자로서 활동했고 그의 전향에 대해 가장 분노를 품은 동지들이 있는 지방의 조직으로 돌아가 다시 활동하는 것이 그로서는 가장 성실한 삶의 태도라고 생각하는 것이다.

이에 대해 나카노 시게하루는 "전향자의 재기라는 것은 소설을 떠난 사회적 문제로서도 차츰 문제가 되어갈 것이라 생각하지만, 이러한 방식이 재기의 방법으로 긍정된다면 그로써 사태가 한층 더 나빠지지 않겠는가 하고 생각한다", "단순한 시민도 아닌 전향 지도자가 시민으로

서의 일상생활을 보이콧하면서 옛 조직의 선에 연결되려고 하는 것은 당치 않다", "즉 그는 진정으로 자기비판 같은 것은 하지 않는 것이다"라며 완전히 부정적인 평가를 내린다. 나아가 "물론 전향자에 대한 진정한 비판은 개개의 전향과 일반적인 전향의 필연성을 구체적으로 해부하고, 전향자들에게 재기를 위한 구체적인 길을 주어, 그러한 일반적인 전향이 생기지 않아도 되는 조건을 스스로 만들어낸다는 입장에서 이루어져야 한다고 생각한다"(「횡행하는 센티멘털리즘橫行するセンチメンタリズム」, 『호치신문報知新聞』, 1936.3.14~18)라고 주장하는 것이다.

　이전으로 돌아가는 것만으로는 또 다시 같은 잘못을 되풀이할 뿐이다. 또한 일반적인 전향(사노·나베야마를 잇는 대량 전향 ― 인용자)이 생기지 않아도 되는 조건을 스스로 만들어낸다는 나카노 시게하루의 생각은 아마도 첫 머리에 인용한 바, 전향을 "전향과 패배의 관계"로 바꿔보고 이해할 수 있었다고 했던 말을 암시하고 있을 것이다. 전향은 개별적으로 보면 분명히 인간 한 사람 한 사람의 나약함에 기인한다고들 할지도 모르지만, 그와 같은 대량 전향이 생겨난 기본적인 원인은 운동과 조직의 뒤틀림에 있다. 따라서 한 사람의 인간에게도 전향으로부터의 재기의 길은 시마키島木 식의 개인의 성실주의에 있는 것이 아니라, 이 운동과 조직의 뒤틀림을 철저하게 폭로하고 그 극복의 길을 탐구하는 것과 별개로 존재하지 않는다는 것이 나카노 시게하루가 도달한 결론이었다. 전향하여 출옥한 나카노 시게하루가 한편으로는 고바야시 다키지처럼 죽어야 했다고 공격받고, 다른 한편으로는 붓을 꺾고 일반 백성이 되라고 설득당하는 상황 속에서 '일본 혁명운동 전통의 혁명적 비판'에 가담함으로써 자신의 재생의 길을 찾은 하나의 결론은 이것이었다.

나카노 시게하루는 처음 그것을 "스스로 불러들인 항복이라는 수치 안의 사회적 개인적 요인의 착종을 문학적 종합 속에 살을 붙이는 것", 즉 "문학작품으로 내놓은 자기비판"으로서 작품화하려 했다. 1934년 말부터 다음해 35년 말에 걸쳐 집필된 소위 전향 5부작, 즉 「제1장第一章」, 「스즈키・미야코야마・야소시마鈴木・都山・八十島」, 「시골집村の家」, 「하나의 작은 기록一つの小さい記錄」, 「소설 못 쓰는 소설가小說の書けぬ小說家」가 그 결과이다. 이 작품들을 통해 그는 1927년, 1928년경부터 1934년 무렵까지의 '어떤 흐름'을 그리려는 의도를 갖고 있었지만 성공하지 못했다. 「시골집」을 예외로 한 다른 작품들은 소설로서도 실패하고 있다. 그 이유는 혁명적 문화운동, 특히 그 내부의 당 조직의 문제라는 제재에 대한 시국적 제약에만 있었던 것이 아니다. 이때 나카노 시게하루는 다만 운동을 하나의 흐름으로 총괄적인 비판을 해낼 만한 입장을 아직 획득하지 못하고 있었던 것이다. "그러한 인간적인 점을 문제로 삼지 않았던 것이 가장 나빴던 거야." "그렇군. 인간적으로 이상한 인간은 정말 이상하거든." "작더라도 순결한 조직으로 해야 하는 거야. 양적인 크기라는 것은 똥도 안 되는 거지. 온갖 것을 못 쓰게 만들 뿐이야." ─ 이것이 비판다운 비판의 전부이다.

그는 아마도 「시골집」을 씀으로써 비로소 혁명운동과 그 조직의 뒤틀림이 결코 이런저런 '이상한 인간'에 의해 만들어진 것이 아니라 일본사회의 구조에 깊이 규정되어 산출되고 있음을 실감했음에 틀림없다. 마고조孫藏라는 인물이 어느 정도 나카노 자신의 부친을 실제 모델로 하고 있더라도, 그것을 대상화하여 그릴 수 있었다는 사실에서 그가 손에 넣은 확고한 지평을 볼 수 있다. 「시골집」과 「『문학자에 대하여』에 대하여『文学

者に就いて』について」의 '일본 혁명운동 전통의 혁명적 비판'이라는 테제를 겹쳐 보며, 요시모토 다카아키吉本隆明는 다음과 같이 말하고 있다.

나카노가 여기에서 '일본 혁명운동 전통의 혁명적 비판'이라고 부르는 것이 일본 봉건제의 착종된 토양과의 대결을 의미하고 있는 것은 분명하다. 이때 나카노는 전향에 의해 비로소 그 착종된 봉건적 토양을 구체적으로 똑똑히 볼 수 있었고, 따라서 그것과 대치하려고 다시금 마음을 다잡았던 것이다. 「윤 2월 29일閏二月二十九日」,[1] 「'미온적으로'와 '통렬하게"微温的にと 痛烈にと」, 「문학에서의 신 관료주의文學における新官僚主義」, 「일반적인 것에 대한 저주一般的なものに對する呪い」 등 시평의 형태로 쇼와11년(1936)부터 12년(1937)에 걸쳐 『신조新潮』에 쓰인 논문은 이미 그 싸움이 희화로밖에 받아들여지지 않는 어두운 시대의 문학 정황 속에서 수행된, 눈에 보이지 않는 봉건적 토양과의 고독한 싸움이었다.

— 「전향론轉向論」

일본 마르크스주의는 천황제 타도라든가 부르주아 민주주의 혁명 등을 주장하면서도, 요시모토가 '봉건적 토양'이라고 부르는 일본 사회에 깊이 뿌리내린 특수한 구조와 정면으로 상대한 적은 일찍이 한 번도 없었던 것이다. 「쇠 이야기鐵の話」를 쓴 나카노 시게하루에게 그것이 구체적인 비전으로 나타나려면, 요시모토가 지적하는 대로 전향이라는 하나의 주체적인 위기를 경과해야만 했다. 그리고 그때 비판되어야 할 '혁명적 전통'이란 이 '봉건적 토양', 즉 일본사회의 특수한 구조에 직면

---

1 【역주】이때의 원똑은 한국의 윤년을 뜻한다.

하는 것을 계속 회피했던 '일본적 모더니즘'(요시모토)으로서의 혁명운동의 성격에 다름 아니었던 점이 나카노 자신에게 받아들여진 것이다.

하나의 예를 들어보자. 아사노 아키라의 문장을 인용하면서, "새로운 창조력은 단지 계급으로부터는 생기지 않는다. (…중략…) 무엇보다도 우선 민족적인 것이 문화 파괴의 장본인이라는 착각을 버리라는 것이다. 이것도 역시 요즘 나의 마음속에서 오갔던 사상이다"라고 썼던 고바야시 히데오를 나카노 시게하루는 아사노와 함께 다음과 같이 비판한다.

"'민족적인 것이 문화파괴의 장본인이라는 착각'은 아사노 자신의 착각이어야 한다. 아마도 그것은 아사노 자신이 예전에 생각했던 것을 표현한 것일 터이다. 아사노는 일본공산당의 훌륭한 옛 지도자였다. (…중략…) 그러나 당시의 그가 썼던 것 등으로부터 추측해 생각해보면, 그들이야말로 '민족적인 것 즉 반동적인 것'이라는 잣대로 '민족'을 타도하고 있었던 것이 아닐까."

"나는 그들이 한때는 훌륭한 지도자들이었음을 알고 있다. 그러나 단지 책을 통해서만 지도자였다. 그들이 선조로부터 직접 물려받은 문화와 예술에 대해 공식표에도 없는 독자적인 공식으로 그것을 다 '비판'했다고 생각한 점, 그것이 오늘날 그들이 그러한 착각을 일으킬 수밖에 없는 하나의 원인인 것이 아닐까. '마르크스주의라는 실증주의'를 5년 걸려서 공부하겠다고 했던 고바야시 같은 사람이 그러한 것에 취했고, 요코미쓰 리이치의 소설이 완전히 그와 같았다는 점을 보면 이들은 얼마나 큰 착각자들인가."

— 「문학에서의 신관료주의文學における新官僚主義」

여기서 비판받고 있는 것은 물론 아사노 아키라만은 아니다. 어쩌면 예전의 '지도자들' 전부일지도 모른다. 그 속에는 전향자뿐만 아니라 비전향자도 포함되어 있다. 예를 들면 구라하라 고레히토도.

4.

나카노 시게하루에게 '일본 혁명운동 전통의 혁명적 비판'은 과거의 한 흐름을 소설 작품으로 묘사해 낸다는 것과 같은 여유로운 어떤 작업은 아니었다. 그는 눈앞의 '적'과 싸우는 오늘날의 싸움을 위해 그것을 불가결하게 필요로 했다. 독립 작가 클럽을 둘러싼 하야시 후사오와의 논쟁문, 『문학계文学界』와 문예간담회를 둘러싼 고바야시 히데오와 요코미쓰 리이치에 대한 비판문, 그리고 모리야마 게이와 시마키 겐사쿠와의 논쟁문, 이 글들이 실은 그의 '혁명운동 전통의 혁명적 비판'의 실천에 다름 아니었던 것이다. 그에게 싸움이란 어디까지나 일본사회의 총체적인 상을 자기 자신의 손으로 만들어 내면서, 그 어떤 부분적 대립이라도 전체상 속에 위치 짓고, 그것에 역사의식의 빛을 비추면서 극복해가는 것이었다.

그러한 나카노 시게하루에게 '반파시즘'이라는 일반적인 슬로건이나 인민전선이라는 코민테른의 새로운 방침 등이 거의 관심 밖에 있었을 것이라는 점은 충분히 추측할 수 있다. 그는 이때 외부로부터 받은 그러한 일반적인 방침에 따라 자신의 행동을 규율하려고는 꿈에도 생각하지 않았음에 틀림없다. 그러므로 "사회민주주의자나 급진적인 자유주

의자와의 연대를 강조했던 인민전선 이론은 쇼와 11년(1936)쯤의 나카노 시게하루에게는 거의 결락되어 있었다"라는 히라노 겐의 주장이나 그것에 반발하여 나카노의 행동을 억지로 인민전선의 틀에 끼워 넣으려 하는 주장 등이 나에게는 완전히 엉뚱한 것으로밖에 생각되지 않는다. 나카노 시게하루는 사회민주주의자라든가 급진적인 자유주의자 등의 정치적 입장에 의해 문학자를 적과 아군으로 구별하는 것에 명확히 반대하고 있는 듯하다. 그는 세계관과 창작방법이라는 문제에서 엥겔스를 오해했던 소비에트의 문예학자 실러シルレル를 비판하면서, "실러에 따르면, 우리는 어떤 작가들의 세계관 및 모든 예술 활동을, 그것이 명백히 반동적인 경우에도 만약 그가 '정치적으로는' 진보적이었던 경우에는 그를 예술가로서 진보적이라고 인정하게 될 것이다. 일본의 여러 조건상 어떠한 경우에는 이러한 잘못을 옳은 것이라고 주장하는 엉덩이만 빨간 원숭이들을 불러 모을 것이라고 생각된다"(「엥겔스에 대한 F.실러의 주석에 대해エンゲルスについてのエフ・シルレルの註釈について」)고 쓰고 있다.

나카노 시게하루에게 파시즘에 반대하는가 그렇지 않은가는 기준이 아니었다. 무엇보다 나카노는 일본의 반동을 파시즘이라고는 생각하지 않았다. 그것은 일본의 '봉건적 토양'에 뿌리내린 특수한 지배 체제가 위기에 대응한 것에 다름 아니었다. 따라서 그는 '자유주의자' 고바야시 히데오나 '프롤레타리아 작가' 하야시 후사오가 이 '봉건적 토양'과의 대결을 회피하고, 이 '토양'에 자진 포섭되어 그 입장에서 문학적으로 발언을 할 때 그들을 명확하게 '적'으로 보았던 것이다. 이러한 나카노 시게하루를 인민전선 이전의 32년 테제의 단계에 머물러 있다고 비판하는 것은 역시 번지수를 잘못 짚은 것이라고 말해야 할 것이다. 일본의 역사와 현실을 철저히 구명하는 일에 확실히 뿌리내리지 못한 채, 코민테른의 방침전환을 그저 추수하는 방식, 바로 그것을 그는 나쁜 혁명 전통이라고 생각하고 있었음에 틀림없다.

나카노 시게하루는 이 시기의 문장이 실려 있는 전집 중 한 권의 「나가며うしろ書」(치쿠마서방筑摩書房판 전집 제10권, 1979)에서 다음과 같이 쓴다. "다만 다시 읽어보았을 때 첫 번째로 눈에 띄는 것은 나라는 인간이 어떠한가를 다소나마 이해할 수 있다, 혼자 생각해서 새로운 것에 나름대로 도달할 수도 있다, 그러나 또 금방 원점으로 돌아가 버린다, 도로 아미타불이 되어버린 모습, 그 꼬락서니였다." 1930년대에 일본 혁명운동과 프롤레타리아문학이 직면했던 모든 문제에 주체로서 회피하지 않고 계속 싸웠던 한 인간이 만년에 써서 남긴 말로서, 나는 그것을 말 그대로 받아들인다.

안수민 역

총력전과 나카노 시게하루의 '저항'

『사이토 모키치 노트』

1.

다케우치 요시미竹內好는 나카노 시게하루의 『사이토 모키치 노트斎藤茂吉ノート』를 "전쟁 시기 제일의 저항서 중 하나"로 평가하며 그 근거를 다음과 같이 썼다. 너무나도 유명한 그 구절을 인용하면서 논의를 시작하고 싶다.

전쟁의 저변으로 파고들지 못한다면, 다시 말해 싸우고 있는 민중의 구체적 생활 속으로 파고들지 못한다면 어떤 방향으로도 민중을 조직해낼 수 없다. 즉 사상을 형성할 수 없다. 이것이 사상이 되기 위한 최소한의 필요조건인 것이다. 전쟁시가戦争吟을 전쟁시가라는 이유로 부정한다면 그것은 민중의 생활을 부정하는 일이 된다. 전쟁시가를 승인하되 그 전쟁시가가 과거의 낡은 전쟁관념에 얽매인 탓에 실제로 진행 중인 전쟁의 본질(제국주의 전쟁이라는 관념이 아니라)은 외면함을 비판하여, 전쟁시가를 총력전에 걸맞은 전쟁시가로 만드는 데 힘을 보태고 그로써 전쟁의 성질 자체를 바꿔가겠다고 결의하는 지점에서 저항의 계기는 성립한다.

—「근대의 초극近代の超克」, 『근대일본사상사강좌近代日本思想史講座』 제7권, 1959.11, 치쿠마서방筑摩書房 간행[1]

총력전의 시대, 일본에 대해 말하면 '대동아전쟁'기의 저항의 가능성에 대해서는 오늘날에도 아직 정설이라 할 수 있는 것은 없다. 이는 전후의 논단에서 '저항'이라는 테마가 논의되지 않았다는 말이 아니다. 그것은 오히려 과도하게 논의되면서도 거의 성과를 내지 못했다는 것이다. 왜 그 정도로 빈약한 논의밖에 산출하지 못했는가 하면, 대부분의 논의가 그 전제로 '총력전'이라는 시점을 결여하고 있었다는 점에 그 이유가 집약되어 있는 것으로 생각된다. 그 결과 마치 전쟁으로부터 고립된 생활이 가능했던 것 같은 환상을 전제로 하여, 손을 더럽혔는지 더럽히지 않았는지와 같은 것이 저항의 기준이 되고 말았다. 저항자의 상을 그러한 무구한 존재로 전제하는 이상, 전쟁 중 언론에 관계했던 모든 지식인은 자신을 저항자라고 주장하기 위해서 전쟁 중의 자신의 말과 행동을 은폐해야 했던 것이다. 다케우치 요시미의 주장은 이러한 저항관을 확실하게 거부했다. 그리고 그 거부는 그 자신의 전쟁 중 경험에 입각하고 있다.

다케우치 요시미의 미발표 일기를 종횡으로 이용한 연보(『다케우치 요시미 전집竹內好全集』 제17권에 수록)의 1941년 12월 8일부터 연말에 걸쳐 다

---

1 【역주】이 인용부분은 다케우치 요시미 선집의 한국어 번역본을 그대로 옮겼다. 서지사항은 다음과 같다. 다케우치 요시미, 마루카와 데쓰시·스즈키 마사히사 편, 윤여일 역,「근대의 초극」, 『다케우치 요시미 선집』 1(고뇌하는 일본), 휴머니스트, 2011, 153쪽.

음과 같은 기술이 있다. 큰 따옴표 안은 모두 일기의 인용이다.

8일, "금일 11시 대 미·영 선전대조大詔가 내려진 것을 알았다. 예상을 훨씬 넘어서고 있다. 장렬함을 몸으로 느낀다." 11일, "전쟁 수행의 결의는 이제 전 국민이 일치해 있다. 이는 명확하지만, 세부에 이르러서는 논의가 나뉜다. 지나사변에서 무언가 거북하고 떳떳치 못한 기분이 있었던 것도 이번에는 불식되었다. 지나사변은 이번에야말로 훌륭하게 살아났다. 노하라野原四郎(노하라 시로)군은, 어쨌든 이 전쟁은 진보적인 전쟁이라고 말했다. 분명히 그렇다고 생각한다. 이를 민족해방 전쟁으로 이끄는 것이 우리의 책무다." 13일, "오후, 전쟁에 대처하는 방책협의를 위해 동인회를 열다. 사이토斎藤, 다케다武田, 마스다增田, 지다千田, 그리고 생활사生活社의 마에다(마에다 히로기前田廣紀) 씨 오다. 마스다, 지다는 그다지 발언하지 않는다. 다케다가 갖고 있는 생각은 역시 나와 조금 다르다. 살아남기 위해 전쟁을 수행하는 것이니까 핑계를 대봤자 소용없다고 말한다. 나의 생각을 말하다. 1월호에 선언을 쓰는 것, 어쨌든 반대는 아니라고 말하다." (이상 일기) 16일, 『중국문학中国文学』 1월호 (제80호, 1942.1.1)의 선언(「대동아전쟁과 우리의 결의(선언)大東亜戦争と吾等の決意(宣言)」)을 쓰다. 29일, 『중국문학』 1월호 출간. 30일, 『중앙공론中央公論』 1월호, 고사카 마사아키高坂正顕, 고야마 이와오高山岩男 등의 좌담회 「세계사적 입장과 일본世界史的立場と日本」에 감명을 받다.

대 미·영 개전開戦에 고양된 다케우치 요시미는 앞에서 나온 「선언」(『전집』 제14권 수록)에서 "이 세계사적 변혁의 장거壮擧 앞에서는, 생각해보면 지나사변은 하나의 희생으로 견딜 수 있는 정도의 것이었다. 지나사변에 도의적인 가책을 느끼고 연약한 감상에 빠져 앞날의 대계大計를 놓쳐버렸던 우리 같은 사람들은 진실로 불쌍히 여겨야 할 사상의 빈곤자였던 것이다" "이 전쟁을 실로 민족해방을 위해 싸워 이겨내느냐 그렇지 못하느냐는 바로 동아 제 민족 금일의 결의가 어떠한가에 달려있는 것이다" "제군, 함께 어서 싸우자"라고 쓴다.

마르크스를 읽고, 나카노 시게하루와 루쉰을 애독한 다케우치 요시미가 중일전쟁에서 "무언가 거북하고 떳떳치 못한 기분"을 갖는 것은 당연하다고 할 수 있다. 그리고 그것은 '쇼와' 초기에 마르크스주의 세례를 받은 지식인들에게 예외적인 일은 아니었다. 그러한 "도의적 가책"을 대 미·영 개전은 일순간에 날려버렸던 것이다. 다케우치 요시미의 반응 또한 예외적인 일이 아니다. 패전으로부터 14년 후에 쓰인 「근대의 초극」은 이러한 자신의 대응이 발생한 근거를 해명하려 한 시도였다고 읽을 수 있다.

다케우치 요시미가 『사이토 모키치 노트』를 읽는 것은 이러한 체험으로부터 반년 남짓 후인 1942년 8월이다. 그가 이 책에서 어느 정도의 충격을 받았는지는 「여일기초旅日記抄」 중 「변명いいわけ」(『중국문학』 제89호, 1942.11)에 길게 쓰여 있다. 그는 거기서 다음과 같이 말했다.

"『사이토 모키치 노트』를 읽고부터 2, 3일은 세계와 내가 모두 변한 듯이 멍해져 버려서, 그저 한 가지 일만이 머릿속을 차지하고, 아무것도 생각나지 않게 되었다. 최근 2, 3년 동안 이 정도의 감동을 주었던 책은 이것 외에 아무것도 없었던 것 같다. 길을 걷고 있어도 그것만이 신경 쓰여서 땅이 발밑에서 무너지는 것 같은 아찔한 감각이 들고 무력감은 결정적인 것이 되었다. 사실 그러한 무력감은 나카노 시게하루의 무력감으로부터 영향을 받은 것이기 때문에 나 자신이 영향을 잘 받는 성질을 셈에 넣더라도, 나에게 그러한 영향을 준 나카노 시게하루의 무력감이라는 것은 실로 가공할 만한 것이다. (…중략…) 무언가를 들려주는 것이 아니라 들려주는 행위 자체로 상대방의 사고방식을 바꿔버리고 마는 것이다. 멋지게 '쓰인' 책이다. 무력감은, 자신을 무력하다고 깨달음으로써 완전한 존재가 되어, 상대방의 마음에 사는 종류의 무력감인 것이다. (…중략…) 문학이란 그러한 것이다. 적어도 나는 그렇게 믿는다. 자기를 무無로 만듦으로써 상대의 마음에 사는, 어떤 종류의 행위인 것이다."

"『사이토 모키치 노트』에 대해서는 여러 가지를 말할 수 있지만, 그중 하나는 뚜렷한 현대가 감득된다는 것이다. 현대가 '쓰여 있다는' 것이다. 현대란 것은 역사적인 의미의, 따라서 반역사적인 것을 포함하는 의미에서의 "현대"인 것이다. 그러한 현대를 쓴다는 것, 쓰는 것보다도 그 속에 몸을 던지는 행위는 결코 용이한 일이 아닌 것이다."

—『다케우치 요시미 전집』 제14권, 424~426쪽

여기서는 마치 자신을 무로 만드는 것처럼 인용을 거듭하며, 그로써 대상을 정확히 묘출해 그것이 수많은 주장들 이상으로 독자의 "마음에서 사는" 결과가 되는 『사이토 모키치 노트』의 방법이 정확히 포착되고 있다. 그러나 그뿐만이 아니다. 그는 나아가 거기서 다음과 같은 '반성'을 이끌어낸다.

좀 더 말하자면, 우리들 주위에 충만한 비현대적인 것, 세속적인 것, 말만 번지르르한 문화적인 것, 부정을 매개시키지 않는 긍정, 행위를 추상한 관념, 비역사적인 계기를 포함하지 않은 역사주의, 요컨대 타락한 문장과 그것을 타락으로 느끼지 못하는 정신, 그것에 대해 우리가 어떤 방식으로 어떤 태도를 표명했던가, 혹은 표명할 것을 결의했던가 하지 않았던가 하는 문제에 확신을 가지지 못하는 것이다. 12월 8일 이후에, 12월 8일 이후의 문장을 우리가 썼는가, 쓰지 않았는가. 적어도 나카노 시게하루처럼은 쓰지 않았을 것이다. 완전히 다른 의미이지만, 야스다 요주로保田与重郎처럼도 쓰지 않았을 것이다. 극단적으로 말하면, 우리는 주위에 하나도 손을 대지 않고 있다. (위의 책, 427쪽)

이상의 인용으로써 총력전 속에서 "전쟁의 저변으로 파고든"다는 다케우치 요시미의 주장의 윤곽은 어렴풋하게나마 보이기 시작한 것이 아닐까. 그러나 전쟁 속에 적극적으로 투신해 그것으로부터 전쟁의 성격을 바꾸어 해방으로의 계기를 포착해 내고자 하는 그의 주장은 나카노 시게하루의 『사이토 모키치 노트』에 의해 실현될 가능성을 가질 수 있었을까.

2.

그러면 나카노 시게하루 쪽으로 눈을 돌려보자. 다케우치 요시미에 의해 "12월 8일 이후의 문장"의 하나의 규범으로서 칭양된 『사이토 모키치 노트』를 써나가고 있는 나카노 시게하루는 다케우치와는 대척적으로 모든 수단을 써서 '도망치는' 것이다. 그는 대 미·영 개전 소식에 "장렬함을 느낀다"든지, "이를 민족해방 전쟁으로 이끄는 것이 우리의 책무다"라는 식으로는 말하지 않는다. 나카노 시게하루의 12월 8일 일기에는 "맑음 — 때때로 비 / 나카지마^{中島} 씨 옴. 부엌 찬장 외 눈막이 울타리 등 파손. 미국과의 교전 소식 있음. 마루오카^{丸岡} 역에서 신문의 벽보^{張紙}를 보다. 영미에 선전^{宣戰}. 호놀룰루, 말레이 반도 습격 보도. 밤에 선교사^{善教寺}에서 독경하러 오다. 쌀 장부정리 끝"이라고 쓰여 있을 뿐이다. 이때 나카노 시게하루는 부친 사후에 집 정리를 위해 고향에 머무르고 있다. 그 덕분에 8일의 '전력자^{前歷者}' 일제 검거를 면하는데, 그때 그의 생각은 전후의 단편 「귀향^{歸鄕}」(『군상^{群像}』, 1963.9)에 상세히 재현되어 있다.

"나는 안 잡힐 거야. 잡히고 싶지 않단 말이야. 어떻게 해서든⋯⋯"이라는 것이 아내로부터 경찰이 왔다는 전보를 받았을 때의 주인공의 결의다. "밀물 때라면 몰라도 이 썰물 때에 붙잡히고 싶지 않아." 썰물 때에는 그것에 적합한 일이 있다. 그것이 '모키치 노트'인 것이다. 그것을 완성시키기 위해서 어떻게 해서든 붙잡히고 싶지 않다. '그'는 시골에 있다. 거기에서도 도쿄의 문화인들의 담화가 전해져 온다.

> 그 직후 신문에서 본 도쿄 사람들이 한 것 같은 말을 만키치^{万吉}는 들어본 적이 없다.
> "그 일을 보고 후련했다. 시원했다⋯⋯."
> "당연히 올 것이 왔다⋯⋯."
> "마음 속 하늘이 개었다⋯⋯."

만키치에게 그런 말은 시골 사람들의 입에서는 일절 나오지 않았던 것처럼 보인다. 오히려 거기에 문필가 류의 고충이 역으로 있을지도 몰랐지만, 어쨌든 시골 사람들은 적어도 만키치에게 들리도록 그런 말을 한 적은 없었다. 도나리구미隣組의 특별상회特別常會에서 누군가가 그런 말로 연설하지 않았다고는 할 수 없다. 그러나 대면해서는 관청의 병사계에서도 그런 말은 했던 것 같지 않다.

그러나 이 도망침에 대해 그의 마음이 썩 후련해졌던 것도 아니다. 그는 자문자답한다.

쓸데없이 물러나지 않음으로써 경찰에 붙들리게 된다면, 그것은 지금까지 제2열에 있던 패거리가 제1열로 밀려나오는 것이 되니까 그것을 막겠다고 너는 무자각적으로 생각하고 있는 듯하지만, 그렇게 시시하게 물러남으로써, 즉 제1열의 ― 제1열이라는 것이 애당초 이상하지만 ― 네가 백보나 물러선다면, 제2열이 그 이상 물러서지 못하게 되어 플랫폼에서 떨어져버리지 않는다는 보증은 어디 있겠냐. 제2열 뒤에 플랫폼은 10자도 남아있지 않은데 말이야…….

후군의 장수란 모름지기 장수다운 자이며, 정말로 강하다는 것을 잊지 마라. 너는 본질적으로 약하다는 것을 잊지 마라. 그것을 인정하는 것이 특히 이 시기의 용기라는 것을 잊지 마라. 자기의 약함을 인정하는 용기조차 없는 자가 무엇을 할 수 있겠나. (…중략…) 다 진 싸움 속으로 뛰어드는 사람이 용자라는 식의 썩어빠진 소부르주아 근성을 어디까지 씻어낼 수 있는가에 장래의 보증이 달려있는 거야…….

"나는 안 잡힐 거야"라는 결의를 관철하기 위해 그는 몸을 굽혀 적의 가랑이 사이를 지나가는 것도 불사한다.

담당 보호사保護司 님의 지시에 따라 집행유예 기간도 큰 과실 없이 보내고, 제 일에 대해서 말해도 점차 수정을 가해왔다고 생각되는 바가 있습니다. 이 점, 제가 미영파米英派가 아니라는 사실은 당국에서도 명백히 인정해주실 수 있을 것이라 믿습니다. 물론 그것은 저 개인의 주관이고, 여러 가지 사정이 격변하는 오늘날 무언가 취조할 필요가 있다는 생각은 듭니다. 또한 저로서는 물론 그것을 받아들여야 한다고 생각합니다만, 예전에도 간단히 썼던 것과 같이…….

전향 후에도 붓을 꺾지 않고 '계속 쓰는' 일을 선택한 나카노 시게하루에게 '계속 쓰는' 일의 기본적인 모티프였던 '혁명운동 전통의 혁명적 비판'은 이미 이때에는 직접적으로 주제가 될 수는 없었다. 그러나 그는 여전히 계속 쓰는 일을 선택했다. 그것은 말하자면 이중삼중의 자기 확인 행위였다. 그리고 『사이토 모키치 노트』는 그 자기 확인의 중심을 이루는 일이었다. 그것은 소설 「노래의 결별歌のわかれ」과 말 그대로 짝을 이루는 자기 확인 작업이었던 것이다.

말할 것도 없이 자기 확인은 자기 긍정이 아니다. 그것은 자신이 걸어온 길의 확인이며 그 구부러진 길의 끝에 지금의 자기가 있음을 확인하는 일이다. 『사이토 모키치 노트』의 초판 「머리말前書き」에서 나카노 시게하루는 다음과 같이 쓰고 있다.

노트를 쓰겠다고 마음먹은 동기는 내 문학관의 정정·개변이었다. 나는 그것을 일본문학 속에 제일 일본적인 것, 말하자면 제일 오랜 전통을 지닌 와카和歌에 대해서 해보고 싶다고 생각해, 우선은 아마추어 독자로서 친숙한 모키치茂吉의 노래에 관해 더듬거리며 시도해 보았던 것이다.

……이어서 대동아전쟁이 발발했다. 그리고 그렇게 되고 보니, 자신의 문학관의 정정·개변이라는 최초 의도했던 입장 그 자체가 내 안에서 새롭게 비판받게 되었다. 나는 그것을 다소나마 살리려고 시도했지만 극히 불만족스럽게 밖에 할 수 없게 되어버렸다. 더구나 부록 중에 어떤 것은 지금 보아서는 반대의 생각이 담긴 것이었는데 그런 만큼 이제 와서 손을 댈 수는 없었다.

다만 지금으로서는 내 문학관의 약간의 정정·개변의 발자취, 그 위에 새로운 입장에 이르기까지의 서투른 변이의 반영으로서 이 노트를 보아주면 다행이겠다.

1942년(쇼와 17년) 3월의 날짜가 기입된 불과 두 쪽이 될까 말까한 「머리말」에서 나카노 시게하루는 자기 문학관의 "정정·개변"이라는 말을 세 번 반복하고 있다. 이것은 나의 독단적인 추측이지만, 이 "정정·개변"이라는 말은 나카노 시게하루도 「노트9ノート九」에서 인용하고 있는 모키치의 『단가에 있어서의 사생의 설短歌における写生の説』의 「사생의 설

별기 3「写生の説別記 其の三」에 있는 다음의 한 구절에서 따온 것은 아닐까. "나의 설은 물론 사생의 어의변개설語意變改說이다. (…중략…) 변개설이라는 것은 실은 완전히 정오설正誤說이다. 한 번 더 바꿔 말하면, 본래 사생설로 부활하는 것이다." "자신의 문학관의 정정·개변"이란 단순한 부정이 아니다. 부정하면서 새로운 지평으로 포섭하는 것이다. 왜 이러한 것을 강조하는가 하면, 이 "정정·개변"을 권력에 대한 단순한 카무플라주(camouflage)로 본다든지 또는 역으로 마르크스주의에 대한 마음으로부터의 포기로 보는 식의 견해가 있기 때문이다. 둘 다 옳지 않다.

"정정·개변"은 나카노 시게하루가 늘 해온 일이며, 이번이 첫 시도는 아니다. 그리고 그때 기축機軸이 되었던 것이 단카短歌라는 것은 간과할 수 없는 특징이다. 가나자와金沢 제4고등학교에 입학한 17세의 나카노가 거기서 처음 접한 모키치의 『적광赤光』과 『동마만어童馬漫語』를 읽고 얼마나 깊은 충격을 받았는지에 대해 그는 반복해서 쓰고 있다.

> 이런 작자나 책이 있었는지도 모르는 채 『적광』을 읽고, 이어 막 나온 『동마만어』를 쭉 읽어 갔을 때에 느낀 불가사의라고 할 수밖에 없는 감동 — 그것은 어느 지점까지 읽다가, 잠시 읽기를 멈추고, 주변을 한 바퀴 돌고 오지 않으면 당혹감과 혼란을 수습할 수 없을 듯한 성질의 것이었다고 말해도 좋고, 그때까지는 대여섯밖에 없었던 나의 감각이 돌연 그 책을 읽고 아홉, 열로 늘어난 것 같은 상태였다고 말할 수밖에 없는 것이었다.
>
> —「무로우 사이세이와 사이토 모키치室生犀星と齋藤茂吉」,
>
> 『전집』 제17권, 「저자의 말著者うしろ書」

그 후에 '노래歌'와의 결별이 온다. 마르크스주의에 의한 자신의 문학관의 정정·개변, 즉 '프롤레타리아문학'의 시대이다. 그러나 이 시대에서도, 노래를 짓는 일과는 결별했지만 단카 그 자체, 혹은 모키치와 결별했던 것은 아니다. 아쿠타가와 류노스케가 죽은 1927년에 쓴 「아쿠타가와 씨의 일 등芥川氏のことなど」 중 '사이토 모키치' 항목에는, "그 누구도 시인 사이토 모키치를 비평하려고 하지 않는다. 아루스アルス 판 『모키치 선집茂吉選集』에 쓰인 하쿠슈北原白秋(기타하라 하쿠슈)의 문장은 단지 하쿠슈의 왜소함만을 드러냈다. 그러나 모키치에 대한 비평은 단카의 비평이 될 것이다. 동시에 그것은 허무주의자 모키치에 대한 비평이 될 것이다. 만요万葉의 전통은 모키치에게서 가장 근대적으로 첨예화했다. 그것을 다카시(나카쓰카 다카시長塚節), 사치오(이토 사치오伊藤左千夫), 시키(마사오카 시키正岡子規)로, 그리고 다시 만요로 되돌리는 것은 카진歌人이 할 수 있는 일이 아니다. 사이토 모키치와 마쓰쿠라 요네키치松倉米吉는 단카 역사의 마지막 페이지일 것이다"라고 쓰여 있다. 후에 『사이토 모키치 노트』로 정리되는 문제의식의 틀이 여기에서 이미 뚜렷한 형태를 취하고 있음을 우리는 알 수 있다. 단카는 단지 "일본문학 중 가장 일본적인 것, 가장 오랜 전통을 가진" 문학 장르일 뿐만 아니라, 그 근대화 과정에서 소설과 시의 경우에 비해서도 유난히 뛰어난 개혁자로서 마사오카 시키, 이토 사치오, 나가쓰카 다카시를 갖는다는 특별한 사정이 있다. 즉 '단카'를 비판하는 것은 일본 문화를 비판하는 것이며, 그 근대를 비판하는 것이었다. 구라하라 고레히토와의 사이에 있었던 이른바 '예술대중화 논쟁'에 있어서 나카노 시게하루의 발언을 구라하라처럼 서양 추수로 떨어지지 않고 일본의 토양에 연결시켰던 굵은 줄이 이러

한 변함없는 '단카'에의 비판적인 관심이었다고 말할 수 있을 것이다.

나카노 시게하루는 전향 이전에, 즉 프롤레타리아문학의 시대에 다시 한 번 '자신의 문학관의 정정·개변'을 과제로 삼고 있다. 1931년 7월 『프롤레타리아 시プロレタリア詩』에 발표된 「시 작업의 연구詩の仕事の研究」에서다. "여러 가지 점에서 시에 대한 잘못된 생각이 우리들 사이에 있다고 나는 생각한다"라고 시작되는 이 비평문은 비평의 대상이 되어 있는 것이 "우리들"의 시·문학관이며, 그 "우리들" 속에 나카노 시게하루 자신이 포함된다는 의미에서의 "정정·개변"이라는 점에서, 프롤레타리아문학운동의 시대에 어울리는 특징을 갖고 있다. 그가 여기서 "정정·개변"을 요구하고 있는 것은 지난해 '예술운동의 볼셰비키화' 혹은 '공산주의 예술의 확립' 방침 이후, 현저해진 관념적인 정치주의적 문학관이다. "계급투쟁이 이처럼 격화된 오늘날, 당의 슬로건도 내걸지 않고 새니 싹이니 하는 것은 무어냐. 절박한 오늘날의 정세 속에서 이른 봄 따위가 머리에 떠오르는 것부터가 우선 괘씸하다!"와 같은 '비평'을 산출해 내는 문학관이다. 이에 대해 나카노가 대치하는 것은 일찍이 친숙했던 다음과 같은 말이다

슬로건이나 스트라이크의 요구조항을 써넣는 것이 좋은 시의 조건은 아니다. 이토 사치오는 오래전에 시의 역할을 다음의 말로 표현했다.

'목소리가 전하는 정서의 흔들림'

이것은 아주 훌륭한 규정이다. 우리들의 경우 문제가 되는 것은 그것이 어느 계급의 정서인가 하는 점인 것이다.

사치오의 "목소리"에 대해서는 모키치도 「단카도일가언短歌道一家言」에서 다루고 있다. 나카노의 이 "정정・개변의 작업은 1931년 7월이라는 날짜로 보았을 때, 모키치의 『단카사생설短歌写生の説』(철탑서원鉄塔書院, 1929) 등을 전제로, 그 사생론을 구라하라 고레히토에 의해 제창된 프롤레타리아 리얼리즘이나 유물변증법적 창작방법과 대비 검토함으로써 이론화한 것이라고 생각된다. 그것은 동시에 자신의 「한밤중 낮질의 추억夜刈りの思い出」 등을 포함한 이 시기 프롤레타리아 시의 부정을 동반하는 것이었다.

다시 한 번 반복하지만, 나카노 시게하루의 "내 문학관의 정정・개변"이 전향을 계기로 일어났다거나, 좀 더 뒤에 『사이토 모키치 노트』로 '시국'의 압력에 의해 비로소 발생했다고 하는 것은 옳지 않다. 물론 각 시기의 '정정・개변'이 각 상황과 전혀 관계없었다는 것은 아닐지라도, 그러한 행보에는 나름대로의 자율성이 있다. 그 자율성을 보증했던 것이 '단카'였다. 단카 혹은 단카적인 것은 나카노 시게하루 문학관의 근저에 위치해 그것을 형성하는 핵이었던 동시에, 끊임없이 대상화하고 비판해 가야 할 것이었다. 여기에 그의 '정정・개변'이 일종의 영구 운동일 수밖에 없는 이유가 있었다. 그 긍정과 부정에 의해, 나카노 시게하루는 강좌파講座派 이론이나 코민테른 테제와도 다른, 자신에게 육체화된 일본 근대의 상을 획득해 가는 것이다.

나카노 시게하루가 중일전쟁을 어떠한 것으로 인식하고 있었는지는 개전 직후에 쓰인 「조건부감상条件づき感想」(『개조』, 1937.9)의 다음 일절에 분명히 나타나 있다.

'사변'은 무엇일까. 그것은 하나의 사건임에 그치는 것일까. 즉, 하나의 북청사변, 하나의 청일전쟁, 하나의 21개조, 하나의 만주사변, 나아가 하나의 몽고 침입과도 나란히 놓을 수 있는, 말하자면 그것들과 일대일 관계에 있는 하나의 사건일까.

아니면 그것들과는 다른, 예컨대 과거 모든 사건들의 결산으로서의 하나의 사건일까.

아마도 후자일 것이다. 그것은 내각 서기관장에 의해 공적으로 하나의 '사변'으로 명명되었지만, 이는 그 성질상 과거의 모든 '사변'보다도 크고 무거운, 과거의 모든 사건이 해결하지 못한 모든 문제를 해결할 열쇠로서의 '사변'이기 때문일 것이다.

프롤레타리아 시인으로 출발했던 시기에 쓰인 「향토망경시에 나타난 분노에 대해鄕土望景詩に現れた憤怒について」(『로바驢馬』, 1926.10)에서, 하기와라 사쿠타로荻原朔太郎의 향토망경시에 나타난 '근대'에 대한 분노를 전면적으로 끄집어내, 그것을 사회주의의 전망 속에서 해결할 것을 (조금 낙관적인 동시에 공식적으로) 주장한 나카노 시게하루에게 희구되는 '근대'는 동시에 넘어서야 할 대상이기도 했다. 그것은 특수하게는 그가 감화 받았던 단카사短歌史로부터 배운 것이며, 일반적으로는 학생일 때 그가 애독하여 깊이 영향을 받은 마르크스의 『유대인 문제에 관하여Zur Judenfrage』에서 전개되고 있는 부르주아적인 정치적 해방의 한계와 공산주의적 인간 해방으로의 전망으로부터 배운 것이었다.

이렇게 보면, 여기서 말하는 "과거의 모든 사건이 해결하지 못한 모든 문제"란 메이지유신 이래 근대화 과정에서 생긴 '모든 문제'라는 것

을 알 수 있다. 나카노 시게하루는 이윽고 '대동아전쟁'으로도 확대되어가는 중일전쟁을 적확하게 일본의 근대화＝문명개화의 귀결로 파악하고 있었다고 할 수 있다. 그것은 "문명개화 논리의 종언"에 대해 말한 야스다 요주로의 주장과 일견 겹치는 듯 보이면서도, 완전히 다른 위상에서 있다. 야스다의 주장이 "메이지 이후 혁신 논리가 모두 문명개화의 논리였던 것에 반해, 이번 변혁의 논리는 문명개화와 전혀 반대의 발상을 가진 논리이다"(「문명개화 논리의 종언에 대해文明開化論理の終焉について」, 『코기토』, 1939.1)와 같은 단순한 반근대주의인 것에 비해, 나카노 시게하루의 근대 비판은 훨씬 중층적이다. 그것은 "'부르주아 문학이 있기도 전에 그 부르주아 문학을 부정하는 프롤레타리아문학이 등장'했다는 사실은 나카무라 씨의 눈에 비친 것처럼 '기이한 광경'이 아니라 프롤레타리아문학 운동이 지닌 '우리나라의 독특한' 힘겨움인 것이다. / 일본의 프롤레타리아문학운동(및 진보적인 문학운동)이 부르주아 문학운동이 내팽개친 봉건주의와, 그것을 내팽개친 당사자인 부르주아 문학과 동시에 싸워 나아가야 하는 힘겨움(따라서 그 중요성)은 부르주아 문학 최후의 (혹은 가장 고상한) 보루로서의 소위 '순문학'과 문학이론의 최근 움직임에서도 볼 수 있다"는 그의 나카무라 미쓰오中村光夫에 대한 반론(「두 개의 문학의 새로운 관계」, 『교육·국어교육』, 1936.4) 등에서 명료하게 읽어낼 수 있다.

3.

이상이 총력전 체제 아래에서 쓰인 나카노 시게하루의『사이토 모키치 노트』를 재독·재고하기 위한, 이른바 서문이다.

『사이토 모키치 노트』를 전쟁 중에 쓰인 저항의 책으로 평가하기 위해서는 두 방향으로부터의 검토가 필요하다. 하나는 나카노 시게하루가 이 책을 완성한다는 행위 자체가 가진 저항으로서의 의미, 또 하나는 그렇게 해서 쓰인 책 그 자체의 내용과 그것이 읽히는 방식의 검토이다. 할당된 매수의 절반 이상을 서문에 써버렸기 때문에, 몇 가지 문제로 한정해서 검토하고 싶다. 먼저 두 번째 측면부터 보자.

나카노 시게하루가『사이토 모키치 노트』를 통해 분명히 하려 했던 것은 문예에서의 리얼리즘이라는 것이다. 그에게 그것은 단순한 이론도 창작기법도 아니었다. 그것은 극히 주체적인 '태도'였다. 그리고 나카노 시게하루를 그 탐구로 추동한 것은 프롤레타리아문학 시대의 모든 경험이었다고 해도 좋을 것이다. 그런 의미에서 프롤레타리아문학 운동이라는 "일본 혁명운동의 전통"에 대한 "혁명적 비판"(「『문학자에 대하여』에 대하여」)의 모티프는 이 시기에 이르러서도 은밀하게 관철되고 있는 것이다.

『사이토 모키치 노트』의 중심이 「노트 5 추상적 사유 행위에서의 서정ノート五 抽象的思惟行為における抒情」, 「노트 6 여인에 관련된 노래 중ノート六 女人にかかわる歌のうち」, 「노트 7 전쟁시가ノート七 戦争吟」에 있다는 것에 대해서는 많은 사람들의 견해가 일치할 것이다. 이 세 개의 노트에서 나카노 시게하루가 다룬 테마는 리얼리즘론, 특히 프롤레타리아문학

이래의 리얼리즘론에서 논의된 사상과 예술 표현, 예술인식론, 세계관과 창작방법 등, 자신도 관계했던 논쟁 문제를 전쟁이라는 상황 속에서 '재심再審'하는 것이었다. 그는 거기에서 문제를 철학적 사유와 노래의 관계로 치환하여, 사이토 모키치만이 "추상적 의식 생활마저 서정으로 묘사하는 수준에 도달해 있었"음을 확인하는 것이다. 그것은 단카사에서 근대의 실현이며, 그것을 거의 한 몸에 짊어진 사람으로서 모키치를 위치시키는 것이었다. 게다가 나카노 시게하루는 그 평가에 자신의 프롤레타리아문학 시대의 경험에 비추어, "철학적 사유가 노래에 의탁되는 것이 아니라, 노래를 노래로서 추구하는 가운데 사유가 살아나는 것이다"라는 주장을 펼친다. 거기에는 「시 작업의 연구」에서 정치적 주장을 시에 의탁함으로써 작품의 정치성이 보증된다고 착각했던 프롤레타리아 시에 대해 "목소리가 전하는 정서의 흔들림"이라는 이토 사치오의 말을 대치시켜 비판했던 나카노 시게하루가 그대로 살아 있다.

이러한 나카노 시게하루의 사이토 모키치에 대한 평가에는 모순됨 ambivalent이 항상 따라다닌다. 그는 "추상적 사유 행위를 서정시의 대상으로 삼은 것은 그의 빛나는 업적이다"라고 칭양하는 동시에, "그의 추상적 사유 행위의 영역 중 성性 존재에 관련되는 것은 총체적으로 과대한 면적을 점해 왔다. 무엇인가가 그의 추상적 사유 행위를 특히 이 영역에 구속시켰던 것 같다. 그의 사고 행위가 이러한 것으로서 30년간 존속해야 했던 사실 자체가 암울하다"고 지적한다. '어떤 것'이 성 존재에 대한 사고를 사회 쪽으로 더욱 넓게 전개시키지 않도록 그것을 구속한 것인가. 나카노 시게하루는 이때 그것을 분명히 말할 자유가 없었다. 그러나 당시 일본을 지배했던 성에 대한 억압적 경험이 민중 속에 보편적으로 있는 이상, 그 '어떤 것'이 무엇인지는 적어도 '노트'의 독자는 추정 가능하다.

"추상적 사유"를 서정시의 대상으로 삼는 길을 개척한 모키치에게 다음에 올 위험은 일종의 소재주의에 다름 아니었다. 나카노 시게하루는 『킹구キング』가 그 '신년호新年号'를 위한 노래를 지난해 10월에 모키치에게 주문한 일에 대해 쓰고 있다.

> '깨끗한 느낌을 주는 것. 장대한 느낌을 주는 것. 소소한 느낌을 주는 것. 힘이 넘치는 듯한 것. (…중략…)'이라는 내용(?) 지정이 있는 것이었다. 모키치는 그것에 대해 '단카의 실용성'이라는 것을 말하고 있다. ―『동마산방야화童馬山房夜話』 21 ― 즉 어떤 사람들은 『킹구』에서는 성공하지 않았던 주문을, 모키치의 작품에서는 이미 완성된 형태로 성공시킬 수 있었던 것이다.

그리고 말한다.

> 나 자신은 그의 이러한 종류의 노래가 그의 작품 중 나쁜 작품에 속한다고 생각한다. 그리고 그것은 이러한 종류의 추상적 사유가 서정시로 되었다는 그 점에 원인이 있다고 생각한다.

나카노 시게하루가 어디까지 의식적이었는가, 어디까지 전망을 갖고 '노트'를 진전시키고 있었는가 하는 문제가 반드시 명확한 것은 아니지만, 이 리얼리즘론들의 근간과 관련된 문제를 모키치에 의거하여 재검토·재확인해 온 것은, '전쟁시가'의 평가라는, 그에게는 가장 미묘하면서도 가장 위험한 테마로 논의를 진행시키기 위한 예비 작업이었다고 말할 수 있지 않을까.

나카노 시게하루는 먼저 「노트6 여인에 관련된 노래 중」에서 장제스 부인 쑹메이링宋美齡을 야유한 모키치의 노래 두 수를 철저히 비판한다. 나카노는 이후 반복해 이 두 수를 언급하고 있으므로 여기에서 인용해 보자면 이와 같은 노래이다. "쑹메이링 부인이여 그대는 규방의 농간과 국제적 대사大事를 혼동하지 말아라" "쑹메이링이 가냘픈 소리로 방송하는 것을 규방의 목소리 듣듯이 찬미하노라" — 보다시피 이 시는 너무 저열해서 그런 식으로 쑹메이링을 비판함으로써 모키치가 반전이나 전쟁 목적에 대해 회의하고 있다는 식으로 날조해 낼 여지가 없는 꼬락서니였다. 그리고 여성의 입장에서 모키치의 여성관을 묻는 스기우라 스이코杉浦翠子의 비평이 먼저 나와 있었기 때문에, 나카노에게 반드시 어려운 것은 아니었다고 생각된다. 문제는 진정한 전쟁시가이다. 거기에서 지금까지의 리얼리즘론 모두가 시험된다. 즉 그의 노래가 지닌 저항성이 시험대에 오른 것이다.

그는 중일전쟁 이후 모키치의 가집 『한운寒雲』, 『효홍曉紅』에 나타난 전쟁시가를, 중일전쟁 개전 직후에 응소應召해 산둥 성에서 허베이 성을 전전하며 1939년 8월에 전사한 와타나베 나오키渡辺直己의 가집 『와타나베 나오키 가집渡辺直己歌集』(구레아라라기회呉アララギ會,[2] 1940.3)과 대비해 논한다. 나카노 시게하루는 이미 와타나베의 가집 간행 반년 후에 「와타

---

[2] 【역주】구레는 지명, 아라라기는 단카 연구 잡지. 즉 구레아라라기회는 구레의 단카 연구회를 의미한다.

나베 나오키의 노래渡辺直己の歌」(『단카연구短歌研究』, 1940.10)를 써서 그 노래에 대해 논했으며, 그가 31세에 죽은 것을 애도하고 있다. 나카노 시게하루는 거기에서 와타나베 나오키의 노래를 많이 인용하며, 그것이 "몸소 직접 싸우고 있는 사람의 노래"라는 점을 강조한다. 그리고 "이외에 인용하고 싶은 노래 몇 편을 생략하고 예를 들어 이러한 노래를 인용해 보아도, 저자가 쇼와12년(1937), 쇼와13년(1938), 쇼와14년(1939)에 이르기까지 전쟁에서 싸우고 있다는 사실, 저자가 가인이라는 사실, 저자가 허장성세 따위를 부리지 않는 인품의 사람 같다는 것, 전투라는 것은 역시 여러 번 이야기로 들어도 괴로운 것이라는 사실 등을 충분히 알 수 있다고 나는 생각한다"라고 쓰고 있다. 와타나베 나오키에 대한 이러한 평가는 "『와타나베 나오키 가집』에서 무엇보다도 눈에 띄는 것 중 하나는 전쟁에 처한 전투자 일반의 긴박감, 또 전쟁에 대한 와타나베 그 사람에게 특수한 긴박감이 그 전장시가의 전부를 관통하여 울리고 있는 것이다"라는 식 그대로 「노트」에 이어져, 그것이 모키치의 전쟁시가와 대비되는 것이다. 여담이지만, "울리고 있다"라는 표현은 나카노 시게하루에게 최고의 평가를 의미한다. "유리코[3] 씨의 『반슈평야播州平野』는 좋군. 늠름하게(늠름이려나? — 인용자) 울리고 있어"라고 말하는 듯한 그의 목소리는 아직까지도 내 귀에 생생하다.

그런데 이러한 "몸소 싸우고 있는 사람의 노래"에 비교했을 때, 모키치의 전쟁시가에는 두 종류가 있다고 나카노는 지적한다. 이해하기 쉽도록 그가 인용한 노래 중에서 각각 하나씩 인용해 보자. 가령 첫 번째

---

3 【역주】미야모토 유리코宮本百合子를 말함.

종류라고 한다면, 그것은 "탄약을 짊어지고 달리는 노병이 형언할 수 없이 힘든 표정을 짓고 있나니"라는 식의 작품이고, 두 번째 종류는 "새로운 빛의 소용돌이는 이제 동아시아에 비껴 스며들려 하네"라는 식의 작품이다. 간단히 말하면, 전자는 구체에 입각해 있고, 후자는 관념에 흐르고 있다. 이 분류에 근거해 나카노 시게하루는 다음과 같이 말한다.

두 번째의 것은, 모키치의 이른바 '사상적 서정시'라고는 말할 수 없다 해도, 역시 오가이(모리 오가이森鷗外)의 '감경체感境体' 시에 가까운 것일 터이다. 그리고 이러한 종류의 것이 와타나베에게는 없는 것이다. 와타나베는 "내가 쏜 탄환은 달아나는 비적의 자전거에 바로 명중했다 보리밭 속에서", "해자 속에 앉히고 쏜 공비共匪는 애원조차 하지 않고 눈을 부릅뜬 채로"라고 노래 부르고 있다. 이렇게 그는 몸소 총을 쥐고 적을 쏘아 넘어뜨리기도 하지만, 결국 전사한다. 그리고 "대위로 승진, 정7위正七位로 서품되었"던 그는 다른 병사들에 못지않은 그 군인정신 속에 보다 특수한, 보다 복잡한 것을 가지고 있었다고 볼 수 있다. 그러나 그는 자신의 육체 속에 전쟁을 지니고 있었다. 방대한 지나사변은 그에게는 현전의 전투이며, 현전의 전투는 그의 육체 자체였다. "바오딩保定의 등불이 보인다고 말한 다음 병사들은 짐승처럼 계속 걸어간다." ― 바오딩을 가리키며 전진하는 한 걸음 한 걸음에 사변 전체가 응축되어 있을 터이다. 그에게도 감경체의 시가 있다 해도 나쁠 것 없다. 그러나 한 걸음 내딛는 것, 한 발 발사하는 것이 보다 직접적이다. 또 한편 그에게는 모키치의 쏨메이링 노래 같은 노래가 전혀 없는 점도 아마 똑같은 근거에 의한 것일 터이다. 그리고 와타나베가 말하는 한 걸음 내딛는 것, 한 발 발사하는 것을 가령 총후의 모키치에 대응시켜 보면, 그것은 감경체 풍의 시에 있다기보다도, 『한운』까지에서 보는 한, "어마어마하게 군마가 상륙하는 모습을 보니 나의 뜨거운 눈물을 막을 수 없네", "탄약을 짊어지고 달리는 노병이 형언할 수 없이 힘든 표정을 짓고 있나니" 등의 시에 있다고 말할 수 있을 것이다. 이 작품들은 모키치 개인에 입각해 있다. 게다가 사변에 대한 그의 내면의 정열을 그대로 담고 있다. (…중략…) 바꾸어 말하면, 비유컨대 모키치가 한 사람의 노병으로서 전장에 서서, 탄약을 등에 지고 몸소 달린다고 할 경우, 분명히 그는 "형언할 수 없이 힘든 표정"을 하고 달릴 것이다. 그때 모키치에게는 두 번 다시 그런 종류의 쑹메이링의 노래는 있을 수 없다. 그때에도 감경체의 시는 있을 수 있을 것이다. 그러나 그것은 그 개인에 더 많이 입각한 것일 터이다. 그리고 그것은 한층 더 모키치적이라는 점으로 인해 한층 더 보편적인 힘을 가질 터이다.

여기에서도 앞에서 본 "철학적 사유가 노래에 의탁되는 것이 아니라, 노래를 노래로서 추구하는 가운데 사유가 살아나는 것이다"라는 주장이 관철되어 있다. 그러나 그 결과가 "개인에 입각"한다는 것으로 수렴해버리는 것은 분명히 문제를 왜소화하는 것일 터이다. 그 결과, 나카노의 이러한 논의에는 불투명감과 위태로운 양의성이 느껴진다. 물론 어느 가인歌人이 전투 행위를 긍정적으로 노래했다고 하여, 그것을 바로 전쟁 찬미로 비판할 수 없다. 그러한 비판은 전쟁 후의 것이다. "전쟁시가를 전쟁시가라는 이유로 부정한다면 그것은 민중의 생활을 부정하는 일이 된다"는 다케우치 요시미의 주장을 나는 지지한다. 그 주장과 그 전쟁시가를 총력전에 어울리는 전쟁시가답게 만듦으로써 전쟁의 성질 바로 그것을 바꾸는 위력으로 삼는 데에서 '저항의 계기'가 성립한다는 주장 사이에는 또한 더 구체적으로 해명되어야 할 몇 가지의 중간 항이 있을 터이다. "총력전에 걸맞은 전쟁시가"는 어떤 것일까. 예컨대 그것은 와타나베 나오키의 노래 같은 것인가. 분명히 와타나베의 노래는 범백의 전쟁시가 속에서 돌출된 것일 터이다. 그러나 그렇다 하더라도 그것이 어떻게 '저항의 계기'일 수 있는지 나는 이해하기 어렵다.

나카노 시게하루도 총력전에 대해 말하고 있다.

> 러일전쟁을 노래한 이토 사치오의 전쟁시가, 모키치의 「전장의 형戰場の兄」 등이 이제는 이야기로서도 여운을 준다고 한다면, 오늘날의 전쟁은 부분적으로는 산문적으로 보일 정도로 방대하고 복잡하게 되었으며, 따라서 훨씬 높은 시적 구상과 통일을 요구하고 있는 것이다. 아마 이것으로 인해 1941년(쇼와 16년) 현재에 나타나는 전쟁시가가 국민적으로 흘러넘치게 되었을 터이다. 몇 개의 지나사변 가집, 유가족의 가집, 가인들의 전쟁시가도 포함해 사변은 국민적 규모로 국민의 입이 노래하도록 했다고 말할 수 있다. 모키치의 전쟁시가에서 사치오에게서는 보지 못했던 두 종류의 구별이 보이고, 거기에 감동과 관조가 혼합된 어느 정도의 불투명함이 보인다면, 그것은 이런 식으로 노래 부르게 된 국민 속에서 독자적인 모키치가 그 한 사람으로서 있었음을, 사변의 근대전·총력전으로서의 시간적·공간적 템포가 모키치조차 앞질렀음을 나타낸 것이리라.

총력전은 전 국민적인 경험이다. 그것으로부터 도망칠 수 있는 사람은 없다. 그것에 걸맞게 단카 또한 전 국민적인 경험의 표현 수단이 되어갔다. 형식의 간편성과 감상적인 감정을 표현하는 데에 적합한 리듬

이 그러한 대중성을 획득해 갔던 것이다. 「노트 전쟁시가」는 고전적인 표현형식인 단카와 총력전 경험의 만남이라는 데에 초점을 맞춰, 전쟁의 '실상'에 육박하기 위한 '태도'를 논하고 있는 것이다. 이를 노래를 통한 저항 주체 형성의 모색이라고 말할 수 있다.

그러나 그것이 조그마한 단서로서라도 성공했었나 하면, 아무래도 그렇게는 되지 않았던 것 같다. 「노트 전쟁시가」에서 나카노 시게하루는 이 테마를 끝까지 논하지 않는다. 그것이 성공하지 못한 원인은 물론 논하는 테마 자체의 시국적인 제약과 부자유스러움이 컸다고 말할 수 있겠지만, 그 이상으로 나카노 시게하루가 "몸소 싸우고 있는 사람"에 대해 과도하게 몰두했다는 점, 즉 일반화해서 말하면 실천 신앙이 잔존하고 있었다는 점에 있지 않았을까. 와타나베 나오키의 전쟁시가 중 적지 않은 것이 그의 출정 이전의 작품이었다는 사실이 요네다 도시아키※ 田利昭(『전쟁과 가인戦争と歌人』, 기노쿠니야서점紀伊国屋書店, 1968 등)에 의해 분명히 밝혀져 있는 오늘날, 나카노의 실감주의는 많은 허점을 보여주고 있다고 말하지 않을 수 없다. 그리고 실은 그 사실이 「노트 전쟁시가」를 양의적인 것으로 만들고 있는 원인이었다고 말할 수 있지 않을까. "실감"이나 "개인에 입각한다"는 것만으로는 전쟁시가를 비평은 할 수 있어도 그것을 넘어 전쟁의 "실상"으로까지 파고 들 수는 없는 것이다. 그리고 거기까지 갔을 때에 비로소 저항으로서의 '전쟁시가'를 이야기할 수 있을 것이다. 나카노 시게하루의 "몸소 싸우고 있는 사람"에 대한 편중은 결국 전쟁시가를 전투시가로 왜소화하여, "국민적 규모로 국민의 입이 노래하도록 했던" 총력전의 전 국민적 경험 표현으로서의 전쟁시가로 나아가는 길을 막아버리고 말았다. 전쟁을 내부로부터 비판해 민중의 헤게모니에 의한 전쟁으로부터의 '해방'을 실현할 수 있는 것은 이 전 국민적인 경험의 결집과 그 '변개' 이외에 있을 수 없었던 것이다.

「노트 8」 이후, 나카노 시게하루의 논의는 또 다시 모키치에 입각해 총체로서의 일본 근대에 대한 검토로 돌아간다. 그러한 회귀 자체는 나카노 시게하루의 일본 근대화에 대한 중층적인 인식에 근거한, 당시 몹시 창궐했던 '근대의 초극론'이나 일본 낭만파의 고전론에 대한 원칙적인 비판으로 읽힐 수도 있다. 여기에서 논해야 할 것은 많지만 이미 원고 매수를 상당히 초과했다.

나카노 시게하루는 전후에 재간된 『사이토 모키치 노트』(『나카노 시게하루 선집』 Ⅶ, 치쿠마서방, 1948.5)의 「서문」에서, "이것을 책으로 만들었을 때에는 이미 태평양전쟁이 시작되고 있었다. 태평양전쟁은 1941년 12월 8일에 시작되었고 나는 이튿날 9일에 검거되었으며, 책은 42년 봄에 나오게 되었기 때문에 붓이 위축되었을 뿐만 아니라 잘못된 것도 쓰게 되었다"라고 서술하고 있다. 여기에서 이야기한 '검거'란 체포되었다는 의미가 아니라, 경찰의 수사 대상이 되었다는 것이다. 그 '검거'의 실태는 다음과 같은 것이었다. 연보의 1942년 1월 14일의 항목으로 미루어 보면 그는 "잇폰덴一本田을 떠나 도쿄에 돌아오다. 16일, 경시청 제1과 미야시타宮下 계장을 방문하다. 보호관찰소장, 야마네山根 보도관, 아라마키 다케시荒卷猛 보호사를 방문하다. 세타가야世田谷 경찰서 특고特高 주임을 방문하다. 이후, 1945년 6월 '소집' 때까지 도쿄경시청, 이후 세타가야 경찰서에 출두, 취조를 받다"라고 되어 있고, 그 후에도 종종 출두하여 취조를 받아 수기를 쓰라고 강요받았으며, 특히 43년 봄부터 여름에 걸쳐서는 "거의 매일 같이 세타가야 경찰서에 출두한다"라는 상태였다.

붓을 꺾지 않고 계속 쓰는 것을 선택했던 그 하나의 종점이 『사이토 모키치 노트』였다고 하면, 계속 쓰기 위해 "나는 안 잡힐 거야"라는 결의가 치러야 했던 대가는 이러한 것이었다. 그것은 검거되어 감방에 구속되는 것보다 반드시 편하다고는 할 수 없다. 그러나 그럼에도 나카노 시게하루는 『사이토 모키치 노트』 이후에도 계속 쓰는 것이다. 「『암야행로暗夜行路』 잡담」(대정문학연구회 편, 『시가 나오야 연구志賀直哉研究』, 1943.4 탈고, 1944.6 간행), 「오가이의 계획 중鴎外目論見のうち」(1943.2 탈고, 전후에 발표), 「오가이와 유언장鴎外と遺言状」(1943.11 탈고, 『팔운八雲』 제3집, 1944.7)에 이어, 1945년 6월에 응소하기까지 그는 오가이론을 계속 쓴다.

나카노 시게하루가 어떠한 생각으로 '종전'을 맞았는지는 소설 「쌀 배급소는 남을까米配給所は残るか」나 「패전・무조건 항복 의식의 애매함敗戦・無条件降伏意識の曖昧さ」(『나의 생애와 문학わが生涯と文学』) 등에 쓰여 있다. 거기에서 그는 당시를 회고하며, "나의 어리석음과 위축은 나 자신에게서 나오고 있었다. 1941년 12월 8일의 검거 이후 — 직접적으로는 1942년 2월부터의 불구속 취조기간 내내, 내 앞, 우리의 전방을 손톱만큼의 재료를 가지고 손톱만큼이라도 명확하게 해 가자는 적극적인 마음가짐으로 나날을 보내지 못하는 상태로 나는 점차 빠져 들어가고 있었다. 세계 전쟁의 행방, 일본이 뛰어 들어갔던 전쟁의 추이, 그것을 아침저녁으로 최대한 잘 바라보고, 거기에 연결시켜 끊임없이 나의 과거를 검토해 보는 일로부터 마음이 위축되어 도망치고 있었다 — 너무 단순히 말해도 안 된다고 생각하지만, 그러한 상태에서 나는 군대에서 돌아오고 있었다고 생각한다"(「패전・무조건 항복 의식의 애매함」)라고 쓰고 있다.

나카노 시게하루는 1945년 9월 4일, '종전'된 지 20일 후에 소집 해제

되어, 주둔지인 나가노長野현 지사가타小県군 히가시시오다東塩田 마을을 뒤로 한다. 그때 숙사宿舎였던 히가시시오다 국민학교 교장에게, "연못가에 집 있어 / 어린아이들의 다정한 부모 사노라 / 아침 저녁으로 그것을 보면서 / 병사인 우리는 위로를 얻었다"라는 시를 시키시色紙에 쓰고, "쇼와20년 9월 5일 / 4일 소집 해제된 패군의 병사로서 / 히가시시오다 마을을 떠나려 할 때"라는 사서詞書을 붙여서 보낸다.

나카노 시게하루는 패전을 해방이라고는 생각하지 않았다. 더구나 조국의 패망에 통곡한다든지 망연자실하지도 않았다. 그는 전쟁의 귀추에 손끝 하나 대지 못한 채 천황의 '종전'을 허용하게 되었던 자신들의 무력함을 곱씹었음에 틀림없다. 패전 후 한동안, 나카노 시게하루는 어둡고 언짢았다.

"패군敗軍의 병사"란 무엇인가. 이 말에 천황의 '종전'에 직면한 나카노 시게하루의 전후 출발의 모든 것이 있다.

안수민 역

'전후문학'의 기원에 대하여

발생적 고찰

1. 유서로서

그 무렵, 대부분의 일본인은 살아서 전쟁의 끝을 맞이할 수 있다고 생각지 않았다. 죽음을 결의했다는 것이 아니다. 더구나 죽어서 유구한 대의에 산다는 이념을 믿은 것은 아니다. 세속적인 말로 하자면 '몸부림쳐 봐야 어쩔 수 없다'라는 체념의 경지에 있었다고 할까. 하지만 거기에는 데카당스도 센티멘털리즘도 거의 없었던 것 같다. 그것을 고바야시 히데오小林秀雄의 눈으로 보자면 역시 '국민은 묵묵히 사변에 대처했다'는 것이 되리라. 그러나 이 '묵묵히'라는 침묵 속에는 여러 사상의 맹아가 소용돌이치고 있었을 터이다.

전쟁 중 특히 그 말기의 문학·사상에 대해, 거기에 볼 만한 것은 아무것도 없고, 다만 전쟁협력과 황폐함만이 있었다는 견해가 있다. 이것은 완전히 틀린 견해다. 이 견해로부터는 전후문학·전후사상은 조금도 그 자신의 내적 필연성에 따라 발생한 것이 아니며, 기껏해야 점령정

책의 산물에 불과하거나, 아니면 전쟁에 협력한 지식인이 반성하지 않고 재전향하여 시류에 영합한 것에 지나지 않는다, 라는 평가밖에 나오지 않는다. 사실 전후문학 부정론자의 다수가 이러한 입장에 서 있다. 그러나 이것은 사실에 입각해 있지 않다. 이러한 일면적인 견해를 극복하기 위해서는 '전후적인 것'이 언제 어디서 태어났는지 그 기원을 찾을 필요가 있다.

'전후적인 것'은 전쟁의 '외부'에서 갑자기 모습을 드러낸 것이 아니었다. 그것은 전쟁의 '내부'에 배태되어 있었다. 그러니까 지금까지 믿고 있었던 전쟁의 이념이 패전으로 일거에 붕괴되고, 무엇이 선이고 무엇이 악인지 그 기준을 사람들이 상실한 시대, 바로 그것이 '전후'라는 것은 확실히 전후의 실존주의적 감성에 들어맞는 설명이기는 하지만 일면적이다.

'전후'파란 전쟁체험파이며, 그 체험의 중심은 말할 나위도 없이 '죽음'이다. 내일을 기약할 수 없는 목숨이라는 실감은 병역을 눈앞에 둔 젊은 세대를 내성적으로 만들었다. '무엇을 위해 나는 이 세상에 태어난 것인가'와 같은 물음은 전세대의 청년들에 있어서는 관념적인 질문에 지나지 않았지만, 어쩔 수 없이 죽음을 의식해야만 하는 일상 속에서 그것은 지극히 구체적이고 절박한 물음이 되어 이 시기의 청년들을 사로잡았다. 아마도 이때만큼 일본의 청년이 철학에 관심을 품은 때는 없었을 것이다. 그리고 마르크스주의가 금지되었던 사상적 공백 속에서 이들이 만난 것은 니시다西田 철학이었다. 혹은 조금 넓은 의미에서의 교토학파京都學派의 철학이었다. 그 중심은 말할 것도 없이 '주체성'이다. 모든 전후사상·문학에 공통되는 키워드가 '주체성'이었다는 사실은 새삼스럽게 이야기할 것도 없지만, 그 '주체성'론의 탄생지도 역시 전쟁기의 상황인 것이다.

전쟁 말기의 상황 속에서 죽음과 직면하며 자기 존재의 흔적을 남기려했던 고독한 행위 ― 그것이 전후사상·문학이 배태된 탄생지다. 그러므로 거기에서 태어난 일군의 작품은 많든 적든 '유서'의 정취를 지니고있다. 그러한 것으로서 하나다 기요테루花田淸輝의 『자명한 이치自明の理』, 『부흥기의 정신復興期の精神』, 다케다 다이준武田泰淳의 『사마천―사기의 세계司馬遷―史記の世界』, 다케우치 요시미竹內好의 『루쉰魯迅』, 혼다 슈고本多秋五의 『「전쟁과 평화」론「戰爭と平和」論』(가마쿠라문고, 1947.9), 하니야 유타카埴谷雄高의 『불합리한 고로 나는 믿는다不合理ゆえに吾信ず』, 문학 이외에서는 마루야마 마사오丸山眞男의 『일본 정치사상사 연구日本政治思想史硏究』, 이시모다 쇼石母田正의 『중세적 세계의 형성中世的世界の形成』 등을 우리는 금세 떠올릴 수 있다. 이것들이 어떠한 상황하에서 쓰였는가, 그것을 대표적으로 이야기하고 있는 글을 다음에 인용해 두겠다. 혼다 슈고는 전후에 비로소 간행되었던 『「전쟁과 평화」론』의 서문에 다음과 같이 적고 있다.

〈그림 32〉 『「전쟁과 평화」론』

『전쟁과 평화』 속에 나의 문제가 있음을 처음으로 느꼈던 것은 쇼와12년

(1937)부터 13년에 걸쳐 관청의 연말연시 휴가에 이 소설을 읽기 시작했을 때부터였다.

쇼와 16년 1월 관청을 그만둔 후로는 밤낮으로 톨스토이였고, 18년 10월, 일단 원고를 끝냈다. 다시 읽어가면서 차례차례 원고를 넘겨, 타이프를 다 칠 때까지 또 1년이 걸렸다.

처음부터 발표는, 설령 가능하다 해도 10년 후의 일로 각오하고 있었다. 그러나 언젠가 나는 군대에 끌려가겠지, 끌려가지 않는다 해도 전사와 비슷한 방식으로 죽을 확률은 무척 높다, 죽은 뒤에는 적어도 아이들과 원고만은 남았으면 한다, 라고 생각하며 타자를 쳐 나갔다. 타자를 다 친 것은 19년 10월의 일이었다. 필리핀 쪽에서의 패색이 뚜렷해지고, 십 수 일 후에는 B29의 도쿄 첫 공습을 맞게 될 무렵이었다.

혼다 슈고가 육군 이등병으로 소집된 것은 그로부터 반년여 후인 이듬해 5월이다.

다케우치 요시미의 『루쉰』은 1944년 12월에 일본평론사에서 출판되었는데, 전후 재간된 소겐문고創元文庫판(1952.9)의 '맺음말'에 그는 다음과 같이 썼다.

나의 『루쉰』은 이제는 이미 낡았다. 다시 낼 만큼 가치가 있는지 의문이다. 그러나 다른 한편으로 말하면, 이 『루쉰』은 나에게 애틋한 책이다. 쫓기는 듯한 심정으로 내일의 생명을 부지하기 어려운 환경에서 이것만은 써서 남겨두고 싶다고 생각한 것을 온 힘을 다해 썼던 책이다. 유서라고 할 정도로 과장할 것은 아니지만, 그에 가까운 느낌이었다. 그리고 실제로 이것이 완성된 직후에 소집 영장이 온 것을 천우신조처럼 생각했던 것을 기억하고 있다. 그 긴장감은 이 책을 다시 읽을 때면 지금도 되살아나는 것이다. 나는 『루쉰』을 씀으로써 내 나름의 생의 자각을 얻었다. 이 '처녀작'은 다른 어떤 책보다도 내게는 애틋하다.

다케우치에게 소집 영장이 온 것은 『루쉰』의 원고를 출판사에 넘긴 지 채 한 달도 지나지 않은 1943년 12월 1일이었다.

다른 작가들도 사정은 거의 비슷했다. 사회과학 쪽의 또 한 사람을 제시하겠다.

마루야마 마사오는 전쟁 중에 쓴 논문을 책으로 묶은 『일본 정치사상 사 연구』의 '영어판에 부친 저자의 서문'에서 다음과 같이 쓰고 있다.

> 1944년 7월이라는 시기에 소집에 응하는 것은 내가 살아서 다시금 학문 생활로 돌아올 수 있다는 기대를 거의 단념시키기에 충분한 조건이었다. 나는 이 논문 ─「국민주의의 '전기적' 형성國民主義の'前期的'形成」을 가리킨다 ─을 '유서'인 셈 치고 뒤에 남기고 갔다.

쇼와 초기의 마르크스주의 운동의 괴멸 속에서 태어난 이들의 저작이 다양한 이유로 '전후'의 문학과 사상에 커다란 영향을 끼쳤음은 새삼스럽게 말할 것도 없다. 그러나 이것들은 '전후'를 예견하고 쓰인 것이 아니라 완전히 그 반대로, 일본의 근대문학/사상의 '최후의 말'로서 쓰였다는 점을 특히 강조해두고 싶다. 그들에게 전후에 대한 전망은 없는 것이다. 그럼에도 불구하고, 그들의 전쟁 말기의 작품이 '전후'를 여는 것으로서 전후에 받아들여진 이유는 무엇일까. 근대문학의 '최후의 말'이 왜 '전후적인 것'일 수 있었던 것인가. 몇 가지 시점으로부터 그것을 생각해보고 싶다는 것이 이 글의 모티프이다.

2. 전향의 그림자 아래에서

후지타 쇼조藤田省三는 「전후의 논의의 전제─경험에 대하여戰後の議論の前提─經驗について」(『정신사적 고찰精神史的考察』 수록)에서 "전후의 사고의 전제는 경험이었다. 어디까지나 경험이었다. 이른바 '전쟁체험'으로 완전히 환원될 수 없는 다양한 차원의 경험이었다. 경험적 기초로부터 동떨어져 공중에 뜬 '논의'나 하늘에서 내려온 '허망'한 사상체계가 어떤 내부적 갈등도 거치지 않고 내용이 공소한 전체상全體像이 되었던 것이 전후의 사고 상황이었던 것은 아니다"라고 말한다. 그 '전후경험'으로 첫째, 국가(기구)의 몰락이 기이하게도 밝음을 포함하고 있다는 사실의 발견, 둘째, 모든 것이 양의성의 폭을 지니고 있다는 자각, 셋째로, '또 하나의 전전戰前', '숨겨진 전전'의 발견, '또 하나의 세계사적 문맥'의 발견을 들며, 다음과 같이 말한다.

우리들은 자칫하면 전후의 '가치전환'이라는 표면에 눈길을 빼앗긴 나머지, 전후 사고의 실질이 실은 '또 하나의 전전'에 의해 형성되어 있었다는 사실을 놓치기 쉽다. 그러나 전후의 경험을 사고로 조형할 때 작용하고 있었던 것은 거의 모두 '또 하나의 전전'이라고 해도 과언이 아니다. '또 하나의 전전'이 차례로 모습을 드러내고, 하나하나씩 발견되어 가는 과정이 전후사인 것이었다. 과거에 대한 발견이 현재를 틀 짓고 미래의 존재양식을 구상케 한다는, 동적인 시간 감각의 존재와 작용이 거기에는 있었다. 이때의 과거는 기존의 소여가 아니다. 그것은 새롭게 발견되는 것이고, 그런 의미에서 현재의 행위이며, 내일도 또 다시 새롭게 발견될 것이라는 점에서 미래인 것이기도 했다. '또 하나의'라는 말의 의미는 거기에 있으며, 복합적인 시간 의식과 '미래를 포함하는 역사의식'이 거기에 약동하고 있었다. 이 시간의 양의성과 가역 관계가 전후 경험의 네 번째 핵심을 이루고 있었다.

후지타 쇼조가 여기에서 지적한 네 개의 축은 전후를 사고하는 데 있어서 설득력이 있는 것처럼 보이기도 하고, 또한 동감되는 부분도 많다. 확실히 마르크스주의의 부활과 융성이라는 쪽에서 보자면 전후의 새로움에는 '또 하나의 전전'의 발견, 혹은 정당한 복권이라는 지점이 있었음은 틀림없다. '옥중 십팔 년'이나 '망명 십육 년'이 외경이나 희망의 국민적 확산을 얻을 수 있었다는 것이 그 점을 웅변적으로 말해주고 있다.

그러나 이것은 '또 하나의 전전'의 무비판적인 부활에 격렬하게 저항하는 것을 통해 비로소 '전후적인 것'이 보이기 시작했다는 나의 경험과 무척이나 다른 것처럼 생각된다. 패전 직후의 이른바 '주체성 논쟁'이든 공산당 내부의 시가志賀・가미야마神山 논쟁이든, 거기에서 쟁점이 된 것은 '또 하나의 전전'과 '또 하나의 전중', 전전의 정통 마르크스주의의 무비판적인 부활에 대해 전중 경험을 고집하는 자립적인 사상・운동자의 대립이었던 것이다.

요시모토 다카아키吉本隆明는 일찍이 "전후문학은 내 식의 말투로 요약하자면, 전향자 혹은 전쟁 방관자의 문학이다"(「전후문학은 어디로 갔는가戰後文学は何処へ行ったか」)라고 말한 적이 있다. 그는 이것을 부정적인 규정으로 말했지만, 나는 긍정적인 의미를 담아 이것을 승인하려 한다. '전후적인 것'의 출발점은 '전향'이다. 물론 모든 전향이 전후로 가는 길이었던 것은 아니다. 그렇다면 무엇이 전향을 낳았는가, 전향에 의해 무엇이 가능해졌는가, 그리고 그 가능성의 무엇이 '전후'로 이어졌는가.

나는 앞서 '전후'를 준비한 셈이 된 책 몇 권을 언급했는데, 그 모든 것들이 많든 적든 '전향'의 그림자 아래에서 탄생한 노작이라는 점에 주목해야만 한다. 당시의 엄중한 언론 통제와 검열제도하에서는 체제 비판적인 모든 언론이 '노예의 말'을 쓸 수밖에 없었으며, '마르크스 왈'이라는 전전戰前 스타일의 글은 완전히 자취를 감추었는데, 그것은 또한 좋든 싫든 사상의 자립을 재촉하는 결과가 되기도 했다. 그러나 거기서 결정적인 계기가 되었던 것은 '노예의 말'이 아니라 '전향'이었다. 물론 모든 전향이 사상의 자립을 준비했던 것은 아니다. 전향한 프롤레타리아 작가의 대부분은 프롤레타리아문학이론의 핵심을 이루었던 '정치의 우위성'론을 그대로 온존시키며, 반대의 벡터를 지닌 정치에 '종속'되어 갔다. '정치인가 문학인가가 아닌 문학이다'라며 큰소리를 쳤던 하야시 후사오林房雄도 수년 후에는 천황제와 침략 전쟁의 이데올로그로서 '정치의 우위성'을 실천하게 된다.

하야시 후사오와 같은 세대의 프롤레타리아문학운동의 중심적인 인물 중에서 전향을 통해 사상적 자립의 길을 걷는 데 성공한 이는 기껏해야 나카노 시게하루 뿐이었다고 해도 무방하다.

여기서는 나카노 시게하루보다 한 세대 후, '전후문학'의 실질적인 담당자가 되었던 사람들 — 그들도 또한 그 대부분이 많든 적든 말기의 프롤레타리아 문화운동에 관여하여 체포·전향을 체험했다— 의 '전향'에 대해 검토한다.

하니야 유타카埴谷雄高는 1930년, 20세에 출석 불량으로 니혼대학日本大學 예과에서 제적당하고 프롤레타리아 과학연구소 농업문제연구회를 거쳐 농민투쟁사農民鬪爭社에 들어간다. 다음해에는 일본공산당에 입당, 1932년 3월에 체포되어 불경죄와 치안유지법으로 기소된다. 이듬해 1933년 11월, 전향을 표명해 징역 2년 집행유예 4년의 판결을 받고 출소. 그의 전향 계기는 한편으로 그가 체험한 당에 여전히 무자각하게 온존해 있는 피라미드식의 계층 구조에 대해 비판적으로 인식한 것, 그리고 그가 아나키스트에서 볼셰비즘으로 돌아서는 데 결정적인 역할을 한 『국가와 혁명』에서 레닌이 그린 국가의 사멸이라는 미래상이 현실의 혁명에서는 완전히 환상일 뿐임을 발견한 것이다. 다른 한편으로는 옥중에서의 칸트, 특히 그 『순수이성비판』 중의 선험적 변증론과의 만남이었다. 그 만남에 대해서 그는 전후에 다음과 같이 쓰고 있다.

어쩌면 인생에는 하나의 결정적인 만남이라는 순간이 있을 것이다. 다른 사람들에게는 이렇다 할 일이 아닌 하나의 사건이 그 당사자에게는 생사의 중요한 일이 되는 경우가 있을 것이다. 나에게는 선험적 변증론이 바로 그것이었다. 아침에 도道를 들으면 저녁에 죽어도 좋다는 것이 이런 것일까, 하고 영혼 깊이 뼈저리게 깨달았다. (…중략…) 물론, 이 영역은 우리를 끝

없는 미망으로 유혹하는 가상의 논리학이라 하여 칸트 자신으로부터 부정적인 판결을 받았으며, 거기에 펼쳐진 형이상학을 '이것도 아니다, 그것도 아니다, 저것도 아니다'라며 냉엄하게 가차 없이 논파하는 칸트의 논증법은, 거의 절망적으로 저항하기 어려울 정도의 결정적인 힘을 지니고 있다. 하지만 자아의 오류추리, 우주론의 이율배반, 최고 존재의 증명 불가능의 과제는, 칸트가 가혹하게 논증할 수 있었던 것 이상의 가혹한 중의적 의미를 가지고 우리를 짓누르는 까닭에, 바로 그러한 이유에서 과제로 다가오는 것이다. 적어도 나는, 거의 풀 수 없는 과제에 직면한 까닭에 틀림없이 진정한 과제에 당면한 것 같은 무시무시한 전율을 느꼈다. 나의 현기증은 동시에 나의 각성이었다. (…중략…) 그리고 일찍이 칸트의 과제였던 것이 또한 나의 과제가 되었을 때, 내가 우선 취해야 할 방법은 극단화였다. 회색 벽에 둘러싸인 가운데, 다만 홀로 눈을 감고 단좌해 있는 것, 그 자체가 이제는 내게 무한한 질문을 불러일으키는 과제였다. 내가 눈앞의 것을 의식하는 것보다 내가 의식한다는 것 자체가 단적인 과제였던 것이다.

—「너무나 근대문학적인あまりに近代文學的な」

이것은 '전후문학'의 한 봉우리인 『사령死靈』이, 이때 이미 작자에게 배태되었다는 사실을 명확하게 증언한다. 그리고 하니야 유타카의 전향은 혁명사상으로부터의 수평적인 이탈, 즉 그것으로부터 무언가로의 전화가 아니라, 수직적인 비상이었다. 그 수직축에서 보자면 그것은 근저화根底化라는 양상을 보인다. 영구혁명자라는 면phase에서 그는 비전향이다.

하니야 유타카가 일본의 마르크스주의 이론과 운동에서 우주의 높이로까지 일거에 이탈한 반면, 혼다 슈고本多秋五의 경우는 그 사상적 자립을 향한 걸음이 신중하여 바로 그 대극에 위치했다. 그는 전후에 쓰인 「전향문학론」에서 '고바야시 다키지小林多喜二의 선線'이라는 것을 말하고 있다.

고바야시 다키지의 선은 외적 강제를 만나 좌절했다. 물론, 외적 강제는 비합리적인 것이었다. 그러나 그것은 어떤 역사의 현실성을 포착하고 있었다. 그런 의미에서 그것은 비합리적 합리였다. 그것과 합리적인 것과의 싸움은 이 합리적인 것이 관념성을 피할 수 없었던 한, 비합리적 합리[1]와 합리적 비합리의 싸움이었다. 이 둘의 싸움은 우리의 눈앞의 모든 곳에서 발견되는 것인데, 역사의 급커브에 있어서 저항의 최대점에서는 이 둘의 싸움이 살아 있는 인간을 모조리 삼켜버리면서 이루어진다. 문제는 이 비합리적인 것이 지닌 현실성, 합리적인 것이 띨 수밖에 없는 관념성에 있다. 즉, 어머니인 국민 대중의 움직임에 있다.

이것은 프롤레타리아 과학연구소 예술이론연구회에서 가장 기대를 받았던 이론가이자, 또한 프롤레타리아 과학 동맹집행위원회의 일원으로서 1933년 11월 23일에 검거된 혼다 슈고가 자신의 경험에 비추어 전향을 운동론적으로 이야기한 몇 안 되는 글 중 하나이다. 그렇다면 여기에서 언급된 '고바야시 다키지의 선'이란 무엇인가. 혼다 슈고는 그것을 "당시의 전투적인 프롤레타리아 문화활동가에게 애용되었던 언

1　【역주】 이 판본에서는 '비합리'로 되어 있으나, 원본을 참조했을 때 오식으로 보인다. 이에 '비합리적 합리'로 바로잡았다.

어로 말하자면, 직업적 혁명가의 길이었다. 더욱 정확히는, 문학자이면서 동시에 직업혁명가의 길이었다"라고 말하고 있다.

원래 프롤레타리아작가동맹은 첫째, 일본에서 프롤레타리아문학의 확립, 둘째, 부르주아지, 파시스트 및 사회 파시스트 문학과의 투쟁, 셋째, 노동자 농민 기타 근로자의 문학적 욕구의 충족, 이상 세 항목을 목적으로 내걸고, 이를 승인하는 자를 동맹원으로 받아 들여왔다. 그러므로 "혁명적 프롤레타리아트의 진열에 있어서는 문예가도 또한 기본적으로는 프롤레타리아트의 정치가일 뿐이다"(미야모토 겐지)라든가, "정치의 우위성의 전면적인 이해는 그저 '주제의 적극성' 및 조직적 활동 등에 따른 보조적 임무를 행하는 데에 국한되는 것이 아니며, 자기를 가장 혁명적인 작가, 즉 '당의 작가'로 발전시키는 것을 의미한다"(고바야시 다키지)라든가, "나르프에는 보다 동반자적인 작가, 보다 소부르주아적인 작가는 있지만, 동반자 작가나 소부르주아 작가는 없다"(고바야시 다키지)라든가, "우리 동맹은 모든 혁명적 작가를 성원으로 획득해가야 하지만, 그중에 볼셰비키적 지도 방향을 거부하는 '동반자 그룹'이 별개로 존재할 수 있는 것은 아니다"(「우익적 편향과의 투쟁에 관한 결의右翼的偏向との鬪爭に關する決議」)라든가 하는 발언이 언급되면, 그런 것을 결정한 기억은 없다고 하며 태도가 돌변하는 인간이 나오는 것도 당연했다.

더구나 '주관적 요인의 강화'가 창작활동보다도 조직활동에 더욱 중점을 두는 것이었거나, 다수자 획득이 프롤레타리아문학의 독자를 획득하는 것이 아니라 당이나 조합의 확대라 이야기되며 작가에게 공산당이나 전협全協의 오르그 역할까지 떠맡기려 하는 지경에 이르자, 마침내 작가의 반란은 피할 수 없게 되었다. 더 나아가, 볼셰비키적 지도는 '32년 테제'의 전략을 그대로 문화운동에 적용시켜 '전쟁과 파시즘에 대한 투쟁'의 슬로건을 '전쟁과 절대주의(천황제)에 대한 투쟁'으로 바꾸어 쓰고, 사사건건 '×××× 테러 반대', '전쟁과 부르주아·지주적 ××제 지배에 봉사하는 반동문화 타도' 등등의 슬로건으로 기관지를 도배함으로써, 조직 전체를 점차 비합법화해 갔다. 기회주의란 이러한 볼셰비키화 이후의 방침을 따라가지 못하고 그 이전의 상태에 머물러 있는 자의 총칭에 불과한 것이 되었다.

문화운동과 그 조직을 비합법의 공산당과 반⁺ 비합법인 전협의 확대·강화를 위한 '보조 조직'으로 위치 짓고, 대중조직임에도 불구하고 '볼셰비키적 지도' 즉 공산당의 지도를 무조건 받아들이라고 그 성원에게 요구한 것이 '예술운동의 볼셰비키화' 노선이었다. 이는 그 제창자였던 구라하라 고레히토가 체포된 후에도 미야모토 겐지나 고바야시 다키지에 의해 계승되어 '논의의 여지가 없는 것'이라 칭해졌다. 그것은 일체의 비판이나 망설임에 기회주의라는 딱지를 붙여 공격했던 것이다.

'고바야시 다키지의 선'이란 단적으로 말해 이러한 '문화운동의 볼셰비키화' 노선에 다름 아니었다. 그리고 '전향'의 첫 모습은 이 노선에 대한 의문·망설임·반대이고, 그 노선으로부터의 이탈이었던 것이다. 혼다 슈고도 '전향문학론'에서 "'우익적 편향' 내지 '조정파' 내지 '교란자'는 사실 전향과 한 줄기로 연결되어 있었는데, 그것을 사전에 한 줄기라고 직감케 한 것은 거기에 암묵적으로, 하지만 역연하게, 고바야시 다키지의 선이 사람들의 머릿속에 그려져 있었기 때문이다. 고바야시 다키지의 선으로부터의 이탈 ― 이것이 그것들을 '전향과 한 줄기의 것이라고 직감하게 했던 것이다"라고 말하고 있다.

　'고바야시 다키지의 선'으로부터의 이탈이 곧바로 '전향'으로 실현될 수밖에 없었던 것은 그것을 대신할 현실적 운동이 존재하지 않았기 때문이다. 왜 그것이 존재할 수 없었는가 하면, 이를 위해서는 '볼셰비키적 지도' 즉 공산당에 이의를 제기하는 길밖에는 없었기 때문이다. 인텔리겐치아들 사이에서 당의 신비화, 절대화의 심정이 지배적이었던 당시에 그것을 감히 행할 수 있었던 것은, 전협쇄신동맹에서 분파 투쟁의 아수라장을 뚫고 나간 가미야마 시게오神山茂夫 등 소수의 노동자 활동가들뿐이었다(우에하라 세이조上原清三, 「'좌익' 작가에 대한 항의左翼作家への抗議」, 『가미야마 시게오 저작집 제1권』 참조).

　그러니까 '전향'을 문자 그대로의 전향으로 끝내지 않고, 사상적 자립을 향한 계기로 전화하기 위해서는 스스로가 지금까지 '논의의 여지가 없는 것'으로 여겨 왔던 여러 이념과 이론을 상대화하고 재검토하는 작업이 불가피했다. 선배 세대인 나카노 시게하루는 그것을 '일본 혁명운동 전통의 혁명적 비판'이라고 부르며 그 길을 걸었다. 후속 세대인 하니야 유타카, 혼다 슈고, 히라노 겐, 다케다 다이준 그리고 하나다 기요테루, 다케우치 요시미 등이 다소 다른 길을 통해 각각의 경험을 품고서 각자 자립의 길을 걸었다. 그리고 오늘날 그들의 걸음을 조망해 보면 당연하게도 거기에는 극히 개성적인 다양성이 존재하는 동시에, 문제의식에 있어 놀랄 만큼의 유사성을 발견하는 것이다.

3. 필연과 자유

그렇다면 그러한 다양성 속에서 발견되는 공통의 문제의식이란 어떠한 것이었는가, 그리고 그것이 '전후적인 것'의 탄생지가 되었던 이유는 무엇인가를 살펴보려 한다. 여기서는 먼저, 혼다 슈고의 『톨스토이 논집トルストイ論集』「후기あとがき」 중 일부를 길게 인용하며 시작한다. 그는 이와 같이 말하고 있다.

『전쟁과 평화』를 1937년 말부터 다음해 1월에 걸쳐 처음으로 읽었을 때, 여기에 나의 문제가 내재되어 있음을 느꼈다.

톨스토이는 청년의 이상이나 바람이 하나하나 깨져가는 것을 그리며, 한 국가, 한 국민의 운명에 대해서도 같은 일이 되풀이되어 가는 것을 그렸다. 여기에는 인간의 의지와 소망과는 무관한 어떤 힘이 역사를 움직이고 있다는 감동이 있었다. 그것이 나를 매료시킨 것 같다.

거기에서부터 톨스토이는 역사는 사람을 만들고, 사람은 역사를 만든다, 역사에 있어 개인의 역할은 어느 정도인가, 라는 문제에 부딪혔다. 그것이 자유와 필연의 문제이다. 그것은 처음부터 톨스토이가 예상했던 것은 아니었지만, 그 문제에 이끌려가다 보면 불가피하게 도달하게 되는 지점이라 여겨진다. 그것은 또한 내게도 매우 흥미로운 문제였다.

나는 대학교 1학년 때 엥겔스의 『반反 뒤링론』을 읽었는데, 그 제3편의 '사회주의' 제2장 ─ 지금의 번역에서는 '이론적 개설'이라 되어 있는 ─ 의 마지막에 나오는 '필연의 나라로부터 자유의 나라로 향하는 인류의 비약'이라는 말에 이르러 소스라치게 놀랐다. 지금까지 생각해 본 적도 없는 인류사의 미래도가 거기에서 모습을 드러냈기 때문이다. 그때의 놀라운 인상은 오랫동안 나의 머릿속에 남았다.

자유와 필연의 관계에 대해서는 같은 책의 다른 부분에 쓰여 있다.

"헤겔은 자유와 필연의 관계를 맨 처음 올바르게 설명한 사람이다. 헤겔에게 있어서 자유란 필연성에 대한 통찰이었다(Die Freiheit ist die Einsicht in die Notwendigkiet)." "필연은 다만 인식되지 않은 한에서만 맹목이다(Blind ist die Notwendigkiet nur, insofern dieselbe nicht begriffen wird)." 자유라는 것은, 흔히 몽상하는 바와 같이 자연법칙에서 독립하여 있는 것이 아니라 오히려 이 법칙에 대한 인식에, 또 인식에 의하여 이 법칙을 일정한 목적에 계획적으로 작동시킬 수 있는 가능성이 주어지는 곳에 있는 것이다. … 그러므로 자유라는 것은 자연필연성(Naturnotwendigkeit)에 대한 인식에 근거하여 우리 자신과 외적 자연을 지배하는 데 있다. 따라서 자유라는 것은 필연적으로 역사발전의 산물이다."[2]

이 부분을 읽고, 그렇다고 생각했다. 처음 듣는 의견이기는 하지만 확실히 짚이는 데가 있으므로 틀림없이 그렇지 않을까 하고 생각했다. 그리고 거기서 안심하고 말았다.

'만주사변'에서 '지나사변'으로의 전화轉化, 그 후 전쟁의 확대 심화, 그리고 '묵묵히 사변에 대처한' 국민의 동향은 마르크스주의의 이론 체계라는 해골의 일부를 갉아먹은 것만으로 뭔가 안 듯한 느낌을 갖고 있던 내게 전

---

2 【역주】『반 듀링론』의 한국어 판본의 번역을 인용한다. 서지사항은 다음과 같다. 프리드리히 엥겔스, 김민석 역, 『반 듀링론』, 새길아카데미, 2012, 125~126쪽(제1부 철학, 제11장 도덕과 법. 자유와 필연).

혀 이해할 수 없는 것이었다.

'자유란 필연의 통찰'이라는 헤겔과 엥겔스의 논의로는 한 걸음도 나아갈 수 없게 되었다.

'필연성'도 이해하기 어려운 것이었다. 필연성이 있다고 해서, 역사에서 어디까지가 필연인지는 쉽게 알 수 있는 것이 아니다. 그러나 '자유'는 더욱 알 수 없었다. '자유는 필연의 통찰이다'라고 해도, '자유는 자연적 필연성의 인식이다'라고 해도, '땅을 파서 지하수가 있는 곳까지 다다르면, 거기에 물이 있다'는 진리를 목마른 사람 앞에 놓아두는 꼴이다. 오늘날 지금 당장 돈도 없고, 말하고 싶은 것을 말할 수도 없고, 몹시 안타깝고 애타는 심정을 호소할 방법도 모르는 사람들에게는 아무 쓸모가 없다.

언젠가 헤겔과 엥겔스가 말하는 '자유'의 개념으로는 오케하자마桶狹間 전투에서 기습을 수행한 노부나가信長의 '자유'를 설명할 수 없다고 생각한 적이 있다. 엉뚱하게 헤겔과 엥겔스에게 분풀이를 했는데, 거기에도 얼마간의 이유가 있었을 터이다.

여기에서는 '쇼와' 초기에 신사조로서의 마르크스주의와 만났던 젊은 인텔리겐치아가 경험한, 불과 십 년 간의 어지러운 전변轉變의 정신사精神史가 요약되어 있다. '이상이나 소망이 하나씩 하나씩 깨져'갔던 청년들은, 『전쟁과 평화』의 주인공들인 동시에 혼다 슈고의 동세대 청년들이다. '한 국가, 한 국민의 운명'이란 나폴레옹 전쟁하의 러시아인 동시에 중일전쟁하의 일본과 일본인이다. 왜 나는 역사의 흐름 속에서 지금 여기에 있는 것인가? 여기에 있다는 사실의 필연성 속에서 나의 자유란 무엇인가? 전전戰前 일본 마르크스주의의 마지막 인식은 '군사적·반半 봉건적 자본주의'가 존재하는 한 전쟁은 불가피하다는 것이었다. 이 불가피=필연성을 해체하는 것은 오직 '프롤레타리아 혁명으로 강행적으로 전화하는 경향을 띠는 부르주아 민주주의 혁명'이라고 여겨졌다. 그리고 그 가능성이 무너졌을 때, 좌익 인텔리겐치아들은 알몸으로 필연성=전쟁에 휩쓸려 간 것이다. 거기에서 일본 자본주의의 취약성이라는 인식은 이제 더 이상 자기 혼자의 '자유'는 될 수 없었다. 그리고 말할 나위도 없이 이 필연성 속에서 자유의 탐구는 사람은 어떻게 살아야하는가 하는 질문과 직결되어 있었다.

이러한 문제의식이 생겨난 장소는 '역사'였다. 미틴·라즈모프스키의 『사적유물론』과 같은 '교과서' 류로 배운 '역사관'으로는 도저히 이 물음에 답할 수 없었다.

전쟁기는 역사철학의 시대였다. 유물사관이 권력의 탄압으로 인해 어쩔 수 없이 퇴장당한 후에 이 역사철학의 시대가 도래했다. 그 시대를 담당한 것은 교토학파였다. 선편을 잡은 것은 프롤레타리아 과학연구소 유물변증법 연구회의 책임자에서 해임된 미키 기요시三木清의 『역사철학歴史哲学』(1932)이다. 거기에 고사카 마사아키高坂正顕의 『역사적 세계歴史的世界』(1937)가 뒤를 이었고, 고야마 이와오高山岩男의 『세계사의 철학世界史の哲学』(1942)으로 하나의 정점에 도달한다. 주변의 몇몇 사람들도 포함하여 이 사람들은 정치적인 차이를 띠면서도 '근대의 초극'파를 형성하게 된다. 이와 관련해 니시다 철학 내부에서 그 비판을 통해 출발한 하나다 기요테루가 마지막까지 '근대의 초극'파였다는 사실의 전후적인 의미는 이후에 검토하기로 한다.

그러나 이러한 이른바 대문자의 역사와는 다른 역사에 대한 관심이

있었다. 일찍이 유물사관이 역사의 필연성을 내걸고 사람들을 계급투쟁의 전선에 동원한 것과 마찬가지로, '세계사의 철학' 역시 역사의 필연성을 내걸고 사람들을 '대동아전쟁'으로 내몰았지만, 그것과는 다른 문학적인 역사에 대한 관심이 생겨났던 것이다. 그것을 대표하는 것이 바로 고바야시 히데오의 『역사와 문학歷史と文学』(1941)이라는 한 권의 책이다. 혼다 슈고는 다음과 같이 쓰고 있다. "당시 — 단행본 『역사와 문학』이 발행된 것은 쇼와 16년 9월의 일이었다. — 고독과 회의 속에서 자유를 탐구하고 있었던 나는, 『역사와 문학』이나 『문학과 나文学と自分』에서 베르그송이나 임재의현臨済義玄의 그것과 비슷한 자유를 확고히 믿으면서, 나아가 분명하게 육성으로 말하고 있는 현대 일본인의 음성을 듣고, 그때까지 나와는 무관했던 고바야시 히데오의 세계가 갑자기 나에게 생생하게 작용하기 시작함을 느꼈던 것이었다."(「고바야시 히데오론小林秀雄論」)

일찍이 혼다 슈고 등 젊은 좌익 인텔리겐치아에게 인간의 중심에서 '숙명'을 보는 고바야시 히데오는 이해 불능의 '이상한 놈(위의 글)'일 뿐이었다. 그러나 운동의 붕괴와 전향과 전쟁이라는 이른바 삼중고에 빠졌을 때, 그들은 프롤레타리아트의 역사적 사명이라는 목적론적인 인간관으로부터, 어떻게든 자기 개인의 숙명에 직면하지 않을 수 없었던 것이다. 그 지점에서 고바야시 히데오와 그들을 갈라놓은 것은 전자가 숙명을 절대화하고 현실을 절대화한 것에 반해, 후자는 그 숙명을 '필연성'으로 받아들이면서 그 안에서 '자유'를 추구했다는 점에 있었다. 그렇다고 해도 그 차이는 그다지 큰 것은 아니다. 고바야시 히데오도 "저항을 느낄 수 없는 곳에 자유 또한 없다"(「의혹 2」)고 말하고 있다.

톨스토이의 숙명론은 절대 추구자의 현실 긍정의 모습이라 할 수 있다. 숙명론은 당연히 체념의 철학이다. 의욕 방기의 철학이다. 그러나 의욕 또한 숙명의 산물이라 볼 때, 숙명론은 의욕의 고집으로 귀결된다. 숙명론은 자아긍정의 철학이기도 하다.

1812년 전쟁은 "행해져야 했기에 행해졌다"고 톨스토이는 말한다. 그 톨스토이가 이 전쟁은 "인간의 이성과 인간의 모든 천성에 반한다"고 말한다. 인간에 의해 행해져야 했던 사건이 인간의 천성에 반한다는 것은 무엇을 의미하는가? 필연을 필연으로만 바라본다면 '단순하면서도 무서운 의의' 따위는 없었을 것이다. 현실의 모순이 긍정되고 역사의 '불합리'가 마음 깊은 곳까지 승인되어 있다면, 하디Thomas Hardy의 『패왕霸王, The Dynasts』과 같은 냉철한 관조의 역사문학은 쓰일 수 있다고 해도 『전쟁과 평화』는 쓰이지 않았을 것이다. "다양한 현상에 대한 원인의 종합은 인간의 이지로는 도저히 불가해한 것이다. 그러나 원인 탐구의 요구는 원래 인간의 마음에 구비되어 있다."(제13편 제1절) 실로 그 불가해하고 불가항력적인 것에 대해 한편으로는 그것을 인정하면서 다른 한편으로는 어디까지나 그것을 해명하고 그것을 향해 항쟁하고자 하는 곳, 운명 인종忍從의 체념과 역사 해명의 의욕이 서로 싸우는 곳, 바로 거기에 『전쟁과 평화』의 발전이 있다.

— 혼다 슈고 『「전쟁과 평화」론』 제3장

1812년 전쟁을 '대동아전쟁'으로 바꿔 읽고, '『전쟁과 평화』의 발전' 을 우리들의 자유로 바꿔 읽으면, 이 한 구절이 전쟁하 혼다 슈고의 심상 풍경을 전부 이야기하고 있다 해도 과언이 아니다.

4. 자동률自同律과 자명한 이치

1933년 11월, 전향한 하니야 유타카는 징역 2년, 집행유예 4년의 판결을 받고 도요타마豊多摩 형무소에서 출소한다. "남의 사상에 따라 생각하는 것을 그만둔 후부터, 나는 허무의 나날을 애처로워하는 **울적함을** 느꼈다"(『불합리한 고로 나는 믿는다』)고 그는 쓴다.

하니야 유타카는 그로부터 수년간, 당시 구단시타九段下에 있던 오하시 도서관大橋図書館에 다니며 악마학Demonology 관련 책을 읽거나 하며 지낸다. "회색의 벽에서 나온 후 나는 바보스럽게도 오로지 논리학과 악마학에 탐닉했다. 그것들은 일견 기묘한 영역이었지만, 나에게 그 둘은 샴쌍둥이처럼 한 부분이 이어져 있는 쌍생아였다. 하나는 나의 사고를 엄밀히 통어하는 거대한 벽과도 같은 형식이고, 다른 하나는 모든 제약과 형식을 깨뜨리고 분출하려고 하는 생의 에너지의 가장 시원적인 형태로 생각되었다"(「너무나 근대문학적인」)라고 그는 회상하고 있다. 하니야 유타카에게 악마학은 '자동률의 불쾌'를 넘어서 '존재의 혁명'에 이르는 사고의 통로를 개척함에 있어 하나의 보조적인 역할을 수행했다. 그렇다고 하더라도 그에게 '존재의 혁명'은 결코 연금술과 같은 고등마술의 '아트art'는 아닌 것이다. 그에게 문제는 언제나 '사고방식'이었다. "그밖에 다른 사유형식이 있으리라는 것은 누구라도 느낄 것이다. 어디에? 그 두개골을 깨뜨리고 있는 광인을 바라보고 있기라도 한 듯한 표상을 나는 항상 지닌다"(『불합리한 고로 나는 믿는다』)라고 그는 말하고 있다.

하니야 유타카에게 있어서의 '논리학'과 '악마학'은 혼다 슈고에게 있어서의 '필연'과 '자유'에 상응한다. 하니야 유타카가 말하는 '자동률의

 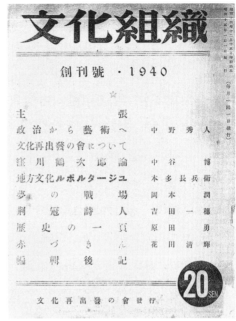

〈그림 33〉 하나다 기요테루, 『부흥기의 정신』 표지　　〈그림 34〉 『문화조직』 창간호 표지

불쾌', 즉 'A는 A다'라는 것의 불쾌함은 혼다 슈고의 '필연성'과 그다지
떨어져 있는 것이 아니다. 혼다 슈고가 그것을 역사 속에서 생각한 반
면, 하니야 유타카는 존재론적으로 생각했던 것이다. 그러한 문제에 관
심을 갖게 된 배후에 거대한 필연으로서 그들을 삼켜버린 전쟁이 있었
음은 더 말할 필요도 없다.

　하니야 유타카가 자동률에 대해 독자적인 사고를 전개한 것은 전후
가 된 다음이지만, 전쟁 말기에 같은 문제를 집요하게 계속 생각하고 있
던 이가 하나다 기요테루다. 머지않아 전후문학의 양극단을 형성하게
될 이 두 사람은 전쟁 중에는 서로 알지 못했다. 하나다는 하니야의 『불
합리한 고로 나는 믿는다』를 몰랐고, 하니야는 하나다의 『자명한 이
치』도, 『문화조직』에 연재되어 전후에 『부흥기의 정신』으로 정리된 르

네상스적 인간의 탐구도 읽지 않았다. 그러나 그럼에도 불구하고 이 두 사람에게는 문제의식에 놀라울 정도의 유사성이 있었으며, 그와 동시에 전후의 대립을 충분히 예측게 하는 차이가 있었다.

하나다 기요테루는 1909년생, 혼다 슈고는 1908년, 하니야 유타카는 1910년생이다. 즉 그들이 대학을 졸업 혹은 자퇴한 1930년 전후는 마르크스주의와 좌익운동이 가장 활발했던 시기로, 하니야 유타카는 비합법적인 공산당원이, 혼다 슈고는 반# 비합법적인 프롤레타리아 과학동맹 상임중앙위원이 되었다. 그런데 하나다 기요테루는 이 시기에 마르크스주의에는 거의 관심을 보이지 않고, 오직 니시다 철학과 영화, 그리고 모더니즘계의 예술에 관심을 가지고 지낸다. 그가 마르크스주의에 본격적으로 관심을 가진 것은 이미 운동도 붕괴한 후인 1936년부터이다.

> 그 후 나는 마르크스나 레닌의 책을 읽기 시작했는데, 그렇다고는 해도 딱히 공산주의에 흥미를 가지고 있었기 때문은 아니다. 이미 전쟁 중이었으므로, 그러한 '위험한 책'은 헌책방 앞에 무더기로 쌓여 있어 아주 간단히 손에 넣을 수 있었기 때문이다. 나는 그러한 책에서 배워 인플레이션이나 지대地代나 국제수지에 대해 썼다. 그리하여 그러한 종류의 벼락치기로 쓴 논문을 겁도 없이 잡지사에 팔았다. 마르크스주의자로부터의 반격이 없었던 것은, 당시에 그들이 어쩔 수 없이 침묵할 수밖에 없었기 때문이었을 것이다. 따라서 나는 어느샌가 나 자신을 마르크스주의자 중 한 사람이라고 생각하게 되었다.
>
> — 「독서적 자서전讀書的自叙伝」

그러한 사상적 전환을 하나다 기요테루에게 가져온 하나의 계기는

마쓰시마 도키松島トキ와의 결혼이다. 시영市營 버스의 차장이었던 그녀는 좌익 노동운동의 거점이었던 도쿄시 교통노동조합 소속으로 활동가로서의 경력을 가지고 있었다. 후에 하나다는 이러한 일을 썼다.

전쟁 중, 의민적義民的인 것에 대해 내가 끊임없이 품고 있었던 열등감에 대해 고백해 두어야만 하겠다. 그때는 이미 그냥 마누라에 지나지 않았지만, 아무래도 나의 마누라는 과거에 의민義民이었던 것 같았다. 따라서 둘이서 길을 걷다보면, 그녀에게 때때로 특별 고등경찰이 허물없이 말을 걸어온다든지, 포대기로 아이를 업은 그녀를 오이大井 경찰서에서 불러 간다든지 했다. 그리고 그때마다 특고는 완전히 나를 묵살했으므로, 나는 그녀에게 밀리는 듯한 기분을 맛보지 않을 수 없었다.

― 「항민무적恒民無敵」

그녀는 결혼 후 긴자銀座의 바에서 일하며 생활을 꾸려나갔다. 또한 후에는 일찍이 『레닌 중요 저작집』 등을 출간하여 좌익출판사로 유명했던 하쿠요샤白揚社, 전후 신속하게 『도사카 준戸坂潤 선집』이나 이시모다 쇼石母田正의 명저 『중세적 세계의 형성』을 간행한 이토서점伊藤書店의 유능한 편집자가 되었다. 덧붙여 말하면, 『도사카 준 선집』은 하나다의 장서로 편집되었다고 한다.

하나다 기요테루의 첫 평론집 『자명한 이치』는 1941년 7월에 그가 주재하는 '문화 재출발의 모임'에서 간행되었다. 그 제목이 보여주는 것처럼, 형식논리의 비판과 변증법적 논리의 칭양이 숨겨진 동기가 되었다.

형식논리의 여러 법칙은 자동률로 환원된다. 그리하여 이 자동률만큼 자명한 동시에, 또한 신비적인 것은 없을 것이다. (…중략…) 과연, 만사는 언제나 어떠한 방식으로 A이기도 하고, A가 아니기도 하다. 모든 것은 모순에 차 있으며, 부단히 변화하고 있다. 심리주의적인 예술가는 그것을 모르는 것이 아니다. 아니, 그들은 그것을 지나치게 잘 알고 있다. 논리적인 것은 언제나 역사적인 것이다. 생산기술의 미발달 시대에 형식논리가 번성했지만, 19세기에 접어들어 자본주의적 산업기술이 발전함과 함께 어느새 그것이 지난날의 왕좌에서 밀려났다는 것이 틀림없는 사실인 한, 어쩔 수 없이 현대의 지식인은 형식논리적 사유의 허망을 통감할 수밖에 없다. 더군다나 역사의 전형기轉形期를 맞아 풍파 거친 계급 분화의 과정에 살면서 자신의 동요하는 심리를 제대로 다루지 못하고 있는 그들이다.

그렇다고 해도 표현한다는 것은 별개의 문제이다. 심리적 변화와 그 모든 동요에 대해 가능한 한 완전한 표현을 주기 위해서는, 이것을 우선 그 상대적 안정성과 보편성에서 인식해야 한다. 차별성을 추상하고, 대상을 그 자체와 동일한 것으로 파악해야 한다. 여기에서 형식논리가 다시금 등장한다.

— 「착란의 논리錯亂の論理」, 『문화조직』,
1940.3

<그림 35> 하니야 유타카, 『불합리한 고로 나는 믿는다』 표지

거의 같은 시기에 하니야 유타카는 그의 처녀작에 해당되는 「불합리한 고로 나는 믿는다Credo, quia absurdum」(『구상』, 1939.10)에서 "빈사賓辭의 마력에 대해 고통스럽게

고뇌한 끝에 나는 어떤 불가사의에 가까워져 가는 자신을 어렴풋이 느꼈다. (…중략…) 모든 주장은 거짓이다. 어떤 것을 그 동일한 것으로서 무언가 다른 것으로부터 표백表白하는 것은 옳은 일이 아니다"라고 쓰고, 나아가 "내가 '자동률의 불쾌'라 불렀던 것, 그것을 이제는 이야기해야 할까"라고 쓰고 있었다.

5. 르네상스적 인간의 연구

하나다 기요테루가 전후문학의 개척자로 등장하는 것은 말할 것도 없이 『부흥기의 정신』으로 인한 것이었는데, 그것을 구성하는 여러 글들은 '르네상스적 인간의 탐구'로서 그 대부분이 1941년 4월부터 1943년 10월까지 『문화조직』에 게재되었다.

하나다 기요테루는 사람들이 르네상스를 암흑에서 떠오른 밝은 생명으로 흘러넘치는 세계로 이미지화 하지만, 정말로 그럴까 하고 묻는다. 죽음 없이 어떻게 재생이 있을 수 있는가. "재생은 죽음과 함께 시작되고, 결말에서 발단을 향해 돌아감으로써 끝난다."

당시의 인간은 누구라도, 많든 적든 그들이 막다른 상태에 도달하고 말았다는 것을 알고 있었던 것은 아닐까. 끝까지 온 것이다. 모든 것이 땅을 울리며 붕괴한다. 밝은 미래라는 것은 생각할 수 없다. 다만 자멸이 있을 뿐이다. 그럼에도 불구하고 그들은 여전히 존재하고 있는 것이다. 여기에서 그들은 클라베리나Clavelina와 같이 재생한다. 재생할 수밖에 없다. 인간적인

동시에 비인간적인, 그들이 행한 방대한 일의 퇴적물은 이미 살기를 그만
둔 인간의, 멈추려야 멈출 수 없는 죽음으로부터의 반격은 아니었을까.

—「구면삼각－포우球面三角－ポー」,『문화조직』, 1941.12

클라베리나라는 것은 서식조건이 악화되면 자신의 기관을 계속해서
단순화하여 결국에는 배자胚子 상태가 되었다가, 환경이 호전되면 다시
구조가 복잡해져 원래의 생체를 회복하는 작은 멍게의 일종이다. 여기
에서 하나다 기요테루는 "주목해야 할 점은, 죽음이 — 작고 흰 불투명
한 구球 모양의 죽음이, 자기 내부에 생을 전개하기에 충분한 조직적인
힘을 묵묵히 감추고 있었다는 것이다"라고 하며, 이 어패류에 의탁해
자신의 저항 의지를 말하고 있는 것이다.

이러한 르네상스관이 이 시기에 어디에서 하나다 기요테루에게 온
것일까. 확실히 르네상스는 일종의 유행이었다. 이탈리아는 추축국인
우방이었다. 1942년에는 레오나르도 다빈치전이 열려, 당시 중학생이
었던 나도 보러 갔다. 숨은 좌익 측에서도 마찬가지였다. 예컨대 하니
고로羽仁五郎의『미켈란젤로』(이와나미 신서, 1939)는 "미켈란젤로는 지금
살아 있다. 의심하는 사람은 '다비드'를 보라"라는 그 머리말로 뒤늦게
온 소년들의 가슴을 저릿하게 했다. 그러나 하나다 기요테루에게 르네
상스는 결코 밝지도 않았고 자유도 해방도 아니었다. 그러한 르네상스
관을 그에게 초래한 것은 아마도 프란츠 보르케나우Franz Borkenau의『봉
건적 세계상에서 근대적 세계상으로』였을 것이라고 나는 생각한다.

'매뉴팩처 시대의 철학사 연구'라는 부제를 단 이 저작은『근세 세계관
성립사近世世界観成立史』(니지마 시게루新島繁·요코가와 지로横川次郎 역)라는 제

목으로 1935년에 소분카쿠叢文閣에서 그 상권이 출판되었지만, 하권은 미간으로 끝났다(전후인 1959년에 미즈타 히로시水田洋 등에 의한 완역판이 미즈즈서방みすず書房에서 출판되었다). 그러나 이 책은 전쟁 중의 마루야마 마사오, 나라모토 다츠야奈良本辰也, 이시다 다케시石田雄, 다케타니 미쓰오武谷三男, 하라 미쓰오原光雄, 곤도 요이쓰近藤洋逸, 다나카 기치로쿠田中吉六 등의 작업에 큰 영향을 미쳤다. 이 중에서 하나다 기요테루와 관련해 주목해야 할 인물은 다나카 기치로쿠이다. 그의 대표작『스미스와 마르크스スミスとマルクス』는 전후 하나다가 편집 고문이 되었던 신젠비샤真善美社에서 1948년 6월에 간행되었지만, 그 노트는 이미 1936년부터 1937년 즈음에 쓰였다고 한다. 하나다 기요테루는 나카노 세이고中野正剛의 대정익찬회大政翼賛會 가입을 계기로 '동대륙사東大陸社'를 퇴직하고 '문화 재출발의 모임'과 그 기관지『문화조직』의 간행에 전력을 쏟는 한편, 생활을 위해 아키야마 기요시秋山清의 소개로 '임업신문사林業新聞社'에 취직한다. 거기서 만난 이가 다나카 기치로쿠였다. 구보 사토루久保覚의 꼼꼼한 연보(『하나다 기요테루 전집』별권II)에는, "이곳에서 마르크스주의 연구자인 다나카 기치로쿠를 알게 되어, 이듬해 10월에 다나카 기치로쿠가 퇴직할 때까지 하루도 빠짐없이 다방에서 '재생산론' 등 일본 자본주의론이나 마르크스주의의 이론적 문제에 대해 토론을 거듭한다"고 되어 있다.

다나카 기치로쿠가『스미스와 마르크스』를 쓸 때 방법적으로 의거한 것이 보르케나우의 책이었다. 그리고 미즈타 히로시의『봉건적 세계상에서 근대적 세계상으로封建的世界像から近代的世界像へ』의 번역자 서문에 의하면, 그 번역서는 하나다가 헌책방에서 마르크스 문헌의 염가 서적을 찾아다닐 때, 그 책도 염가 서적으로 가게 앞에 쌓여 있었던 것이

다. 보르케나우는 '저자의 서문'에서 다음과 같이 말하고 있다.

　　내 눈에 비친 그대로의 17세기의 일반적 성격에 대해 논해 두겠다. 그것
은 인류사상 가장 음참陰慘한 시대 중 하나라고 나는 감히 말하고 싶다. 아
직 종교가 대다수의 마음을 확실히 지배하고 있다. 게다가 이 종교는 그 유
연하고 유화적인 모습을 벗어던지고 그저 무시무시한 모습만을 남겼다.
(…중략…) 중세의 구속된 생활 질서에서 단지 그 압박만이 남겨졌다. 르네
상스의 거인들이 찬탄한 아름다움의 나라는 몰락하고 말았다. 셰익스피어
가 또한 칭송할 수 있었던, 영웅적 심정의 자랑스러운 자존심은 빛이 바래
버렸다. 라신느에게 걱정이란 두 번 다시 돌이킬 수 없는 저주의 심연으로
인도하는 것일 뿐이다. 자료가 나타내는 바에 따르면, 이 두려운 세기에는
죽음조차도 다른 어떤 시대보다도 가혹했던 듯하다. 죽는 것은 아직 인류
가 맞이하게 될 밝은 날에 대한 신앙으로 받아들여지지 않았고, 또한 하나
의 자기완결적인 생활권에서 당연히 일어날 자명한 사건으로서 안심할 수
있는 것도 아니었다. 계몽의 빛은 여전히 지옥의 공포를 누그러뜨리지 못
하고, 그렇다고 해서 소박한 신앙 시대의 감미로움이 있냐 하면 그것 또한
상실되어 이제는 거기서 낙원의 미광微光이 비쳐 오리라고 기대할 수도 없
다. 이 가공할 만한 시대의 지상 지옥에서, 저 강철과 같이 견고한 각각의
사상가가 태어났다. 그들은 그 열렬함에 있어 퓨리턴 '신자godlys' 못지않게
삶이 가질 수 있는 의미를 널리 탐구한 것이다.

—미스즈서방 판, Ⅰ, 21쪽

　나는 보르케나우의 이 책이 하나다의 "르네상스적 인간의 탐구"에 영

향을 주었다는 식의 이야기를 하려 하는 것은 아니다. 그는 르네상스, 특히 그 후기를 중세로부터 근대로의 전형기로 파악한다. 그 연옥과 같은 세계 속에서 근대를 개척한 '강철과 같은 사상가'가 어떻게 태어났는 가를, 그는 단순히 사상사, 예술사, 사회경제사만이 아니라 그것들을 통합한 정신사적인 시야에서 그려 낸 이 책으로부터 지금을 어떻게 살까를 고찰할 실마리를 얻고 있는 것이다. 그는 전쟁 말기인 현재를 "모든 것이 지축을 흔드는 소리를 내며 붕괴하는" 막다른 곳, 즉 일대 전형기로 파악하면서, 그와 마찬가지로 중세의 막다른 곳이었던 르네상스 지식인의 상을 그림으로써 이 전형기에 있어서 지식인의 삶의 방식, 그의 언어를 빌어 말하자면 지식인의 "싸우는 방식"을 제시하는 것이다. 하나다 기요테루에게 저항과 예술을 포함한 모든 것은 이 막다른 곳, 즉 종언에서 시작한다.

그러나 현재의 막다른 곳은 말할 것도 없이 중세의 막다른 곳이 아니다. 종언을 맞이하고 있는 것은 근대다. 그러니까 하나다의 눈은 르네상스적 인간에 대한 평가와 함께 그에 대한 비판을 동시에 포함하게 된다.

군이 예를 들 필요가 있을까. 『데카메론』의 저자는 만년에 사제가 되어 단테의 지옥편을 강의했다. 루터는 농민전쟁의 발발과 함께 대중으로부터 버림받고 쓸쓸하게 피리를 불었다. 하이네는 탕자처럼 신에게로 돌아갔다. 스트린드베리는 — 스트린드베리 또한 경건한 신비주의자로 전향했다. 종언의 땅 콜로노스에 마침내 도달한 오이디푸스와 같이, 참혹한 좌절과 깊은 회한을 거쳐 그들은 비로소 눈을 뜨게 된다. 맹목의 오이디푸스는 누구의 손에도 이끌리지 않고, 사람들의 선두에 서서 신의 정원神苑 깊숙이 걸어간다. 투명한 겨울 햇살을 생각하게 하는 이러한 만년에 이르기 위해서는 변함없이 아침, 점심, 저녁의 삼박자를 맞추어 나아가야 하는 것일까. 테베의 왕이 되기 위해 스핑크스의 수수께끼를 풀어야 하는 것일까. 아버지를 죽이고 어머니와 결혼해야 하는 것일까. 그것은 완전히 어리석은 생각이다. 느닷없이 만년에서 출발하는 것이 르네상스적 인간의 극복 위에 서는 우리 모두의 운명이며, 단숨에 어마어마하게 나이를 먹고 마는 것은, 꼭 라디게Raymond Radiguet[3] 같은 '천재'만이 겪는 길은 아닐 것이다. 따라서 또한 우리는 사라져가는 청춘의 발소리가 메아리치는 것을 들으면서, 『지루한 이야기』[4]의 노인처럼 조용히 고개를 가로젓는 일도 없을 것이다. 물론, 르네상스적 인간의 전철을 밟지 않는다는 것은 어리석은 짓을 하지 않으려 노력하며 평온무사한 생애를 보낸다는 것은 아니다. 도대체 태어나서 차차 나이를 먹고 망령을 부리게 되는 것만큼 어리석은 일이 있을까. 그만큼 지루한 이야기가 있을까. 오이디푸스의 만년에서 시작한다는 것은 오히려 그런 동식물 같은 상태로부터 우리들이 탈출함으로써 가능하며, 인간의 생장과 세대의 투쟁과 역사적 발전 등에 대한 생물학적 해석과의 결별을 의미한다. 한 마디로 말한다면, 그것은 진화evolution와 혁명revolution의 구별 위에 선다는 것이다. 발음이 비슷한 탓일까, 영국인은 종종 이 두 단어의 의미를 혼동한다.

— 「만년의 사상晩年の思想」, 『문화조직』, 1943.6

『부흥기의 정신』은 르네상스적 인간의 탐구인 동시에 그 '초극'의 탐

3　【역주】 어린 시절부터 시를 쓴 신동이었으며 20세에 요절함.
4　【역주】 안톤 체홉의 단편소설.

구이기도 했다는 것을 간과해서는 안 된다. 하나다 기요테루에게 '근대'
란 희구되는 동시에 초극되어야 할 대상인 것이다.

6. '막다른 곳'에서

모든 의미에서 '막다른 곳에 왔다'고 시대를 단념할 때, 돌연 모든 것
이 그 윤곽을 선명히 드러내고, 사람들은 그것을 똑똑히 분별하는 눈을
획득하는 것이다. 그것을 가와바타 야스나리川端康成 식으로 "말기의 눈"
이라 부르건, 『사령死靈』의 주인공 중 한 사람 구로가와 겐키치黑川建吉처
럼 "사멸한 눈"이라 부르건, 혹은 "스무 살에 마음 이미 쇠했네"라며 퇴
당기頹唐期의 시인 흉내를 내건 간에, 내일을 향한 안이한 낙관을 결정적
으로 빼앗긴 인간에게 남겨진 물음은 단지 우리는 어디에서 온 것인가
라는 물음밖에는 없다.

하나다 기요테루는 에드가 앨런 포가 그의 대표작인 『까마귀』의 제
작과정을 이야기한 「구성의 철학」("The Philosophy of Composition" 소우겐샤
創元社판 『포 전집 3』에는 「구성의 원리」로 되어 있다)을 인용하면서, "궁극의 언
어는 금세 발단의 언어로 전화한다. 모든 것이 끝났다고 생각하는 순간,
새롭게 모든 것이 시작된다"라는 포의 작시법에 주목한다. 나아가 그
는, "사람은 죽음의 관념에 사로잡힘으로써 극히 생산적이 되기도 하
고, 조직적이 되기도 하는 것이 아닐까", 죽음의 관념이야말로 "내 식으
로 한 마디로 표현한다면, 모든 투쟁의 효모라 할 것이다. 따라서 백조
의 노래를 부르기 위해서 사람은 반드시 이 관념을 소유해야 하며, 또한

포가 용감하게 시도한 것처럼, 우선 마지막 한 구절에서 시작해야 할 것이다. 막다른 곳에서의 반격은 그다지 어렵지 않다. 죽음의 기억이 끊임없이 우리를 맥진驀進케 하고, 죽음의 상상이 언제나 우리를 조직적으로 일정한 궤도 안에 잡아둔다"(「종말관 — 포終末観ーポー」, 『납인형蠟人形』, 1942.11)라고 말한다.

이 시기에 무엇이 끝났다고 생각되었던 것일까. 종언에 대해, 혹은 종말에 대해 말한 사람은 많다. 팔굉일우八紘一宇라느니, 대동아라느니, 신질서라느니 구호는 명랑했지만, 종말의 느낌은 사람들의 가슴에 깊이 뿌리내리고 있었던 것이다.

내가 생각하기에 전쟁 중 가장 정통적인 삶의 방식을 취했던 나카노 시게하루는 중일전쟁이 발발한 지 불과 한 달 후에 이 "사변"을 "과거 모든 사건의 결산으로서의 하나의 사건"(「조건부 감상條件づき感想」, 『개조』, 1937.9)이라고 불렀다. 그에게도 역시 이 전쟁이 의미하는 것은 하나의 종언이며 결산이었던 것이다.

일본 낭만파인 야스다 요주로保田與重郎에게도 눈앞의 사태는 "문명개화 논리의 종언"(「문명개화 논리의 종언에 대하여文明開化論理の終焉について」, 『코기토』, 1939.1)이었다. 그는 이 논문에서 "일본 문명개화의 최후 단계는 마르크스주의 문예였다. 마르크스주의 문예운동이 메이지 이후 문명개화사의 최후 단계였던 것이다"라고 말하고, 또한 "마르크스주의는 문명개화주의의 종말 현상에 다름 아니다"라고도 말한다.

이 말에, 일본의 자연주의 소설은 부르주아 문학이라기보다 봉건주의적 문학인데, 마르크스주의 문예는 이것을 부르주아 문학으로 오인하고 공격했으며, 따라서 결과적으로 마르크스주의 문학은 문학의 근대화를 실현한 것에 지나지 않는다는 고바야시 히데오의 주장(「사소설론私小說論」, 『경제왕래經濟往來』, 1924.5~8)이나, 이와 비슷하게 "부르주아 문학도 없는 와중에 그 부르주아 문학을 부정하는 프롤레타리아문학이 등장해 승리(일시적이라 해도)한다는 우리나라 특유의 기이한 광경"(「전향작가론轉向作家論」, 『문학계』, 1935.2)을 지적하면서 "우리나라의 프롤레타리아문학은 문학의 부르주아화(근대화) 운동의 표현이었다"(「프롤레타리아문학운동—그 문학사적 의의」, 『행동』, 1935.4)고 한 나카무라 미쓰오中村光夫의 발언을 겹쳐 보면, 이 시기에 '근대' 또는 '근대문학'이라는 문제가 얼마나 복잡한 양상을 나타냈는지 알 수 있다.

하야시 다쓰오林達夫가 말한 것처럼 바야흐로 시대는 '역사의 황혼'을 맞이했으나, 말할 것도 없이 미네르바의 부엉이는 역사의 황혼에 날개를 편다. 일본 근대의 서로 모순되는 양상이 도처에 노정된 것은 그 근대가 '종언'을 맞이하고 있다는 것, 그리고 그 근대의 총체적인 인식이 가능하게 되었다는 것을 증명한다.

일본의 마르크스주의는 1932년 이래 『일본 자본주의 발달사 강좌日本資本主義發達史講座』(이와나미서점岩波書店)라는 형태로 근대 일본의 총체적인 파악에 일단의 결론을 지었다. 물론 거기에는 적지 않은 약점이 있었고 그 약점에서 여러 가지 그릇된 행동적 선택이 발생했다. 그러나 동시에 그 오류의 일부는 이미 전쟁 중에 지하 문서의 형식으로 비판받고 있었다(가미야마 시게오, 「일본 농업에 있어서 자본주의의 발달日本農業における資本主義の發達」, 『가미야마 시게오 저작집』(3) 참조).

일본에 부르주아 문학이 부재한다고 주장하는 고바야시·나카무라와 그 대척점에서 문명개화 논리의 종언을 주장하는 야스다 요주로는,

그러나 그 후 그 차이를 명확히 드러내지는 않았다. 한편 '울면서' 『문학계』 가입을 거절한 나카노 시게하루는 일본 근대에 대한 이 양자의 인식을 가장 잘 비판할 수 있었던 한 사람이었다. 그는 일본이 틀림없이 자본주의 사회이며, 거기에서 발생한 자연주의 문학은 부르주아적인 것일 뿐이라고 지적하면서, "나카무라 씨나 고바야시 씨의 판단은 하찮은 것일까. 나는 그렇게는 생각하지 않는다. 일본의 자연주의 문학이 봉건주의 문학이었다든지, 일본에는 부르주아 문학 같은 것이 없었다는 말은 잘못된 것이지만, 이와 같은 잘못된 것으로서의 '농담'은 일본 부르주아 문학이 그토록 봉건적인 것을 질질 끌어 왔다는 점, 일본 부르주아의 봉건주의에 대한 싸움이 그토록 어중간하고 그 승리가 불철저해서 봉건주의라는 적과의 질질 끄는 타협으로 휩쓸려 들어갔던 점, 그리고 이러한 타협 때문에 팽개쳐진 부르주아적인 것을 프롤레타리아트가 주워 올려야만 했던 곤경의 반영에 다름 아니었다고 생각한다. 거울에 비친 것은 곤경이었지만, 거울의 질이 좋다면 올바르게 비쳐졌을 터인 실체는 있었으며 또한 있는 것이다"(「두 문학의 새로운 관계二つの文學の新しい關係」, 『교육·국어교육』, 1936.4)라고 논하며, 일본의 '독특한 근대'를 전제로 답하고 있다.

일견 모순된 설명 같기는 하지만, 일본에서 초근대超近代의 실현은 근대의 실현을 내부에 포함하지 않고는 불가능했으며, 또한 근대의 실현 역시 그것이 초근대의 사상과 운동에 의해 견인되지 않는 한 불가능했다. 이 관계를 무시한 모든 '근대초극론'이나 '세계사의 철학'은 '신질서 건설'을 표방한 침략주의에 포섭되어 그 보완물이 될 뿐이었다. 특수한 일본 근대에 대한 인식의 옳고 그름이 하나의 사상, 하나의 행동의 운명을 결정한 것이다(그 예로 생산력 이론, 쇼와연구회의 동아협동체론, 혹은 히라노 요시타로平野義太郎의 민족정치학 등을 상기해주기 바란다).

이 변절한 옛 마르크스주의 이론가들에 대해 하나다 기요테루는 「로빈슨의 행복ロビンソンの幸福」(『문화조직』, 1942.6)에서 다음과 같이 썼다.

> 모든 것을 사회적·역사적으로 규정하며 — 요컨대, 시간에 다양한 이름을 붙이면서 우리 파괴의 이론가는 아시아적 생산양식이나 반半 봉건적 지대地代에 대해 얼마간 스콜라 철학적인 논쟁을 했을 뿐, 행인지 불행인지 그들 대부분은 자기 몸을 불살라버리는 나방의 기쁨을 알지 못한 채 끝났다. 바벨의 탑과 같이 수직적으로 계속 뻗어가던 시간적 세계가 갑자기 만리장성처럼 수평적으로 넓어지기 시작했을 때, 시간에 대한 그들의 도전에는 종지부가 찍혔다. 그러나 대체 이론가란 무엇인가. 시간이나 공간에 대한 그들의 도전이란 무엇인가. 나폴레옹의 맹렬한 언어를 쓰자면, 어차피 그들은 "끊임없이 책을 쓰지 않으면 못 견디는 버러지들"에 지나지 않는 것이 아닐까.

이 통렬한 익찬지식인翼贊知識人 비판의 글을 정확히 독해하기 위해서 오늘날에는 약간의 주석이 필요하다. 다양한 이름을 붙인 "시간"이란, 일본이 당면한 혁명을 사회주의 혁명으로 볼 것인가, 아니면 그보다 한 단계 전인 부르주아 민주주의 혁명으로 볼 것인가 하는, 전략 논쟁에 있어서 혁명의 성격 규정을 의미한다. 그리고 그 논쟁에 참가한 이론가들은 얼마간의 스콜라적인 논쟁을 했을 뿐, 실제의 혁명에 참가할 수는 없었다. 그런데 일본의 반半 봉건제, 후진성을 폭로하는 데에 열중한 그들은 막상 침략전쟁이 시작되어 아시아에 대한 일본의 '지도적 역할'이 강조되자, 반봉건적 일본에 대한 도전 대신 아시아의 후진성에 대한 일본의 선진성을 주장하기 시작했다. 대체 이러한 "이론가"란 무엇인가. 필경 그들은 "끊임없이 책을 쓰지 않으면 못 견디는 버러지들"인 것이다, 라고 말할 만도 하다.

실로 일본의 근대(=자본주의적 사회경제구성)를 어떻게 파악할 것인가 하는 문제는 모든 이론·사상의 시금석이었다. 「최근의 소위 "역사소설" 문제에 부쳐最近の所謂"歷史小說"問題に寄せて」(다카세 다로高瀬太郎라는 이름으로 쓰인 『쿼터리 일본문학クォタリイ日本文學』 제1집, 1933.1)라는 긴 논문으로 구라하라 고레히토의 의발衣鉢을 이어받은 이론가로 주목받은 혼다 슈고는 이미 이 논문에서 하야시 후사오의 『청년』이나 시마자키 도손의 『동트기 전夜明け前』에 나타나는 메이지유신사明治維新史의 이해와 거기에서 발생하는 저자의 일본 근대 이해의 착오가 작자와 작품을 어디로 인도하는지를 예언적으로 분석하고 있다. 이어 「모리 오가이이론森鷗外論」(『문화집단』, 1934.8)에서는 전자에서 여전히 짙은 색채가 남아있던 문예사회학적 기술이 후경으로 물러나고, 특수한 '근대' 속에서 오가이라는 사람과 작품이 내재적으로 해명되고 있다. 그것은 구라하라 고레히토적인 수입 이론으로서의 마르크스주의 문예이론이 일본 사회의 총체적인 인식이라는 장에 직면함으로써 어떻게 토착화되어 갔는가를 보여주는 하나의 이정표였다.

헌병이 '대동아'라고 물으면 나는 '안드로메다'라고 답하며, 끝내 이 성운星雲과 같은 본체를 알아차리게 하는 일 없이, 패전 시까지 지내왔다"(「평화투표平和投票」)라고 쓰는 하니야 유타카는 공산당원으로서의 지하생활 시대에 당의 농업강령 책정에 참가한 경험을 가지고 있다. 그런 그가 1920년

대부터 30년대에 걸쳐 일본 마르크스주의자 사이에서 오간 일본 자본주의 논쟁에 관심을 가지고 있었음은 의심할 바 없다. 그러나 그 후의 하니야 유타카에게 '근대'라는 문제는 일본의 현실에서 아득히 먼 '안드로메다'적인 논리의 세계로 비상하고 있다. 그의 자동률에 대한 도전은 합리주의나 실증주의로 대표되는 근대적 사고양식을 초극하려는 시도이며, 포와 랭보와 도스토예프스키를 전례로 삼는 그 흐름의 발견이며 그에 대한 참가였다. 그렇지만 다른 한편으로는 하니야 유타카 또한 전근대적인 "아시아적 사고양식의 극점"으로서 쓰다 고조津田康造를 위치 짓고, 그에 대해 선전포고를 하는 구비 다케오首猛夫를 『사령死靈』에서 묘사하는 것이다.

—『사령』제2장

나카노 시게하루의 세대와 혼다 슈고, 하나다 기요테루, 하니야 유타카 등 '전후파' 사이에는 시대가 "막다른 곳"에 왔다는 공통된 인식이 있지만, 그러나 그 후의 걸음에는 미묘한 대립이 보인다. 나카노 시게하루의 전쟁 말기의 도달점은 『사이토 모키치斎藤茂吉 노트』(치쿠마 서방, 1942.6)인데, 그에 이르는 연작『노래의 결별歌のわかれ』(「끌鑿」·「손手」·「노래의 결별」)(신초샤新潮社, 1940.8)에서 그는 자신의 청춘의 자취를 더듬는다. 나아가 작자는 이 노트에서 그것을 현대 일본의 "질풍노도의 시기 Sturm-und Drang Periode"와 겹쳐진 모키치의 청춘과 대비하면서 일본의 근대와 근대문학의 숙명적인 모습을 묘출하는 것이다. 거기에는 일찍이 「'향토망경시'에 나타난 분노郷土望景詩'に現われた憤怒」에서 하기와라 사쿠타로萩原朔太郎의 분노에 공감하면서 개발자본주의를 일도양단一刀雨斷하고 사회주의에 의한 구제를 설파하던 청년 나카노는 이미 존재하지 않

는다. 그의 눈은 성숙하고 평온해졌지만, 거기에는 옅은 향수가 감돈다. 그러한 나카노 시게하루를 하나다 기요테루는 다음과 같이 비판한다. "예를 들면, 어떤 노스탤지어는 자못 전투적인 얼굴로 일찍이 우리나라에도 청춘의 시대가 있었고 그 당시 세대의 대립은 매우 치열했다는 등의 말을 한다. 그가 낡은 청년임은 말할 필요도 없다. 청춘은 지나가버렸는데 만년은 아직 오지 않았다. 투르게네프 식으로 말한다면 그는 희망을 닮은 애석함과, 애석함을 닮은 희망 사이를 방황하고 있는 것이다. 왜 단번에 어마어마하게 나이를 먹어버릴 수는 없는 것인가."(「만년의 사상」) 하나다의 초조함은, 나카노 시게하루와 같은 사람이 어째서 사이토 모키치와 자신의 청춘에 집착해 근대의 지평으로까지 후퇴하고 마는가 하는 초조함이었다고 말할 수 있을까.

그러나 하나다 기요테루의 초근대 사상이 이 시기에 어느 만큼의 가능성을 지니고 있었는가 하면, 이 또한 몹시 불안한 것밖에 없었을 것이다. 헌병대 일부에 근대초극론을 위험 사상으로 보는 자가 있었다는 것은 분명 사실이지만, 대체로 이 초극론은 시대의 유행 사조였다. 그리고 그 실현 형태는 쇼와연구회昭和研究會였고 '만주제국'이었으며 대동아공영권이었다. 물론 하나다 기요테루는 이러한 것들에 조금도 동조하지는 않았다. 그러나 이것들에 대한 비판, 특히 쇼와연구회에 대한 비판에 전형적으로 나타나 있는 것처럼, 그의 비판은 더욱 래디컬하게 되라는 도발로 일관했다.

"개량주의적인 의도를 품은 사람들은 봉건세력과 자본세력의 균형 위에 선 국가를 '초계급적'인 것인 양 거듭 착각하고, 이 두 세력의 타협을 꾀하면서 무언가 대단한 '유토피아'라도 만들어 낼 수 있을 것처럼 생각

한다"(「유토피아의 탄생 – 모어ユートピアの誕生 – モーア」, 『문화조직』, 1942.12)라고
논하며, 그는 천황제 국가하에서의 유토피아를 그려내는 여러 초극론을
조소한다. 그리고 그는 코페르니쿠스를 빌어 그의 '투쟁의 방법'을 다음
과 같이 썼다.

"진보파의 매도도, 보수파의 찬사도, 코페르니쿠스에게는 무의미했다.
진실을 안다면 그들 모두가 금세 공동전선을 펼치고 낯빛을 바꾸어 사납게
이를 드러내면서 그에게 달려들 것은 뻔하다. 그러나 그런 것은 그다지 신
경 쓸 필요가 없다. 왜냐하면 그에게는 그만의 독특한 투쟁의 방법이 있기
때문이다. 즉, 양 파의 대립을 대립 자체로 균형 잡히게 하여, 투쟁의 격화
를 노리고 자멸을 기다리는 것. 그 동안에 그의 이론이 맞기만 하다면, 틀림
없이 그것은 점점 각 방면으로 확대되어 갈 것이다."

"스스로 진심으로 투쟁할 마음이 없는 인간일수록 화려한 투쟁에 갈채를
보내며, 그렇게 갈채를 보냄으로써 간신히 자신을 위안하고 관념적으로 흥
분하는 법이다."

"진정한 소박함은 – 그리고 또한 진정한 겸허함은, 지식의 한계에 다다
름으로써 생겨난다. 그것은 진정한 투쟁이 일견 평화로 보이는 것과 같은
것이다."

—「코페르니쿠스적 전향コッペルニクス的轉向」, 『문화조직』, 1941.7
『부흥기의 정신』에 수록될 때
「천체도 — 코페르니쿠스天体図 — コペルニクス」로 개제됨.

7. 마지막 페이지가 첫 페이지

혼다 슈고는 「『「전쟁과 평화」론』의 의미『戦争と平和』論の意味」(『군상群
像』, 1961.2)라는 짧은 글에서 다음과 같이 썼다. "나는『전쟁과 평화』에
서 자아 재생의 길을 배웠다. 나의 글은 현실의 벽에 부딪친 자아의 좌
절과 그 재생을 이야기했을 터이다. 보로디노 전투를 나는 '자유'와 '필
연'의 싸움으로 읽었다고 했는데, 이 말의 의미가 그것이다. 달리 말하
면 그것은 객관적으로는 전향의 서書였다(주관적으로는, 당시 나는 스스로를
전향자라고 생각하지 않았다. 그렇게 생각했다면 그 글은 쓸 수 없었을 것이다). 그
것은 공식 파기의 길을 구하는 글이었다."

자유란 필연의 인식이고, 그 필연의 실현을 향해 자신의 행동을 규율
하는 것이 윤리적인 삶이라는 생각은 1920년대 인텔리겐치아를 강하게
사로잡은 인생론이었다. 거기에는 이토 세이伊藤整가 훗날 '인식자와 구
도자'라 부른 이율배반을 낳기 전의, 신사상이 여전히 생기발랄한 로맨
티시즘을 몸에 두른 시대의 숨결이 있었다. 그들의 자아 해방은 최고의
인식과 그 인식에 기반한 '유일당'의 실천을 향한 헌신 속에서 실현한다
고 믿어졌다. 그러나 급속하게 시대는 암전暗轉하고, 자아 추구의 길과
탄압 하의 정치주의적인 '운동'의 괴리는 첨예한 대립이 되어 운동도 운
동 참가자도 좌절에 휩쓸려갔던 것이다.

이러한 자아의 좌절은 많든 적든 1930년대의 문학적 인텔리겐치아
가 체험한 것이다. "장미, 굴욕, 자동률 — 간단히 말하면 나는 이것뿐"
이라는 하니야 유타카의 독백도 그것을 표현한 것에 다름 아니다.

엥겔스 식으로, 또는 더욱 거슬러 올라가 헤겔식으로 "자유란 필연의

인식이다"라고 말하며 그 필연의 인식에 기반한 실행에 투신함으로써 개인의 자유 또한 실현하는 것이라는 이해에 자신의 체험으로부터 물음표를 붙인 사람들은 "마음에 내키지 않는 전향"에서 "마음으로부터의 전향"으로 가는 관문을 통과했다고 말할 수도 있다. 그런 의미에서 혼다 슈고가 자신의 저서를 "객관적으로는 전향의 서였다"고 한 것은 옳다. 그러나 이 '전향'은 동시에 '공식 파기의 길'에 대한 탐구 그 자체였다. 만약 이 '공식'이 당연하게도 파기되어야 할 것에 불과했다면, 이것은 과연 '전향'일까. 도리어 이것은 사상적인 '회심回心'이라고나 해야 하지 않을까. 왜냐하면 이때 그는 사상이 진정한 사상이기 위한 첫 번째 조건인 '경험'에 그 두 다리를 튼튼히 딛고 서 있었기 때문이다.

전후문학 중 소설 장르의 제일성第一聲이 된 노마 히로시野間宏의 『어두운 그림暗い繪』의 주인공 후카미 신스케深見進介는 중일전쟁 전날 밤, 혁명은 2년 이내에 온다는 인식하에 그 준비에 헌신하는 친구들의 선택을 정세에 재촉당한 "어쩔 수 없는 올바름"일 뿐이라고 느끼며 그들과는 다른, "어쩔 수 없는 올바름이 아닌, 어쩔 수 없는 올바름을 한 번 더 제대로 반듯하게 바로잡는" 길을 탐구한다. 그것은 그에게 '자기완성'의 길이자, '자아실현'의 길이기도 했다. 『어두운 그림』 역시 글자 그대로 필연에 있어서 자유를 추구한 작품이었던 것이다.

전후문학을 대표하는 또 다른 작품 『자유의 저쪽에서自由の彼方で』에서 시나 린조椎名麟三가 제출한 것도 신화화된 '프롤레타리아트'가 아니라 현실의 하층 노동자의 실존적 자유라는 문제였다.

이리하여 전쟁 중의 자유를 둘러싼 사색과 체험은 전후문학을 전후문학답게 만든 효모였다. 그리고 마르크스주의에는 '빈틈'이 있다고 주장하며, 전쟁 중의 체험과 정통적인 '변증법적 유물론' 사이에 있는 이 '빈틈'을 메우는 주체적인 유물론의 탐구를 내건 우메모토 가쓰미梅本克己를 필두로 한 '주체성론'이 전후사상의 출발점이 된 이유 역시 그들의 체험이었다.

역사·자유·주체 ― 이 트리아데Triade가 전쟁하에 '전후적인 것'을 준비한 탄생의 땅이었다. 문제가 널리 그리고 깊이 공유된 것은 그 문학적 세대가 불과 십 수 년 전 마르크스주의의 사상적·문학적 '제패'를 몸으로써 체험한 세대였기 때문이다.

"마지막 페이지가 첫 페이지"라는 것은 하나다 기요테루의 초기 글의 제목이지만, 전쟁 말기에 흡사 '유서'처럼, 그리고 또한 근대 일본의 사상과 문학의 마지막 말처럼 남겨진 일군의 작품을 전후에 거슬러 올라가 읽을 때, 이만큼 적절한 말은 없을 듯 생각된다.

정한나 역

구리하라 유키오의 '문학과 정치'

이케다 히로시池田浩士

1. '정치의 우위성'론 비판

전후 20년의 대부분을 편집자로서 살아온 구리하라 유키오가 자신의 저서를 처음으로 간행한 것은 만 38세 생일을 한 달 앞둔 1964년 12월의 일이었다. 『전형기의 정치와 문학』이라는 제목의 그 책은 하가芳賀 서점의 '오늘날의 상황 총서'라는 시리즈의 한 권으로 간행되었다. 이 시리즈의 과제가 기성의 '혁명운동'을 근본적으로 비판하기 위한 이론 구축에 있었음은 미우라 쓰토무三浦つとむ의 『레닌부터 의심하라レーニンから疑え』나 고야마 히로타케小山弘健의 『혁명운동의 허상과 실상革命運動の虛像と實像』 등 지금은 고전이 된 '신좌익'의 대표적 저작이 거기에 포함되어 있었다는 점으로도 알 수 있다. 구리하라 유키오의 『전형기의 정치와 문학轉形期の政治と文学』은 같은 과제를 문학의 영역에서 수행하는 역할을 담당하고 있었던 것이다. 동그란 구멍이 여러 개 뚫린 멋진 디자인으로 된 케이스에는 출판사의 간행 취지와 저자의 '후기' 인용이 인

쇄되어 있고 '저자의 말'이라고 이름 붙인 그 인용에는 다음과 같이 적혀 있다.

　　내 관심은 최근 10년간 단 하나의 주제, 즉 '정치의 우위성'론에 대한 비판, 그것을 극복하는 길의 탐구라는 주제를 한 번도 떠나지 않았다. 일본의 반체제운동과 그 사상은 전형기라고 불리는 새로운 상황에 직면하면 늘 현실 추수의 전향 축과 현실 이탈의 '비' 전향 축으로 분열되면서 둘 다 현실 속에서의 유효성을 잃고 그 리얼리티를 상실하는 것이었다. 과거에 몇 번이나 되풀이되었으며 또 내 자신이 그 안에서 살아온 이 역사의 교훈으로부터, 말하자면 나의 제3의 길의 탐구, 즉 현실 속에서 비전향 축을 형성하려는 모색이 시작되었던 것이다.

케이스의 보라색 글씨로 인쇄된 이 문장은 '후기'의 원문과는 아주 조금 다르지만 그것은 아마 스페이스 때문이었을 것이다. 논지는 전혀 바뀌지 않았다. 이 짧은 인용문 안에 『전형기의 정치와 문학』이라는 저작의 기본적 모티브가 응축되어 있다는 사실은 본문을 읽으면 명확하다. 후에 『혁명 환담 바로 어제 이야기革命幻談つい昨日の話』(사회평론사, 1990.11)에서 아마노 야스카즈天野惠一와 이케다 히로시의 질문에 대답하며 이야기한 바에 따르면 18세 대학생으로 패전을 맞이한 구리하라 유키오는 학생 시절인 1948년에 '신일본문학회' 서기국에서 일하기 시작했다. 그때 이후 그는 전후의 문학운동에 계속 몸담아 관계하게 된다. 그 과정에서 그가 일관되게 자신의 테마로 삼아 온 것이 '정치의 우위성'론에 대한 비판이었다. 그리고 그의 이 테마는 첫 저서가 간행된 전후 20년의 시점을

넘어서 현재에 이르기까지 그의 사고와 행동의 가장 깊은 기저에 계속 살아 있는 모티프(동기이며 주제인 요인)이다.

구리하라 유키오가 말하는 '정치의 우위성'론이라는 것은 물론 현실의 변혁을 지향하는 사회적 운동 안에서의 정치의 우위성을 인정하는 이론, 즉 다양한(이라기보다는 모든) 사회 영역의 다종다양한 현실 변혁의 지향과 시행 속에서 '정치' 운동이야말로 지도적 지위에 있고 그 이외 분야의 개별적 운동은 모두 정치 운동에 종속되어 그 지령하에 활동해야 한다는 이론이다. 역사를 돌이켜 보면 그것의 원천은 1880년대 비스마르크 치하 독일 제국에서 '사회주의자 진압법'에 의해 비합법화된 독일 사회주의 노동자당(후에 사회민주당)이 합법 활동의 영역을 노동자 문화 운동에서 찾고 당원 활동가에 의해 그것을 추진하는 방침을 취했을 때까지 거슬러 올라갈 수 있을 것이다. 그리고 독일의 그 경험에서 배운 비합법하의 러시아 사회민주노동자당(후에 멘셰비키와 볼셰비키로 분열)이 20세기 초기에 '프롤레트쿨트'(프롤레타리아 문화) 운동을 개시한 것도 '정치의 우위성'론이 형성되어 가는 역사의 한 장면이었다고 할 수 있을 것이다. 그러나 이 이론이 사회 변혁 운동에 결정적으로 큰 영향을 미치게 되는 것은 1917년에 시작되는 러시아 혁명 속에서 볼셰비키가 주도권을 쥐고 그것이 러시아공산당이 된 후 이 혁명에 적극적으로 가담한 문화 영역의 실천자들, 즉 러시아 아방가르드라고 총칭되는 전위적인 문학, 예술의 표현자들을 '당'의 방침에 따르도록 했을 때이다. 당초의 기대에 반하여 러시아에서의 혁명이 유럽 혁명으로, 나아가 세계 혁명으로 전개되지 않은 채 소비에트 러시아가 유일한 '사회주의 조국'이 되어 러시아공산당의 주도하에 국제 공산주의 운동이 진행되는 상황 속에서 코민테른(코뮤니스트 인터내셔널, 즉 '세계공산당')의 각국 지부인 각국의 공산당은 마르크스주의를 지도 이념으로 하는 혁명적 문화 운동을 당연히 '당'의 정치 방침과 문화 정책에 종속시키게 되었다. 1920년대 초기에 시작되는 일본 프롤레타리아문학 예술 운동도 예외가 아니었다. 게다가 천황 익찬 체제하에서 '전향'에 의해 괴멸한 전전, 전중 프롤레타리아 문화운동을 반성하며 출발했을 터인 전후 민주주의적 문화 운동도 또한 '정치의 우위성'론의 질곡을 벗어날 수 없었다. '당'의 절대성, 초월성은 전후 일본공산당에 의해 1960년대 초입에 이르기까지 계속 체현되었던 것이다. 이때 1960년대 초입에 이르기까지라는 말은 그때에 이르러 '정치의 우위성'론 그 자체가 극복되었음을 의미하지는 않는다. 이는 그 시점 이후 이미 일본공산당의 영향하에 있는 문화 표현자 중 논할 만한 사람이 거의 사라졌다는 뜻이다.

구리하라 유키오가 '정치의 우위성'론을 계속 비판했다는 것은, 따라서 단지 그 자신이 살며 체험한 한 시대의 이론을 비판했을 뿐 아니라 이러한 역사의 총체를 계속 비판했다는 뜻이다. 그리고 그것은 또한 '정치의 우위성'론 그 자체를 비판하는 데에 그치지 않고 이 이론과의 관계 속에서 실천되어 온 프롤레타리아문학 예술 운동의 역사와 현재를 비판하여 그 한계를 극복하려는 시도이기도 했던 것이다. 구리하라 유키오의 저술을 마주하기 위해 가장 먼저 이 점을 확인해 둘 필요가 있을 터이다. 왜냐하면 '정치의 우위성'을 용인한다는 것은 문학 예술 스스로의 자립성과 독자적 존재 가치를 정치에 맡기는 것을 의미할 뿐만 아니라, 자기와 타자의 인간적, 사회적 해방을 지향하는 혁명 운동이, 그것을 위한 수단일 터인 정치에 인간을 종속시키는 것에 다름 아니기 때문이다. '정치의 우위성'론에 대한 비판은 말하자면 '살아 있는 인간의 우위성'을 확립하는 시도인 것이다.

2. 미소微小한 것에 대한 관심, 그리고 전체성

1964년 12월에 간행된 『전형기의 정치와 문학』은 1956년 봄부터 1964년 가을에 이르는 한 시대에 구리하라 유키오가 행한 '정치의 우위성'론에 대한 비판을 집대성한 것이었다. 이 한 권에 수록된 여러 논고 중 처음 발표된 「나르프 해체 전후」는 1956년 3월에 쓴 것으로 되어 있다. 그리고 권두 논문 「전형기의 사상」은 이 책을 위해 1964년 9월에 쓴 새 원고이다. 이 두 시기에 다시금 주목하지 않을 수 없다. 1956년 3월이라는 시점은 소련 공산당 제20회 대회에서 후르시초프 제1서기가 '스탈린 비판'을 행한 2월 24일 직후이고 구리하라 유키오의 논문 「나르프 해체 전후」는 틀림없이 이 역사적인 후르시초프 비밀 연설 직전에 씌어졌던 것이다. 같은 해 6월 28일부터 30일에 걸친 폴란드 도시 포즈나니의 반정부 반소련 폭동, 10월 23일에 시작되는 헝가리의 반정부 반 소련 봉기와 그것에 이어지는 헝가리 혁명은 일단 '반 스탈린주의' 투쟁이라는 명칭으로 불렸다. 하지만 그것들은 30여 년 후 소련 붕괴에 이르는 기나긴 전형기의 획기적인 시작이었다. 그리고 1964년 9월이라는 또 하나의 시점은 그 다음해인 1965년 '한일조약' 체결에 반대하는 투쟁에 의해 일본의 반체제운동이, 60년 반안보투쟁 이후의 정체停滯를 타파하고 60년대 후반의 '신좌익' 운동으로 전개되기 시작하는 바로 그 시발점이었던 것이다. 구리하라 유키오의 첫 저서는 글자 그대로 이 두 획기적인 시점에 의해 구획된 한 시대의 소산이었다. '정치의 우위성'론을 지탱하는 '공산당 신화'가, 나아가 그 신화의 근거인 '마르크스 레닌주의'라는 이름의 억압적 이데올로기가 세계적 규모로 붕괴하기 시작한 그 시대를 구리하라 유키오의 이론적 작업은 문학의 영역에서 체현하고 있었던 것이다.

구리하라 유키오의 두 번째 단독 저서인 『프롤레타리아문학과 그 시대プロレタリア文學とその時代』(1971.11, 헤본샤平凡社)는 1960년대 후반 '신좌익' 운동으로 총칭되는 일련의 투쟁 체험에서 태어났다. 직접적인 논제는 1920년대 초기부터 1930년대 중엽에 이르는 일본 프롤레타리아문학 운동의 역사이지만, 이 한 권의 진정한 테마는 운동 속에서 행해진 몇 개의 논쟁과 논의를 면밀하게 재검토함으로써 '정치의 우위성'론을 근본적으로 비판하려는 시도에 있었다. 보다 구체적으로 말하면 문학 예술의 독자성과 자립성이 프롤레타리아문학운동 속에서 왜 '당'의 정치 방침보다도 하위에 놓이지 않으면 안 되게 되었나를 일본공산당의 정치적 방침과 문화 정책에 입각해 분석할 뿐 아니라 '정치의 우위성'에 자진해서 종속하는 문학 측의 문제로서도 해명하는 것이 구리하라 유키오의 테마였다. 그리고 그는 이 테마를 특히 나카노 시게하루의 프롤레타리아문학 작가로서의 행보에 입각해 추구하고자 한다.

『프롤레타리아문학과 그 시대』가 일본 프롤레타리아문학의 재검토를 1928년 '예술대중화논쟁'에서 시작해, 이 논쟁을 나카노 시게하루라는 "한 명의 자립적인 지식인 혁명 예술가가 마침내 현실적 의미를 갖기 시작한 '정치의 우위성'론과 최후의 사투를 벌인 기록이자 그 패배와 자기 해체의 모습"으로서 그리고 있는 것은 이 책 전체를 관통하는 모티프를 단적으로 말하고 있다. 단적으로 말해 구리하라 유키오의 관심은 나카노 시게하루와 구라하라 고레히토의 대립 그 자체에 있지도 않았으며, "구라하라 고레히토의 일견 현실주의적이지만 본질에 있어서는 극단적으로 추상적이고 관념적인 주장" 속에 체현된 '당'의 논리를 비판하는 데에 있지도 않았다. 나카노 시게하루가 구라하라와의 대립 속에서 제시하게 된 문학 표현자로서의 인간 및 세계와의 관계 방식이 구리하라 유키오의 문제이자 라이트모티프로서 이 저작 전체를 관통하는 근본 문제이다. 그것은 혁명 운동의 개별 과제로서 '예술의 대중화'라는 테마보다 훨씬 이전의, 예술 표현 그 자체의 출발점에 존재하는 문제이며, 더 나아가 예술 표현이 마지막까지 마주해야 하는 문제인 것이다.

'예술대중화논쟁' 당시의 나카노 시게하루를 '후쿠모토주의자'로 파악하는 것은 구리하라 유키오의 나카노 시게하루론에서 중요한 의미를 지니고 있다. 왜냐하면 '후쿠모토주의'라고 칭해지는 후쿠모토 가즈오의 혁명이론은 '분리-결합'론을 축으로 하는 섹트주의라는 일반의 이해로는 파악되지 않는 현실 변혁의 실천 이념을 제시하고 있다고 구리하라 유키오는 생각하기 때문이다. 구리하라에 의하면, 헝가리 태생의 혁명가 게오르그 루카치에 의거한 후쿠모토의 이론은 무엇보다도 마르크스주의를 '전체성'이라는 관점에서 이해하며, 그러한 입장으로부터 '이론과 실천의 통일', 즉 실천을 매개로 하는 인식 대상과 인식 주체의 상호관계 속에서 변혁 주체를 확립함을 혁명운동의 과제로서 제기했던 것이었다. 그렇기 때문에 또한 후쿠모토 이론은 "사회주의 운동을 단지 자본가 대 노동자라는 틀로 파악하는 입장을 크게 뛰어넘어 이를 모든 억압에 대한 모든 인민의 반항 문제로서 파악하는 견지를 확립"했던 것이며, 또한 이러한 것으로서의 '전무산자계급적 정치투쟁'을 "하나의 전체성 운동으로 파악하고", "분업적 운동관을 극복할 길을 열었던" 것이다. 이러한 후쿠모토의 기본 사상이 '후쿠모토주의자' 나카노 시게하루의 초기 문학 표현에 결정적인 영향을 주고 있다고 구리하라 유키오는 생각한 것이다.

루카치가 『역사와 계급의식』에서 구명하고자 했던 '전체성'이라는 이념을 후쿠모토주의에 의해 섭취한 나카노 시게하루가, '정치와 문학'이라는 이항대립하에서 그것도 개별적이고 세분화된 것으로만 상정될 수 있는 프롤레타리아문화운동의 현실에 강한 반감을 품었던 것은 당연했을 것이다. 뿐만 아니라 '대중'을 오로지 수용자, 즉 문화 표현의 객체로 상정하는 반면, 프롤레타리아예술운동의 작가들을 오로지 일방적인 발신자인 표현 주체로서만 인식하는 프롤레타리아문학 이론가들이 나카노의 눈에 어떠한 사람으로 보였을까 하는 점에 대해서도 어렵지 않게 상상할 수 있다. 주목해야 할 것은 오히려 '전체성'을 중시한 나카노 시게하루가 그와 동시에 또는 차라리 바로 그렇기 때문에 '미소微小한 것에 대한 관심'을 자기 문학의, 이른바 시작 계기로 삼고 있었다는 점이다. 바로 이 나카노 시게하루의 '미소한 것에 대한 관심' 속에서야말로 구리하라 유키오는 프롤레타리아문학이 자기의 것으로 삼아야 할 가장 본질적인 계기를 발견하는 것이다.

권력이 민중을 향해 휘두르는 아주 작은 참혹함, 민중이 권력에 대해 행하는 그 어떤 작은 반항, 그것이 아무리 하찮은 것이라 할지라도 이 모든 '사

실'들이야말로 나카노 시게하루 문학의 출발점이다. 이 '미소한微小なる＝발견' 속에서야말로 전 세계를 파악하고 전 세계를 여는 열쇠가 있다고 그는 확신하고 있다. 이는 이론적으로 이해되는 것이 아니라, 생활적이고 감각적으로 파악되어 있는 것이다. 한 번 사진을 찍어보고 싶다, 옷을 잘 차려입거나 남자와 나란히 찍은 사진을 보면 부러워서…… 라고, 24, 25세가 되어서도 이룰 수 없는 바람 때문에 안절부절 못하는 듯한 눈빛으로 말하는 「어리석은 여자」의 술집 여자와, 우리는 모욕 속에 살고 있습니다, 라고 옥중의 남편에게 편지를 쓰는 「초봄의 바람春さきの風」의 무라타 후쿠村田ふく는 나카노 시게하루에게 완전히 동일한 사람들이다.

혁명가의 반려자인 여성 ── 공산당원이건 밀접한 관계가 있는 심퍼사이저이건 간에 ── 의 슬픔과 무지한 **물장수** 여자의 슬픔, 즉 술집 여자라 불리는 여자의 슬픔은 완전히 똑같은 것이며, 그 여자들의 분노 또한 완전히 똑같은 것이라는 나카노 시게하루의 작가로서의 눈이야말로 프롤레타리아 문화운동에 결락되어 있다는 것이 『프롤레타리아문학과 그 시대』를 통주저음으로 관통하고 있는 구리하라 유키오의 모티프이다. 그리고 이 모티프는 지금도 중요한 의미가 있는 이 책의 페이지 위에만 머물지 않고, 그 후 구리하라 유키오의 실천에서도 관철되는 라이트모티프가 되는 것이다.

3. '행동 공간'의 창출과 '지금, 여기의 공산주의'

앞에서 언급했던 것처럼 『프롤레타리아문학과 그 시대』는 1960년대 후반에 이른바 '신좌익' 운동 속에서 수행된 저자의 실천을 모태로 태어났다. 이 시기 구리하라 유키오는 '베평련ベ平連'(베트남에 평화를! 시민연합) 창립 때부터 중심 멤버 중 한 사람으로 꾸준히 활동했고, 자유민권 운동으로부터 지금까지 일본에는 뿌리내리지 못한 민중의 반체제·반권력 운동을 '시민운동'으로서 전개하는 데에 진력했다. 더 나아가 이 운동으로부터는 미군 탈주병을 지원하는 비합법운동 '자테크ジャテック, JATEC, Japan Technical Committee to Aid U.S.'가 발생했는데, 구리하라 유키오는 그 창설과 실천 활동에 의해서도 일본 역사의 획기적인 한 페이지를 더했다. 이러한 실 체험 속에서 그는 패전과 동시에 게이오의숙 대학 학생으로서 당의 세포를 대학에 조직해 자치회 운동을 개시했을 때부터 1960년대 초두까지 계속 당원이었던 일본공산당과의 관계를 내재적으로 총괄했을 뿐만 아니라, 공산당으로부터 제명된 후 동지들과 함께 결성한 공산주의 노동자당(공노당)으로부터도 물러나게 된다. 그 경위(라기보다는 오히려 근거)에 대해서는 그의 유일한 소설인 『죽은 자들의 나날死者たちの日日』(삼일서방三一書房, 1975.5)을 비롯해서 두 권의 에세이집 『직함 없는 일肩書のない仕事』(삼일서방, 1977.1), 그리고 『역사의 도표로부터-일본적 '근대'의 아포리아를 극복하는 사상의 회로歷史の道標から-日本的〈近代〉のアポリアを克服する思想の回路』(렌가서방 신샤れんが書房新社, 1989.7)에서 여러 각도로 쓰여 있다. 이 언급들을 아주 간략하게 요약하면, 당 활동과의 결별은 그가 "당이야말로 모든 악의 근원"이라는 인식에 도달한 것의 필연적인 결과였다.

1990년 7월에 있었던 아마노 야스카즈와 이케다 히로시에 의한 인터뷰(『혁명 환담革命幻談』에 수록됨)에서 구리하라 유키오는, "전후의 나를 이끌었던 사상은 기본적으로는 마르크스주의였다고 생각합니다"라고 이야기한 후, 때마침 진행되고 있었던 동유럽 및 소련의 **사회주의 체제 붕괴**에 대해 자기는 기본적으로 이 과정을 지지한다고 명언했다. 왜냐하면 이로써 러시아 10월 혁명 직후의 레닌시대에서 시작된, "소비에트가 아니라 당이 권력의 배타적 담지자가 되어버린 구조", 즉 그가 "볼셰비즘"이라고 부른 구조가 드디어 붕괴하게 되기 때문이다. 이 인식 속에도 프롤레타리아문학이 나카노 시게하루의 문학 표현 속에서 겨우 유지하고 있었던 저 "미소한 것에 대한 관심"이라는 모티프가, 그리고 이 모티프로 인해 나카노가 후쿠모토주의 속에서 발견할 수 있었던 주체와 객체의 상관관계, 변혁 주체의 끊임없는 비판=자기비판의 실천에 대한 요구가 맥맥히 살아있다. 당이 전체의 대행자가 된 볼셰비즘은 술집 여자의 슬픔과 억울함을 볼 수도 없었고 실감할 수도 없었다. 술집 여자는 해방 운동의 단순한 객체일 뿐이었다. 아니, 그러기는커녕 적어도 「초봄의 바람」에 나오는 무라다 후쿠는 해방 운동의 객체이긴 했지만, 술집 여자는 객체조차 아니었던 것이다. 그것이 20세기의 **사회주의 혁명**이었다면 우리는 무엇을 해야 하는가? ─ 이것이 "당이야말로 모든 악의 근원이다"라고 할 때에 구리하라 유키오가 자기 자신과 친구들에게 던진 질문이었던 것이다.

이것을 물을 때, 구리하라 유키오가 가설로서 실천 속에서 검증해 깊이를 더해야 할 당면의 가설로서 제시한 대답 또한 현실 과정과 대치하는 그의 실천적 체험에 뿌리내리고 있다. 그런 의미에서 초기 나카노 시게하루의 본질적으로 이상주의적이며 낭만주의적인 시선에 공감하는 구리하라 유키오는 본질적으로 현실주의자인 것이다.

그가 실천의 체험을 통해 도달한 잠정적인 가설 중 하나는 '공동성'에 관한 문제 영역 속에 있는 것이다. '당'이 주도하지 않는 자립적인 현실 변혁 운동은 걸핏하면, 그리고 어떤 의미에서는 정당하게도 '공동체' 창출이라는 과제와의 연관 속에서 이야기되어 왔다. 이에 대해 앞서 말한 인터뷰에서 구리하라 유키오는 '공동체'라는 이념이 자기 완결적이며 폐쇄적인 것, 비밀결사적인 것으로 실현되기 쉽다는 점, 그 경우 자칫하면 금욕적인 자세가 올바른 것이 되기 쉽다는 점을 지적했다. 그리고 그러한 '공동체'의 극단적인 모습이 예컨대 집단 자살에 이르는 종교 단체 같은 것이라고 이야기하면서, "희생이나 헌신 같은 게 아니라 놀이나 즐거움 같은 공동 공간"이 "내 운동론의 기본"이라고 말한다. "정치 행동과 축제, 음악, 연극 기타 집단적인 표현 행위 사이에는 아무런 차이도 없다. 하물며 거기에 가치의 상하관계 따위는 하나도 없다"는 것이다. 그는, "그 행동 공간 속에서 사람들이 얼마나 해방감을 공유할 수 있는가 하는 점이 문제입니다. 해방되었다는 그 육체적 기억이 인간과 인간의 관계를 변화시켜 가는 계기가 되는 것이지요"라고 말한다. 이러한 '행동 공간'의 창출을 구리하라 유키오는 '당' 주도의 대극에 있는 현실변혁 운동의 이미지로 상상하는 것이다.

그의 또 하나의 가설은 '지금, 여기의 공산주의'라는 이념으로 표현되고 있다. 1986년 8월에 발표된 「현대 혁명론에의 서설現代革命論への序說」이라고 제목붙인 글(『역사의 도표로부터』에 수록됨)에서 구리하라 유키오는 다음과 같이 쓰고 있다.

신흥종교나 일본적 신비주의, 환상소설이나 기괴소설이라는 대중적 읽을거리의 유행, 중세로부터 고대로 역사를 거슬러 올라가는 역사 취미. 이러한 비합리적인 것에 대한 관심이나 낭만주의에 대한 심정은 무엇을 의미하고 있는 것일까. 그것은 비인간적인 자본주의적 합리성에 대한 위화감이며, 때로는 반항이기조차하다. 그러나 '기성'이건 '신新'이건 간에 모든 좌익 당파는 그 안에 포함되어 있는 현실에 대한 위화감이나 '상실된 공동체'에 대한 향수가 의미하고 있는 바를 전혀 이해하지 못하고, 그것이 비합리성이라는 형태를 띠고 있다는 이유만으로 단순히 배척하는 식으로 투쟁을 처음부터 포기함으로써 그 장소를 적에게 넘겨줘버리는 것이다.

　자본주의의 비인간적인 합리주의, 농촌의 토지조차 초조한 자극으로 가득 찬 장소로 바꾸어버렸던 개발지상주의, 소비를 부추기는 광고, 그리고 엉덩이에 불이 붙은 듯이 절박하게 사는 생활의 기아감飢餓感과 미래에 대한 불안 — 그것으로부터 '혼'의 해방을 추구하는 '중류中流'의 바람은 이리하여 좌익의 길을 봉쇄당하고 손쉽게 에른스트 블로흐가 말하는 '공동空洞' 속으로 휘말려 들어간다. 부르주아 문화가 함몰한 자리에 생긴 이 공동은 또한 되살아난 '옛것'이 우글거리는 비동시대성의 장소다. (…중략…) 그러나 많은 일본인이 '중류'라는 환상에 의해 자기기만 속에 틀어박히며, 더 나아가 거기에서부터도 적잖은 부분이 탈락해 '옛것', '비합리적인 것'으로 굴러가고 있는 현상이야말로, 좌익에 대한 민중의 단호한 항의라고 우리는 받아들여야 한다.

　그들은 **지금, 여기**에서의 해방, 더 명확히 말하자, **지금 여기**에서의 공동성의 회복(공산주의)을 추구하고 있는 것이다.

이어서, 마르크스가 『독일 이데올로기』에서 이야기하고 있는 "공산주의라는 것은 우리에게 성취되어야 할 그 어떤 상태, 현실이 그것을 향해 형성되어야 할 그 어떤 **이상**은 아니다. 우리는 현실을 지향할 **현실의 운동**을 공산주의라고 이름붙이고 있다"라는 말을 인용하면서, 구리하라 유키오는 다음과 같이 쓰고 있다.

공산주의라는 것은 먼 미래에 실현되어야 할 이상향을 말하는 것이 아니라, **지금 여기**에서 일어나는 인간의 자기해방 운동이며, 그 운동 속에서 형성되는 사람과 사람의 새로운 자유의 관계(공동성)이다. 운동이 없는 곳에 공산주의는 없으며, 또한 그 안에 **지금 여기**에서의 공산주의를 포함하지 않는 운동은 영구히 공산주의를 실현할 수 없다.

오직 실천으로부터, 오직 현실의 운동으로부터 문학운동과 현실 변혁에 관한 이론적 영위를 도출해 왔던 구리하라 유키오의 현실주의가 여기에서 하나의 새로운 지평을 열어젖혔던 것이다. 실천 속에서의 부단한 비판＝자기비판을 모태로 하는 이 현실주의야말로 그가 '정치의 우위성'론이라는 관념론을 저격할 때 사용한 최대의 무기였다. 하지만 또한 이 현실주의 내부에서는 언어의 진정한 의미에서 이상주의와 낭만주의가 현실 그 자체로부터 발생한 이념임과 동시에 현실을 바꿀 이념으로서 재생되고 있는 것이다.

2003년 12월 28일

공동번역

초출 일람

『프롤레타리아문학과 그 시대』, 1971.11, 헤이본샤(平凡社).

「예술의 혁명과 혁명의 예술」, '사상의 바다로(思想の海へ)' 14권, 『예술의 혁명과 혁명의 예술(芸術の革命と革命の芸術)』 해설 1990.3, 사회평론사(社会評論社).

「시작의 문제─문학사에서의 근대와 현대」, 『문학사를 다시 읽다(文学史を読みかえる)』 1호, 1997.3, 임팩트출판회(インパクト出版会).

「'대중화'와 프롤레타리아문학」, 『문학사를 다시 읽다』 2호, 1998.1, 임팩트출판회.

「나카노 시게하루와 전향의 문제」, 『신일본문학(新日本文学)』, 1979.12; 『역사의 도표로부터(歷史の道標から)』, 렌가쇼보신샤(れんが書房新社)에 재수록.

「패배로부터 재건에 이르는 길」, 『현대의 눈(現代の眼)』, 1980.3; 『역사의 도표로부터』에 재수록.

「총력전과 나카노 시게하루의 '저항'」, 『언어문화(言語文化)』 16호, 1999.6; 메이지학원대학 언어문화연구소(明治学院大学言語文化研究所) 간 『세기를 건너다(世紀を越える)』, 사회평론사에 재수록.

「'전후문학'의 기원에 대하여」, 『문학사를 다시 읽다』 5호, 2002.3, 임팩트출판회.